HEYNE <

Das Buch

Nate Cartwright hat alles verloren: seine Eltern sind tot, sein Bruder will nichts von ihm wissen und seinen Job als Journalist bei der Washington Post ist er auch los. Er beschließt, nach Roseland in Oregon zu fahren. In der Abgeschiedenheit der Berge will er sich überlegen, wie es jetzt weitergehen soll. Pläne schmieden. Vielleicht endlich seinen Roman schreiben. Nate war nicht mehr in der Hütte, seit seine Eltern ihn nach seinem Coming-out rausgeworfen haben. Soweit er weiß, sollte sie verlassen sein. Nur, dass sie das nicht ist. Ein Mann namens Alex hat sich dort versteckt und mit ihm ein Mädchen, das auf den eigenartigen Namen Artemis Darth Vader hört. Nate ist misstrauisch. Wieso ist ein vierzigjähriger Mann mit einem zehnjährigen Mädchen auf der Flucht? Die Geschichte, die Alex und Artemis ihm erzählen, ist so unglaublich, dass sie eigentlich nur wahr sein kann. Und plötzlich muss Nate eine Entscheidung treffen: Will er sich weiter den Dämonen der Vergangenheit ergeben oder für eine Zukunft kämpfen, die er nie für möglich gehalten hätte?

Der Autor

T. J. KLUNE griff im Alter von sechs Jahren zu Stift und Papier und schrieb eine mitreißende Fanfiction zum Videospiel *Super Metroid*. Zu seinem Verdruss meldete sich die Videospiel-Company nie zu seiner verbesserten Variante der Handlung zurück. Doch die Begeisterung für Geschichten hat T. J. Klune auch über dreißig Jahre nach seinem ersten Versuch nicht verlassen. Für die herausragende Darstellung queerer Figuren in seinen Romanen wurde er mit dem Lambda Literary Award ausgezeichnet. Mit seinem Roman *Mr. Parnassus' Heim für magisch Begabte* gelang T. J. Klune der Durchbruch als international gefeierter Bestsellerautor.

T. J. KLUNE

AUS STERNEN UND STAUB

ROMAN

WILHELM HEYNE VERLAG
MÜNCHEN

Titel der Originalausgabe
THE BONES BENEATH MY SKIN
Deutsche Übersetzung von Michael Pfingstl

MIX
Papier | Fördert gute Waldnutzung
FSC® C014496

Penguin Random House Verlagsgruppe FSC® N001967

1. Auflage 2025
Taschenbuchausgabe 08/2025
Redaktion: Charlotte Gerk

Neumarkter Straße 28, 81673 München
Printed in Germany
produktsicherheit@penguinrandomhouse.de
(Vorstehende Angaben sind zugleich
Pflichtinformationen nach GPSR)
Umschlaggestaltung: DAS ILLUSTRAT, München,
nach einer Vorlage von Chris Sickels / Red Nose Studio
Satz: Uhl + Massopust, Aalen
Druck und Bindung: GGP Media GmbH, Pößneck

ISBN 978-3-453-32274-5

Für alle, die von Sternen träumen.

»ich will nur nach hause«, sagte der astronaut.
»dann komm nach hause«, funkte die bodenstation.
»dann komm nach hause«, sagten die Sterne.

jomny sun

Ihr werdet es nicht verstehen, zumindest nicht gleich, und das ist okay. Vielleicht haltet ihr mich sogar für eine Lügnerin, aber auch das ist okay. Alles, worum ich bitte, ist, dass ihr bis zum Ende zuhört, bevor ihr euch ein Urteil bildet. Ich habe euch eine Geschichte zu erzählen. Von einer Einrichtung in einem Berg. Von den Gedanken der Menschen. Was es bedeutet, ein Mensch zu sein und ein Zuhause an einem Ort zu erschaffen, wo es eigentlich keines geben kann. Und von der Zukunft. Von eurer, meiner und unser aller.

EINS

Er sang die Melodie im Radio mit.

Irgendwas über einen Typen und ein trauriges Lied, mit dem alles im Leben besser wird.

Danach lachte er, bis er kaum noch Luft bekam.

Er überquerte die Grenze zu Douglas County, als das nächste Lied endete. Dann kamen die Nachrichten. Wie jede volle Stunde.

In einem Hotel in Texas war eine Sängerin namens Selena erschossen worden. Er hatte den Namen noch nie gehört.

TAROM Flug 371 war auf dem Weg von Bukarest nach Brüssel kurz nach dem Start abgestürzt. Alle sechzig Passagiere an Bord starben. Eine Untersuchung wurde eingeleitet. Im Moment noch kein Terrorismusverdacht.

Der im Jahr zuvor entdeckte Komet, Markham-Tripp, kam der Erde allmählich näher. Wenn man wusste, wo man hinschauen musste, konnte man ihn schon sehen. Aber keine Sorge Leute, er fliegt nur eine Kurve um uns herum und verschwindet dann wieder in den Weiten des Alls.

Und immer noch keine offizielle Mitteilung zu dem Hubschrauberabsturz im Marine Corps Mountain Warfare Training Center in Kalifornien. Die Ursache werde nach wie vor untersucht, allerdings schien ein Zusammenhang mit dem schweren Unwetter letzte Woche zu bestehen. Auch zu eventuellen Todesopfern wurden keine Angaben gemacht.

Und nun zum Wetter. Es wird ein wunderschöner Tag, seht euch nur die Sonne draußen an! Kaum zu glauben, oder?

Es war der 31. März 1995.

Er fuhr weiter nach Süden.

Je tiefer er in die Berge kam, desto kälter wurde die Luft. Die Sonne wärmte die Hand, die er aus dem Fenster hängen ließ. Der blaue Himmel erstreckte sich weit und immer weiter. Es gab ein paar Wolken, aber nur wenige.

Ein schöner Tag, dachte er. *Natürlich. Das ist der Lauf der Dinge.*

Am späten Nachmittag erreichte er das Städtchen. Er sah das Schild, alt und ausgeblichen. Es stand schon seit seiner Kindheit dort, als er mit seinen Eltern jeden Sommer ein paar Wochen auf der Hütte verbracht hatte. Die Aufschrift lautete:

Roseland, Oregon
827 Einwohner, Gründung 1851
704 m ü. M.
Tor zu den Cascades!

Er kam an einem Diner vorbei. Einer Kirche. Geschäften zu beiden Seiten. Manche hatten offen. Die Touristensaison würde erst in ein oder zwei Monaten beginnen, und bis dahin wären sie bereit für all die Menschen, die Zuflucht von Hitze und Großstadthektik suchten, ihr Geld ausgaben und Fotos machten, um dann wieder dorthin zu verschwinden, wo sie hergekommen waren.

Es duftete nach Kiefernnadeln und Erde. Es war, als wäre er wieder zehn, als würden sich seine Eltern nach wie vor lieben, lieben, lieben. Lachen und die Lieder im Radio mitsingen. Ihm mit Spielen die Zeit vertreiben: Ich sehe was, was du nicht siehst. Wer bin ich? Nummernschilder aus möglichst vielen verschiedenen Bundesstaaten entdecken. Alle fünfzig zu schaffen, war vollkommen unmöglich, wie er bald herausfand. Sein Rekord lag bei sieben. Das war ein guter Tag gewesen. Auf einem hatte *Maine* gestanden, was damals unvorstellbar weit weg gewesen war.

Noch vor der Tankstelle sah er das Hinweisschild. Es schaukelte träge im Wind, trotzdem konnte er die Aufschrift lesen. BIG EDDIE'S TANKSTELLE UND MINIMARKT. Er seufzte erleichtert. Es war schön zu wissen, dass manche Dinge sich nie änderten. Egal was sonst passierte.

Er bog von der Straße ab, die Reifen seines Pick-ups rollten über das dünne schwarze Kabel, und im Laden läutete ein Glöckchen. Neben der Zapfsäule blieb er stehen, stellte den Motor ab und hörte ihm beim Ticken zu.

Er fuhr sich mit der Hand übers Gesicht, bevor er die Fahrertür öffnete und seinen knackenden Rücken streckte. Er war erst siebenundzwanzig, doch die Tage, an denen er problemlos Stunden hinter dem Steuer sitzen konnte, waren vorbei. Seine Muskeln schmerzten. Ein gutes Gefühl.

Die gläserne Eingangstür des Ladens schwang auf. Ein großer Mann kam heraus und wischte sich die Hände an einem Lumpen ab. Wäre da nicht das Lächeln auf seinem Gesicht gewesen, hätte man beim Anblick des Kerls glatt erschrecken können. Der Typ war der größte Mensch, den er je gesehen hatte. Musste an der Bergluft liegen.

»Sieh mal einer an, wen haben wir denn da?«, fragte Big Eddie Green mit seiner Bassstimme. »Der leibhaftige Nate Cartwright.«

Nate zwang sich zu einem Lächeln. »Big Eddie. Schön zu sehen, dass der Saftladen immer noch dir gehört.«

»Pass auf, was du sagst«, erwiderte Big Eddie, doch sein Lächeln blieb unerschütterlich. Nate konnte seine bezaubernd schiefen Zähne sehen. Eddie streckte ihm seine kräftige Hand entgegen. Die Ölflecken darauf machten Nate nichts aus. Er erwiderte die Geste. Big Eddies Händedruck war fest, aber nicht übertrieben. So war er nicht, zumindest nicht, dass Nate sich erinnern konnte. Er hatte ihn seit seinem einundzwanzigsten Geburtstag - dem letzten Mal, dass er auf der Hütte gewesen war - nicht mehr gesehen, und sie waren schließlich nicht befreundet. Auch wenn Big Eddie die Gabe hatte, sich mit jedem anzufreunden, wenn er es wollte. Sein Lächeln hatte eine beruhigende Wirkung auf Nate. Es war vertraut. Auf herzzerreißende Weise.

»Auf dem Weg zum Berg?« Big Eddie ging bereits zur Zapfsäule. »Bleifrei?«

»Genau«, erwiderte Nate und lehnte sich gegen den Kotflügel. Sein Blick wanderte zum Laden. Drinnen stand ein Junge über die Theke gebeugt und schrieb fieberhaft. Zwischen seinen Schneidezähnen lugte die Zunge hervor, als wäre er hochkonzentriert. »Großer Gott, ist das Benji?«

Big Eddie lachte. »Ja«, erwiderte er. Nate hörte die Zuneigung in seiner Stimme, rau und süß. »Er wächst wie Unkraut. Bald kann er seiner Ma und mir auf den Kopf spucken. Verrückt, oder?«

»Ist es«, bestätigte Nate, weil er wusste, dass genau das erwartet wurde. So funktionierten Unterhaltungen eben. Er war nicht sonderlich gut darin, und auf seiner Flucht ins Nirgendwo war das hier wahrscheinlich die letzte Gelegenheit zum Üben.

Die Benzinpumpe summte.

Big Eddie warf einen Blick auf die Ladefläche des Pick-ups und stieß einen Pfiff aus. »Das sind eine Menge Vorräte. Hast du vor, länger zu bleiben?«

Nate zuckte die Achseln. »Eine Weile.«

Eddies Lächeln wurde ein wenig sanfter. »Die Sache mit deinen Eltern tut mir leid. So was ... Na ja, recht viel mehr kann ich dazu nicht sagen. Muss hart gewesen sein. Ich kann es mir nicht mal vorstellen, also will ich dich nicht beleidigen, indem ich so tue, als ob.«

Nate wusste nicht genau, wie er reagieren sollte. *Hart*, sicher. Und wie. So wie jeder erweiterte Selbstmord. Sein Vater war zu Nates Mutter gefahren, verletzt und aufbrausend wie meistens, wenn er getrunken hatte. Sie stritten. Die Nachbarn sagten, sie hätten Geschrei gehört und gedacht, es wäre der Fernseher. Oder eine dieser häuslichen Auseinandersetzungen, bei denen man sich nun mal nicht einmischte. Nate nahm es ihnen nicht übel. Vor allem nicht, da sein Vater schließlich zu genau dem Pick-up gegangen war, an dem er und Big Eddie gerade lehnten, seine Schrotflinte von der Ladefläche genommen hatte und zurück nach drinnen gerannt war, um zuerst seine Exfrau und dann sich selbst zu erschießen.

Gar nicht so leicht, wie ihm der Kommissar erschöpft erklärt hatte. Sich mit einer Schrotflinte selbst das Licht auszupusten. Aber sein Vater hatte einen Weg gefunden. Er hatte sich auf einen Stuhl gesetzt und die Flinte zwischen die Beine geklemmt. Dann das Kinn auf den Lauf gelegt und – man stelle sich vor – mit dem großen Zeh den Abzug gedrückt. Es war eine schreckliche Schweinerei gewesen.

Zumindest glaubte Nate das. Er hatte das Haus danach nicht betreten. Sein Bruder hatte sich darum gekümmert. Für so etwas gab es Firmen, wie er Nate am Telefon sagte. Es war das erste Mal seit Jahren, dass sie miteinander sprachen. Tatortreinigung nennt sich das. Kostet ein Heidengeld, aber dafür tun sie, was sie können. Natürlich ließen sich die Spuren nicht restlos beseitigen, aber so war das nun mal. Sie richteten alles wieder her, dann wurde das Haus verkauft.

Etwas später telefonierten sie noch einmal. »Dad hat dir den Pick-up hinterlassen«, sagte sein Bruder. »Und Mom die Hütte.«

»Oh«, war alles, was Nate damals herausbrachte. *»Oh.«*

Was er sagen *wollte*, war: *Wie konnte das passieren? Wie konnte es so weit kommen?* Klar, sie hatten sich nicht gut verstanden. Sie hatten sich nicht umsonst scheiden lassen, verdammt. Aber sein Vater hatte nie auch nur die Hand erhoben. Gegenüber niemandem. Er war kein freundlicher Zeitgenosse gewesen, aber er hatte seine Kinder nie geschlagen. Auch nicht seine Frau. Kein einziges Mal. So war er nicht gewesen.

»Ja«, sagte Nate. »Es war hart.«

Eddie nickte. »Hast du das Wasser anstellen lassen?«

»Ich hab vor ein paar Tagen angerufen. Morgen kommt jemand vorbei. Den Rest erledigt der Generator, dürfte also nicht allzu kalt werden. Oder nicht lange.«

»Stimmt, der ganze Schnee ist schon wieder weg. War ein milder Winter dieses Jahr. Fünfzehn Grad an Weihnachten, ob du's glaubst oder nicht. Ich nehme an, die leeren Kanister hättest du auch noch gerne aufgefüllt, oder?«

»Wenn möglich.«

»Kein Problem. Warst du mal wieder dort, seit ...«

»Nein.«

Eddie nahm die Kanister von der Ladefläche und nickte bedächtig. »Deine Ma war mal hier. Letzten September, glaube ich. Mit ihrer Freundin. Josie? War das der Name?«

»Joy.«

»Ja, genau. Joy. Die beiden haben gegackert wie die Hühner. Sind zwei Wochen geblieben. Hab sie aber nicht gesehen, als sie wieder abgefahren sind. Deine Ma war glücklich, Nate. Falls dir das was hilft.«

»Danke«, brachte Nate heraus – denn war das nicht genau der Trost, den er gesucht hatte? Sie war glücklich und hat gelacht. Sie hatte sich seit Jahren nicht mehr bei ihm gemeldet, aber, hey, sie hatte eine gute Zeit. Wie schön für sie. »Das ist ... nett. Danke.«

»Sie hat von dir gesprochen, weißt du?«, fuhr Big Eddie beiläufig fort, als würden sie gerade im Supermarkt in der Kassenschlange plaudern. »Sie hat gesagt, du wärst groß rausgekommen in Washington. Als Reporter oder so.«

»Journalist«, berichtigte Nate wie automatisch.

Eddie nahm den Zapfhahn aus dem Tankstutzen und steckte ihn in einen der beiden Kanister. »Journalist. Ja, richtig. Journalist für die *Washington Post*. Sie war mächtig stolz auf dich.«

Nate wollte lachen. Er wollte schreien. Er wollte gegen den Kotflügel treten und Big Eddie anbrüllen, er solle verdammt noch mal die Klappe halten, anstatt von Dingen zu schwafeln, von denen er keine Ahnung hatte. Mochte sein, dass seine Mutter sich vor Stolz den Mund fusselig geredet hatte, aber mit welchem Recht? Damals, als sein Vater ihm sagte, Nate solle bloß verschwinden, er wolle keine verdammte Schwuchtel zum Sohn, war sie stumm geblieben. Nicht ein einziges Wort hatte sie zu Nates Verteidigung gesagt, während sein Vater brüllte, er würde an Schwulenkrebs sterben wie all die anderen Tunten. Nate sah sie flehend an, doch sie blieb stumm. Ihre Augen waren vor Schreck geweitet und ihre Unterlippe zitterte, aber sie sagte nichts. Und damit hatte sie sich zur Komplizin gemacht.

Seine Eltern waren plötzlich in der Tür gestanden. Niemand hatte damit rechnen können, dass sie auf die Hütte fahren würden. Monate zuvor hatten sie Nate eröffnet, dass sie sich scheiden ließen. Allein die beiden miteinander zu sehen, war verwirrend gewesen. Er hatte noch verzweifelt versucht, sich und seinen damaligen Freund zuzudecken, ihrer beider Haut glänzend vom Schweiß, Nates Puls am Rasen. Er schämte sich und wusste selbst nicht genau, wofür. Er tat nichts Falsches. Er war erwachsen und konnte auf die Hütte mitnehmen, wen immer er wollte. Trotzdem hatte er sich schlecht gefühlt, als er das angewiderte Gesicht seines Vaters sah, die feuchten Augen seiner Mutter. Er hatte sich entsetzlich gefühlt.

Danach packten er und der Typ hastig ihre Taschen, ohne die Reißverschlüsse zuzuziehen. Seine Eltern blickten nicht mal vom Küchentisch auf, als er ging. Nate vergaß einen seiner Wanderschuhe und bekam ihn zwei Monate später mit der Post zugeschickt. Ohne eine Zeile dazu, ohne Absender, aber er wusste, dass es seine Mutter gewesen war.

Nate warf den Schuh weg.

Die Beziehung zu seinem Freund hielt danach nicht mehr lange. Ein paar Wochen noch. Aber das war egal. Es war nichts Ernstes gewesen. Eine Ablenkung, mehr nicht.

Er bekam die Hütte.

Er bekam den Pick-up.

In Ordnung. Seine Eltern waren tot und hatten ihm zwei Dinge vermacht, mit denen er so gut wie nichts anfangen konnte.

Vielleicht würde er beides einfach verbrennen. Die Zeit dazu hatte er, nun, da er arbeitslos war.

Wie toll, dass seine Mutter stolz auf ihn gewesen war. Wie absolut *großartig*.

»Großartig«, erwiderte Nate tonlos. »Freut mich zu hören.«

Big Eddie summte leise vor sich hin. Er nahm sich den zweiten Kanister vor. »Hast du Telefon da oben?«

Nate schüttelte den Kopf.

»Ein Handy?«

Hatte er. »Warum?«

»Gib mir deine Nummer. Nur für den Fall. Du, ganz alleine dort oben, wer weiß? Ist eine reine Vorsichtsmaßnahme.«

»Ich bezweifle, dass ich dort Netz habe.« Schon hier war die Abdeckung wegen der Berge ringsum nur sporadisch. Auf der Hütte wäre es damit wahrscheinlich ganz vorbei.

»Trotzdem. Vorsicht ist die Mutter der Porzellankiste.«

Richtig. Nate ging zur Fahrertür. Das Handy lag auf der Sitzbank, ein rotes Nokia mit gesprungenem Display, weil es ihm einmal beim Gehen heruntergefallen war, als er die Hände voller Kaffeebecher hatte. Big Eddie diktierte seine Nummer, Nate tippte sie pflichtschuldig ein und speicherte sie unter EDDIE.

Big Eddie wuchtete die vollen Kanister auf die Ladefläche und wischte sich die Hände ab. Nach einem Blick auf die Zapfsäule sagte er: »Das macht sechsunddreißig Dollar fünfzig, außer du brauchst noch was von drinnen. Letzte Gelegenheit vorm Nirgendwo.«

Nate schüttelte den Kopf. Er nahm seinen Geldbeutel und zog die Kreditkarte heraus, die er erst seit ein paar Monaten hatte. Er staunte immer noch, wie viel praktischer sie war als Bargeld und Schecks.

Big Eddie grinste wieder. »Bin gleich wieder da.«

Nate blickte ihm hinterher.

Die Sonne stand schon weit im Westen. Bald würde es dunkel werden und er wollte weiter. Er hatte mindestens noch eine Stunde Fahrt vor sich. Die zweite Hälfte der Strecke bestand aus von Schlaglöchern übersäten Schotterstraßen, die bei Dunkelheit nicht sehr angenehm waren. Nate hätte früher losfahren sollen, aber der Kater heute Morgen war fürchterlich gewesen, seine Zunge hatte sich geschwollen angefühlt und sein Mund, als wäre er voller Watte. Selbst jetzt hatte er noch leichtes Kopfweh, die letzten Zuckungen eines Schmerzes, der sich den ganzen Vormittag über in sein Hirn gefressen hatte.

Big Eddie stand im Inneren des Ladens und sagte etwas zu seinem Sohn. Nate sah, wie er Benji über den Kopf strich. Benji schlug die Hand weg, und Big Eddie lachte. Dann sagte er etwas, und Benji blickte aus dem Fenster. Nate winkte verhalten. Der Junge winkte mit einem dünnen Ärmchen zurück, sein ganzer Körper wackelte dabei. Lachend kam Big Eddie wieder nach draußen. Den finsteren Blick, den Benji ihm hinterherwarf, sah er nicht.

»Mathe«, erklärte Eddie. »Läuft nicht besonders gut.«

»Mathe nervt«, bestätigte Nate. »Ich hab's auch nie kapiert.«

Eddie reichte ihm seine Kreditkarte und die Rechnung. »Er will nicht einsehen, warum er das Zeug lernen soll, wenn er doch eines Tages die Tankstelle übernimmt. Ich habe ihm gesagt, er soll seine Ziele ein bisschen höherstecken als Roseland. Aber er wollte nichts davon hören.«

»Manchmal muss man sie tun lassen, was sie für richtig halten.« Nate bereute seine Worte sofort.

»Ja.« Eddie rieb sich nachdenklich das Kinn. »Vermutlich. Ich habe ... Wahrscheinlich ist das einfach so, wenn man Kinder hat. Man will das Beste für sie, will sehen, wie sie flügge werden und das Nest verlassen. Auf Benji wartet eine große Zukunft, glaube ich. Eines Tages. Aber nicht hier.« Er zuckte die Achseln. »Du wirst noch an mich denken, wenn du selber mal Kinder hast.«

Das war eher unwahrscheinlich. Nate hatte nicht die nötige Geduld. Er mochte Kinder nicht, und sie mochten ihn nicht. Das war einfach nichts für ihn. Trotzdem erwiderte er: »Klar.« Weil er wusste, dass das von ihm erwartet wurde.

»Ich lass dich dann mal weiterfahren«, meinte Eddie. »Du hast noch ein ganzes Stück vor dir, und ich könnte den ganzen Tag hier draußen stehen und quatschen. Zumindest sagt meine Frau das. Und ihre Schwestern. Und Benji. Und die meisten hier in Roseland.«

Nate bezweifelte es nicht. Big Eddie war genau der Typ dafür: offen und freundlich. Nate war nicht so. Überhaupt nicht. Er steckte seinen Geldbeutel wieder ein. »Danke.«

Eddie schüttelte ihm noch einmal die Hand. Ein bisschen fester diesmal, als wollte er Nate stumm etwas mitteilen.

»Wenn du was brauchst, rufst du mich an, verstanden? Deine Vorräte werden nicht ewig halten. Ruf an, dann treffen wir uns auf halbem Weg, damit du es nicht so weit hast.«

»Das ist nett, aber du musst nicht ...«

»Nate, nimm es als das, was es ist: ein bisschen Freundlichkeit. Manchmal brauchen die Menschen das, auch wenn sie sich nicht trauen, darum zu bitten.«

Nate sah weg und räusperte sich. »Danke. Mach ich.« Er drehte sich um.

Bevor er losfuhr, warf er einen Blick zurück. Eddie stand neben seinem Sohn an der Theke und starrte das Blatt Papier dort an. Benji tat das Gleiche. Die Ähnlichkeit zwischen den beiden war erstaunlich. Wie der Vater, so der Sohn.

Nate trat aufs Gaspedal und ließ Roseland hinter sich.

Hinter einem kleinen Dickicht aus Büschen und Sträuchern stand ein Schild. Wenn man nicht wusste, dass es da war, konnte man es glatt übersehen und die Abzweigung auch. Nate wäre beinahe daran vorbeigefahren. Ein Hirsch, der links der Straße zwischen den Bäumen verschwand, hatte ihn abgelenkt. Er trat fester auf die Bremse als beabsichtigt. Der Sicherheitsgurt grub sich in seine Hüfte, und die Reifen quietschten. Dann warf er einen Blick in den Rückspiegel, um sich zu vergewissern, dass bei seinem trotteligen Fahrmanöver niemand hinter ihm gewesen war.

Die Straße war leer. Seit Roseland hatte Nate kein anderes Auto mehr gesehen.

HERSCHEL LAKE stand auf dem Schild. 15 MEILEN.

Der Pfeil darunter wies zu einem Feldweg.

Dort stand er nun, mitten auf einer Straße mitten im Wald, und das weit länger als nötig.

Dann schaltete Nate den Blinker ein und bog ab.

Die Fahrt war angenehmer, als er erwartet hatte. Big Eddie hatte recht gehabt mit dem milden Winter. Die Frühlingsluft fühlte sich anders an, elektrisch. Normalerweise lag um diese Jahreszeit noch Schnee, das Rot und Violett der bereits sprießenden Blumen beinahe ein Schock zwischen all dem Weiß. Auch Stürme waren zu dieser Jahreszeit keine Seltenheit.

Aber so war es einfacher. Nate hatte nicht daran gedacht, Schneeketten aufzuziehen, als er Eugene nach dem Termin mit dem Notar verlassen hatte. Er war von DC hergeflogen, und der Notar hatte ihn am Flughafen abgeholt. Nates Bruder hatte keine Zeit gehabt. Das hatte er zumindest behauptet, aber Nate wusste es besser. Er spürte, dass der Notar ihn mit Fragen bombardieren wollte *(warumwarumwarum)*, doch aus irgendeinem Grund hatte er es nicht getan. Stattdessen beteuerte er, wie leid ihm die Sache mit Nates Eltern tat, um im nächsten Atemzug von den Trailblazers zu reden.

»Hab Sie gar nicht bei der Beerdigung gesehen«, sagte er.

»Richtig«, erwiderte Nate und starrte aus dem Fenster.

»Kein Geld«, sagte der Notar etwas später. »Die Leute wollen immer wissen, wie viel Geld sie bekommen, deshalb sag ich's Ihnen gleich: Die Familie Ihres Bruders hat alles geerbt. Für die Kinder. Das College ist teuer.«

Nate wollte ihr Geld nicht.

Er wollte weder die Hütte noch den Pick-up.

Er nahm sie trotzdem, weil es sonst nichts gab.

»Unterschreiben Sie hier«, hatte der Notar gesagt. »Und hier, hier die Initialen, und hier und hier, und sehen Sie sich das an: Sie sind jetzt stolzer Besitzer eines 1974er Ford F-100 und einer Hütte mit vier Morgen Grund mitten im Nirgendwo. Glückwunsch. Shelly, würden Sie bitte die nötigen Kopien für Mr. Cartwright machen.«

Die Sekretärin ließ ihren Kaugummi knallen und tat wie ihr aufgetragen.

Nate bekam die Schlüssel. Vordertür. Hintertür. Schuppen. Zwei für den Pick-up.

Er bekam die Kopien.

Man brachte ihn zur Tür.

»Melden Sie sich, wenn Sie noch etwas brauchen«, sagte der Notar, doch beide wussten, dass dies das letzte Mal war, dass sie miteinander sprachen.

Der Pick-up stand auf dem Parkplatz. Sein Bruder hatte ihn ein paar Tage zuvor dort abgestellt.

Weiß mit grünen Zierleisten. Die Reifen sahen schon ein wenig abgefahren aus. An der Heckscheibe befand sich ein Gewehrständer – derselbe, auf dem sein Vater die Schrotflinte abgelegt hatte, mit der er Nates Mutter und dann sich selbst erschossen hatte. Nate stand lange auf dem Parkplatz und starrte den Ständer an.

Er blieb ein paar Tage in Eugene, mietete sich ein Zimmer im Motel 6 und erledigte Telefonate. Damit das Wasser wieder angestellt wurde. Außerdem bezahlte er noch ein paar weitere Monate im Voraus die Miete für den Lagerraum in DC. Seine Korrespondenz ließ er an ein Postfach weiterleiten, das er jeden Monat überprüfen würde.

Damit war Nate Cartwrights Leben handlich eingepackt und verschnürt.

In seiner letzten Nacht im Motel starrte er die Decke an und lauschte den Trucks auf dem Highway.

Am nächsten Tag ging Nate zu Walmart, kaum dass der Laden geöffnet hatte, und kaufte alles, was er für einen ausgedehnten Aufenthalt in den Bergen brauchen würde. Als die Kassenkraft ihm den Betrag nannte, zuckte er mit keiner Wimper. Es spielte keine Rolle.

Nate fuhr über ein Schlagloch.

Der ganze Pick-up erzitterte.

Er nahm ein wenig Tempo raus, denn er hatte keinen Ersatzreifen dabei und konnte keinen Platten gebrauchen.

In den Fünfzigern und Sechzigern war Herschel Lake ein beliebtes Urlaubsziel gewesen. Wo früher nur eine Handvoll Hütten gestanden hatte, standen plötzlich Dutzende. Ferienhäuser und Zweitwohnungen, gerade weit genug voneinander entfernt, um den Bewohnern ein Gefühl von Abgeschiedenheit zu vermitteln. Der umliegende Wald hallte von Picknickgeräuschen wider, der See von spielenden Kindern, die von den Stegen und Seilschaukeln aus ins Wasser sprangen.

Gegen Ende der Siebziger war es damit jedoch vorbei. Die Firma, der die meisten der Hütten gehörten, ging bankrott. Das Landverwaltungsamt kaufte einen Großteil des Waldes und überließ die Hütten dem Verfall.

Nates Eltern kamen 1980 hierher. Sie hatten sich in die Gegend verliebt und ein zum Verkauf stehendes Häuschen entdeckt, weit weg von allen anderen. Der Besitzer war von seinen Kindern ins Altersheim gesteckt worden und nun wollten sie die Hütte loswerden. Zwei Monate später gehörte sie den Cartwrights.

Er war dreizehn, als er das erste Mal herkam.

Die Stille machte ihm Angst.

Nach einer Woche hatte er sich daran gewöhnt.

Sein Zuhause kam ihm danach immer so laut vor.

Genau das wollte er jetzt: Stille. Zeit zum Nachdenken. Überlegen, wie es weitergehen sollte.

Zwanzig Minuten später sah er den See. Die Sonne spiegelte sich auf der Oberfläche und er musste gegen die Nachbilder in seinen Augen anblinzeln.

Er überlegte anzuhalten. Seine alten Chucks auszuziehen und die Füße ins kalte Wasser zu strecken. Lake Herschel wurde von Gebirgsbächen gespeist. Die Luft war bereits deutlich kühler als in Roseland. Vielleicht würde die Kälte ihm einen wohltuenden Schock verpassen. Sein Gehirn zu einem Neustart veranlassen.

Aber die Sonne stand schon tief, der Himmel begann sich zu verdunkeln.

Nate wollte die Hütte noch im Hellen erreichen. Und die lag auf der anderen Seite des Sees.

Er fuhr weiter.

Als er die Abzweigung zu der langen Zufahrt erreichte, gingen die ersten Sterne auf. Zehn Minuten zuvor hatte er die Scheinwerfer eingeschaltet, weil die dicken Bäume das ersterbende Sonnenlicht abschirmten. Auch das Fenster hatte er hochgekurbelt. Das Kribbeln auf seiner Haut kam bestimmt von der kalten Bergluft, sagte er sich.

Als er in die Zufahrt einbog, blinkte er wieder. Die Macht der Gewohnheit. Außer ihm gab es hier niemanden.

Die Fahrbahn war etwas rauer als auf dem Feldweg. Sein Pick-up ratterte und ächzte. Das Licht der Scheinwerfer ließ die Schatten zwischen den Bäumen tanzen. Er fuhr langsam, lauschte, wie seine wenigen Habseligkeiten auf der Ladefläche herumhüpften und die Benzinkanister lautstark über das Blech schabten.

Und dann, genau wie vor vierzehn Jahren, als er sie zum ersten Mal erblickt hatte, sah er die Hütte.

Nichts Großartiges. Einstöckig, mit einer kleinen Veranda und zwei Schlafzimmern, das eine ein bisschen größer als das andere. Zwei Bäder, beide mit Duschen, aus denen das Wasser entweder kochend heiß oder eiskalt kam. Eine behelfsmäßige Küche mit einem Ofen und einem uralten Kühlschrank. Ein Wohnzimmer mit Couch. Seine Mutter hatte darauf bestanden. Sie wolle nicht wie eine Wilde im Wald hausen, hatte sie gesagt. Es war eine ziemliche Plackerei gewesen, das Ding mit Expandern auf die Ladefläche zu schnallen und hier raufzufahren, nur um dann festzustellen, dass sie nicht durch die Eingangstür passte. Einen Moment lang hatte Panik geherrscht. Seine Eltern bekamen diesen Gesichtsausdruck, der stets einen Schreianfall ankündigte. Da wies Nates Bruder sie darauf hin, dass die Hintertür breiter war, und dann funktionierte es doch. Die Polsterung bekam zwar einen Riss ab, und der Türrahmen splitterte leicht, aber sie schafften es. Alle vier lachten, während ihnen der Schweiß von den Gesichtern tropfte.

Doch für Nate waren das Beste an der Hütte die Bücher.

Sie hatten die Hütte in dem Zustand gekauft, in dem sie war. Die Kinder des Vorbesitzers hatten alle wichtigen Erinnerungsstücke mitgenommen und dabei Dinge zurückgelassen, die Nate noch nie gesehen hatte. Einen Hirschkopf mit glänzend schwarzen Augen im Wohnzimmer. Es war ein Achtender. (»Nimm das runter«, sagte seine Mutter noch während der ersten Minuten.) Mehrere Dutzend Dosen Pökelfleisch. (»Das Zeug wird wohl nie schlecht«, murmelte sein Vater mit einem Blick in die Speisekammer.) Zwei Zigarettenschachteln, beide bereits geöffnet. (»Erzähl bloß Mom nichts davon«, warnte ihn sein älterer Bruder. »Die will ich alle wegqualmen.«)

Und Bücher, so viele Bücher.

Sie säumten das alte Regal an der hinteren Wohnzimmerwand. Hunderte, die meisten davon Western von Louis L'Amour (*Brennende Hügel* und *Eine Frau für 60.000 Dollar* und *Eiskaltes Blut* und *Die Plünderer*). Auf ein paar Bücher konnte Nate nur einen kurzen Blick werfen, bevor seine Mutter sie verschwinden ließ (*Teacher's Pet* und *Perversity* und *Anything Goes*). Die spärlich bekleideten Frauen auf dem Umschlag hatten sich in anzügliche Posen geworfen. In einem der Klappentexte war von einer Judy die Rede, die nach dem Unterricht immer länger blieb und dank spezieller Nachhilfe doch noch ihren Abschluss schaffte. Von einer verführerischen Frau mit unersättlichem Appetit. Solche Sachen eben.

Die anderen Bücher aber blieben und waren leichte Beute. So wurden Nates Sommer zu Western voller Cowboys und Indianer und Hochplateaus unter einer glühend roten Sonne. Er schnappte sich ein oder zwei davon und verschwand damit in den Wald. Zum Mittagessen aß er Brombeeren, seine klebrigen Finger hinterließen fliederfarbene Flecken auf den Seiten.

Nate war glücklich gewesen.

Frei.

Vielleicht war er deshalb jetzt wieder hier. Nate Cartwright war schon lange nicht mehr glücklich gewesen. Das Leben war einfacher gewesen mit dreizehn, vierzehn oder fünfzehn, als sein Körper sich veränderte, als er Pickel auf der Stirn bekam, als seine Stimme brach und an bisher kahlen Körperstellen plötzlich Haare wuchsen. Nate war ein schlaksiger Teenager mit dürren Armen und Beinen, der ständig seine Brille zurechtrückte. Sein Bruder hatte sich bitterlich darüber beklagt, schon wieder von seiner Freundin und seinen Kumpels getrennt zu sein, und seine Eltern hatten sich bereits geistig verabschiedet. Doch Nate schnappte sich einfach ein Buch und setzte sich damit stundenlang unter einen Baum. Manchmal las er, manchmal stellte er sich vor, er wäre ein Siedler im Wilden Westen in seiner selbst gebauten Hütte und allein, wirklich allein. So, wie er es am liebsten mochte.

Vielleicht war er deshalb zurückgekommen.

Um allein zu sein.

Er war nicht hier, weil er eine Verbindung zu den beiden Menschen suchte, die ihn aus ihrem Leben geschnitten hatten. Natürlich nicht. Darüber war er hinweg. Eine ganze Weile schon. Dass sie ihm die Hütte und den Pick-up vererbt hatten, bedeutete ihm nichts. Vielleicht hatten sie am Ende doch noch Schuldgefühle bekommen. Es spielte keine Rolle. Nicht jetzt. Nicht mehr.

Die Hütte war dunkel.

Er war erschöpft.

Wenn seine Mutter im September hier gewesen war, konnte es drinnen nicht allzu schlimm sein. Nate würde die Fenster aufmachen und lüften, vielleicht das bisschen Staub aufwischen, das sich mittlerweile angesammelt hatte. Jedenfalls nicht viel Arbeit. Dafür war er dankbar.

Er stellte den Motor ab. Die Scheinwerfer erloschen.

Einzelne Sterne glitzerten, als er die Fahrertür öffnete.

Der Himmel war rot und rosa und orange.

Der See sah aus, als stünde er in Flammen.

Nate hörte Vögel in den Bäumen und das Plätschern der Wellen am Ufer.

Er stieg aus dem Pick-up.

Kies knirschte unter seinen Sohlen.

Die Autotür knarrte, als er sie zudrückte, und es gab ein leises Echo.

Er ging ans Heck des Wagens und holte seinen Seesack. Darin war die Taschenlampe, die er eigens gekauft hatte. Nate schaltete sie mit einem Klicken ein und richtete den Strahl auf die Ladefläche. Sein Hemd verrutschte, als er sich nach einem der beiden Benzinkanister streckte, und er spürte die kalte Karosserie auf seinem nackten Bauch. Nate erzitterte kurz, dann wuchtete er den Kanister von der Ladefläche.

Auf dem Weg zur Hütte versuchte er, nicht an seinen letzten Besuch hier zu denken. Sie waren auf die Veranda zugestolpert. Sein Freund hatte eine Hand in Nates Gesäßtasche gehabt, mit der anderen rieb er über die Haare auf seiner Brust und machte ihm gleichzeitig einen Knutschfleck auf den Hals. Nate war immer schlank gewesen, aber mit einundzwanzig ging er noch täglich ins Fitnessstudio. Sein Körper war härter gewesen damals, definierter. Seine Haare waren frisch geschoren und so kurz, dass man die Kopfhaut sehen konnte. Die Zähne an seinem Hals und die saugende Zunge ließen ihn aufstöhnen. Nates Hose war bereits bis zu den Knöcheln heruntergezogen, als sie die Hütte betraten. Sein Freund kniete sich vor ihn, Nate spürte die feuchte Wärme um seinen Penis und lehnte sich mit geschlossenen Augen gegen die Tür in seinem Rücken.

Zwei Tage später waren seine Eltern aufgetaucht.

»Gib mir den Schlüssel«, bellte sein Vater mit blitzenden Augen. »Gib mir den Schlüssel und lass dich nie wieder hier blicken.«

Jetzt war Nate ein Schatten. Er war dünner, die dunklen Haare zerzaust. Seine Schultern waren kantig und sein Körper weicher. Er hatte nicht mehr so viel Zeit fürs Fitnessstudio. Seine Tage bestanden aus Kaffee, Vor-dem-Computer-sitzen und aus Telefonaten. Oder er lief hinter einem Senator her, der mit einem dünnen Lächeln im Gesicht so schnell ging, wie er konnte, während Nate ihn mit Fragen löcherte. Als glaubte der Kerl, seine Affäre oder das Geld, das er veruntreut hatte, würden verschwinden, wenn er den Jungspund mit dem Mikrofon und die blitzenden Kameras nur lange genug ignorierte.

Vor Kurzem hatte Nate sein Spiegelbild in einem Schaufenster gesehen und sich gefragt, wer der Mann dort war. Der Mann mit den vorstehenden Jochbeinen und den eingesunkenen Wangen. Der Mann, dessen blaue Augen so stumpf und kalt aussahen. Der Mann, dessen Dreitagebart ihn so alt und schmutzig wirken ließ. Der Mann mit dem zerknitterten Hemd und den dunklen Augenringen. Der Mann, der keinen Job mehr hatte, weil er großen Mist gebaut hatte. Hier war er nun, nach sechs Jahren Jagd auf belanglose Geschichten, während er davon geträumt hatte, einen Skandal aufzudecken, der Washington, D.C. in seinen Grundfesten erschüttern würde.

Nate träumte vom Pulitzer-Preis und konnte sich mit seinem Gehalt in einer Stadt, dessen krankes Herz bei jedem Schlag rot, weiß und blau blutete, kaum über Wasser halten.

Es hatte ihn fertiggemacht.

Dann hatte sein Bruder angerufen. Nate hörte »Hütte« und »Pick-up« und dachte sich, *warum nicht, verdammt noch mal?* Er verschwendete hier ohnehin nur seine Zeit. Das bisschen Geld, das er angespart hatte, müsste für eine Weile reichen. Er kündigte sein winziges Apartment, packte sein Zeug zusammen, lagerte das meiste ein und machte sich auf den Weg nach Westen.

Die beste Idee, die er seit Langem gehabt hatte.

Ihm würde schon was einfallen. Er würde sich ein paar Tage Zeit nehmen, bis sein Kopf wieder klar war, sich hinsetzen und sich was überlegen. So wie immer. Er war gut darin, wenn er es sich nur erlaubte.

Nate ging auf den kleinen Schuppen mit dem Generator zu und fummelte nach dem Schlüssel. Die Taschenlampe verrutschte in seinen Fingern, und der Strahl fiel auf seine Füße, während das Benzin im Kanister leise hin und herschwappte. Das Gras unter seinen Füßen fühlte sich weich an.

Schließlich fand er den richtigen Schlüssel. Zum Glück war das Klebeband daran mit einem *S* markiert. Gleich daneben hing einer mit *VT* für Vordertür, dann noch einer mit *HT* für Hintertür. Auf einem Stand BH für Bootshaus, aber seine Eltern hatten nie ein Boot besessen und es am Ende ebenfalls als Lagerraum verwendet. Er würde es ausräumen. Später. Nachsehen, was noch da war.

Der Schuppen war …

Nate blieb stehen.

Der Griff des Benzinkanisters grub sich in seine Finger.

Das Vorhängeschloss am Schuppen war nicht zu.

Die Tür stand offen. Aber nur ein kleines Stück.

Das sollte …

Er schüttelte den Kopf.

Halb so wild. Seine Mutter hatte das Schloss einfach nicht ganz zugedrückt, als sie gegangen war. Ein Flüchtigkeitsfehler. Hoffentlich war der Generator noch in Ordnung. Der Winter war mild gewesen, aber geschneit hatte es trotzdem. Und geregnet.

Nate ging bis zur Tür und stellte den Kanister ab.

Dann, nur um sich zu vergewissern, drückte er den Riegel des Vorhängeschlosses herunter. Er klickte. Zu. Er steckte den Schlüssel ins Loch und drehte ihn herum. Der Riegel sprang auf.

Ein Flüchtigkeitsfehler. Wahrscheinlich war sie abgelenkt gewesen. Vielleicht rief Joy gerade nach ihr, als sie absperren wollte.

Doch als Nate die Tür aufdrückte, kam ihm eine Wolke warmer Luft entgegen. Als wäre der Generator bis vor Kurzem noch in Betrieb gewesen.

Er runzelte die Stirn.

Ging nach drinnen, streckte die Hand aus und berührte den Generator. Das Gehäuse war warm. Eindeutig.

Lief er die ganze Zeit schon?

Nein, das konnte nicht sein. Selbst wenn seine Mutter ihn angelassen hätte, wäre schon vor Monaten das Benzin ausgegangen. Selbst ohne Stromverbrauch wäre …

Er hörte das unverkennbare Klicken einer Pistole.

Etwas Hartes wurde gegen seinen Hinterkopf gedrückt.

Eine Stimme sagte: »Du legst jetzt die Taschenlampe auf den Boden, und danach hebst du ganz langsam deine Hände und verschränkst die Finger im Nacken. Wenn du irgendwas versuchst, irgendeine Bewegung machst und nicht genau das tust, was ich dir gerade gesagt habe, jage ich dir eine Kugel in den Kopf. Verstanden?«

Alles wurde schärfer. Nates Gesichtsfeld verengte sich. Sein Herz begann wie wild zu pochen. Er hörte das Blut in seinen Ohren rauschen. Sein Kopf wurde so leer wie ein weißes Tuch.

Er war schon einmal überfallen worden. In Bethesda, unten in der Metro. Ein Mann mit einem Messer und einem verzweifelten Blick, der ständig hin und her sprang. Er wollte Nates Brieftasche. »Jetzt«, singsangte er. »Jetzt, jetzt, jetzt, ich schwör's dir, mach schnell, gib sie mir, jetzt.«

Es war das gleiche Gefühl gewesen. Angst, klar, die ihn am ganzen Körper erstarren ließ und einen Kurzschluss in seinem Gehirn verursachte, dessen Knistern Nate beinahe hören konnte. Das Messer war nicht gerade klein gewesen, ein Saufänger, scharf und spitz, doch irgendwie schaffte es Nate, seine Brieftasche hervorzuholen. Der Mann schnappte sie sich und rannte auf und davon.

Die Menschen gingen an Nate vorbei, als wäre nichts passiert.

Er stand lange reglos da.

Schließlich machte er einen U-Bahn-Polizisten ausfindig und gab eine Anzeige auf.

»Die werden Sie nie wieder sehen«, erwiderte der Cop. »Ich weiß, es nervt, aber lassen Sie Ihre Karten sperren und besorgen Sie sich einen neuen Führerschein.«

Und genau das tat er.

Seine Brieftasche wurde nie gefunden.

Sie war aus Leder gewesen, ein Geschenk. Nichts Extravagantes. Es waren nur zwanzig Dollar drin gewesen.

Aber noch Monate später hielt Nate jedes Mal die Augen offen, wenn er mit der U-Bahn fuhr. Er wusste selbst nicht, was er tun würde, wenn er dem Kerl noch einmal begegnen sollte, ihn in einem der Waggons sah oder so. Ihn konfrontieren? *Hey, weißt du noch, wie du mir ein Messer unter die Nase gehalten und mir damit jedes Gefühl von Sicherheit genommen hast?*

Aber natürlich sah er ihn nie wieder.

Doch Nates Reaktion jetzt im Schuppen war exakt dieselbe. Als wäre er nicht mehr in seinem Körper. Von ihm getrennt. Alles lief mechanisch ab. Draußen war es kalt, aber er spürte die Kälte nicht mehr. Die Wärme des Generators auch nicht.

Es gab nur noch die Waffe an seinem Kopf.

Die tiefe, raue Stimme hinter ihm.

Er bückte sich langsam, ohne dass der Druck des Pistolenlaufs nachließ.

Er ließ die Taschenlampe fallen. Sie schlug mit einem dumpfen *Klack* auf den Boden.

Wie in Zeitlupe richtete Nate sich wieder auf. Er verschränkte die Hände hinterm Kopf, wie ihm gesagt worden war, und spürte den Schlüsselring in seinem Nacken.

Dann hörte er ein Klimpern und spürte den Schlüsselring nicht mehr.

Der Pistolenlauf blieb, wo er war.

Nate verschränkte die Finger fester.

Er sagte: »Ich habe nicht viel Geld. Mein Portemonnaie ist in der rechten Gesäßtasche. Nehmen Sie alles, was drin ist.«

»Hast du sonst noch irgendwas bei dir?«, fragte die Stimme.

»Nein.«

»Für wen arbeitest du?«

Mit dieser Frage hatte Nate nicht gerechnet. Sein Gehirn konnte sie nicht verarbeiten. Er sagte: »Für niemanden.«

»Bullshit«, knurrte der Mann. »Bist du allein? Wer ist noch bei dir?«

»Niemand.«

»Wer weiß, dass du hier bist?«

Nate blinzelte angestrengt. »Ähm ... Big Eddie. Von der Tankstelle in Roseland. Und mein Bruder wahrscheinlich.« Er schluckte schwer. »Der Notar, der mir die Schlüssel gegeben hat. Das war es.«

»Wovon zum Teufel redest du?«

»Sie haben mich gefragt, wer ...«

»Kommst du vom Berg?«

»Nein. Ich bin die Straße von Roseland her raufgefahren.«

»Du lügst. Wie hast du uns gefunden?«

»Ich habe *niemanden* gefunden.« Nate klang jetzt fast hysterisch. Er konnte nichts dagegen tun. Seine Kehle schnürte sich zu, Panik stieg in ihm auf. »Meine Eltern sind gestorben und haben mir die Hütte vermacht. Ich bin hergefahren, um mir eine Auszeit zu nehmen, okay? Das ist alles. Ich habe sonst nichts, nur diese verfluchte Hütte. Den verfluchten Pick-up, mehr nicht, und ...«

Noch eine Stimme. Weiblich und jünger. »Ich glaube, er sagt die Wahrheit.«

Der Druck des Pistolenlaufs ließ ein wenig nach. »Ich hatte gesagt, du sollst im Haus bleiben.«

Nate schloss die Augen.

»Ich weiß«, erwiderte das Mädchen. Bei Gott, sie klang wirklich sehr jung. »Trotzdem bin ich jetzt hier.«

»Er lügt.« Der Druck wurde wieder stärker. »Was habe ich dir gesagt?«

Das Mädchen seufzte. »Es gibt keine Zufälle. Alles geschieht aus einem Grund.«

Der Mann hustete. Es klang, als hätte er Schmerzen. »Und jetzt ist er hier.«

»Vielleicht soll es so sein. Vielleicht ist er ...«

»Lass das!«

»Deine Verletzung ist noch nicht verheilt. Du solltest dich ausruhen.«

»Mir fehlt nichts. Wir müssen rausfinden, für wen er arbeitet. Es könnte sein, dass sie...«

»Macht er sich gleich in die Hose?«, fragte das Mädchen neugierig. »Das passiert doch, wenn jemand richtig viel Angst hat, oder? Ich habe in einem Buch gelesen, dass man die Kontrolle über den Schließmuskel verliert und ...«

»Art. Geh. Ins. Haus.«

»Nein. Ich lasse dich nicht allein. Du hast es versprochen.«

Der Mann stöhnte gequält. »Großer Gott. Ich hab's nicht vergessen, okay? Ich weiß, was ich dir versprochen habe, aber wir dürfen kein Risiko eingehen. Es gibt keine Zufälle. Es hat einen Grund, dass er hier ist, und wir müssen ...«

»Sie hat recht«, hörte Nate sich sagen. »Ich lüge nicht, das schwöre ich. Ich ...«

Noch mehr Druck durch die Pistole. »Kein Wort mehr zu ihr, ist das klar?«, knurrte der Mann. »Sag mir, wie du uns gefunden hast. Sag mir, wer noch alles kommt.«

»Niemand«, krächzte Nate. »Ich bin allein. Das ist die Hütte meiner Eltern. Sie sind tot. Die Hütte ist jetzt mein einziges Zuhause. Ich kann nicht ...«

Die Pistole verschwand.

Nate hörte, wie der Mann einen Schritt von ihm weg machte. Er holte tief Luft. Seine Kehle schmerzte.

»Du lässt deine Hände, wo sie sind«, sagte der Mann. »Jetzt dreh dich langsam um. Wenn du nicht tust, was ich sage, erschieße ich dich.«

Beinahe hätte Nate gelacht.

Stattdessen drehte er sich um.

In der Dunkelheit hinter ihm stand ein Mann und hielt eine sehr große Pistole auf ihn gerichtet. Sein kurzes schwarzes Haar erinnerte an einen Buzz Cut, und seine dunklen Augen beobachteten jede von Nates Bewegungen. Er war etwas älter, hatte Falten um den Mund und die zusammengekniffenen Augen. Er war blass und unrasiert und seine Hand zitterte leicht. Die andere hielt er an seine Seite gepresst. Er trug Jeans und ein offenes Flanellhemd. Nate konnte die Haare auf der Brust und dem Bauch sehen, außerdem etwas, bei dem es sich um einen dicken Verband zu handeln schien.

Neben ihm stand ein kleines Mädchen.

Sie schien keine Angst zu haben. Im Gegensatz zu dem Mann neben ihr, an dessen Hemdsaum sie sich mit einer Hand festhielt. Sie sah auch nicht so wütend aus wie er, sondern lediglich neugierig. Ihre blonden Haare waren zu einem losen Pferdeschwanz gebunden, von dem um die Ohren herum ein paar Strähnen abstanden. Sie hatte große Augen und eine Stupsnase. Auf ihrem viel zu großen T-Shirt prangte ein Glücksbärchi.

Der Mann war ein Riese, viele Zentimeter größer als Nate, und schien beinahe genauso breit wie groß zu sein. Das Mädchen reichte ihm gerade mal bis zur Hüfte.

»Howdy, Cowboy«, sagte die Kleine. »Mein Name ist Artemis Darth Vader. Schön, deine Bekanntschaft zu machen.«

»Art«, brummte der Kerl neben ihr.

»Du hast gesagt, dass ich mich normal benehmen soll, Alex«, erwiderte sie. »Normale Leute stellen sich vor. Das habe ich in einem Buch gelesen.«

»Was zum Teufel ...?«, murmelte Nate.

»Ich hab dir außerdem gesagt, dass du nicht mit Fremden sprechen sollst«, bellte der Mann – Alex? – zurück. Die Pistole zeigte leicht nach links, als schwankte er.

»Er ist kein Fremder«, widersprach das Mädchen. »Er heißt Nathaniel Cartwright und wohnt in Washington, D.C.«

»Woher weißt du ... Ist das *mein* Geldbeutel?«

Sie sah ihn an. »Ja. Das ist deiner. Messerscharf kombiniert.«

»Wie hast du ...« Sie musste ihm das Portemonnaie aus der Hosentasche gezogen haben. Er hatte es nicht mal gemerkt.

»Du sagtest, wir könnten ihn haben. Oh, da ist wirklich nicht viel Geld drin. Wie schade. Ich mag Geld. Es riecht so lustig.«

»Art!«, bellte der Mann noch einmal. »Geh zurück ins Haus. Jetzt.«

Und dann, wahrscheinlich, weil es die einzige Möglichkeit war, wie der Abend noch bizarrer werden konnte, rollten die Augen des Kerls nach hinten und er brach zusammen.

Die Pistole fiel zu Boden.

»Ich habe ihm gesagt, er soll es nicht übertreiben«, erklärte das Mädchen, das sich als Artemis Darth Vader vorgestellt hatte. »Er muss lernen, besser auf mich zu hören.« Sie sah wieder Nate an. »Also Nathaniel Cartwright aus Washington, D.C. Wie wär's, wenn du deinen Arsch hier rüberschiebst und einem Kumpel ein bisschen unter die Arme greifst? Wir müssen diesen Cowboy hier in die Hütte kriegen.«

Nate tat das Einzige, was ihm einfiel.

Er verlor ebenfalls das Bewusstsein.

ZWEI

»... **du hättest ihn** fesseln sollen. Wir dürfen kein Risiko eingehen.«

»Das werde ich *nicht* tun. Man bindet Gäste nicht irgendwo fest, Alex.«

»Er ist kein Gast. Er ...«

»Er ist auf den Fotos.«

»Was?«

»Die Fotos. Im Schlafzimmer, im Flur, über dem Kamin, auf allen. Er ... Nein, nicht bewegen. Ich hole sie, wenn du es selbst sehen möchtest. Wenn du mir einfach vertrauen würdest, könnte ich ...«

»Es geht nicht um Vertrauen, sondern ums Überleben, wie ich dir schon oft genug gesagt habe. Wir dürfen nicht...«

Nate stöhnte.

»Oh, sieh mal«, sagte das Mädchen. »Er wacht auf.«

»Bleib weg von ihm. Art, lass ...«

Jemand pikste Nate in die Wange.

Er öffnete die Augen.

Das Mädchen blickte neugierig auf ihn herunter. Ihre Augen waren so grün und strahlend, wie er es noch nie gesehen hatte. Geradezu bezaubernd.

Nate schluckte angestrengt und setzte sich ruckartig auf.

»Howdy, Kumpel«, sagte die Kleine. »Willkommen zurück. Du warst zwanzig Minuten und sieben Sekunden lang bewusstlos. Das ist eine lange Zeit für jemanden wie dich.«

Nate saß auf der Couch. Sie hatten ihm seine Chucks ausgezogen und eine Decke über ihn gebreitet, die nun in seinen Schoß gerutscht war. Sein Kopf war schwer, die Muskeln steif.

Der Mann saß ihm gegenüber auf einem Stuhl, den sie aus der Küche geholt haben mussten. Sein Hemd war jetzt etwas weiter zugeknöpft, der Verband nicht mehr zu sehen. Die Pistole lag auf seinem mächtigen Oberschenkel, die Hand hatte er auf den Griff gelegt. Sein Atem ging flach, und er ließ Nate keine Sekunde aus den Augen.

»Sie können mich nicht töten«, sagte Nate. Es war das Erste, was ihm einfiel.

»Doch, das kann ich«, erwiderte der Mann mit einem spöttischen Lächeln. »Ein Kinderspiel. Du wärst überrascht.«

»Er sagt die Wahrheit«, bestätigte das Mädchen ernst. »Er ist ein Revolverheld. Ein einsamer Wolf, der Lauf seines Colts war noch heiß, als er seinen Hut ins Gesicht zog und dem Sonnenuntergang entgegenri...«

»Ich hab dir gesagt, du sollst die Finger von diesen verdammten Büchern lassen«, brummte der Mann.

»Tja, du hättest mir die anderen eben nicht wegnehmen dürfen, die angeblich nicht für mein Alter geeignet sind, obwohl ich ...«

»Art.«

Sie verdrehte die Augen. Dann fragte sie: »Hab ich das richtig gemacht? Hab ich genervt ausgesehen, weil ich nicht nachlesen durfte, warum Judy nach dem Unterricht immer länger geblieben ist? Ich meine, warum hat der Lehrer ihr nicht einfach Zusatzaufgaben gegeben, damit hätte sie doch genauso ... Oh. *Oh.*« Sie runzelte die Stirn. »Ich kann mir nicht vorstellen, dass das moralisch korrekt war.«

»Wer bist du?«, fragte der Mann.

»Nathan...« Er musste husten. »Nathaniel Cartwright.«

»Siehst du«, sagte das Mädchen. »Genau wie ich dir gesagt habe.«

»Weshalb bist du hier?«

»Das hier ist meine Hütte«, antwortete Nate und wunderte sich, wo die Wut plötzlich herkam. Andererseits hatte man ihn mit einer Pistole bedroht und zwei Fremde waren in seiner Hütte. Möglicherweise schämte er sich auch ein bisschen, weil er ohne Grund das Bewusstsein verloren hatte. Ja, verflucht, auch *das* machte ihn wütend. Sein Blut kochte. Er stand auf und die Decke fiel zu Boden. Seine Mutter hatte das hässliche Ding gehäkelt.

Der Mann richtete den Lauf der Pistole auf ihn.

Das Mädchen trat einen Schritt zurück.

»Das ist *meine* Hütte«, wiederholte Nate, diesmal mit mehr Nachdruck. »Sie haben kein Recht, mich zu fragen, was ich hier tue, denn ich wohne hier. Wer zum Teufel sind Sie überhaupt? Wissen Sie was? Es ist mir egal. Ich rufe jetzt die Cops.«

Der Mann spannte den Abzug. »Das wirst du nicht tun.«

»Wenn Sie es wirklich wollten, hätten Sie mich bereits erschossen«, erwiderte Nate und tastete nach seinem Handy. Da fiel ihm ein, dass er es im Pick-up gelassen hatte.

»Junge, Junge«, meinte das Mädchen. »Das hättest du besser nicht gesagt.«

Der Mann drückte ab. Der Knall hallte kurz und scharf durch das kleine Wohnzimmer, und Nate hätte schwören können, dass er einen Luftzug an seiner Wange spürte. Er drehte langsam den Kopf und sah ein gezacktes Loch in der Wand neben ihm. Seine Haut fühlte sich an, als würde sie vibrieren.

»Täusch dich nicht«, sagte der Fremde kalt. »Denn ich werde tun, was immer nötig ist, um die Kleine ...« Er verstummte und beugte sich mit schmerzverzerrtem Gesicht vornüber.

Das Mädchen war sofort an seiner Seite und fasste ihn an den Schultern.

»Was ist los mit ihm?«, fragte Nate. Er hatte das Gefühl, als würde er schweben. Als hielte ihn nur noch ein dünner Faden auf dem Boden.

»Nichts«, antwortete der Mann durch zusammengebissene Zähne. »Ich habe nur ...«

»Er wurde angeschossen«, erklärte das Mädchen. »Von einer blöden Kuh, die uns nicht vorbeilassen wollte.«

»Angeschossen«, wiederholte Nate tonlos. »So wie er mich gerade eben beinahe angeschossen hätte.«

»Er hat dich verfehlt«, protestierte das Mädchen.

»Habe ich nicht«, widersprach der Mann. Seine Stirn glänzte vor Schweiß.

Nate wusste nicht, was er darauf erwidern sollte. »Warum bringst du ihn nicht ins Krankenhaus?«

Sie blickte über die Schulter. »Weil man nicht ins Krankenhaus geht, wenn man auf der Flucht ist. Weißt du denn *gar* nichts?«

»Großer Gott, Art. Du wirst uns noch ...«

»Er hat keine Ahnung«, fiel sie dem Mann ins Wort. »Und deshalb erkläre ich es ihm. Du sollst nicht so viel sprechen. Je mehr du sprichst, desto stärker werden die Schmerzen, und ich mag es nicht, wenn du Schmerzen hast. Du musst wieder gesund werden und bei mir bleiben. Ich habe geweint, Alex. Es ist nicht nett von dir, wenn du mich zum Weinen bringst.«

Und, oh Wunder, der Gesichtsausdruck des Kerls wurde ein wenig sanfter. »Du brauchst nicht zu weinen, Art. Schon gleich gar nicht wegen mir.«

Sie schob sein Hemd zurecht. »Und du brauchst dich weder anschießen lassen noch so unhöflich sein. Ich mag beides nicht.«

»Es war das erste Mal, dass ich angeschossen wurde.«

»Das schon, aber unhöflich bist du, seit ich dich kenne.«

Der Mann sank wieder gegen die Stuhllehne und legte den Kopf in den Nacken. Die Pistole lag jetzt locker in seiner Hand. Es wäre so leicht …

»Hier«, sagte Art, nahm die Pistole und hielt sie Nate hin.

Der Mann riss die Augen auf. »Was *tust* du da?«

»Er hat darüber nachgedacht, sie sich zu schnappen«, antwortete Art. Die Waffe sah riesig aus in ihrer kleinen Hand. »Ich dachte mir, wenn ich sie ihm gebe, weiß er, dass er uns vertrauen kann.« Sie überlegte. »Oder zumindest *mir*, nachdem du ihn beinahe erschossen hättest, um zu beweisen, was für ein harter Kerl du bist.« Sie sah wieder Nate an. »Ist er doch, oder? Sag Ja, dann fühlt er sich gleich besser.«

»Ja«, bestätigte Nate gehorsam.

Art wandte sich wieder dem Mann zu. »Geht es dir jetzt besser?«

»Gib mir die Pistole«, sagte der nur.

»Nein. Nathaniel, komm her und nimm sie dir.«

»Nathaniel, du rührst das Ding nicht an, sonst …«

Nate schnappte sich die Pistole und richtete sie auf die beiden. Er hatte keine Ahnung, wie man so ein Ding benutzte.

»Nathaniel«, warnte das Mädchen. »Werd jetzt nicht unhöflich.«

Der Mann erhob sich stöhnend und schob Art hinter sich. Sie stieß ein protestierendes Quieken aus, blieb aber, wo sie war, und beäugte Nate neugierig. »Ich hoffe für dich, dass du damit umgehen kannst.«

Nate legte den Zeigefinger an den Abzug.

Der Lauf zitterte.

»Er wirkt unsicher«, flüsterte Art. »Das macht keinen guten Eindruck, wenn man mit einer Waffe auf jemanden zielt.«

Sie klang kein bisschen verängstigt, trotzdem hatte Nate ein schlechtes Gewissen. Natürlich. Sie war ein kleines Mädchen, und was auch immer hier vorging, war nicht ihre Schuld.

Er sagte: »Ich hole jetzt mein Telefon und dann rufe ich die Polizei.«

»Du hast das Ding immer noch auf mich gerichtet«, sagte der Mann und schob Art noch weiter nach hinten. Diesmal war ihr die Verärgerung deutlich anzusehen. »Und ich habe dir gesagt ...«

Es war natürlich nur ein Ablenkungsmanöver. In einem Moment hatte der Fremde Nate noch mehrere Schritte entfernt gegenübergestanden, im nächsten nicht mehr. Jetzt hielt *er* die Pistole wieder in der Hand.

Nate brauchte ein paar Sekunden, um zu begreifen, was gerade passiert war. Er ließ seine leere Hand sinken.

Diesmal richtete der Mann die Waffe jedoch nicht auf ihn, sondern setzte sich stöhnend wieder auf seinen Stuhl.

Das Mädchen blickte zwischen ihm und Nate hin und her. »Nachdem ihr zwei Höllenhunde das geklärt habt, könnten wir uns vielleicht um wichtigere Dinge kümmern?«

Keine Balken.

Nicht ein einziger Balken auf dem scheiß Nokia.

Nate saß im Pick-up und starrte das matt schimmernde Display an.

Sie hatten nicht versucht, ihn aufzuhalten. Nun, das stimmte nicht ganz. Der Mann hatte aufstehen wollen, aber das Mädchen hatte ihn mit einer Hand auf seiner Schulter zurückgehalten. Eine beachtliche Leistung für eine so kleine Person.

»Er kommt wieder«, sagte sie nur, als Nate aus der Tür stürmte.

Von wegen.

Er hielt das Telefon an die Decke des Pick-ups.

Keine Balken.

»Komm schon«, murmelte er.

Er stieg aus.

Die Luft war kalt, die Sonne verschwunden.

Er lief im Kreis herum.

Keine Balken.

Er kletterte auf die Ladefläche.

Keine Balken.

Er sprang in die Luft und hielt das Handy so hoch er konnte.

Immer noch keine Balken.

Er sah hinüber zum Dach der Hütte.

Besser nicht, sagte er sich.

Er sollte verschwinden. In den Pick-up steigen und zurück nach Roseland fahren.

Selbst wenn er sich Zeit ließ, wäre er in ein bis zwei Stunden dort.

Dort hätte er Netz und könnte die Polizei verständigen.

Oder Big Eddie anrufen. Wahrscheinlich müsste er dazu nicht einmal die ganze Strecke bis Roseland fahren.

Ja. Das hörte sich nach einem guten Plan an.

»Genauso mache ich es«, sagte Nate leise. »Es ist vernünftig und sicher. Ein guter Plan.«

Er stieg wieder ein und kramte in seiner Hose nach dem Zündschlüssel.

Aber da war er nicht.

Er hatte seinen Schlüsselring nicht mehr.

»Verdammte *Scheiße*«, knurrte Nate und schlug auf das Lenkrad.

Wann hatte er ihn zuletzt gehabt? Das musste im Schuppen gewesen sein, kurz bevor ... Genau, kurz bevor er das Bewusstsein verlor. Er hatte den Schlüsselring gerade noch in seinem Nacken gespürt unter all der Panik wegen der Pistolenmündung an seinem Kopf. Entweder lag er dort auf dem Boden, oder die beiden hatten ihn mitgenommen, als sie ihn in die Hütte ...

Etwas klingelte in seinem Hinterkopf, Unglauben vermischt mit tausend Fragezeichen. Hier konnte etwas nicht stimmen. Denn wie genau sollte sich das zugetragen haben? Der Mann war genauso ohnmächtig gewesen wie Nate. Das Mädchen konnte sie unmöglich beide in die Hütte getragen haben. Also musste der Mann wieder aufgewacht sein und ...

Aber er war verletzt.

Angeschossen.

Nate war noch nie angeschossen worden, doch er konnte sich die Schmerzen vorstellen, die der Kerl haben musste. Nate mochte schlank sein, aber er war über eins achtzig und damit nicht gerade klein. Zugegeben, der Typ war viel breiter als er und wahrscheinlich gut dreißig Kilo schwerer, doch das änderte nichts an seiner Schusswunde und ...

Falls Nate es schaffte, ihn zu überraschen, könnte er ...

Oder die beiden taten nur so, als wäre der Mann verletzt.

Oder es war *noch* jemand in der Hütte. Vielleicht die Mutter der Kleinen?

Nate war sich sicher, dass seine Schlüssel nicht mehr im Schuppen waren.

Also stieg er aus und marschierte auf die Straße zu. Er würde zu Fuß gehen.

Nach drei Schritten blieb er stehen und drehte sich wieder um.

Diese drei waren in *seiner* Hütte.

Er war *nicht* derjenige, der hier nicht hergehörte.

Er machte einen entschlossenen Schritt Richtung Veranda.

Aber sie hatten eine Pistole und der Mann hatte bereits auf ihn geschossen.

Sein nächster Schritt war schon etwas weniger entschlossen.

So wie der danach.

Und die darauffolgenden.

Als Nate die Verandatreppe schließlich erreichte, schwitzte

er trotz der Kälte. Seine Hände zitterten, und sein Kopf schmerzte.

Er schaffte es die Stufen hinauf, das Holz knarrte unter seinen Füßen.

Die Tür stand immer noch einen Spaltbreit offen, aber Nate konnte drinnen nicht viel erkennen.

Er stählte sich, nahm einen tiefen Atemzug und drückte die Tür ganz auf.

Der Mann saß immer noch auf dem Stuhl, den Kopf in den Nacken gelegt, die Augen geschlossen.

Das Mädchen stand neben ihm, eine Hand auf seiner Schulter.

Die Pistole lag auf dem Kaffeetisch.

»Ich hab ja gesagt, er kommt wieder«, kommentierte sie, ohne Nate anzusehen.

Der Mann öffnete sein rechtes Auge ein kleines Stück. »Hm?«

»Wer ist sonst noch hier?«, wollte Nate barsch fragen, doch die Worte klangen ein wenig schrill.

Der Mann schloss das Auge wieder. »Was?«

»Hier drin«, wiederholte Nate. »Wer ist sonst noch in der Hütte?«

Art neigte nachdenklich den Kopf, schließlich erwiderte sie: »Niemand. Nur wir drei.«

Nate nickte. »Okay. Dann wurden Sie in Wirklichkeit gar nicht angeschossen.«

Der Mann schnaubte.

»Leider doch«, widersprach das Mädchen und tätschelte das Knie des Kerls. »Es war unnötig, aber er ist nun mal ein Armleuchter. Magst du Sonnenbrillen?«

»Art«, sagte der Mann mit warnendem Unterton.

»Was denn?«, fragte sie. »Es war nur eine Frage.«

Nate war sich nicht sicher, was er davon halten sollte. »Sonnenbrillen interessieren mich nicht, aber ...«

»Oh«, machte das Mädchen. »Wie schade.« Plötzlich hellte sich ihre Miene wieder auf. »Aber sind das da drüben vielleicht deine Bücher, Kumpel? Die mit dem Pferd namens Benny und einer grenzwertig rassistisch-klischeehaften Karikatur eines amerikanischen Ureinwohners an der Seite des Helden, der durch die staubige Prärie ...«

»Ja, das sind meine«, unterbrach Nate. »Der Stuhl da gehört ebenfalls mir. So wie alles andere, was du hier siehst.«

»Okay, ist ja gut. Du brauchst nicht gleich so anzugeben.«

»Ich, *angeben?*«, prustete Nate. »Bist du noch ganz richtig im Kopf?«

Die Kleine kniff die Augen zusammen. »Aber ja. Du etwa nicht?«

»Jetzt hör mir mal gut zu, Mädchen ...«

»Mein Name ist Artemis Darth Vader. Das habe ich dir bereits gesagt.«

»Das *ist* kein richtiger Name!«

»Oh doch«, beharrte sie, und zum ersten Mal, seit dieser Wahnsinn begonnen hatte, wirkte sie fast ein wenig aufgebracht. »Es ist meiner, er *gehört* mir. Niemand darf ihn mir wegneh...«

Der Mann hob stöhnend eine Hand und drückte ihr sanft die Schulter.

Das Mädchen atmete tief durch. Einmal. Zweimal. Dreimal. Dann seufzte sie.

»Ihr Name ist Artemis oder kurz: Art«, erklärte der Mann leise. »Sie hat ihren Namen sehr gern.«

Nate wusste nicht, was er darauf erwidern sollte.

»Und das hier ist Alex«, erklärte Art. »Er wurde angeschossen, und außer uns beiden ist niemand hier. Wir wussten nicht, dass dieses Haus bewohnt ist. Wir haben nichts kaputtgemacht. Ich habe ein paar deiner Bücher gelesen und wir haben ein paar Dosen aus der Speisekammer gegessen. Es sah nicht so aus, als ob jemand sie vermissen würde, und wir haben in den Betten geschlafen. Aber Alex muss wieder gesund werden, okay? Das ist alles, was ich will. Dass er wieder gesund wird.«

»Wo sind meine Schlüssel?«, fragte Nate leise.

»Ich habe sie fallen gelassen«, antwortete Art mit einem Blick auf Alex. »Vor dem Schuppen. Ich konnte nicht gleichzeitig euch beide und auch noch die Schlüss…«

Alex hustete. »*Wir* konnten nicht gleichzeitig dich und die Schlüssel tragen. Nicht, solange ich so geschwächt bin.«

»Genau«, bestätigte Art. »Weil du eine Kugel abbekommen hast.«

Nate machte auf dem Absatz kehrt und verschwand, bevor einer der beiden noch etwas sagen konnte.

Und da lagen sie. Direkt vor der Tür zum Schuppen.

Nate bückte sich und hob den Schlüsselring auf.

Der Generator brummte.

Er betrachtete die Schlüssel in seiner Hand.

Er musste sich nur in den Pick-up setzen und losfahren, mehr nicht. Er hatte alles, was er brauchte: sein Handy und die Schlüssel. Er hatte noch nicht mal seine Sachen ausgepackt. Keine Zeit. Falls der Mann tatsächlich angeschossen worden war, brauchte ihn der Grund dafür nicht zu interessieren. Es konnte ihm egal sein, warum sie auf der Flucht waren. Vor *wem*. Er brauchte sich nicht mit hineinziehen zu lassen. Zum Teufel, er brauchte nicht einmal irgendjemandem von den beiden zu erzählen. Er konnte einfach nach drinnen gehen, ihnen sagen, dass sie zwei Tage Zeit hatten zu verschwinden, bevor er die Cops rief, und dann irgendwo entlang der Straße in seinem Pick-up übernachten. Wenn er wiederkam, wären die beiden fort, und er könnte so tun, als sei nichts passiert. Er würde weiter sein eigenartiges, einsames Leben führen und sich den nächsten Schritt überlegen. Die nicht vorhandene Trauer über den Tod seiner Eltern betrauern und die Sache damit abschließen. Er brauchte sich nicht wegen eines gefährlichen Mannes und seiner Tochter mit dem seltsamen Namen den Kopf zu zerbrechen.

Ja. Das klang gut.

Er drehte sich um.

Das Mädchen stand hinter ihm.

Nate machte einen Satz in die Luft und außerdem ein ziemlich peinliches Geräusch.

»Howdy«, sagte Artemis Darth Vader.

»Tu das nie wieder«, bellte er.

»Du bist sehr schreckhaft.«

»Du hast dich von hinten an mich *rangeschlichen!*«

»Ja. Ich bin sehr leise. Das ist eine meiner Stärken. Was tust du hier? Nachdenken? Ich mag Nachdenken. Es ist so normal.«

Nate starrte sie an.

Sie lächelte. Wäre nicht vorhin eine Kugel nur wenige Zentimeter an seinem Kopf vorbeigeflogen, hätte er das Mädchen wahrscheinlich wunderschön gefunden.

Aber so, wie die Dinge lagen, war sie eine Flüchtige mit einem verrückten Vater und kurz davor, ihn in ihren Schlamassel mit hineinzuziehen.

»Na ja«, erwiderte er steif. »Wenn du nichts dagegen hast, mache ich mich dann mal vom Acker.«

»Hast du noch mehr zu essen?«

»Ja. Nein! Ich ...«

Sie neigte den Kopf. »Welches von beidem?«

»Wie bitte?«

»Ich habe gefragt, ob du noch mehr zu essen hast, und du hast erst Ja und dann Nein gesagt. Es kann nicht beides gleichzeitig zutreffen. Das wäre paradox.«

»Wie alt bist du?«

»Wie alt bist *du* denn?«

»Hör auf, mich ... Ich bin siebenundzwanzig.«

»Oh. Alex ist vierzig. Älter als du. Hast du noch mehr zu essen? In der Speisekammer war nicht viel, und er muss wieder zu Kräften kommen. Ich wollte gerade in einer anderen Hütte suchen gehen, aber dann bist du gekommen, und nun stehen wir hier, und du sagst Ja und Nein zu einer Frage, auf die es nur eine der beiden Antworten geben kann.« Sie sah ihn weiter unverwandt an. Dann sagte sie: »Ich mag Sonnenbrillen. Alex hat mir eine besorgt, aber jetzt trage ich sie nicht, weil es Nacht ist und Alex sagt, im Dunkeln eine Sonnenbrille zu tragen, sieht bescheuert aus.«

»Ja, ich habe noch mehr zu essen«, erwiderte Nate, um das seltsame Mädchen zum Schweigen zu bringen. »Ich kann ...«

»Gut.« Sie nahm seine Hand und Nate zuckte fast nicht zusammen dabei. »Dann reiten wir doch mal rüber zu deinem Pritschenwagen und sehen nach, Cowboy. Mir gefallen deine Bücher. Sie machen mich glücklich. Machen sie dich auch glücklich?«

Sie waren bereits auf dem Weg zum Pick-up, und Nate hatte nicht einmal gemerkt, wie sie losgegangen waren. »Ich ... weiß es nicht genau.«

»Oh. Das macht nichts. Manchmal ist es schöner, etwas nicht zu wissen. Das hat Alex gesagt. Aber er sagt es nur, wenn ich ihm eine Frage stelle, auf die er keine Antwort weiß. Schlau von ihm.«

Sie erreichten den Ford F-100. Art beobachtete interessiert, wie Nate die Heckklappe öffnete, als hätte sie noch nie jemanden beim Heckklappeöffnen gesehen.

»Hast du Suppe?«, fragte sie höflich. »Ich habe gelesen, dass Suppe gut bei Krankheit ist.« Sie hievte sich mit einem leisen Ächzen auf die Ladefläche und begann, Nates Gepäck zu durchwühlen.

»Er ist nicht krank«, widersprach Nate. »Er wurde angeschossen. Fass das nicht ...«

»Richtig. Aber hast du trotzdem Suppe?«

Hatte er. Suppe war billig und praktisch. Sein Proviant bestand größtenteils aus nicht verderblichen Lebensmitteln und Fertiggerichten, die auch nach Monaten im Gefrierschrank noch in der Mikrowelle zubereitet werden konnten. »Er muss ins Krankenhaus.«

»Nein. Ich kümmere mich um ihn.«

»Die Wunde könnte sich entzünden.«

Sie blinzelte ihn an. »Genau dagegen ist die Suppe.«

»Hör mal, ich könnte euch beide ins Tal fahren und ...«

»Wir sind gerne hier.«

»Das ist *meine* Hütte.«

»Ja, aber du bist allein, und die Hütte ist groß. Wir können sie uns teilen. Oh, sieh mal. Ich hab die Suppen gefunden. Wow, das sind aber viele.« Sie sah ihn über die Schulter hinweg an. »Bist du auch krank?«

Ein Fiebertraum könnte in der Tat einiges erklären. Vielleicht würde Nate bald in seinem Apartment in DC aufwachen und feststellen, dass er alles nur geträumt hatte. »Nein. Ich bin nicht krank.«

»Nicht so wie Alex, aber auf eine andere Art, glaube ich.«

»Würdest du aufhören, in meinen Sachen ... Warum nennst du ihn immer so?«

Sie lud sich vier bis fünf Dosensuppen auf die Arme. »Wie nenne ich ihn denn?«

»Alex.«

»Er heißt so.«

»Wieso sagst du nicht einfach ... Lass mich das tragen. Sonst fällt es dir noch runter.«

Sie warf ihm einen trotzigen Blick zu und klemmte die Dosen unter ihrem Kinn ein. »Ich kann das.«

»Schön. Und wie kommst du jetzt von der Ladefläche runter?«

Arts Blick wanderte zur Heckklappe und dann wieder zurück zu Nate. Sie ging an den Rand der Ladefläche, kauerte sich hin und ließ die Dosen fallen. Sie schlugen scheppernd auf das Blech. Art stellte die Dosen auf, sprang nach unten und lud sie sich wieder auf die Arme.

»So«, sagte sie und ging Richtung Hütte. Vor der Veranda blieb sie stehen. »Hey, hast du auch Brot? Ich habe nämlich gelesen, dass man zu Suppe Toast essen soll und dass Brot zu Toast wird, wenn man es in einen Toaster tut.«

»Ich habe Brot«, antwortete Nate.

»Ich weiß. Ich hab's gesehen. Ich wollte nur wissen, ob du die Wahrheit sagst. Könntest du bitte das Brot mitnehmen?«

Dann stapfte sie die Verandastufen hinauf und verschwand durch die Tür.

Nate starrte ihr blinzelnd hinterher.

Er hatte die Schlüssel noch in der Hand.

Er schloss die Heckklappe und verriegelte sie.

Er könnte einfach fahren. Er hatte alles, was er brauchte. Er hatte den beiden so viel geholfen wie nur möglich. Mehr konnte er nicht tun. Er brauchte nur einzusteigen und loszufahren.

Er ging zur Fahrertür.

Er legte die Hand auf den Griff.

Oder wollte es zumindest.

Stattdessen ging er zurück zur Ladefläche und griff in eine der Papiertüten. Fand das Vollkornbrot, das er auf dem Markt in Eugene gekauft hatte.

»Fahr«, sagte er leise. »Steig ein und fahr los.«

Er ging zur Hütte.

DREI

Alex war auf die Couch umgezogen (worden?), über ihn war die Häkeldecke gebreitet. Er hatte die Augen geschlossen und sein Atem ging flach, aber Nate glaubte nicht, dass er schlief. Die Pistole lag auf dem Stuhl, auf dem er zuvor noch gesessen hatte.

Art war in der Küche und stellte die Dosen sorgfältig auf der Arbeitsplatte ab. Ihre Zungenspitze lugte zwischen den Zähnen hervor vor Konzentration.

Nate machte einen weiten Bogen um die Couch herum und überlegte, die Pistole in seinen Besitz zu bringen. Andererseits hatte er das schon einmal versucht, und es war nicht gut ausgegangen. In der Küche gab es Messer. Vielleicht sollte er sein Glück lieber damit versuchen.

»Es ist keine Hühnersuppe dabei«, sagte Art, als er eintrat.

»Ich weiß.«

»Auf dieser Dose steht *Herzhaftes Chili*. Das ist nicht mal Suppe. Das Wort Suppe wird nicht mal erwähnt.«

»Weil keine Suppe drin ist.«

»Das habe ich doch gerade gesagt.« Sie sah ihn an. »Von Hühnersuppe wird man gesund. Aber hier ist nirgendwo welche drin. Wie soll Alex gesund werden, wenn er kein Huhn bekommt?«

Nate wusste nicht, was er darauf antworten sollte, also sagte er schlicht: »Das da« und tippte auf eine der Dosen.

Art beäugte sie misstrauisch. *»Rind mit Gemüse.«*

»Richtig.«

»Davon wird er wieder gesund?«

»Richtig.«

»Und das ist wissenschaftlich erwiesen, wie bei Huhn?«

»Nicht wissenschaft… Ja, es ist erwiesen. Wie bei Huhn.«

Sie nickte. »Okay. Ich schätze, damit kommen wir durch, Cowboy.«

Er beobachtete, wie Art zu der Schublade neben dem Spülbecken ging und einen Dosenöffner hervorzog, als wüsste sie genau, wo sie nachsehen musste. Als machte sie das nicht zum ersten Mal. Was wahrscheinlich auch stimmte. Sie legte den Dosenöffner neben das *Rind mit Gemüse*, ging zum Esstisch und schob einen der Stühle von dort zur Anrichte. Dann kletterte sie darauf und von da aus auf die Arbeitsplatte.

»Ich kann dir helfen.«

»Ich weiß, wie das geht.« Art öffnete den Wandschrank und holte drei Schüsseln heraus, die schon dort standen, seit Nate ein Kind war. Sie stellte die Schüsseln auf die Arbeitsplatte, schloss den Wandschrank und kletterte wieder nach unten. Sie trug die Schüsseln zu der Dose und dem Öffner, kehrte zum Stuhl zurück und schob ihn vor den Herd. Dann holte sie einen Topf aus einem der Unterschränke, ging damit zum Stuhl, kletterte hinauf, stellte den Topf auf die Platte und schaltete sie ein. Wieder runter vom Stuhl, quer durch die Küche, und mit drei Dosen *Rind mit Gemüse* auf dem Arm zurück zum Herd.

Nate hatte sich während der gesamten Prozedur kein einziges Mal bewegt.

»Kannst du Brot in Toast verwandeln?«, fragte Art, ohne ihn anzusehen. »Ich hab das noch nie gemacht und möchte es nicht vermasseln.«

»Was geht hier vor?«, flüsterte Nate.

»Wir machen Suppe mit Toast, Nathaniel«, antwortete Art,

während sie sich mit dem Dosenöffner abmühte. »Was denn sonst?«

Was denn sonst.

Der Toaster stand neben dem Brotkasten wie immer.

Nate kam sich vor wie in einem Traum, während er mit der noch ungeöffneten Brottüte in der Hand die Küche durchquerte. Art leerte die erste Dose in den Topf und stellte die Platte an. Er dachte kurz daran, sie darauf hinzuweisen, dass Kinder nicht am Herd herumspielen sollten, überlegte es sich aber anders. Er wollte sich nicht von einer Zehnjährigen anmotzen lassen. Das war heute bereits oft genug passiert.

»Wir hatten kein Brot für Toast«, erklärte Art und gab die zweite Dose in den Topf. »Es schien nirgendwo welches zu geben. Ich habe Cracker gefunden, aber die waren schon hart, und Alex mag keine harten Cracker, weil er sagt, sie schmecken nach nichts. Ich fand sie nicht schlecht, aber ich wollte nicht, dass er noch kränker wird, also habe ich sie weggeworfen. Tut mir leid, falls du welche haben wolltest.«

»Schon in Ordnung«, murmelte Nate und fragte sich, was er falsch gemacht hatte, dass sein Leben sich so entwickelt hatte. »Sie waren alt.«

»Man muss nicht alles wegwerfen, was alt ist.«

Dieses Fass wollte Nate gar nicht erst aufmachen, also erwiderte er nur: »Wahrscheinlich.«

»Den Reis habe ich auch weggeschmissen. Eine Maus hat die Tüte angeknabbert und der Reis ist herausgerieselt.«

»Ist mir egal.«

»Ich habe den Reis aufgekehrt.«

»Ist mir egal.«

»Und ihn in den Müll geworfen.«

»Warum erzählst du mir das alles?«

Art rührte in dem Eintopf und blickte auf. Wo sie den Kochlöffel herhatte, wusste Nate nicht. »Weil diese Dinge nicht mir gehörten, ich mich aber darum kümmern musste. Ich wollte, dass du weißt, was aus ihnen geworden ist. Alex hat gesagt, dass diese Sachen nicht uns gehören und wir respektvoll damit umgehen müssen. Ich erweise dir Respekt.«

»Ich ... warum ...« Er zuckte die Achseln. »Danke.«

»Gern geschehen. Macht man so Toast? Die Brotscheiben einfach in der Hand halten?«

»Was?« Nate blickte nach unten. Er hielt tatsächlich zwei Scheiben Brot in der Hand. »Nein. Man steckt sie in den Toaster.«

»Ach so. Ich dachte schon.«

Er funkelte sie an, stopfte das Brot in den Toaster und drückte den Knopf.

»Hey, Cowboy?«

»Ich heiße Nate.«

»Ich dachte Nathaniel.«

»Richtig, Nate ist die ... Du heißt Artemis, oder?«

Sie nickte. »Artemis Darth Vader.«

Darüber dachte er lieber nicht genauer nach. Denn es konnte nur bedeuten, dass ihr Vater Alex Darth Vader hieß und Nate bestimmt *krass* hohes Fieber hatte.

»Art ist die Kurzform von Artemis«, erwiderte er.

»Das hat Alex auch gesagt.«

»Genauso ist es mit Nate und Nathaniel.«

Art runzelte die Stirn. »Ah.« Dann: »Aber wie kann Dick dann die Kurzform von Richard sein?«

Es roch nach Toast und Eintopf. »Was?«

»Wenn Art die Abkürzung von Artemis ist und Nate die von Nathaniel, wie kann Dick dann die Abkürzung von Richard sein? Das ist ein völlig anderes Wort!«

»Ich habe nicht die geringste Ahnung.«

»Ach so. Aber das macht nichts. Dafür weißt du, wie man Toast zubereitet. Das genügt mir.«

Nate dachte, dass er noch nie für so wenig so viel Anerkennung bekommen hatte.

Mit einem *Plopp!* spuckte der Toaster die fertigen Brotscheiben aus.

»Wow«, machte Art und sah ihn an. »So funktioniert das also. Okay. Ich bin beeindruckt. Kannst du das wiederholen, oder muss sich die Maschine erst vierundzwanzig Stunden lang wiederaufladen?«

»Ich kann es wiederholen.«

»Toll. Gut gemacht. Bitte wiederhole es. Zwei für Alex, zwei für dich und sechs für mich.«

»Du kannst nicht sechs Scheiben Toast essen.«

»Warum nicht?«

»Niemand isst sechs Scheiben Toast.«

»Sagt wer?«

»Dieselben Leute, die sagen, dass man statt Hühnersuppe auch *Rind mit Gemüse* verwenden kann.«

»Aha. Wissenschaftler also.«

»Ja.«

Sie kniff die Augen zusammen. »Manchmal liegt die Wissenschaft auch falsch.«

»Ich weiß. Aber in dem Fall nicht. Zwei Scheiben Toast.«

»Vier.«

»Zwei.«

»Drei.«

»Zwei.«

»Du machst das echt gut. Dann also zwei.«

Nate toastete die restlichen Scheiben.

Art stellte den Herd aus und befüllte die Schüsseln. Dampf stieg auf und sie wischte sich eine Haarsträhne aus dem Gesicht. Der Stuhl, auf dem sie stand, geriet ins Wanken, und bevor Nate es verhindern konnte, stützte Art sich mit der freien Hand auf der heißen Herdplatte ab.

Sie stieß ein kleines Zischen aus, ließ die Schöpfkelle fallen und zog die Hand zurück.

Nate handelte, ohne nachzudenken. In seinem ersten Sommer hier hatte er sich die Hand an genau diesem Herd verbrannt. Nur kurz, aber die Blase bildete sich sofort, und seine Mutter hatte gesagt, er solle seine Hand unter kaltes Wasser halten. Das hatte geholfen. Ein bisschen.

Art stieß ein Quieken aus, als er sie packte und zum Spülbecken trug. Doch als er den Hahn aufdrehte, kam kein Tropfen heraus.

»Scheiße«, murmelte er. »Das Wasser ist noch abgestellt. Es wird noch ein paar Tage dauern, bis ...«

»Lass sie los.«

Nate erstarrte.

Art hörte auf zu zappeln.

Nate drehte langsam den Kopf und blickte über die Schulter.

In nicht einmal zwei Stunden sah er zum dritten Mal eine Pistole auf sich gerichtet. Alex war blass im Gesicht, aber dennoch genug bei Kräften, um den Abzug zu drücken.

»Sie hat sich am Herd verbrannt«, erklärte Nate, so ruhig er konnte. »Ich wollte nur ihre Hand unter kaltes Wasser halten.«

»Art?«

»Die Platte war noch heiß«, erwiderte sie mit einem Seufzen. »Es war ein Versehen.«

»Lass sie runter.«

Nate gehorchte.

»Art, komm her.«

Die Kleine murmelte etwas, das Nate nicht verstand, aber sie tat, was Alex gesagt hatte, und zeigte ihm ihre Hand. Die Pistolenmündung blieb die ganze Zeit über auf Nate gerichtet.

»Alles wieder in Ordnung?«, fragte Alex.

»Es ist nichts passiert. Schau. Nichts zu sehen.«

Nate runzelte die Stirn. »Was soll das heißen, nichts zu sehen? Du hast doch gerade ...«

»Offensichtlich war der Kontakt nur sehr kurz«, fiel Alex ihm ins Wort. Er ließ die Waffe sinken. »Die Stelle ist nur ein bisschen gerötet.«

»Kann ich jetzt weitermachen?«, fragte Art etwas ärgerlich. »Du solltest nicht aufstehen. Ich mache Eintopf. Nate hatte welchen dabei. Huhn gab es nicht, aber er hat gesagt, Rind ist das Gleiche, und dass der Toast dich wieder gesund machen wird.«

Und da war es wieder, wenn auch nur ganz kurz: Die harten Linien in Alex' Gesicht wurden einen Hauch weicher. Wäre da nicht die Waffe in seiner Hand gewesen, hätte er beinahe wie ein normaler Mensch ausgesehen.

Dann gab er etwas Unverständliches von sich und lehnte sich gegen die Anrichte. Art sah aus, als wollte sie etwas sagen, entschied sich aber dagegen.

Nate verstand: Alex wollte ihn nicht mehr mit der Kleinen allein lassen. Nicht, wenn er sie so leicht überwältigen konnte. Er fragte sich, ob er es über sich brächte. Falls sich die Gelegenheit bieten sollte. Er würde ihr natürlich nicht wehtun, aber ...

Allein bei dem Gedanken drehte sich ihm der Magen um.

Art ging zum Herd zurück und kletterte wieder auf den Stuhl.

Weitere Scheiben ploppten aus dem Toaster.

Art füllte die letzte Schüssel mit Eintopf.

Nate fragte sich, wohin das alles noch führen würde.

Auf dem Regal über dem Kühlschrank stand eine Flasche Whisky.

Nate hätte alles gegeben für einen kräftigen Schluck.

Stattdessen konzentrierte er sich darauf, nicht schreiend nach draußen zu laufen, und blieb, wo er war.

Als sie die dampfende Schüssel vor Alex auf den Esstisch stellte, sah Art sehr zufrieden mit sich aus. Sie lief zurück in die Küche, holte einen Löffel und zwei Scheiben Toast auf einer Papierserviette. Ihre eigene Schüssel ließ sie auf der Anrichte neben Nates Portion stehen, schob ihren Stuhl zum Esstisch, setzte sich darauf, stützte die Ellbogen auf den Tisch, legte das Kinn in die Hände und beobachtete Alex.

Nate wollte sie etwas fragen, doch aus irgendeinem Grund blieb er stumm.

Alex nahm den Löffel und tauchte ihn in den Eintopf.

»Du musst pusten, bevor du den Löffel in den Mund steckst«, erklärte Art. »So isst man Suppe und Eintopf.«

Alex gehorchte.

Art ließ ihn nicht aus den Augen.

Alex kaute.

Art beugte sich entzückt vor.

Alex schluckte.

»Und?«, fragte sie.

»Gut«, antwortete Alex.

Art ließ sich seufzend in ihren Stuhl sinken. »Dufte!« Sie sah Nate an, der immer noch in der Küche stand. »Du hattest recht: *Rind mit Gemüse* ist dasselbe wie Huhn.«

Nate nickte. Ihm fiel nichts anderes ein.

»Geht es dir schon besser?«, fragte Art wieder an Alex gewandt.

»Ja. Bald bin ich wieder auf den Beinen.«

»Wenn du nicht wieder Dummheiten anstellst. Du hast großes Glück, mich zu haben.«

Alex nahm den nächsten Löffel Eintopf.

Nates Blick wanderte zu den beiden Schüsseln auf der Anrichte und den Toastscheiben, die allmählich kalt wurden. Dann zurück zum Esstisch.

Art beobachtete Alex immer noch.

Nate sollte nicht hier sein. Er sollte einfach gehen. Er sollte verdammt noch mal von hier verschwinden, bevor das, wovor auch immer die beiden auf der Flucht waren, auch ihn einholte.

Er sollte sie zur Rede stellen. Er sollte sie anbrüllen und in hohem Bogen hinauswerfen. Er sah die Fotos seiner Eltern, sah ihr längst verblasstes Lächeln und fragte sich, ob es sich so anfühlte, wenn man langsam den Verstand verlor.

Es gab so vieles, was er jetzt tun sollte. Sich in Sicherheit bringen, zum Beispiel. In seiner Küche saßen ein Verrückter mit einer Schussverletzung und ein Mädchen, das auf Sonnenbrillen stand, manchmal Sätze von sich gab, wie sie sonst nur in schlechten Italowestern vorkamen, und sich nicht verbrannte, wenn es eine heiße Herdplatte anfasste.

Er nahm eine Schüssel mit Eintopf.

Zwei Scheiben Toast.

Ging damit zum Esstisch.

Alex' tropfender Löffel hielt auf halbem Weg zwischen Schüssel und Mund inne. Seine Augen verfolgten jede noch so kleine Bewegung von Nate.

Nate stellte alles vor Art ab, die prompt den Kopf in den Nacken legte und ihn mit ihren kleinen weißen Zähnen anstrahlte. »Danke, Hop Sing«, sagte sie in ihrem gedehnten Western-Singsang. »Schätze, dann bin ich mal an der Reihe.«

Nate nickte, zog sich wieder in die Küche zurück und sah den beiden beim Essen zu.

Art sprach nur wenig, und wenn sie etwas sagte, dann seltsame Dinge wie: »Schmeckt ganz anders als die Gemüsepaste im Berg.« Oder: »Eigentlich wollte ich sechs Scheiben Toast, aber Nate meinte, zwei reichen, und ich glaube, ich mag Brot lieber, wenn es Toast ist.«

Als Alex seine Portion zur Hälfte aufgegessen hatte, schienen seine Lider ein wenig schwer zu werden. Sein Löffel bewegte sich immer langsamer, doch Art sagte, er dürfe nichts übrig lassen.

Er gehorchte ohne Murren und war vor ihr fertig.

Art kontrollierte, ob seine Schüssel auch wirklich ganz leer war.

War sie.

Das schien sie zu freuen.

»Vielleicht ist *Rind mit Gemüse* sogar besser als Huhn«, sagte sie und ging mit dem benutzten Geschirr zum Spülbecken. Das Klappern des Porzellans ließ Nate zusammenzucken. Da sah Art die volle Schüssel und den unberührten Toast auf der Anrichte. »Hast du keinen Hunger?«

»Nein.«

»Oh.« Ihr Blick verfinsterte sich ein wenig. »Warum hast du nichts gesagt? Das ist Verschwendung. Man kann Brot zu Toast machen, aber Toast nicht mehr zu Brot. Manche Dinge lassen sich in etwas anderes verwandeln, aber eine Rückverwandlung ist unmöglich, egal wie sehr man sich anstrengt.«

Nate fragte endlich: »Warum heißt du Artemis Darth Vader?«

»Weil mir der Name gefällt. Warum heißt du Nathaniel Cartwright?«

»Weil meine Eltern mir diesen Namen gegeben haben.«

»Sind das die Leute auf den Fotos?«

Er nickte.

»Gefällt dir dein Name?«

»Ich heiße nun mal so.«

»Aber du bist kein Toast.«

Nate wurde allmählich mulmig zumute. »Was hast du gesagt?«

»Du bist kein Toast«, wiederholte sie. »Du kannst eine Weile Nathaniel Cartwright sein und dann jemand anderes. Und wenn dir das nicht mehr gefällt, bist du wieder Nathaniel Cartwright. Toast kann das nicht, du schon.«

»Jesus Christus«, murmelte er.

»Genau!«, rief Art erfreut. »Ich bin sicher, deine Eltern hätten nichts dagegen, wenn du dich in jemanden verwandelst, den du auch magst, anstatt der zu bleiben, der du bist. Lieber ein bisschen glücklich sein als gar nicht.«

»Wer seid ihr beide?«, fragte Nate heiser.

»Ich bin Artemis Darth Vader«, antwortete das Mädchen und sprach jedes Wort langsam und deutlich aus. »Und das ist Alex Delgado.«

Artemis Darth Vader Delgado. Nate wusste nicht, was er damit anfangen sollte. Was er mit dieser ganzen bizarren Situation anfangen sollte.

»Art«, brummte Alex. »Das reicht jetzt.«

»Ich versuche nur ...«

»Kein Wort mehr.«

Sie seufzte. »Du hast den Boss gehört, Cowboy«, sagte sie wieder an Nate gewandt. »Die Pferde bleiben heute im Stall.«

Vielleicht war sie geistig ... zurückgeblieben? Nate kannte den korrekten Ausdruck dafür nicht. Vielleicht hatte sie eine Krankheit. Im Kopf. Vielleicht hatte ihr Vater sie aus einem Sanatorium oder von sonst wo entführt und war dabei angeschossen worden. Und jetzt waren die beiden Irren hier und vertilgten Nates Vorräte.

Er hatte ihnen Toast gemacht. Das machte ihn zum Mittäter bei ... was auch immer die beiden ausgefressen hatten. Er gewährte zwei Entflohenen Unterschlupf und machte ihnen Toast. Darauf stand Gefängnis.

»Ich komme ins Gefängnis«, murmelte er.

»Warum?«, fragte Alex scharf.

»Weil Sie Ihre Tochter aus dem Irrenhaus entführt haben und dabei angeschossen wurden und ich euch beiden Toast gemacht habe.«

Alex und Art sahen ihn verwirrt an.

Nate wusste nicht, was er noch hinzufügen sollte. Er hatte alles gesagt.

»Du bist so was von Brot«, erwiderte Art schließlich. »Ich kann es kaum erwarten, dich getoastet zu sehen.«

Nate schluckte schwer. »War das eine Drohung?«

Art schüttelte den Kopf. »Hat es sich so angehört?« Sie sah wieder Alex an. »Ist das eines von diesen Wörtern, die zwei unterschiedliche Bedeutungen haben können?«

»Ich glaube, er reagiert über«, antwortete Alex und stemmte sich mit einer Grimasse von seinem Stuhl hoch. Nate sah, wie sich dabei die Muskeln in seinen Unterarmen spannten, und ärgerte sich sogleich darüber. Eigentlich sollte ihm so etwas jetzt nicht auffallen. Er hatte andere Sorgen. Ein kleines Mädchen zum Beispiel, das gerade gedroht hatte, ihn zu ermorden. Oder so.

Art war im Nu bei Alex. Er machte einen Schritt, dann noch einen, stolperte leicht, fing sich aber wieder, und Art war die ganze Zeit bei ihm. Sie hatte ihre dünnen Arme um seine Taille geschlungen, als könnte sie einen Kerl, der fünfmal so groß war wie sie, festhalten, wenn er zu Boden ging.

Nate blieb, wo er war.

Alex richtete sich ein Stück auf, nahm einen tiefen Atemzug, blies die Luft durch zusammengebissene Zähne wieder aus und machte sich auf den Weg Richtung Couch. Er erreichte sie ohne weiteren Zwischenfall und legte sich hin. Einen Fuß ließ er über die Kante hängen, den anderen bettete er auf ein Kissen.

Nate betrachtete das Loch in Alex' linkem Socken, gleich neben dem großen Zeh. Es war nicht groß, aber es war ein Loch.

»Ich muss es mir ansehen«, hörte er Art sagen.

»Nicht jetzt.«

»Alex.«

»Art.«

Ihr Blick wanderte zu Nate. Er wusste nicht, ob sie seine Hilfe wollte. Noch wusste er, wie er ihr überhaupt helfen sollte.

Sie wandte sich wieder Alex zu und flüsterte ihm etwas ins Ohr.

Alex seufzte. »Aber nur kurz.«

Die Pistole lag immer noch auf dem Esstisch. Einfach so.

Nate beobachtete, wie Art Alex' Hemd aufknöpfte. Der Stoff glitt auseinander. Der Verband, der darunter zum Vorschein kam, war mit Klebeband befestigt. Alex' Atem ging immer noch flach, seine muskulöse und dicht behaarte Bauchdecke bewegte sich kaum.

Art zupfte behutsam am Klebeband.

»Vorsicht«, keuchte Alex.

»Wenn du nicht so ein behaartes Monster wärst, wäre es einfacher.«

Alex machte ein Geräusch, das fast wie ein Lachen klang.

Das Klebeband löste sich.

Nate könnte sich die Pistole schnappen. *Jetzt.* Er könnte sie sich holen und Alex auf Abstand halten, ihm keine Gelegenheit geben, den Ninja-Trick von vorhin noch einmal abzuziehen. Der Kerl hatte ein Kreuz wie ein Footballspieler, aber Nate hatte noch nie jemanden gesehen, der sich so schnell bewegte. Er fragte sich, wie nah er dem Tod gewesen war, als er vorhin Arts Hand unter kaltes Wasser halten wollte.

Er machte einen Schritt auf den Tisch zu.

Da hob Art den Verband an, und Nate vergaß die Pistole.

Er hatte einmal über eine Demonstration in Columbia Heights berichtet. Ein obdachloser Schwarzer war von einem Polizeibeamten getötet worden, während in Los Angeles nach Rodney Kings Tod immer noch die Straßen brannten. Nate war damals mittendrin gewesen, am anderen Ende des Landes. Er sah die brüllenden Menschen, ihre wütenden Gesichter, und dann hörte er einen lauten Knall. Die Leute duckten sich und begannen zu schreien, schubsten sich gegenseitig bei dem Versuch wegzukommen.

Nate stand da und wurde von hier nach dort gestoßen. Dann sah er eine Hand mit einer Pistole, sie reckte sich aus der Menge und feuerte in die Luft. Die Leute schrien wieder. Es folgte ein dritter Schuss, dann wurde der Schütze (ein Weißer namens Keith Blair, der sich in den Mittelpunkt des Geschehens stellen und so viel Schmerz wie möglich verursachen wollte, wie sich später herausstellte) zu Boden gerungen.

Aber neben ihm lag noch jemand. Der sich vor Schmerzen wand und nach Luft rang. Seine Schuhe schabten über den Asphalt, die Hände hielt er auf den Bauch gepresst, und das Blut, das zwischen seinen Fingern hervorquoll, war entsetzlich dunkel.

Nate bewegte sich nicht. Denn das hier war eine *Story*. Und in eine Story mischte man sich nicht ein.

Danach hatte er sich dafür gehasst.

Lange.

Aber andere mischten sich ein. Sie stürzten herbei und zogen dem Mann die Hände vom Bauch. Jemand reichte den Helfern ein Hemd, damit sie die Wunde verbinden konnten. Und da sah Nate es: ein gezacktes Loch, aus dem das Blut nur so sprudelte, darum herum zerfetzte Haut.

Der Mann starb zwei Tage später im Krankenhaus.

Einer von Nates Kollegen schrieb die Story darüber.

Aber seitdem wusste er, wie eine Schusswunde aussah.

Art hatte den Verband fast ganz abgezogen, und Nate sah ...

... kaum Blut auf der weißen Unterseite. Nur ein kleines rotes Pünktchen.

Auch keine klaffende Wunde darunter.

Nicht einmal Stiche von einer Naht.

Zugegeben, die Haut war rot und entzündet. Es gab einen

Bluterguss und sogar eine kreisförmige Vertiefung, bei der es sich um die Einschussstelle handeln konnte. Aber wenn, dann war die Wunde schon lange verheilt. Als wäre das Ganze nicht erst vor Kurzem passiert, wie die beiden es dargestellt hatten.

Oder Nate hatte sie missverstanden.

Aber warum bewegte Alex sich dann so, als hätte er nach wie vor Schmerzen? Nun gut, abgesehen von dem Ninja-Trick vielleicht. Aber trotzdem.

»Sieht besser aus«, sagte Art leise und sah wieder Nate an. »Danke.«

Er stand zwei Schritte von der Couch entfernt und starrte auf Alex' nackten Bauch hinab. »Wofür?«

»Das *Rind mit Gemüse*. Du hattest recht, es ist wirklich sehr gesund. Und für den Toast.«

»Wann, sagten Sie, wurden Sie angeschossen?«, fragte er Alex.

»Ich habe *gar nichts* gesagt«, entgegnete der kalt.

»Okay. Wann wurden Sie angeschossen?«

Alex blieb stumm.

Art seufzte.

»Schon gut. Verstehe.« Nate trat einen Schritt zurück. »Ich werde ... Ich muss ...«

Er drehte sich um und stakste auf den Flur hinaus.

Die ganze Hütte erzitterte, als er die Zimmertür hinter sich zuschlug.

VIER

Er schlief nicht.

Oder nicht viel.

Wenn er nicht im ehemaligen Schlafzimmer seiner Eltern auf und ab lief, lag er auf der muffigen Bettdecke und döste unruhig. Das Nokia hatte keine Balken, ganz egal, wo er sich hinstellte oder auf welche Möbel er kletterte. Eigentlich keine Überraschung.

Beinahe eine ganze Stunde lang stand er an der Tür, presste sein Ohr dagegen und lauschte. Ab und zu hörte er ein leises Grummeln, als unterhielten sich die beiden, sonst nichts.

Sein Seesack war immer noch im Pick-up.

Nate zog sich nicht aus. Er musste bereit sein. Für was auch immer. Nur für den Fall. Er wollte nicht mit heruntergelassenen Hosen dastehen, wenn es drauf ankam.

Im angrenzenden Badezimmer fand er eine halb leere Tube Zahnpasta. Seine Mutter musste sie bei ihrem letzten Besuch vergessen haben. Keine Bürste. Also quetschte er sie sich direkt in den Mund und verrieb sie mit dem Finger. Sie brannte auf seiner Zunge und im Rachen. Schließlich spuckte er sie ins Waschbecken. Der Wassertyp würde erst morgen kommen, also wischte er alles mit einem alten Handtuch weg. Seine Mom hatte es gehasst, wenn er oder sein Bruder Zahnpastareste im Waschbecken zurückließen.

Nate hob den Kopf und sah sich im Spiegel an.

Seine Augen waren weit aufgerissen.

Er hatte Zahnpasta am Kinn.

Er wischte sie weg.

Verließ das Badezimmer.

Lief wieder auf und ab.

Stundenlang ging das so.

Nate war nicht dumm. Er hatte einen wachen Geist und war in der Lage, Verbindungen herzustellen, wo andere keine sahen. Deshalb war er auch so gut in seinem Job gewesen. Er fand die Storys, die andere übersahen. Er konnte charmant sein, wenn er wollte. Gerissen, falls nötig. Sogar rücksichtslos, wenn er musste. Anders überlebte man in DC nicht.

Es schadete (half?) auch nicht, dass er noch so jung gewesen war. Ein umtriebiger Reporter, auf Gesellschaftsthemen spezialisiert und manchmal hart an der Grenze zum Kitsch. (Die siebenundachtzig Jahre junge Agnes Richards ist gerade ihren ersten Marathon gelaufen! Moxie mag blind sein, aber er ist immer noch der beste Freund des Menschen – und jetzt wurde er *adoptiert*!) Irgendwie hatte Nate es geschafft, sich die Karriereleiter hinaufzuarbeiten. Manchmal ging er dabei über Leichen, und zwar von Leuten, die ihn für einen Freund gehalten hatten. Nate hatte keine Freunde. In seinem Business ging das nicht.

Aber das spielte jetzt keine Rolle mehr.

Das war vorbei.

Er ging weiter in dem kleinen Zimmer auf und ab.

Draußen begannen die Vögel zu singen.

Der Himmel wurde heller.

Er fragte sich, ob er durchs Fenster klettern sollte.

Oder ob das alles vielleicht nur ein verrückter Traum gewesen war.

Dann konnte er einfach die Tür öffnen und wäre allein. Kein Alex Delgado mit buschigen Augenbrauen und kein seltsames kleines Mädchen namens Artemis Darth Vader. Keine

Sorgen mehr wegen einer auf ihn gerichteten Pistole. Auch nicht, dass er in einen Toast verwandelt werden könnte oder darüber, wie die beiden das Vorhängeschloss am Schuppen aufbekommen hatten.

Er würde Frühstück machen. Vielleicht ein paar Eier. Kein Toast. Ein Omelett. Ja, er würde sich Omelett und Kaffee machen, sich damit auf die hintere Veranda setzen und in seinen dicken Mantel gehüllt die kalte Morgenluft atmen.

Danach den Pick-up entladen und alles dorthin räumen, wo es hingehörte. Das wäre gut. Alles wäre wieder in Ordnung.

Natürlich würde er sich später Fragen stellen. Zum Beispiel, wie man sich einen Alex Delgado und eine Artemis Darth Vader sowie eine unblutige Schusswunde einbilden konnte. Aber daran war wahrscheinlich seine Trauer schuld. Immerhin war Nate zum ersten Mal seit Jahren wieder hier, und das kurz nachdem seine Eltern gewaltsam zu Tode gekommen waren. Böse Erinnerungen an die Engstirnigkeit seines Vaters hausten hier. Und vielleicht noch schlimmer: Erinnerungen an das Schweigen seiner Mutter. Damit konfrontiert, würde doch jeder ein bisschen am Rad drehen, oder? Es war ein Wunder, dass er überhaupt so lange durchgehalten hatte.

Natürlich war all das nicht real.

Natürlich hatte er sich all das nur eingebildet.

Nate fühlte sich schon besser.

Er wollte seine Kleidung wechseln. Er trug seit fast vierundzwanzig Stunden dieselbe gottverdammte Jeans. Sogar dieselbe *Unterhose*.

Er würde sich seinen Seesack holen, duschen, sich mit seinem Frühstück auf die Veranda setzen und so viel Kaffee trinken, wie er konnte.

Nate drehte den Kopf und hörte seinen Nacken knacken.

Es fühlte sich gut an. Das. Einen Plan zu haben.

Er ging zur Tür.

Machte sie auf.

Und hörte Stille.

Natürlich, denn außer ihm war niemand hier. Er war allein in einer Hütte inmitten der Wälder in den Cascade Mountains, genau wie er es sich vorgestellt hatte, als er den Entschluss fasste herzukommen. Niemand richtete eine Waffe auf ihn. Nate hatte schon immer eine sehr lebhafte Fantasie gehabt. Alle seine Lehrer hatten ihm das bescheinigt, in allen seinen Zeugnissen. Er hatte sogar mit dem Gedanken gespielt, einen Roman zu schreiben. Die meisten Journalisten machten das früher oder später. Doch jedes Mal, wenn Nate vor dem leeren Word-Dokument saß und den Cursor blinken sah, erstarrte er innerlich. Er war ein Mann der Fakten. Fiktion war nichts für ihn.

Er war gestern sehr müde gewesen. Die Ereignisse der letzten Monate hatten ihn schließlich doch noch eingeholt. Er hatte es bis hierher geschafft, war in die Hütte gestolpert und hatte all das nur geträumt.

Ja. So musste es gewesen sein.

Sein Blick fiel auf die Tür gegenüber, die zum zweiten Schlafzimmer.

Sie war zu.

Nate versuchte sich zu erinnern, ob sie das gestern auch schon gewesen war.

Er konnte nicht klar denken.

Dazu war er zu müde.

Außerdem war es noch zu früh. Nur deshalb hatte er überlegt zu duschen. Denn das ging ja gar nicht. Das Wasser war noch nicht wieder angestellt worden.

Nate brauchte dringend Kaffee. Und seine Zahnbürste.

Und frische Unterwäsche.

Er überlegte, die Tür aufzumachen.

Er legte seine Hand auf den Knauf, da flüsterte eine leise Stimme in seinem Hinterkopf: *Und wenn doch?*

Was, wenn er diese Tür öffnete, die zwei Betten darin sah, in denen er und sein Bruder immer geschlafen hatten, und in dem einen lag ein kleines Mädchen und in dem anderen ein Mann mit dem Kreuz eines Footballspielers? Zugegeben, der Kerl, den Nate sich eingebildet hatte, würde kaum hineinpassen. Aber was, wenn *doch?*

Er trat von der Tür zurück.

Er brauchte Kaffee und Zahnpasta und Unterwäsche.

Danach würde es ihm besser gehen.

Leise ging Nate den Flur entlang.

So leise, als würde er schleichen, was lächerlich war, denn er war allein.

Die eine Diele knarrte wie immer, als er darauf trat. Nate hatte die Stelle ganz vergessen.

Er zuckte zusammen und blieb stehen. Lauschte.

Das Haus war still.

Natürlich.

Er konnte die Couch im Wohnzimmer bereits sehen.

Die Häkeldecke hing fein säuberlich zusammengefaltet über der Lehne.

Es stand kein Geschirr auf dem Esstisch.

Es roch nicht mal nach Eintopf oder Toast.

Draußen brummte der Generator.

Durch die Fenster auf der Ostseite fielen die ersten Sonnenstrahlen herein.

Er sah sich im ganzen Wohnzimmer um.

Niemand da.

Er atmete erleichtert auf.

»Was tust du da?«, fragte jemand schroff.

Nate schrie nicht.

Echt nicht.

Es war eher ein Keuchen und/oder Schlucken, mit dem er herumwirbelte und dabei beinahe das Gleichgewicht verloren hätte. Er stützte sich mit einer Hand an der Wand ab, während sein Herz raste und er verzweifelt versuchte, wieder Luft zu bekommen.

An der Küchenanrichte lehnte mit einer Tasse Kaffee in der Hand der Mann, der sich Alex Delgado nannte. Er trug dieselbe Hose wie gestern. Statt des Flanellhemds ein weißes Shirt. Nate konnte nicht erkennen, ob der Verband darunter noch da war oder nicht.

»Warum schleichen Sie sich so an mich ran?«, fuhr Nate auf, allerdings nicht so selbstsicher, wie er wollte.

Alex grinste höhnisch. »Ich habe mich nicht bewegt.«

Nate wusste nicht genau, wie ihm zumute war. Wahrscheinlich schämte er sich. Und wütend war er auch, sicher. Er verspürte den Impuls, ein großes Messer aus der Küchenschublade zu ziehen und es dem Kerl in den Schädel zu rammen. Er war nicht von Natur aus aggressiv, aber er glaubte, dass jeder in seinem Leben einmal das Recht dazu hatte. Und jetzt war er dran.

»Was tun Sie da?«, fragte Nate stattdessen.

Alex' Blick wanderte zu der dampfenden Tasse in seiner Hand, dann zurück zu Nate. »Wonach sieht es denn aus?«

Es war noch zu früh am Tag, um sich mit Einbrechern herumzuschlagen, die gleichzeitig auch noch Klugscheißer waren. »Ich gehe jetzt zu meinem Pick-up«, verkündete er großspurig.

Alex sagte nichts.

Nate wartete.

Alex nippte an seinem Kaffee.

»Genau«, sagte Nate. »Sie bleiben einfach, wo Sie sind. Nichts anfassen. Das ist *meine* Hütte, und ich möchte, dass Sie Ihre dreckigen Finger bei sich behalten.«

Alex schnaubte.

Nate ging langsam rückwärts auf die Tür zu.

Alex zuckte mit keiner Wimper.

Nate stieß gegen den Esstisch, die Beine des Möbelstücks schabten über den Boden. Er wurde rot.

Alex zuckte noch immer nicht.

Nate war jetzt fast an der Tür. Er drehte sich um und wollte nach draußen rennen.

Und erstarrte mitten in der Bewegung.

Alles, was er mitgebracht hatte, war bereits hier.

Nun ja, nicht alles. Die Vorräte fehlten. Außerdem das Wasser und die Kühltasche.

Aber er sah seinen Seesack.

Die Kiste mit den Büchern.

Sein PowerBook.

Jemand hatte den Ford ausgeladen.

Langsam drehte er sich wieder um.

Alex nippte an seinem Kaffee.

»Wo ist das ganze Essen hin?«, fragte er, auch wenn er eigentlich etwas ganz anderes sagen wollte.

Alex antwortete nicht. Er nickte nur kurz Richtung Speisekammer.

Nate glaubte ihm kein Wort und sah selbst nach.

Es war alles da: Dosen, Mehl, Backpulver, Fertiggerichte. Stapelweise Fertiggerichte, schließlich war Nate Ende zwanzig und Single. Jede Menge Wasserflaschen. Die leere Kühltasche.

Als Nächstes ging er zum Kühlschrank. Neben dem Speck stand eine Schachtel Eier. Aufschnitt. Senf. Mayo.

In der Gefriertruhe war Hackfleisch. Huhn. Tiefgekühlte Erbsen, weil er sonst ein schlechtes Gewissen gehabt hätte, so ganz ohne Gemüse. Nate hatte nicht vor, sie zu essen. Erbsen widerten ihn an.

»Sie haben den Pick-up entladen«, sagte er, die Nase immer noch in der Gefriertruhe.

Überraschenderweise reagierte Alex auch diesmal nicht.

Nate machte die Truhe wieder zu. Er atmete einmal tief

durch. Dann fragte er: »Wo ist das kleine Mädchen? Sind Sie auf der Flucht, weil Sie jemanden umgebracht haben?«

Alex verschluckte sich an seinem Kaffee.

Nate verspürte eine unendliche Befriedigung. Hoffentlich brannte es ordentlich in seiner Kehle.

Alex stellte die Tasse ab, Kaffee spritzte heraus. Er murmelte etwas und drehte den Wasserhahn auf.

Nichts kam.

»Kein Wasser«, sagte Nate milde. »Ist noch nicht wieder angestellt. Früher kam es aus einer Quelle, aber die gehört seit den späten Achtzigern dem County.«

Alex wischte sich den Mund mit einem Papiertuch ab. Die Bartstoppeln in seinem Gesicht und am Hals waren sichtlich länger als am Tag zuvor. Er zerknüllte das Tuch und warf es auf die Anrichte.

Nate wartete.

Alex schaute düster drein.

Nate wartete noch etwas länger.

Dann sagte Alex: »Ich weiß, dass es kein Wasser gibt. Ich musste was von deinem mitgebrachten Wasser für meinen Kaffee verwenden. Es war mein erster hier.«

»Aha. Und warum sind Sie auf der ...«

»Ich habe niemanden ermordet.«

Nate kniff die Augen zusammen. »Aber Sie sind auf der Flucht.«

Alex erwiderte nichts.

»Sie reden nicht viel, oder?«

Alex lieferte prompt den Beweis für diese These und sagte nichts. Stattdessen nahm er seine Tasse wieder zur Hand.

Da fiel Nate etwas auf: Tinte auf Alex' rechtem Arm. Gestern war sie unter dem langärmeligen Hemd verborgen gewesen. Es sah aus, als handelte es sich um die Spitze einer Klinge. Ein Messer. Und Klauen eines Vogels. Geschwungene Linien, die wahrscheinlich Buchstaben waren. Als Alex die Kaffeetasse an den Mund führte, spannte sich sein Bizeps und der Ärmel rutschte noch ein kleines Stückchen weiter nach oben. Zwei Buchstaben wurden sichtbar.

MC.

Nate brauchte nur eine Sekunde.

Die Klauen waren die eines Adlers.

Das Messer war ein KA-BAR.

Und *MC* gehörte zu *USMC.*

United States Marine Corps.

Ein Soldat. Jetzt verstand Nate auch den Haarschnitt. Aber Alex schien schon etwas älter zu sein. Das Mädchen hatte gesagt, er wäre ... vierzig? Ein alter Haudegen also. Die Statur dazu hatte er. Mächtige Arme, Brust und Oberschenkel, die aussahen, als könnte er ...

Nate hustete. »Eier«, krächzte er. »Ich muss mir ein paar Eier machen.«

Alex sagte nichts.

Nate holte die Eier aus dem Kühlschrank. Er hatte nur zwölf Stück gekauft in der Erwartung, dass sie ihm reichen würden, bis er das nächste Mal nach Roseland fuhr. Mit Gästen hatte er nicht gerechnet. Zugegeben, sie waren nicht seine Gäste, und er schuldete ihnen nicht das Geringste. Aber er hatte einen Plan - einen Omelettplan - für ein Frühstück auf der hinteren Veranda. Nate frühstückte nur selten, denn für solche Bequemlichkeiten hatte er normalerweise keine Zeit. Meistens trank er seinen Kaffee in der U-Bahn. Manchmal aß er eine Banane dazu. Oder einen Apfel.

Er war ein viel beschäftigter Mann und hatte keine Zeit für solche Dinge.

Oder besser gesagt, er war einmal ein viel beschäftigter Mann *gewesen.*

Jetzt war er ein Arbeitsloser, der in seiner Küche einem

Hünen von einem Marine gegenüberstand, der möglicherweise jemanden ermordet und außerdem ein Kind entführt hatte.

Nate briet alle zwölf Eier.

Er hatte es nicht gewollt.

Er fing mit drei für sein Omelett an und rührte sie zu stark.

Also machte er weiter, bis das Dutzend voll war.

Er nahm die Teller aus dem Wandschrank.

Er machte Toast.

Er wünschte, er hätte daran gedacht, Käse zu kaufen.

Aber er hatte Speck. Ja, Speck ging auch.

Er briet ihn ebenfalls.

»Was ist das?«

Nate zuckte leicht zusammen.

Neben ihm stand die leise gähnende Artemis Darth Vader.

Sie trug einen rosa Schlafanzug. Er war etwas zu klein für sie, vor allem die Ärmel waren zu kurz, und ihre Haare waren ein einziges Durcheinander. Außerdem trug sie eine viel zu große grüne Sonnenbrille, die ihr ständig über die Nase rutschte. Sie sah vollkommen lächerlich aus.

»Was?«, fragte Nate, weil er nicht wusste, was er sonst sagen sollte.

»Das da«, erwiderte sie und deutete auf den in der Pfanne brutzelnden Speck.

»Das ist Speck.«

»Speck«, wiederholte sie langsam. Ihr Blick wanderte zu Alex. »Schmeckt mir das?«

Alex zuckte die Achseln.

»Wo kommt das her?«

»Aus dem Laden«, antwortete Nate.

Art schnaubte und klang dabei so sehr wie Alex, dass Nate sich fragte, ob sie nicht *doch* seine Tochter war. »Nein, ich meine, wo der Speck *herkommt*.«

»Schwein«, brummte Alex.

Art neigte den Kopf. »Ich dachte, *Wurst* kommt vom Schwein. Ich habe noch nie eine gegessen, aber ich habe darüber gelesen.«

Nate war nicht sicher, was hier gerade vor sich ging. »Tut sie auch.«

»Und Schweinekoteletts.«

Er nickte. »Die ebenfalls.«

»Und Hotdogs.«

»Naja, da wäre ich mir nicht so ...«

»Und jetzt auch noch *Speck?*« Sie schüttelte den Kopf. »Was für erstaunliche Geschöpfe. Ich frage mich, wer als Erster auf die Idee gekommen ist, so viele verschiedene Gerichte aus ihnen zu machen.«

Alex gab ein Geräusch von sich, das Nate bei jedem anderen als ein Lachen interpretiert hätte. Aus der Kehle des Hünen klang es eher wie ein leises Gebläse.

Plötzlich, genauso unerwartet wie bösartig, verspürte Nate das Bedürfnis, den Kerl zu zerbrechen. Ihn in der Mitte auseinanderzureißen und zu sehen, was danach aus ihm herausquoll. Seine Neugier war schon immer sein Verderben gewesen. Er steckte seine Nase gerne in Dinge, die ihn nichts angingen. Und dieses Rätsel auf zwei Beinen direkt vor ihm juckte wie Krätze unter seiner Haut. Nate war Pragmatiker. Für ihn hatten die Dinge ihre natürliche Ordnung. Wenn etwas keinen Sinn ergab, unbekannt war, stocherte er so lange darin herum, bis er die Wahrheit herausgefunden hatte. Doch jetzt war er verwirrt. Und das mochte er nicht.

»Hast du gut geschlafen?«, fragte Art und schob ihre Sonnenbrille zurecht.

»Ich ... Keine Ahnung.«

»Keine Ahnung? Oh. Warum nicht?«

»Art.«

Ihr Blick sprang zu Alex. »Was ist?«

»Lass ihn in Ruhe. Komm her.«

Sie gehorchte.

Art schmiegte sich an Alex, und er legte ihr eine Hand auf den Kopf. Eine reizende Geste eigentlich, wäre Nate nicht sicher gewesen, dass Alex das nur tat, um Art vor ihm zu beschützen. Als befürchtete er, Nate könnte die heiße Pfanne nehmen und sie ihr über den Kopf hauen.

Was vollkommen ... Nun ja, er hatte zwar nicht direkt mit dem Gedanken gespielt, aber ...

Trotzdem würde er ihr so etwas niemals antun.

Alex hingegen schon. Und wie. Falls der Kerl Anstalten machte, ihm wehzutun, würde Nate ihn ohne Zögern skalpieren und sein Gesicht danach mit der Pfanne zu Brei schlagen.

Art gähnte, und die Sonnenbrille verrutschte wieder.

Nate wandte sich wieder dem Speck zu.

Verteilte ihn auf die Teller.

Schaltete den Herd aus.

Alex und Art beobachteten reglos, wie er die Pfanne ins Spülbecken stellte.

Nate ging zurück zu den Tellern. Vielleicht versuchte er, ein wenig anzugeben, als er einen in jede Hand nahm und den dritten auf seinem Unterarm balancierte. Während seines Studiums in Tucson hatte Nate in einem Schnellrestaurant gekellnert, in dem die meisten Mitarbeiter und Gäste kein Englisch sprachen, und sich dabei recht brauchbares Spanisch angeeignet. Die Bezahlung war beschissen gewesen, aber es reichte, um sein schmales Taschengeld ein wenig aufzubessern. Nates Eltern bezahlten die Studiengebühren, das Wohnheim und die Bücher, wie sie es auch bei seinem Bruder getan hatten, alles andere musste er sich selbst verdienen.

Alex schien nicht beeindruckt.

Art beobachtete ihn aufmerksam.

Manchmal gewinnt man, und manchmal verliert man.

Nate stellte die Teller auf den Tisch und ging zurück, um die Gabeln zu holen. Servietten.

Beides kam ebenfalls auf den Tisch.

Die Kaffeekanne war noch halb voll.

Er schenkte sich eine Tasse ein. In der Zuckerdose war auch noch was. Ein bisschen verkrustet zwar, aber er kratzte etwas davon ab und schüttete es in seine Tasse.

Dann ging er zurück zum Tisch, setzte sich vor seinen Teller und seufzte.

Es war nicht dasselbe, wie alleine auf der hinteren Veranda zu frühstücken.

Aber es konnte funktionieren.

Vielleicht.

Er blickte in die Küche.

Alex sah ihn mit leicht zusammengekniffenen Augen an. Art zappelte herum.

»Und?«, fragte Nate.

Alex zögerte, und gerade als Nate dachte, er hätte drei Portionen ganz für sich allein, gab Alex Art einen zärtlichen Klaps auf den Hinterkopf.

Sie rannte zum Tisch und kletterte mit bebenden Nasenflügeln auf den Stuhl. Die Rühreier spiegelten sich in den Gläsern ihrer Sonnenbrille.

Alex kam hinterher, rannte aber nicht.

Art rührte das Besteck erst an, als Alex sich neben sie setzte und der Stuhl unter seinem Gewicht ächzte.

Er sagte: »Den Speck kannst du ohne Gabel essen.«

Sie sah ihn an, dann auf ihren Teller hinunter, dann wieder zu ihm. »Mit den Fingern?«

Er nickte.

»Aber die Eier nicht.«

»Richtig. Dafür nimmst du die Gabel.«

»Ich habe schon mal Eier gegessen.«

»Ich weiß.«

»Ich musste meine Finger benutzen.«

Alex' Kiefer zuckte, dann presste er die Lippen zusammen. »Ich weiß.«

»Okay. Ich wollte nur zur Sicherheit noch mal nachfragen.« Sie blickte auf die Speckstreifen hinunter. Dann klemmte sie einen davon – unendlich niedlich, wie Nate fand – zwischen zwei Finger und hielt ihn vor ihr Gesicht. Sie drehte ihre Hand hin und her und betrachtete den Speck sorgfältig von allen Seiten. Sie beschnupperte ihn. Schließlich streckte sie ihre rosa Zunge heraus und leckte.

Arts Augenbrauen schossen nach oben, dann steckte sie den ganzen Streifen auf einmal in den Mund und kaute lautstark.

»Das ist *Schwein?*«, fragte sie mit vollem Mund. »Heilige Kanonenkugel!«

Sie wollte schon den zweiten Streifen nehmen, doch Alex hielt ihre Hand fest.

»Zuerst kauen. Sorgfältig. Dann schlucken. Dann kannst du den nächsten nehmen.«

Sie nickte schmatzend.

Nate sah verdutzt zu.

»Sie hat noch nie Speck gegessen«, erläuterte Alex leise.

Nate nickte. Auch wenn er nicht genau wusste, warum.

Er hatte kaum einen Bissen von seinem Rührei genommen, da schnappte Art sich den nächsten Streifen Speck und schob ihn sich freudig in den Mund.

Alex aß ebenfalls, aber anders. Ordentlich und schnell. Er kaute kurz und nahm den nächsten kleinen Bissen.

Es war das seltsamste Essen, bei dem Nate je zugegen gewesen war. Sogar noch seltsamer als *Rind mit Gemüse* und Toast.

Von den Eiern war Art weniger angetan als vom Speck. Sie sah beinahe traurig aus, als er alle war, und schaute neidisch auf den Speck, der auf Nates fast noch vollem Teller lag. Nate überlegte, ob er ihn ihr geben sollte. Gleichzeitig fragte er sich, ob das Teil ihres Plans war. Ob die beiden versuchten, sich bei ihm einzuschmeicheln (Art zumindest, dieses Arschloch Alex bestimmt nicht), um dann zu tun, was auch immer sie mit ihm vorhatten.

Er fragte sich, ob er ihre Geisel war. Oder ob er gerade ausgeraubt wurde. Oder ob sie ihn als drittes Mitglied ihrer Sekte haben wollten.

Die Pistole war heute noch nicht in Erscheinung getreten.

Und dafür war er dankbar.

Dann aß er trotzig seinen Speck. So leicht ließ er sich nicht von den beiden austricksen.

Art sah nicht sehr glücklich aus.

Was Nate unheimlich freute. Und ihm ein seltsam schlechtes Gewissen bescherte.

Dann wechselte er das Thema auf die denkbar schlechteste Weise.

Er sagte: »Danke für Ihren Dienst am Vaterland.«

Alex' Gabel blieb auf halbem Weg zum Mund stehen. Sie wackelte nicht einmal.

Art starrte ihn an.

Nate hüstelte und fragte sich, wie er es geschafft hatte, bis zum heutigen Tag zu überleben.

Alex legte die Hand mit der Gabel auf den Tisch. Er könnte sie wahrscheinlich als Waffe benutzen, wenn er wollte.

»Wie war das?«, fragte Alex mit harter Stimme.

»Ihre Tätowierung«, erwiderte Nate so ruhig wie möglich. »Marines, richtig? *Semper fi* und so weiter?«

Alex' Griff um die Gabel wurde fester.

Nate wollte nicht sterben. Er wünschte, er hätte den Mund gehalten.

»Woher weißt du das?«

»Äh. Ich habe in DC gelebt. Dort bekommt man früher oder später zwangsläufig mit, wie Marineinfanteristen aussehen. Und ich meine, die Buchstaben auf Ihrem Tattoo, USMC. Das tragen nur Leute, die gedient haben.« Das stimmte doch, oder? Es musste.

Alex nickte langsam, doch sein Griff um die Gabel wurde nicht lockerer.

Dabei war das Frühstück bisher so reibungslos verlaufen.

Größtenteils.

»Oh weh«, flüsterte Art und blickte zwischen den beiden hin und her.

Nate war nicht sicher, was er noch sagen sollte.

Überraschenderweise antwortete Alex: »Ja.«

Nate blinzelte. »Ja?«

»Ja.«

»Okay. Das ist ... danke. Für diese. Klarstellung.«

Alex nickte. Er hob die Gabel und aß den letzten Rest Rührei.

Es war, als hätte Art nur darauf gewartet. Sie nahm Alex' Gabel und Teller und stapelte sie auf ihren. Sie sah Nate an, dann seinen Teller, dann wieder ihn.

Er blickte nach unten.

Er hatte noch Rührei.

Er aß es auf.

Art sah die ganze Zeit dabei zu.

Alex ebenfalls.

Es hätte schlimmer kommen können.

Sein Teller war kaum leer, da räusperte sich Art. »Darf ich Ihren Teller abtragen, Sir?«, fragte sie höflich.

Nate nickte und fragte sich, wo das *Sir* plötzlich herkam.

Sie sah Alex an. »Habe ich es richtig gemacht?«

»Ja.«

»Cool.« Sie schnappte sich Nates Geschirr. »Ich hoffe, es hat Ihnen geschmeckt.«

»Du hoffst, es hat mir ...?«, fragte Nate verdattert.

Art stapelte die Teller übereinander und legte die Gabeln obendrauf. Kletterte vom Stuhl herunter, nahm die Teller und trug sie in die Küche.

Nate starrte ihr hinterher.

»Sie hat vor ein paar Tagen zum ersten Mal eine Kellnerin gesehen«, erklärte Alex.

Nate blinzelte ihn an. Er konnte nicht glauben, dass Alex gerade freiwillig etwas gesagt hatte.

»Sie war schwer beeindruckt.«

Nate wusste nicht, was er darauf erwidern sollte. Denn wie konnte es sein, dass eine Zehnjährige noch nie eine Kellnerin gesehen hatte?

Er sagte nichts. Inzwischen war er zu der Überzeugung gelangt, dass dieser Verrückte Art entführt haben musste, als sie noch ein Baby war. Seitdem war sie seine Gefangene, und jetzt durfte sie zum ersten Mal raus ...

Art kam aus der Küche zurück und kletterte auf ihren Stuhl. »Danke«, sagte sie. »Für den Speck und die Eier. Aber hauptsächlich für den Speck.«

»Gern ... geschehen.«

Art grinste ihn an.

Ihr Blick wanderte zu Alex.

Der nippte an seinem Kaffee.

Sie hüstelte.

Er ignorierte es.

Art hustete lauter.

Er warf ihr einen Seitenblick zu.

Sie pikste ihn in die Wange.

Überraschenderweise blieb der Finger dran.

»*Was?*«, fragte Alex.

»Du weißt es.«

»Du hast es doch schon gesagt.«

»Sei höflich, Alex«, beharrte sie. »Du hast gesagt, dass man immer höflich zu anderen sein und ihnen eine Freude machen soll.«

Alex seufzte und nuschelte irgendetwas.

Art runzelte die Stirn. »Das hat niemand gehört. Streng dich mehr an.«

»Danke für die Eier«, nuschelte er.

»Und?«

Sein Blick verfinsterte sich. »Und für den Speck.«

»Vor allem für den Speck.«

»Das sage ich *nicht.*«

»Das bekommen wir auch noch hin«, erwiderte Art und tätschelte seinen haarigen Unterarm. Dann sah sie Nate erwartungsvoll an.

»Bitte«, sagte er nach kurzem Zögern.

Art strahlte.

Von der Tür kam ein Klopfen.

Die Pistole war schneller wieder da, als Nate schauen konnte. Er hatte keine Ahnung, wo Alex sie so plötzlich herhatte. Gerade noch waren seine Hände leer gewesen, und jetzt hielt er dieses riesige Eisen in der Pranke, das aussah wie aus einem *Dirty Harry*-Film, den Nate mit seinem Bruder heimlich im Kino angesehen hatte.

Alex stand auf und hob Art hoch. Sie schlang die Arme um seinen Hals und vergrub das Gesicht an seiner Schulter.

»Wer ist das?«, zischte Alex. »Wer weiß, dass du hier bist?«

Die Pistolenmündung zeigte auf die Tür, nicht auf ihn.

»Niemand«, brachte Nate heraus. »Niemand weiß ... Okay, das stimmt nicht ganz.«

Nun zeigte die Mündung doch auf ihn.

Nate spürte, wie sich der Druck in seinen Augenhöhlen erhöhte. »Nein, so meine ich das nicht. Es ist anders, als Sie denken. Mein Bruder weiß Bescheid. Glaube ich zumindest. Big

Eddie von der Tankstelle. Und der Notar, der mir die Schlüssel gegeben hat. Das habe ich Ihnen gestern schon gesagt, und ich schwöre, es ist die Wahrheit.«

»Wer zum Teufel ist dann draußen an der Tür?«, knurrte Alex. Er trat langsam vom Tisch weg, die Arme schützend um Art geschlungen. Die Pistole zeigte wieder auf die Tür.

»Das weiß ich nicht«, knurrte Nate zurück. »Warum zur Hölle glauben Sie, ich hätte was damit zu tun? Vielleicht sind die da draußen gar nicht wegen mir hier, sondern wegen *Ihnen*.«

Art stieß ein leises Wimmern aus, und Nate bereute seinen Ausbruch. Er stand auf und hob beschwichtigend die Hände. »Ich ... Bleiben Sie einfach, wo Sie sind, und ich gehe nachsehen. Okay? Es ist bestimmt alles in Ordnung, versprochen.«

Gar nichts war in Ordnung, wenn der Ausdruck auf Alex' Gesicht etwas zu bedeuten hatte. Noch vor wenigen Sekunden hatte er sich – wenn auch widerwillig – bei Nate für das Rührei mit Speck bedankt.

Jetzt sah er aus wie ein blutrünstiger Killer.

Nate fiel die Frage wieder ein, die er ihm heute Morgen gestellt hatte. *Sind Sie auf der Flucht, weil Sie jemanden ermordet haben?*

Er ging zur Tür und hörte, wie Alex ihm dicht auf den Fersen folgte.

Er sah sich nicht um.

Es klopfte wieder.

»Bin gleich da!«, rief Nate.

Er erreichte die Tür.

Atmete ein.

Atmete wieder aus.

Legte die Hand auf den Knauf.

Ein Geräusch hinter ihm.

Er blickte über die Schulter.

Alex schüttelte den Kopf und hielt einen Zeigefinger hoch.

Nate wartete.

Alex trat ans Fenster. Die Jalousien waren heruntergelassen. Er hob eine der Lamellen einen Sekundenbruchteil lang um vielleicht drei Millimeter an.

»Ein Lastwagen«, flüsterte er. »Weiß. Ich kann nicht erkennen, was draufsteht. Dein Pick-up steht davor.«

»Was tun wir jetzt?«, fragte Nate.

Alex musterte ihn.

»Was?«

Alex schüttelte den Kopf. »Mach einfach die Tür auf. Wenn ich nur den Hauch eines Verdachts habe, dass etwas nicht stimmt, jage ich dem Kerl eine Kugel in den Kopf, ganz egal wer es ist. Denk daran, bevor du etwas sagst.«

Nate spürte, wie seine Hände zu zittern begannen.

Alex presste sich mit dem Rücken flach gegen die Wand, Art immer noch auf seinen Armen. Dann hob er die Pistole und nickte Nate zu.

Es klopfte zum dritten Mal.

Nate machte auf.

FÜNF

Ein Mann stand auf der Veranda.

Nate blinzelte gegen die grelle Sonne an. Die kalte Luft verursachte ihm eine Gänsehaut.

Der Mann trug Jeans und Stiefel und ein Polohemd, darüber eine dünne Jacke. Sein dunkles Haar wurde bereits lichter, auf seiner Nase saß eine Brille mit Drahtgestell.

An seiner Jacke hing ein Dienstausweis.

»Nathaniel Cartwright?«, fragte er mit leicht nasaler Stimme.

»Ja?« Nate hoffte, dass der Kerl nicht gleich vor seinen Augen sterben würde.

»Douglas County Wasserwerke.« Er hielt ihm die Hand hin. »Ich bin Randy. Wir hatten einen Termin für heute Vormittag. Das Wasser wieder anstellen, richtig?«

Nate hatte keine Ahnung, wovon der Mann redete. Dann fiel es ihm wieder ein. »Richtig«, antwortete er hastig. »Ich war nur ... Ich dachte ... Sie sind früh dran. Der Termin war erst am Nachmittag.«

Randy zuckte die Achseln. »Sie sind der am weitesten entfernte Stopp heute. Dachte, ich fange hier an und arbeite mich dann langsam wieder zurück. Es sind nicht viele Leute hier oben. Zumindest nicht so früh im Jahr. Die meisten Hütten sind erst ab Juni oder so bewohnt. Normalerweise liegt um die Jahreszeit noch Schnee. War ein milder Winter, wissen Sie.«

»Das hab ich gehört«, erwiderte Nate. Seine Haut kribbelte nur noch leicht.

»Sollte nicht lange dauern. Das Ventil müsste gleich neben dem Zähler sein. Wissen Sie, wo der ist?«

Nate nickte. »Ich zeig's Ihnen.«

Er trat auf die Veranda.

»Immer schön langsam«, sagte Randy und hob eine Hand.

Nate blieb stehen.

»Ist ein bisschen kalt heute. Haben Sie keine Jacke? Nicht dass Sie frieren.« Er lächelte.

»Okay, dauert nur eine Sekunde.«

»Sicher«, meinte Randy. »Ich muss noch ein paar Sachen aus dem Laster holen. Lassen Sie sich ruhig Zeit.« Er ging die Verandatreppe hinunter und pfiff ein Liedchen vor sich hin, während der Kies unter seinen Stiefeln knirschte.

Nate schloss die Tür.

»Hast *du* den Kerl herbestellt?«, knurrte Alex.

Nate nickte. »Ja. Er ... Vor zwei Tagen schon. Es hat alles seine Richtigkeit.«

Art musterte ihn über den Rand ihrer Sonnenbrille hinweg. Sie saß immer noch auf Alex' Arm. »Ich mag ihn nicht.«

Alex drehte ihr den Kopf zu. »Warum?«

Art sah Nate an, dann Alex. Dann sagte sie etwas Seltsames. Nun ja, *noch etwas* Seltsames. »Ist er der Macho Man?«

Selbst Alex zog leicht verwirrt die Augenbrauen nach oben. Dann seufzte er. »Nein, ist er nicht.«

»Wer?«, fragte Nate.

»Der Macho Man«, wiederholte Art. »Randy Savage.«

»Ich kenne ... Meinst du den Wrestler?«

Sie nickte ernst. »Er hasst Hulk Hogan. Ich *mag* Hulk Hogan.«

»Wer zum Teufel seid ihr beide?«, fragte Nate, der Verzweiflung nahe.

»Ich bin Artemis ...«

»... Darth Vader, das weiß ich. Und das da ist Alex Delgado.«

Nate warf die Hände in die Luft. »Das erklärt überhaupt ... Weißt du *was?* Es spielt keine Rolle. Ich gehe jetzt mit Randy nach draußen, er dreht das Wasser an, dann komme ich wieder und gehe duschen, weil ich immer noch dieselbe verdammte Unterhose ...«

»Wir haben dein Spülmittel genommen und sind damit in den See gegangen«, fiel Art ihm ins Wort und tätschelte Alex' Wange. »Alex sagt, es ist praktisch das Gleiche, nur dass das Wasser dort ein bisschen kalt ist. Du hättest dir auch Unterwäsche von ihm ausleihen können.«

Nate stöhnte innerlich. »Ich habe ... Darum geht es nicht. Großer Gott, ich gehe jetzt nach draußen!« Er legte die Hand auf den Türknauf in der Absicht, einen möglichst dramatischen Abgang hinzulegen.

»Vergiss deine Jacke nicht«, sagte Art.

Nate hätte am liebsten laut geschrien.

Stattdessen wirbelte er herum und stampfte zu seinem Seesack. Er zog ihn auf und holte ein Kapuzensweatshirt mit Reißverschluss daraus hervor. Das sollte reichen. Er schlüpfte in den linken Ärmel, dann in den rechten, und funkelte dabei die ganze Zeit über die beiden Menschen an, die sein Leben in weniger als einem Tag vollkommen auf den Kopf gestellt hatten.

Nate stampfte zurück zur Tür.

»Wenn er *ooh yeah* sagt«, rief Art ihm zu, »dann pass auf seinen Signature Move auf. Er heißt Savage Elbow und wird dich *ausknocken.*«

Nate schlug die Tür so heftig hinter sich zu, dass der Rahmen erzitterte.

Ein Kopf kam hinter dem weißen Lastwagen hervor. »Alles in Ordnung?«

Nate zwang ein Lächeln auf sein Gesicht. Es ging leichter, als er gedacht hatte. »Ja, alles gut.«

»Schön. Dann stellen wir mal das Wasser wieder an, und danach genießen Sie den wunderbaren Tag.«

Nate seufzte. Daran hatte er so seine Zweifel.

»Da ist er ja schon«, sagte Randy und deutete auf den Zähler an der Hauswand. Der Himmel war strahlend blau, kaum eine Wolke. Es war immer noch so kalt, dass Nate seinen Atemwölkchen hinterherschauen konnte. Der See war spiegelglatt.

Randy stellte seinen Werkzeugkasten ab und kniete sich neben den Gitterrost im Boden. »Was führt Sie so früh im Jahr hier rauf?«

Nate sah eine Bewegung aus den Augenwinkeln und blickte auf. Sie kam vom Fenster des zweiten Schlafzimmers. Die Jalousien waren heruntergelassen. Nichts rührte sich. Dann bewegten sich die Lamellen wieder und glitten einen winzigen Spaltbreit auseinander.

Nate schaute so böse drein, wie er konnte.

Die Lamellen schlossen sich wieder.

Randy drehte ihm fragend den Kopf zu.

»Sorry«, sagte Nate. »Wie war noch mal die Frage?«

Randy kicherte. »Ist nicht Ihre Tageszeit, oder?«

»Das könnte man so sagen.«

»Ich bin ja Frühaufsteher. War ich schon als Kind. *Morgenstund hat Gold im Mund*, wie meine Ma immer gesagt hat. Am Tag gibt's mehr zu sehen, sollte ich meinen.«

»Äh, ja, bestimmt.« Nate blickte wieder zum Fenster, sah, wie die ganze Jalousie wackelte, konnte sich aber keinen Reim darauf machen. Bis Art ihren Kopf hervorstreckte, auf ihren Ellbogen deutete und dann auf den Installateur. *Savage Elbow*, sagte sie mit übertriebenen Lippenbewegungen.

Nate verschluckte sich.

Als Randy die Augenbrauen hob, kratzte Nate sich im Nacken, um von der Situation abzulenken.

Es funktionierte nicht.

»Alles in Ordnung?«

Nate nickte. »Aber ja, ich ... Ist ein bisschen früh für mich, wie Sie bereits sagten.«

Randy entfernte den Gitterrost und zog einen langen Schraubenschlüssel aus seinem Werkzeugkasten. »Könnten Sie das mal kurz halten?«, fragte er und hielt Nate eine Taschenlampe hin. »Immer schön nach unten leuchten, wenn's geht.«

Nate tat es.

Der Lichtstrahl zitterte.

Nate nahm noch die zweite Hand dazu.

Randy beugte sich in den kleinen Schacht hinab. »Was Sie hier raufführt, habe ich vorhin gefragt.«

»Oh. Ich, ähm, meine Hütte, schätze ich.«

»Schätzen Sie? Ja oder nein?«

»Richtig. Ja, die Hütte. Ich habe sie geerbt. Vor Kurzem. Von meinen Eltern.«

»Sie sind kürzlich verstorben?«, fragte Randy und beugte sich stöhnend noch ein Stück weiter hinab.

»Ja.«

»Tut mir wirklich leid, das zu hören. Aber wenigstens sind sie jetzt bei unserem Herrn.«

Nate konnte nichts mit Religion anfangen. Hatte er noch nie gekonnt. Die Vorstellung von einem allmächtigen Gott, einem Himmel und einer Hölle ... Ein Märchen, nichts weiter. Aber er hatte früh gelernt, das gegenüber gläubigen Menschen für sich zu behalten. »Sicher«, sagte er nur. Es war einfacher so.

Er blickte wieder zum Fenster.

Arts Gesicht war gegen die Scheibe gepresst. Als sie sah, dass er herschaute, plusterte sie die Backen auf und blies, so fest sie konnte.

Nate hustete laut.

Eine große Hand erschien und zog Art vom Fenster weg.

Nate blickte wieder nach unten.

Randy schaute ihn mit großen Augen an.

»Käfer verschluckt«, krächzte Nate verlegen. »Ganz schön groß, das Mistvieh.«

Randy kratzte sich am Kinn und nickte. »Sicher. Hier am See werden sie besonders riesig. Allerdings eher im Sommer. Wenn Sie vorhaben, bis dahin zu bleiben, besorgen Sie sich besser 'n Insektenspray.«

Nate glaubte, eine Frage herauszuhören, aber er wusste die Antwort darauf nicht. »Vielleicht.«

Randy steckte den Kopf wieder in den Schacht. »Was machen Sie beruflich, dass Sie so einfach herkommen können, wenn ich mir die Frage erlauben darf? Bücher schreiben? Sie sehen mir so aus.«

Nate überlegte, ob das als Beleidigung gemeint war. »Nein, ich schreibe nicht. Keine Bücher jedenfalls.«

»Gibt's noch andere Schreiberlinge?«

»Ja. Ich war ... ich *bin* Journalist.«

»Ein Reporter?«

Der Kommentar ärgerte ihn ein wenig. Sein alter Stolz kam wieder durch. »Journalist«, wiederholte er.

»*Journalist*. Für die Fernsehnachrichten? Nobel, nobel.«

»Zeitung.«

»Ah! Sehr schön. Ich lese keine Zeitung. Ich lese eigentlich gar nicht, wenn ich ehrlich bin. Zu ungeduldig. Fernsehen ist mir lieber. Außerdem gibt es zu viel Schlechtes auf der Welt, verstehen Sie? Ich mag lieber schöne Geschichten. Letzten Sommer zum Beispiel gab es hier ein Eichhörnchen, das Wasserski gefahren ist, man stelle sich das mal vor! Solche Geschichten mag ich. Vollkommen unglaublich, der kleine Racker hinter seinem ferngesteuerten Boot. Gibt schon zu viele schlimme Dinge auf der Welt. Eichhörnchen auf Wasserski sagen mir da mehr zu.«

»Das ist … Über solche Dinge weiß ich nichts.«

»Sie berichten nicht über Wasserski und Eichhörnchen?«

»Nein. Ich habe in Washington, D.C. gearbeitet. Politikressort. Es gibt zwar auch Eichhörnchen dort, aber die fahren nicht Wasserski.«

Randy verzog das Gesicht. »Ich weiß nicht, wie Sie das aushalten. All die hohen Tiere, was wissen die schon von uns Arbeitern? Dem alten Bill traue ich nicht mal so weit, wie ich spucken kann. Reagan, das war ein guter Mann. Der wusste, wie man die Sachen anpacken muss, jawohl, Sir.«

Am Fenster seiner Hütte stand ein Mann mit einer Waffe und dem seltsamsten Kind auf dem Arm, dem Nate je begegnet war, während ein anderer Mann, der mit seinem Kopf in einem Schacht steckte, über Politik und den Glauben an Gott philosophierte.

Er hätte in Washington bleiben sollen.

Den Wahnsinn dort war er wenigstens gewohnt.

»So, das war's auch schon«, sagte Randy, setzte sich wieder auf und beäugte den langsam tickenden Zähler. »Sieht so aus, als ob alles wieder läuft. Ich habe in den Unterlagen nachgesehen. Die Rohre müssten '87 erneuert worden sein, dürfte also nicht viel fehlen. Wenn es doch Probleme geben sollte, habe ich einen Freund, der Ihnen für wenig Geld aus der Patsche helfen kann. Melden Sie sich einfach. Manchmal setzen sich die Mauern, oder die Rohre bewegen sich und können brechen. Vor allem nach dem Winter, wenn sie gerade am Wiederauftauen sind.«

Nate runzelte die Stirn. »Ich dachte, der Winter wäre dieses Jahr mild gewesen?«

Randy lachte. »Ach ja, richtig. Keine Ahnung, wo ich manchmal mit meinen Gedanken bin.« Er stemmte sich hoch und ging zum Wasserhahn an der Seite des Hauses. Nates Mom hatte ihn wegen ihrer Blumenbeete installieren lassen. Randy drehte ihn auf, es gurgelte und spotzte ein paar Sekunden lang, dann sprudelte klares Wasser heraus. Randy stellte den Hahn wieder ab und grinste. »So, alles erle...«

Im Haus ertönte ein lauter Knall, gefolgt von einem Klirren.

Randy drehte den Kopf Richtung Fenster. »Ist noch jemand außer Ihnen hier?«

»Ähm, nein. Nur ... Wahrscheinlich die Rohre.«

Randy nickte zögernd. »Die Rohre. Richtig. Hab noch nie welche solche Geräusche machen hören, aber es gibt für alles ein erstes Mal, schätze ich.«

»Oder es war mein Köter«, ergänzte Nate eilig. »Er ist ziemlich groß. Und bissig. Und neugierig. Wahrscheinlich hat er sich gerade über die Reste vom Frühstück hergemacht.«

Randy grinste. »Ich liebe Hunde. Wie heißt er?«

»Fido«, antwortete Nate und zuckte prompt zusammen. »Äh. Ja. Fido.«

»Rasse?«

»Ach, Sie wissen schon. Typische Promenadenmischung, würde ich sagen.«

»Bissig, sagten Sie?«

»Und wie. Er mag keine Fremden. Bellt sie grundlos an und so.«

Randy räumte seine Werkzeuge zurück in den Kasten. »Komisch. Hab ihn gar nicht bellen hören, als ich angeklopft habe.«

»Er ... hat sich versteckt.«

Randy zog eine Augenbraue nach oben. »Ein bissiger Köter, der sich versteckt? Wie eigenartig.«

»Sie machen sich keine Vorstellung«, erwiderte Nate wahrheitsgemäß.

Randy ließ Nate die Rechnung unterschreiben, schüttelte ihm die Hand und wünschte noch einen angenehmen Tag. »Und halten Sie mich auf dem Laufenden wegen der Rohre!«, rief er, als er ins Führerhaus seines Lastwagens kletterte. »Ich kenne da jemanden. Nicht teuer, außerdem schuldet er mir noch einen Gefallen.«

Nate winkte. Die Rohre waren sein kleinstes Problem.

Randy grüßte noch einmal und ließ den Motor an. Dann parkte er langsam aus und verschwand mit seinem Laster die Zufahrt hinunter.

Nate atmete erleichtert auf.

Er machte sich auf den Weg zurück ins Haus, da kam Alex schon mit finsterer Miene auf die Veranda.

Art stellte sich vor ihn und schob sich die Sonnenbrille aus dem Gesicht. »Du hast Alex als bissigen Köter bezeichnet. Du hast ihn zwar Fido genannt, aber ich weiß, wie solche Anspielungen funktionieren, auch wenn Alex mir das nicht glaubt.«

Nate blickte in den Himmel und bat um Kraft. Das war natürlich der Gipfel der Heuchelei, aber er wusste sich nicht mehr anders zu helfen. »Es war das Erste, was mir einfiel, nachdem offensichtlich keiner von euch beiden in der Lage ist, sich still zu verhalten.«

»Ich habe versehentlich eine Lampe umgestoßen«, entgegnete Art. »Dabei ist sie kaputtgegangen. Eigentlich sollte ich jetzt ein schlechtes Gewissen haben, weil sie nicht mir gehört hat, aber ich fand sie hässlich und wollte sie gestern schon kaputtmachen, habe es dann aber vergessen. Also habe ich es heute versehentlich nachgeholt.«

Nate ließ das auf sich beruhen. Etwas anderes blieb ihm auch nicht übrig. »Klar.«

Alex kam von der Veranda herunter. Seine Füße waren nackt. Nate sah die schwarzen Härchen auf seinen großen Zehen. Er wusste selbst nicht, warum sie ihm auffielen. Eigentlich sollten ihm die Härchen egal sein.

Alex hatte außerdem seine Pistole dabei.

Aber er richtete sie nicht auf Nate.

Sondern ging um die Hütte herum.

»Er muss nachsehen«, erläuterte Art.

»Was nachsehen?«

»Ob Macho Man Randy Savage ein Spion ist.«

Nate öffnete den Mund, um etwas zu sagen. Aber er wusste beim besten Willen nicht, was Arts Worte bedeuten mochten, also schüttelte er lediglich den Kopf und folgte Alex.

Er kniete vor dem Wasserzähler, die Pistole lag neben ihm im Gras. Dann tastete er mit der Hand am Gehäuse entlang, fuhr über die Plastikabdeckung und befühlte auch die Rückseite, als suchte er nach irgendetwas. Als er nichts fand, hob er das Abdeckgitter über dem Ventil heraus und griff mit zusammengekniffenen Augen in den Schacht.

»Für einen Angeschossenen, der sich gestern noch kaum bewegen konnte, scheint es Ihnen heute wieder recht gut zu gehen«, kommentierte Nate.

Alex reagierte nicht.

»Zugegeben, die Wunde sah alt aus, aber trotzdem. Gerade noch ein alter Mann, dann wieder die Jugend selbst? Lag's am Kaffee? Gern geschehen, übrigens. Danke, dass Sie meine Sachen eingeräumt und sich daran bedient haben.«

Kein einziges Wort.

»Es war eher der Speck«, meinte Art, die plötzlich neben ihm stand. Nate hatte sie gar nicht kommen gehört. »Mit Speck wird alles besser.«

»Genau«, sagte Nate betont langsam. »Der Speck, den du noch nie in deinem Leben gegessen hast. Ebenso wenig wie du eine Kellnerin gesehen hast.«

»Sie war unglaublich nett und hat mir jedes Mal Saft gebracht, wenn ich welchen bestellt habe«, erwiderte Art. »Und Eis. Und Hackbraten. Und Karotten. Und Kartoffelbrei.«

»Das ...«

»Und Butter für mein Brot, obwohl es kein Toast war.«

Nate schaute sie durchdringend an.

Art strahlte.

»Du bist Reporter«, sagte Alex und setzte sich stöhnend auf, als fände er es an der Zeit, radikal das Thema zu wechseln.

»Entschuldigung, aber ich bin *Journalist* …«

»Du hättest was sagen sollen.«

»Ja, natürlich. Wie konnte ich nur so unhöflich sein und dem maulfaulen Einbrecher nicht meine Lebensgeschichte erzählen? Meine aufrichtige Entschuldigung. Ich hoffe, Sie können mir ausnahmsweise verzeihen.«

»Tut er«, warf Art ein. »Er beginnt, dich zu mögen. Dabei mag er normalerweise nur mich. Man erkennt es daran, dass er dich schon seit über zehn Minuten nicht mehr mit der Pistole bedroht hat.«

Nate spürte, dass er rot wurde. Er wusste nicht, warum. Es war ihm scheißegal, ob dieser Kerl ihn mochte oder nicht. Er war sich immer noch nicht sicher, ob er nicht gerade mitten in einem Verbrechen steckte, und wenn dieses Verbrechen etwas mit dem Mädchen zu tun hatte, würde er alles in seiner Macht Stehende tun, um sie aus Alex' Klauen zu befreien. Was Alex von ihm hielt, interessierte ihn nicht.

Kein bisschen.

»Kein Wunder, dass du so viele Fragen stellst«, murmelte Alex und wischte sich die Hand an seinem Hosenbein ab. »Reporter wissen einfach nicht, wann sie sich besser um ihren eigenen Kram kümmern sollten. Immer müssen sie ihre Nase in Dinge stecken, die …«

»Genau deshalb bin ich eigentlich hier«, blaffte Nate. Normalerweise war es ihm vollkommen egal, was andere über seine Arbeit dachten. Denn sie war *wichtig.* Er hatte nicht vor, sich damit *beliebt* zu machen. Trotzdem musste er sich eingestehen, dass ihm Alex' Kommentar ein kleines bisschen wehtat. »Ich bin hergekommen, um mich um meinen eigenen verdammten Kram zu kümmern, aber dann ist jemand in meine Hütte eingebrochen und hat es sich dort gemütlich gemacht. Was übrigens illegal ist.«

Alex richtete sich zu seiner vollen Größe auf.

Nate ließ sich nicht einschüchtern. Nun, ein bisschen schon, aber er war es gewohnt, sich mit Arschlöchern rumzuschlagen. Mit diesem hier würde er auch noch fertig werden. Er war lediglich erleichtert, dass die Pistole immer noch im Gras lag.

»Schön«, sagte Alex mit finsterer Miene. »Es gibt jede Menge Hütten hier oben. Wir suchen uns eine andere.«

»Aber da gibt es kein Wasser«, warf Art ein.

Beide sahen sie an.

»Hier schon. Der See ist so kalt, und ich mag das Bett, und ich habe erst fünfzehn Bücher gelesen, was bedeutet, dass noch 362 übrig sind.« Sie nickte, und die hochgeschobene Sonnenbrille rutschte zurück auf ihre Nase. »Außerdem ist Nate traurig, wenn wir gehen. Er mag uns.«

»Ich kann euch beide nicht ausstehen«, entgegnete er.

»Du hast uns Speck gebraten.«

»Das heißt gar nichts.«

»Es sah aber so aus«, widersprach Art. »Wenn man etwas so Leckeres für jemanden zubereitet, *muss* das etwas bedeuten. Man macht nicht einfach ein Geschenk, ohne etwas dabei zu empfinden.«

»Es war nur Frühstück.«

»Schon gut«, sagte Alex und ging vor Art in die Hocke, ohne Nate anzusehen. »Der See ist kalt, aber wenn wir schnell machen, ist es auch schnell wieder vorbei, und dir wird bald wieder warm. Vielleicht gibt es in einer der Nachbarhütten auch Bücher. Andere. Alles wird gut, das verspreche ich.«

Nate hatte ihn noch nie so lange am Stück reden hören.

Gleichzeitig fragte er sich, ob er gerade manipuliert wurde.

Es fühlte sich verdammt noch mal danach an.

Art nahm langsam ihre Brille ab und sah ihn an. Ihre Augen waren so groß und grün wie bei einer Figur aus einem Manga-Comic.

Definitiv Manipulation. Allerdings nur von Art. Alex schien ihm nicht der Typ dafür. Der kannte nur Muskeln und Munition. Subtilität war seine Sache nicht.

Aber Artemis Darth Vader?

Die geborene Intrigantin.

Und es *funktionierte.*

»Morgen«, sagte Nate durch zusammengebissene Zähne. »Morgen brecht ihr auf. Damit die Kleine wenigstens einmal heiß duschen kann. Und Sie auch. Aber so wahr ich hier stehe, ich dusche als Erster, denn das hier ist immer noch meine verdammte Hütte. Haben Sie verstanden? Ich dusche zuerst, und zwar so lange, wie ich will, ohne dass einer von euch deswegen rummeckert, kapiert?«

Art sah selbstzufrieden aus.

Alex schaute finster drein.

Nate hätte ihm am liebsten eine reingehauen.

Stattdessen drehte er sich um und ging zurück ins Haus.

Er glaubte, ein leises, hohes Lachen hinter sich zu hören.

SECHS

Nate blieb hart.

Er duschte als Erster.

Das Wasser war entweder eiskalt oder kochend heiß wie immer.

Es spielte keine Rolle.

Die Dusche war wunderbar.

Er lehnte sich gegen die moosgrünen Fliesen und sah zu, wie seine Haut immer röter wurde.

Unter der Dusche kamen ihm oft die besten Ideen.

Zu Hause, am Stadtrand von D.C., verbrachte er jeden Morgen dreißig Minuten so. Das Geräusch des plätschernden Wassers um ihn herum beruhigte ihn. Er hatte in einem überteuerten Einzimmerapartment in Chevy Chase gewohnt (was immerhin noch im Stadtgebiet lag, nicht eine Stunde außerhalb, und im Stadtgebiet war nun mal alles überteuert). Achter Stock und spärlich möbliert. Nate hatte keine Zeit für Möbel und außerdem keine Freunde, die ihn besucht hätten, um ein bisschen zu quatschen und schlechte Fernsehsendungen anzuschauen. Er arbeitete schlicht zu viel. Und genauso mochte er es. Er war lieber auf sich selbst gestellt, als von anderen abhängig zu sein.

War er manchmal einsam?

Klar.

Aber er dachte nie lange darüber nach.

Keine Zeit.

Jeden Morgen um 4:30 Uhr klingelte sein Wecker. Nate schleppte sich in das kleine Fitnessstudio im ersten Stock und ging aufs Laufband. Discman an der Hüfte und Stöpsel in den Ohren, aus denen »Dangerous« von Michael Jackson brüllte. Dort absolvierte er pflichtbewusst seine drei Meilen, danach ging es wieder zurück ins Apartment.

Er hatte einmal darüber nachgedacht, sich eine Katze zuzulegen. Dann war ihm wieder eingefallen, dass er Katzen hasste.

Für einen Hund war er zu wenig zu Hause.

Wenn der Wecker 5:00 Uhr zeigte, stand Nate unter der Dusche.

Und blieb die nächsten dreißig Minuten dort.

Zum Nachdenken.

Duschen half ihm beim Konzentrieren.

Gegen Ende seiner illustren Karriere bei der *Washington Post* hatte er sich angewöhnt, auch nachts zu duschen.

Es hatte nichts genutzt.

Und deshalb stand er jetzt hier, der Dampf um ihn herum dicht und schwer, weil er vergessen hatte, den Lüfter einzuschalten. Die Fliesen in seinem Rücken waren eiskalt, dafür waren Bauch und Brust knallrot vom viel zu heißen Wasser.

Er konnte nur in sehr flachen Zügen atmen.

Die beiden mussten gehen.

Wirklich.

Sie mussten weg, und wie Alex ganz richtig gesagt hatte, gab es auch noch andere Hütten hier. Viele sogar. Nate hatte keinesfalls vor, ihnen einen weiteren Einbruch nahezulegen, aber sie gehörten nicht hierher. Sie waren ihm zu kompliziert. Beide. Und Komplikationen konnte Nate jetzt nicht gebrauchen. Er war nach Oregon gekommen, um endlich wieder klar zu sehen.

Hatte er Fragen?

Und ob.

Sie machten ihn fertig. Er war schon immer neugierig gewesen. Schon als Kind. Nate wollte alles wissen, auch über Dinge, die ihn nichts angingen. Seine Mutter hatte ihn einmal als Kiebitz bezeichnet, als sie ihn dabei erwischte, wie er ein Gespräch zwischen ihr und seinem Vater belauschte. Ihm erklärt, er solle sich um seinen eigenen Kram kümmern, dass ihm seine Neugier eines Tages noch zum Verhängnis werden würde.

Natürlich hatte sie recht behalten.

Sonst wäre er jetzt nicht hier.

Er hatte gedrängt, als er besser den Mund gehalten hätte. Es gab moralische Richtlinien für Journalisten. Vor allem bei einer Zeitung mit einer so geschichtsträchtigen Vergangenheit wie der *Post.*

Die beiden mussten weg.

Was war schon dabei, wenn ein kleines Mädchen sich in einem kalten See waschen musste? Manche Leute hatten überhaupt kein Wasser, um sich zu waschen.

Und je weniger Nate wusste, desto geringer das Risiko, dass er eine Aussage machen musste zu ... was auch immer die beiden auf dem Kerbholz hatten.

Aber faszinierend waren sie schon.

Nate stöhnte.

Nein.

Ausgeschlossen.

Er würde keine einzige seiner Fragen stellen.

Punkt.

Als Alex unter die Dusche gegangen war, fragte Nate: »Warum nennst du dich Artemis Darth Vader?«

Art saß eigenartig in sich selbst zusammengekrümmt auf der Couch. Ihre Füße baumelten über den Rand, aber erreichten den Boden nicht ganz. Sie hatte einen der Louis L'Amours in der Mache. *The Tall Stranger.* Ned Bannon ringt mit seinem

Bruder um die Kontrolle über Bishop's Valley. Der Böse stirbt, und der gute alte Ned bekommt die Frau.

»Was hast du gerade gesagt, Cowboy?«, nuschelte Art ohne aufzublicken. Sie trug ihre Sonnenbrille. Nate fragte sich, wo sie das Ding herhatte. Gestohlen, vermutlich.

»Artemis Darth Vader.«

Art senkte das Buch um einen halben Zentimeter. »Das ist mein Name, nutz ihn nicht ab.« Sie kicherte leise. »Ah, jetzt verstehe ich, was daran so lustig ist. Interessant. Gefällt mir.«

»Warum nennst du ...«

»Hatten wir das nicht schon?«

Nate warf einen Blick in den Flur und hörte, dass das Wasser noch lief. Nach ihm war Art an der Reihe gewesen. Sie hatte schnell geduscht, viel schneller, als er es von jemandem wie ihr erwartet hätte. Kaum zehn Minuten später kam sie wieder heraus, ein Handtuch fachmännisch um den Kopf gewickelt und in einer etwas zu großen Jeans, lila Socken, dazu ein T-Shirt der Chicago Bulls, dessen Ausschnitt über eine ihrer Schultern hing.

Alex schien sich bei der Vorstellung, Nate mit Art allein zu lassen, nicht recht wohlzufühlen. Sie sagte ihm, er solle nicht albern sein, woraufhin Alex Nate mindestens eine Minute lang wortlos anstarrte. Er musste auch nichts sagen. Die Drohung war offensichtlich.

»Ich kann mich nicht erinnern, dass du mir eine Antwort gegeben hättest«, erwiderte er schließlich.

»Doch, habe ich«, widersprach Art und blätterte um. »Ich habe dir gesagt, dass mir der Name gefällt. Und du bist Nathaniel Cartwright. Diesen Namen haben dir deine Eltern gegeben, die du aber nicht sehr zu mögen scheinst.«

Er blinzelte. »Was zum Teufel redest du da?«

»Sie sind tot, oder?«

»Woher ...«

»Das hast du Macho Man erzählt. Aber du hast dabei nicht sehr traurig geklungen. Eher wütend, glaube ich. Oder so was in der Art.«

Scheiße. Sie hatte recht. Und offensichtlich hatten die beiden ihn belauscht. »Darum geht es jetzt nicht.«

»Ach so, okay. Ich meine nur, wenn du sie nicht magst und sie dir diesen Namen gegeben haben, warum suchst du dir dann nicht einfach einen anderen?«

Nate kam sich hilflos vor. Das Gespräch lief nicht so, wie er es geplant hatte. »So funktioniert das nicht.«

Art schob die Sonnenbrille bis zu dem Handtuch auf ihrem Kopf hoch. »Sagt wer?«

»Sagen *alle*.« Eine bessere Antwort fiel ihm nicht ein.

»Alex nicht.«

»Was?«

»Alex hat gesagt, ich kann sein, wer immer ich will. Dass niemand mir vorschreiben kann, was ich darf und was nicht, und dass ich mir auch meinen eigenen Namen aussuchen darf. Also habe ich das gemacht.«

»Und was ist mit deiner Mom?«

»Wie meinst du das?«

»Welchen Namen hat *sie* dir gegeben?«

Art verdrehte die Augen. »Einen, den du nicht mal aussprechen könntest, glaub mir.«

Das ... glaubte er ihr nicht. »Aber warum ...«

Sie grinste. »Kennst du *Star Wars*?«

»Jeder kennt *Star Wars*.«

»Umso besser. Dann weißt du auch, wer Darth Vader ist.«

»Ja, das weiß ich.«

»Er ist dieser Typ, halb Mensch, halb Maschine, und hat ein rotes ...«

»Ich weiß, wer Darth Vader ist!«

»Ja, und ich mag ihn.«

»Du *magst* ihn?«, wiederholte Nate leise. »Warum?«

Sie zuckte die Achseln. »Weil er böse ist, aber eigentlich auch nicht. Außerdem konnte er Leute würgen, ohne sie anzufassen. Okay, das ganze *Star Wars*-Universum ist natürlich ein bisschen unrealistisch, denn in Wirklichkeit ...« Sie verstummte abrupt und neigte den Kopf. Das Handtuch um ihre Haare verrutschte leicht. »Jedenfalls mag ich Darth Vader.«

»Und Artemis.«

»Sie ist die Göttin der Jagd. Und der Wildnis. Und sie beschützt kleine Mädchen.«

»Und das gefällt dir.«

Sie nickte. »Sie ist mir sympathischer als die anderen. Glaubst du, es gibt sie wirklich?«

»Ich ... Hast du mich gerade gefragt, ob ich glaube, dass die Götter der alten Griechen wirklich existieren?«

»Ja.«

»Nein. Das glaube ich nicht.«

»Wie schade.« Art lehnte sich zurück und schlug ihr Buch wieder auf.

Nate war nicht sicher, wie es zu diesem Gesprächsverlauf gekommen war.

Aber das Duschwasser lief immer noch.

Sollte er es riskieren?

»Art, hör zu.«

»Mach ich.«

»Du musst jetzt ganz ehrlich zu mir sein.«

»Bin ich.«

»Gut, sehr gut. Würdest du mich bitte ansehen?«

»Ich kann Multitasking. Ich bin sogar ziemlich gut darin, und Ned Bannon will gerade ...«

»Tu es. Bitte. Für mich.«

Sie seufzte den geplagten Seufzer der Entrechteten, klappte ihr Buch zu und sah Nate an.

»Danke. Und jetzt möchte ich, dass du gründlich nachdenkst, bevor du antwortest. Okay? Kannst du mir diesen Gefallen tun?«

»Sicher.«

»Hat Alex dich entführt? Tut er dir weh? Soll ich dir helfen, von ihm wegzukommen?«

Art erwiderte nichts.

»Art?«

Sie sah ihn mit starrem Blick an.

Nate beugte sich ein Stück vor. »Geht es dir auch gut?«

Sie nickte. »Ich zeige dir gerade, dass ich gründlich nachdenke. Ganz, wie du mich gebeten hast. Und wenn man richtig nachdenkt, kann man nicht sofort antworten.«

»So habe ich das nicht ...«

»Okay, ich bin fertig. Nein, Alex tut mir nicht weh, und du musst mir auch nicht helfen, von ihm wegzukommen. Er gehört zu mir. Er ist sogar der einzige Mensch auf dieser Welt, bei dem ich sein möchte.«

Nate wusste nicht, ob sie die Wahrheit sagte oder möglicherweise an einer Art Stockholm-Syndrom litt. Er würde tiefer graben müssen. »Er hat dir wirklich *nie* wehgetan?«

Art kniff die Augen zusammen. »Zumindest nicht absichtlich. Einmal hat er mich zu fest am Handgelenk gepackt, aber nur, weil wir richtig schnell rennen mussten, und er es nicht gemerkt hat. Meine Beine sind nun mal viel kürzer als seine.«

Nate lief ein kalter Schauer über den Rücken. »Wovor seid ihr weggerannt?«

»Vor Männern.«

»Vor was für Männern?«

»Welche mit Pistolen.«

»So was wie Polizisten?«

»Nein.«

Ein entsetzlicher Gedanke kam ihm in den Sinn. »Seid ihr auf der Flucht vor der *Mafia?*«

Art lachte herzlich. »Ach, Nate, ich bin so froh, dass wir in *deine* Hütte eingebrochen sind. Ich mag dich. Du bist so was von seltsam.«

»Was ist hier los?«

Nate zuckte zusammen.

Alex stand im Flur, das Wasser rann seine nackte Brust hinab, und er trug ein Handtuch, das kaum um seine Taille reichte. Sein Tattoo war jetzt deutlich zu erkennen. Das KA-BAR, der Adler, USMC. Ein Band mit der Aufschrift BESSER TOT ALS EHRLOS. Die dunklen Haare auf seiner Brust und seinem Bauch waren nass und verfilzt. Die Prellung an seiner Seite, die gestern noch ganz blau gewesen war, war zu ein paar gelblich grünen Sprenkeln verblasst.

»Nate hat mich gerade gefragt, ob wir auf der Flucht vor der Mafia sind«, antwortete Art fröhlich. »Er ist wirklich sehr lustig.«

»Zum Totlachen«, sagte Alex, den Blick starr auf Nate gerichtet.

Aber Nate würde sich nicht ins Bockshorn jagen lassen. Weder von einem kleinen Mädchen noch von einem tropfenden, halb nackten Kerl. »Okay«, sagte er. »Also *nicht* vor der Mafia. Aber sie hat etwas von Männern mit Pistolen gesagt.«

»Hat sie das?«

»Aber ja doch«, bestätigte Art und blätterte zur nächsten Seite. »Ach, Ned Bannon. Die ist viel zu gut für dich. In deinem Herzen ist doch nur Platz für Rache. Hey, Alex, wusstest du, dass Nate *Star Wars* gesehen hat?«

»Hat er das«, sagte Alex, aber auf eine Art, als wollte er Nate mitteilen: *Ich bin der Tod, der Verschlinger ganzer Welten.*

»Ja. Und er hat mich gefragt, ob du mich entführt hast.«

»Verräterin«, murmelte Nate.

»Und *was* hast du darauf geantwortet?«

Sie musterte Alex. »Du tropfst den ganzen Boden voll. Warum hast du nichts an? Willst du ihn beeindrucken?« Ihr Blick sprang zu Nate, dann wieder zu Alex. »Scheint zu funktionieren.«

Nate wurde rot und schaute weg.

»Sei jetzt still, Art«, warnte Alex. »Und *du* ...«

Nate schluckte schwer.

»Du hast dir gerade ...« Er stieß einen undefinierbaren Laut aus und stapfte zurück in den Flur. Eine Tür schlug knallend zu.

Art schaute Nate mit großen Augen an. »Ich glaube, das gibt Ärger«, flüsterte sie.

Das Lächeln auf ihrem Gesicht gefiel ihm nicht.

Nate Cartwright war nicht blöd.

Im Gegenteil.

Er hatte einen ausgeprägten Selbsterhaltungstrieb.

Was auch der Grund war, warum er sich sofort die Schlüssel und sein Telefon schnappte und mit dem Ford so schnell Richtung Roseland fuhr, wie er sich traute. Er blickte in den Rückspiegel, überzeugt, dass dort jeden Moment der halb nackte Alex (Warum spielte seine Fantasie dieses Detail ein?) auftauchen würde und mit der Pistole im Anschlag die Verfolgung aufnahm.

Doch es war nichts zu sehen außer der immer kleiner werdenden Hütte und dem von seinen Hinterreifen aufgewirbelten Staub.

Nate wartete, bis er die Hauptstraße erreichte, dann warf er einen Blick auf sein Handy.

Balken. Sie flimmerten, aber sie waren da.

Er fuhr rechts ran.

Er ließ den Motor laufen.

Er tippte 911.

Er starrte die Ziffern an, sein Daumen schwebte über der Wähltaste.

Sein Herz raste.

Er löschte die erste 1. Dann die zweite. Schließlich die 9.

Nate rief das Telefonbuch auf. Suchte eine bestimmte Nummer heraus. Wählte.

Es klingelte dreimal.

»Hallo?«

»Big Eddie?«

»Nate!«, sagte Big Eddie mit seiner tiefen Stimme. »Hätte nicht gedacht, so bald von dir zu hören. Alles in Ordnung?«

»Ja. Nein. Ich weiß es nicht.«

»Stimmt was nicht?«

»Doch. Ich habe nur ...« Ja, *was* eigentlich? »Hast du ... War irgendwas in den Nachrichten?«

»Es war eine Menge in den Nachrichten«, antwortete Big Eddie langsam. »Du hast keinen Fernseher dort oben, oder?«

»Richtig. Mom sagte ... Es war ihr zu teuer. Außerdem wollte sie nicht, dass wir in den Sommerferien glotzen.«

»Recht hatte sie. Du klingst ... Ich bin mir nicht sicher. Was ist los?«

»Ein Mädchen. Ein Mann.«

»Welches Mädchen, welcher Mann?«

»Kam wirklich nichts in den Nachrichten? Über zwei Vermisste oder so?«

»Nein«, antwortete Big Eddie. »Ich hab nichts mitbekommen, aber ... Warte eine Sekunde. Abe. Hey, Abe!«

Ein gedämpfter Laut.

»Hast du was von einem vermissten Mädchen gehört? Ach so ... Keine Ahnung, vermisst eben. Ist sie noch sehr jung, Nate?«

»Ja.«

Dann, etwas leiser: »Ja, schon gut, bin gleich da, du alter

Quengler.« Big Eddie seufzte. »Nein, Abe weiß auch nichts, Nate. Warum fragst du? Hast du was gesehen?«

Nate überlegte, aber nur kurz. »Nein, nur so einen Kerl und ein Mädchen in der Nähe des Sees. Sie sahen komisch aus, verstehst du?«

Big Eddie brummte etwas. »Ja, verstehe. Und was der Bauch sagt, darauf sollte man hören, wie du wahrscheinlich am besten von uns allen weißt. Bist du sicher, dass die beiden nicht in einer der anderen Hütten wohnen? Es ist zwar noch Nebensaison, aber manche werden auch um diese Jahreszeit schon vermietet.«

»Ich weiß, aber ...«

Big Eddie senkte die Stimme. »Wenn du was gesehen hast, kann ich den Sheriff anrufen. Ich glaube, Griggs hat gerade Dienst, und ...«

»Nein, nein«, sagte Nate hastig. »Nicht den Sheriff. Wahrscheinlich nur eine Überreaktion. Zu wenig Schlaf in den letzten Wochen, verstehst du?«

»Klar«, erwiderte Eddie. »Und jetzt, wo du zum ersten Mal seit so langer Zeit wieder hier bist, kommen wahrscheinlich alle möglichen Erinnerungen hoch. Das kann hart sein.«

Nate schloss die Augen. »Meine Erinnerungen haben nichts damit zu tun.«

»Wenn du meinst.«

»Ja.«

»Läuft das Wasser wieder?«

Nate seufzte. »Ja. Der Installateur stand praktisch schon im Morgengrauen vor der Tür.«

Big Eddie lachte. »Im Morgengrauen rührt Jimmy normalerweise keinen Finger.«

»Nein, es war nicht Jimmy. Der Kerl hieß Randy.«

»Na, da haben wir's. Man glaubt, man kennt alle Leute in der Gegend, aber nein ... Wie auch immer. Leb dich weiter gut ein da oben, Nate, und wenn irgendwas vorfällt, rufst du mich an, okay? Lieber einmal zu viel als ...«

»Ja, mache ich. Danke, Eddie. Entschuldige, dass ich dich aufgescheucht habe.«

»Kein Problem, alter Freund. Halt die Ohren steif.«

»Bye.«

Nate legte auf.

Er tippte mit dem Telefon gegen seine Stirn.

Roseland war klein. Jeder kannte jeden. So war das nun mal auf dem Land. Aber vielleicht waren die beiden gar nicht von hier. Sie konnten von überallher sein. Er hätte Big Eddie einen Namen nennen sollen. Natürlich nicht Artemis Darth Vader. Aber Alex Delgado? Vielleicht war der Name ja echt, und ...

Eine Idee flackerte auf und erstrahlte wie die Morgensonne.

Nate rief noch einmal seine Kontakte auf.

Er sah auf die Uhr.

10:00 Uhr vormittags.

Und das bedeutete, dass es an der Ostküste jetzt eine Stunde nach Mittag war.

Er fand die Nummer, die er suchte, und drückte auf Wählen.

Es klingelte einmal.

»Davis am Apparat.«

»Ruth, ich bin's.«

Es folgte eine kurze Pause. Dann ein ungläubiges: *»Nate?«*

»Ja.«

»Verdammte Scheiße, hast du eine Ahnung, wie oft ich dir auf die Mailbox gequatscht habe? Du verfluchtes Arschloch, du hast mir so was von ... Bleib kurz dran. Ich schwöre, wenn du auflegst, bring ich dich um.« Ruth Davis schien die Hand über den Hörer gelegt zu haben, denn Nate hörte nur noch gedämpfte Geräusche, das lauteste davon war, wie Ruth mit ihrer rauchigen Bassstimme vor sich hin schimpfte. Er schloss die

Augen und stellte sich vor, wie sie in der Redaktion saß. Überall Leute, Schreibtische mit Papierstapeln und riesigen Computerbildschirmen darauf. Der Gedanke versetzte Nate einen heftigen Stich. Er wusste noch genau, wie groß seine Augen gewesen waren, als er den Raum auf dem Weg zu einem Vorstellungsgespräch für ein Praktikum zum ersten Mal gesehen hatte. Er würde zwar keinen Cent verdienen, aber er wollte den Job mehr als alles auf der Welt.

Ruth war ebenfalls da gewesen.

Sie war schon seit Jahrzehnten bei der *Post* und ein harter Knochen, der immer noch eine Schreibmaschine benutzte und ständig darüber klagte, dass die guten alten Zeiten vorbei waren, in denen sie an ihrem Arbeitsplatz noch Kette rauchen konnte, anstatt jedes Mal mit dem verfluchten Aufzug runter zum Innenhof fahren zu müssen. Niemand wusste, wie Ruths genaue Jobbezeichnung lautete, aber sie machte so gut wie alles und half gerne, wenn man sie darum bat – wenn sie einen mochte. Wobei »mögen« wahrscheinlich das falsche Wort war. Wessen Existenz Ruth Davis tolerierte, der hatte gute Chancen, bei der *Post* etwas zu werden. Wen sie *nicht* mochte, der arbeitete sechs Monate später woanders. Niemand legte sich mit ihr an. Jemand hatte mal versucht, sich in der Chefetage über sie zu beschweren, und drei Tage später war er nicht mehr da.

Aus irgendeinem Grund mochte sie Nate. Sie tolerierte ihn nicht nur, sondern *mochte* ihn. Selbstverständlich drehte sie ihn mehr als einmal ordentlich durch die Mangel, doch genau das war der Grund, warum er in seinem Job immer besser geworden war. Ruth war streng, aber nur weil sie das Beste für alle Mitarbeitenden wollte. Behauptete sie zumindest.

Sie war winzig, schwarz, trug einen weißen Afro und jeden Tag einen anderen Ring an jedem ihrer Finger. Nate hatte oft überlegt, wie viele sie insgesamt hatte, traute sich aber nie zu fragen.

Er liebte Ruth über alles.

Und hatte sich nicht bei ihr verabschiedet, als das Sicherheitspersonal ihn mit seiner kleinen Schachtel, in der seine wenigen Habseligkeiten verstaut waren, hinausgeleitete. Seine Haut kribbelte, denn das konnte unmöglich wahr sein. Das *konnte* es einfach nicht.

Und jetzt harrte er der Dinge, die da kommen mochten. Er hatte seit Wochen nicht mehr mit Ruth gesprochen.

»Nate«, sagte sie in den Hörer. Es klang wie ein Knurren, Alex nicht ganz unähnlich, wenn er ehrlich war. Was er natürlich keinem von beiden jemals verraten würde. Der eine hatte eine Pistole, die andere einen Taser. »Wo zum Teufel steckst du?«

Er dachte kurz daran zu lügen. »Oregon«, antwortete er schließlich.

»Oregon«, wiederholte sie ungläubig. »Du meinst den *Staat* Oregon?«

»Ich wusste nicht, dass es noch ein anderes Ore…«

»Werd jetzt nicht frech, Kleiner.«

»Nein, Ma'am.«

»Ich erkläre dir jetzt, wie die Sache läuft.« Nate hörte ihre Schreibmaschine bereits im Hintergrund klappern. »Ich werde dir jetzt ein paar Fragen stellen und du wirst sie beantworten. Sollte ich das Gefühl haben, dass du besagte Fragen nicht wahrheitsgemäß beantwortest, reiße ich dir den Arsch auf. Haben wir uns verstanden?«

Oh, wie er sie vermisst hatte. »Ja.«

»Gut. Erste Frage: Warum Oregon?«

»Meine Eltern hatten dort eine Hütte. Sie haben sie mir vermacht.«

»Wann hast du davon erfahren?«

»Vor zwei Wochen.«

»Wo in Oregon?«

»Ein Stückchen außerhalb von Roseland. In der Nähe des Herschel Lake.«

»Klingt malerisch und absolut zum Kotzen. Ich schreibe das alles mit. Mein Gedächtnis ist nicht mehr das, was es mal war, und ich möchte nichts vergessen für den Fall, dass ich meinen fetten Arsch in ein Flugzeug setzen und dich aufspüren muss.«

Nate schwieg klugerweise.

»Herschel ... Lake. So, ich weiß so viel wie gar nichts über Oregon und vermute, dieser See liegt mitten im Nirgendwo, umgeben von Wald und Natur und Vögeln und so Zeug.«

»Das trifft es ungefähr.« Selbst jetzt war er mitten im Nirgendwo, umgeben von Wald.

»Bist du unter die *Hippies* gegangen? Suchst du die Verbindung zu Mutter Natur, arbeitest auf einer gut versteckten Grasfarm und versuchst, dein wahres Selbst zu finden?«

Nate konnte sich ein kleines Lächeln nicht verkneifen. »Nein, Ruth.«

»Du weißt, was ich über Hippies und Grasanbau denke.«

»Weiß ich.«

»Verdammte Kriegsdienstverweigerer.«

»So hast du sie immer genannt.« Oft. Und oft ohne jeden Zusammenhang.

»Bist du in Sicherheit?«

Wie kam sie darauf, ihm ausgerechnet diese Frage zu stellen? »Ja«, sagte er nach kurzem Zögern.

Sie merkte es natürlich sofort. »Wirklich?«

»Ich glaube schon. Es ist kompliziert.«

»Dann *ent*kompliziere es.«

»Ich möchte, dass du einen Namen für mich überprüfst.«

»Tatsächlich?«

»Ja.«

»Schieß los.«

»Alex Delgado. Er ist vierzig. Bei den Marines. Möglicherweise jetzt nicht mehr, aber du kennst ja den Spruch: Einmal Marine ...«

»Immer Marine. Sag jetzt nicht, dass du mit ihm ins Bett willst.«

»Bitte was?«

Ruth ignorierte ihn. »Denn sollte das der Fall sein, muss ich zugeben, dass du deine Ressourcen auf ziemlich schlaue Art einsetzt. Ethisch vielleicht nicht einwandfrei, aber was soll's.«

»Ruth, um Himmels willen!«

»Ich musste das fragen. Also: Willst du mit ihm ins Bett?«

»Nein!«

»Hmm. Dann will ich dir das mal glauben. Für den Moment. Warum soll ich den Kerl überprüfen?«

»Weil ... Er ist hier, in einer der Hütten. Und er ist *anders*. Irgendetwas stimmt nicht mit ihm, aber ich komme nicht dahinter, was. Ein Mädchen ist bei ihm. Ich glaube, sie ist seine Tochter, aber ...«

»Aber?«

»Ich weiß es nicht!«, rief Nate entnervt. »Nichts an den beiden passt zusammen. Das macht mich fertig.«

»Und anstatt sie zu fragen, wendest du dich hinter ihrem Rücken an mich?«

»Ja. Genau das.«

»Gefällt mir«, erwiderte Ruth. »Aber falls du das Gefühl bekommst, dass die Kleine sich in Gefahr befindet, musst du die Cops rufen. Lieber einmal zu viel als einmal zu wenig. Hinterher kannst du dich immer noch entschuldigen. Du darfst nichts riskieren, nicht, wenn Kinder im Spiel sind.«

Er gehört zu mir. Er ist sogar der einzige Mensch auf dieser Welt, bei dem ich sein möchte.

»Ich glaube nicht, dass sie in Gefahr ist«, entgegnete Nate. »Sollte sich etwas daran ändern, tue ich, was ich kann. Versprochen.«

»Gut. Es wird ein paar Tage dauern. Ich kann nicht alles stehen und liegen lassen, nur weil du dich dazu herabgelassen hast, mich zurückzurufen.«

»Ich weiß. Es tut mir leid. Aber ich war ... Ich musste einfach weg von allem.«

»Hast du ...« Sie seufzte. »Es gibt Gerüchte.«

»Ich weiß.«

»Sind sie wahr?«

»Kommt drauf an, was sie besagen.«

»Eine Sauna«, sagte Ruth trocken. »Und ein verheirateter Senator. Du hast ihn gleichzeitig als Quelle und Fickschachtel benutzt.«

»Nun, dann sind sie wohl wahr.«

Ruth stieß einen leisen Pfiff aus. »Raffinierter Hund.«

»Ich bin nicht gerade stolz drauf.«

»Nein, vermutlich nicht. Und seine Frau hat wirklich *Fotos* von euch?«

»Ein Privatdetektiv hat sie gemacht. Ich hatte keine Ahnung, dass wir beschattet werden.«

»Wie lange ging die Sache?«

Natürlich musste sie auch das noch wissen. »Drei Monate.«

»Großer Gott, Nate.«

»Ich weiß.«

»Sogar ich hätte dich dafür gefeuert.«

»*Nachdem* du mir eine Tracht Prügel verpasst hättest.«

»Verdammt richtig. Dein Glück, dass ich erst davon erfahren habe, als du D.C. schon verlassen hattest. Was hast du nun vor?«

Nate zuckte die Achseln, auch wenn Ruth es nicht sehen konnte. »Keine Ahnung. Deshalb bin ich ja in Oregon. Um einen klaren Kopf zu bekommen.«

»Und jetzt rufst du mich an wegen einem irgendwie interessanten Marine namens Alex Delgado.«

»Das stimmt nicht.«

»Wenn du es sagst, Kleiner.«

»Es stimmt wirklich nicht.«

»Du kannst dich selbst belügen, so viel du willst, aber versuch das bloß nicht bei mir. Das ist die einzige Warnung, die ich dir geben werde. Im Moment glaube ich dir, aber das habe ich nicht verdient, Nathaniel.«

Er atmete einmal tief durch. »Verstanden.«

»Ich melde mich, sobald ich kann.«

»Wenn ich nicht rangehe, dann nur, weil das Netz hier oben so beschissen ist. Hinterlass mir einfach eine Nachricht, dann rufe ich zurück.«

»So wie du mich die letzten acht Male zurückgerufen hast?«

»Du weißt doch, dass ich dir nichts abschlagen kann, Ruth.«

Sie schnaubte. »Spar dir deinen klebrigen Charme für deine verheirateten Senatoren auf, Nate.« Sie überlegte kurz. »Oder deine Marines.«

»Er ist nicht mein ...«

»Sobald ich was rausgefunden habe, melde ich mich. Aber vergiss nicht: Sollte die Kleine Hilfe brauchen, hilfst du ihr. Koste es, was es wolle. Kinder sind das Wertvollste, was wir haben. Wenn sie noch nicht für sich selbst kämpfen können, muss jemand anderer das für sie übernehmen. Hast du mich verstanden?«

Die Geräusche des Waldes ringsum schienen plötzlich überlaut. »Ja, Ma'am.«

»Gut.« Ihr Ton wurde etwas sanfter. »Pass auf dich auf, ja?«

Nates Augen tränten ein wenig. Er vermisste sie mehr, als er je für möglich gehalten hätte. »Danke, Ruth. Du auch.«

Ruths Hörer klickte.

Nate stand noch zwanzig Minuten lang am Straßenrand, bis er zu einer Entscheidung gelangte und den Pick-up wendete.

SIEBEN

Er bereute es beinahe sofort.

Alex stand auf der Veranda und hielt nach dem Ford Ausschau.

Er hatte sich angezogen: Jeans und Flanellhemd – wieder einmal. Und zum Glück. Nate durfte sich nicht ablenken lassen. Ja, Alex war attraktiv, aber daran wollte Nate nicht denken. Vor allem nicht, wenn so vieles im Ungewissen lag. Alles eigentlich. Und dann noch die Tatsache, dass Nate für Alex wahrscheinlich nichts als ein Ärgernis war und er ihn ohnehin bald erschießen würde. Ja, die Zeiten änderten sich langsam, aber er war oft genug die Zielscheibe homophober Attacken gewesen. Auch und vor allem von Typen, die so aussahen wie Alex. Sie standen vor den Schwulenbars und beschimpften ihre Opfer, die ihnen trotzig Kusshändchen zuwarfen. Sie waren aggressiv, und jeder in der Bar wusste, dass er sie nicht allein verlassen durfte. Man nahm einen Freund mit. Und Pfefferspray. Man führte das Leben, für das die vorangegangene Generation gekämpft hatte, aber man musste vorsichtig sein dabei. Es gab zu viele Menschen, die kaputtschlagen mussten, was sie nicht verstanden.

Er selbst war nie geschlagen worden. Aber er hatte letztes Jahr mit Tausenden anderen an der Pride Parade teilgenommen und war auch auf der Freedom Plaza gewesen. Dort hatte er Männer und Frauen mit Bibeln in der Hand gesehen, die mit roten Gesichtern etwas von Sodom und Gomorrha brüllten, dass Schwule und Lesben das Ende der Welt heraufbeschworen, dass sie Gott ein Dorn im Auge seien und eine Lästerung gegen die Natur. Er hatte Polizisten gesehen, die sich gleichgültig wegdrehten. Hatte den verächtlichen Blick der Soldaten und Soldatinnen gesehen, während ihre Kolleginnen und Kollegen mitmarschierten – in vollem Wissen, dass sie im Zuge der neuen Frag-nicht-sag-nichts-Richtlinie aus dem Dienst entlassen werden konnten, auch wenn eben jene Richtlinie sie gleichzeitig zumindest ein bisschen schützte.

Nate kannte Alex nicht. Aber er kannte seinen Schlag.

Vielleicht gehörte er auch zu den Typen, die ein bisschen mit Männern rumvögelten, um sich die Hörner abzustoßen, und sie danach bespuckten, wenn sie ihnen auf der Straße begegneten. Nate kannte auch diesen Schlag. Die Sorte war sogar noch schlimmer. Zorniger.

Aber das spielte keine Rolle.

Denn in diese Richtung dachte Nate gar nicht. *Wirklich* nicht.

Er stellte den Motor ab und öffnete die Fahrertür.

Er würde sich nicht einschüchtern lassen. Das hier war *sein* Zuhause.

Alex sagte nichts, während Nate sich der Veranda näherte. Art war nirgendwo zu sehen. Wahrscheinlich war sie noch drinnen. Nate glaubte nicht, dass Alex sie allein draußen herumlaufen lassen würde.

Er erreichte die Veranda, und noch bevor er den Fuß auf die erste Stufe gesetzt hatte, fragte Alex: »Wo warst du?«

»Weg.«

Das schien die falsche Antwort gewesen zu sein. »Wo?«

»Auf einem kleinen Ausflug«, erwiderte Nate ruhig. »Sie haben mir gar nichts zu befehlen, ich kann tun, was ich will.« Er wusste selbst nicht, wo sein Heldenmut plötzlich herkam, aber Hauptsache, er war da.

»Du hast dein Telefon mitgenommen.«

»Ja, habe ich. Es gehört mir.«

»Wen hast du angerufen?«

Alex war nicht dumm. Das durfte Nate nicht vergessen. »Selbst wenn ich jemanden angerufen hätte, wüsste ich nicht, was Sie das angehen sollte.«

»Die Polizei?«

»Nein.« Das stimmte sogar.

»Müssen wir verschwinden?«

Die Frage ließ Nate aufhorchen. Sie war so ... unverblümt. »Warum sollten Sie verschwinden müssen?«

Alex blieb stoisch wie immer. Er war wirklich gut darin. »Falls du jemanden auf unsere Spur angesetzt hast.«

Nate lachte ein wenig hysterisch. »Wen zum Teufel sollte ich auf Sie ansetzen?«

»Du bist Reporter und hast vermutlich Kontakte.«

»Ich bin *Journalist*«, blaffte Nate. Allein wie dicht Alex vor ihm stand, machte ihn nervös. »Die Zeitung, für die ich gearbeitet habe, liegt an der *Ost*küste. Die mich übrigens gefeuert hat. Glauben Sie im Ernst, jemand dort würde mir helfen?«

»Warum wurdest du gefeuert?«

Nates Miene verfinsterte sich. »Das geht Sie einen feuchten Dreck an. Ich habe die Polizei nicht angerufen. Niemand kommt. Zumindest nicht wegen *mir.*«

Alex nickte steif. »Wir müssen reden.«

Das war eine Überraschung. »Wollen Sie etwa mit mir Schluss machen?«, fragte Nate, bevor er es verhindern konnte. Er zuckte zusammen. »Ähm, tun Sie einfach so, als hätte ich das nicht gesagt.«

»Ich weiß nicht, ob ich das jetzt noch kann.«

Nates Kiefer klappte nach unten. »Haben Sie gerade ... einen Witz gemacht?«

»Ich mache nie Witze«, entgegnete Alex. »Wenn wir bleiben, gibt es ein paar Dinge, die du wissen musst.«

»Was soll das heißen, *wenn* Sie bleiben? Hey, drehen Sie mir gefälligst nicht den Rücken zu, wenn ich mit Ihnen … Verdammtes *Arschloch.*«

Er seufzte und folgte Alex in die Hütte.

Art saß nicht auf der Couch. Sie hatte sich einen Stuhl aus der Küche geholt, auf dem sie nun im Wohnzimmer saß und die Beine über die Kante baumeln ließ. Sonnenbrille und Handtuch waren fort. Ihre Haare waren inzwischen getrocknet und sahen ein bisschen bauschig aus. Sie grinste Nate an. »Hi.«

»Hi«, erwiderte er.

»Ich hab doch gesagt, dass er wiederkommt«, rief sie Alex zu.

Der grunzte etwas und verschwand im Flur.

Art verdrehte zärtlich-genervt die Augen.

Nate war nicht sicher, ob er Alex folgen sollte. Er hatte gesagt, er wolle reden. Aber Nate war nicht wohl bei der Vorstellung, allein mit ihm in einem Zimmer zu sein. Er wollte fliehen können, falls Alex seine Waffe zückte.

»Er holt nur die Haargummis und ist gleich wieder da«, sagte Art.

»Die *Haargummis?*«

»Ja.«

»Zu *mir* hat er gesagt, wir müssten reden.«

Art seufzte. »Will er etwa mit dir Schluss machen?«

»Das Gleiche habe ich gesagt!«

»Ich weiß. Ich habe euch gehört. Die Tür war offen.«

»Jesus Christus.«

»Du sagst seinen Namen ganz schön oft. Wusstest du, dass er sich mit Bettlern und Huren rumgetrieben hat?« Sie runzelte die Stirn. »Auch wenn Hure kein sehr freundliches Wort ist, schätze ich, aber egal. Ist doch komisch, oder? Er hat sich mit all diesen Leuten abgegeben, aber die meisten Menschen verlieren kein Wort darüber, wenn sie zu ihm beten. Stattdessen konzentrieren sie sich lieber auf seinen Tod. Wie morbid.«

Da war es wieder, das Gefühl, dass Nates Welt Kopf stand. »Ich habe keine Ahnung, wovon du redest.«

Art winkte ab. »Das macht nichts. Ich finde nur, dass die Leute nicht nur daran denken sollten, wofür jemand gestorben ist, sondern vor allem daran, wofür er oder sie *gelebt* hat.«

Die Dielen knarrten, als Alex aus dem Flur zurückkam. Nate fiel auf, dass er seinen Kopf ein wenig einziehen musste, um sich nicht am Türrahmen zu stoßen. Sogar seine Schultern schienen kaum hindurchzupassen.

Er stöhnte innerlich auf. *Jetzt nicht. Jetzt nicht. Jetzt ...*

»Hast du die Haargummis dabei?«, fragte Art.

»Ja«, sagte Alex und hielt eine Tüte mit bunten Kringeln darin hoch. Manche waren dünn und einfarbig, andere dick und gepunktet.

Art schnappte sich die Tüte, fischte mehrere Gummis heraus und legte sie auf den Tisch. Sie waren petrolfarben.

»Einen oder zwei?«, fragte Alex und ging hinter ihrem Stuhl in Position.

»Zwei bitte, und geflochten!«

Alex nickte.

Nate sagte sich ein weiteres Mal, dass das alles nur ein Traum sein konnte, da begann Alex auch schon, Arts Haar mit seinen großen, schwieligen Händen in der Mitte zu teilen. Art summte fröhlich vor sich hin und Nate sah wie gebannt zu. Er konnte nicht anders.

Unterdessen begann der Furcht einflößende, stiernackige Alex ganz behutsam, die Haare des kleinen Mädchens auf dem Stuhl vor ihm zu flechten.

»Ich passe auf sie auf«, erklärte er, ohne von seiner Arbeit aufzublicken.

Nate hatte Mühe, seine Stimme zu finden, so fasziniert war er von dem Anblick. »Ich ... Das hat sie mir gesagt.«

»Ich kann dir nicht alles verraten«, fuhr Alex fort. »Nicht, weil ich dir misstraue, aber ...«

»Und ob Sie mir misstrauen.«

Alex sprach ungerührt weiter. »... ich kann nicht. Ich kenne dich nicht. Sie ist ... Wenn dir auch nur das kleinste Missgeschick unterläuft, wenn du ohne böse Absicht ein Wort zu viel zu jemandem sagst, könnte das schlimm enden.«

»Für wen?«

Alex zuckte die Achseln. »Für uns. Für dich. Du könntest ermordet werden oder ...«

Art hustete laut.

Alex zog ein wenig fester an ihren Haaren als nötig.

Art legte den Kopf in den Nacken und funkelte ihn an.

Alex schob ihren Kopf seufzend wieder nach vorn. »Du warst nett zu uns.«

»Wow«, machte Nate. »Das laut auszusprechen muss echt wehgetan haben. Meinen Glückwunsch zu dieser Heldentat.«

»Hat es«, bestätigte Art. »Gefühle zu zeigen, tut ihm jedes Mal weh.«

»Ich *habe* keine Gefühle gezeigt«, widersprach Alex. »Du hast mir *aufgetragen*, das zu sagen.«

»Richtig. Aber ich habe nicht gesagt, dass du ihn als *nett* bezeichnen sollst, sondern als *gastfreundlich.* Das ist ein Unterschied.« Ihr Blick wanderte zu Nate. »Du warst nicht nett. Nicht wirklich.«

»Ähm ... Danke?«

Sie strahlte ihn an. »Gern geschehen.« Sie sah wieder zu Alex auf. »War doch gar nicht so schwer, oder?«

Alex drückte ihren Kopf wieder nach vorn. »Es bedeutet praktisch das Gleiche.«

»Faule Ausrede. Das kannst du besser.«

Alex presste die Lippen zusammen. »Du warst *gastfreundlich*. Ohne es zu müssen.«

»Sie haben eine Waffe auf mich gerichtet«, rief Nate ihm ins Gedächtnis. »Mehrmals. Ich schätze, ich hatte keine andere Wahl. Erzwungene Gastfreundschaft ist keine Gastfreundschaft. Sondern Geiselnahme.«

»Du bist weggefahren«, entgegnete Art. »Und du hättest weg *bleiben* können. Aber das bist du nicht.«

Das stimmte. Nate wusste selbst nicht, warum. »Richtig«, sagte er nur.

Art summte weiter.

»Ich bin für sie verantwortlich«, fuhr Alex fort. Er war mit dem linken Zopf fast fertig. »Und ich nehme meine Aufgabe sehr ernst.«

»Sie sind nicht ihr Vater, oder?«

Alex sah auf und erdolchte Nate fast mit seinem Blick, doch Nate hielt stand. Schließlich schüttelte er kaum merklich den Kopf. »Ich bin ihr Leibwächter.«

»Mein Beschützer«, ergänzte Art und ließ einen Haargummi zwischen ihren Fingern schnalzen. »Mein großer, tapferer Alex.«

»Wovor beschützen Sie sie?«

Alex flocht den Zopf zu Ende und schnippte, woraufhin ihm Art eines der Gummibänder reichte, das er geschickt um das Zopfende wickelte. »Sie ist wichtig.«

Es war das zäheste Gespräch, das Nate je geführt hatte. »Für wen?«, fragte er.

»Für mich. Und andere.«

»Schön vage. Wie zu erwarten.«

Alex fand den Kommentar nicht lustig. »Ich habe dir gesagt, dass ich dir nicht alles verraten kann.«

»Genau genommen verraten Sie mir *gar* nichts, worauf ich nicht schon längst selbst gekomm...«

»Du hast vorher was von der Mafia gesagt«, warf Art ein. »Da lagst du total daneben.«

»Es war geraten.«

»Tja, schlecht geraten. Vielleicht bin ich in Wirklichkeit eine Weltraumprinzessin.«

Nate stöhnte. »Vermutlich aus *Star Wars.*«

Art lächelte strahlend. »Ich *liebe* diese Filme.«

»Warum bist du dann Artemis Darth Vader und nicht Prinzessin Leia?«

»Eine sehr gute Frage ... *Autsch.* Warum ziehst du so fest?!«

Alex funkelte sie an. »Vielleicht weil du zu viel redest.«

»Ach ja? Vielleicht solltest du ... *Oh,* stimmt. Verstanden. Dann also zurück auf dieselbe alte Straße, Cowboy. Nicht dass wir noch vom Weg abkommen.«

»Alles, was du zu wissen brauchst, ist, dass ich sie vor Leuten beschütze, die ihr wehtun wollen«, fuhr Alex fort. »Punkt. Ich habe sie nicht entführt, ich schlage sie nicht, und ...«

»Das habe ich auch nie behauptet.«

Alex warf ihm einen scharfen Blick zu. »Aber daran gedacht. Ich weiß es.«

Nate konnte ihm nicht widersprechen.

»Ich nehme es dir nicht mal übel«, sprach Alex weiter. »Ich weiß, wie das hier aussieht. Art und ein Kerl wie ich. Aber du musst mir glauben, wenn ich dir sage, dass ich eher sterben würde als zuzulassen, dass ihr etwas passiert. Ich tue alles, was ich kann, um sie zu beschützen. Alles.«

»Ich mag es nicht, wenn du so redest«, fuhr Art dazwischen. »Du *wirst* nicht sterben.«

»Wie lange schon?«, fragte Nate weiter.

»Wie lange *was?*«

»Wie lange kennen Sie Art schon?«

»Eine lange Zeit«, antwortete Alex. Auch der zweite Zopf war jetzt fast fertig. »Länger, als es aussieht.«

»Und ihre Eltern?«

Alex' rechtes Lid zuckte. »Die versuchen wir gerade zu finden.«

Nate kam ein schrecklicher Gedanke. »Nicht *Sie* haben sie entführt, sondern jemand anderer, aus dessen Klauen Sie Art befreit haben.«

Alex seufzte beinahe erleichtert. »Genauso ist es.«

Nates Gedanken rasten bereits, verfolgten Spuren und setzten Puzzleteile zusammen. »War es ...« *Oh Gott, bitte nicht.* »Ein Ring? So eine Art, Sie wissen schon?«

Alex sah ihn einen Moment lang verwirrt an. Dann wurden seine Augen plötzlich tellergroß. »Nein, es war, es waren eher ...«

Art schüttelte den Kopf. »Ich weiß, woran du denkst, Nate, aber es hat nichts mit Kinderhandel zu tun.«

Er blinzelte sie verdutzt an. »Wie alt bist du noch mal?«

»Zehn«, antwortete sie. »Ungefähr.«

»Und jetzt seid ihr beide auf der Flucht und versteckt euch hier in meiner Hütte.«

»Es war die am weitesten abgelegene«, murmelte Alex. »Sie sah aus, als wäre sie in letzter Zeit nicht häufig bewohnt worden.« Er schnippte wieder.

Art reichte ihm den zweiten Haargummi. »Es ist fast wie Schicksal«, sagte sie ernst. »Glaubst du an Schicksal, Nate?«

»Ich ... Nein, ich glaube nicht an Schicksal.«

»Dann vielleicht an Kismet oder Bestimmung oder so?«

»Keines von beidem.«

»Hmm.« Sie kniff die Augen zusammen. »Woran glaubst du dann?«

»Ich weiß es nicht.«

»An Gespenster?« Sie klatschte in die Hände. »Ich mag Gespenster. Hast du schon mal eines gesehen?«

»Nein.«

»Ich auch nicht«, erwiderte sie ein wenig enttäuscht.

»Fertig«, erklärte Alex und zog ein wenig an den Zöpfen, erst links, dann rechts. »Sie sind nicht ganz symmetrisch.«

Art befühlte ihren Scheitel, dann die Zöpfe. »Aber du wirst immer besser. Weißt du noch, wie du mich beim ersten Mal die ganze Zeit über angeknurrt hast und ich am Ende ausgesehen habe, als wäre eine Eule über mich hergefallen?«

Nate lachte. Seine Stimme überschlug sich ein wenig dabei, aber er konnte es nicht verhindern. Art und Alex sahen ihn überrascht an. »Ihr beide seid so ... Wie in aller Welt soll ich euch das alles glauben? Ihr erwartet von mir, dass ich euch beim Wort nehme, aber verraten tut ihr mir so gut wie gar nichts!«

»Das kommt schon noch«, beruhigte Art ihn und stopfte die restlichen Haargummis zurück in die Tüte. »Ganz sicher. Aber es dauert eben. Wie die meisten anderen Dinge auch.«

Alex warf ihr einen Blick zu, den Nate nicht deuten konnte.

»Wie lange habt ihr vor hierzubleiben?«, fragte er leise.

Alex kratzte sich im Nacken. »Das weiß ich nicht. Es ist kompliziert.«

»Noch ist die Zeit zum Aufbruch nicht gekommen«, erklärte Art und hüpfte vom Stuhl. Ihre Zöpfe wippten dabei hinreißend auf und ab. Nate hätte sie niemals so gut hinbekommen. »Wenn es so weit ist, werde ich es wissen.«

»Woher willst du ...«

Art stellte sich vor ihn, so dicht, dass ihre Socken seine Chucks berührten. Dann bedeutete sie ihm, sich zu ihr herunterzubeugen.

Nate sah zu Alex hinüber, der Art immer noch mit dem gleichen eigenartigen Gesichtsausdruck beobachtete, und tat das Einzige, was ihm einfiel: Er gehorchte.

Art legte den Kopf in den Nacken und musterte ihn. Ihre Augen waren hell und wissend. Er zuckte nicht zurück, als sie sein Gesicht zwischen ihre warmen Hände nahm. »Manchmal muss man vertrauen«, sagte sie leise. »Selbst wenn man glaubt, man könnte es nicht mehr. Aber du *kannst* es, das verspreche ich dir. Ziellos umherzuirren mag einfacher sein, aber wenn man die Augen öffnet, sieht man die Dinge endlich, wie sie wirklich sind.«

Nate schluckte. Er verstand kein Wort von dem Unsinn, den die Kleine da von sich gab.

Da beugte Art sich noch näher heran und drückte ihm einen lauten Schmatz auf die Nase. »Ich bin froh, dass du uns gefunden hast«, flüsterte sie. »Ich glaube, das war nötig.« Und dann lächelte sie.

Nate war sprachlos.

Art ließ sein Gesicht los und verlangte einen Spiegel von Alex, um ihre Zöpfe zu begutachten.

Nate glaubte zu sehen, wie die eiserne Maske des Marines einen kleinen Riss bekam, aber nur einen Sekundenbruchteil lang, da nahm Art ihn schon an der Hand und zog ihn ins Badezimmer. Nate hörte, wie sie vor Freude quiekte und zu Alex sagte, dass er schon viel besser geworden sei und ob sie nicht wunderschön war, die *hübscheste* Artemis Darth Vader auf der ganzen Welt!

Alex' Antwort hörte Nate nicht, aber er konnte sie sich gut vorstellen. Als die beiden zurückkamen, stand er noch genauso vornübergebeugt da wie vorhin.

»Zeit fürs Mittagessen!«, verkündete Art. »Wie wär's mit Speck? Nur um auszuschließen, dass die Wirkung von heute Morgen purer Zufall war.«

Art stand auf der Wiese hinter dem Haus und schaute in den Himmel, während Nate und Alex sie von der Veranda aus beobachteten. Nate hatte die letzten Stunden mit dem Versuch verbracht, seine Gedanken zu sammeln und die Dinge in eine

Reihenfolge zu bringen, die zumindest ansatzweise Sinn ergab. Ihm fehlten nach wie vor große Puzzleteile und wahrscheinlich würde er sie nie bekommen.

Er bereute seinen Anruf bei Ruth nicht, hatte aber auch nicht vor, Alex davon zu erzählen. Falls Alex die Wahrheit gesagt hatte und Art ebenso, *musste* es irgendwo eine Spur geben. Wer auch immer Arts Eltern sein mochten, wer auch immer Alex war, wer auch immer *sie* war.

»Dein Nachname lautet nicht Delgado oder?«, murmelte er, ohne Alex anzusehen, der kaum zwei Schritte von ihm entfernt stand.

»Nein.«

»Und Alex?«

Ein kurzes Zögern, dann: »Ja.« Und: »Ihr richtiger Name ist nicht Artemis Darth Vader. Falls du dich das gefragt haben solltest.«

Nate schaute ihn mit offen stehendem Mund an. »War das schon wieder ein Witz?«

»Selbstverständlich nicht.«

»Hat sich aber fast so angehört.«

»Ich habe dir gesagt, dass ich keine Witze mache.«

»Er ist nur sehr selten lustig!«, rief Art zu ihnen hinüber. »Und wenn, dann meistens unabsichtlich.«

»Ach ja? Das glaube ich gern.«

Alex schaute weiter finster drein, aber Nate gewöhnte sich allmählich dran. Und genau das sollte er nicht. Er sollte sich an nichts von alledem gewöhnen. Seine Alarmglocken läuteten, denn das hier war nur vorübergehend. *Alles.*

Gestern um diese Zeit war er noch in Roseland gewesen und hatte sich gefragt, ob es Big Eddies Tankstelle wohl noch gab. Er war auf dem Weg in die Berge gewesen, um sich zu verkriechen, seine Wunden zu lecken und über die Dinge nachzudenken, die ihn an diesen Punkt gebracht hatten. Er hatte vorgehabt, sich ein paar Tage lang bis zur Besinnungslosigkeit zu betrinken und sich ein wenig selbst zu bemitleiden. Und wenn das erledigt war, würde er wieder aufstehen, die Trümmer aufsammeln und versuchen, sie neu zusammenzusetzen.

Und diese beiden, dieser Mann und dieses Mädchen, passten nicht in seinen Plan.

Es machte ihn wahnsinnig. Der Drang, die Wahrheit herauszufinden, brannte unter seinen Nägeln wie Feuer. Oh, er glaubte durchaus, was Alex gesagt hatte, als er Arts Zöpfe flocht. Das meiste zumindest. Nate war gut darin, Lügen als solche zu erkennen, die Spreu in einer Geschichte vom Weizen zu trennen. Aber all die vagen Informationen, die die beiden ihm gegeben hatten, trieben ihn die Wände hoch.

Nate war sich sicher, dass die Wahrheit weit nüchterner war als all die Szenarios, die er sich ausmalte. Fast alle Geheimnisse stellten sich als Enttäuschung heraus, wenn sie erst gelüftet waren. Wenn die Tatsachen im hellen Tageslicht vor einem ausgebreitet lagen, waren sie meist weit unspektakulärer, als der Schleier des Geheimnisses sie hatte erscheinen lassen. Nate hatte in seinem Leben schon oft an diesem Punkt gestanden und sich sich stets gezwungen, seine Fantasie nicht mit ihm durchgehen zu lassen. Sogar als Kind schon.

Trotzdem.

Was, wenn?

»Wie lange schon?«

»Wie lange was?«

»Wie lange seid ihr beiden schon auf der Flucht?«, fragte er möglichst beiläufig.

»Warum?«

»Ich versuche nur, euch kennenzulernen.«

»Warum?« Das zweite Warum klang tausendmal misstrauischer als das erste.

»Ihr wohnt in meiner Hütte«, erwiderte Nate gereizt. »Ich denke, da sollte mir die ein oder andere Frage gestattet sein.«

»Kommt es auch mal vor, dass du keine Fragen stellst?«

»Nein, nie.«

Art hob einen Stein vom Boden auf und ließ ihn auf ihrer Handfläche herumhüpfen.

»Seit einer Woche«, antwortete Alex schließlich.

Das konnte nicht stimmen. »Und wie lange seid ihr schon hier?«

»Hier?«

»Ja, *hier*. An diesem See. In meiner Hütte.«

»Verfluchte Reporter«, murmelte Alex.

»Das habe ich gehört.«

»Solltest du auch.«

»Alex, sei nett!«, rief Art von der Wiese herüber und hob einen weiteren Stein vom Boden auf. Die Sonne schien. Es war kaum eine Wolke zu sehen. Ein vollkommen normaler Tag.

»Seit fünf Tagen«, antwortete Alex schließlich.

Nate drehte den Kopf in Alex' Richtung. Er hatte die Arme vor der Brust verschränkt und beobachtete Art mit finsterem Blick. Es schien der einzige Gesichtsausdruck, zu dem er in der Lage war. Sein Bizeps sprengte die hochgekrempelten Ärmel beinahe. Die Stoppeln in seinem Gesicht und auf dem Hals waren noch länger geworden, dabei schien er Nate gar nicht der Typ für einen Bart. Eher wie jemand, der sich mit eiserner Disziplin jeden Tag rasierte. Der noch früher aufstand als er selbst, sechzehntausend Liegestütze machte, dreißig hart gekochte Eier verschlang und dazu einen Kaffee trank, der genauso schwarz war wie seine Seele. Dabei finster in den Sonnenaufgang stierte und dachte, was auch immer Männer von seinem Schlag dachten. Danach ging er duschen, dann Zahnseide und -bürste und schließlich der Rasierer. Eigentlich musste spätestens um 6:00 Uhr morgens jedes noch so kleine Härchen aus seinem Gesicht verschwunden sein.

Doch hier stand Alex und würde bald aussehen wie der Nikolaus, wenn das so weiterging.

Nate selbst konnte sich keinen Bart wachsen lassen. Zu viele Löcher, außerdem waren die Haare zu drahtig. Auf dem College hatte er sich ein Ziegenbärtchen stehen lassen, auf das er damals unendlich stolz gewesen war. Rückblickend staunte Nate, dass er trotz des Bärtchens Leute ins Bett bekommen hatte.

Aber das spielte jetzt keine Rolle. Er kannte diesen Mann nicht, das Mädchen auch nicht, und beide misstrauten ihm, obwohl sie keinen Grund dazu hatten. Außerdem war Art nicht normal. Auf jeden Fall nicht im Vergleich zu anderen zehnjährigen Kindern. Vielleicht war sie älter, als sie behauptete. Vielleicht war sie Alex' minderjährige Geliebte, und die beiden waren auf der Flucht vor ihren Eltern, die ...

»Wie ist das mit deiner Schusswunde passiert?«, platzte Nate heraus.

Alex' Miene wurde noch finsterer. »Es war ein Versehen.«

»Wie wird man *aus Versehen* angeschossen? Warst du es am Ende selber?«

Alex drehte ihm langsam den Kopf zu. Er hob eine Augenbraue.

»Okay, okay«, sagte Nate hastig. »Dumme Frage. Natürlich warst du es nicht. Wie komme ich bloß auf die Idee? Ich habe ja gesehen, wie vertraut du im Umgang mit Feuerwaffen bist.«

Alex schaute wieder zurück zu Art, die weiter Steine vom Boden aufhob.

»Sieht nicht so aus, als würde ich eine Antwort auf meine Frage bekommen, oder?«

»Wie ich bereits sagte: Es war ein Versehen.«

»Ja, das hast du gesagt. Nur leider erklärt das überhaupt nichts. Aber es ist schon eine Weile her, oder?«

»Warum?«

»Weil die Wunde inzwischen zugeheilt ist.«

»Es war ein Gummigeschoss.«

Nate blinzelte. »Ach so. Du wurdest also *versehentlich* von Leuten angeschossen, die Gummigeschosse statt echter Munition verwenden und nun hinter euch her sind, um …?«

Alex ging nicht darauf ein.

»Das muss wehgetan haben.«

Alex grunzte.

»Hat dir schon mal jemand gesagt, dass du unerträglich bist?«

»Nein«, erwiderte Alex. »Niemand.« Er ging die Stufen hinunter.

Nate schaute ihm hinterher. »War das schon wieder ein Witz? Wenn ja, hast du einen wirklich seltsamen Humor.«

Alex reagierte nicht, sondern ging weiter in Arts Richtung. Sie blickte nicht auf, dennoch schien sie zu wissen, dass er kam. Als er neben ihr stand, zeigte sie ihm ihre Steinesammlung.

»Welche soll ich nehmen?«, fragte sie. »Ich mag den hier. Er ist hübsch.«

Alex schüttelte den Kopf. »Den da. Und den.«

»Den hübschen nicht?«

»Nein. Der springt nicht richtig.«

»Ach so. Weil er nicht flach genug ist?«

»Genau.«

»Dann kann ich ihn also behalten?«

Alex seufzte. »Wie viele hast du schon?«

»Heute? Oder seitdem wir hier sind?«

»Art.«

Sie verzog das Gesicht. »Siebzehn.«

»Du weißt genau, dass du sie nicht alle behalten kannst.«

»Aber siebzehn sind überhaupt nicht alle. Es gibt noch viel mehr hier am See.«

»Du weißt, was ich meine. Wenn wir von hier wegmüssen, werden wir nicht alles mitnehmen können.«

Art warf Nate einen Blick zu, und er wurde rot.

»Mag sein«, erwiderte sie schließlich. »Aber noch ist es nicht so weit.«

»Noch nicht«, wiederholte Alex leise.

»Und jetzt zeig es mir. Du hast es versprochen.«

»Habe ich?«

»Alex! Werd jetzt nicht gemein.«

»Niemals«, erwiderte er, und aus irgendeinem Grund glaubte ihm Nate.

Die beiden gingen näher ans Ufer. Alex blieb direkt hinter ihr, während Art über die Steine im seichten Wasser balancierte, die Hände bereit, sie aufzufangen, falls sie ausrutschte.

Tat sie nicht.

Irgendwann hielt er sie fest und sagte, ihre Schuhe dürften nicht nass werden.

»Weil dann die Welt untergeht?«, fragte Art.

»Soll ich es dir zeigen oder nicht?«, brummte Alex.

»Ja, bitte.« Sie hielt ihm einen Stein hin.

Alex nahm ihn. »Sieh her, wie ich ihn halte. Du musst ihn zwischen Daumen und Zeigefinger einklemmen.«

»So?«

»Fast.« Alex korrigierte die Stellung ihrer Finger leicht. »Jetzt. So ist es besser.«

»Fühlt sich komisch an.«

»Wie meinst du das?«

»Steine sind seltsam.«

»Du musst sie ja nicht ... Egal. Hast du ihn gut in der Hand?«

»Ja.«

»Okay. Und jetzt sieh zu. Schau, wie ich meinen Arm bewege.«

Sie tat es.

Alex holte aus, schleuderte seinen Arm in einem flachen Bogen nach vorn und ließ den Stein los.

Nate sah ihm hinterher und zählte, weil man das beim Steine-hüpfen-lassen nun mal so machte.

Eins. Zwei. Drei. Vier fünf *sechssiebenacht,* dann versank der Stein mit einem letzten Spritzer im See.

»Wow«, machte Art beeindruckt. »Das war ein richtig guter Wurf!«

Das war es tatsächlich. Nate dachte daran, wie er mit seinem Bruder an beinahe derselben Stelle gestanden und sie exakt dasselbe Spiel gespielt hatten. Stundenlang. Sie warfen, bis sie ihre Arme kaum noch bewegen konnten, und versuchten, den anderen zu übertreffen. Aber Ricky gewann immer, ohne Ausnahme. Ab und zu gelang Nate zwar auch ein guter Wurf, doch sein Bruder war stets besser. Er ließ es ihn nicht spüren, nicht direkt, aber ein bisschen Angeberei hatte er sich nicht verkneifen können. Sie waren damals Kinder gewesen. So waren Kinder nun mal.

Jahre später, nachdem ihre Eltern Nate mit seinem Freund in flagranti erwischt hatten, hatte er sich mit eingezogenem Schwanz in Washington verkrochen, die Worte seines Vaters und das Schweigen seiner Mutter immer noch in den Ohren. Seine schäumende Wut und ihr entsetzter Gesichtsausdruck steckten Nate tief in den Knochen.

Er hatte daran gedacht, es ihnen zu sagen. Hatte er wirklich. Aber er lebte am anderen Ende der USA und irgendwie vergaß er es immer wieder. Und *wenn* er daran dachte, wurde ihm jedes Mal mulmig zumute. Er wusste nicht, wie sie reagieren würden. Nicht, weil seine Eltern religiös gewesen wären oder so. Sie waren nur ein einziges Mal in die Kirche gegangen, bei einer Weihnachtsmesse um Mitternacht, und dann nie wieder, weil die Uhrzeit zu spät und der Gottesdienst zu langweilig war. Sogar sein Vater hatte das gesagt.

Aber wenn er überlegte ... Hatte er seine Eltern je etwas gegen Schwule sagen hören? Nicht dass er sich erinnern konnte. Aber das änderte nichts.

Sie hatten ihn überrascht und das im denkbar ungünstigsten Moment. Die Tür ging auf, dann starrten sie einander eine geschlagene Minute lang an, und Nates Magen verknotete sich. Er fand seine Stimme als Erster wieder und sagte, es sei nicht so, wie sie dachten (war es), und dass alles gut würde, wenn sie ihn die Situation nur erklären ließen (taten sie nicht).

Sein Vater fing an zu schreien.

Seine Mutter sagte kein Wort.

Nate floh.

Drei Tage später hatte ihn sein Bruder in D.C. angerufen.

»Ist es wahr?«, fragte er.

»Ja«, antwortete Nate, denn alles andere wäre sinnlos gewesen. Und er war müde. Viel zu müde, um die Kraft für eine Lüge aufzubringen.

»Warum?«

»Warum ich es dir nicht gesagt habe?«

»Nein. Warum *bist* du so?«

Nate schloss die Augen.

Ein paar Minuten später legte er auf, während sein Bruder noch ins Telefon schrie.

Seitdem hatten sie noch zweimal miteinander gesprochen. Das erste Mal, als Rick ihm mitteilte, dass ihre Eltern tot waren und eine Firma die Tatortreinigung übernehmen würde, während Nate am anderen Ende der Leitung kaum Luft bekam.

Das zweite Mal war ein paar Monate später gewesen. »Du bekommst die Hütte«, sagte derselbe Bruder, der ihm einst nach einem gelungenen Wurf lachend mitgeteilt hatte, er werde immer besser. »Und den Pick-up.«

»Oh«, sagte Nate. »Oh.«

»Das und nichts anderes. Versuch nicht, vor Gericht darum zu kämpfen.«

»Werde ich nicht.«

Rick gab ihm die Kontaktdaten des Notars, dann legte er grußlos auf. Er hatte Nate nicht einmal beschimpft, weil er nicht zur Beerdigung gekommen war. Damit hatte Nate nicht gerechnet. Er hatte sogar darauf *gewartet,* auf irgendein Zeichen, dass die Dinge jetzt, wo ihre Eltern nicht mehr da waren, anders sein könnten, dass Rick sich vielleicht eine eigene Meinung bilden und ... Aber Nate hatte nur das Freizeichen am anderen Ende der Leitung gehört.

Er beobachtete gebannt, wie Alex Arts Ellbogen ein Stückchen nach unten drückte, wie sie nickte, konzentriert die Augen zusammenkniff und auf jedes Wort lauschte, das er sagte.

»Okay«, sagte Alex schließlich und trat zurück. »Los geht's.«

Art warf.

Eins. Zwei. *Dreivierfünf.*

»Wow!«, keuchte sie, während der Stein im See versank. »Das. War. Toll!« Sie warf die Arme in die Luft und sprang jubelnd herum. »Hast du das gesehen, Alex? Hast du ... *Nate!* Nate, hast du das gesehen?«

Er stand immer noch auf der Veranda, während sie lächelnd zu ihm hinüberschaute.

Alex sah ebenfalls in seine Richtung. Er lächelte zwar nicht, aber sein Blick war auch nicht so finster wie sonst, sondern ... anders. Aber nur für einen Moment.

»Ja«, antwortete Nate heiser. »Ja, ich hab's gesehen. Das war ... gut.«

Art wollte sofort weitermachen.

Und genau das taten sie. Zwei Stunden lang.

Und Nate sah die ganze Zeit über zu.

ACHT

Drei Tage später war alles beim Alten.

Nun, nicht ganz.

Sie existierten zu dritt, hier in seiner Hütte. Nate wachte jeden Tag früh auf. Er konnte nicht mehr schlafen, egal wie sehr er es versuchte. Sein Körper war darauf trainiert, dass der Tag spätestens um fünf Uhr anfing. Es gab zwar keinen Grund, schon vor Sonnenaufgang auf den Beinen zu sein, doch es war nichts zu machen: Nate blinzelte in die Dunkelheit, das einzige Licht kam vom Radiowecker auf seinem Nachtkästchen, und beobachtete, wie die grüne Anzeige von 5:01 auf 5:02 sprang.

Er lag da, starrte an die Decke, lauschte auf die Geräusche der Holzbalken und dachte die wirren Gedanken jener, die noch nicht ganz wach waren: *Was ist heute alles zu tun?* und *Wo bin ich?* und *Ach, stimmt, mein Leben hat eine bizarre Wendung genommen und ich bin in Oregon. In einer Hütte im Wald mit zwei Menschen, die ich nicht kenne und die vor etwas weglaufen, das sie mir nicht verraten wollen …*

Spätestens dann war alles kristallklar.

Alex war stets noch vor ihm in der Küche.

Er sagte kein Wort, als Nate am zweiten Morgen hereinkam. Er saß mit einem Kaffee am Fenster und starrte hinaus in den allmählich heller werdenden Himmel. Nate machte sich ebenfalls einen Kaffee. Er holte seine Tasse aus dem Schrank und gab zwei Löffel Zucker hinein. So saßen sie da und sprachen kein Wort, bis Art eine Stunde später mit nur halb geöffneten Augen hereinkam.

Am dritten Morgen grunzte Alex etwas, bei dem es sich um eine Begrüßung gehandelt haben mochte, doch Nate gähnte gerade, weshalb er ihn nicht verstand. Er nuschelte eine Erwiderung und ging zum Schrank, um sich seine Kaffeetasse zu holen.

Sie stand bereits auf der Anrichte, daneben die Zuckerdose.

Nate hielt inne. Schließlich schüttelte er den Kopf und machte sich Kaffee.

Am vierten Morgen stand seine Tasse schon dampfend da, die zwei Löffel Zucker waren bereits drin.

»Danke«, sagte Nate.

Alex grunzte.

Art las die Bücher schneller weg, als Nate erwartet hatte.

Sie schien nicht sehr wählerisch zu sein und nahm, was ihr gerade ins Auge fiel. Die Titel waren nicht sortiert. Seine Mutter hatte zwar vorgehabt, sie eines Tages nach Autor oder Thema oder so zu ordnen, hatte ihren Plan aber nie in die Tat umgesetzt. Nur die L'Amours standen seit jeher beisammen. Sie gehörten gewissermaßen Nate. Seine Mutter hatte Nates Begeisterung für den Autor nie verstanden, und es überraschte ihn, dass sie die Bücher nach dem Zwischenfall mit seinem Freund nicht weggeworfen hatte.

Noch etwas, worauf er die Antwort nie erfahren würde.

Alex und Art waren wieder beim Steinewerfen am See, als Nate eine Entscheidung traf.

Er hörte sie durch das offene Fenster. Art lachte. Alex war Alex und sagte so wenig wie möglich.

Nate ging zu ihrem Zimmer.

Zu *seinem* Zimmer, wie er sich ins Gedächtnis rief, schließlich war es *seine* Hütte.

Sein schlechtes Gewissen ignorierte er.

Die Tür war zu. Einen Moment lang fragte er sich, ob sie vielleicht abgeschlossen war, doch der Gedanke war lächerlich, denn die Zimmertüren hatten keine Schlösser. Sein Vater hatte immer gesagt, sie bräuchten keine und dass hinter verschlossenen Türen nie etwas Gutes passierte. In diesem einen Punkt musste der neugierige Nate ihm recht geben. Sehr zu seinem Verdruss.

Er trat vor die Tür und neigte den Kopf.

Lauschte.

Er hörte Art.

Sie waren immer noch am See.

Nate drückte die Tür auf.

Das Zimmer war nur spärlich möbliert. Zwei Betten, dazwischen eine schmale Kommode. Die Betten waren fein säuberlich gemacht, die grünen Decken darauf glattgestrichen und am Rand unter die Matratze geschoben. Hier hatten er und Rick im Sommer geschlafen, Nate immer in dem Bett, das näher am Fenster war. Für Art waren die Betten mehr als groß genug, Alex hingegen würde kaum hineinpassen.

Nate verfolgte den Gedanken nicht weiter. Er war zu gefährlich.

An der hinteren Wand neben dem kleinen Kleiderschrank stand eine alte Kommode. Es war dieselbe, die schon dort gestanden hatte, als Nate noch ein Kind gewesen war. Das große Foto an der Wand war neu, eine gerahmte Schwarz-Weiß-Aufnahme von einem Leuchtturm. Die Lampe auf der Kommode zwischen den Betten war ebenfalls neu.

Ansonsten war das Zimmer leer.

Nur zwei Seesäcke, je einer am Fuß jedes Betts.

Sie waren praktisch identisch, olivgrün mit einem silberglänzenden Reißverschluss über die gesamte Länge. Army-Modelle, genau wie Nate erwartet hatte.

Er ging zu dem, der der Tür am nächsten war.

Er öffnete den Reißverschluss.

Es war Alex' Seesack.

Drei Paar Jeans, eng zusammengerollt. Ein paar Ober- und Unterhemden, Socken, Boxershorts.

Sonst nichts.

Nate bekam fast wieder ein schlechtes Gewissen.

Fast.

Er machte den Reißverschluss wieder zu.

Der Inhalt des anderen Seesacks war bunt.

Kleidung, die nur einem kleinen Mädchen gehören konnte.

Eine Tüte mit Haargummis.

Eine Seitentasche voller Steine in unterschiedlichen Größen und Formen.

Das war alles.

Der Anblick tat Nate beinahe weh. Er wusste nicht, was er zu finden erwartet hatte.

Einen Hinweis vielleicht. Einen Hinweis darauf, womit er es hier zu tun hatte. Wo die beiden herkamen. Vor wem sie auf der Flucht waren. *Irgendwas.*

Stattdessen besaßen Art und Alex so gut wie nichts.

Im Badezimmer lagen zwei Zahnbürsten neben einer halb leeren Tube gewöhnlicher Zahnpasta.

In der Dusche fand er eine rosa Shampooflasche mit Blumen darauf und ein grünes Stück Seife in der Schale.

Es war, als existierten die beiden kaum.

»Was ist mit der Schule?«, fragte Nate.

Alex sah ihn überrascht an. »Mit der *Schule?*«

»War sie ... Muss sie nicht in die Schule?« Nate geriet ins Schwimmen, aber er *musste* tiefer graben. Wegen des rosa Shampoos. Denn es bedeutete, dass Alex es für Art besorgt hatte. Es war genau die Art Shampoo, die Väter für ihre Töchter kauften, wenn sie nach der Scheidung zu Besuch kamen. Weil die Verpackung eben nach Mädchen aussah und die Väter nicht wussten, was sie sonst kaufen sollten. Außerdem gab es kein zweites Shampoo in der Dusche, was bedeutete, dass Alex es ebenfalls benutzte.

Nate *musste* fragen.

Als Alex keine Antwort gab, sagte er: »Du bringst sie also zurück zu ihren Eltern.«

Alex blieb stumm.

»Wo sind ihre Eltern?«

»Ich habe es dir bereits erklärt«, erwiderte Alex gepresst. »Ich kann es dir nicht ... Du musst aufhören zu fragen. Du wirst keine Antwort bekommen.«

Nate gab nach.

Fürs Erste.

Sie aßen stets gemeinsam.

Art bestand darauf.

»Menschen müssen zusammen essen«, sagte sie am zweiten Abend zu Nate, als er mit seinem Teller in sein Zimmer gehen wollte. »Du musst nicht allein sein, wenn andere Leute in der Nähe sind.«

Er dachte daran, ihr zu widersprechen.

Aber sie hatte große, leuchtende Augen und wusste sie einzusetzen.

Es war schlicht unfair.

Nate stellte seinen Teller ab und zog einen Stuhl unter dem Tisch hervor.

Alex sagte nichts.

Aber ihm fiel auf, dass er erst zu essen begann, nachdem Nate die erste Gabel voll genommen hatte.

Ruth rief nicht zurück.

Nate sah mehrmals nach.

Er überlegte, ins Tal hinunterzufahren, nur für den Fall.

Er ließ es bleiben.

Das Wetter hielt. Die Tage waren hell und sonnig, aber immer noch kühl. Manchmal ging Art mit Sonnenbrille und einem Buch nach draußen, legte sich auf den Steg und verschlang Seite um Seite.

Alex war stets bei ihr.

Er stand am Rand des Stegs und behielt die Bäume im Blick.

Nate konnte sehen, wie sich die Umrisse der Pistole in seiner Gesäßtasche abzeichneten.

»Lass mich mal einen Blick drauf werfen«, hörte er Art zu Alex sagen, als er am Nachmittag des fünften Tages aus seinem Zimmer kam. Nate war gerade aus einem nicht vorgesehenen Nickerchen erwacht, aber er ließ sich im Moment ein bisschen gehen. Schließlich war er hier im Urlaub, sagte er sich, auch wenn der Urlaub nicht so verlief, wie er ihn sich vorgestellt hatte.

»Es ist alles in Ordnung«, erwiderte Alex.

Er saß am Küchentisch, Art stand mit in die Hüfte gestemmten Händen neben ihm und funkelte ihn an. Sein Bart war jetzt noch länger und sah fast ein bisschen wild aus. Wenn er ihn nicht bald stutzte, würde er vollkommen außer Kontrolle geraten.

»Das weiß ich«, erwiderte Art. »Aber ich will trotzdem nachsehen.«

»Das habe ich bereits.«

»Das glaube ich dir nicht.«

Alex zog eine Augenbraue hoch.

Art lächelte liebevoll. »Nate, würdest du Alex bitte sagen, dass er sein Hemd ausziehen soll?«

Nate stolperte.

Beide sahen ihn an.

Nate spürte, wie er knallrot wurde, und ignorierte sie.

»Siehst du?«, meinte Art. »Er findet auch, dass du dein Hemd ausziehen solltest.«

»Lass mich aus dem Spiel«, brachte Nate hervor. »Was auch immer du vorhast, ich will es nicht wissen.«

»Ich will sichergehen, dass Alex auf dem Weg der Besserung ist«, erwiderte Art. »Aber er lässt mich nicht.«

»Wenn er sagt, dass alles in Ordnung ist, dann ist alles in Ordnung.«

»Wow!« Jetzt funkelte sie Nate an. »Ich hätte nicht gedacht, dass ausgerechnet *du* mich verraten würdest. Jetzt weiß ich, wie der alte Brannagan sich gefühlt haben muss, als sein Neffe ihn an den Sheriff ausgeliefert hat. Das ist echt traurig, Boss. Richtig, richtig traurig.«

»Du musst aufhören, diese Bücher zu lesen.«

Art zuckte die Achseln. »Mir gefallen sie. Sie sind so klar und einfach. Die Guten sind gut, die Bösen sind böse, und die Guten gewinnen immer.«

»Stimmt«, murmelte Alex, und Nate hatte das Gefühl, dass dies einer jener Kommentare war, deren volle Bedeutung ihm wegen seines Informationsdefizits verborgen blieb.

Art ließ sich ein klein bisschen erweichen. »Ich weiß, aber deshalb bleibt dir nicht erspart, dich ansehen zu lassen, Cowboy. Runter mit deinem Hemd.«

»Warum fällt dir das gerade jetzt ein?«, fragte Alex und sah dabei aus einem unerfindlichen Grund Nate an.

»Ich habe keine Ahnung, wovon du redest«, erwiderte Art zuckersüß. »Tust du es jetzt, oder müssen wir es auf die harte Tour machen?«

Nate wollte gar nicht wissen, was das bedeuten mochte.

Alex seufzte. »Schön. Aber das ist das letzte Mal.«

Er zog sein Unterhemd über den Kopf.

Nate hätte wegsehen sollen. Genau. Es wäre das Richtige gewesen.

Das wusste er.

Aber.

Er tat es nicht. Aus rein professionellen Gründen. Nur deshalb. Er wollte sich lediglich vergewissern, dass Alex' Wunde gut heilte. Mit der Haut und den Muskeln und den Haaren auf Alex' Brust und Bauch hatte es nichts zu tun.

Nicht das Geringste.

Der blaue Fleck war so gut wie verschwunden. Eine leichte Verfärbung noch, das war's.

Selbst von der Narbe war nichts mehr zu sehen. Oder von der kleinen Vertiefung. Oder was auch immer es gewesen war.

Art schien erfreut. »Sieht gut aus. Nate, was denkst du?«

»Richtig«, sagte er. »Richtig.«

Alex grummelte etwas und zog sein Unterhemd wieder an.

»Du wirst ein bisschen struppig, Cowboy«, meinte Art und begutachtete die Haare auf seinem Kinn. »Ich kann dein Gesicht kaum noch sehen, und das ist schade, denn du hast ein schönes Gesicht.«

Alex wirkte beinahe verlegen. »Das ist, weil ... Ich habe ...« Er seufzte. »Ich habe keinen Rasierer.«

Aus Gründen, die Nate sich nicht erklären konnte, trafen ihn die Worte wie ein Schlag in die Magengrube. »Warum hast du nichts gesagt?«, fragte er.

Alex starrte weiter den Tisch an. »Es ist nicht wichtig.«

»Er mag keine Bärte und ist viel lieber glatt rasiert«, erläuterte Art.

Nate sagte das Einzige, was ihm übrig blieb: »Ich habe einen Rasierer und eine Ersatzklinge dabei. Und Rasierschaum. Das kannst du benutzen. Wenn du willst.«

Alex legte seine Hände auf den Tisch. Er streckte die Finger. Seine Stirn legte sich in Falten.

Er sah verärgert aus.

Es war kaum auszuhalten.

Art räusperte sich laut.

»Schön«, sagte Alex.

Art hustete.

Alex ballte die Fäuste. »Danke.«

Nachdem die beiden sich für die Nacht in ihr Schlafzimmer zurückgezogen hatten, ging Nate ins Bad und stellte seinen Rasierer und den Schaum auf den Rand des Waschbeckens.

Alex saß wie immer in aller Frühe mit einer Kaffeetasse in der Hand in der Küche.

Neben der Kaffeemaschine stand noch eine Tasse. Sie war voll.

Er hatte sich rasiert.

Mit dem kantigen, breiten Kiefer sah sein Gesicht fast quadratisch aus. Sein Hals war dick, und er hatte ein kleines Grübchen am Kinn.

Nate starrte ihn an.

Alex schnaubte.

»Besser so?«, fragte Nate schließlich.

Alex zuckte die Achseln und nickte in Richtung der Tasse, die er für Nate gemacht hatte.

Sie tranken schweigend ihren Kaffee.

Art quiekte vergnügt, als sie Alex sah, und bedeutete ihm, sich zu ihr herunterzubeugen.

Er tat es.

Sie befühlte sein Gesicht.

»Da bist du ja wieder«, sagte sie. »Jetzt erkenne ich dich.«

Eines der ersten Dinge, die Nate in seinem Praktikum bei der *Post* lernte, war, dass ein guter Journalist nicht nur wissen musste, welche Fragen er zu stellen hatte, sondern auch, wann er besser den Mund hielt und beobachtete. »Dabei sieht man Dinge, die einem entgehen, wenn man die Zeit mit Reden verschwendet«, hatte Ruth ihm schroff mitgeteilt. »Du musst nicht immer reden. Lass dein Gegenüber tun, was es tut, und pass deine Taktik entsprechend an.«

Artemis Darth Vader ging nirgendwohin, ohne dass Alex Delgado ihr folgte.

Er war ihr Beschützer, hatte sie gesagt.

Ihr Leibwächter, hatte er gesagt.

Sie wollte nach draußen?

In Ordnung.

Alex folgte ihr direkt auf dem Fuß.

Sie wollte auf der Couch lesen?

Auch gut. Alex blieb im Wohnzimmer, immer in der Nähe des Fensters.

Sie war im Bad?

Alex hielt sich in der Küche auf.

Schlafend in ihrem Bett?

Alex öffnete leise die Tür und streckte den Kopf herein, um sich zu vergewissern, dass sie sich nicht innerhalb der letzten fünfzehn Minuten in Luft aufgelöst hatte.

Er sorgte dafür, dass sie genug aß. Manchmal kochte Nate, manchmal Alex, und wenn, dann stets aus der Dose. Er stellte den Teller vor Art ab und wartete, bis sie zumindest den ersten Bissen genommen hatte, bevor er wieder in die Küche ging.

Sich selbst trug er stets als Letztes auf.

Art hatte seine volle Aufmerksamkeit.

Immer.

»Du kannst ihn fragen«, flüsterte Art. »Er mag uns.«

Alex murmelte etwas Unverständliches.

»Schön«, seufzte Art. »Dann mache ich es eben. Du bist so was von seltsam. Nate. Hey, *Nate!*«

Er blickte von seinem Laptop auf, wo er gerade Notizen zu Artikeln durchging, die nie erscheinen würden. Er konnte sich nicht dazu durchringen, sie zu löschen, war aber kurz davor. »Ja?«

»Können wir deine Waschmaschine und den Trockner benutzen? Wir haben nicht viel Kleidung und müssen waschen.«

Alex weigerte sich, ihn anzusehen.

»Ja«, erwiderte Nate. »Scheiße, tut mir leid. Ich hab gar nicht dran gedacht. Natürlich könnt ihr sie benutzen. Die Waschküche ist ...«

»Ich weiß, wo sie ist«, fiel Art ihm ins Wort. »Als wir herkamen, habe ich mir als Erstes das ganze Haus angesehen. Alex sagte, ich solle nicht so neugierig sein, aber ich wollte mich vergewissern, dass nicht irgendwo ein Bär haust oder so. Was zum Glück nicht der Fall war. Ich habe noch nie einen Bären gesehen, aber ich glaube, sie sind ziemlich groß.«

Nate nickte, was inzwischen zu seiner Standardreaktion geworden war, wenn Art etwas Eigenartiges sagte.

Sie strahlte ihn an. »Danke! Alex. *Alex!* Er hat gesagt, wir dürfen. Komm. Steh auf. *Mann,* bist du schwer. Steh *auf!* Du hast versprochen, mir zu zeigen, wie man die Wäsche macht!«

Alex erhob sich.

Art rannte den Flur entlang zu ihrem Schlafzimmer.

Alex folgte ihr, wenn auch weit langsamer.

Neben dem Tisch blieb er stehen.

Nate blickte auf.

»Danke«, sagte er.

»Wow«, erwiderte Nate. »Du wirst immer besser. Ich bin stolz auf dich.«

Alex warf ihm einen finsteren Blick zu und verschwand auf den Flur.

Es regnete.

Der See war pechschwarz.

Art schaute seufzend zum Fenster hinaus, ihr Buch lag vergessen auf der Couch. Seit beinahe einer Stunde hatte niemand mehr ein Wort gesagt.

Alex fragte: »Hast du ein Kartenspiel?«

Nate blickte von seinem Buch auf und sah Alex neben dem Küchentisch stehen. »Was?«

»Ein Kartenspiel«, wiederholte er. »Hast du eines?«

»Ähm, ja. Da müsste eines ... Warte kurz.«

»Du musst nicht extra ...«

Nate ignorierte seinen Einwand und stemmte sich von der Couch hoch. Er konnte spüren, wie Alex' Blick ihm auf dem Weg zu dem kleinen Wandschrank im Flur folgte. Er öffnete die Tür und knipste die Innenbeleuchtung an.

Der Wandschrank hatte vier Regalbretter.

Auf dem untersten lagen alte Handtücher.

Auf dem darüber Ersatzbettwäsche.

Auf dem dritten Glühbirnen, Batterien und zwei Taschenlampen.

Auf dem obersten waren die Spiele: *Mensch ärgere dich nicht*, *Monopoly*, *Trivial Pursuit* und *Wer ist es?*, das immer Nates Lieblingsspiel gewesen war, auch wenn er mit seiner Begeisterung dafür allein dastand. Er hasste *Trivial Pursuit*, denn es war eine Ausgabe aus den Siebzigern, und sein Vater gewann immer.

Wenn er Rick dazu bringen konnte, *Wer ist es?* zu spielen, dauerte es meist keine fünf Minuten, bis der sich langweilte und zu schummeln anfing.

Neben den Brettspielen lagen zwei Päckchen Spielkarten.

Er nahm eines davon und schloss den Wandschrank wieder.

Alex stand immer noch an exakt derselben Stelle.

Art schaute zum Fenster hinaus. Der Regen prasselte gegen die Scheibe.

»Hier«, sagte Nate.

Alex betrachtete seine ausgestreckte Hand. »Danke«, sagte er. »Das ist ...«

Nate zuckte die Achseln. »Schon gut. Gern geschehen.«

Alex nickte. »Artemis?«

Sie drehte den Kopf in seine Richtung.

Alex zeigte ihr das Kartenspiel und schüttelte das Päckchen leicht.

Ihr Gesicht erstrahlte. »Wo hast du die her?«

»Nate hat sie mir gegeben.«

»Wir müssen sofort spielen!«

Alex nickte Richtung Küchentisch.

Draußen grollte Donner, während Art einen Stuhl für sich zurechtschob und hinaufkletterte.

Nate setzte sich ihr gegenüber.

»Spielst du mit?«, fragte sie.

Er wusste nicht, was ihn erwartete, und schüttelte den Kopf.

Alex nahm die Karten und mischte gekonnt. Es klang wie der Regen auf dem Dach der Hütte.

Dann teilte er aus.

Art nahm ihre Karten und hatte alle Mühe, sie alle in ihren viel zu kleinen Händen zu halten. »Jetzt halt dir die Augen zu«, sagte sie zu Alex.

Und, oh Wunder, er tat es wirklich.

Art kam hoch auf die Knie, streckte den Arm und bewegte die Hand vor Alex' Gesicht hin und her.

Nate hätte schwören können, dass Alex' Mund dabei zuckte.

Als sie überzeugt war, dass er nichts sah, breitete sie ihre Karten auf dem Tisch aus, sortierte sie nach vorhandenen Pärchen und legte die Pärchen zur Seite.

Nate konnte sich nicht an den Namen erinnern, aber er kannte dieses Spiel.

Art hatte den Joker.

Sie sah Nate an. »Du darfst ihm nicht helfen«, flüsterte sie.

Nate nickte.

Art nahm die verbliebenen Karten auf und spähte über den Rand. »Okay, jetzt darfst du wieder schauen.«

Alex ließ die Hand vor seinem Gesicht sinken, nahm ebenfalls seine Karten und sortierte die Pärchen aus.

»Du bist dran«, sagte Art. »Beim letzten Mal habe ich angefangen.«

»Wie großzügig von dir«, erwiderte Alex staubtrocken und nahm eine von Arts Karten. Sie stand ein wenig heraus, als wollte Art ihm genau diese andrehen.

Es war der Joker.

Art kicherte.

Schwarzer Peter. Die beiden Menschen, mit denen Nathaniel Cartwright seit einer Woche zusammenlebte und die vor etwas Unbekanntem auf der Flucht waren, saßen in seiner Küche in einer Hütte mitten im Nirgendwo und spielten *Schwarzer Peter*.

Art gewann das erste Spiel.

Und das zweite.

Das dritte auch.

Als sie fertig waren, hatte der Regen aufgehört, und Art wollte sofort nach draußen, weil es nichts Schöneres gab als den Geruch der Luft nach einem Regenguss, wie sie sagte.

Sie stand mit Alex Hand in Hand vor der Tür und drehte Nate den Kopf zu. »Kommst du oder nicht?«

Alex sah ihn ebenfalls an.

Schließlich nickte Nate.

Sie gingen nach draußen.

Art hatte recht gehabt: Es gab nichts Schöneres als den Geruch der Luft nach einem Regenguss.

Nate war eiskalt, als sie zurück nach drinnen gingen. Er sagte, er würde sich unter der Dusche wieder aufwärmen.

Er ließ sich Zeit.

Er fragte sich, wie lange die beiden noch bleiben würden.

Das Wasser fühlte sich gut an auf seiner Haut.

Art trug jetzt eine Jogginghose, deren Beine Alex mehrere Male aufgeschlagen hatte, weil sie ihr zu groß war. Dazu ein Sweatshirt mit dem Aufdruck *DIVA*. Sie sah absolut lächerlich aus.

Sie stand auf dem Flur und betrachtete die Fotos an der Wand. Nate hörte, wie Alex in der Küche rumorte.

Er zögerte.

Irgendwoher wusste Art, dass er da war. »Wie hießen sie?«

»*Art*«, sagte Alex aus der Küche.

»Ich frage doch nur.«

»Schon okay«, meinte Nate und war selbst überrascht, dass er es aufrichtig meinte.

Alex grunzte wie immer.

»Linda«, antwortete Nate und stellte sich neben Art. »Und mein Vater hieß Mitchell.«

Art rückte den leicht schief hängenden Rahmen gerade. Das Foto zeigte den vierzehn Jahre alten Nate mit seinen Eltern auf dem Steg gleich bei der Hütte. Rick hatte das Bild gemacht. Nate hielt eine Angelrute in der Hand. Sie war leicht durchgebogen, die Leine führte straff gespannt ins Wasser. Sein Vater hatte einen Kescher in der Hand, bereit für den Blauen Sonnenbarsch am Haken. Linda hatte den Kopf in den Nacken gelegt und lachte. Ihre Zähne leuchteten hell, ihre Augen waren geschlossen.

»Und sie sind beide tot.«

»Ja«, bestätigte Nate.

Sie sah ihn an. »Du klingst immer noch nicht traurig. Nur wütend. Ich dachte, wenn jemand stirbt, soll man traurig sein.«

»So funktioniert das nicht. Nicht immer.«

»Ach so. Warum?«

Er sollte nicht über diese Dinge reden. Nicht mit einem kleinen Mädchen. Eigentlich mit niemandem. Er war hergekommen, um allein zu sein, um mit seiner Trauer fertigzuwerden, die mehr Wut war als alles andere. *Keine Fragen mehr,* sollte er zu ihr sagen. Dass sie sich um ihren eigenen Kram kümmern solle, was angesichts all der Fragen, die er an sie hatte, ein schlechter Witz war.

Er sagte: »Weil manche Leute es nicht verdienen, dass ich wegen ihnen traurig bin.«

»Aber du spürst etwas.«

»Ja.«

Art nickte verständig. Er war nicht sicher, ob sie die Bedeutung seiner Worte wirklich begriff.

»Und der?« Art deutete auf das nächste Foto. Es stammte aus ihrem ersten Sommer hier. Rick hatte Nate einen Arm um die Schulter gelegt. Sie trugen kurze Hosen und Trägerhemden und standen barfuß auf der Veranda. Am Fuß der Stufen war eine kleine Koboldstatue zu erkennen, die ihre Mom in Roseland gekauft hatte. Ein paar Jahre später war sie bei einem Herbststurm kaputtgegangen. Linda war deswegen unverhältnismäßig aufgewühlt gewesen, als sie am Wochenende herkamen, um die entstandenen Schäden zu inspizieren. Der Hütte fehlte nichts, nur ein paar Fensterläden waren aus den

Angeln gehoben worden. Aber der blöde Kobold war umgestürzt und zerbrochen, und Linda war untröstlich gewesen.

»Rick«, antwortete Nate. »Mein Bruder.«

»Er sieht dir gar nicht ähnlich.«

Ja, das hatte er schon öfter gehört. Rick war immer der gut Aussehende gewesen, der Coole. Der Bruder, der im Herbst Football und im Frühling Basketball spielte. Der beliebt war. Immer ein Mädchen im Arm und ein verführerisches Glitzern in den Augen. Nate spielte in der Blaskapelle Posaune. Allerdings nicht besonders gut.

Er schrieb außerdem für die *Shout*, die vierzehntägig erscheinende Schülerzeitung der Northwest High. Er war der unerschrockene Reporter, der so fesselnde Geschichten wie die Verlegung des Rasens auf dem Footballfeld recherchierte sowie die Pensionierung von Mr. Harrison, der neununddreißig Jahre lang Geschichtslehrer gewesen war. (»Ich bin alt, Junge, ich weiß nicht, was ich dir sonst noch erzählen soll.«) Nate *liebte* seine Aufgabe und leitete die Zeitung fast im Alleingang. Und, ja, seine Tätigkeit machte sich gut auf den Collegebewerbungen, aber er war nicht Rick. Weiß Gott nicht. Andererseits bekam Rick am Arizona-State-College dann eine Überdosis Basketball und riss sich in seinem zweiten Jahr das vordere Kreuzband. Jetzt war er Immobilienmakler. Eine Ehefrau, Lattenzaun ums Haus und drei Kinder. Nate hatte nur eines davon kennengelernt. Die anderen hatte er nur einmal auf einer Weihnachtsgrußkarte gesehen, die ihm vermutlich aus Versehen zugeschickt worden war.

»Er kommt mehr nach meinem Vater«, erwiderte er ruhig.

»Oh«, sagte Art. »Sieht ganz so aus. Ist er auch tot?«

»Nein.«

Nate wusste, welche Frage als Nächstes kommen würde, konnte sehen, wie der Gedanke sich von Arts Gehirn einen Weg zu ihren Lippen bahnte. »Wie sind sie …«

»Art, das reicht jetzt.«

Sie schaute verärgert Richtung Küche. »Ich stelle nur ein paar Fragen.«

»Das weiß ich. Aber manche Fragen sind unhöflich.«

»Wie soll ein Mensch je klüger werden, wenn er nicht fragen darf?«

»Du musst lernen, Grenzen zu respektieren.«

Sie sah wieder Nate an. »Habe ich deine Grenzen überschritten?«

Er wusste nicht, was er darauf sagen sollte. »Ich ... Warum ... Ich habe meine Familie lange nicht mehr gesehen und möchte nicht darüber reden.«

Art nickte und umfasste den Zeige- und Mittelfinger seiner rechten Hand. Sie drückte sanft.

Nate glaubte, eine Wärme durch seinen Körper pulsieren zu spüren, aber nur für einen Moment.

»Tut mir leid.«

»Was denn?«

Art zuckte die Achseln. »Das.«

Nate wusste nicht, was *das* sein sollte. »Schon okay.«

»Möchtest du sie abhängen?«

Ja, und wie. Er sagte: »Das ist ... Mach dir nichts draus.«

»Okay. Wenn du es dir anders überlegst, lass es mich wissen. Du übernimmst die, an die ich nicht rankomme. Zusammen sind wir schneller fertig.« Sie runzelte die Stirn. »Es ist ein bisschen wie mit einem Pflaster, oder? Irgendwann muss man es runterreißen.«

»Du bist wirklich seltsam.«

Ihr Lächeln blendete Nate beinahe. »Du kannst dir gar nicht vorstellen, wie sehr.«

Nate fiel aus allen Wolken, als Alex ihn schließlich fragte, nicht Art.

Er saß auf der Couch, ein Buch lag auf seinem Schoß, neben ihm die laut schnarchende Art. Sie hatte die Beine unter sich angezogen, ihr Kopf ruhte auf Nates Schulter, der Mund stand offen.

Er hatte ihr aus *The Ferguson Rifle* vorgelesen: Ronan Chantrys Ehefrau und sein Sohn waren bei einem Brand ums Leben gekommen, für dessen Ausbruch er verantwortlich gemacht wurde, und jetzt war er auf dem Weg nach Westen, um dort ein neues Leben zu beginnen. Art war begeistert gewesen. Sie hielt ganze zehn Minuten durch, bis ihr die Augen zufielen und sie Geräusche von sich zu geben begann, deren Erzeugung für einen so kleinen Körper eine beachtliche Leistung war.

Natürlich hatte sie ihre Sonnenbrille auf, die jetzt allerdings ein wenig schief auf ihrer Nase saß. Nate überlegte gerade, sie ihr abzunehmen, da fragte Alex:

»Was ist passiert?«

Er saß am Küchentisch, ein halb leeres Glas Wasser in der Hand. Seine Pistole war bestimmt ebenfalls nicht weit, auch wenn Nate sie nicht sehen konnte. Er ging nie irgendwo ohne sie hin.

»Wie bitte?«

Alex' Stirn legte sich in Falten. Er sah verärgert aus, misstrauisch und verwirrt, alles zugleich. Er nickte in Richtung der Fotografien an der Wand.

»Was ist aus meinen Grenzen geworden?«, fragte Nate zurück.

Alex starrte den Tisch an. »Du hast recht. Es geht mich nichts an.«

Nate seufzte. »Schon gut. Es ist ein bisschen kompliziert.«

»Sie sind tot.«

»Ja.«

»Was ist daran kompliziert?«

Nate spürte Wut in sich aufsteigen. »Meine Mutter wurde ermordet.«

Alex zuckte mit keiner Wimper. »Das ist hart.«

»So kann man es auch ausdrücken.«

»Wann ist das passiert?«

»Kurz nach Weihnachten.«

»Das tut mir leid.«

»Danke. Oder so.«

Alex schnaubte frustriert. »Ich ... Manchmal fällt es mir schwer, Dinge auszusprechen.«

»Wow. Warum plötzlich so offenherzig?«

»Nate.«

»Okay, okay. Das war unnötig.«

»Ich bemühe mich.«

»Wirklich?«, fragte Nate. »Warum?«

»Art meint, ich sollte.« Alex sah aus, als schämte er sich.

»Das war ehrlich. Tust du oft, was sie dir sagt?«

»Nur wenn es sie nicht in Gefahr bringt.«

Art regte sich schmatzend. Nate und Alex warteten, bis ihr Atem wieder klang wie eine spielzeuggroße Kettensäge.

»Sie hat nicht unrecht«, sprach Alex weiter.

»Womit?«

»Dass ich mich mehr anstrengen sollte. Ich bin nicht besonders gut in diesen Dingen.«

»Welchen?«

Alex' Miene verfinsterte sich. »Du bist anstrengend.«

»Mag sein«, räumte Nate ein. »Aber diese ganze Situation ist schon seltsam, oder?«

»Ich weiß.«

»Wirklich? Macht nicht den Eindruck.«

»Du hast keine Ahnung.«

Er sah Alex eine Sekunde zu lange an und Alex sah nicht weg. Nate wollte eine Reaktion von ihm, irgendeine. »Als ich einundzwanzig war«, begann er, »haben meine Eltern mich in Gesellschaft von jemandem überrascht, den sie nicht erwartet hatten. Es ging nicht gut aus. Es war das letzte Mal, dass ich sie gesehen habe.«

Alex' Schultern versteiften sich kurz, das war alles. »Und dein Bruder?«

»Will nichts mit mir zu tun haben.«

Alex rutschte unbehaglich auf seinem Stuhl herum. »Wegen ...«

»Ja, genau deswegen.«

»Okay.«

»Okay?«

Alex zuckte die Achseln. »Ja.«

»Das ist nicht gerade ... Ich meine, findest du nicht, dass du ...«

»Was?«

»Bist du immer so ein Holzklotz?«

»Die Frage höre ich nicht zum ersten Mal.«

»Ich verstehe dich nicht.«

»Es *gibt* nichts zu verstehen.«

Nate verdrehte die Augen. »Du bist mit einem kleinen Mädchen auf der Flucht, und das vor Leuten, über die du mir nichts verraten willst. Ich glaube durchaus, dass es in dieser Sache das ein oder andere zu verstehen gäbe.«

»Lass es.«

»Ich *tue* gar nichts.«

»Doch«, blaffte Alex. »Du drängst.«

»Oder ich bemühe mich. Art hat recht: Du solltest dich mehr bemühen, Dinge auszusprechen.«

»Das ist etwas anderes.«

»Wie du meinst.«

Alex gab ein kehliges Geräusch von sich. Es klang wie ein Knurren. »Du fängst an, anstrengend zu werden.«

»Wie du mir, so ich dir.«

»Du begreifst einfach nicht, wann du den Mund halten solltest.«

»Das höre *ich* wiederum nicht zum ersten Mal. Und es wird auch nicht das letzte Mal sein.«

»Ich werde nicht schlau aus dir.«

»Sollst du auch gar nicht«, erwiderte Nate ein wenig verletzend, und das mit voller Absicht. Er konnte nicht anders. Er fühlte sich in die Ecke getrieben, ohne recht zu wissen, wie es dazu gekommen war.

»Warum bist du noch hier?«, fragte Alex.

»Ich weiß es nicht«, antwortete Nate wahrheitsgemäß. »Ich weiß *gar* nichts mehr. Ich dachte ...« Er schüttelte den Kopf. »Ich dachte, ein bisschen Veränderung würde mir guttun. Dass etwas passieren würde, wenn ich herkomme. Ich habe meinen Job verloren und ... Ich weiß es nicht. Ich dachte, hier könnte ich wieder einen klaren Kopf bekommen.«

»Und dann waren wir da.«

»Genau.«

»Ich habe dir angeboten zu gehen«, rief Alex ihm ins Gedächtnis.

»Ich weiß.«

»Das können wir immer noch.«

»Wirklich?«, fragte Nate. »Wohin denn? Habt ihr einen Plan? Geld? Einen anderen Unterschlupf?«

Alex wirkte unbehaglich. »Mir fällt schon was ein.«

»Für sie.«

»Ja.«

»Wie du sie nach Hause bringen kannst.«

»Ja.«

Nate war nahe dran, das, was um ihn herum geschah – was *ihm* geschah – zu begreifen. Klar, es gab Dinge, die die beiden ihm nach wie vor verschwiegen. Aber alles, was Alex gesagt hatte, klang plausibel. Unabhängig davon, wie lächerlich diese Geschichte insgesamt nach wie vor war. Denn irgendetwas passte nicht. Zu viele Puzzleteile fehlten. Vielleicht war Nate doch nicht so nahe dran, wie er gerade noch geglaubt hatte.

Er sagte: »Du kannst mir vertrauen. Das weißt du, oder?«

Alex schüttelte langsam den Kopf, und das schmerzte Nate weit mehr, als es sollte. »Es liegt nicht an dir. Sondern an ... Sie ist etwas Besonderes. Weit mehr, als du es dir vorstellen kannst. Und ich darf kein Risiko eingehen. Wegen ihr. Es hat nichts mit dir zu tun.«

Nate lachte. »Du klingst schon wieder, als würdest du mit mir Schluss machen.«

Er hätte schwören können, den Anflug eines Lächelns auf Alex' Gesicht zu sehen. Da und wieder weg. »Ich würde es glatt tun.«

»Was tun?«

»Dir vertrauen, wenn ich könnte.«

Danach sagten sie nicht mehr viel.

Sie ist etwas Besonderes.

Nate dachte immer wieder daran. An Alex' Worte genauso wie an den Moment.

Er verstand es nicht. Worum es ging, wie groß diese »Sache« sein mochte oder auch nicht. Da war dieses Mädchen mit seiner übergroßen Sonnenbrille und den rosa Socken, das Dinge sagte wie: »Hey, Cowboy, wie wär's mit einem kleinen Ausritt? Mal sehen, welche Abenteuer draußen in der Prärie auf uns warten«, und das mit einem lächerlichen Akzent, der Nate bei jedem anderen auf die Palme gebracht hätte. Aber aus Arts Mund fand er ihn seltsam charmant, und das verstand er nicht.

Er verstand so gut wie gar nichts. Trotzdem tat Nate beinahe alles, worum Art ihn bat. Sie gingen oft nach draußen, um zu sehen, welche Abenteuer auf der staubigen Straße auf sie warteten. Nate überlegte sogar, in Roseland einen Cowboyhut für sie aufzutreiben. Ein Cowboyhut würde ihr bestimmt gefallen.

Er verstand weder Art noch das Ausmaß des Schattens, den sie warf. Er wusste weder, woher die beiden gekommen waren, noch wohin sie gingen, oder was als Nächstes passieren würde.

Trotzdem blieb er.

Sie ist etwas Besonderes, hatte Alex gesagt.

Manchmal hüpfte sie, wenn sie auf dem kaum vorhandenen Pfad am Seeufer entlanggingen, und summte Lieder vor sich hin, die ihm beinahe bekannt vorkamen. Ab und zu bückte sie sich und hob einen Stein auf, betrachtete ihn eingehend und ließ ihn dann entweder wieder fallen oder gab ihn Alex, der ihn ohne Murren in die Hosentasche steckte.

Wo auch die Pistole war, wie Nate deutlich sehen konnte.

Und trotzdem blieb er.

Nate dachte an sein Telefon, das seit ein paar Tagen ausgeschaltet war.

Er würde anrufen. Irgendwann.

Eine halbe Meile von der Hütte entfernt war eine Lichtung. Eigentlich eine Wiese, die im Spätfrühling und Frühsommer nur so leuchtete von den Blüten der Wildblumen. Die Leute kamen mit Decken und Picknickkörben her, aßen Schinkensandwiches und Kartoffelsalat und tranken Limonade.

Ein Teil der Blumen blühte bereits, als sie die Wiese betraten. Hauptsächlich Tulpen, rot und gelb und weiß und außerdem ein so dunkles Lila, dass es fast schon schwarz war.

»Wow«, keuchte Art. »Sieh sich das mal einer an.«

Nate runzelte die Stirn. »Normalerweise sind es um diese Zeit schon mehr. Ich weiß, diesen Winter war es trockener als sonst, aber vielleicht ist die Blütezeit auch schon vorbei, und das ist alles, was noch davon übrig ist.«

Doch das konnte nicht stimmen. Als sie näher kamen, sah er viele Blüten, die sich noch gar nicht geöffnet hatten. Falls sie so lange bleiben sollten, konnten sie vielleicht in ein oder zwei Wochen zu dritt wiederkommen. Nate wollte, dass Art und Alex die Wiese in voller Blüte sahen, mit allen nur erdenklichen Farben gefüllt, so weit das Auge reichte.

Er war einmal mit seiner Mutter hier gewesen. Jemand in Roseland hatte ihr die Stelle verraten. Es war Sommer und der Frühling bereits vorbei, aber sie wollte es trotzdem sehen. Rick kam nicht mit. Er sagte, Blumen interessierten ihn nicht. Sein Vater war auf dem Steg beim Angeln, neben ihm eine Kiste mit Bierdosen in langsam schmelzendem Eis.

Also waren sie nur zu zweit gewesen.

Nate würde ihren Gesichtsausdruck nie vergessen, als sie die Wiese erblickte. Wie jemand, der zum ersten Mal im Leben Farbe sah. Die Augen seiner Mutter wurden groß, sie legte sich eine Hand an den Hals und schwieg lange. Nate hatte neben ihr gestanden und sich gefragt, was ihr den Atem verschlagen haben mochte.

Er begriff es nicht.

Aber er wollte. Er wollte, dass Art diese Wiese sah. Er wollte wissen, ob das Mädchen sie mit den gleichen Augen sehen würde, wie seine Mutter es getan hatte. Vielleicht konnte sie es ihm dann erklären.

Nate ging über die Wiese.

Alex blieb am Rand stehen.

Er hörte, wie Art ihm summend folgte.

Wie es passierte, hörte Nate nicht. Er war zu sehr darauf konzentriert, nicht auf die Blumen zu treten. Er sagte: »Es ist anders, später im Jahr, mit all den Farben und dem Wind. Die ganze Wiese raschelt. Ein bisschen wie Knochen, wie *leuchtende* Knochen, wenn es so etwas gibt.«

»Art«, hörte er Alex sagen. »Das ist jetzt nicht der geeignete ...«

»Doch«, entgegnete sie. »Ist es.«

Nate drehte sich nicht um. »Wirklich beeindruckend. So was haben wir in D.C. nicht. Nur Stahl und Stein und halb vertrocknete Topfpflanzen auf winzigen Balkonen. Nicht das echte Leben, sondern nur einen Abklatsch davon. Eine Illusion.«

»Aber hier ist es echt«, sagte Art.

Nate nickte. Er schloss die Augen und atmete ein. Seine Allergie würde es ihn später büßen lassen, aber das war ihm egal. »Hier ist es echt.«

»Bist du deshalb hergekommen?«, fragte Art. »Um dich echt zu fühlen?«

»Das weiß ich nicht.«

»Das ist okay.«

»Wirklich?«

»Das weiß ich nicht.«

Nate lachte. Die Anspannung in seiner Brust löste sich zum ersten Mal seit ... Er wusste nicht einmal, wie lange schon. Er drehte sich um und sagte: »Es ist ...«

Zu mehr kam er nicht.

Alex beobachtete sie immer noch vom Rand der Wiese aus. Art stand nur wenige Schritte von Nate entfernt und lächelte ihn an, als er merkte, dass sich alle Blüten geöffnet hatten. Jede einzelne auf der ganzen verdammten Wiese. Innerhalb weniger Sekunden.

Er bekam eine Gänsehaut auf den Armen. Auf der Brust. Dem Hals. Ihm wurde heiß und kalt zugleich. Er fragte: »Was ...?«

»Sie müssen dir zugehört haben«, antwortete Art mit einem kleinen Achselzucken. »Anscheinend haben sie nur noch auf eine kleine Ermunterung gewartet. So funktioniert die Erde, weißt du? Jemand muss ihr sagen, dass er oder sie auf sie wartet. Menschen sind genauso, glaube ich.«

Sie ist etwas Besonderes, hatte Alex gesagt.

Nate hatte nicht verstanden, was er damit meinte.

Einen Moment lang erlaubte er sich, Art zu glauben. Dass es nicht mehr brauchte. Nur die Sonne und die Tatsache, dass Frühling war. Es klang überzeugend. Beinahe logisch.

Aber nur beinahe. Denn Nates Geist funktionierte so: Er beschäftigte sich mit Fakten, mit überprüfbaren Wahrheiten. Da war kein Platz für Ausflüge ins Reich der Fantasie. Für esoterischen Mist wie eine Erde, die *zuhörte*. Sie waren lediglich aus purem Zufall an exakt dem richtigen Tag zu exakt der richtigen Stunde über diese Wiese gelaufen. In exakt der Minute, in der die Blüten sich öffneten.

Mehr nicht.

Alex beobachtete ihn mit unergründlichem Gesichtsausdruck.

Art schob ihre Sonnenbrille hoch und sagte: »Du hattest recht. Wirklich beeindruckend.«

Nicht zum ersten Mal, nur eben inmitten einer Wiese voller blühender Blumen, fragte sich Nate, ob irgendetwas hiervon real war.

NEUN

Der Speck war alle.

Was für Art einem Weltuntergang gleichkam.

»Du verstehst das nicht«, jammerte sie und warf sich auf die Couch. »Was sollen wir jetzt tun? Wir werden verhungern!«

»Wir haben mehr als genug zu essen«, rief Alex ihr ins Gedächtnis.

Nate sagte nichts. Er hatte überhaupt nicht viel gesprochen, seit sie auf der Blumenwiese gewesen waren.

»Das weiß ich«, erwiderte sie. »Aber nichts ist so gut wie Speck. Warum begreifst du das nicht? Bist du absichtlich kompliziert?«

»Ich bin nicht kompliziert.«

»Ein bisschen schon.«

»Art.«

»Alex.«

»Wenn du Hunger hast, gibt es jede Menge anderes zu essen.«

»Aber ich will nichts anderes. Ich will *Speck*.«

»Ich könnte nach Roseland fahren«, warf Nate ein. »Ein paar Besorgungen machen.«

Beide sahen ihn an. Es war das erste Mal, dass er etwas sagte, und es war schon fast Mittag.

»Sie braucht nichts«, erwiderte Alex leise.

»Sagst *du*.« Art setzte sich auf. »Wenn Nate weglaufen will ... Ich meine, wenn er sich *freiwillig* meldet, sollten wir ihn nicht aufhalten.«

Nate wollte nicht weglaufen. Es war normal, dass Blumen erblühten. Das war eine Tatsache. Es war der Lauf der Natur. »Ja«, sagte er. »Ich melde mich freiwillig.«

Alex musterte ihn misstrauisch. »Hast du vor …«

»Du könntest auch ein paar Dinge gebrauchen«, schnitt Nate ihm das Wort ab. »Zum Beispiel musst du dich mit deinem Bärenbart jeden Tag rasieren.«

»Ich habe keinen Bären…«

»Du hast dich erst heute Morgen rasiert und jetzt schon wieder einen Bartschatten im Gesicht«, entgegnete Nate. »Meine Klingen werden stumpf.«

Alex' Miene verfinsterte sich, aber das war okay. Damit kam Nate inzwischen zurecht. »Außerdem komme ich mal ein bisschen raus hier. Immerhin habe ich nicht mit Gesellschaft gerechnet.«

»Genau«, meinte Art. »Er hat nicht damit gerechnet. Wahrscheinlich gehen wir ihm auf die Nerven.«

»Exakt«, bestätigte Nate. »Nein, warte, so war das nicht …«

»Sie braucht keinen Speck«, beharrte Alex.

»Kauf so viel, wie du bekommen kannst«, rief Art fröhlich. »Ich habe zwar kein Geld, aber ich bin sicher, dass ich mich irgendwann revanchieren kann.«

Nate wollte nicht wissen, was genau sie damit meinte.

Alex erhob sich vom Küchentisch. Sein Stuhl kratzte über den Boden. Dann verschwand er wortlos in den Flur.

Nate fragte sich, ob er etwas Falsches gesagt hatte. Er sah Art an.

Sie zuckte die Achseln.

Einen Moment später kam Alex zurück. Sein Blick war noch finsterer geworden. Seine Hand schnellte vor.

Darin waren zwei Zwanzigdollarscheine.

Nate blinzelte das Geld an.

»Nimm es einfach«, schnaubte Alex.

Art hustete.

»Das wäre schön«, fügte Alex mürrisch hinzu.

»Und?«

Er funkelte Art an. »Nett, dass du uns ein paar Dinge besorgst. Rasierklingen wären gut.«

»Möchtest du auch Shampoo?«, platzte Nate heraus. »Ich weiß, dass du immer das rosafarbene benutzt.«

Alex machte einen Schritt nach hinten. »Wie bitte?«

»Das Shampoo im Bad. Die Flasche ist rosa.«

»Sehr mädchenhaft«, bestätigte Art.

»In Ordnung«, sagte Alex durch zusammengebissene Zähne. »Shampoo, Speck und Rasierklingen.«

»Und Trauben«, warf Art ein. »Ich habe noch nie welche gegessen, aber einmal gelesen, dass die grünen besser sind als die blauen.«

»Du hast noch nie Trauben gegessen?«, fragte Nate leise.

Art nickte. »Ich will sie schon so lange mal probieren.«

Selbst wenn Nate das Geld nahm und damit auf Nimmerwiedersehen verschwand, na und?

Das ging niemanden außer ihn etwas an.

In Roseland gab es ein kleines Lebensmittelgeschäft. Nichts Großartiges, aber sie hatten Rasierklingen und Speck und Shampoo und Trauben.

Für die Trauben brauchte Nate am längsten.

»Schwierige Entscheidung?«

Nate blinzelte.

Ein Mann, der ihm vage bekannt vorkam, stand neben ihm. Er hatte einen Einkaufskorb über dem Arm. Der Korb war leer.

»Verzeihung.«

Der Mann nickte in Richtung der Trauben. »Sie schauen sie schon zwei Minuten lang an.«

»Oh. Sorry. Mir geht nur gerade eine Menge durch den Kopf.«

Der Mann lächelte. »Ja, dachte ich mir. Halten die Rohre?«

»Die Rohre? Ach ja, jetzt erinnere ich mich. Tut mir leid, aber ich habe Ihren Namen komplett vergessen. Es war eine lange Woche.«

Sein Gegenüber lachte. »Kein Problem.« Er streckte die Hand aus. Nate schüttelte sie. »Randy. Douglas County Wasserwerke.«

»Genau. Ich bin Nate. Nate Cartwright.«

»Ich weiß«, erwiderte Randy. »Wie geht es Ihrem Hund?«

»Meinem Hund?«

»Dem in Ihrer Hütte.«

»Ich habe keinen ...« Er hustete. »Stimmt. Der Hund. Dem geht's gut.«

»Wie hieß er noch mal?«

»Fido.«

»Genau. Fido. Komischer Name für einen Hund.«

»Finden Sie? Mir kommt er normal vor.«

Randy zuckte die Achseln. »Hab noch nie von einem gehört, der so heißt.«

»Möglich.«

»Solange Sie nur ...«

»Nate! Du bist ja schneller wieder hier, als ich gedacht hätte.«

Er drehte sich um. Big Eddie Green kam mit einem entspannten Grinsen auf ihn zu. Er klopfte Nate auf die Schulter und drückte sie sanft.

»Ja«, meinte Nate. »Ich, ähm, brauche ein paar Dinge.«

»Alles in Ordnung da oben?«

Nein. In seiner Hütte waren ein Mann mit einer Pistole und ein Mädchen, das möglicherweise Blumen zum Blühen bringen konnte. Aber das konnte Nate schlecht sagen, denn es war schlichtweg verrückt. Nate versuchte, möglichst nicht daran zu denken, geschweige denn es laut auszusprechen. Die Pistole machte ihm inzwischen gar nicht mehr so viel aus. So war Alex eben. Außerdem hatte er schon seit mehreren Tagen nicht mehr damit auf ihn gezielt.

Die Blumen allerdings ...

Das war etwas anderes.

Er sagte: »Gut, alles gut.«

»Gut«, wiederholte Eddie. Sein Blick wanderte zu Randy. »Oh, sorry. Ich wollte nicht stören. Howdy. Ich bin Eddie Green, aber alle nennen mich Big Eddie.«

»Randy«, sagte der Wassertyp ein wenig angespannt.

Die beiden schüttelten einander die Hände.

»Sind Sie ein Freund von Nate?«, fragte Eddie.

»Nein«, sagte Nate. »Er ist der Installateur.«

»Installateur«, wiederholte Big Eddie. »Tatsächlich? Ich glaube nicht, dass ich schon mal das Vergnügen hatte. Sie arbeiten fürs County? Ich dachte, ich kenne da alle. Jimmy beklagt sich schon seit Längerem, dass er Unterstützung gebrauchen könnte. Die Gegend ist nun mal ein bisschen groß für ihn allein. Hat das County das Gehalt für Sie doch noch abzweigen können, was?«

»Sicher«, erwiderte Randy schmallippig. »Bin noch nicht lange hier.«

»Wie geht's Jimmy denn so? Hab den alten Kauz schon seit zwei Wochen nicht mehr gesehen.«

»Er hatte Urlaub«, antwortete Randy. »Ist gerade nicht in der Stadt.«

Eddie runzelte die Stirn. »Ach was? Normalerweise bittet er mich immer, mich um seine Pflanzen zu kümmern, wenn er nicht da ist.«

»Wahrscheinlich macht es diesmal jemand anderes.«

»Wahrscheinlich«, bestätigte Eddie. »Ich schaue mal bei ihm vorbei. Nur zur Sicherheit.«

»Klar«, sagte Randy kühl. »Er freut sich bestimmt.«

Eddie nickte bedächtig. »Das wird er. Nate, alles in Ordnung?«

Nate war sicher, dass Big Eddie sich eigentlich nach etwas anderem erkundigen wollte, aber er hatte keine Ahnung, wonach. Er wusste doch nicht etwa von seinen unverhofften Gästen? Außer sie waren auf ihrem Weg zu Nates Hütte durch Roseland gekommen. Alex hatte ihm erzählt, dass sie sich ihres Fluchtautos entledigt hatten, ihm aber nicht verraten, wo. Oder *wie*. Wenn es gefunden worden war, ließ sich die Spur dann zu Alex zurückverfolgen?

»Ja«, antwortete Nate. »Alles in Ordnung.« Was nicht stimmte. Nicht ganz. Aber er wusste nicht, was er sonst sagen sollte. Nicht zu Eddie. Vor allem nicht vor Randy, den er überhaupt nicht kannte. Der Installateur. Mehr wusste er nicht. Er lächelte ihn matt an. »Entschuldigung. Was haben Sie gesagt?«

»Sie haben gerade von Ihrem Hund gesprochen«, erwiderte Randy.

»Welcher Hund?«, fragte Eddie. »Ich habe keinen ge…«

Nate stieß ihm seinen Einkaufskorb mit vier Packungen Speck, Rasierklingen und dem männlichsten Shampoo, das er gefunden hatte, gegen die Hüfte. Er konnte sich beim besten Willen nicht erklären, wie seine Einkaufstour diese Wendung genommen hatte.

Big Eddie schien zu verstehen. »Aber ja, der Hund. Mächtig großes Vieh, was?«

»Jepp.« Nate zuckte unbeholfen die Achseln. »Du weißt ja, wie es ist.«

»Und ob«, meinte Eddie und schüttelte ihm die Hand. »So, genug geplaudert. Meine Frau hält an der Tankstelle die Stellung, und sie hat noch was zu erledigen. Wenn ich noch nach Jimmy sehen will, muss ich mich beeilen, bevor sie eine Vermisstenanzeige wegen mir aufgibt. Nate, du meldest dich, verstanden? Lass mich wissen, wenn du was brauchst. Egal was.«

Nate nickte.

»War nett, Sie kennenzulernen, Randy. Ich hoffe, Sie lieben

die Gegend hier genauso wie wir. So was wie Roseland findet man nirgendwo sonst.«

»Ja, sicher«, erwiderte Randy. Er wirkte nicht sonderlich beeindruckt.

Eddie drückte Nate noch einmal die Schulter und ging.

»Netter Kerl«, sagte Randy, als Big Eddie außer Hörweite war.

»Absolut«, bestätigte Nate, ohne recht zu wissen, warum ihm plötzlich so mulmig zumute war. Sein erster Gedanke war gewesen, dass Randy ihn ins Bett bekommen wollte, so absurd das auch klingen mochte. Falls ja, war er geschmeichelt, aber nicht im Geringsten interessiert. Im Moment hatte er andere Sorgen. »Tja, war schön, Ihnen über den Weg zu laufen.«

»Das glaube ich«, sagte Randy und kam einen Schritt näher. »Muss hart sein, so ganz allein da oben.«

Nate wusste nicht, wie er reagieren sollte. »Schon okay. Mir geht's gut.«

»Wirklich?«

»Ja.« Nate neigte den Kopf. »Warum?«

»Hab nur laut gedacht. So weit weg, kein Handynetz und von allem abgeschnitten. Sie wissen schon.«

»Wahrscheinlich.«

»Haben Sie dort oben irgendjemanden gesehen?«

»Nein.«

»Sicher?«

»Warum?«

Randy grinste, aber seine Augen blieben seltsam stumpf dabei. »Ich quatsche nur so vor mich hin. Seien Sie auf der Hut, Mr. Cartwright. In den Wäldern hier könnte sich so einiges rumtreiben.«

Dann schob er sich an Nate vorbei und ließ ihn allein im Laden stehen.

Er war schon auf halbem Weg zurück, als ihm sein Handy wieder einfiel.

Nate zog es aus der Jackentasche und schaltete es ein. Da er auf der Hütte ohnehin keinen Empfang hatte, hatte er es die letzten Tage ausgeschaltet gelassen. Er hatte Ruth schon auf dem Hinweg anrufen wollen, war aber zu abgelenkt gewesen. Dumm. Das hätte er als Erstes erledigen sollen.

Das Display des Nokia leuchtete auf.

Einen Moment später erschien das Voicemail-Symbol.

Nate drückte auf WÄHLEN.

»Sie haben ... sechs ... neue Nachrichten.«

Nate runzelte die Stirn.

Die erste war drei Tage alt. »Nate, hier ist Ruth. Du musst mich zurückrufen, wenn du das hörst. Es geht ... Ruf einfach zurück. Ich habe Informationen für dich.«

Die zweite war von vor zwei Tagen. Wieder Ruth. »Nate, es geht jedes Mal sofort die Voicemail ran. Du weißt, wie sehr ich es hasse, wenn du dein Telefon ausschaltest. Du rufst mich besser zurück. Jetzt.«

Die dritte Nachricht stammte von ein paar Stunden später. »Nate, ich schwöre bei Gott, wenn du mich nicht zurückrufst, trete ich dir in den Arsch. Wo zum Teufel bist du da reingeraten? Ich habe ein paar Dinge herausgefunden, okay? Alte Quellen haben mir Sachen verraten, die sie eigentlich nicht ... Melde dich. Du musst dir das anhören.«

Die fünfte Nachricht war vom gestrigen Nachmittag. »Ich glaube, sie wissen, dass ich herumgefragt habe. Nate, das ist nicht normal. Ich *muss* mit dir sprechen. Bitte! Beeil dich!«

Die letzte war heute früh gekommen. Wahrscheinlich, als er gerade mit Alex debattierte, ob er nach Roseland fahren sollte oder nicht. Ruths Stimme war ein raunendes Flüstern. »Nate. Ich weiß nicht, was passiert ist. Es sind Männer von der Regierung hier. Sie kommen sich wahnsinnig toll vor mit ihren teuren Anzügen und Sonnenbrillen. Sie stellen Fragen, Nate. Ich glaube nicht, dass sie mich in Verdacht haben. Ich ... *Scheiße.*«

Ende der Nachricht.

Langsam ließ Nate das Telefon sinken.

Sein Schädel hämmerte.

Er atmete ein und aus.

Er rief Ruths Nummer auf. Drückte auf WÄHLEN.

Es klingelte einmal, zweimal, dreimal. Vier- und fünf- und ...

»Das ist der Anrufbeantworter von Ruth Davis bei der *Washington Post*. Wenn Sie diese Nummer haben, wissen Sie, wer ich bin. Falls es wichtig ist, hinterlassen Sie eine Nachricht. Danach werde ich entscheiden, ob Ihr Anliegen auch wichtig genug für einen Rückruf ist.«

Nate hinterließ keine Nachricht.

Er probierte es erneut. Einmal klingeln. Zweimal. Drei...

»Davis.«

»Ruth!«

»*Nate,* warum zum Teufel ... Bleib kurz dran. Nicht auflegen, hörst du!«

»Aber ja, ich ...«

Sie legte ihn auf die Warteschleife. Aus dem Hörer schnarrte Fahrstuhlmusik. Es kam Nate vor wie Stunden. Dann, gerade als er glaubte, gleich den Verstand zu verlieren, ertönte ein Piepen über der Musik. Nate warf einen Blick auf das Display. Die Nummer darauf sagte ihm nichts. Er ging trotzdem ran. »Hallo?«

»Ich bin's.«

»Ruth? Warum rufst du von einer anderen Nummer an?«

»Ich bin in ein leeres Büro gegangen. Anderer Anschluss. Ich darf jetzt kein Risiko eingehen und glaube, von dem hier wissen sie nichts.«

»Wovon redest du?«

Sie schnaubte. »Junge, du steckst ziemlich tief in der Scheiße. Hast du eine Ahnung, worauf du dich da eingelassen hast?«

»Ich ... Was ist los? Was ist passiert? Wer sind diese Männer mit den ...«

»NSA«, sagte sie knapp. »Das behaupten sie zumindest. Aber ich glaube ihnen kein Wort. Ich bin schon lange genug im Geschäft, um solche Manöver zu durchschauen. Du rufst mich an, fragst nach diesem Mann in deiner Hütte, einem Marine in Begleitung eines kleinen Mädchens, ich höre mich um, strecke die Fühler nach einem gewissen Alex Delgado aus, und zack, stehen diese Kerle auf der Matte.«

»Wissen sie, dass du es warst?«

Sie lachte. »Ich verwische meine Spuren ein bisschen besser als die, Junge. Sie kamen her und fragten nach einem Mann namens Hank Williams.«

Nate musste grinsen. »Mom mochte ihn.«

»Das glaube ich. Sie wollten alle Computer sehen und so. Als sie an meinen Platz kamen, habe ich ihnen meine Schreibmaschine gezeigt. Sie waren nicht erfreut.«

»So viel zur Pressefreiheit.«

»Pah, du weißt genauso gut wie ich, dass das nichts als eine Farce ist, wenn man nur tief genug gräbt. Und ich habe *tief* gegraben. Nate, es gibt keinen Alex Delgado.«

Er schloss die Augen. »Ja. Das habe ich mir schon gedacht.«

»Sein Name ist Alex Weir. Er war auf einer Basis in Nordkalifornien, dem Marine Corps Mountain Warfare Training Center. Und vor zwei Wochen hat er sich unerlaubt von der Truppe entfernt.«

Nate runzelte die Stirn. »Das kommt mir bekannt vor.«

»Hörst du Nachrichten?«

»Nein. Nicht, seit ich auf der Hütte bin.«

»Vor ein paar Wochen ist dort ein Hubschrauber abgestürzt. Genau zu der Zeit, als Alex Weir verschwunden ist.«

»Ich hab im Radio davon gehört. Kurz bevor ich in Roseland angekommen bin. Es hieß, es hätte mit dem schlechten Wetter zu tun gehabt.«

»Das war die offizielle Version. Genauso wie es offiziell heißt, die Basis wäre ein Ausbildungszentrum.«

Nate machte die Augen wieder auf. »Ruth«, begann er langsam. »Was willst du mir damit sagen?«

Sie seufzte. »Ich bin nicht sehr weit gekommen, Nate. Ich hab's versucht, Gott ist mein Zeuge. Aber je tiefer ich gegraben habe, desto fester waren die Türen verschlossen. Es gibt – *gab* – ein paar Leute, denen ich vertraue. Aber nicht einmal sie konnten mehr herausfinden. Und seitdem habe ich nichts mehr von ihnen gehört. Ich hab's mehrmals versucht.«

»Was haben sie herausbekommen?«

»Dass es kein Ausbildungszentrum gibt. Etwas Großes ist dort im Gange, Nate. Etwas, von dem niemand etwas mitbekommen soll. Alex Weir war Berufssoldat, und was für einer. Hochdekoriert. Mit Orden und so. Bis er vor zehn Jahren spurlos verschwunden ist. Und wir reden hier nicht von unerlaubt von der Truppe entfernen. Er war einfach *weg*, hatte aufgehört zu existieren. Erst vor zwei Wochen ist er wiederaufgetaucht, und zwar als seine Desertion gemeldet wurde, aber nicht über die üblichen Kanäle. Alles andere liegt im Dunkeln, Nate, aber sie suchen nach ihm.«

»Ich verstehe nicht ganz«, krächzte er.

»Das kleine Mädchen, Nate, ist sie …?«

»Ist sie *was?*«

»Ich konnte nicht viel in Erfahrung bringen. Sie nennen die Basis den ›Berg‹. Das Ausbildungszentrum dient nur als Tarnung.«

»Aber …«

Am ersten Tag.

Alex mit seiner Pistole.

Kommst du vom Berg?

Nate hatte sich gewundert. Ja, er war den Berg raufgefahren. Aber das hatte Alex wohl nicht gemeint.

Der Berg.

Und dann Art.

Artemis Darth Vader.

Schmeckt ganz anders als die Gemüsepaste im Berg.

Nate hatte nicht gefragt, was das bedeuten sollte. Er hatte *nicht gefragt*.

»Was ist mit ihr?«, fragte er heiser.

»Sie wird nirgends erwähnt«, antwortete Ruth. »Es war immer nur von B-7 die Rede. S-I-E-B-E-N, wie die Zahl. Was auch immer das ist, Nate, sie wollen es wiederhaben, und sie suchen danach.«

»Ich verstehe nicht ganz.«

Sie lachte laut. »Da haben wir was gemeinsam, Kleiner. Nun sieh dir das mal an: Du wirst gefeuert, weil du mit dem falschen Kerl ins Bett steigst, und stolperst mitten hinein in eine Geschichte, die möglicherweise schon mehrere Menschen das Leben gekostet hat. Verstehst du, Nate? Sie *kommen!* Nimm die Beine in die Hand und verschwinde.«

Ein Sturm tobte in seinem Kopf. Alles war noch surrealer geworden. »Ich muss jetzt Schluss machen.«

»Gottverdammt, Nate, *pass auf dich auf!* Bring so viele Meilen wie möglich zwischen dich und diesen Marine und das Mädchen. Ich weiß nicht, was hier vorgeht, aber du darfst auf keinen Fall darin verwick…«

»Du meinst, noch tiefer, als ich es sowieso schon bin?«

»Nate. Bitte! Tu es, für mich. Fahr einfach weg. So schnell du kannst. Nach Osten, und dann verkriechst du dich, bis sich die Wellen wieder gelegt haben. Bezahl alles in bar, auf keinen Fall mit Karte. Diese Sache hat nichts mit dir zu tun, Nate, lass dich da nicht mit hineinziehen. Fahr! Jetzt!«

Er dachte daran, wie Alex Art Zöpfe geflochten hatte, so sanft und geschickt. Wie er nach dem nächsten Haargummi geschnippt hatte.

Wie viel zu groß Arts Sonnenbrille war.

Welche Überwindung es Alex gekostet hatte, sich Nates Rasierer auszuleihen.

Er ist mein Beschützer.

Du musst mir glauben, wenn ich dir sage, dass ich eher sterben würde als zuzulassen, dass ihr etwas passiert. Ich tue alles, was ich kann, um sie zu beschützen.

Alles.

Wie sie ihn beide angesehen hatten und Art ihn fragte, ob er mit nach draußen kommt, weil es nichts Schöneres gab als den Geruch der Luft nach einem Regenguss.

An die Blumenwiese.

Wie sie von einer Minute auf die andere vor Leben nur so gestrotzt hatte.

»Ich kann nicht«, flüsterte er.

»Oh Nate, bitte nicht. Bitte tu das nicht.«

»Ich muss es ihnen sagen.«

»Du schuldest den beiden nichts und musst *gar nichts!*«

Ruth verstand es nicht. Sie war nicht dabei gewesen, als Alex Art zeigte, wie man einen Stein über einen See hüpfen lässt. Sie hatte noch nie eine Tasse Kaffee von einem Mann zubereitet bekommen, der ansonsten nicht einmal in der Lage schien, auch nur zu lächeln. »Ich glaube, doch.«

»Wenn dir etwas zustößt, bringe ich dich um, hast du mich verstanden?«

Nate lachte zittrig. »Oh ja, ich habe dich verstanden. Pass auf dich auf, okay? Lass dich nicht von den Anzugträgern erwischen.«

»Kleiner, ich kenne diese Typen schon länger, als du auf der Welt bist. Die haben keine Ahnung, mit wem sie sich anlegen.

Ruf mich an, sobald du kannst, ja? Wage es nicht, einfach zu verschwinden. Okay?«

»Ja, Ruth. Danke. Ich danke dir.«

»Schon gut, Kleiner. Und jetzt mach dich vom Acker.«

Das Freizeichen ertönte.

Nate warf sein Telefon auf den Beifahrersitz.

Aber Ruths Lächeln konnte er immer noch hören.

Dann raste er zurück zur Hütte, so schnell die alte Karre fahren konnte.

Kurz vor der Abzweigung klingelte sein Telefon erneut. Nate dachte daran, es zu ignorieren.

Er warf einen Blick auf das Display.

EDDIE.

Er ging ran.

Es knisterte im Hörer.

»Ja?«

»... kannst ... mich hören?«

»Big Eddie? Ja, ich höre dich, aber die Verbindung ist schlecht. Ich bin schon fast ...«

»...immy. Er ... Sie ... keine Ahnung, wer er ist.«

»Was? Eddie, ich verstehe dich leider sehr schlecht! Die Verbindung ...«

Dann ein paar zusammenhängende Worte. »Jimmy! Nate, Jimmy ist tot.«

»Wer zum Teufel ... Du meinst Jimmy, der Installateur?«

»Ja, er wurde erschossen. Vor ein paar Tagen schon. Ich hab angerufen ... und ...«

»Ich höre dich nicht! Was hast du gerade gesagt?«

»*Randy*. Bei den County-Wasserwerken gibt es niemanden namens Randy.«

Nates Magen verknotete sich. »Woher weißt du das?«, fragte er tonlos.

»Ich hab angerufen und mit dem Boss gesprochen. Nate, wer ist der Kerl? Wo kam der her? Hat er dir einen Nachnamen genannt? Die Polizei wird Fragen stellen und …«

»Nein«, antwortete Nate wie betäubt. »Er hat nie … Eddie, ich muss jetzt Schluss machen.«

»Tu das nicht, Nate, okay? Bleib … wir werden … nicht von der Stelle …«

Nate legte auf und drückte das Gaspedal durch.

Eine Minute später sah er den Wegweiser zum Herschel Lake.

Nate fuhr so schnell er konnte. Hinter dem Ford wirbelten Staubwolken auf, die Karosserie klapperte und stöhnte, während er über die Schlaglöcher bretterte. Er stieß mit dem Kopf gegen das Kabinendach. Das Nokia fiel vom Beifahrersitz. Die Einkäufe kullerten im Fußraum umher.

Er presste die Zähne zusammen und gab noch mehr Gas. Die Tachonadel bewegte sich auf die Siebzig zu.

Als die Hütte endlich in Sicht kam, blies Nate scharf die Luft aus und hämmerte auf die Hupe. Der Ton war leise und schwach.

Alex schien ihn trotzdem gehört zu haben und kam mit gezogener Pistole auf die Veranda. Art spähte mit weit aufgerissenen Augen hinter seinen Beinen hervor.

Nate trat auf die Bremse, und der Pick-up kam schlitternd zum Stehen. Er riss die Fahrertür auf.

»Was ist los?«, fragte Alex knapp.

»B-7«, keuchte Nate. »Es geht um B-7.«

Alex' Miene wurde hart. Die Pistolenmündung zeigte auf Nate.

»Hey!«, rief er und machte mit erhobenen Händen einen Schritt rückwärts. »Gott verdammt, Alex, ich …«

»Woher kennst du diese Bezeichnung?«, fragte Alex kalt.

»Ich habe eine Kontaktperson, okay? In Washington. Als ich

das erste Mal nach Roseland gefahren bin und du mich gefragt hast, ob ich jemanden angerufen habe, da habe ich gelogen, okay? Ich habe telefoniert und ein paar Fragen gestellt. Unter anderem nach Alex Delgado.«

»Oh-oh«, machte Art.

Die Pistole blieb auf Nate gerichtet.

Er machte einen Schritt auf die Veranda zu, die Hände immer noch erhoben. »Ich habe euch nicht verraten, das schwöre ich. Ich würde niemals etwas tun, das euch schadet. Dir. Oder ihr. Ihr beide seid meine ...«

»Lass das«, bellte Alex. »Kein verfluchtes Wort mehr.«

»Ihr beide seid meine Freunde«, sprach Nate weiter. »Der Installateur ...«

Alex' Augen verengten sich. »Der Typ, der hier war? Was ist mit ihm?«

»Er scheint nicht der zu sein, als der er sich ausgegeben hat. Ich habe ihn in Roseland getroffen und ... Es spielt keine Rolle. Jemand ist tot, und ich bin nicht sicher, was noch alles passieren wird.«

»*Wen* hast du angerufen?«, fuhr Alex ihn an. »Was hast du getan?«

»Fragen gestellt. Es tut mir leid. Ich wusste nicht ...«

Art zupfte an Alex' Hosenbein.

»Ich hab es dir *gesagt*«, knurrte Alex Nate an. »Ich habe dir *gesagt,* dass du keine Fragen stellen darfst. Dass du es hinnehmen musst, wie es ist. Dass du zu Schaden kommen könntest. Dass *sie* zu Schaden kommen könnte.«

»Ich weiß«, erwiderte Nate leise und machte noch einen Schritt Richtung Veranda. »Ich habe nicht nachgedacht. Ich wollte das alles nicht.«

»Alex«, sagte Art.

»Es gibt einen Grund für das, was ich tue«, murmelte der Marine. »Wie kommst du darauf, dass ...«

»*Alex.*«

»Was *ist* denn? Art, ich versuche gerade ...«

»Wir müssen los.«

Der Lauf der Pistole zitterte kurz. »Bist du sicher?«

Art nickte. »Wir müssen uns beeilen.«

»Geh ins Zimmer und pack deine Sachen.«

Art sah Nate kurz an, dann rannte sie in die Hütte.

Alex warf ihm einen letzten bösen Blick zu und folgte ihr.

Nate stand da wie erstarrt. Sein Puls raste. Seine Kehle wurde immer enger. Er bekam kaum Luft.

Er hatte die Veranda erreicht, noch bevor er merkte, dass er sich überhaupt bewegt hatte.

Alex war in der Küche und räumte die Vorräte aus.

Art war im Schlafzimmer und schaufelte ihre Kleidung in ihren Seesack.

Nate ging in sein Zimmer. Er wusste nicht, was er tun sollte. Auch packen? Versuchen, mit Alex zu reden? Sich im Bett verkriechen, die Decke über den Kopf ziehen und so tun, als hätten die vergangenen Tage nie stattgefunden?

Nate nahm seine Tasche und stopfte hinein, was er gerade in die Finger bekam. Jeans, Unterwäsche und Stiefel. Seine Zahnbürste. Seine Hände zitterten, und seine Brust wurde immer enger. Er bewegte sich abgehackt, fast wie ein Roboter. Hörte Ruths Warnung, er solle verschwinden, einfach verschwinden.

Art war auf dem Flur. Sie stöhnte.

Nate machte den Reißverschluss seiner Tasche zu, warf sie über die Schulter und stolperte aus dem Zimmer.

Art schleifte zwei Seesäcke hinter sich her – ihren und den von Alex.

Nate entriss ihr einen davon.

Sie lächelte zittrig.

Die Küche war leer.

Die Vordertür stand weit offen.

Einen Moment lang überlegte Nate, ob Alex sich ohne sie aus dem Staub gemacht hatte, da kam er schon zurück, sein Blick finster, die Pistole wieder in seiner Hosentasche.

»Hast du alles?«, fragte er Art.

»Glaube schon.«

»Gut. Schlüssel.«

Nate blinzelte verständnislos.

»Nate«, bellte Alex und streckte die Hand aus. »Gib mir die *verdammten* Schlüssel.«

Nate griff in seine Hosentasche. Das kantige Metall grub sich in seine Finger, als er die Schlüssel herauszog.

Alex riss sie ihm aus der Hand, dann nahm er Arts Seesack. »Wir müssen los. Halt dich an meinem Hemd fest und bleib direkt hinter mir. Nicht loslassen, genau wie im Berg, okay? Schnell, leise und ohne Zögern.«

»Okay«, flüsterte sie.

»Gut. Gehen wir.«

»Komm, Nate«, sagte Art über die Schulter.

Alex blieb stehen. »Was?«

»Nate kommt auch mit.«

»Nein, tut er nicht.«

»Wir lassen ihn *nicht* zurück«, beharrte Art. »Wir brauchen ihn. Er gehört jetzt zu uns.«

»Das weißt du nicht.«

»Vertraust du mir?«

»Das ist nicht fair!«, fauchte Alex.

Und zum ersten Mal, seit Nate ihn kannte, sah er herzzerreißende Angst auf Alex' Gesicht. Verzweiflung. So nackt und brutal, dass er es kaum ertragen konnte.

»Du weißt, dass ich dir vertraue«, sprach Alex weiter.

»Und du hast mir was versprochen.«

»Das habe ich.«

»Dann vertrau mir. Wir *brauchen* ihn. *Du* brauchst ihn.«

Nate wartete auf Alex' vehementen Widerspruch.

Der Marine sah ihn an. Sein Blick war finster wie immer, aber er war eindeutig in Panik. Nate hätte so etwas niemals für möglich gehalten, und damit kam er nicht zurecht. Alex hatte ihn mehrmals bedroht. Und er hatte Art Zöpfe geflochten. So jemand *konnte* keine Angst haben.

»In Ordnung«, sagte Alex mit einem Kopfschütteln. »Nate, du tust, was ich dir sage, *wenn* ich es dir sage. Wenn du auch nur eine Sekunde zögerst, jage ich dir eine Kugel in den Kopf und werfe deine Leiche aus dem fahrenden Wagen. Hast du mich verstanden?«

»Ja.« Nate konnte kaum atmen.

Art tätschelte Nates Hand. »Er wird dich nicht erschießen. Dazu mag er dich zu ...«

»Art«, bellte Alex.

Sie verdrehte die Augen. »Ja, ja, hab schon verstanden. Jetzt ist nicht der richtige Moment. Es ist *nie* der richtige Moment.«

»Art, stell dich hinter mich. Nate, du hinter sie. Wir gehen schnell und bleiben nicht stehen. Ich fahre.«

»Er kann sehr gut fahren«, flüsterte Art Nate zu. »Vor allem wenn Leute auf uns schießen.«

»Ich finde den Gedanken nicht so tröstlich, wie du wahrscheinlich glaubst«, erwiderte Nate tonlos.

»Ich weiß. Aber es musste gesagt werden.«

Alex stand mit zwei Seesäcken über der Schulter steif an der Tür und suchte die Baumlinie ab.

Art stellte sich hinter ihn und umklammerte den Saum seines Flanellhemds. Sie sah Nate an. »Bleib dran. Gleich geht alles ganz schnell.«

»Was geht ganz ...«

»Jetzt«, sagte Alex.

Nate tat das Einzige, was er konnte.

Er folgte den beiden.

Sie erreichten die Veranda, die Holzdielen knarrten unter ihren Sohlen. Vor der Treppe blieb Alex noch einmal kurz stehen und sah sich um. Er ging die Stufen hinunter, hinaus auf den knirschenden Kies. Art folgte ihm wie ein Schatten. Nate kam sich vor wie unter einer Glasglocke.

Alex warf ihr Gepäck auf die Ladefläche und bedeutete Nate, das Gleiche zu tun.

Nate gehorchte. Er beobachtete, wie Alex Art in die Kabine des Ford hob, dann ging er zur Beifahrertür ... und hielt inne.

Ein paar Meter vor ihnen stand ein Mann.

»Ähm«, sagte Nate. »Alex?«

»Was?«

»Ich glaube, der Installateur ist wieder da.«

»Wovon zum Teufel ...« Alex schob Nate hinter sich. In der anderen Hand hielt er bereits seine Pistole. Sie war auf Randy gerichtet. Art saß wimmernd im Pick-up.

»Staff Sergeant Weir«, sagte Randy fröhlich. »Wie schön, Sie endlich kennenzulernen.«

»Wer zur Hölle bist du?«, knurrte Alex und hielt Nate am Arm fest.

Er brauchte eine Sekunde, um zu begreifen, dass der Marine ihn mit seinem Körper *schützte*. Er spähte über Alex' Schulter. Randy war ungefähr zwanzig Schritte entfernt und schien sich nicht bewegt zu haben. Er sah unbewaffnet aus.

»Wer ich bin, spielt keine Rolle«, antwortete Randy. »Sie haben etwas, das Ihnen nicht gehört, und ich möchte, dass Sie es zurückgeben. Dieser Test läuft schon lange genug, denke ich.«

»Welcher Test?«

Randy lächelte. »Glauben Sie wirklich, wir hätten nicht genau gewusst, wo Sie stecken? Wir hätten jederzeit zuschlagen können, Weir. Tatsächlich lautete so der ursprüngliche Plan. Aber die zuständige Stelle hat beschlossen, einen kleinen Feldtest zu machen, um zu sehen, wie B-7 auf äußere Einflüsse reagiert. Das hielten zwar nicht alle für eine gute Idee, aber Sie wissen ja, wie es ist: Wir gemeinen Fußsoldaten tun, was uns gesagt wird.«

Sein Lächeln wurde breiter. »Die meisten jedenfalls. Sie haben ganz schön für Wirbel gesorgt, wissen Sie? Damit hat niemand gerechnet, trotzdem muss ich Ihnen danken, denn Sie haben uns auf die Lücken in unseren Sicherheitsvorkehrungen aufmerksam gemacht. Ich bin mir sicher, die Verantwortlichen werden das bei der Entscheidung über Ihr weiteres Schicksal berücksichtigen. Immerhin haben Sie uns geholfen.«

»Du bekommst sie nicht.«

Randy lachte. »Sie? *Sie?* Weir, das ist keine ›sie‹. Das wissen Sie genauso gut wie ich. Und Sie haben nicht darüber zu entscheiden, was damit passiert. Es gehört ihnen nicht, ganz gleich, was Ihr fehlgeleiteter väterlicher Instinkt Ihnen vorgaukeln mag. Tragisch, finden Sie nicht?«

Alex' Haltung versteifte sich.

Randy merkte es und stürzte sich sofort darauf. »Ja, ich weiß alles über Sie, Alex. Ich kenne Ihre Geschichte und weiß, was Sie hinter sich haben. Ihre Akte ist sehr detailliert. Haben Sie sich je gefragt, warum Sie ausgewählt wurden? Unter all den Bewerbern? Sie waren Soldat, eine Maschine. Rohe Kraft ohne Gehirn dahinter. Eine Waffe, die niederstreckt, worauf auch immer man sie richtet. Warum, glauben Sie, hat man Ihnen so freien Zugang zu B-7 gewährt?«

»Halts Maul!«, donnerte Alex.

Randy kniff die Augen zusammen. »Sie wurden ausgewählt, weil Sie ein gebrochener Mann waren, Alex. Man wollte wissen, ob es sich mit Ihnen verbinden würde. Eine Symbiose eingehen würde wie mit einem Wirt. Man wollte sehen, wie es auf menschliche Trauer reagiert. Ich glaube, selbst die verantwortlichen Stellen sind überrascht, wie eng die Symbiose inzwischen geworden ist. Sie dachten, Sie spielen den Retter, dabei war alles genauso geplant.«

»Das macht keinen Unterschied. Ihr bekommt sie nicht. Sie gehört euch nicht.«

»Aber *Ihnen?*«, fragte Randy ungläubig. »Alex, Alex. Das alles ist nicht echt. Keines Ihrer Gefühle ist echt. Es benutzt und manipuliert Sie. Das da ist kein kleines Mädchen, sondern ein Monster. Es schert sich einen Dreck um Sie, und das war schon immer so. In Ihrem Schmerz haben Sie das nur nicht bemerkt, und das tut mir aufrichtig leid.«

»Für wen arbeitest du?«, fragte Alex.

Randy zuckte die Achseln. »Spielt das eine Rolle? Sie haben höchstwahrscheinlich noch nie etwas von der Abteilung gehört. Sagen wir einfach, ich komme immer ins Spiel, wenn etwas zurückgegeben werden muss.«

»Du bist ein Vollstrecker.«

Randy zog eine Augenbraue hoch. »Ah, Sie haben also doch schon von uns gehört. Interessant. Und ich dachte, Sie wären ein gemeiner Fußsoldat, der gerade eine Pechsträhne hat. Den Fehler werde ich nicht noch einmal machen. Ich hätte es mir schon früher zurückgeholt, aber ... die letzten Tage waren sehr aufschlussreich, und ich hatte meine Befehle.« Er blickte über Alex' Schulter. »Mr. Cartwright. Die Mafia? *Im Ernst?* Da ist wohl Ihre Fantasie mit Ihnen durchgegangen.«

»Woher wissen Sie das?«

»Du hast alles verwanzt, als du hier warst«, knurrte Alex.

»Richtig. Nur nicht in der Nähe des Wasserzählers. Trotzdem gut, dass Sie nachgesehen haben. Man kann nie vorsichtig genug sein. Schon gleich gar nicht heutzutage, wo Paranoia oft die einzige Überlebenschance ist. Aber damit ist es nun vorbei, fürchte ich. Ich hatte nicht damit gerechnet, dass dieser Einheimische sich einmischen würde. Aber so ist das nun mal auf dem Land, oder, Mr. Cartwright?«

»Big Eddie«, keuchte Nate. »Lassen Sie ihn in Ruhe! Er hat eine *Familie!*«

Randy winkte ab. »Der Kerl interessiert mich nicht. Wenn er das nächste Mal an Sie denkt, sind wir alle längst nicht mehr hier. Hören Sie zu, Mr. Cartwright: Der Mann, hinter dem Sie stehen, wird von der Regierung der Vereinigten Staaten wegen Hochverrats gesucht. Er ist desertiert und hat dabei etwas entwendet, das ihm nicht gehört. Wenn Sie sich nicht umgehend selbst ausliefern, bewerte ich das als Mittäterschaft. Ihnen wird nicht gefallen, was dann passiert. Wenn Sie sich allerdings ergeben, sorge ich persönlich dafür, dass Sie fair behandelt werden. Sie haben dreißig Sekunden, mir Ihre Entscheidung mitzuteilen. Beginn jetzt.«

Nate wusste nicht, was er tun sollte. Er hatte keine Ahnung, wovon überhaupt die Rede war. Das alles hatte nichts mit ihm zu tun. Er war hergekommen, um den Tod zweier Menschen zu betrauern. Und die Fehler, die er gemacht hatte. Um seine Wunden zu lecken und sich den nächsten Schritt zu überlegen. Das hier war nicht seine Schuld. Nichts davon.

»Wenn du es tust«, sagte Alex leise, ohne Randy aus den Augen zu lassen, »dann nehme ich es dir nicht übel. Aber du darfst dich mir nicht in den Weg stellen. Sie werden Art nicht noch einmal bekommen. Ich muss sie nach Hause bringen. Bitte, Nate.«

»Tick-tack, Mr. Cartwright!«, rief Randy. »Noch zwanzig Sekunden.«

Nate presste seine Stirn gegen Alex' Rücken. »Werden sie Art wehtun?«

»Ja.«

»Ich vermute, uns bringen sie so oder so um.«

»Das ist *eine* Möglichkeit. Oder wir sehen nie wieder das Tageslicht.«

»Er ist nicht allein hier, oder?«

Alex schnaubte. »Du bist gar nicht so blöd, wie du aussiehst.«

»Idiot. Kannst du uns rausboxen?«

»Das weiß ich nicht. Aber ich werde tun, was ich kann.«

»Fünf Sekunden, Mr. Cartwright.«

Nate sah in die Kabine des Pick-ups. Art hatte das Kinn auf die Rückenlehne gestützt und beobachtete ihn. Er hatte keine Ahnung, was hier vorging, wusste nicht, wer oder *was* Art war. Aber so wie Randy über sie gesprochen hatte, dass er sie als *es* bezeichnet hatte, war schlicht widerlich.

Also sagte er das Einzige, was er konnte: »Ich bin auf eurer Seite.«

Art lächelte.

»Die Zeit ist um, Mr. Cartwright. Sind Sie zu einer Entscheidung gelangt?«

»Ja, das bin ich«, rief Nate. »Sie lautet: Leck mich!«

Das Lächeln auf Randys Gesicht verschwand. »Das war keine gute Entscheidung, Mr. Cartwright.«

»Ich weiß, und ich bin untröstlich deswegen.«

»Genug jetzt«, zischte Alex, während Art sich kichernd den Mund zuhielt.

»Vergessen Sie nicht, dass ich Ihnen die Wahl gelassen habe«, sagte Randy kalt, dann machte er auf dem Absatz kehrt und ging auf die Bäume zu.

»Wo zum Teufel will er hin?«, keuchte Nate.

»Steig in den Wagen«, erwiderte Alex.

In der Ferne ertönte ein dumpfes *Fumpfumpfump*.

»Verdammt«, keuchte Alex. »*Jetzt!* Wir müssen sofort weg hier!«

»Nicht schon wieder«, murmelte Art. »Haben die beim letzten Mal denn *gar* nichts gelernt?«

»Was ist das für ein Geräusch?«, fragte Nate, während Alex die Beifahrertür aufriss. »Klingt wie ...«

Er spürte einen Stoß und landete mit dem Kopf voraus auf

der Sitzbank. Art rückte ein Stück zur Seite, während er sich wieder hochrappelte und Alex einen bösen Blick zuwarf. »Vielen Dank, aber das hätte ich auch ohne deine Hilfe ...«

Das *Fumpfumpfump* wurde lauter. Nate drehte den Kopf und sah zur Heckscheibe hinaus. Art kniete sich neben ihn und schaute in dieselbe Richtung.

In der Ferne, knapp über den Baumkronen, waren zwei dunkle Flecken vor dem blauen Himmel zu erkennen.

»Sind das ...«

»... Hubschrauber«, sagte Art düster, während Alex die Fahrertür hinter sich zuschlug. »Black Hawks.«

»Oh«, brachte Nate hervor. »Das ist keine gute Nachricht.«

»Richtig. Sie sind ziemlich groß. Und schnell.«

»Deine Worte heitern mich nicht gerade auf.«

»Festhalten«, knurrte Alex.

Der Motor heulte auf, und ein gewaltiger Ruck ging durch den Wagen, als Alex den Rückwärtsgang einlegte. Kies spritzte von den durchdrehenden Reifen auf, bis sie festen Untergrund erreichten und der Ford rückwärts losjagte. Alex trat auf die Bremse und riss das Lenkrad herum, der Wagen machte eine Hundertachtzig-Grad-Drehung, dann schossen sie hinaus auf die Zufahrtsstraße.

»Vorsicht!«, rief Nate, während Art sich kreischend an ihm festhielt. »Die Karre hat keinen Überrollbügel, falls du's noch nicht gemerkt hast.«

»Ich weiß, was ich tue«, gab Alex zurück, das Lenkrad fest umklammert.

»Das sagt er bei solchen Gelegenheiten immer, auch wenn es gar nicht stimmt«, kommentierte Art. »Er will uns damit im Angesicht akuter Lebensgefahr trösten. Funktioniert es? Denn es sieht nicht so aus. Du bist ein bisschen grün im Gesicht.«

»Was für ein seltsamer Tag«, murmelte Nate und beobachtete die draußen vorbeijagenden Bäume.

»Die Straßen sind wahrscheinlich gesperrt«, sagte Alex.

Art sah ihn an. »Ich weiß.«

»Egal, in welche Richtung wir fahren.«

»Ich weiß.«

»Wohin also?«

Sie zögerte.

»Art.« Alex klang angespannt. »Ich habe dir die Straßenkarten nicht ohne Grund gezeigt. Du *musst* mir jetzt sagen, wohin ich fahren soll.«

»Nach Osten. Ich glaube, es war Osten.«

»Bist du sicher?«

»Nein.«

»Verdammt«, stöhnte Alex.

»Ich mag es nicht, wenn du fluchst.«

»Jetzt ist nicht der richtige Moment, Artemis.«

»Er benutzt viele Schimpfwörter, wenn er Angst hat«, ließ sie Nate wissen.

Nates Hände zitterten. »Ich kann's ihm nicht verübeln.«

Sie erreichten den Wald, links und rechts erstreckten sich die Bäume mit ihrem mächtigen Blätterdach. Selbst im Wagen konnte Nate das Knattern der Rotorblätter irgendwo über ihnen hören.

Alex beugte sich über das Lenkrad und spähte nach oben. »Die Deckung wird uns nicht lange verbergen.«

»Hast du einen Plan?«, fragte Nate.

Alex warf ihm einen kurzen Blick zu. »Mehr oder weniger.«

»Mehr oder weniger? Was zum Teufel soll das denn wieder be... Heilige Scheiße, schau!«

Ein Stück vor ihnen standen Männer in voller Tarnmontur quer über die Straße aufgereiht. Sie hatten ihre Maschinenpistolen auf den Ford gerichtet.

Alex bremste nicht. Wenn überhaupt, drückte er noch fester aufs Gaspedal. Die Fahrerkabine ratterte.

»Was tust du da?!«, brüllte Nate. »Sie sind bewaffnet, Großer Gott, sie haben …«

Nate konnte deutlich den Moment erkennen, in dem die Soldaten zu dem Schluss gelangten, dass der Ford nicht anhalten würde. Es kam ihm vor wie Zeitlupe, als er sah, wie ein groß gewachsener Mann seinen Arm hob und dann wieder senkte.

Gelbe Blitze züngelten aus den Mündungen der Maschinenpistolen.

Sie würden es nicht schaffen.

Aus den Augenwinkeln sah Nate, wie Art sich mit gestreckten Armen nach vorne beugte. Ihre Finger waren auf die Windschutzscheibe gerichtet. Dann wurde es plötzlich totenstill, als wäre alle Luft aus der Kabine gesaugt worden.

Nate glaubte, seine Sinne würden ihm einen Streich spielen. Er konnte immer noch das Mündungsfeuer sehen. Die Frontscheibe müsste längst unter dem Kugelhagel zersplittert sein, der Ford ein einziges Sieb, und sie selbst müssten mausetot sein. Alle drei.

Stattdessen kam ein Scheppern und Klirren von der Front des Pick-ups, und Funken flogen auf, als prallten die Kugeln an einer unsichtbaren Barriere ab. Nate zuckte bei jedem Einschlag zusammen und war sich sicher, dass er einer optischen Täuschung unterlag. Dass die Windschutzscheibe jeden Moment zerspringen und die Kugeln in seinen Kopf eindringen würden, um seine Knochen und Gehirnmasse auf der Heckscheibe zu verteilen.

Doch das passierte nicht.

Die Männer vor ihnen begannen zu schreien und senkten ihre Waffen.

Alex trat noch fester aufs Gaspedal.

Bewegung kam in die Soldaten, sie schoben und schubsten einander zur Seite. Die letzten schafften es gerade noch rechtzeitig, sich mit einem Sprung vor der heranrasenden Kühlerhaube in Sicherheit zu bringen.

Alex hielt das Lenkrad fest umklammert und steuerte den Ford mit einer Geschwindigkeit um die nächste Kurve, bei der sich der Wagen normalerweise hätte überschlagen müssen.

Art ließ sich seufzend gegen die Lehne sinken.

Nate sagte: »Was ... Ich ... Wie ...«

»Alles okay?«, fragte Alex.

»Ich weiß es nicht«, fiepte Nate.

»Mit dir rede ich nicht. Art?«

»Mir geht's gut«, erwiderte sie mit einem Kopfschütteln. »Aber das wird nicht alles gewesen sein.«

»Worauf du dich verlassen kannst«, brummte Alex.

Nate blinzelte die beiden an.

Art tätschelte sein Knie. »Sobald wir den bösen Männern mit ihren Gewehren und Helikoptern entkommen sind, sollten wir dir wahrscheinlich erklären, dass ich nicht aus dieser Gegend bin. Und mit nicht aus dieser Gegend meine ich: nicht von diesem Planeten.« Sie hielt inne und überlegte. »Genau genommen nicht einmal aus dieser Galaxie.«

»Art«, knurrte Alex.

Sie zuckte zusammen »Ups. Das wollte ich ja gar nicht sagen. Entschuldigung. Ich muss an meinem Timing arbeiten.«

»Weltraumprinzessin«, keuchte Nate.

Art grinste ihn an. »Du hast es dir gemerkt, toll!«

Nate schaffte es gerade noch, das Fenster herunterzukurbeln, bevor er sich übergab.

Sie sprachen nicht viel, bis sie die Hauptstraße erreichten. Das Knattern der Rotorblätter war nach wie vor zu hören, aber die Helikopter schienen auf Abstand zu bleiben.

»Wenn wir links abbiegen, kommen wir nach Roseland«, erläuterte Art, ohne Nate aus den Augen zu lassen, als fürchte sie, er könne sich erneut übergeben. Ihrem Gesichtsausdruck nach zu urteilen hatte ihr schon das erste Mal nicht gefallen. »Aber es müsste auch eine Umgehungsstraße geben.«

»Und was ist mit rechts?«, fragte Alex.

»Da geht es nach Norden, noch tiefer in die Berge hinein, wo wir später nach Osten abbiegen können. In den Bergen ist nicht viel los.«

»Weniger Menschen, aber sie werden uns auch dort auflauern«, brummte Alex.

»Ich weiß.«

»Schaffst du das?«, fragte er.

»Ich bin ausgeruht und gut bei Kräften.«

»Und die Sache mit den Blumen?«

Art seufzte. »Das war nicht geplant. Ich wollte Nate nur lächeln sehen.«

Beide warfen Nate einen kurzen Blick zu, während er sich mit weit aufgerissenen Augen gegen die Beifahrertür presste. Er war auf so viel Abstand zu Art und Alex gegangen, wie er konnte. Er hatte einen widerlichen Geschmack im Mund und war ziemlich sicher, dass getrockneter Mageninhalt an seinem Kinn klebte. Aber das war im Moment die geringste seiner Sorgen.

»Alles okay?«, fragte Art.

Er nickte knapp.

»Du siehst aber nicht so aus.«

Was wahrscheinlich untertrieben war.

»Ich fürchte, ich habe ihn überfordert«, sagte Art mit gerunzelter Stirn.

»Hast du«, bestätigte Alex mit zusammengebissenen Zähnen.

»Ich habe gerade verhindert, dass wir von Kugeln durchsiebt werden. Irgendwie *musste* ich das schließlich erklären.«

»Großer Gott, Art«, brummte Alex, »du kannst nicht einfach ...«

Die Bäume hörten auf.

Sie rasten auf die Einfahrt zur Hauptstraße zu.

»Nach rechts?«, fragte Alex.

»Nach rechts«, bestätigte Art.

Nate versuchte, ein Geräusch zu machen, Alex irgendwie darauf hinzuweisen, dass die Hauptstraße nicht sehr breit und der senkrechte Abgrund auf der gegenüberliegenden Seite nur durch eine dünne Leitplanke gesichert war, aber aus seinem Mund kam nur ein dünner Luftzug.

Alex bremste nicht und drehte das Lenkrad um neunzig Grad.

Nate spürte, wie der Pick-up sich immer weiter nach links neigte. Er war sich sicher, dass sich mindestens zwei Reifen bereits in der Luft befanden, aber irgendwie gelang es Alex, den Wagen wieder aufzurichten. Das Heck brach kurz aus, dann schossen sie über die gelbe Fahrbahnrandmarkierung zurück auf die Straße.

Die Anzeichen menschlicher Zivilisation wurden hier oben immer weniger. Ein paar Städtchen, das nächstgelegene lag mindestens noch eine Stunde entfernt. Nate glaubte sich zu erinnern, dass eines davon Green Creek hieß. Eigentlich war es nur ein Dorf. Er war mit seinen Eltern einmal dort gewesen, als sie gerade in Entdeckerlaune waren. Die Straße bis dorthin war sehr kurvig, und alle paar Kilometer gab es Fotospots für Touristen. Aber im Moment war niemand außer ihnen hier. Keine Absperrungen. Zumindest keine, die Nate sehen konnte.

Als hätte sie seine Gedanken gelesen, sagte Art: »Keine Sorge, sie kommen schon noch, Cowboy. Nicht mehr lang, dann müssen wir unser Tal gegen üble Schurken verteidigen.«

Er starrte sie mit offenem Mund an.

Art zwinkerte.

»Das ist nicht hilfreich«, brummte Alex.

»Ich versuche nur, ihn zu beruhigen.«

Ein lautes Dröhnen erschütterte die Kabine, als die beiden Black-Hawks so niedrig über sie hinwegflogen, dass Nate fürchtete, sie würden das Dach streifen. Er schrie aus vollem Hals und schlug sich den Kopf an der Seitenscheibe an, als er sich ruckartig wegdrehte. Ein greller Schmerz fuhr in seinen Schädel, während er mit zusammengekniffenen Augen den sich schnell entfernenden Helikoptern hinterherblickte.

Er dachte, Alex würde abbremsen. Anhalten. Wenden und in die entgegengesetzte Richtung weiterfahren.

Aber das tat er nicht.

Wenn überhaupt, fuhr er nur noch schneller.

»Ihr seid beide vollkommen wahnsinnig«, stammelte Nate.

»Zum Glück bist du kein Arzt, denn Wahnsinn ist keine wissenschaftlich gültige Diagnose«, entgegnete Art. »Du solltest bei Dingen bleiben, mit denen du dich auskennst.«

Sie fuhren um eine Kurve und sahen die nächste Straßensperre.

Der Highway war schmal, lediglich eine Fahrspur in jede Richtung, und im Winter die meiste Zeit gesperrt. In dieser Gegend wurde nur selten geräumt, weshalb die höhergelegenen Siedlungen manchmal wochenlang von der Außenwelt abgeschnitten waren. Aber daran waren die Leute hier gewöhnt. Sie wussten, was es bedeutete, so tief in den Cascades zu leben.

Etwa eine Viertelmeile vor ihnen standen vier Humvees nebeneinander, ihre Scheinwerfer waren eingeschaltet, davor Soldaten mit Maschinenpistolen im Anschlag. Links neben der Straßensperre gähnte ein mindestens hundertfünfzig Meter tiefer Abgrund, auf der anderen Seite erhob sich eine steile Felswand.

Die Helikopter kamen zurück und gingen über den Humvees in Position. Die verkümmerten Sträucher auf den Felsen ringsum bogen sich unter dem Wind der Rotoren.

Sie hatten keine Chance.

»Wir werden sterben«, wimmerte Nate. »Hier und jetzt.«

»Werden wir *nicht*«, blaffte Alex.

Er bremste immer noch nicht.

Sondern gab noch mehr Gas.

Nate warf einen Blick auf den Tacho und sah entsetzt, wie die Nadel die siebzig hinter sich ließ.

»Art«, brummte Alex. »Wir haben nur einen Versuch.«

»Ich weiß«, erwiderte sie, ihre Stimme klang leise und verträumt. Sie kam hoch auf die Knie und legte die Hände auf das Armaturenbrett.

»Festhalten«, sagte Alex. Schweiß glänzte auf seiner Stirn.

»*Woran* denn bitte?!«, schrie Nate ihn an. »Was hast ...«

Der Wagen begann zu vibrieren.

Nate spürte es bis in die Knochen, als würde sich seine Haut gleich vom Körper lösen.

Von dem Mädchen neben ihm ging ein Pulsieren aus, und Nate glaubte, ein Flimmern zu sehen, das sich von der Motorhaube löste und auf die Straßensperre zuraste. Sie waren jetzt so nahe, dass er das Weiße in den Augen der Soldaten erkennen konnte. Nate versuchte wegzusehen, sich auf den Aufprall vorzubereiten.

Das Flimmern erreichte die Soldaten. Sie wurden von den Beinen gerissen und hochgehoben. Ihre Maschinenpistolen flogen Salti schlagend durch die Luft. Dann erreichte das Flimmern die beiden Humvees direkt vor ihnen. Ihre Motorhauben falteten sich mit einem metallischen Kreischen zusammen wie eine Ziehharmonika, die Windschutzscheiben zerbarsten in einem glitzernden Schauer.

Der Zusammenprall stand nur noch Sekundenbruchteile bevor.

Da wurden die beiden Humvees direkt vor ihnen in die Luft geschleudert und kollidierten mit den Hubschraubern über ihnen. Die Black Hawks wurden herumgerissen, ihre Heckrotoren berührten sich, Funken regneten herab.

Nate spähte blinzelnd durch die Scheibe. Draußen tobte ein Sturm aus Stahl und Feuer. Der Außenspiegel auf seiner Seite streifte einen der beiden verbliebenen Humvees und brach ab. Metall kreischte auf Metall. Nate riss seinen Kopf von der Tür weg, weil er sich sicher war, dass das Fenster bersten würde.

Tat es nicht.

Im einen Moment waren sie noch von Flammen, durch die Luft fliegenden Soldaten und zermalmtem Blech umgeben, im nächsten hatten sie die Straßensperre hinter sich gelassen.

Nate wirbelte herum und schaute aus dem hinteren Fenster. Er sah gerade noch, wie die Humvees, die gegen die Hubschrauber gekracht waren, wieder auf dem Boden aufschlugen und mit einem dumpfen Knall explodierten. Splitter flogen durch die Luft und schwarzer Rauch stieg auf. Die Black Hawks gerieten zunehmend außer Kontrolle und sahen aus, als würden sie jeden Moment zusammenstoßen.

Dann raste der Ford um die nächste Kurve, und das Chaos hinter ihnen verschwand.

Langsam drehte Nate den Kopf wieder nach vorn.

Art rollte kurz mit den Schultern und nahm ihre Hände vom Armaturenbrett.

Alex sagte etwas zu ihr, und sie antwortete, aber Nate war beim besten Willen nicht in der Lage, auch nur ein einziges Wort davon zu begreifen.

Er war vollkommen auf die beiden Abdrücke konzentriert, die Arts Hände auf dem Armaturenbrett hinterlassen hatten.

Sie fuhren weiter.

ZEHN

Als Nate endlich seine Stimme wiederfand, ging die Sonne bereits unter.

Sie fuhren seit Stunden, die meiste Zeit sagte niemand ein Wort. Sie waren ohne anzuhalten an Green Creek vorbeigefahren. Auch die Ausfahrt nach Abby hatten sie links liegen gelassen und schon lange kein anderes Auto mehr gesehen.

Irgendwann – Nate konnte nicht einmal sagen, wann, denn die Zeit hatte für ihn alle Bedeutung verloren – verlangte Alex sein Handy. Nate dachte nicht einmal daran, sich zu wehren. Kaum hatte Alex es in der Hand, da warf er es aus dem Fenster.

Nate überlegte kurz, sich zu beschweren, ihn zu fragen, warum zum Henker er das getan hatte. Immerhin war es *sein* Telefon. Wie sollte er Ruth jetzt wissen lassen, dass sie am Leben waren? Wie sollte Big Eddie ihn erreichen, wenn er von dem Zwischenfall vor der Hütte und der Verfolgungsjagd erfuhr?

Doch er fand nicht die Kraft dazu. Denn ihm wurde mit einem Schlag bewusst, dass Ruth und Eddie die einzigen Menschen waren, die sein Verschwinden überhaupt bemerken würden. Nur diese zwei. Und das tat weniger weh, als Nate erwartet hatte. Musste wohl an seinem Zustand liegen.

Dass Art direkt neben ihm saß und ihn praktisch die ganze Zeit anstarrte, machte die Situation nicht besser.

Manchmal starrte er einfach zurück, als bräuchte er nur

lange genug hinzusehen, um diese Farce zu durchschauen. Das Lügengebäude, das Art und Alex um ihn herum errichtet hatten. Aber er fand weder einen Angriffspunkt noch wusste er, wonach er eigentlich suchte.

Oder er ignorierte sie und hielt seine Knie so fest umklammert, dass er vom Druck wahrscheinlich blaue Flecken bekommen würde, aber das war ihm egal. Denn an irgendetwas *musste* er sich festhalten, wenn er nicht auseinanderbrechen wollte.

Nate versuchte, sich zu sammeln, seine Gedanken zu ordnen, doch alles lag in Trümmern, die er nicht wieder zusammensetzen konnte. Er wusste, wie die Welt war, er hatte ihre Kanten und scharfen Zähne gesehen. Doch in all dieser Härte hatte stets eine Ordnung bestanden. Die Dinge, die geschehen waren, hatten einen Grund gehabt. Dieser Grund mochte nicht immer offensichtlich gewesen sein, aber allein das Wissen, dass es einen gab, hatte Nate stets getröstet. Er wusste, dass er nur ein wenig zu graben brauchte. Die richtigen Fragen stellen und die richtigen Leute bedrängen musste.

Aber das hier?

Das hier lag außerhalb der Weltordnung, die Nathaniel Cartwright kannte.

Das hier war das Reich des Chaos, und jetzt fand er nicht mehr heraus.

Art starrte ihn immer noch an.

Vielleicht las sie seine Gedanken.

Vielleicht war sie dazu aber auch gar nicht in der Lage.

Er hatte keine Ahnung, wozu sie in der Lage war und wozu nicht.

Alex hielt den finsteren Blick stur auf die Straße gerichtet.

Schließlich merkte Nate, dass ihm alles scheißegal war.

Umso überraschter war er, als er seine Stimme wiederfand. Eigentlich war er viel zu gebeutelt von dem Sturm, der nach wie vor in seinem Inneren tobte. Aber irgendwann öffnete er den Mund und sagte: »Halt an.«

Alex sah ihn verwirrt an. »Wir haben keine Zeit dafür.«

»Halt an.«

»Nate, wir können jetzt nicht …«

»Halt an!« Er schlug auf das Armaturenbrett und spürte die Abdrücke, die das seltsame Mädchen dort hinterlassen hatte. *»Halt an! Halt verdammt noch mal …«*

Art neigte den Kopf und musterte Nate. »Tu es«, sagte sie zu Alex. »Bitte.«

Der Marine stieß ein Knurren aus, tat aber, worum sie ihn gebeten hatte. Ein Stückchen weiter vorne wurde die Straße etwas breiter, damit langsamere Fahrzeuge rechts ranfahren und die schnelleren vorbeilassen konnten. Nate sprang aus dem Wagen, bevor sie überhaupt stehen geblieben waren, stolperte und geriet ins Taumeln. Seine Beine waren taub – verdammt noch mal, sein *ganzer Körper* war taub –, aber es gelang ihm, nicht zu stürzen. Er fing sich keuchend und sog in gierigen Atemzügen die Luft ein. Er füllte seine Lunge, bis sein Brustkorb schmerzte, wieder und wieder.

»Ich glaube, er hyperventiliert«, hörte er Art sagen und musste ein hysterisches Lachen unterdrücken. Denn wenn er es zuließ, könnte er wahrscheinlich nie mehr damit aufhören. »Ich habe einmal jemanden hyperventilieren sehen, aber das war vor dir.«

Nate hörte Alex' Antwort nicht, denn er war bereits auf dem Weg zum Heck des Pick-ups, wo er gegen das grelle Rot der Rücklichter anblinzelte. Von dort überquerte er die Fahrbahn, bis die Leitplanke auf der gegenüberliegenden Seite ihn aufhielt. Er legte seine Hände darauf. Das kalte Metall unter seinen Fingern war wie ein Schock. Es gab ihm Halt.

Er atmete durch die Nase ein und durch den Mund wieder aus.

Nate konnte den dichten Nadelwald unterhalb sehen. Die Sonne war bereits hinterm Horizont versunken, der Himmel färbte sich orange und darüber zu einem dunklen Blau. Die ersten Sterne leuchteten und ...

Sobald wir den bösen Männern mit ihren Gewehren und Helikoptern entkommen sind, sollten wir dir wahrscheinlich erklären, dass ich nicht aus dieser Gegend bin. Und mit nicht aus dieser Gegend meine ich: nicht von diesem Planeten.

Die Erinnerung an Arts Worte löste prompt den nächsten Anfall aus. Nate wusste nicht, wie lange er schon vornübergebeugt an der Leitplanke stand und würgte, obwohl längst nichts mehr herauskam, als er eine Hand zwischen seinen Schulterblättern spürte. Er zuckte unter der Berührung kurz zusammen, aber die Hand war fest und warm und rieb in langsam kreisenden Bewegungen seinen Rücken.

Es war nicht die Hand eines kleinen Mädchens.

Nate öffnete die Augen.

Alex stand neben ihm und musterte ihn. In der freien Hand hielt er eine Wasserflasche.

»Ist die für mich?«, krächzte Nate.

»Dachte, du könntest einen Schluck gebrauchen. Wegen dem Geschmack in deinem Mund.«

Nate nickte. Er nahm die Flasche, öffnete sie aber nicht. »Art?«, fragte er.

»Sie ist im Wagen. Sie wollte deinen Zustand nicht noch schlimmer machen.«

Dafür war Nate ihr dankbar.

»Liegt dir viel an dem Ford?«

Nate wusste nicht, was er mit der Frage anfangen sollte. »Wie bitte?«

»Der Pick-up. Du sagtest, deine Eltern haben ihn dir hinterlassen, nachdem sie gestorben sind.«

»Ja. Das ist richtig.«

»Wir müssen ihn loswerden.«

»Wie bitte?« Nates Atem ging wieder gleichmäßig, aber die Welt war immer noch verschwommen. Wie in einem nicht enden wollenden Traum.

»Sie kennen das Nummernschild, die Marke und das Modell und sie werden eine Fahndungsmeldung an die örtliche Polizei herausgeben. Damit ist es ihnen ein Leichtes, uns aufzuspüren.«

Das hob Nates Stimmung nicht gerade. »Wir müssen ihn loswerden?«

»Ja.«

»Und dann?«

»Müssen wir uns ein anderes Auto suchen.«

»Eines stehlen, meinst du?«

»Ja.«

Nate trat einen Schritt von ihm weg.

Alex zog seine Hand zurück.

»Aber das ist *illegal.*«

»Das kümmert uns im Moment nicht.«

»Richtig«, sagte Nate und spürte erneut Panik in sich aufsteigen. »Mein Fehler. Was ist schon schwerer Autodiebstahl im Vergleich zu einem kleinen Mädchen, das zweieinhalb Tonnen schwere Fahrzeuge auf Hubschrauber werfen kann?«

»Ich bin froh, dass du das genauso siehst. Du solltest jetzt einen Schluck trinken.«

Einen Sekundenbruchteil lang dachte Nate daran, Alex die Wasserflasche ins Gesicht zu werfen, um wenigstens ein bisschen Gegenwehr zu zeigen. Es war eine knappe Entscheidung.

Er schraubte den Deckel ab.

Das Wasser war eine Wohltat.

Nate hatte immer noch einen bitteren Geschmack im Mund, aber dagegen ließ sich im Moment wenig tun.

Er hatte Fragen. Natürlich. Viel zu viele. Er wusste nicht

mal, wo er anfangen sollte. Nate war ein rationaler Mensch und wollte Antworten. Wenn er ein Geheimnis entdeckte, ging er ihm auf den Grund, denn jedes Rätsel konnte gelöst werden, wenn man sich nur lange genug damit beschäftigte. Er war hartnäckig. Wenn Nate einmal dieses Jucken unter der Haut spürte, kratzte er so lange, bis Blut kam, wenn es sein musste.

Aber im Moment hatte er beim besten Willen nicht die Kraft dazu. »Nein. Der Pick-up bedeutet mir nicht das Geringste.«

»Gut«, erwiderte Alex.

»Und was wäre gewesen, wenn ich Ja gesagt hätte?«

Alex zuckte die Achseln. »Dann hätte ich dir erklärt, dass du damit fertigwerden musst.«

»Du bist ein Arschloch.«

»Ich weiß.«

Aber eine Frage musste er doch stellen. »Was ist ...«

Alex schüttelte den Kopf. »Nicht jetzt. Wir müssen weiter. Später, okay?«

Nein. Nichts von alledem war okay. Trotzdem nickte Nate.

Alex ging zurück zum Wagen.

Er könnte abhauen. Jetzt. Solange Alex abgelenkt war. Er war nicht in Bestform, aber wenn es drauf ankam, konnte er schnell rennen. Zurück in die Richtung, aus der sie gekommen waren. Zurück zu den Soldaten. Denn Soldaten waren gute Menschen, die tapfere Dinge taten und denen er vertrauen konnte, oder? Er würde zu ihnen gehen, und die Dinge würden wieder in Ordnung kommen.

Er blickte die Straße entlang und fragte sich, was aus den Helikoptern geworden war. Ob sie abgestürzt waren.

So wie der in Kalifornien.

Auf dem Ausbildungsstützpunkt, der kein Ausbildungsstützpunkt war.

Etwas Großes ist dort im Gange, Nate, flüsterte Ruth in seinem Kopf. *Etwas, von dem niemand etwas mitbekommen soll.*

So viele Fragen.
Ein Geheimnis.
Ein Jucken unter seiner Haut.
Nate ging zurück zum Pick-up.
Art lächelte ihn an, als er die Tür auf der Beifahrerseite öffnete. »Du hast die richtige Entscheidung getroffen.«
Er wusste nicht, was er darauf erwidern sollte.

Sie erreichten eine Bar, eine Raststätte mitten im Nirgendwo. Nate hatte keinen Schimmer, wo sie sich befanden. Die Sonne war längst untergegangen. Vor der Raststätte parkten Motorräder. Ein paar Lastwagen. Wurmstichige Holzschilder und alte Neonreklamen, die in der Dunkelheit vor sich hin surrten. Von drinnen dröhnte Musik, Schlagzeug und Gitarren.

»Wie stimmungsvoll«, kommentierte Art. »Vielleicht sollten wir kurz reinschauen. Wir sitzen schon ziemlich lange im Sattel. Schätze, ein kleiner Whisky könnte nicht schaden.«

»Wir gehen da nicht rein«, brummte Alex.

Art zog einen Schmollmund. »Nie darf ich was.«

Alex ignorierte sie. »Der da«, sagte er. »Der Chevy C/K.«

»Warum ausgerechnet der?«, fragte Nate und spähte in die Dunkelheit. Die Karre sah alt aus, der schwarze Lack hatte definitiv schon bessere Tage gesehen, und die Motorhaube war verrostet. Die Reifen hatten nur noch wenig Profil und an der Heckscheibe hing eine Konföderiertenflagge. Genauso, wie sich Nate ein Auto vor einer Hinterwäldler-Bar mitten in den Bergen vorstellte.

»Er hat Staub auf der Windschutzscheibe«, antwortete Alex.

»Und?«

»Damit ist seit Tagen niemand mehr gefahren.«

»Vielleicht ist der Motor kaputt.«

»Das werden wir gleich herausfinden.«

»Wir haben nicht mal Schlüssel dafür.«

»Hast du noch nie ein Auto gestohlen?«, fragte Art ihn mit zusammengekniffenen Augen.

»Nein. Hat sich nie ergeben.«

»Naja, macht nichts. Ich kann das Zündschloss kurzschließen. Alex hat es mir gezeigt.«

Nate wusste nicht, wie er darauf reagieren sollte, also reagierte er gar nicht.

Alex steuerte den Ford auf das Kiesbett und schaltete die Scheinwerfer aus. Niemand stand draußen vor der Bar. Er fuhr noch ein Stückchen weiter und parkte direkt neben dem C/K. »Ich und Art nehmen den Chevy. Nate, du fährst mit dem Ford weiter. Nach ein paar Meilen halten wir an und laden das Gepäck um.«

»Nicht abhauen«, sagte Art zu Nate. Ihre Augen waren größer denn je. »Es gibt keinen Ort auf der Welt, an dem ich dich nicht finden würde.«

Nate schaute sie mit offen stehendem Mund an.

»Lass das«, sagte Alex und gab ihr einen Klaps auf den Hinterkopf.

»War doch nur Spaß!«

»Sieht er so aus, als ob er das gemerkt hätte?«

»Ich kann nichts dafür, dass Nates Welt plötzlich umso viel größer geworden ist. Dir ging es genauso, als ...«

»Gehen wir«, fiel Alex ihr ins Wort und stieg aus.

Art rutschte leise vor sich hin grummelnd über die Sitzbank und folgte ihm. Der Marine hob sie auf den Kies und warf Nate einen letzten Blick zu. »Sie macht nur Witze.«

Nate nickte stumm.

»Nicht wegfahren«, sagte Alex. »Ich finde dich.«

Nate nickte wieder.

Alex schloss die Tür.

Nate rutschte auf die Fahrerseite und legte die Hände aufs Lenkrad.

Beinahe wäre er losgefahren.

Stattdessen beobachtete er die beiden durch die Windschutzscheibe. Sie standen auf der Fahrerseite des C/K. Alex zog an der Tür. Abgesperrt. Er sagte etwas zu Art und hob sie hoch. Art legte ihre Hand auf den Türgriff. Einen Moment lang passierte nichts, dann zog sie.

Die Tür ging auf.

Sie grinste Alex an.

Nate war kurz davor, doch loszufahren.

Art kletterte auf den Fahrersitz und schob sich mit ihren dünnen Kinderarmen auf die Beifahrerseite. Alex folgte ihr und schloss die Tür des C/K hinter sich. Er passte kaum in die Kabine. Dann beugten sich beide über das Armaturenbrett.

Einen Moment später heulte der Motor auf.

Art richtete sich wieder auf und zeigte Nate durch das Fenster einen Daumen hoch.

Nate erwiderte die Geste nicht.

Er war nicht sicher, wie er sich gegenüber einem Mädchen verhalten sollte, das Maschinengewehrsalven abwehren konnte.

Trotzdem folgte Nate den Rücklichtern des Chevy hinaus auf die dunkle Straße.

Seine Haut juckte fürchterlich.

»Sollen wir etwas sagen?«, fragte Art.

Sie stand direkt neben Nate, der den Ford F-100 seines Vaters anstarrte.

Alex lud unterdessen alles in den Chevy. Sie hatten außerhalb eines Städtchens namens Mason's Corner angehalten. Die Hinterwäldler-Bar lag mehrere Meilen hinter ihnen. Vor ihnen führte eine Brücke über einen Fluss. Die Böschung war steil.

Art zog an seiner Hand.

Nate sah sie an.

»Sollen wir etwas sagen?«, wiederholte sie.

»Worüber?«

»Dein Auto.«

»Warum?«

Art runzelte die Stirn. »Weil wir es zurücklassen müssen. So wie die Hütte.«

»Ich verstehe nicht, was du meinst.«

»Beides hat dir gehört. Beides wurde dir geschenkt. Und jetzt wird es dir genommen.«

Nate suchte nach den richtigen Worten. Er fragte sich, ob er überhaupt mit ihr reden sollte. »Das hat … Es ist nicht …« Er seufzte. »Das spielt keine Rolle.«

»Warum?«

»Weil es nur Dinge sind. Ich weiß nicht mal, ob ich sie behalten hätte.«

»Und die Fotos an den Wänden. Vermisst du sie nicht?«

Nate schüttelte den Kopf. »Das war mein altes Leben. Es gehört nicht zu mir. Nicht mehr. Ich weiß nicht mal, ob es das je hat. Es war nicht echt.«

»Weil es nur Dinge sind?«

»Ja.«

Art nickte langsam. »Ich glaube, das verstehe ich.« Sie sah Alex an. »Er ist kein Ding, sondern echt. Er gehört zu mir und deshalb nehme ich ihn überallhin mit.« Sie nahm wieder Nates Hand. Ihre Finger fühlten sich in den seinen so klein an. »Aus dem gleichen Grund haben wir auch dich mitgenommen. Darf ich dir ein Geheimnis verraten?«

Nate wusste nicht, ob er *noch* eines hören wollte. Er hatte noch genug mit dem letzten zu tun. »Ähm …«

»Ich habe ein paar von deinen Büchern eingesteckt.«

»Aha.«

»Sie sind in meinem Seesack.«

»Das ist in Ordnung.«

»Ich habe ein schlechtes Gewissen.«

»Du kannst ein *schlechtes Gewissen* haben?«

Sie grinste ihn an. »Aber klar doch. Ich habe viele Gefühle. Und im Moment fühle ich mich richtig schlecht. Aber ich wollte die Bücher unbedingt haben, und da ich wusste, dass vielleicht keine Zeit bleibt, dich zu fragen, habe ich sie eingesteckt. Sorry. Wow. Jetzt geht's mir besser. Danke.«

»Gern geschehen.«

Alex war mit dem Verladen fertig und bedeutete ihnen einzusteigen, doch Art schüttelte den Kopf. »Wir müssen etwas sagen.«

»Worüber?«, fragte er.

»Über den Pick-up. Nate ist traurig, weil wir ihn hierlassen müssen und er nichts mehr hat außer uns beiden.«

Alex bekam einen eigenartigen Gesichtsausdruck.

»Ich bin *nicht* traurig«, widersprach Nate und entzog ihr seine Hand.

»Ein bisschen schon«, entgegnete Art. »Wenn du nicht willst, kann ich das für dich übernehmen: Lieber Pick-up, danke, dass du uns auf der Flucht vor den Banditen geholfen hast, die unser Tal überfallen ...«

»Das reicht«, unterbrach Alex. »Wir müssen weiter. Nate, leg den Leerlauf ein.«

»Warum?«, fragte er. »Lassen wir ihn nicht einfach stehen?«

»Wir lassen ihn den Abhang runterrollen!«, rief Art fröhlich.

Und genau das taten sie. Wider besseres Wissen legte Nate den Leerlauf ein. Dann stieg er aus und schob. Alex war hinten und stemmte sich gegen die Heckklappe. Art half ebenfalls mit und drückte gegen Alex' Beine.

Der Ford kam ins Rollen, dann verschwand er über die Kante.

Es ging leichter, als Nate gedacht hatte. Sie beobachteten, wie der Pick-up den Abhang hinunterraste und auf seinem

Weg mehrere junge Bäume ummähte. Wie durch ein Wunder überschlug er sich kein einziges Mal und blieb einfach mit der Motorhaube voraus im Flussbett stehen.

»Ich dachte, er würde explodieren«, sagte Art enttäuscht.

»Alles okay?«, fragte Alex an Nate gewandt.

»Keine Ahnung«, antwortete er, den Blick auf den Ford seines Vaters gerichtet.

Sie hielten erst an, als der Himmel bereits wieder heller wurde. Und das auch nur, weil Art zu Alex sagte, dass ihre Flucht doch irgendwie sinnlos würde, wenn er am Steuer einschliefe und sie alle umbrächte.

Alex schien widersprechen zu wollen, stattdessen gähnte er.

»Siehst du?«, fragte sie. »Nate will auch nicht sterben. Stimmt doch, Nate?«

»Stimmt«, sagte er.

»Schön«, murmelte Alex. »Ich suche uns was.«

Sie erreichten ein altes Motel, das schon bessere Tage gesehen hatte, aber das Zimmer-frei-Schild auf dem Parkplatz leuchtete.

Nates Augen brannten, als wären sie voller Sand. Er glaubte nicht, dass er würde schlafen können, aber er musste für eine Weile aus diesem Wagen raus, wenn er nicht in der Mitte auseinanderbrechen wollte.

Alex stieg aus und wies sie an, auf ihn zu warten.

»Hast du überhaupt Geld?«, platzte Nate heraus. »Ansonsten kann ich dir auch meine Karte geben.«

Alex schnaubte. »Du *kannst* deine Karte nicht mehr benutzen. Nie mehr. Von jetzt an wird nur noch bar bezahlt. Du solltest sie wegwerfen.«

Nate blinzelte. »Warum?«

»Weil. Kreditkarten. Zurück. Verfolgt. Werden. Können«, antwortete Alex so langsam, als würde er mit einem Vollidioten sprechen. »Und das darf nicht passieren. Ich habe genug Geld. Für den Moment.«

Er schloss die Fahrertür und ließ die beiden im Halbdunkel zurück.

Was würde Nate tun, wenn das hier vorbei war? Sein Leben mochte während der letzten Wochen ein bisschen aus den Fugen geraten sein, aber genau deshalb war er ja nach Oregon gekommen. Um seinen Weg wiederzufinden. In den schlaflosen Nächten in D.C. hatte er sich ausgemalt, was er tun würde. Er würde in die Hütte am Herschel Lake ziehen und trauern: um sich selbst, um seine Eltern, um seine einst vielversprechende und jetzt zerstörte Karriere. Und wenn er damit fertig war, könnte er nach Roseland ziehen. Sich einen Job in einem Laden suchen. Oder bei einer Lokalzeitung ein paar Städtchen weiter arbeiten, die über Dinge berichtete wie die neue Ampel an der einzigen Kreuzung in Roseland. Oder dass ein Mitglied des örtlichen Ziegenzüchtervereins beim letzten Wettbewerb einen Preis gewonnen hatte.

Zugegeben, es waren kleine Träume. Die Träume eines Mannes, der nicht mehr schlafen konnte und versuchte, das Beste aus seinem Schicksal zu machen.

»Er ist wirklich gut in diesen Dingen«, sagte Art nach ein paar Minuten des Schweigens. »Du brauchst dir keine Sorgen zu machen.«

»Ich mache mir keine Sorgen.«

»Ein bisschen schon. Du zappelst.«

»Ich zappele ni... Schon gut.«

»Ich mag Motels.«

»Wie schön für dich.«

»Glaubst du, dass in diesem schon mal jemand Selbstmord begangen hat?«

Nate schloss die Augen und fragte sich, ob je wieder irgendetwas normal werden würde.

Das Zimmer war ... nun ja, das Netteste, was Nate darüber sagen konnte, war, dass es vier Wände und eine Decke hatte. Es gab zwei Betten. Über einem hing ein Kasten mit einem Münzschlitz darin. Auf dem Kasten stand MAGISCHE FINGER. Sie kosteten einen Vierteldollar. Es gab ein langweiliges Gemälde von einer Obstschale, einen Fernseher mit einer Staubschicht auf dem Bildschirm und einen hellblauen Teppich mit einem großen Fleck in der hintersten Ecke, den Nate für die Dauer ihres Aufenthalts zu ignorieren beschloss.

Art nahm das Bett mit den magischen Fingern und bat Alex um einen Vierteldollar. Als der sagte, er habe keinen Vierteldollar, legte sie ihre Hand auf den Münzschlitz. Einen Moment später begann das Bett zu wackeln.

»Wow«, machte sie. »Damit habe ich nun wirklich nicht gerechnet.«

Nate stand in der Tür und hielt seinen Seesack umklammert wie einen Schutzschild.

»Du kannst das andere Bett haben«, sagte Alex mürrisch. »Du musst schlafen.«

»Mhm«, machte Nate. »Nur dass ich plötzlich gar nicht mehr müde bin. Ich weiß zwar nicht, was ich überhaupt noch bin, aber müde definitiv nicht.«

»Setz dich doch zu mir!«, rief Art. »Diese Finger sind *wirklich* magisch. Es fühlt sich an, als ob ... Oooh, ein Fernseher! Ich liebe Fernsehen.«

Alex schob Art zur Seite und ließ sich auf das Bett plumpsen. »Du hast bestimmt viele Fragen«, sagte er zu Nate.

Art schnappte sich die Fernbedienung vom Nachtkästchen und drückte einen Knopf nach dem anderen.

»Aber du musst noch ein bisschen warten«, fuhr er fort. »Ich brauche ein paar Stunden Schlaf, bevor wir weiterfahren können.«

»Aber *sicher* doch«, erwiderte Nate ein wenig hysterisch.

»Gern. Lass dich von mir nicht aufhalten. In Wirklichkeit *habe* ich auch gar keine Fragen.«

Alex schnaubte. »Klar.« Er zog die Stiefel aus und legte die Pistole unter sein Kopfkissen. Dann rieb er sich einmal übers Gesicht und legte sich hin. Das Bett war so kurz, dass seine Füße über den Rand schauten.

Art saß zwischen seinen Beinen und war vollkommen auf den Fernseher konzentriert.

Alex schloss die Augen und atmete durch die Nase. Eine Sekunde später war er weg.

Nate starrte ihn ungläubig an.

»So macht er das immer«, kommentierte Art, ohne den Blick vom Fernseher abzuwenden. »Das gehört zu seiner Ausbildung. Er kann überall einschlafen, und das innerhalb weniger Sekunden. Ziemlich guter Trick, finde ich.«

Nate nickte.

»Er hat recht«, sagte sie mit einem kurzen Blick auf Nate. »Du solltest dich auch hinlegen.«

Da war was dran. Sollte er unbedingt. Er fragte: »Was bist du?«

Art lächelte. »Deine Freundin.« Sie sah wieder den Fernseher an. »Was ist das für eine Sendung? Die habe ich noch nie gesehen. Warum lutscht diese Frau den Penis des Mechanikers? Eigenartig. Seit wann bezahlt man so für eine Autoreparatur? Warum gibt sie ihm nicht einfach Geld?«

Nate blickte auf und sah eine vollbusige Frau an dem Schwanz eines Mannes in einer ölverschmierten Latzhose würgen. Sein Entschluss, im Türrahmen stehen zu bleiben, verpuffte. Er machte drei Schritte, ließ seinen Seesack fallen und riss Art die Fernbedienung aus der Hand. Ihr wütendes Kreischen ignorierte er, während er verzweifelt versuchte, den richtigen Knopf zu finden. Der Mechaniker öffnete gerade den Mund, um alles noch schlimmer zu machen, als es ohnehin schon war, da wurde der Bildschirm endlich dunkel.

Nate atmete erleichtert auf.

Art funkelte ihn an. »Ich habe mir das gerade *angesehen.*«

»Diese Sendung ist nichts für kleine Mädchen. Oder was auch immer du bist. Damit musst du warten, bis du älter bist.«

Sie verdrehte genervt die Augen. »Ich bin älter als du«, murmelte sie.

Nate sah aus, als würden ihm die Augen aus den Höhlen treten. »Was hast du gerade gesagt?«

Art lächelte herzerweichend. »Nichts. Mann, was bin ich müde. Ich muss jetzt schlafen. Gute Nacht.«

Sie rollte sich zwischen Alex' Beinen zusammen, legte den Kopf auf seinen Oberschenkel und schloss die Augen. Eine Sekunde später schlief sie ebenfalls.

Nate hatte nicht vor zu schlafen. Dazu gingen ihm viel zu viele Gedanken gleichzeitig durch den Kopf.

Umso überraschter war er, als eine Hand auf seiner Schulter ihn aus tiefem Schlummer riss. Nate fuhr keuchend hoch und zuckte von der Hand weg. Die plötzliche Bewegung ließ ihn aus dem Bett fallen, und er landete mit dem Gesicht voraus auf dem blauen Teppich.

Der Teppich roch nach Desinfektionsmittel.

Er drehte sich stöhnend auf den Rücken.

Alex starrte auf ihn herunter. Seine Haare waren nass, und er trug dieselbe Jeans wie am Vortag, diesmal mit einem engen schwarzen Tanktop dazu.

Auf diesen Anblick so früh am Morgen war Nate nicht vorbereitet. Er schloss die Augen. »Was ist los?«, stammelte er.

»Du bist aus dem Bett gefallen.«

»Das habe ich gemerkt. Wie spät ist es?«

»Zwei Uhr.«

»Nachmittags?«

»Ja, nachmittags«, erwiderte Alex amüsiert. »Wir müssen

los. Aber du solltest vorher duschen. Ich weiß nicht, wann du die nächste Gelegenheit dazu bekommen wirst.«

»Wie wunderbar«, murmelte Nate. »Artemis hat sich einen Porno angesehen.«

»Das hat sie mir erzählt. Sie wollte wissen, warum sich der Mechaniker nicht mit Geld hat bezahlen lassen.«

»Ich habe den Fernseher ausgeschaltet.«

»Auch das hat sie mir erzählt. Es hat ihr nicht gefallen.«

»Sie ist erst *zehn*.«

Alex erwiderte nichts.

Nate öffnete die Augen.

Alex sah immer noch auf ihn herunter. Sein Blick war misstrauisch.

Nate seufzte. »Sie ist nicht erst zehn, oder?«

Alex gab keine Antwort.

»Besteht die Möglichkeit, dass ich das alles nur geträumt habe? Die Helikopter, die Soldaten mit den Maschinenpistolen und so weiter?«

»Es war kein Traum.«

»Scheiße.«

»Wir müssen reden.«

»Das letzte Mal, als du das gesagt hast, hast du mir eröffnet, dass du auf der Flucht bist und ein kleines Mädchen zu seinen Eltern zurückbringen willst.«

Der Marine trat unbehaglich von einem Fuß auf den anderen. »Das war nicht ganz falsch.«

»Oh, toll. Immerhin nicht vollkommen erstunken und erlogen also.«

»Du hättest uns nicht geglaubt.«

»Mir wird nicht gefallen, was du zu sagen hast, oder?«

»Das weiß ich nicht. Es ist eine Menge zu verarbeiten. Am Anfang jedenfalls.«

»Wo ist sie?«

»Im Bad. Sie macht sich fertig.«

Nate nickte. Er überlegte, einfach liegen zu bleiben, schaffte es aber irgendwie, sich hochzustemmen. Da sah er überrascht, wie Alex ihm die Hand entgegenstreckte. Er starrte sie einen Moment lang an, dann nahm er sie. Sie fühlte sich warm an.

Alex zog ihn mit so viel Schwung auf die Beine, dass Nate gegen ihn stolperte. Er spürte einen Arm auf seinem Rücken, und seine Hand lag auf Alex' Brust. Er schluckte schwer, blickte auf und ...

»Umarmt ihr euch?«, fragte Art. »Wie schön! Umarmungen sind toll. Aber ich bin mir nicht ganz sicher, ob ihr es richtig macht.«

Alex' Miene verfinsterte sich, und er trat einen Schritt zurück.

Art stand mit nassen Zöpfen in der Badezimmertür. Ihre Haut war leicht gerötet. Auf ihrem viel zu großen T-Shirt stand in weißen Buchstaben: DAS LEBEN WÄRE TRAGISCH, WENN ES NICHT SO LUSTIG WÄRE.

»Ich glaube, wir sollten Pfannkuchen essen«, erklärte sie. »Das essen alle, die auf der Flucht sind, habe ich einmal gelesen.«

Nate nahm seinen Seesack und schob sich wortlos an ihr vorbei.

Die Dusche war immer sein Rückzugsort gewesen. Dort konnte er am besten nachdenken. Dort fiel ihm immer etwas ein. Leider musste er feststellen, dass sich in einer Ecke Schimmel bildete, dass das Wasser bestenfalls lauwarm war und dass das Einzige, woran er denken konnte, Worte waren, die er nie für möglich gehalten hätte.

Und mit nicht aus dieser Gegend meine ich: nicht von diesem Planeten.

Es wurde eine der unbefriedigendsten und uninspirierendsten Duschen seines Lebens.

»Wow«, machte Art und starrte die Bedienung an. Sie saßen an einem Tisch in der Nähe des Fensters, Alex neben ihr, Nate gegenüber. »Sie sind die Kellnerin, oder?«

Die Frau lächelte. Sie war jung und hübsch. Auf ihrem Namensschild stand PEGGY, und ihr Lächeln ließ den gesamten Raum erstrahlen. »Richtig«, antwortete sie und strich sich eine blonde Locke aus dem Gesicht. Für Nates Geschmack stand sie ein wenig zu nahe bei Alex. Obwohl das natürlich egal war. Denn es gab so viele andere, wichtigere Dinge. Zum Beispiel die Tatsache, dass das kleine Mädchen ihm gegenüber offensichtlich übernatürliche Kräfte besaß.

Art beugte sich vor. »Sind Sie das typische Mädchen aus der Kleinstadt, das kellnert und davon träumt, in eine Großstadt zu ziehen und von einem Plattenlabel unter Vertrag genommen zu werden oder für Geld zu tanzen?«

Peggys Lächeln geriet ins Wanken.

Nate hustete.

»Sie sieht zu viel fern«, erklärte Alex gepresst. »Art, was haben wir bezüglich Kellnerinnen besprochen?«

»Dass ich keine Fragen stellen soll«, antwortete sie mit einem Seufzen und nestelte an ihrer Papierserviette herum. »Und dass es mich nichts angeht, wenn jemand für Geld tanzt.«

Nate schnappte nach Luft, doch Peggys Lächeln kehrte mit voller Strahlkraft zurück. Sie legte Alex eine Hand auf die Schulter. »Schon gut. Sie ist ein sehr neugieriges kleines Ding, wie?«

Art runzelte die Stirn. »Ich bin kein *Ding*, sondern eine *Person*.«

»Natürlich«, erwiderte Peggy. »Kaffee?«

»Zwei«, sagte Nate. »Und einen frischen Orangensaft.«

Alex und Art blinzelten ihn an.

Er merkte, dass er ein bisschen fordernd geklungen hatte. »Bitte«, fügte er hinzu.

Peggy nickte. »Bin gleich wieder da. Lasst mich wissen,

wenn ihr sonst noch was braucht. *Egal* was.« Dann schlenderte sie mit wackelnden Hüften davon.

»Stimmt was nicht mit ihr?«, fragte Art und blickte der Kellnerin hinterher.

»Sie ist wie die Frau in der Sendung mit dem Automechaniker«, antwortete Nate. »Ich meine, stimmt doch, oder?«

Alex warf ihm einen bösen Blick zu. »Ist sie nicht. Sie versucht nur, nett zu sein.«

»Hmm«, machte Art. »Die andere Kellnerin war auch nett, aber nicht *so*. Ich dachte, alle Kellnerinnen träumen davon, in die Großstadt zu ziehen. Will sie wirklich Alex' Penis ...«

»Und was ist mit den Kellnerinnen, die schon in einer Großstadt leben?«, unterbrach Nate, um das Gespräch in eine andere Richtung zu lenken.

Art sah ihn mit zusammengekniffenen Augen an. »Das weiß ich nicht. Ich war noch nie in einer Großstadt und wusste nicht, dass es dort auch Kellnerinnen gibt. Jetzt muss ich alles überdenken, was ich über die Erde zu wissen geglaubt habe. Nate, möglicherweise hast du deinen Heimatplaneten soeben zum Untergang verdammt.«

Nate spürte, wie er kreidebleich wurde.

»Sie hat einen Witz gemacht«, grummelte Alex.

»Was ist das für ein Gesichtsausdruck?«, fragte Art. »Sieht so unkontrollierbare Panik aus? Ich meine, gestern hattest du Angst wegen der Helikopter und Maschinenpistolen, aber das hier ist definitiv etwas anderes. Ich glaube, ich habe noch nie ein so weißes Gesicht gesehen.«

»Antworten«, krächzte Nate. »Jetzt sofort. Alle.«

»Da bin ich auch schon wieder«, verkündete Peggy, in der einen Hand ein kleines Glas Orangensaft, in der anderen eine Kanne mit Kaffee.

Nate wollte sie auf ihr maximal unpassendes Timing hinweisen, hielt aber den Mund.

Peggy stellte Arts Saft ab, dann beugte sie sich tief über den Tisch und füllte Alex' Tasse mit Kaffee.

Alex schluckte den Köder nicht und sah weiter Nate an.

Peggy ließ sich nicht entmutigen und füllte Nates Tasse, diesmal nicht mehr ganz so weit vornübergebeugt. »Wisst ihr schon, was ihr essen wollt?«

»Pfannkuchen«, antwortete Art und beäugte misstrauisch ihren Saft. »Mit Speck. Bestreuen Sie einfach den ganzen Pfannkuchen damit, sodass er gar nicht mehr zu sehen ist.«

»Rührei«, grunzte Alex. »Toast, Wurst, Hash Browns.«

Peggys Hand lag wieder auf seiner Schulter, und Nate war froh, dass Alex inzwischen ein kariertes Hemd über dem Tanktop trug. Hätte sie seine Haut berührt, hätte Nate ihr wahrscheinlich die Finger gebrochen.

Peggy wandte sich ihm zu und zog eine Augenbraue hoch.

»Nur den Kaffee«, sagte er so höflich, wie es ihm möglich war.

»Er nimmt dasselbe wie ich«, mischte Alex sich ein.

Nate funkelte ihn an. »Ich habe keinen Hunger.«

»Du musst etwas essen«, knurrte der Marine.

»Nur Kaffee«, wiederholte Nate.

»Dasselbe wie ich«, beharrte Alex.

Nate umklammerte seine Tasse fester.

Peggy blickte zwischen den beiden hin und her. »Schön. Ich gebe die Bestellung auf. Lasst mich wissen, wenn ihr noch was braucht.«

Diesmal schaute ihr niemand hinterher, als sie ging.

»Glaubst du, ich kann ihn trinken?«, fragte Art. Sie tunkte einen Finger in ihren Saft und beobachtete, wie er zurück ins Glas tropfte. »Ich bin mir nicht mehr sicher, ob ich Kellnerinnen vertrauen kann.«

»Mit dem Saft ist alles in Ordnung«, versicherte Alex, während er nach der Schale mit den Sahnedöschen und Zuckertüten darin griff. »Trink.«

»Sir, ja, Sir«, murmelte Art und sah dem nächsten Tropfen beim Fallen zu.

Alex entriss Nate die Kaffeetasse und schüttete zwei Päckchen Zucker hinein. Dann rührte er um und schob die Tasse wieder zurück. »Du wirst ebenfalls essen.«

»Du hast mir gar nichts zu befehlen«, zischte Nate.

»Er ist Staff Sergeant und damit ranghöher als wir«, klärte Art ihn auf. »Wir müssen tun, was er sagt, sonst kommen wir in den Knast.« Sie runzelte die Stirn. »Oder wir werden erschossen. Ich weiß allerdings nicht, was von beidem schlimmer ist.«

»Was *soll* das alles?«, knurrte Nate und beugte sich über den Tisch. Er sah dabei wahrscheinlich ein bisschen irre aus, aber das war ihm egal. Er fand, dass ihm das zustand nach allem, was er durchgemacht hatte. »Was ist das hier für eine Nummer? Habt ihr auch nur die blasseste Ahnung, wie durchgeknallt ihr beide euch aufführt?«

»Ich weiß«, erwiderte Alex gemessen. »Aber es ist nicht so, wie du glaubst.«

»Alles, was ich wollte, war, mich auf meiner Hütte zu verkriechen. Und nun wurde ich von gottverdammten Hausbesetzern entführt! Warum habt ihr das getan?«

Alex' Augen wurden schmal. »Ich habe dich nicht entführt. Du hättest auch dortbleiben können, wenn du gewollt hättest.«

»Klar, um mich dann von dem Wassertypen verhaften zu lassen!«

»Er ist nicht der Wassertyp«, widersprach Art. »Sondern ein Lügner. Hast du das nicht gemerkt?« Sie sah Alex an. »Warum hält er ihn immer noch für den Installateur?«

»Ich habe dir die Wahl gelassen«, sprach Alex leise weiter. »Du hast selbst gesagt, dass wir bleiben dürfen.«

»Das wird ja immer besser«, knurrte Nate. Seine Haut juckte fürchterlich. »Jetzt auch noch Täter-Opfer-Umkehr! Unter allen Hütten auf der ganzen Welt musstet ihr euch ausgerechnet meine aussuchen. Klar, dass mir so etwas passiert.«

»In Wirklichkeit glaubt er nicht an Schicksal«, klärte Art Alex auf.

Der Marine sah aus, als wäre er kurz davor, wütend zu werden. »Es tut mir leid, okay? Aber niemand hat dich gezwungen.«

»Es tut dir *leid?* Wie nett von dir, aber das hilft mir einen Scheißdr...«

»Ich bin das, was deinesgleichen eine Außerirdische nennt«, warf Art ein. Sie hatte irgendwo einen Strohhalm aufgetrieben und schälte ihn gerade aus der Papierhülle. »Was so viel bedeutet wie: nicht von der Erde. Ich wurde dreißig Jahre lang im Berg gefangen gehalten, bis Alex mich befreit hat. Das war eine Woche, bevor du aufgekreuzt bist.« Sie breitete die Hände aus wie ein Bühnenzauberer nach dem letzten Kunststück.

Nate hatte jedes einzelne von Arts Worten verstanden. Er kannte ihre lexikalische Bedeutung und begriff auch den Satzbau. Trotzdem konnte er sie nicht zu einem sinnvollen Ganzen zusammenfügen. Sein Mund öffnete und schloss sich lautlos wieder.

»Was haben wir vor Kurzem besprochen?«, fragte Alex an Art gewandt.

»Wir haben über vieles gesprochen.«

»Art.«

Sie seufzte. »Du hast mir erklärt, dass ich vorsichtig sein muss mit dem, was ich zu Nate sage, weil es ihn überfordern könnte.«

»Und was hast du gerade gemacht?«

»Etwas gesagt, das ihn überfordert hat. *Aber:* Du hast es mir nur erklärt, ich habe dem *nie* zugestimmt.«

»Art.«

»Seine Reaktion ist eine wertvolle Erkenntnis für die Wissenschaft. Sagen wir, das Ganze war ein Test, um zu sehen, wie viel Nate aushalten kann. Jetzt haben wir die Antwort. Sie lautet: nicht sehr viel. Enttäuschend, finde ich.«

Nate trank einen großen Schluck Kaffee. Er war heiß und verbrannte seine Zunge.

»Nicht jetzt«, sagte Alex. »Warte, bis wir wieder im Auto sind.«

Art neigte den Kopf. »Hältst du es wirklich für eine gute Idee, dieses Gespräch in einem abgeschlossenen Raum fortzusetzen? Andererseits hatte Nate sich schon mal aus dem Fenster übergeben. Wenn nötig, könnte er es wahrscheinlich wieder tun.«

Nate versuchte erneut, etwas zu sagen.

Er scheiterte kläglich.

Art hatte endlich ihren Strohhalm fertig ausgepackt. Sie steckte ihn in den Saft, starrte ihn einen Moment lang an und beugte sich dann langsam vor. Schließlich legte sie die Lippen um den Halm, saugte, schluckte und lehnte sich zurück. »Okay. Keine Schmerzen. Die Orangen waren wohl doch nicht vergiftet.«

In diesem Moment kam Peggy zurück. Sie sah aus, als hätte sie in der Zwischenzeit frisches Make-up aufgelegt. Nate hätte ihr gerne mitgeteilt, dass das Universum, wie er es kannte, leider nicht mehr existierte, wusste aber nicht, wie er das anstellen sollte.

Peggy stellte Arts Teller auf den Tisch, dann Nates. Alex' Portion hob sie sich natürlich als letzte auf. »Bitte sehr«, sagte sie. »Sieht das nicht toll aus, wenn ich das mal so sagen darf?«

»So viel Speck!«, keuchte Art.

»Danke«, erwiderte Alex knapp. »Wir melden uns, wenn wir noch etwas brauchen.«

»Tu das, Schätzchen«, sagte Peggy mit einem Zwinkern. »Ich stehe für alles zur Verfügung.«

»Sie fahren voll auf Lippenstift ab, oder?«, fragte Art unvermittelt.

»Äh, wie bitte?«

Art zuckte die Achseln. »Sie scheinen Lippenstift sehr zu mögen, sonst hätten Sie kaum so viel aufgetragen. Aber schmeckt er wirklich so gut? Sie haben nämlich welchen auf den Zähnen. Ich kenne mich nicht aus, aber ich glaube nicht, dass er zum Essen gedacht ist.«

Peggy wurde blass. »Guten Appetit auch«, stammelte sie und eilte davon.

»Das war unhöflich«, sagte Alex. Doch Nate konnte sehen, wie seine Mundwinkel zuckten.

»Ich habe sie nur darauf hingewiesen, dass sie Lippenstift auf den Zähnen hat«, verteidigte sich Art. »Das gebietet der Anstand.« Sie beäugte Alex' Teller. »Willst du deine Wurst wirklich essen?«

»Du hast bereits Speck«, brummte Alex. »Bleib dabei.«

»Aber ich glaube, ich hätte lieber die Wurst.«

»Nur, wenn du mir dafür was von deinem Speck abgibst.«

»Hast du den Verstand verloren, Cowboy? Du kannst von Glück reden, dass wir zusammen in dieser Klemme stecken, sonst müssten wir beide diese Angelegenheit nämlich mit einem Duell zur Mittagsstunde klären.«

Nate wollte etwas sagen, aber seine Lippen konnten immer noch keine Worte bilden.

Alex warf ihm einen besorgten Blick zu. »Iss. Du wirst es brauchen.«

Art grinste ihn mit halb zerkautem Speck zwischen den Zähnen an.

Nate würgte sein Frühstück hinunter.

Es schmeckte nach nichts.

ELF

Sie hielten sich so weit wie möglich an Nebenstraßen.

Alex meinte, auf den großen kämen sie zwar schneller voran, aber das Risiko sei ihm zu hoch. Bevor sie losfuhren, tauschte er das Nummernschild des Chevy mit dem eines anderen Wagens auf dem Parkplatz. Art stand währenddessen Wache und pfiff ein fröhliches Lied vor sich hin. Nate saß im Wagen und versuchte, sein Frühstück bei sich zu behalten.

Es gab Dinge, die er wissen musste: Wohin sie unterwegs waren. Wie der Plan lautete. Warum sie nach Osten fuhren. Von welchem Planeten Artemis Darth Vader stammte, oder wie es kam, dass ihre Gefangennahme dreißig Jahre zurücklag und sie immer noch aussah wie ein kleines Mädchen. Und das waren noch die einfachen Fragen.

Er überlegte, ob seine Hütte noch stand, oder ob der Installateur, der kein Installateur war, sie dem Erdboden gleichgemacht hatte.

Und er fragte sich, was es bedeutete, dass er in der Lage war, so einen Satz zu denken.

Als sie eine Stunde unterwegs waren, schaltete Alex das Radio ein und fand einen Sender, auf dem Nachrichten liefen. Es ging um Baseball. Das Wetter. Um Markham-Tripp, der nun immer näher kam, und, Mann, wer in den Bergen wohnte, konnte sich wirklich glücklich schätzen, denn so weit weg von jeder Luftverschmutzung würde das einen unglaublichen Anblick geben. Euch bleiben noch drei Wochen Zeit für einen Umzug, Leute, dann ist der Komet am hellsten! Wie wär's? Und jetzt zu einem Song, der *schon fünf Jahre alt* ist, ob ihr's glaubt oder nicht. Hier ist: Garth Brooks mit »Thunder Rolls and Lightning Strikes!«

Nichts über Soldaten in Roseland. Über abgestürzte Black Hawks. Über zwei Männer und ein kleines Mädchen auf der Flucht. Kein einziges Wort.

Es war, als existierten sie nicht.

Nate beobachtete die am Beifahrerfenster vorbeiziehenden Bäume. Art sang manchmal die Lieder im Radio mit und las. Diesmal *Silver Canyon*, in dem ein Revolverheld namens Matt Brennan sich in die Tochter eines Ranchers verliebt. Es war eines von Nates Lieblingsbüchern. Art hatte ihre Sonnenbrille auf und schob sie alle paar Seiten zurück auf ihre Nase. Das linke Glas sah verkratzt aus. Musste während ihrer Flucht passiert sein.

Es war bereits früher Abend, als sie den Willamette National Forest erreichten. Die Wolken am Himmel wurden dichter. Wenn sie weiterfuhren, würde es bald regnen.

Nate merkte, wie der Wagen langsamer wurde. Er erwachte aus seiner Starre und sah blinzelnd zu Alex hinüber. Der schaute drein wie immer, nur dass sein Blick diesmal noch finsterer wirkte.

»Was ist los?«, fragte Nate. Es war das erste Mal seit dem Frühstück, dass er etwas sagte.

Alex schüttelte stumm den Kopf.

Art machte ein Eselsohr in die Seite, auf der sie gerade war, und klappte ihr Buch zu. »Er macht sich innerlich bereit.«

Das klang nicht gut, fand Nate. »Wofür?«

Art sah ihn an. Er konnte ihre Augen hinter den dunklen Gläsern kaum erkennen. »Auf das Gespräch, das wir gleich führen werden. Er macht sich Sorgen, dass du uns nicht glaubst. Oder versuchst, mir wehzutun. Oder abhaust.«

»Art«, sagte Alex durch zusammengebissene Zähne.

»*Was?* Stimmt doch!«

Nate rutschte auf seinem Sitz hin und her. »Vielleicht sollten wir gar nichts besprechen und einfach weiterfahren«, erwiderte er. »Wir können doch so tun, als wäre nichts passiert.«

Alex schnaubte, und Nate überlegte, ob er das als Ja oder Nein deuten sollte.

Ein Stück weiter vorne war ein kleiner Rastplatz. Drei hölzerne Picknicktische, daneben eine große schwarze Mülltonne. Kiefern wiegten sich in der Brise, und das Gras war so grün, wie Nate es noch nie erlebt hatte. Außer ihnen war niemand hier.

Alex fuhr rechts ran und bremste. Auf einem Picknicktisch stand ein leerer Pappbecher. Der Becher war rot mit einem großen weißen COKE-Schriftzug darauf.

»Aussteigen«, sagte Alex.

Nate schüttelte heftig den Kopf. »Nein danke. Hier drinnen gefällt es mir besser.«

»Steigt aus, Nate. Jetzt.«

»Oder was? Willst du mich erschießen? Großer Gott, bitte erschieß mich nicht!«

Alex verdrehte die Augen. »Ich habe nicht vor, dich zu erschießen.«

»Das hat er nicht«, bestätigte Art und tätschelte Nates Knie. »Dazu mögen wir dich zu sehr. Außerdem würde es uns nur aufhalten, ich meine mit all dem Blut und so.«

»Es gab bereits genügend Gelegenheiten, dich zu erschießen. Ich werde jetzt nicht damit anfangen«, fügte Alex hinzu.

»Das beruhigt mich weit weniger, als du glaubst«, murmelte Nate. »Versprichst du mir, mich nicht hier zurückzulassen, sobald ich ausgestiegen bin?«

»Nur, wenn du es willst«, antwortete Alex. Aber die Vorstellung schien ihm nicht zu gefallen.

»Okay. Gut, dann steige ich jetzt aus.« Nate legte eine Hand auf den Türgriff. Er nahm einen tiefen Atemzug. Die Luft in der Kabine roch stickig.

»Wow«, kommentierte Art. »Geht's noch ein bisschen langsamer?«

Großer Gott.

Nate drückte die Tür auf und stieg aus.

Der Boden unter seinen Füßen fühlte sich fest an. Er sah Eichhörnchen in den Bäumen. Die Vögel sangen. Beinahe, als wäre alles normal. Als wäre alles wieder gut.

Art nahm seine Hand.

Er sah sie an.

»Keine Sorge«, sagte sie. »Hör einfach zu, und ich verspreche dir, alles wird gut. Ich will dir nicht wehtun, und ich weiß, dass *du* mir nicht wehtun willst. Du bist anders, genau wie Alex. Er ist was Besonderes.«

Nate wusste nicht, was sie ihm damit sagen wollte, ließ sich aber von ihr zu einem der Picknicktische ziehen.

Art bedeutete ihm, Platz zu nehmen, kletterte auf den Tisch und setzte sich ihm im Schneidersitz gegenüber. Die Ellbogen hatte sie auf die Knie gestützt, das Kinn in die Hände gelegt.

»Hi«, sagte sie und sah ihn mit ihren großen Augen an.

»Hi«, erwiderte Nate und versuchte, woanders hinzuschauen. Es war unmöglich.

»Also«, begann Art, »die letzten zwei Wochen waren ziemlich verrückt, oder?«

»So könnte man es auch sagen.«

Sie lächelte. »Ich weiß. Ich versuche nur, die Situation durch ein bisschen Smalltalk erträglicher für dich zu machen.«

»Funktioniert aber nicht.«

»Ich weiß. Ich bin nicht sehr gut in diesen Dingen. Es gibt zu viele Nuancen, die ich noch nicht ganz verstanden habe. Es ist kompliziert.«

Nate lachte leise. »Eigentlich nicht.«

»Oh, ich meine nicht die Kommunikation mit dir, sondern euch Menschen im Allgemeinen.«

Ihre Worte fühlten sich an wie ein Schlag in die Magengrube. »Das ist ... Ich ...«

Art schob ihre Sonnenbrille hoch. »Du bist ebenfalls kompliziert. Komplizierter, als du glaubst.« Ihre Augen leuchteten so grün wie das Gras ringsum.

»Kannst du meine Gedanken lesen?«, platzte er heraus.

»Nein, kann sie nicht«, antwortete Alex mürrisch und trat zu ihnen an den Tisch. Sein Blick war auf die Bäume gerichtet.

»Aber ich kann Telekinese«, ergänzte Art fröhlich.

Nate schnappte nach Luft.

»B-7«, sprach Art weiter. »Weißt du noch, wie du auf der Hütte davon gesprochen hast?«

Nate brachte ein Nicken zustande.

»Weißt du auch, was es bedeutet?«

»Nein.«

»Es ist ein Code«, erklärte Alex. »Berg, Anfangsbuchstabe B wie in dem Wort Begegnung. In den Siebzigern gab es einen Astronomen. Er hieß Hynek und hat ein Buch geschrieben, in dem er verschiedene Kontaktstufen zwischen uns und ... anderen beschreibt. Anfangs waren es nur drei.«

Alex' Schultern waren steif, und er sah aus, als würde er gerne alles Mögliche tun, bloß nicht reden. Die Vertrautheit dieses Anblicks tröstete Nate kein bisschen. »Die erste Stufe ist die Sichtung eines unbekannten Objekts in weniger als einhundertfünfzig Metern Entfernung. Nahe genug, um gewisse Details zu erkennen.«

»Ich finde, das macht Spaß«, warf Art ein. »Ihr nicht?«

Alex ignorierte sie. »Bei der zweiten Stufe kommt es zu physischen Wechselwirkungen. Tiere verhalten sich anders. Autos funktionieren nicht mehr. Radios geben den Geist auf. Es gibt sichtbare Hinweise wie Brandstellen oder Spuren von Chemikalien.«

Er warf Nate einen kurzen Blick zu. »Manchmal werden auch Menschen in Mitleidenschaft gezogen. Sie verspüren Unbehagen oder Lähmungserscheinungen.«

Art wackelte mit den Fingern. »Verspürst du körperliches Unbehagen?«

»Ja«, antwortete Nate.

Art runzelte die Stirn. »Tatsächlich? Ich wusste gar nicht, dass ich das kann. Soll ich versuchen, dich zu lähmen?«

Alex ging einfach darüber hinweg. »Bei Begegnungen der dritten Art sind Geschöpfe involviert. Die Insassen des bei B1 gesichteten Objekts beispielsweise. In diesem Fall spricht man auch von Erstkontakt.«

Art seufzte. »Bei einer Begegnung der ersten Art wird ein Objekt gesichtet, und eine der dritten Art bedeutet die Sichtung von etwas Lebendigem, was gleichzeitig auch ein Erstkontakt ist. So was von unnötig kompliziert.«

»Jesus Christus«, sagte Nate mit zitternder Stimme. »Ihr meint das tatsächlich ernst.«

»Ja«, bestätigte Alex trocken. »Tun wir. Nach Hynek wurde die Skala erweitert. Eine Begegnung der vierten Art heißt, dass jemand entführt wurde. Bei der fünften findet eine Form der Kommunikation statt. Die sechste bedeutet, dass ein Mensch oder ein Tier dabei gestorben ist.«

Nate schloss die Augen. »Und die siebte?« Denn was könnte *noch* schlimmer sein als Entführung oder Tod?

»Die siebte bin ich«, antwortete Art leise. »Auch wenn die Beschreibung nicht ganz passt.«

»Ein Kontakt der siebten Art bedeutet ein Hybrid«, erläuterte Alex. »Erzeugt durch Geschlechtsverkehr oder auf künstlichem Weg. Aber Art ist kein Hybrid. Eher ein ... Symbiont.«

»Nate?«, fragte Art.

Er öffnete die Augen.

Vor ihm saß ein kleines Mädchen. Neben ihr stand ein Mann. Sie sprachen von Dingen, die unmöglich waren. Die nicht existieren konnten. Nate hatte nie viel über diese Dinge nachgedacht. Ja, er wusste, wo Roswell war und kannte die Geschichten darüber. Er hatte von Leuchterscheinungen am Himmel gehört und sogar ein paar Folgen *Akte X* gesehen. Er hatte jahrelang in D.C. gelebt, verdammt noch mal, und wusste, was Geheimnisse waren. Aber er dachte nicht darüber nach.

Denn all das war *Bockmist*. Wenn Nate etwas zu dem Thema sagen müsste, dann, dass die Menschheit allein im Universum war. Falls es Leben außerhalb der Erde geben sollte, dann in Form von in Vulkangestein eingeschlossenen Einzellern oder in einem übersäuerten Ozean auf einem Planeten weit, weit weg. Und für den unwahrscheinlichen Fall, dass es da draußen doch irgendwo intelligentes Leben gab, glaubte er nicht, dass diese Wesen auf die Erde kommen würden. Warum sollten sie auch?

Er glaubte nicht an eine Schattenregierung. Nicht an Spezialeinheiten zur Ufo-Abwehr und auch nicht an Area 51. Die Welt war auch ohne schon finster genug. Außerdem gab es keine Beweise. Nur Geschichten, sonst nichts. Zugegeben, das ein oder andere Rätsel galt es noch zu lösen. Aber all diese Rätsel hatten mit der Erde zu tun und es gab eine logische Erklärung dafür. Man musste nur die richtigen Fragen stellen.

Bis jetzt.

Wenn er den beiden glauben konnte.

Art neigte den Kopf. »Du denkst zu viel nach.«

»Du *kannst* meine Gedanken nicht lesen.«

»Richtig, aber deine Stirn ist in tiefe Falten gelegt. Das ist sie immer, wenn du nachdenkst.«

»Erwartet ihr wirklich von mir, dass ich euch das abkaufe? Euch diese Geschichte einfach glaube?«

»Kennst du Cisco Grove?«, fragte Art.

Alex blickte zu Boden.

»Nein«, antwortete Nate.

»Das ist in Kalifornien.«

»Ich weiß beim besten Willen nicht …«

»Dort gibt es einen Campingplatz. Dort war einmal ein Mann.«

»Oren Schraeder«, ergänzte Alex.

»Genau. Was für ein schöner Name. *Oren Schraeder*. Zergeht einem richtig auf der Zunge, findest du nicht, Nate? Wie dem auch sei. Er befand sich auf einem Jagdausflug und dabei hat er etwas Überraschendes entdeckt.« Art deutete auf sich. »Mich.«

»Dich«, sagte Nate tonlos. »So wie du jetzt vor mir sitzt.«

Sie lachte. »Natürlich nicht. Was für eine alberne Vorstellung. Wie sollte ich damals schon so ausgesehen haben wie heute? Also ehrlich, Nate, das ist vollkommen unrealistisch.«

Er wusste nicht, was er darauf sagen sollte, also ließ er es bleiben.

»Natürlich bekam Oren es mit der Angst zu tun. Es war dunkel und er hatte sich ziemlich weit vom Campingplatz entfernt. Er streift also mit einer Stirnlampe und Pfeil und Bogen über der Schulter durch den Wald und sieht mich. Ich wollte ihm nichts tun. Ich wollte nicht mal Kontakt mit ihm aufnehmen, aber ich war neugierig. Ich hatte noch nie einen aus der Nähe gesehen.« Art blinzelte nicht einmal, als sie das sagte. »Einen Menschen, meine ich.«

»Großer Gott«, stöhnte Nate und spürte, wie sich seine Fingernägel in das Holz des Picknicktischs gruben.

Art lachte. »Genau das hat Oren auch gesagt. Wir sehen nicht so aus wie ihr. Wir sind eher flüssig. Gasförmig kommt wahrscheinlich am ehesten hin. So ähnlich wie Rauch.«

»Es war keine Absicht«, ergänzte Alex leise. »Sie war nur

auf Erkundung. Sie war nicht allein hergekommen, aber die anderen waren schon wieder fort.«

»Sie haben mich zurückgelassen«, erläuterte Art. »Aber ich mache ihnen keinen Vorwurf, schließlich war ich selbst schuld. Ich war damals noch sehr jung und hatte mich verirrt. Ich hätte mich nie so weit von den anderen entfernen dürfen, aber ich wollte es unbedingt mit eigenen Augen sehen: Wer ihr seid, woraus ihr besteht und was noch aus euch werden könnte.«

Nate rieb sich übers Gesicht. »Das ist nicht real. Nichts hiervon ist real.«

»Er hat versucht wegzulaufen«, fuhr Art fort, als hätte Nate nichts gesagt. »Und obwohl ich wusste, dass es falsch ist, habe ich ihn verfolgt. Oren war ziemlich schnell, aber ich war schneller. Es war eine Art Instinkt, glaube ich. Oder ein ähnliches Wort, das es in eurer Sprache nicht gibt. Ich hatte jedenfalls das Bedürfnis, ihm zu folgen.«

»Es ist eine Symbiose«, erklärte Alex. »Wie ein Parasit.« Er warf Art einen unsicheren Blick zu.

»Schon okay«, sagte sie und streichelte Alex' Handrücken. »Es klingt ein bisschen eklig.«

Alex nickte langsam. »Sie hat Oren infiziert, seinen Körper übernommen. Hast du je von *Cordyceps* gehört?«

Nate war schwindlig. »Nein.«

»Das ist ein Pilz. Es gibt eine Unterart namens *Ophiocordyceps unilateralis*, die Ameisen befällt und ihr Verhalten steuert.«

»Sie lässt die kleinen Krabbler hohldrehen«, erläuterte Art und machte zur Veranschaulichung Schielaugen. Der Anblick war so hinreißend, dass Nate hätte schreien können.

»Art ist etwas ganz Ähnliches. Sie *war* etwas ganz Ähnliches. Nur dass sie den Wirt nicht schädigt, wie dieser Pilz es tut. Sie will niemandem etwas Böses.«

»Ich füge nicht gerne Schaden zu«, bestätigte sie. »Es gibt mir nichts. Ich war nur neugierig, genau wie du.«

»Wie schön für dich«, stammelte Nate.

»In jener Nacht wurden Lichterscheinungen über Cisco Grove gesichtet«, fuhr Alex fort. »Und der Campingplatz liegt nur wenige Stunden vom Berg entfernt.«

Art verzog das Gesicht. »Tja, zur falschen Zeit am falschen Ort, könnte man sagen.«

»Den Berg gab es schon vor Art. Seit dem Ende des Zweiten Weltkriegs, genauer gesagt. Sein ursprünglicher Zweck war die Erforschung und Perfektionierung der biologischen Kriegsführung. In Japan gab es einen Plan, im September 1945 die Pest als biologische Waffe gegen Zivilisten in San Diego einzusetzen. Aber dann kam die Kapitulation und der Plan wurde nie umgesetzt. Unsere Regierung wollte damals an der Spitze dieser Entwicklung stehen, um auf alles vorbereitet zu sein. Man hoffte, bei der Perfektionierung der biologischen Kriegsführung gleichzeitig Heilmittel gegen die Kampfstoffe entwickeln zu können. Deshalb richtete die United States Army 1943 in Maryland die Biological Warfare Laboratories ein.«

Alex schaute auf seine Hände. »Aber der Berg war Geheimsache. Dort sollte das Gleiche gemacht werden wie in Maryland, nur ohne Kontrolle von außen. Sie haben Anthrax zur Waffe weiterentwickelt, Tularamie, Brucellose und das Q-Fieber. Dann kam der 5. September 1964, und das änderte alles.«

»Denn dann kam Art«, fasste Nate zusammen und versuchte, nicht schon wieder in Ohnmacht zu fallen.

Art zupfte einen Holzsplitter vom Tisch. »Schon komisch, oder?«, fragte sie. »Ich tauche auf, und nichts ist mehr wie zuvor. Beinahe schmeichelhaft, könnte man sagen.«

»Oren Schraeder arbeitete im Berg«, sprach Alex weiter. »Von den damals drei Milliarden Menschen auf der Welt hat Art sich genau den ausgesucht, von dem sie besser die Finger gelassen hätte.«

Sie verdrehte die Augen. »Woher zum Henker hätte ich das

wissen sollen? Der Kerl trug ja nicht mal Uniform, sondern eine Mütze mit Ohrenklappen. Und so etwas wie Finger weg stand auch nicht drauf.«

Nate starrte sie mit offenem Mund an.

Art zwinkerte.

»Man hat einen Suchtrupp ausgeschickt, der Oren schließlich fand«, fuhr Alex fort. »Er benahm sich ... nicht normal.«

»Ich konnte seine Beine nicht bewegen«, erläuterte Art niedergeschlagen. »Die Arme und den Mund auch nicht. Ich konnte *gar* nichts, wenn ich ehrlich bin. Nun ja, seine Eingeweide hatte ich im Griff, auch wenn das *extrem* unangenehm war. Wie dem auch sei, das eigentliche Problem war, dass ich nicht mehr aus seinem Körper *raus*konnte. Als der Suchtrupp uns gefunden hat, lagen wir auf dem Boden. Oren hat gesabbert und eigenartige Geräusche von sich gegeben, aber ich konnte nichts dagegen tun. Die Soldaten dachten, er wäre von einem Tier angefallen worden oder hätte sich im Labor mit einem Erreger infiziert. Also brachten sie uns in den Berg und steckten uns in Quarantäne.«

»Art haben sie erst im Positronenscanner entdeckt«, sprach Alex weiter. »Sie sah aus wie ein in Orens Körper gefangener Geist. Auf dem Bild waren Fühler in der grauen Gehirnmasse zu sehen, und sie wussten nicht, was sie damit anfangen sollten. Sie glaubten, Oren hätte Krebs oder eine Infektionskrankheit, aber keiner der im Berg gelagerten Erreger kam für das, was sie sahen, infrage.«

»Ich habe zwei Jahre gebraucht, um Orens Körper zum Funktionieren zu bringen«, fügte Art hinzu. »Und als ich zu sprechen anfing ...«

»... haben sie dir geglaubt?«, fiel Nate ihr mit weit aufgerissenen Augen ins Wort.

»Wie bitte? Natürlich nicht. Sie dachten, mit seinem Gehirn wäre etwas nicht in Ordnung. Sie haben mich erst ernst genommen, als ich die Sicherungen in ihren Geräten durchbrennen ließ.« Art lachte. »Du hättest ihre Gesichter sehen sollen. Wirklich komisch, wenn ich daran denke.«

»Und was hast du zu ihnen gesagt?«, flüsterte Nate.

Art schaute in den Himmel. »Dass ich von weit, weit weg komme. Dass sie nicht allein sind und dass das Universum viel größer ist, als sie sich vorstellen können.«

Sie seufzte. »Und dass ich gerne wieder nach Hause gehen würde. Sie bräuchten nur so freundlich zu sein, mich rauszulassen, dann wären sie mich auch schon wieder los.«

»Aber sie haben sich geweigert«, knurrte Alex mit geballten Fäusten. »Sie haben ihr geglaubt, aber sie wollten sie nicht gehen lassen.«

»Stattdessen haben sie begonnen, mir Fragen zu stellen«, fuhr Art fort. »So viele Fragen. Wie und wo und was und wozu überhaupt? Sie wollten wissen, wie viele wir sind, wo ich herkomme und was wir vorhaben. Ob wir bösartig sind, die Erde erobern und die Menschheit versklaven wollen.« Sie verdrehte die Augen. »Die ganze Bringt-mich-zu-eurem-Anführer-Nummer eben.«

Nate glaubte zu hören, wie er lachte. Oder war es ein Schluchzen?

»Dann kamen die Tests.« Art warf die Hände in die Luft. »Tests, Tests, Tests. Sie haben mich mit Nadeln, Sonden und was weiß ich nicht noch alles traktiert und mir Bilder gezeigt: von Wasser, Feuer und Erde. Von Menschen, die anderen helfen. Von Frauen in schönen Kleidern und Männern mit Zylindern auf dem Kopf, die Arm in Arm eine Straße entlangspazieren und dabei lächeln. Von gespaltenen Atomen, von Tod und Zerstörung. Von Kanonen und Krankheiten und Männern, die mit Gewehren über der Schulter marschieren. Und von Leuten, die tanzen. Das waren meine Lieblingsbilder, glaube ich. Ich mochte es, den Menschen beim Tanzen zuzusehen. Es machte mich glücklich.« Sie senkte den Blick. »Davor wusste ich gar nicht, dass es so etwas wie Glück überhaupt gibt.«

»Sie kennen keine Emotionen«, erläuterte Alex. »Nicht so wie wir. Dass Art zu fühlen begann, lag an Oren. Er war die Ameise und sie der Pilz. Doch anstatt dass er immer mehr geworden wäre wie sie, begann Art so zu werden wie *er*.«

Nate drehte sich der Kopf. »Und was ist aus ihm geworden?«, fragte er. »War er immer noch da? Mit dir?«

Art zuckte zusammen. »Ich war nicht sehr erfahren in diesen Dingen und habe lange gebraucht, um zu lernen. Zuerst habe ich ihn nur gehört, aber er hat nicht gelitten. Er war nicht mal richtig wach, sondern eher ... Träumst du manchmal, Nate?«

Er nickte langsam. »Jeder träumt.«

»Träume haben mit der Erinnerungsbildung zu tun«, sprach Art weiter. »Sie sind das, was das Gehirn gerade gelernt hat. Was kürzlich passiert ist. Begegnungen mit anderen Menschen, Erfahrungen, die du gemacht hast. Sie nisten sich in deinem Hirn ein, und dann träumst du von ihnen. Manche sind sehr fantasievoll, manche sind Albträume. Aber irgendwann wachst du auf, atmest einmal tief durch, und alles ist wieder in Ordnung. So war es auch für Oren. Er hat geträumt. Manchmal habe ich seine Träume gespürt. Es ging ums Angeln oder um eine schöne Frau, die ihm etwas ins Ohr flüstert. Einmal hat er von einem Monster geträumt, das ihn durch den Wald verfolgt.«

Sie räusperte sich. »Damit war wohl ich gemeint. Und wir haben uns ... unterhalten. Er hatte nach wie vor sein eigenes Bewusstsein, und nach einer Weile war ihm klar, was mit ihm passierte. Es war seltsam, denn er hat es einfach akzeptiert. Und dann wurde er neugierig. Auf mich.«

Nate lief ein eisiger Schauer über den Rücken. »Und was ist aus ihm geworden?«, fragte er noch einmal.

»Sein körperlicher Zustand blieb unverändert«, antwortete Alex. »Er hörte auf zu altern. Er war damals vierundzwanzig, und für die nächsten zwanzig Jahre blieb er das auch.«

Es war, als hätte Nates Hirn einen Kurzschluss. Sein Kopf war wie leer gefegt, er konnte keinen einzigen zusammenhängenden Gedanken fassen.

»Dann kam der nächste Test«, sprach Art weiter, und zum ersten Mal glaubte Nate, Wut in ihrer Stimme zu hören. Von allem, was die beiden ihm erzählt hatten, von allem, was er gesehen und gehört hatte, machte ihm die Wut in Arts Stimme am meisten Angst. Sie war so voller Bitterkeit. »Aber ich wusste nichts davon. Ich dachte, ich könnte ihnen vertrauen, und das war ein Fehler. Im Berg vergeht die Zeit anders. So wie *überall* hier. Wir messen sie nicht so, wie ihr es tut. Nicht mit Jahrestagen, Festen und dergleichen. Für uns ist sie fließend. Sie ist biegsam und verläuft nicht in einer geraden, starren Linie, wie ihr glaubt. Das tut Zeit nie, und für den Raum gilt dasselbe. Ich ...« Sie schüttelte den Kopf und verstummte.

Alex legte ihr eine Hand auf die Wange, wie er es schon einmal getan hatte. Art schloss die Augen und schmiegte sich dagegen. Die Berührung schien sie zu trösten, als wüsste Alex genau, was Art in diesem Moment brauchte.

Nate spürte Tränen in seinen Augen.

Die Luft roch nach Regen.

»Das war *vor* mir«, sagte Alex. »Ein Jahr, genauer gesagt. Sie nannten es einen Transfer. Da war dieses Mädchen, sie hieß Emily. Mit neun bekam sie Enzephalitis. Alle Behandlungsversuche scheiterten und sie fiel ins Koma. Nach drei Monaten wurde ihren Eltern gesagt, dass Emily nicht mehr aufwachen würde, aber sie gaben ihre Tochter nicht auf. Sie machten einfach weiter und immer weiter und sorgten dafür, dass auch Emily nicht aufgab. Bis ihr Wagen an einer Kreuzung vier Blocks von der Klinik entfernt von einem Lkw gerammt wurde.«

»Sie waren sofort tot«, fügte Art tonlos hinzu.

Alex nickte. »Emily hatte keine Verwandten. Niemand, der sich Sorgen um sie machte oder den es interessierte, was mit ihr geschah.« Er hustete. »Genauso jemanden wollten sie haben. Jemanden, der nicht vermisst wurde. Und schließlich haben sie Emily gefunden. Es war alles ganz offiziell, wurde mir gesagt. Sie holten Emily aus der Klinik in Pasadena und brachten sie zum Berg.«

»Mir haben sie erzählt, dass sie ihr helfen wollten«, flüsterte Art. Ein Regentropfen fiel auf ihre Sonnenbrille. »Weil ich heilen kann. Manchmal kann ich den Körper so austricksen, dass er glaubt, der Heilungsprozess würde schneller ablaufen, als er es in Wirklichkeit tut.« Sie zuckte die Achseln. »Das hat mit diesem Zeit-Ding zu tun. Sie fließt unterschiedlich.«

Er wurde angeschossen. Von einer blöden Kuh, die uns nicht vorbeilassen wollte.

»Heilige Scheiße«, stammelte Nate und sah Alex an. »Das war keine gottverdammte Gummimunition, oder? Du verdammter Bastard.«

Alex runzelte die Stirn. »Ich kannte dich nicht. Hättest du mir geglaubt, wenn ich gesagt hätte, dass ein kleines Mädchen meine Schusswunde geheilt hat?«

»Ich weiß nicht mal, ob ich dir *jetzt* glaube.«

»Oh doch, tust du«, warf Art ein. »Ich weiß, dass es Menschen schwerfällt, von dem abzurücken, woran sie immer geglaubt haben. Eure Gehirne sind nun mal so verdrahtet. Aber du glaubst Alex. Du weißt, dass alles, was wir dir erzählt haben, stimmt.«

Nate schüttelte heftig den Kopf. »Nein, tue ich ni...«

»Ich habe versucht, sie zu heilen«, sprach Art leise weiter. »Ich wollte tun, worum sie mich gebeten hatten, aber sie haben mich belogen. Emily war ihnen vollkommen egal. Sie haben sie mitgenommen, weil sie niemanden mehr hatte und sie sehen wollten, was ich mit ihr anstellen konnte. Ob sie mich dazu bringen könnten ... ob ich ...« Ihr Brustkorb bewegte sich heftig auf und ab.

»Strom«, sagte Alex. »Sie wollten wissen, ob Art Emilys Körper verlassen müsste, wenn sie ihr Gehirn mithilfe von Elektroden unter Strom setzten. Also probierten sie es aus. Als Abwehrmethode, falls Arts Gefährten wiederkommen sollten und noch andere Menschen von ihnen besessen würden.«

»Das war alles, worum es ihnen bei ihren Experimenten ging«, ergänzte Art mit zitternder Stimme. »Um Kampf. Als wären wir eine Bedrohung. Sie hatten keine Ahnung, dass es für mich bereits zu spät war, dass sich zu vieles bereits zu stark verändert hatte.«

»Sie war mit Emily verschmolzen«, fasste Alex zusammen.

Hätten seine Beine ihm noch gehorcht, hätte Nate spätestens jetzt die Flucht ergriffen.

»Emilys Körper war der einzige Ort, an dem sie noch existieren konnte. Art war nicht mehr die, die sie vorher gewesen war. Sie hätte nicht lange überlebt, also tat sie das Einzige, was ihr übrig blieb.«

»Es war nicht wie bei Oren«, sprach Art leise weiter. »Emily träumte nicht. Sie war schon zu weit weg. Lange Zeit war alles kalt und dunkel und beinahe hätte ich es nicht geschafft. Es gab kaum noch elektrische Impulse in ihrem Gehirn, nur ein blasses Fünkchen, das ich anfeuern konnte. Ich habe fast ein Jahr gebraucht, um meine Augen zu öffnen, aber schließlich habe ich es geschafft. Sie haben nicht geglaubt, dass es mir gelingen würde, aber ich habe sie alle eines Besseren belehrt. Danach bekamen sie noch größere Angst vor mir, als sie ohnehin schon hatten. Und das hat mir gefallen. Es machte mich sogar *glücklich*. So glücklich, dass ich es gleich noch mal erleben wollte. Ich wollte, dass sie *alle* Angst vor mir haben. Und dann kam er.«

»Alex«, fügte Nate hinzu. »Alex ist gekommen.«

Art nickte. »Das hat alles verändert. Es war nur ein weiteres Experiment, ein weiterer Test, aber diesmal wusste ich es. Und wenn man es weiß, kann man das Experiment steuern. Es genauso verlaufen lassen, wie man möchte. Doch Alex war anders.«

»Am Anfang mochtest du mich nicht besonders«, warf Alex ein, und Nate glaubte, ihn beinahe lächeln zu sehen.

»Du mochtest *mich* nicht«, gab Art zurück. »Du warst wütend und gemein und hast gesagt, dass du nichts mit mir zu tun haben willst. Trotzdem bist du immer wiedergekommen.«

»Das bin ich.«

»Warum?«, fragte Nate.

Alex blinzelte. »Warum *was?*«

»Warum bist du wiedergekommen?«

Der Marine schüttelte den Kopf, und noch bevor er weitersprach, sah Nate, wie seine Mauern wieder hochfuhren. »Das spielt keine Rolle«, brummte er. »Es geht nicht um mich, sondern um *sie*. Darum, sie nach Hause zu bringen.«

»Wie?«, fragte Nate und kam sich plötzlich so klein vor wie noch nie in seinem Leben. Falls das hier real war, falls irgendetwas davon stimmte, würde nichts je wieder sein wie zuvor. Am liebsten hätte er die beiden angeschrien, dass sie verrückt waren, Lügner, Hochstapler, was auch immer. Aber er hatte Artemis Darth Vader schon zu viele unmögliche Dinge tun sehen. Und egal, wie sehr er sich dagegen wehrte, es zog ihn mit wie ein reißender Fluss.

»Das wissen wir noch nicht genau«, gestand Art. »Aber sie sind auf dem Weg hierher. Ich spüre es.« Ihre Stimme bekam einen verträumten Unterton. »Es ist wie ein Lied in meinen Gedanken. Ich höre sie singen und weiß, dass sie kommen. Ich brauche nur auf sie zu warten.«

Dann verstummte sie.

Nate spürte einen Regentropfen auf seinen Schultern. Der Sturm würde bald hier sein.

Alex und Art warteten auf seine Reaktion, doch Nate hatte keine Ahnung, was er sagen sollte.

»Warum?«, fragte er schließlich.

Art sah ihn an. »Geht's auch ein bisschen konkreter?«

Nate fühlte sich schwach und ausgehöhlt. »Warum *wir?* Warum seid ihr zu uns gekommen?« Er spürte eine Träne auf seiner Wange und wischte sie weg.

Als Art sich nach vorne beugte und ihre kleinen Hände auf sein Gesicht legte, zuckte er nicht zurück. »Ihr glaubt, ihr seid allein. Ihr glaubt, ihr seid verloren. Wir kamen her, um euch zu zeigen, dass es so viel mehr gibt als diesen einen Planeten. Wir sind nicht gekommen, um euch etwas anzutun, aber auch nicht, um euch zu retten. Das könnt ihr nur selbst. Wir sind gekommen, um eure Freunde zu sein. Damit ihr versteht, dass man in Wahrheit *nie* allein ist.«

Nates Gedanken trugen ihn davon wie einen Pusteblumensamen.

Ein weiteres namenloses Motel mitten im Nirgendwo. Spät am Abend hatten sie die Staatsgrenze zu Washington überquert. Nate glaubte nicht, dass Alex ein konkretes Ziel vor Augen hatte, aber er fragte auch nicht nach. Er wusste nicht, wie.

Nate war allein in ihrem Zimmer. Alex und Art waren losgegangen, um etwas zu essen zu besorgen. Er saß auf der Bettkante und betrachtete die Äderchen auf seinen Handflächen. Er drehte seine Hände um, hob und senkte die Finger und sah, wie sich die Knochen unter seiner Haut bewegten.

Die beiden gaben ihm Zeit. Platz zum Nachdenken. Eine Entscheidung zu treffen, ob er bei ihnen bleiben wollte oder nicht.

Es wäre ganz einfach. Er könnte aufstehen, seinen Seesack

nehmen und zur Rezeption gehen. Fragen, ob er das Telefon benutzen durfte, und die Polizei anrufen. Sie würden ihm nicht glauben. Wie auch? Vielleicht musste er ihnen auch nicht alles erzählen. Er könnte behaupten, er sei eine Geisel. Vielleicht gab es bereits eine Fahndung nach einem Kidnapper. Bitte, kann uns denn niemand einen Hinweis geben, wohin unsere Kleine verschleppt wurde? Es wäre ganz einfach. Danach könnte er in seine Hütte zurückkehren – falls sie noch stand –, die Tür hinter sich schließen und nie wieder an Artemis Darth Vader oder Alex Weir denken.

Einen Moment lang spürte Nate eine Spannung in den Oberschenkeln, als würde er gleich aufstehen.

Er tat es nicht.

Sie kamen mit einem rot-weißen Pappbehälter zurück. Das weise lächelnde Antlitz von Colonel Sanders, dem Unternehmensgründer von Kentucky Fried Chicken, prangte darauf. Brathähnchen. Kartoffelpüree, Mais und Kekse. Art wirkte erleichtert, als sie sah, dass Nate noch auf demselben Fleck saß, wo sie ihn zurückgelassen hatten. Und Alex sah aus ... wie Alex, auch wenn seine Augen einen winzigen Moment lang ein kleines Stück größer wurden. Sie habe ihm etwas zu essen mitgebracht, sagte Art, weil sie für ihn sorgen wolle. Selbst erlegt und beim Geheul der Kojoten über dem Lagerfeuer gebraten, während sie unter dem Sternenhimmel auf ihrer Mundharmonika gespielt habe. Genau das Richtige für einen mächtig hungrigen Cowboy wie ihn.

Nate starrte sie stumm an.

Art biss mit einem verzückten Stöhnen in ihr Brathähnchen. Ihre Augen rollten zurück, und sie schwärmte, dass Huhn genauso gut sei wie Speck. Als sie fertig gegessen hatte, klebte Kartoffelbrei an ihrer Backe, und ihre Lippen glänzten vom Fett. Sie legte sich aufs Bett, schloss die Augen und klopfte sich zufrieden auf den Bauch.

»Das war nötig«, sagte sie. »Was auch immer ihr Erdenjungs sonst noch so treiben mögt, vom Essen versteht ihr was.«

Nate stocherte in seiner Portion herum, brachte aber kaum etwas herunter.

Alex aß schnell und pragmatisch. Er sah Nate immer wieder mal kurz an, sagte aber nichts.

Nate dachte daran, sich von den beiden wegzudrehen und zu schlafen, wusste aber nicht, ob ihm das gelingen würde.

Art schlief als Erste. Sie putzte sich die Zähne, ließ sich von Alex die Zöpfe aufmachen und schüttelte ihre Haare aus. Sie waren bauschig und zerzaust. Dann zog sie ihren Schlafanzug an – denselben, den sie nun schon seit fast zwei Wochen trug – und war weg, noch bevor ihr Kopf das Kissen berührte.

Nate hatte sich noch nie in seinem Leben so wach gefühlt.

Alex sammelte die Überreste des Abendessens ein.

Nate hatte nichts mit ihm zu besprechen. Bis zum nächsten Tag wollte er kein einziges Wort mehr hören. Nicht von sich selbst und schon gleich gar nicht von Alex. Umso überraschter war er, als er sich sagen hörte: »Du hast sie weggebracht.«

Alex hielt mitten in der Bewegung inne. Seine Hände schwebten über dem leeren Styroporcontainer, in dem sich vor Arts Überfall noch Kartoffelpüree befunden hatte. Seine Finger zuckten.

»Vom Berg«, ergänzte Alex. »Ja.«

»Warum?«

Alex sah ihn an, als bereitete er sich innerlich auf einen Kampf vor. Beinahe trotzig sagte er: »Ich würde es wieder tun.«

»Ich wollte nicht …«

»Wenn ich noch einmal vor der Entscheidung stünde, würde ich alles wieder genauso machen.«

Nate glaubte ihm.

»Sie haben ihr wehgetan«, sprach Alex weiter und stopfte

all die leeren Behälter in Papiertüten. »Art war ihnen vollkommen egal.«

»Aber dir nicht«, sagte Nate leise.

Alex antwortete nicht und warf die Papiertüten in den Mülleimer in der Ecke. Es roch nach kaltem Frittieröl und scharfen Reinigungsmitteln.

Nate bekam Kopfschmerzen. »Das habe ich bereits verstanden, aber ...«

»Nein«, unterbrach Alex kalt. »Hast du *nicht*. Du begreifst überhaupt nichts. *Sie* nicht und *mich* auch nicht.«

»Ich versuche es.«

»Warum bist du immer noch hier?«, fragte Alex mit blitzenden Augen. »Du hättest verschwinden können, während wir weg waren. Einfach alles hinter dir lassen.«

»Habe ich aber nicht.«

»Das sehe ich«, bellte Alex. Sein Blick sprang kurz zu Art. Sie schnarchte. Als er weitersprach, war seine Stimme leiser, aber immer noch angespannt. »Das sehe ich, aber ich verstehe nicht, warum.«

»Warum hast du mir ihre Geschichte erzählt?«, konterte Nate.

Alex fuhr sich frustriert durch die kurz geschorenen Haare. Seine Maske – der harte Kerl, der Soldat – bekam erneut Risse, noch stärker als beim letzten Mal. Nate fragte sich, ob Alex überhaupt merkte, dass das passierte. »Weil du sonst *nie* lockergelassen hättest.«

»Warum hast du dir nicht einfach was ausgedacht?«, erwiderte Nate. »So wie beim ersten Mal.«

Alex schüttelte den Kopf. »Du hättest mir nicht geglaubt.«

»Und wie kommst du auf die Idee, dass ich dir *jetzt* glaube?«

»Du glaubst mir.«

»Woher willst du das wissen?«

»Weil ich es dir ansehe. Dieses blasse Gesicht, diese weit

aufgerissenen Augen. Genauso habe ich ausgesehen, nachdem sie mir eröffnet hatten, was Art ist. Genau wie du jetzt. Du glaubst mir.«

Nate schluckte schwer. »Ich weiß nicht mehr, was ich glauben soll.«

Alex setzte sich auf die Bettkante und achtete darauf, Art nicht zu wecken. Er bückte sich und machte seine Schnürsenkel auf.

»Ich habe mit dem Gedanken gespielt.«

Alex zögerte kurz, dann zog er seinen rechten Stiefel aus. »Ich weiß.«

»Ich habe mit dem Gedanken gespielt, einfach durch diese Tür zu gehen.«

»Ich weiß.«

»Eine Telefonzelle zu suchen und die Bullen anzurufen.«

Alex zog seinen linken Stiefel aus.

»Aber ich habe es nicht getan«, sprach Nate weiter. »Egal wie sehr ich mich angestrengt habe, ich fand nicht die Kraft, mich zu bewegen.«

»Wir«, sagte Alex.

Nate hob den Kopf und sah ihn an. Es war dunkel im Raum. Nur durch das Fenster fiel das rote Neonlicht von dem ZIMMER FREI-Schild draußen herein. Alex zeichnete sich darin ab wie ein Schatten. *»Was?«*

»Auf der Hütte«, sprach Alex weiter. »Kurz nach deiner Ankunft, als der Vollstrecker aufgetaucht ist.«

»Der Wassertyp, der falsche Installateur.«

Alex schnaubte. »Ja, genau der. Ich hätte es sofort wissen müssen, als ich den weißen Laster gesehen habe. Ich ...« Er rieb sich übers Gesicht. »Danach hast du mich etwas gefragt. Du hast gefragt, was wir jetzt tun sollen.«

Nate wartete.

»Du hast nicht gesagt *ich*, was soll *ich* jetzt tun. Sondern *wir*.

Du kanntest uns nicht mal. Wir sind in deine Hütte eingebrochen, und ich hatte eine Pistole. Ich hätte ein Perverser sein können, der mit einem entführten Mädchen auf der Flucht ist.«

»Richtig«, bestätigte Nate und zuckte sogleich zusammen. »Damit wollte ich nicht sagen, dass ...«

»Schon gut. Ich kann's dir nicht verübeln«, murmelte Alex. »Trotzdem hast du *wir* gesagt.«

»Daran erinnere ich mich nicht.«

»Kann ich mir denken. Trotzdem bist du geblieben.«

»Das bin ich.«

»Nach allem, was passiert ist. Nach all dem verrückten Zeug, das wir dir erzählt haben.«

»Richtig.«

»Warum?«

»Ich weiß es nicht.«

Alex schien nicht zufrieden mit seiner Antwort. »Wie hast du davon erfahren? Als du aus Roseland zurückgekommen bist, hast du von B-7 gesprochen. Wie hast du davon erfahren?«

Die Frage überraschte Nate. »Ruth«, sagte er.

Alex fixierte ihn. *»Wer?«*

»Ruth. Sie ist eine alte Freundin von mir.« Nate merkte, dass er zu schwitzen begann. »Ich habe sie gebeten, ein paar Nachforschungen anzustellen.«

Alex fixierte ihn immer noch.

»Na ja, diese Geschichte, dass du Arts Leibwächter bist, klang nicht gerade überzeugend.«

»Das war ihre Idee«, murmelte Alex. »Ihre zweite. Zuerst wollte sie dir erzählen, sie wäre von Banditen entführt worden, bis ich auf meinem weißen Appaloosa angeritten kam und sie gerettet habe.«

Nate prustete. »Die Kleine ist wirklich ...«

»Ja, ist sie«, bestätigte Alex müde. »Was hat Ruth zu dir gesagt?«

»Etwas über B-7 und über dich. Dass du vor zehn Jahren

spurlos verschwunden bist. Wie ein Geist. Es waren Männer bei ihr. Von der NSA.«

»Die waren nicht von der NSA.«

»Ich weiß. Ruth auch. Aber sie hat ihre Spuren gut verwischt, ihr wird nichts passieren. Sie ist schon mit Schlimmerem fertig geworden als Regierungsschergen.«

»Sie wissen also schon länger Bescheid.«

»Das hat zumindest der Wassertyp behauptet. Er hat uns beschattet, oder?«

»Wahrscheinlich.«

»Warum?«

»Ein weiteres Experiment«, knurrte Alex. »Das war es schon die ganze Zeit über. Sie wollten sehen, was Art anstellen würde. Mit dir. Draußen und in Freiheit.«

»Nachdem du sie aus dem Berg befreit hattest« ergänzte Nate.

»Ich musste.«

»Du hast alles aufgegeben: dein Leben, deinen Job. Nur um sie da rauszuholen.«

»Ja.«

»Warum?«

»Das spielt keine Rolle. Wir müssen jetzt schlafen.«

Nate war nicht zufrieden. »Das ist nicht fair.«

»Ist mir egal«, brummte Alex und streckte sich aus.

»Du kannst mir nicht alles verheimlichen. Nicht mehr.«

»Ich kann tun, was immer ich will.«

»Scheint so«, erwiderte Nate verbittert.

»Was zum Teufel soll *das* denn bedeuten?«

»Was passiert danach?«

»Nach was?«

»Nach *dem* hier. Nachdem du Art wo auch immer hingebracht hast. Wie geht es dann weiter? Kann ich dann in mein altes Leben zurückkehren? Kann ich wieder ...«

Nichts, genau genommen. Nate hatte absolut *gar* nichts mehr. Die Hütte war sein letzter Besitz gewesen. Eigentlich der Ford, aber der befand sich jetzt auf dem Grund einer Schlucht.

»Was ist mit meinem Bruder?«, fragte er weiter.

»Was soll mit ihm sein?«

»Er hat eine Familie. Wenn diese Leute wissen, wer ich bin, wissen sie auch, wer er ist.«

Alex antwortete nicht.

»Art liegt dir am Herzen, und das verstehe ich«, sagte Nate leise. »Aber denkst du jemals auch daran, was mit *mir* passiert?«

Keine Reaktion.

»Tust du nicht, oder? Weil du tust, was immer du dir in den Kopf gesetzt hast. Ganz egal, wer oder was dir dabei in die Quere kommt. Du hast mich in diese Sache mit reingezogen, Alex. Alles, was von nun an mit mir passiert, passiert wegen dir. Mag sein, dass du dir das alles genauso wenig ausgesucht hast wie ich, aber ist dir jemals in den Sinn gekommen ...«

Und da war sie wieder, die Szene, die Nate in all dem Chaos fast vergessen hatte: Randy, der falsche Installateur, schien einiges über Alex gewusst zu haben. Was hatte er noch mal gesagt? Eine Akte, angeblich sehr detailliert und ...

Sie wurden ausgewählt, weil Sie ein gebrochener Mann waren, Alex. Man wollte wissen, ob es sich mit Ihnen verbinden würde. Eine Symbiose eingehen wie mit einem Wirt. Man wollte sehen, wie es auf menschliche Trauer reagiert. Ich glaube, selbst die verantwortlichen Stellen sind überrascht, wie eng diese Symbiose inzwischen geworden ist. Sie dachten, Sie spielen den Retter, dabei war alles genauso geplant.

»Wer war es?«, flüsterte Nate. »Um wen hast du getrauert?«

»Nicht.«

Es war nur ein einziges Wort. Eine einzige Silbe sogar. Doch darin lag alles, was Alex *nicht* aussprach. Es war eine Warnung.

Eine Drohung. Nate könnte versuchen, ihn zu drängen, aber es würde nicht gut ausgehen. Für keinen von ihnen.

Alex' Füße hingen über die Bettkante. Er starrte an die Decke.

Nate war hundemüde, aber er schaffte es nicht, die Augen zu schließen. Er wusste, dass Alex auch noch nicht schlief.

Dann: »Ich habe getan, was ich tun musste.« Alex' Stimme war kaum mehr als ein Flüstern.

Nate erwiderte nichts.

»Niemand hat es verdient, in einen Käfig gesperrt zu werden«, fügte Alex hinzu. »Niemand.« Einen Moment später war er weg.

Nate lag noch lange wach.

Als es draußen bereits heller wurde, schlich Nate aus dem Zimmer. Art und Alex schliefen noch.

Die Bergluft war kalt. Nate konnte seinen Atem in kleinen Wölkchen aufsteigen sehen. Er schlug den Kragen seines Anoraks hoch und rieb sich die Arme.

Ein Holztransporter fuhr vorbei, ohne zu bremsen.

Das Büro des Motels war dunkel.

Ihr Chevy war das einzige Fahrzeug auf dem Parkplatz. Am Straßenrand stand ein hölzerner Strommast. Und daneben eine Telefonzelle.

Nate warf einen Blick über die Schulter, sah die geschlossene Tür zu ihrem Zimmer.

Er dachte daran, wieder reinzugehen. Sich ins Bett zu legen, sich die dünne, kratzige Decke über den Kopf zu ziehen und zu warten, bis Alex sagte, sie müssten weiter.

Ich kann tun, was immer ich will.

Nate ging zur Telefonzelle.

Die Tür quietschte in den Angeln, während er sie aufzog und in seinen Jeanstaschen nach den zwei Vierteldollar fischte, die er ganz unten in seinem Seesack gefunden hatte.

Nate schob sie in den Schlitz.

Nahm den Hörer.

Presste ihn gegen seine Stirn und atmete einmal tief durch.

Dann wählte er die Nummer, an die er sich erinnerte.

Er wusste nicht einmal, welcher Wochentag es war, als er das Tuten in der knisternden Leitung hörte.

In Gedanken sah er es vor sich. Das Haus, in dem er nur einmal gewesen war, bevor seine Eltern ihn in der Hütte überrascht hatten und alles den Bach runtergegangen war.

Es klingelte siebenmal, bis jemand ranging. »Hallo?«, sagte eine schläfrige Stimme.

Nate konnte nicht sprechen.

»Hallo?« Die Stimme klang schon ein wenig wacher. Und ein wenig zorniger. »Wer ist da? Haben Sie eine Ahnung, wie spät es ist?«

»Ricky.«

Ein kurzer Moment der Stille, dann: »Nate? Bist du ... Was zum Teufel ...«

»Ja.«

»Warum rufst du um diese Zeit an?« Wohl eher: *Warum rufst du überhaupt an?*

Er ging nicht darauf ein und sagte: »Du musst jetzt gut zuhören. Sag nichts, hör mir nur zu.«

»Warum ...«

»Rick.«

»Was?«

»Es werden Leute zu dir kommen und Fragen stellen. Über mich. Und das tut mir leid. Ich weiß, dass du nichts ... Was auch immer sie dir erzählen, es ist gelogen. Okay? Egal was. Weißt du noch, wie du mir beigebracht hast, Steine übers Wasser hüpfen zu lassen?«

»Nate?« Die Stimme seines Bruders klang jetzt nicht mehr zornig, sondern alarmiert. »Was ist los? Wo bist du?«

»Das spielt keine Rolle. Ich weiß nicht, wann wir uns das nächste Mal sprechen werden, und wollte dir sagen, dass ich nicht sauer bin, okay? Es gibt Dinge, Ricky, die größer sind als du und ich. Dinge, die ich mir nicht mal ansatzweise vorstellen konnte und die du niemals glauben würdest.«

»Bist du betrunken? Nate, worauf zum Henker willst du hinaus?«

»Ich liebe dich.«

Rick antwortete nicht. Nate glaubte schon, er hätte aufgelegt.

Dann: »Alles okay bei dir, Nate?«

Er lachte heiser. »Ich weiß es nicht. Nicht mehr. Aber etwas Großes ist im Gange. Ich kann es dir nicht erklären. Ich wollte nur deine Stimme mal wieder hören. Steinewerfen am See. Weißt du noch?«

»Ich weiß es noch.« Rick seufzte. »Du warst nicht besonders gut.«

»Stimmt. Aber ich wurde besser. Du hast es mir beigebracht. Glaubst du, dass es Dinge gibt, die größer sind als wir?«

»Ich verstehe nicht, Nate. Wovon *redest* du?«

»Nichts. Gar nichts. Ich muss jetzt Schluss machen. Danke. Dass du mir gezeigt hast, wie man Steine wirft.«

»Nate, warte ...«

Er legte auf.

Seine Hände zitterten.

Dann trat er aus der Telefonzelle und ging zurück in ihr Zimmer.

Die beiden hatten sich nicht bewegt.

Art schnarchte.

Alex' Brust hob und senkte sich.

Nate kletterte in sein Bett und wartete darauf, dass die Sonne aufging.

ZWÖLF

Sie fuhren weiter nach Osten.

Nate fragte, wohin.

Art grinste ihn an. »Ich habe nicht die geringste Ahnung. Ist das nicht toll?«

Nate ließ es auf sich beruhen.

Sie blieben auf den Nebenstraßen. Alex sagte, sie müssten die Highways nach wie vor meiden. Das Risiko sei zu groß.

Sie waren immer noch nicht in den Nachrichten. Weder in den Radiosendern, die sie empfangen konnten, noch in den Zeitungen, die Nate kaufte, wenn sie anhielten, um zu tanken.

Alex sagte, das bedeute nicht, dass sie nicht gesucht würden.

Es gab wilde Tiere in Montana.

Art hüpfte auf der Sitzbank herum und verlangte, dass sie anhielten. Sie beugte sich über Nates Beine und presste ihr Gesicht gegen das Beifahrerfenster. »Alex!«, rief sie, »Alex, sieh dir das an! Bleib stehen, Alex, bleibstehenbleibstehenbleibstehen!«

Nate war sicher, dass er weiterfahren würde. Sagen, sie hätten keine Zeit zum Stehenbleiben.

Art hatte behauptet, die Zeit sei flüssig. Dass sie sich verbiegen konnte.

Alex hielt an.

Auf einer Wiese graste eine Bisonherde, es mussten Dutzende sein, dahinter die verschneiten Berge.

Art war schon über Nates Schoß gekrabbelt und aus dem Auto gesprungen, noch bevor Alex den Motor abgestellt hatte. Es war kalt. Nate schaute ihr kurz hinterher, dann drehte er sich um und sagte zu Alex, es sei gut, dass er angehalten habe.

Aber Alex war nicht mehr da.

Die Fahrertür stand offen. Alex ging um die Motorhaube des Chevy herum.

Art stand auf einer Böschung und bestaunte die Bisons. Sie winkte wild mit den Armen. Als Alex sich ihr näherte, blickte sie über die Schulter. Sie strahlte.

Alex sagte nichts, aber das war egal. Art sprach genug für sie beide.

Nate hielt es für das Beste zu bleiben, wo er war.

Es ging ihn nichts an.

Es ging nicht um ihn.

Alex sah ihn an und zog eine Augenbraue hoch. Nickte in Richtung der Bisons.

Nate war ausgestiegen, noch bevor er es überhaupt merkte.

»... und sie sind viel größer, als ich dachte!«, rief Art. Ihre Nase war leicht gerötet. »Ich meine, ich habe Fotos gesehen, aber die sind gar nichts im Vergleich. Sieh dir an, wie riesig sie sind! Und schau mal, sie haben Babys. Alex, Nate! Seht nur, die Babys!«

Nate stellte sich neben Alex. Ihre Schultern berührten sich rein zufällig. Alex fühlte sich warm an, und Nate blieb genauso stehen.

Und dann verschlug es ihm den Atem, denn Art hatte recht: Die Tiere waren riesig, viel größer, als er erwartet hatte. Und so nah. Er hörte sie schnüffeln und schnauben, sah ihre mächtigen Schädel knapp über der Grasnarbe. »Wow«, keuchte er. »Sie sind ... wow.«

Art lachte. »Hab ich doch gesagt!«

»Hast du schon mal welche gesehen?«, fragte Alex, an Nate gewandt.

»Nein. In D.C. gibt's nicht sehr viele davon.«

Alex verdrehte die Augen. »Ach was.«

»Und du?«

Alex betrachtete die Herde. »Einmal. Vor langer Zeit. Wir waren ... Ja, hab ich.«

Nate hakte nicht nach. Der Marine hatte auch so schon mehr gesagt, als er erwartet hätte.

Doch dann sprach Alex weiter: »Ich war noch ein Kind. Wir haben einen Ausflug gemacht, in den Glacier-Nationalpark, Yosemite. Seitdem habe ich keine mehr gesehen.«

Art drehte ihnen den Kopf zu. »Waren sie damals auch schon so groß?«

Alex zuckte die Achseln. »Sogar noch größer.«

Art staunte. »Schmecken sie genauso gut wie Speck? Können wir uns eines holen und es ausprobieren?«

Nate hustete, dass seine Lunge beinahe platzte.

Er stellte Fragen. Natürlich. Das gehörte zu ihm. Es lag in seinem Wesen.

Das *Problem* dabei war nur, dass er die Antwort manchmal gar nicht hören wollte. Nicht wirklich.

»Die Grauen«, sagte er unvermittelt, während sie eine holprige Straße entlangfuhren.

Art summte weiter, ohne von ihrem Buch aufzublicken.

»Die Grauen Aliens.« Er atmete laut durch die Nase. »Die mit den großen Köpfen und schwarzen Augen.«

»Was ist mit ihnen?«, fragte Art.

»Gibt es sie tatsächlich?«

Art sah ihn an. »Willst du es wirklich wissen?«

Er nickte langsam.

»Ja, es gibt sie.«

»Oh«, machte Nate und wusste nicht recht, was er mit dieser Information anfangen sollte, jetzt da er sie hatte.

»Ja, aber ehrlich gesagt sind sie Idioten. Wenn du je einem begegnest, dann schlag ihm auf die Nase.«

Auch mit dieser Auskunft wusste er nichts anzufangen.

Alex lachte leise, sagte aber nichts.

Art verzog das Gesicht. »Sie sind total besessen davon, in allem und jedem herumzustochern. Ich meine, ich verstehe ja, wenn sie wissen wollen, wie etwas von innen aussieht, aber dafür gibt es Scanner. Man muss dazu nicht eine Sonde durch das Rektum einführen. Wenn du mich fragst, haben sie einen Analfetisch. Weißt du, was ein Fetisch ist? Das ist, wenn man ...«

»Art«, sagte Alex.

Sie seufzte und widmete sich wieder ihrem Buch.

Nate kurbelte das Fenster herunter und saugte so viel frische Luft in seine Lunge, wie er konnte.

Den Rest des Tages stellte er keine Fragen mehr.

Ihre Zwischenstopps liefen nach einer strengen Routine ab.

Sie wollten nicht zusammen gesehen werden. Zwei erwachsene Männer mit einem kleinen Mädchen würden Aufmerksamkeit erregen. Motels waren ein guter Ort für sie. Sie parkten ein ganzes Stück vom Büro entfernt, dann ging entweder Alex oder Nate hin, während die anderen beiden im Chevy warteten. Beim Essenkaufen das Gleiche. Es ging immer nur einer in den Laden.

Tankstellen waren schwieriger. An manchen gab es Kameras, und Art musste sich im Fußraum verkriechen. Alex ging rein und bezahlte, dann zurück nach draußen, wo er tankte.

Es klappte gut, schnell und effizient. Niemand nahm auch nur Notiz von ihnen.

Bis sie die Kleinstadt Havre an der kanadischen Grenze erreichten.

Sie waren kurz nach Süden geschwenkt und hatten sich dann wieder Richtung Norden gewendet. Sie fuhren im Kreis und warteten darauf, dass etwas passierte. Dass Art ihnen den Weg wies. Sie hatte gesagt, es sei noch nicht so weit, aber wenn, würde sie es merken und Alex Bescheid sagen. Sie hatte versucht, es Nate zu erklären. Es sei eine Art Ziehen in ihrem Kopf, sagte sie, denn da, wo sie herkam, gab es keine Sprache. Sie wusste erst, was ein Mund überhaupt war, seit sie in Orens Körper eingedrungen war.

Nate brauchte Stunden, um über die grauenvollen Fantasien hinwegzukommen, die das in ihm auslöste.

Art lachte.

Alex schimpfte.

Art entschuldigte sich.

Nate glaubte nicht, dass ihre Entschuldigung aufrichtig gemeint war.

»Wir müssen anhalten«, sagte Alex etwa eine Woche, nachdem Art Nate an einem Picknicktisch eröffnet hatte, dass sie nicht von der Erde stammte. »Der Tank ist fast leer.«

Es war später Nachmittag und sie würden sich bald nach einem Platz für die Nacht umsehen müssen.

Auf der Ladefläche des Chevy lagen warme Schlafsäcke bereit, die sie gerade noch rechtzeitig eingepackt hatten. Art hatte sie sofort benutzen wollen, doch Nate hatte dagegengehalten, ein Bett wäre ihm lieber. Den Ausdruck von Verrat, mit dem Art ihn daraufhin anschaute, hatte er noch nie auf dem Gesicht einer Weltraumprinzessin gesehen.

Art nickte, ohne von ihrem Buch aufzublicken. »Okay, Partner, sag mir einfach, wann ich verschwinden soll. Ich bin gerade mit einem anderen Cowboy dabei, meine Traumfrau mit Waffengewalt aus den Klauen eines bösen Ölbarons zu befreien, der gleichzeitig ihr Onkel ist.«

Alex warf Nate einen kurzen Blick zu. »Das mit den Büchern nehme ich dir übel.«

Nate verdrehte die Augen. »Nur weil du nicht lesen kannst.«

»Er *kann* lesen«, warf Art ein. »Er tut es nur nicht gern, weil er keine Fantasie hat.«

»Aber *du* schon?«, fragte Nate.

Sie blickte auf. »Natürlich. Wie die meisten Leute, oder?«

Es gab Momente, Momente wie diesen, in denen Art so verdammt menschlich wirkte, dass Nate beinahe vergaß, was sie an jenem Picknicktisch mitten im Nirgendwo zu ihm gesagt hatte: dass sie im Grunde genommen ein Geist war, der vom Körper eines kleinen, im Koma liegenden Mädchens Besitz ergriffen hatte. Doch wenn es ihm wieder einfiel und sie von Dingen wie Fantasie sprach, drohte er jedes Mal, in eine neue Panikattacke zu verfallen. Er hatte nie viel über diese Dinge nachgedacht. Nie über die Konsequenzen, falls sich eines Tages herausstellen sollte, dass die Menschheit nicht allein im Universum war. Das war Science-Fiction – Aliens in Raumschiffen, die Städte dem Erdboden gleichmachten und die Menschheit versklaven wollten. Kleine grüne Männchen mit Laserpistolen oder Roboter mit dürren Metallfingern. Monster aus den Tiefen des Alls. Mehr nicht. Nate hatte nie einen Grund gesehen, sich etwas anderes darunter vorzustellen.

Doch nun hatte er eines direkt vor der Nase. Es steckte im Körper einer Zehnjährigen und las gerne. Es mochte Speck, trug eine Sonnenbrille und sah ihn mit gespanntem Gesichtsausdruck an, als könnte es seine Antwort kaum erwarten. All das lag so weit jenseits dessen, was Nate für möglich gehalten hatte, dass ihm schlicht die Worte fehlten.

Also sagte er: »Ja. Wahrscheinlich. Wie die meisten.«

Art nickte und wandte sich wieder ihrem Buch zu. »Außer Alex.«

»Außer Alex.«

»Ich habe keine Zeit für Fantasie«, murmelte Alex und sah Nate dabei an, als wüsste er genau, was er gerade gedacht hatte.

Art hatte nicht sehr genau erklärt, woher sie stammte. Viel weiter weg, als Menschen je gekommen waren, hatte sie gesagt, was wahrscheinlich stimmte. Denn das Universum war unfassbar groß, und Nates spärlichen Kenntnissen nach war die Menschheit noch nicht weit über ihr eigenes Sonnensystem hinausgekommen, geschweige denn in die Tiefen des Alls vorgedrungen. Er erinnerte sich vage an ein Zitat von Carl Sagan, der einmal gesagt hatte, es gebe mehr Sterne im Universum als Sandkörner auf der Erde. Damals hatte Nate nicht viel damit anfangen können und es praktisch sofort wieder vergessen.

Aber jetzt?

Die Vorstellung war schön und schrecklich zugleich.

Er überlegte, Art zu fragen, ob es noch andere Aliens gab außer den Grauen Arschlöchern.

Doch erstens brachte er nicht die Kraft dazu auf und zweitens wollte er die Antwort wahrscheinlich gar nicht wissen.

Dann gab es wieder Momente, in denen er beinahe glaubte, einen stinknormalen Ausflug mit einem Mann und dessen Tochter zu unternehmen.

Nachdem sie in seine Hütte eingebrochen waren.

Um ihn danach zu besagtem Ausflug zu zwingen, auf dem Nate sich zudem mit Soldaten und Helikoptern herumschlagen musste.

Er war kurz davor, in einer tiefen Depression zu versinken, als er das Schild sah.

HAVRE, MONTANA.

»Hier tanken wir«, sagte Alex. »Schnell rein, schnell wieder raus. Und ein paar Meilen später suchen wir uns einen Platz für die Nacht.«

Nate sagte nichts.

Es war kälter als am Herschel Lake. Es lag noch etwas Schnee, grau und schmutzig. Der Ort war unspektakulär und sah genauso aus wie all die anderen Kleinstädte, durch die sie in der letzten Woche gekommen waren. Die Sonne war kraftlos, die Wolken am Himmel dünn und ausgefranst.

An der ersten Tankstelle hielten sie an. Art saß im Fußraum. Ihr Kopf lag auf Nates Knie, und sie las immer noch. Nate strich ihr übers Haar. Art summte und schmiegte sich in seine Hand.

Die Tankstelle hatte vier Zapfsäulen. Unverbleit kostete einen Dollar zwanzig, wie Alex murrend feststellte. Je weiter sie kamen, desto teurer wurde das Benzin. Vor ein paar Tagen hatte Nate sich erkundigt, wie viel Geld sie hatten und wie sie ihren kleinen Spontantrip eigentlich finanzierten. Alex hatte ihn lange ausdruckslos angesehen und ihm dann das Geheimfach in seinem Seesack gezeigt. Es war voller Geldscheinbündel, die von dicken Gummibändern zusammengehalten wurden. Alex ließ ihn nur einen kurzen Blick auf das Fach werfen, aber was Nate sah, genügte.

»Du hast das schon länger geplant, stimmt's?«, sagte er möglichst gelassen.

Alex schüttelte den Kopf. »Nicht bewusst. Zumindest am Anfang nicht. Aber nach einer Weile wurde mir klar, dass ich sehr vorsichtig sein muss, damit sie keinen Verdacht schöpfen. Am Ende dauerte es ein ganzes Jahr.«

Nate hatte nicht viel darauf erwidert. Denn was ihn eigentlich beschäftigte, war, *damit sie keinen Verdacht schöpfen.* Die omnipräsenten, allmächtigen *sie*. Die Leute, die Art im Berg gefangen gehalten hatten und jetzt hinter ihnen her waren. Zum Beispiel in Gestalt des Wassertypen.

Nate konnte gut nachvollziehen, dass sie Art unbedingt zurückhaben wollten.

Alex hielt an und stellte den Motor ab. Der Tankstutzen war auf der Beifahrerseite. »Bin gleich wieder da.«

Nate lächelte gepresst. Die Tankstopps zerrten an seinem Nervenkostüm. Es war zwar noch nie etwas passiert, aber die jüngsten Ereignisse waren Grund genug für eine gesunde Paranoia, fand er.

Alex stieg aus und streckte sich ein wenig.

Nate sah nicht hin, als sein Hemd dabei hochrutschte und den Blick auf einen schmalen Streifen Haut freigab.

Nein, er beobachtete lediglich, wie der Marine sich wachsam umsah.

Ihr Chevy war der einzige Wagen an den Zapfsäulen. Vor dem Tankstellenladen parkte ein Auto.

Ein Kinderspiel.

Alex ging um die Kühlerhaube herum auf den Eingang des Ladens zu.

Der abkühlende Motor des Chevy tickte.

Es war stickig in der Kabine. Nate kurbelte das Fenster ein Stück herunter und sog die kühle Luft ein.

Art blätterte zur nächsten Seite und erklärte: »Alex mag dich.«

»Das hast du schon mal gesagt«, erwiderte Nate, die Hand immer noch auf ihrem Kopf.

»Ich weiß. Ich wollte dich nur noch mal dran erinnern, falls du's vergessen haben solltest.«

»Habe ich nicht.«

»Okay. Er benimmt sich nur manchmal so, als würde er dich nicht mögen.«

»Ich weiß.«

»Er kann seine Gefühle nur schwer zeigen.«

Nate lachte. »Das könnte man so sagen.«

Art sah ihn an. »Gib ihn nicht auf, ja?«

»Wie meinst du das?«

»Er wird jemanden brauchen, später.«

Nate gefiel nicht, wie sich das anhörte. »Wann später?«

Art biss sich auf die Unterlippe. »Wenn ich wieder zu Hause bin. Er glaubt, er kommt alleine zurecht, aber das ist nicht gut für ihn. Er braucht jemanden. Jemanden wie dich.«

So weit voraus hatte Nate noch gar nicht gedacht, nur an die kommende Nacht und das Motel. Er fragte sich, ob es damit zu tun hatte, dass er Arts Geschichte noch immer nicht zu einhundert Prozent glaubte. Sicher, er wusste, dass sie anders war. Immerhin hatte er gesehen, wie sie Humvees auf Helikopter geschleudert hatte. Aber seine Vorstellung von einem *Danach* war bestenfalls schwammig. Bis jetzt fuhren sie mehr oder weniger ziellos umher, nur ab und zu fragte Alex, ob Art schon Genaueres wüsste. Dann schüttelte sie jedes Mal den Kopf und sagte, es wäre noch zu früh, aber wenn es so weit sei, wüsste sie, wo und wann. Und das bedeutete ...

Nun ja, Nate war nicht sicher, ob er jetzt schon wissen wollte, was das bedeutete.

Also, nein, er hatte noch nicht an das Danach gedacht. Er dachte kaum an den nächsten Tag. Nate war wie in einem Dämmerzustand. Das heißt, bis auf die jüngsten Ereignisse, die so eindrücklich gewesen waren, als hätte er die Welt zum ersten Mal in Farbe wahrgenommen.

»Ich glaube nicht, dass er irgendetwas brauchen wird«, entgegnete er leise.

Art schüttelte den Kopf. »Du täuschst dich. Er ist nicht mehr der, der er vorher war. Die Dinge haben sich verändert. Er wird jemanden wie dich brauchen. Nein, weißt du was? Nicht jemanden *wie* dich, sondern *dich.*«

Nate schaute aus dem Fenster. Er konnte das Innere des Ladens sehen.

Alex stand vor dem Getränkekühlschrank. Wahrscheinlich holte er Saft für Art und Gatorade für Nate. Er hatte bei ihrem ersten Stopp um eines gebeten, und seither brachte Alex ihm jedes Mal eines mit. Aber das hatte nichts zu bedeuten. Wahrscheinlich wollte er nur dafür sorgen, dass Nate nicht ständig jammerte, weil er Durst hatte. Und das war vollkommen in Ordnung so. *Alles* war in Ordnung.

»Ich denke nicht«, erwiderte er schließlich. »Er kommt gut allein zurecht.«

Art schien das nicht gern zu hören. »Warum glaubst du mir nicht?«

»Das stimmt doch gar nicht. Ich will nur ... *Scheiße.*«

»Wie bitte?«

Nate ignorierte sie. Er war vollkommen auf den braunen Wagen konzentriert, der vor dem Laden anhielt.

Auf der Karosserie prangten drei Worte in Großbuchstaben: HILL COUNTY SHERIFF.

»Bleib unten«, zischte Nate. »Nicht bewegen.«

»Ist es der Wassertyp?«

Eigentlich fand er die Tatsache, dass Art Nates Bezeichnung für den Vollstrecker übernommen hatte, zum Totlachen. Doch ihm lief ein Schauer über den Rücken, als hätte jemand ihm einen Eimer Eis über den Kopf gekippt. »Nein. Ein Bulle.«

»Und Alex?«

»Ist noch drinnen.« Und er hatte Polizisten noch nicht gesehen. Er war gerade mit zwei Plastikflaschen in der Hand auf dem Weg zur Kasse. Nate schrie ihn in Gedanken an, er solle hersehen, den Kopf drehen, damit er ihm ...

Alex tat es. Eben noch hatte er die Frau an der Kasse angesehen, da ruckte sein Kopf plötzlich herum, und er sah, wie der untersetzte Deputy sich aus seinem Auto wuchtete. Sein blondes Haar war schon etwas schütter, die Wangen unter seiner verspiegelten Sonnenbrille leicht gerötet. Und sein Blick war nicht auf den Laden gerichtet, sondern direkt auf den Chevy. Er neigte den Kopf, dann sah er Nate und nickte, als würde er gleich herkommen.

Stattdessen schlug er die Türe seines Wagens zu und wandte sich Richtung Laden.

Nate spürte einen Druck an seinem Knie und blickte nach unten.

Art hatte den Kopf eingezogen und ihre Finger in seine Jeans gekrallt. Ihr Atem ging flach und schnell wie vor einer Panikattacke.

»Art«, flüsterte er. *»Art.«*

Sie reagierte nicht.

»Scheiße«, murmelte er und schaute wieder zum Tankstellenladen. Der Deputy war jetzt drinnen. Alex stand immer noch an der Kasse. Der Deputy ging auf den Kühlschrank zu und blieb plötzlich stehen. Seine Schultern versteiften sich leicht. Er musterte Alex kurz, dann den Chevy.

»Komm schon«, sagte Nate. »Komm schon, beeil dich.«

Art atmete immer noch sehr schnell.

Nate verstärkte den Druck seiner Hand auf ihrem Kopf. Seine Gedanken rasten. Er dachte: *Komm endlich raus da und wieso dauert das so lange und alles ist gut alles ist gut*. Und dann hörte er eine Stimme, die nicht seine war. Sie bohrte sich in seinen Kopf, grell und aufdringlich: *Alex, Alex, Alex, bitte lass mich nicht allein, bitte komm zurück.*

Er kannte diese Stimme.

Er senkte langsam den Blick und sah das kleine Mädchen an, das im Fußraum des Chevy saß. Sie hatte die Augen geschlossen. Ihre Brust hob und senkte sich.

Und dann hörte Nate eine *dritte* Stimme in seinem Kopf, rau und tief. Sie sagte: *Halt dich bereit für den Fall, dass wir ab-*

hauen müssen. Wenn es nicht anders geht, dann fahrt ohne mich. Er wird auf dich aufpassen. Nate ist …

Eine Flut von Bildern jagte durch seinen Kopf: die Hütte, der See, eine Wiese voller Blumen. Eine Frau mit schwarzen Haaren. Ein kleiner Junge mit hellen blauen Augen. Und Nate, Nate, Nate. Nate in der Küche, wie er verschlafen an seinem Kaffee nippte. Nate, wie er am Seeufer stand. Schlafend im Chevy, den Kopf gegen das Fenster gelehnt. Nate, wenn er wütend war, verängstigt, lachte.

Er hatte sich noch nie so gesehen, so wild und ungezähmt und *lebendig*. Es war zu viel für ihn, und er drohte in der Flut zu ertrinken. Die Bilder wurden von ständig wechselnden Gefühlen begleitet, von Wut über Schmerz bis zu vorsichtigem Vertrauen und einer Sehnsucht, wie Nate sie noch nie gespürt hatte. Und dann noch diese alles verschlingende *Einsamkeit,* die über allem schwebte, als wäre er allein, so allein, und das schon sehr lange.

Nate blinzelte, seine Kehle schnürte sich zu. »Was passiert mit mir?«, krächzte er.

Dann plötzlich ein eindeutiger, klar formulierter Gedanke: *Nate?*

Ja, erwiderte er.

Die Ladentür ging auf. Alex, dessen Stimme er gerade gehört hatte, kam mit versteinertem Gesicht auf den Chevy zu.

Nates ganzer Körper begann zu kribbeln.

»Du hast es gespürt, oder?«, flüsterte Art.

Noch bevor er antworten konnte, kam eine vierte Stimme hinzu.

»Hey, Sie da. Warten Sie kurz.«

Sie gehörte dem Deputy.

Alex war schon auf halbem Weg zum Chevy und blieb stehen. Die Plastiktüte in seiner Hand schlug baumelnd gegen seinen Oberschenkel. Er straffte die Schultern und drehte sich um. »Ja?«

Der Deputy lächelte nicht, machte aber auch keine Anstalten, nach seiner Pistole zu greifen. »Gehört der Chevy Ihnen?«

»Ja.«

»Schöner Wagen.«

»Danke.«

»Ich überlege, mir auch so einen zuzulegen.«

»Tatsächlich.«

»Aber ja. Im Moment fahre ich noch meinen alten Ford, aber mein Dad hatte 'nen Chevy, als ich klein war. Ich habe den Wagen *geliebt* damals.«

Alex zuckte die Achseln. »Kann mich nicht beschweren.«

»Washington?«

Alex ging nicht darauf ein.

Der Deputy war jetzt nur noch wenige Schritte von ihm entfernt. »Das Nummernschild. Darauf steht Washington.«

»Ja.«

»Ein Kurztrip?«

»Ich und ein Kumpel von mir.«

»Wohin soll's gehen?«

»South Dakota.«

Der Deputy nickte. »Seltsame Route von Washington aus. So weit rauf in die Berge.«

»Wir sind durch den Glacier-Nationalpark gefahren.«

»Hübsch dort, nicht?«

»Sicher«, erwiderte Alex.

Nate beschloss, an der Smalltalk-Kompetenz des Marines zu arbeiten – falls es ihnen überraschenderweise gelingen sollte, heil aus dieser Sache rauszukommen.

»Was gibt's in South Dakota Besonderes zu sehen?«

»Ich fass es nicht«, murmelte Art. »Seid ihr Menschen *alle* so neugierig?«

Nate hätte schreien können.

»Die Badlands«, antwortete Alex.

»Ja, stimmt! Tolle Landschaft, wenn man noch nie dort war.«

»Erstes Mal.«

»Mit dem Zelt?«

Alex nickte.

»Klingt nach einem schönen Ausflug.« Der Blick des Deputy wanderte wieder zum Chevy. Nate hätte ihm beinahe gewunken, entschied sich aber in letzter Sekunde dagegen. »Nur Sie und ein Freund. Sonst niemand?«

»Sonst niemand.« Alex klang, als hätte er genug von dieser Unterhaltung. Nate hatte diesen Tonfall während der letzten Wochen mehr als einmal gehört.

»Na, dann wünsche ich mal gute Reise.«

»Danke.«

Der Deputy wandte sich Richtung Laden.

Alex wandte sich Richtung Chevy.

Nates Magen schlug einen Salto.

»Eins noch.«

Nate sah, wie Alex die Kiefermuskeln anspannte, bevor er sich wieder umdrehte.

»Sind Sie Soldat?«, fragte der Deputy.

Nate überlegte, ob der Polizist womöglich einen heimlichen Todeswunsch hatte. Alex' Pistole war im Handschuhfach. Er musste sie nur herausholen. Klar, er hatte keine Ahnung, wie man damit umging, aber so schwer konnte das auch wieder nicht sein. Entsichern, Finger auf den Abzug, zielen und feuern. Er musste ihn nicht gleich töten. Ein Warnschuss würde genügen.

»Sie bewegen sich wie einer«, fügte der Deputy hinzu. »Mein Dad war in Korea. Hatte einen ähnlichen Haarschnitt und so.«

Nate spürte, wie sehr Alex das wurmte. Irgendwoher wusste er, dass Alex ihn am liebsten korrigiert hätte. Denn er war kein Soldat, sondern *Marine,* und das war verdammt noch mal ein Unterschied.

Stattdessen sagte er: »Ist lange her. Alte Gewohnheiten sind schwer loszuwerden.«

Der Deputy nickte. »Danke für Ihren Dienst am Vaterland. Ich war nie bei der Armee, aber ich weiß, was es einem abverlangt. Von meinem Dad.«

»Sehr freundlich.«

»Klar. Na dann. Ich lass Sie mal weiterfahren. Einen schönen Tag noch, Sir.« Er salutierte schwungvoll und ging zu seinem Wagen.

Alex hatte sich im selben Moment umgedreht und war bereits auf dem Weg zur Zapfsäule.

Der Wagen des Deputy bewegte sich nicht.

Das Tanken dauerte etwa zwei Minuten.

Es fühlte sich an wie Stunden.

Schließlich hörte Nate das charakteristische Klicken der automatischen Abschaltung.

Alex schraubte den Deckel auf den Tankstutzen und hängte den Benzinhahn wieder ein.

Er ging um die Motorhaube herum und zog die Fahrertür auf. Warf die Einkaufstüte auf die Sitzbank, ohne Nate oder Art anzusehen. Bückte sich nach den Zünddrähten und hielt sie aneinander.

Nichts.

Der Motor blieb stumm.

Alex versuchte es noch einmal.

Kein Fünkchen.

Alex schnaubte und unternahm einen dritten Versuch.

»Scheiße«, flüsterte Nate.

»Art«, bellte Alex. »Lass das.«

Sie sah ihn mit großen Augen an.

»Lass das«, wiederholte Alex, und Nate spürte, dass sie gehorchte, auch wenn er keine Ahnung hatte, worum es überhaupt ging.

Gerade war sein Kopf noch voller Stimmen gewesen, die dort nicht hingehörten, und jetzt war er plötzlich wieder allein mit seinen Gedanken. Es war ein Gefühl, als würde er nach langer Zeit unter Wasser wieder durch die Oberfläche brechen. Er sog gierig die Luft ein, während Alex die Drahtenden ein weiteres Mal aneinanderhielt.

Diesmal kam der Funke. Ein Ruckeln ging durch den Chevy und der Motor heulte auf. Alex legte den Gang ein und fuhr los.

»Was zum Henker war das eben?«, fuhr Nate auf. »Mein Kopf, ich ...«

»Warum?«, knurrte Alex.

Nate brauchte eine Sekunde, um zu begreifen, dass die Frage nicht an ihn gerichtet war.

»Weil es gepasst hat«, antwortete Art. »Genau wie bei dir. Es ist natürlich nicht ganz dasselbe, aber du weißt es genauso wie ich.«

»Er wollte es nicht. Er will *nichts* von alledem hier.«

»Hast du ihn gefragt?«

»Das muss ich nicht. Er hat oft genug gesagt, dass ... *Verdammt.*«

»Was ist?«, fragte Nate. Auch dieses Mal war er sich nicht sicher, ob er die Antwort hören wollte.

»Er folgt uns.«

Nate drehte den Kopf.

Der Wagen des Deputy war direkt hinter ihnen.

»Nate ist immer noch bei uns«, sprach Art weiter. »Er hat uns nicht alleingelassen und wird es auch nicht tun. Er wird auch *dich* nicht alleinlassen.«

»Hör auf.« In Alex' Stimme lag eine deutliche Warnung. »Ich weiß nicht, was du glaubst, dass du da tust, aber du musst damit aufhören. Hast du mich verstanden?«

»Nur weil du es nicht siehst, heißt das noch lange nicht ...«

Im Rückspiegel blitzte es rot und blau. Der Deputy hatte die Lichter auf dem Dach seines Wagens eingeschaltet.

»Scheiße«, knurrte Alex und schlug aufs Lenkrad.

»Art, du kletterst auf die Sitzbank und hältst jetzt deinen verdammten Mund, hast du verstanden? Nate, nimm die Pistole. Halt sie versteckt.«

Art tat, wie er sie geheißen hatte.

Nate rührte sich nicht.

»*Jetzt,* Nate!«

Er machte das Handschuhfach auf. Alex' Pistole lag auf einem Stapel Papierkram. Vermutlich der Fahrzeugbrief. »Wenn er das Nummernschild überprüft, sind wir geliefert.«

»Ich weiß.«

»Du kannst ihn nicht einfach *erschießen.*«

Alex blickte stur geradeaus und fuhr rechts ran. Er trennte die Zünddrähte voneinander, schob sie unters Armaturenbrett und setzte die Blende wieder ein. Der Motor verstummte.

Nate nahm die Pistole und legte sie auf seinen Schoß.

Art reichte ihm ihre Jacke.

Er legte sie über die Waffe.

»Ganz ruhig. Alles wird gut«, sagte sie.

Nate versuchte, nicht zu zittern. »Ich dachte, du kannst keine Gedanken lesen.«

»Kann ich auch nicht.«

»Aber ich habe Stimmen ...«

»Mannomann, Nate, das war doch war kein Gedankenlesen! Du scheinst mir wirklich *alles* zuzutrauen. Selbst wenn ich es könnte, würde ich es nie ohne deine Zustimmung tun. Ich habe nur eine Verbindung mit dir aufgebaut, damit du die Gedanken hören kannst, die Alex und ich gerade austauschen. Ich wollte dich auf dem Laufenden halten. Warum starrst du mich so an?«

»Wovon zum Teufel *redest* du? Was soll das bedeuten, eine *Verbindung* aufbauen?«

Art runzelte die Stirn. »Ich wüsste nicht, wie ich mich noch klarer ausdrücken könnte. Ich habe es so weit wie möglich vereinfacht, damit dein kleineres - aber deshalb nicht weniger faszinierendes - Menschengehirn ...«

»Haltet die Klappe, alle beide!«, bellte Alex. »Kein Wort mehr. Er kommt.«

Alex kurbelte sein Fenster runter.

Und da war er auch schon. »Hey«, sagte der Deputy mit einem Lächeln. »Ich hoffe, ich habe Sie nicht erschreckt. Ich wollte nur ... Sieh mal einer an, wen haben wir denn da?« Sein Lächeln wurde breiter. »Hallo. Dich hab ich an der Tankstelle gar nicht gesehen.«

»Ich habe geschlafen«, sagte Art mit zuckersüßer Stimme. »Ich war *so* müde. Meinen Sicherheitsgurt habe ich trotzdem anbehalten, denn so verlangt es das Gesetz.«

»Wie aufmerksam von dir«, erwiderte der Deputy. »Braves Mädchen. Man muss immer schön seinen Sicherheitsgurt tragen.«

»Wenn ich groß bin, will ich Polizistin werden, deshalb kenne ich mich mit Gesetzen aus«, sprach Art weiter. »Mein Daddy sagt, in diesem Beruf muss man sehr mutig sein. Bestimmt sind Sie auch sehr mutig.«

Der Deputy errötete leicht. »Nun ja, ich weiß nicht. Trotzdem nett, dass du das sagst. Ist der stämmige Mann da dein Daddy?«

Art nickte. »Er ist toll.«

»Ja, aber sag deinem Daddy, dass eines seiner Rücklichter nicht geht.«

Art schnappte nach Luft. »*Daddy!* Das ist gegen das *Gesetz.*« Ihre Augen füllten sich mit Tränen. »Muss er jetzt ins Gefängnis?«

Der Deputy erschrak. »Nein, nein«, sagte er hastig. »Natürlich nicht. Dein Daddy ist ein Held, wenn du mich fragst. Ich gebe ihm nur eine Verwarnung. Niemand muss ins Gefängnis. Er bekommt nicht mal eine Strafe.«

Eine Träne kullerte über Arts Wange. »Vielen Dank, Sir. Wir machen nämlich einen Ausflug, und mein Daddy wäre todtraurig, wenn Sie ihn mir wegnehmen.«

»Niemand muss traurig sein«, versicherte der Deputy, während Nate staunend beobachtete, wie Art den Polizisten um den Finger wickelte. Zum Glück hatte er ihr Nummernschild nicht überprüft, das genauso gestohlen war wie der ganze Wagen. »Ich wollte ihm nur sagen, dass er die Birne möglichst bald auswechseln muss. Ihr wollt doch nicht noch einmal angehalten werden, oder?«

»Nein, Sir«, antwortete Art schniefend. »Ich sorge dafür, dass er sich sofort darum kümmert.« Sie deutete auf Nate. »Das hier ist sein Partner. Er wird mir dabei helfen.«

Das Lächeln des Deputy wurde ein wenig schmaler. »Ähm, das ist toll. Einen schönen Nachmittag noch.«

Arts Tränen versiegten genauso schnell, wie sie gekommen waren. »Danke Ihnen, Sheriff!«

Der Deputy nickte und ging zurück zu seinem Wagen. Dann wendete er und verschwand.

Art ließ sich gegen die Lehne sinken. »Puh, das war knapp. Ein Glück, dass ich Tränendrüsen so gut steuern kann.«

Nate wusste nicht, was er darauf erwidern sollte. Vielleicht war es besser so.

Sie blieben nicht in Havre. Alex bestand darauf, dass sie Havre so weit wie möglich hinter sich ließen. In der nächsten Stadt hielten sie kurz bei einer Werkstatt und kauften die billigste Glühbirne im Sortiment. Alex tauschte sie wortlos aus, dann waren sie auch schon wieder unterwegs.

Als die Sonne untergegangen war, fuhren sie immer noch. Nate war sich sicher, dass nicht einmal Alex wusste, wohin.

Art war eingeschlafen. Ihr Kopf lag auf Nates Schulter, sie schnarchte leise neben seinem Ohr. Er war sich sicher, dass sie ihn vollsabberte, aber er brachte es nicht übers Herz, sie wegzuschieben.

Und das, obwohl es ihr offensichtlich gelungen war, in seinen Kopf einzudringen.

Alex war nach wie vor schweigsam, und seine Miene ließ keinen Zweifel daran, dass er nicht in Stimmung für ein Gespräch war.

Nate ließ ihn in Ruhe. Mehrere Stunden lang.

Dann konnte er nicht mehr anders.

Er wusste nicht, wie er es so lange durchgehalten hatte, und war fast ein bisschen enttäuscht von sich selbst.

»Ich konnte dich hören«, sagte er und zuckte sogleich zusammen. Der Klang seiner Stimme erschreckte ihn nach der langen Stille. »In meinem Kopf. Und *sie* auch.«

Alex schnaubte.

»Das reicht mir nicht als Antwort. Nicht nach dem, was vorhin passiert ist. Ich konnte dich *hören*.«

Alex umklammerte das Lenkrad noch etwas fester. »Ich weiß.«

»Ich habe Dinge gesehen, Bilder, und kann mir nicht ...«

»Sie nennt es Bindung. Es ist ein bisschen wie in einer Familie.«

»In einer Familie?«

»Sie sind anders. Sie werden nicht geboren wie wir, trotzdem haben sie Familien. Oder sowas Ähnliches. Sie war allein und dann kam ich. Und jetzt du. Sie hat sich mit dir verbunden, wie sie es auch mit mir getan hat.«

»Und jetzt kann sie meine Gedanken lesen«, fasste Nate mit leicht hysterischem Unterton zusammen. »Genau wie du.« Er versuchte mit aller Macht, nicht daran zu denken, wie er sich Alex nackt vorgestellt hatte, damit der es nicht in seinen Gedanken sah. Doch je mehr Nate sich anstrengte, desto stärker wurde das Bild von Alex' verschwitzter Haut, wie sein Brustkorb pumpte, während er sich zu ihm hinunterbeugte und ... »Oh mein Gott, nein, halt dich bloß aus meinen Gedanken ...«

»Ich *kann* sie nicht lesen«, seufzte Alex. »Und *Art* auch nicht. Es ist eine Verbindung. Wie ein Radio oder ein Telefon, nur ... ohne Radio und Telefon. Ich sehe oder höre nur das, was du mir zeigen *willst*. Das Gleiche gilt für sie. Und für dich. Außerdem muss Art die Verbindung jedes Mal extra herstellen, und das kann sie nicht, wenn sie schläft.«

Das beruhigte Nate kein bisschen. »Habt ihr beiden je über mich gesprochen? Ich meine, vor dem heutigen Tag und diesem Voodoo-Gedankenzauber.«

Alex schnaubte. Nate glaubte, dass es sich diesmal um seine Version eines Lachens handelte. »Im *Ernst?* Das ist die Frage, die dir als Erstes in den Sinn kommt?«

»Genau das. Und du wirst sie mir beantworten.«

»Ja.«

»Aha! Hab ich's doch gewusst. Wann? Was hast du über mich gesagt?«

Alex sah ihn an. »In der ersten Nacht, direkt nachdem du aufgetaucht bist. Ich wollte dich erschießen und deine Leiche im Wald vergraben. Aber Art war neugierig auf dich.«

»Wow«, sagte Nate. »Welch überraschende Neuigkeit.«

»Ich hab's nicht getan.«

»Danke. Wie nett von dir.«

»Nichts zu danken.«

»Das war Sarkasmus.«

»Ich weiß.«

Nate konnte ihm leider nicht die Faust ins Gesicht schlagen, weil ein schlafendes Alien im Körper eines kleinen Mädchens den Kopf an seine Schulter gelegt hatte. »Du bist zum Kotzen.«

»Und du nervst.«

»Da redet der Richtige.«

»Wie ein Pickel am Kinn.«

»Das ist nicht witzig.«

Und, oh Wunder, Alex kicherte. Nate war alarmiert, wie sehr ihm das Geräusch gefiel. Das war *gefährlich*. *Alles* an dieser Geschichte war gefährlich.

»Ich konnte sie hören«, sagte er langsam. »Und dich.«

»Das hatten wir bereits. Du wiederholst dich.«

»Und du hast gesagt, dass es eine Art Verbindung ist, eine Familie.«

»Richtig.«

»Das heißt, sie betrachtet mich jetzt als *was?*«

»Das weiß ich nicht«, gestand Alex. »Es ist kompliziert. Auch im Berg haben sie es nicht wirklich verstanden. Sie hielten es für eine Art Quantenphänomen. Es kam erst vor, als ich ihr zugewiesen wurde. Eine weitere Sache, die sie nicht verstanden, denn es blieben keine Spuren zurück. Sie glaubten, in meinen Gehirnscans müssten welche zu sehen sein, dass es physiologische Veränderungen geben würde. Aber sie haben keine gefunden.«

»Wie auch? Wo nichts ist, kann man auch keine Spuren hinterlassen.«

»Ha, ha.«

Nate überlegte. »Das heißt, sie betrachtet mich jetzt als Teil von all dem hier?«

»Sieht so aus.« Alex schien nicht sehr glücklich bei dem Gedanken.

Nate wusste nicht, welchen Reim er sich auf all das machen sollte. »Das ist lächerlich«, sagte er schließlich. »Das Lächerlichste, was ich je gehört habe. Das verstehst du doch, oder?«

»Man kommt drüber weg«, erwiderte Alex. »Am Anfang ging es mir genauso. Ich hatte exakt den gleichen Gedanken. Wahrscheinlich nur noch stärker als du.«

»Schön und gut, aber du hattest zehn Jahre Zeit. Ich nur zwei Wochen.«

»Stimmt«, räumte Alex widerwillig ein. »Sie ist kompliziert.«

»Das bist du auch.«

»Eigentlich nicht.«

Nate dachte darüber nach, es dabei zu belassen. Alex fürs Erste in Ruhe zu lassen. Stattdessen fragte er: »Und was ist mit dir?«

»Was soll mit mir sein?«

»Es geht dir nicht nur um Art.«

Alex' Körpersprache *brüllte* Nate an, er solle endlich die Klappe halten. »Ich habe keine Ahnung, wovon du redest.«

Und da Nates Selbsterhaltungstrieb anscheinend doch nicht so gut ausgeprägt war, wie er immer gedacht hatte, sagte er: »Du lügst. Ich habe dich *gehört.* Ich habe gesehen, was du gesehen hast.« *Wie du* mich *gesehen hast,* sagte er nicht.

Alex' Miene verfinsterte sich, und Nate überlegte, seit wann er diesen Anblick als beruhigend empfand. »Ich habe *überhaupt* nichts ...«

»Heißt das, du magst mich?«, fiel Nate ihm ins Wort, als könnte Alex ihn nicht mit einer Hand erwürgen. »Ja, ich glaube, genau das heißt es. Zumindest ein bisschen.«

»Heißt es *nicht*«, schnaubte Alex. »Ich kann dich nicht *ausstehen.*«

»Nun, das stimmt nicht ganz. Zum Beispiel scheint es dir zu gefallen, wie ich aussehe, wenn ich morgens meinen Kaffee trinke. Das Bild kam mehr als einmal in deinen Gedanken vor.«

»Halt den Mund«, sagte Alex durch zusammengebissene Zähne. »Ich wusste nicht, dass du das sehen würdest, und es bedeutet überhaupt nichts. Ich wollte Art nur sagen, dass sie bei dir in Sicherheit ist, falls mir etwas zustößt.«

»Wow«, machte Nate. »Du musst mich wirklich *sehr* mögen, wenn du das denkst.«

»Ich hasse dich«, knurrte Alex.

Nate grinste in der Dunkelheit. »Das glaube ich dir nicht. Was mag es nur sein, das deine Fantasie so sehr anregt, wenn du mich verschlafen ...«

»Ich werfe dich aus dem fahrenden Wagen.«

»Ja, ja, hab schon verstanden. Das waren genug Gefühle für einen Tag. Entspann dich lieber, sonst zerquetschst du noch das Lenkrad. Wir müssen auch nicht darüber reden, wie oft du dir vorstellst, wie ich lache, oder über all die anderen Bilder, die du dir offensichtlich so gut eingeprägt ... Oh Gott, Alex, nein! Nicht rechts ranfahren! Ich mache nur *Witze*.«

Alex lenkte den Chevy vom Seitenstreifen zurück auf die Fahrbahn. »Bist du jetzt fertig?«

»Bin ich.«

War er nicht, doch Nate glaubte, dass er mit dem Rest besser noch wartete. Da war diese schwarzhaarige Frau, die er gesehen hatte. Und der Junge. Sie waren auf unerklärliche Art mit allen anderen Bildern in Alex' Gedanken verwoben gewesen. Aber für heute hatte er ihn genug getriezt. Er hatte eine vage Ahnung, wer die Frau und der Junge sein konnten, wollte es aber nicht übertreiben.

»Es ist nur so viel auf einmal«, murmelte er.

»Ich weiß.« Alex klang immer noch misstrauisch. »Ich hatte Zeit, alles zu verarbeiten. Du nicht. Du wirst es schaffen, aber das dauert. Das hatte ich anscheinend vergessen.«

»Hat es wehgetan?«

»Was?«

»Zuzugeben, dass du etwas falsch gemacht hast.«

»Ich habe gar nichts zugegeben.«

»Klar, Alex.« Nate lachte und sah Art an. Ja, sie sabberte ihm definitiv auf die Schulter. »Du liebst sie, oder?«

Nate rechnete nicht mit einer Antwort. Art hatte ihm gesagt, dass es Alex schwerfiel, Gefühle zu zeigen, doch Nate war anderer Meinung. Alex zeigte durchaus Gefühle, nur sahen es die meisten nicht. Aber das war okay. Er hatte gesehen, wie er Art Zöpfe flocht, und das genügte ihm als Antwort.

Da überraschte Alex ihn und sagte: »Sie ist alles, was ich noch habe.«

Das zu hören tat mehr weh, als Nate erwartet hatte. Er hatte Alex' Einsamkeit gespürt, dass sie ihn umgab wie ein Panzer und dass er mit Art verflochten war, als wäre sie ein Teil von ihm. Nate konnte all das besser nachfühlen, als ihm lieb war. Aber da war noch mehr.

Die Dinge haben sich verändert. Er wird jemanden wie dich brauchen. Nein, weißt du was? Nicht jemanden wie *dich, sondern* dich.

Nate war oft genug in der ersten Reihe dabei gewesen, wenn ein Herz zerbrach. Er hatte es im Gesicht seiner Mutter gesehen, die schweigend dastand, während sein Vater brüllte, er wolle keine Schwuchtel als Sohn. In seinem eigenen Gesicht, als er zu Hause in den Spiegel schaute, nachdem er gefeuert worden war, weil er etwas getan hatte, von dem er nie gedacht hätte, dass er dazu fähig wäre.

Er wollte nicht, dass so etwas mit Alex passierte. Nicht noch einmal. Die dunkelhaarige Frau, der kleine Junge. Vielleicht hatte Nate mehr als nur eine vage Idee, wer die beiden waren, wen der Wassertyp gemeint hatte, als er sagte, der Test hatte zeigen sollen, was Art angesichts von Alex' Trauer tun würde.

Doch es würde wieder passieren. Dann, wenn Artemis Darth Vader dorthin zurückkehrte, wo sie hergekommen war. Nate würde es aus nächster Nähe miterleben, egal wie sehr Alex sich anstrengte, es zu verbergen. Das heißt, falls sie so lange zusammenblieben. Und am Leben.

Jetzt verstand er, warum Art gesagt hatte, Alex brauche ihn.

Und er glaubte, dass Alex es ebenfalls verstand. Was genau

der Grund war, weswegen er sich innerlich bereits für den Abschied stählte.

»Du hast *mich*«, sagte Nate, noch bevor es verhindern konnte. »Ich bin für dich da, okay?«

Alex antwortete nicht.

Aber das hatte Nate auch nicht erwartet. Er schaute aus dem Fenster und hinauf zu den Sternen. Sie funkelten hell hier draußen, wo es sonst nicht viel gab. Einer schien noch ein bisschen heller zu leuchten als all die anderen. Und er schien eine Spur hinter sich herzuziehen.

»Hmm«, machte Nate. »Schau mal, das ist doch ... Wie hieß er noch gleich? Markham-irgendwas. Ich glaube, das ist der Komet.«

Alex grunzte, aber das war in Ordnung so. Es beruhigte Nate.

Er beobachtete den Kometen noch lange.

Dann schloss er die Augen und schlief ein.

DREIZEHN

Zwei Tage später kamen sie in der Nähe von Wahpeton, North Dakota, erneut nur mit knapper Not davon. Außerhalb der Stadt folgte ihnen ein Streifenwagen über mehrere Meilen. Gerade als sie dachten, er würde sie anhalten, bog der Wagen ab. Nate atmete erleichtert auf. Als er seine geballten Fäuste wieder öffnete, stellte er fest, dass seine Fingernägel Abdrücke auf den Handflächen hinterlassen hatten. Alex sprach für den Rest des Tages nicht mehr viel.

Sie fuhren nach Süden – ziellos, wie Nate inzwischen wusste. Alex hatte ihm eröffnet, dass sein Plan lediglich gelautet hatte, Art so schnell wie möglich vom Berg wegzubringen. Weiter als Herschel Lake. Aber dann war Alex angeschossen worden, und sie hatten nicht einmal gewusst, ob er überleben würde. Dass sie die Hütte gefunden hatten, war reiner Zufall gewesen. Ihr Fluchtauto befand sich jetzt wahrscheinlich auf dem Grund des Sees, glaubte Nate, aber er fragte nicht nach.

Sie hatten gerade South Dakota durchquert, da fragte Art: »Was sind die Badlands?«

Alex warf ihr einen kurzen Blick zu, dann sah er wieder auf die kurvenreiche Straße. Nate hatte angeboten, sich für eine Weile ans Steuer zu setzen, aber Alex hatte nicht genügend Vertrauen in seine Fahrkünste, falls sie entdeckt würden. Nate versuchte, es ihm nicht allzu krumm zu nehmen.

»Was?«, fragte Alex.

»Vor ein paar Tagen hast du dem Deputy an der Tankstelle gesagt, wir würden in die Badlands fahren.«

»Das ist ein Nationalpark«, erklärte Nate, weil Alex mal wieder mürrisch dreinschaute und Nate nicht glaubte, dass er antworten würde. »Dort wurden eine Menge Dinosaurierknochen gefunden. Glaube ich.«

»Wir sollten hinfahren«, erwiderte Art.

Das erregte nun doch Alex' Aufmerksamkeit. »Ist dort ...«

Sie schüttelte den Kopf. »Nein. Ich will nur Dinosaurier sehen.«

»Klar«, meinte Nate. »Du weißt schon, dass Dinosaurier längst ausgestorben sind, oder?«

Sie bedachte ihn mit einem eigenartigen Blick. »Das weiß *jeder*, Nate.«

»Dann weißt du also auch, dass wir keine sehen werden.«

Sie rollte mit den Augen. »Manchmal kommst du mir richtig schlau vor.«

»Und die anderen Male?«

Art lächelte ihn an. »Und manchmal ist es gut, dass du so hübsch bist. Stimmt's, Alex?«

Nate starrte sie wortlos an, und Alex runzelte die Stirn.

»Wir sollten in die Badlands fahren«, bekräftigte Art. »Bitte sag nicht Nein. Ich möchte dich nicht mit der Macht meines überlegenen Geistes zwingen, mir zu gehorchen. Aber wenn es sein muss, werde ich es tun.«

Nate verschluckte sich.

»Sie zieht dich nur auf«, sagte Alex mürrisch. »Sie kann niemandem ihren Willen aufzwingen.«

»Hey! Warum musst du alles kaputtmachen?«

Alex nahm eine Hand vom Lenkrad und zerzauste ihr Haar. »Weil du ihn schon genug erschreckt hast.«

»Hat sie nicht«, widersprach Nate.

Art blinzelte ihn an. »Ein bisschen schon. Und bevor du

fragst: Nein, ich habe auch nicht deine Gedanken gelesen. Du bist nur wieder so nervös.«

»Ich kann es kaum erwarten, dass du auf deinen Heimatplaneten zurückkehrst«, murmelte Nate.

Art lachte.

Vor einem kleinen Laden außerhalb von Onaka hielten sie an, um eine Straßenkarte zu kaufen. Art hatte darauf bestanden, mit hineingehen zu dürfen. Immerhin sei sie drei Jahrzehnte lang eine Gefangene gewesen, und sie wolle verdammt sein, wenn Alex es ihr verbieten würde. Der Marine sah aus, als wollte er genau das tun, doch Nate beruhigte ihn und sagte, er würde Art begleiten, Alex könne gerne im Wagen bleiben.

»Schön«, sagte Alex, schien es aber nicht zu meinen. Er holte seinen Geldbeutel hervor und drückte Nate ein paar Scheine in die Hand. »Rein und wieder raus. Lasst euch nicht ablenken.«

Art kam hoch auf die Knie und gab Alex einen lauten Schmatz auf die Backe. Der sanfte Ausdruck, den nur sie ihm aufs Gesicht zaubern konnte, war wieder da, dann versteckte sich Alex wieder hinter seiner Maske.

»Worauf wartest du noch?«, fragte sie Nate. »Raus mit dir, raus!«

Nate stieg aus, Art sprang hinterher, nahm seine Hand und zog ihn Richtung Eingangstür. Wenn sie wollte, konnte die kleine Weltraumprinzessin sehr herrisch sein.

Nate sah, wie Alex sie durch die Frontscheibe beobachtete, und zwinkerte ihm zu.

Der Marine sah nicht weg.

Ein Glöckchen ertönte, als sie die Tür aufdrückten. Der Laden war klein. Es gab ein paar Lebensmittel und Toilettenartikel. Kühlschränke mit alkoholfreien Getränken und billigem Bier. Ein älterer Mann stand hinter der Kasse, sein faltiges Gesicht sah gütig aus. Er grüßte, und im Hintergrund knisterte ein altes Radio, das auf einem Regalbrett neben den Zigaretten stand.

»Guten Tag«, sagte der Mann mit einem kleinen Winken. »Kann ich behilflich sein?«

»Wir brauchen eine Straßenkarte«, verkündete Art und zog Nate zum Verkaufstresen.

»Na, dann wollen wir mal sehen«, erwiderte der Mann lächelnd. »Irgendwas Bestimmtes im Sinn?«

»Wir sind auf dem Weg in die Badlands.«

»Aha. Gute Wahl. Ich denke, ich müsste was für euch haben.« Er sah Nate an. »Auf einem Wochenendausflug?«

Nate nickte. »Sicher.«

Am besten, er sagte so wenig wie möglich.

Der Mann zog eine Schublade auf und wühlte darin herum, während die Stimme im Radio immer aufgekratzter wurde.

»... und sie wollen nicht, dass ihr das erfahrt. Sie wollen es *geheim* halten. Weil sie glauben, ihr wärt nicht *bereit.* Aber wir wissen, dass das Unsinn ist, wir wissen, wozu wir imstande sind, und wir wissen, was wir wollen. Und was wir wollen, ist die *Wahrheit.* Glaubt ihr wirklich, Markham-Tripp ist ein gewöhnlicher Komet? Natürlich nicht! Ihr alle habt Johnny Brown gestern in meiner Show gehört. Der Mann ist *Astronom.* Er *weiß,* wovon er redet. Und wenn er sagt, dass sich etwas in dem Kometenschweif versteckt, dann glaube ich ihm, verdammt noch mal. So groß wie der *Saturn,* hat er gesagt. Wie kommen die dazu zu glauben, wir würden die Wahrheit nicht erfahren? Warum denkt die Regierung der Vereinigten Staaten, wir könnten nicht sehen, was sie sehen? Ich sage euch, warum, Freunde: weil sie uns für *Schafe* halten. Sie kippen Fluor in unser Trinkwasser und behaupten, das wäre *gesund,* dabei wollen sie uns damit nur gefügig machen. Die Leute in Washington lächeln ihr Politikerlächeln und sagen, wir sollen ihnen *vertrauen.* Dass sie nur unser *Bestes* wollen. Und dann besprühen sie uns mit ihren Pestiziden und behaupten, dass wäre gut für die *Ernte.* Erwarten die im Ernst, dass wir ihnen das abkaufen? Die Menschheit betreibt seit *Jahrtausenden* Ackerbau, und das ohne den Einsatz von Giften. Erst seit hundert Jahren ist die Rede von angeblich schädlichen Insekten. Glaubt ihr wirklich, dass das stimmt? Nein, nein, *nein!* Wir sind nichts anderes als *Versuchskaninchen* im größten Freiluftlabor der Welt, und niemand ahnt etwas davon! Außer ihr, meine Freunde. Und deshalb ist es meine Pflicht, euch zu sagen, dass da etwas in diesem Kometenschweif ist. Die Erde hat schon öfter Besuch aus dem All bekommen, so wahr ich hier vor dem Mikro sitze, und jetzt ist es wieder so weit. Johnny Brown hat *Fotos* gemacht. Er hat sie *gesehen,* Leute, und sie kommen. Und nun lautet die Frage: Was *tun* wir?«

Nate starrte das Radio an, als der Mann einen Stapel Karten vor ihm auf die Theke fallen ließ, und erschrak.

»Entschuldigung«, sagte der Ladenbesitzer und machte das Radio aus. Das hysterische Gequassel verstummte. »Das ist Steven Cooper. Er ist einer dieser Spinner, die ständig Unsinn quatschen, Verschwörungstheorien und so. Ich glaube ihm natürlich kein Wort, aber manchmal schalte ich ganz gerne ein. Er ist sehr unterhaltsam.«

»Ja«, brachte Nate heraus. »Ich habe noch nie von ihm gehört.«

Der Mann kicherte. »Das wundert mich nicht. Er redet ständig von Spionen überall und dass die Russen Kennedy ermordet haben. Dass er Beweise dafür hat, die er allerdings nie veröffentlicht. Und jetzt ist er wegen dem Kometen noch aufgeregter als sonst. Er hält ihn für ein Zeichen. Vor ein paar Tagen war dieser Typ in seiner Sendung, der behauptete, er wäre Astronom und dass in dem Schweif ein gottverdammtes Ufo mitfliegt.« Er sah Art an. »Verzeih meine Ausdrucksweise, kleine Miss. Ich möchte nicht, dass du dir dieses Wort von mir abguckst, okay?«

Art nickte. »Aber nein, auf keinen Fall. Ein Ufo, sagen Sie? Wie faszinierend. Sie glauben nicht an Ufos?«

Der alte Mann schüttelte den Kopf. »Zugegeben, ich habe in meinem Leben ein paar merkwürdige Dinge gesehen, aber kleine grüne Männchen? Alles Einbildung, wenn du mich fragst. Ich meine, selbst wenn es sie gibt, warum sollten sie ausgerechnet hierherkommen?«

»Um uns zu helfen«, erwiderte Art. »Vielleicht ist dieser Planet ja so eine Art Leuchtfeuer in der Leere des Alls. Vielleicht erkennen sie das Potenzial in den Menschen und sehen gleichzeitig, wie leicht sie immer wieder vom Weg abkommen. Es ist wie ein Tanz auf einem Drahtseil, meinen Sie nicht? Die Grenze zwischen Leben und Tod ist manchmal sehr schmal.«

Der Mann runzelte die Stirn. »Vermutlich. Aber bist du nicht ein bisschen jung, um dir über solche Dinge den Kopf zu zerbrechen? Kleine Mädchen wie du sollten mit Puppen spielen, statt sich mit fliegenden Untertassen zu beschäftigen.«

»Meine Interessen sind einzigartig und vielseitig«, erklärte Art und schlug eine der Karten auf. »Ich kann mit Puppen spielen und mich gleichzeitig für Ufos interessieren. Nur weil ich ein Mädchen bin, heißt das nicht, dass ich nicht wüsste, was gut für mich ist.«

»Stimmt«, sagte der Ladenbesitzer nachdenklich. »War nicht böse gemeint. Dein Daddy weiß ohnehin viel besser als ich, was gut für dich ist.«

»Er ist nicht mein Daddy«, widersprach Art und betrachtete die Karte. »Mein Daddy ist draußen im Wagen, und das hier ist sein ...«

»Wie viel kostet die Karte?«, fragte Nate eilig, um das Gespräch in eine andere Richtung zu lenken.

»Wisst ihr was?«, erwiderte der Mann, »ich schenk sie euch. Die Kleine hier ist wirklich schlau, viel schlauer als ich. Wäre eine Schande, euch beiden Geld für was abzunehmen, das ihr für euer Abenteuer braucht.«

»Danke«, sagte Nate und machte Anstalten, die Karte wieder zusammenzufalten.

»Nate«, sagte Art ungehalten. »Das kann ich schon selber.«

»Schön«, seufzte er. »Jetzt müssen wir aber wieder los. Sonst macht sich dein Dad Sorgen, weil wir so lange weg sind.«

»Ihr Daddy hat 'nen ausgeprägten Beschützerinstinkt, wie?«, fragte der Ladenbesitzer.

»Sie machen sich gar keine Vorstellung«, antwortete Art. »Einmal kam ein Mann und wollte mich entführen, da hat mein Daddy seine Kanone gezogen und …«

»Das reicht jetzt«, fiel Nate ihr ins Wort und schob sie Richtung Ausgang. »Du musst Fremden nicht alles auf die Nase binden, das haben wir doch schon besprochen.«

»Aber *jeder* ist ein Fremder, solange man nicht mit ihm spricht! Wie soll man es je zu was bringen, wenn …«

»Sie liest zu viel«, sagte Nate über die Schulter. »All die Bücher setzen ihr nur Flausen in den Kopf, die sie besser *für sich behalten sollte.*«

Der Ladenbesitzer starrte ihn wortlos an.

»Nate!«, schimpfte Art. »Die Karte verknittert noch, wenn du sie mich jetzt nicht zusammenfalten lässt. So behandelt man kein Geschenk von einem netten alten Mann, der nicht an Ufos glaubt und sich trotzdem gerne Radiosendungen über Verschwörungstheorien anhört.«

Nate drückte die Tür auf und das Glöckchen ertönte.

Alex saß immer noch im Chevy und beobachtete sie.

»Puh«, sagte Art und faltete die Karte ruckzuck zusammen. »Das fängt ja gut an.«

Es gelang ihr tatsächlich, Steven Coopers Radiosendung wiederzufinden.

Nate erwog ernsthaft, aus dem fahrenden Auto zu springen. Er hatte genug Filme gesehen, um zu wissen, dass er sich nur abrollen musste und wahrscheinlich mit wenigen Knochenbrüchen davonkommen würde.

»... und *das,* meine Freunde, wollen sie euch verheimlichen: dass unsere Flugzeuge und Kriegsschiffe *längst* mit außerirdischer Technologie ausgestattet sind. Überlegt doch mal: Im letzten Jahrhundert hat die Menschheit so viele technologische Fortschritte gemacht wie in den *hunderttausend Jahren* zuvor nicht, und wir sollen glauben, das wäre einfach so *passiert?* Dass *wir* uns das alles ausgedacht haben? Vollkommener *Quatsch.* Jemand hat uns *gezeigt,* wie man fliegt und wie man Atome spaltet. Das Militär hat schon jetzt Laserkanonen mit einer Reichweite von *tausend* Meilen und mehr. Glaubt ihr wirklich, wir hätten das alles selber entwickelt? Bockmist, sage ich euch. Natürlich wirft all das die Frage nach dem *Warum* auf. Und, meine Freunde, ich sage euch, warum: Man will uns *vorbereiten.* Denn eines Tages wird die Wahrheit mit einem Donnerschlag ans Licht kommen, und dann kann nichts sie mehr aufhalten. Wir werden die *Wahrheit* erfahren, und die lautet, dass wir die ganze Zeit über vorbereitet wurden. Überall sind geheime Botschaften versteckt, die uns gefügig machen sollen, zu *Zombies* ...«

»Ich *liebe* ihn«, seufzte Art.

»Großer Gott«, murmelte Alex.

»Ich meine, natürlich liegt er in allem falsch«, sprach Art weiter, ohne das Radio aus den Augen zu lassen. »Niemand hat euch irgendwas gezeigt. Ihr habt alles selber gemacht, und ich muss wirklich sagen, Hut ab! Nun ja, größtenteils. Dinge in die Luft zu jagen, scheint euch mehr zu begeistern, als Heilmittel für Krankheiten zu entwickeln. Das ist ein bisschen rückständig, aber wer bin ich schon, um so ein hartes Urteil über euch zu fällen? Und in dem Kometenschweif versteckt sich auch kein Ufo. Wisst ihr, woraus so ein Schweif besteht? Allein die Vorstellung ist lächerlich. Kaum zu glauben, was dieser Typ redet, aber ich *liebe* ihn.«

Nate fiel nichts ein, was er darauf erwidern konnte.

»... und was Markham-Tripp betrifft, Freunde, der Komet ist jetzt mit bloßem Auge zu sehen. Sie sagen, das ist ein *Jahrhundertereignis,* dass er der Erde zu unseren Lebzeiten nie wieder so nahe kommen wird. Und warum hat die NASA ihn dann erst *letztes Jahr* entdeckt? Hätten sie ihn nicht schon viel früher sehen müssen? Die haben genug Satelliten da oben. Ich meine natürlich die, die sie noch nicht an die Schattenregierung verkauft haben, damit die uns ausspionieren kann. Darüber wisst ihr alle Bescheid, seit ich letzten Herbst diese sechzehnteilige Serie gemacht habe. Wozu, bitte schön, braucht die NASA einen Herrn Markham und einen Herrn Tripp? Weil die nämlich nur ein Vorwand sind, *deshalb,* Freunde! Wer sind diese beiden überhaupt? Warum gibt es kein *einziges* Foto von ihnen? Warum sieht man sie *nie* im Fernsehen? Ja, es gab ein paar Zeitungsinterviews, aber ihr alle wisst, wie leicht so was zu faken ist. Alles, was es braucht, sind ein paar willige Kollaborateure, die in ihren Kleinbürgergärten mit ihren Bilderbuchfamilien und ihren kleinen Amateurteleskopen posieren und behaupten, sie hätten gefunden, was selbst den *weltgrößten Observatorien* verborgen geblieben ist. Ihr wisst, was ich von solchen Dingen halte, Freunde. Wenn eine Geschichte klingt, als wollte euch jemand einen Bären aufbinden, dann *bindet* euch dieser Jemand einen Bären auf!«

Art klatschte verzückt in die Hände.

»Sie kommen, Freunde«, polterte Steven Cooper. »Sie kommen, und nichts kann sie aufhalten.«

Auf der Karte der Badlands waren mehrere Campingplätze verzeichnet. Sie entschieden sich für Sage Creek, weil er der abgelegenste zu sein schien. Einige Stunden später bezahlten sie bei einem gelangweilt wirkenden Jungen mit Aknenarben, der in einer baufälligen Holzbude saß, die Standgebühr. Er begrüßte sie mit kaum verhohlener Verachtung in Sage Creek, erklärte ihnen, dass es kein fließendes Wasser gebe, dafür Grubentoiletten, die deutlich gekennzeichnet seien, und dass sie ihren Aufenthalt genießen sollten. Art war hocherfreut und selbst Alex schien keine Bedenken zu haben.

Doch Nate kam nicht über das Wort *Grubentoilette* hinweg.

Der Campingplatz war flach, in der Ferne erhoben sich felsige Hügel. Alex fuhr so tief wie möglich in das Gelände hinein und suchte ihnen einen Platz abseits der wenigen anderen Camper, die sich bereits mit ihren kleinen Zelten und tragbaren Grills eingerichtet hatten.

Art kletterte hektisch über Nate hinweg ins Freie und verlangte von Alex, dass er ihr die Grubentoilette zeigte, sie müsse dringend pinkeln. Dann korrigierte sie sich und sagte, sie müsse nicht wirklich, wolle es aber versuchen, weil sie unbedingt die Grubentoilette sehen wolle.

Nate blieb fassungslos im Wagen sitzen und beobachtete durch die Windschutzscheibe, wie die beiden auf einen Bretterverschlag zusteuerten, der wirkte, als würde er beim kleinsten Windhauch in sich zusammenstürzen. Nate musste sich ein Lachen verkneifen, als er sah, wie Art bei dem Anblick die Nase rümpfte, Alex' Hand ergriff und versuchte, ihn zurück zum Chevy zu ziehen.

Ihnen waren bewaffnete Männer in Hubschraubern auf den Fersen.

Das kleine Mädchen dort draußen stammte von einem anderen Planeten.

Sie irrten ziellos umher, und Nate hatte keine Ahnung, was ihn erwartete, wenn sie all das hinter sich hatten. Ob das Leben, das er einmal geführt hatte, überhaupt noch existierte.

Trotzdem war er so ruhig wie schon lange nicht mehr. Er beobachtete, wie Arts Füße sich in die Erde gruben, während sie versuchte, Alex davon abzuhalten, sie in Richtung der Latrine zu zerren. Und Alex *lachte.* Nate konnte seine Zähne sehen und wie seine Augen leuchteten. Der Anblick verschlug ihm den Atem.

Ja, sie waren auf der Flucht.

Ja, er wusste nicht, was der nächste Tag bringen würde.

Aber hier und jetzt, in diesem Moment, war Nate beinahe glücklich.

Er stieg aus.

»Alex! Alex! Ich hab's mir anders überlegt! Ich will die Toilette nicht sehen. Alex, lass mich los!«, zeterte Art.

»Nicht doch«, entgegnete der, und Nate konnte das Lachen in seiner Stimme hören. »Du wolltest sie sehen und ich werde sie dir zeigen. Glaub mir, es gibt Schlimmeres auf der Welt. Stell dir vor, du bist in der Wüste, es hat fünfzig Grad, und dein Job ist, genau so ein Scheißloch auszuheben.«

»Großartig! Ich will deine Kriegsgeschichten nicht hören, kapiert?! Nate. *Nate!* Hilf mir! Rette mich!«

Nate lehnte sich gegen die Motorhaube. »Ich glaube, ich bleibe lieber hier.«

»Verrat von allen Seiten«, keuchte Art und sackte zu Boden, als hätten sich sämtliche Knochen in ihrem Körper in Luft aufgelöst.

Doch Alex ließ nicht locker und schleifte sie hinter sich her. »Nate kommt auch noch dran«, versprach er und blickte mit funkelnden Augen in seine Richtung. »Denn früher oder später wird er kacken müssen.«

Nate verzog das Gesicht. »Ich wünschte, du hättest das für dich behalten.«

Alex' Grinsen wurde noch breiter, während Art sich mit einem theatralischen Würgen an seinem Bein festklammerte und behauptete, er müsse sie tragen, weil der Gestank ihre Muskeln funktionsunfähig gemacht habe.

Und genau das tat er. Er bückte sich, schlang seine mächtigen Arme um ihre Hüfte und hob sie hoch. Nate beobachtete mit offen stehendem Mund, wie Art auf ihm herumkletterte, sich schließlich auf seine Schultern setzte und sanft an seinen kurzen Haaren zog.

»Auf zur Dinosaurier-Safari!«, rief sie und sah Nate dabei an. »Auch wenn ich weiß, dass sie ausgestorben sind, Cowboy.«

»Kommst du mit?«, fragte Alex.

Falls es tatsächlich Glück war, was Nate in diesem Moment verspürte, dann war das gefährlich. Doch er stellte fest, dass ihm das herzlich egal war.

Als die Sonne unterging, machten sie ein Feuer. Alex hatte eine Pfanne hervorgekramt und öffnete drei Dosen. Er schüttete den Inhalt hinein und hielt die Pfanne über die Flammen. Ihre Nachbarn – ein junges Paar, das ihnen aus der Ferne zugewunken hatte, sie ansonsten aber in Ruhe ließ – waren außer Hörweite.

Art saß auf der Ladefläche des Chevy und breitete die Schlafsäcke aus. Sie war ganz aufgeregt bei dem Gedanken, unter dem freien Himmel zu übernachten, schwärmte von den Felsen, die sie auf ihrer Wanderung gesehen und den Hügeln, die sie erklommen hatte. Sie beklagte sich lediglich über die nicht vorhandenen Dinosaurierknochen und überlegte, morgen mithilfe von Telekinese welche zutage zu fördern. Dabei hatte sie ein hinterhältiges kleines Lächeln auf den Lippen und beobachtete aus den Augenwinkeln Nates Reaktion.

Doch Nate schluckte den Köder nicht und zuckte mit keiner Wimper.

Art wirkte ein wenig enttäuscht, plapperte aber munter weiter und schwärmte, wie warm und gemütlich sie es im Schlafsack haben würden. *Bestimmt* viel besser als im Motelbett die Nacht zuvor, die bisher die *schlimmste* überhaupt gewesen war.

Alex' Ausgelassenheit von vorhin war verflogen. Er grunzte lediglich an den richtigen Stellen, war aber auch nicht so mürrisch wie sonst, und dafür war Nate dankbar. Nate war beinahe entspannt. Sein Körper war erschöpft von der Wanderung, aber es war eine angenehme Erschöpfung. Seine Muskeln fühlten sich gelockert an, seine Haut war noch warm von der Sonne. Wahrscheinlich hatte er einen leichten Sonnenbrand abbekommen, aber darüber konnte er sich morgen Gedanken machen. Die Luft kühlte bereits merklich ab. Er holte sich einen Anorak aus dem Chevy, der wahrscheinlich Alex gehörte, und zog ihn an. Alex sagte nichts, auch wenn sein Blick vielleicht ein bisschen länger auf Nate verweilte, bevor er sich wieder dem über dem Feuer blubbernden Eintopf zuwandte.

Als das Essen fertig war, saßen sie dicht an dicht am hinteren Ende der Ladefläche des Chevy und ließen die Beine über das Heck baumeln. Alex saß in der Mitte, die Pfanne auf seinem Schoß. Alle hatten einen Plastiklöffel, mit dem sie sich abwechselnd bedienten. Ihre Schultern und Arme berührten sich, während sie aßen und den Sonnenuntergang beobachteten. Alex fühlte sich warm an. Nach dem Essen blieben sie so sitzen.

»Seht euch das an«, sagte Art verträumt, als es endgültig dunkel war.

Nate blickte auf.

Der Himmel sah nicht aus wie in Oregon. Auch nicht wie in Montana und schon gleich gar nicht wie in D.C. Zum ersten Mal in seinem Leben hatte er das Gefühl, wirklich zu *sehen*, was dort oben war: ein unendlicher Ozean aus Sternen, heller denn je und größer, als sein Geist erfassen konnte. Nate war sich noch nie so klein vorgekommen.

»Wow«, keuchte er. »Das ist ... wow.«

»Ja«, bestätigte Art. »Ist es.«

Nate spürte, wie Alex' Hand die seine streifte, aber er ließ den Blick auf den Himmel gerichtet. Wahrscheinlich nur ein Versehen. Nichts weiter.

»Im Berg durfte ich *gar nichts* sehen«, sagte Art unvermittelt. Nate spürte Alex' plötzliche Anspannung, doch der Marine blieb stumm. »Ich habe gebeten und gebettelt, ich habe versprochen, ihnen alles zu zeigen, was sie wollten, aber sie haben Nein gesagt. Ich wollte nur nach draußen und die Sterne ansehen, aber sie haben abgelehnt, weil sie glaubten ... Keine Ahnung, was sie geglaubt haben. Vielleicht, dass ich eine Nachricht absetzen würde oder irgend so einen Blödsinn. Sie kapierten nicht, dass ich nur einmal etwas *sehen* wollte, sehen, wie anders die Sterne von dieser Seite der Milchstraße aus sind.«

Nates Herz begann wie wild zu pochen.

»Dann kam Alex, und ich habe ihn gebeten, mir den Sternenhimmel zu beschreiben. Er hat sich anfangs nicht besonders gut dabei angestellt. Was hast du damals gesagt, Alex?«

Er schnaubte. »Dass alles gleich aussieht.«

»Richtig«, bestätigte Art, und Nate spürte die Finger des Marine an seinen. »Dass alles gleich aussieht. Zuerst habe ich nur gelacht, aber dann habe ich gemerkt, dass du es tatsächlich ernst meinst. Ich glaube, das war das erste Mal, dass ich Traurigkeit verspürt habe. Nicht Angst, nicht Wut, das kannte ich alles schon, sondern *echte* Traurigkeit. Weißt du noch, was ich dann zu dir gesagt habe, Alex?«

»Du hast gesagt, ich soll nach draußen gehen und erst wiederkommen, wenn ich mir den Himmel angesehen habe. *Wirklich* angesehen.«

»Und genau das hast du getan.«

»Habe ich.«

»Warum?«

»Weil es sich richtig angefühlt hat.«

»Und was hast du gesehen?«

Alex seufzte. »Dass der Himmel viel größer ist, als mir je bewusst war. So unendlich, eine Weite, wie ich sie nie kannte.«

»Und du kamst dir winzig klein vor.«

»Ja.«

»Wie ein Sandkorn an einem kilometerlangen Strand.«

»Ja.«

»Es lässt einen demütig werden«, sinnierte Art. »Sogar wenn man trauert. Vor allem dann, glaube ich. Das hast du mich gelehrt. Davor wusste ich das nicht. Und als du zurückkamst, hast du mir den Nachthimmel so gut beschrieben, dass ich ihn *sehen* konnte. Direkt vor mir, als würden wir gemeinsam draußen stehen und in die Sterne schauen. Das war schön, Alex. Sehr schön.«

Alex sagte nichts, und Nate glaubte, dass Art das auch gar nicht erwartete.

»Du hast mich befreit«, flüsterte sie. »Und jetzt kann ich die Sterne mit eigenen Augen sehen. Nate, schau mal. Siehst du ihn?«

Nate sah in die Richtung, in die sie deutete.

»Er leuchtet nur ganz schwach«, fuhr Art fort. »Kennst du diesen Stern?«

»Nein«, gestand er. »Tue ich nicht.«

»Bei euch heißt er VL62 Cass. Was ehrlich gesagt das Einfallsloseste ist, das man sich nur vorstellen kann. Wo bleibt da die Fantasie? Selbst eure Vorfahren, die die Sterne noch für Götter hielten, konnten das besser. Ich meine, wer schaut schon in den Nachthimmel und sagt: *Oh, sieh mal, mein Lieblingsstern VL62. Ist er nicht schön?*«

»Art«, sagte Alex.

»Ist ja gut. VL62 liegt im Sternbild Cassiopeia und gehört zu den am weitesten entfernten Sternen, die ein Mensch mit bloßem Auge erkennen kann.«

»Und was ist damit?«, fragte Nate.

»Dahinter liegt mein Zuhause. *Weit* dahinter.«

Er hätte nicht gedacht, dass es etwas gab, das ihn jetzt noch überraschen konnte. Nicht nach allem, was er gehört und gesehen hatte. Nate hätte nicht gedacht, dass er immer noch in der Lage war, so etwas wie einen Schock zu verspüren.

Er hatte sich gründlich getäuscht.

»Ich …«, brachte er heraus. »Das …«

»Ich weiß«, erwiderte Art und Nate glaubte ihr. »Ihr alle seid zu so großartigen und schrecklichen Dingen fähig. Noch dazu in so kurzer Zeit. Ihr seid von Millionen von Euresgleichen umgeben und trotzdem fühlt ihr euch oft allein. Ihr seid so wütend und stark und schön und verletzlich. Ihr zerbrecht und fühlt euch einsam, und das habe ich anfangs nicht verstanden. Keiner von uns. Ihr seid so kompliziert und einfach zugleich. Einen so krassen Gegensatz dürfte es eigentlich nicht geben. Wenn ihr lächelt, ist es, als ob die Sonne aufgeht, und wenn ihr weint, dann irrt ihr durch die Dunkelheit und findet den Weg zurück ins Licht nicht mehr. Ihr haltet eurem Feind eine Pistole an den Kopf und erschießt ihn im Namen von etwas, das ihr Gott nennt. Ihr baut Bomben und verbrennt die Erde, auf der ihr lebt. Ihr verletzt euch und ihr liebt euch. Ihr brüllt in taube Ohren und hasst alle, die anders sind. Sie machen euch Angst, dabei wollen sie nur so sein wie ihr. Ihr könnt aus dem Nichts ein Zuhause erschaffen und tragt einander, bis ihr unter der Last zusammenbrecht. Keiner von uns konnte euch verstehen, und ich auch nicht. Erst als ich ein Herz in meiner Brust pochen spürte und Knochen unter meiner Haut, konnte ich es. Wir sind anders als ihr, der Raum und die Zeit trennen uns voneinander, und doch bestehen wir alle nur aus Sternen und Staub. Ich glaube, das hatten wir vergessen. Und ich bin mir nicht sicher, ob ihr es jemals wusstet. Wie könnt ihr euch allein fühlen, wo wir doch alle gleich sind?«

Nate blinzelte gegen die Tränen in seinen Augen an.

»Außerdem«, fügte Art hinzu, »gibt es bei euch Speck. Das allein wäre die Eroberung eures Planeten wert. Und damit meine ich: die Auslöschung der gesamten menschlichen Rasse.«

Nate hatte das Gefühl zu ersticken. »Artemis Darth Vader ...«

»Ja, so heiße ich. Warum?«

»Ich glaube, ich habe noch nie jemanden wie dich getroffen.«

»Das hoffe ich, denn andernfalls müsste ich dich fragen, ob du schon mal anal sondiert wurdest. Falls ja, würde ich den Kerl höchstwahrscheinlich kennen, der es getan hat, und das wäre mir unangenehm.«

Da hörten sie überrascht, wie Alex lachte.

Sie drehten die Köpfe und sahen, wie er sich mit um den Bauch geschlungenen Armen in der Mitte krümmte und ein Lachen ausstieß, das aus den tiefsten Tiefen seiner Brust zu kommen schien, als hätte es nur auf eine Gelegenheit gewartet, endlich hervorzubrechen. Es war rau und leise, aber es war da.

Nate spürte, wie ihm warm wurde beim Anblick dieses so seltsamen und wunderbar furchterregenden Mannes, der sich über einen kindischen Witz mit einer Analsonde kaputtlachte.

Nate blieb nichts anderes übrig, als mit einzustimmen.

Art folgte seinem Beispiel.

So saßen sie da, unter dem weiten Sternenhimmel und einem stündlich heller werdenden Kometen, und lachten.

Art legte den Kopf auf Alex' zusammengerollte Jacke, die Nate ihr als Kissen gegeben hatte und schloss die Augen. Sie war sofort weg. Er würde niemals aufhören, darüber zu staunen, wie laut ein so kleiner Körper schnarchen konnte.

Er putzte sich die Zähne, spülte sich den Mund mit einem Schluck aus ihrer Flasche aus und spuckte das Wasser in die Überreste des kleinen Feuers. Die Glut zischte, und er überlegte, ob er die Grubentoilette aufsuchen sollte, brachte es aber nicht über sich. Wenn es hart auf hart kam, würde er sich zwischen die Bäume zurückziehen und im Freien pinkeln, wie er es seit seiner Kindheit nicht mehr getan hatte.

Alex lag bereits mit hinter dem Kopf verschränkten Armen in seinem Schlafsack. Nate sah, wie sich der Stoff seines T-Shirts über dem Bizeps spannte, und schaute weg. Dann kletterte er ebenfalls auf die Ladefläche, sorgsam darauf bedacht, Art nicht zu wecken.

Die Schlafsäcke waren wärmer, als er gedacht hatte. Nate hatte sie in der Hütte gefunden. Seine Eltern mussten sie gekauft haben, bevor … Davor eben. Er fragte sich, ob sie sie je benutzt hatten. Ob sie sich damit vielleicht ans Seeufer gelegt hatten, über sich die Sterne, und sich vom Geräusch der Wellen in den Schlaf hatten wiegen lassen. Allein der Gedanke daran ließ Nate frösteln.

Er zog sich den Schlafsack bis unters Kinn und bettete den Kopf auf seinen Seesack. Dann schloss er die Augen und versuchte zu schlafen.

Es ging nicht.

Er drehte sich auf die Seite, wo die anderen beiden lagen.

Alex hatte sich ebenfalls auf die Seite gedreht und sah ihn über Arts Kopf hinweg an. Seine Augen glitzerten im Dunkeln.

»Hey«, flüsterte Nate.

»Hey«, flüsterte Alex zurück.

Nate wollte ihn fragen, wie der Plan lautete, was sie morgen und übermorgen und am Tag danach tun würden. Stattdessen sagte er: »Mein Vater hat meine Mutter umgebracht.«

Alex schnappte hörbar nach Luft, erwiderte aber nichts.

Nate sagte sich, dass er es lassen sollte. Dass Alex bereits genug wusste. Dass dies weder die Zeit noch der Ort noch die Person war, mit der er über solche Dinge reden sollte.

»Er hat sie erschossen«, fuhr er fort. »Und dann sich selbst. Ich hatte sie seit Jahren nicht mehr gesehen. Ich habe ihre Erwartungen enttäuscht.«

Alex nickte langsam.

»Ich war nicht mal auf der Beerdigung. Ich wusste nicht, was ich fühlen sollte. Sollte ich traurig sein, weil sie meine Eltern waren? Wütend, weil sie mich in die Wüste geschickt haben? Ich sagte mir, dass ich ihnen nichts schuldig sei, und dann sagte ich mir, dass ich ein Feigling sei.«

»Warum?«

»Warum was?«

»Warum haben sie ... Was haben sie von dir erwartet?«

»Das ich hetero bin«, antwortete Nate. Es war befreiend. Es war beängstigend. Es bestand die Chance - auch wenn sie wahrscheinlich geringer war als noch vor ein paar Tagen –, dass Alex ihn jetzt verachtete. Trotzdem fühlte es sich gut an, es laut ausgesprochen zu haben. Es wussten noch andere Menschen davon, aber die waren nicht wichtig. Ruth vielleicht. Sie wusste es. Aber das war etwas anderes. Das hier war Alex.

»Ah«, war alles, was er dazu sagte.

»Ja.« Nate kicherte verlegen und hoffte, dass er nicht gerade einen schrecklichen Fehler gemacht hatte. »Ich glaube, sie waren ziemlich überrascht. Na ja, ich *weiß*, dass sie überrascht waren. Sie haben mich zusammen mit meinem damaligen Freund erwischt.«

Alex hustete. »Das hast du also vor ein paar Tagen in der Hütte gemeint.«

»Ja.«

»Schöne Scheiße.«

»Ja.«

»Das ist hart.«

»Du hast immer die richtige Antwort parat, oder?«

»Ich versuche es.«

Nate verzog das Gesicht. »Ich weiß. Ich habe es nicht so gemeint.«

»Ist doch egal.«

Und das tat weh. Mehr, als Nate erwartet hatte.

»Nein«, sagte Alex plötzlich. »Ich wollte damit nicht sagen, dass mir egal ist, dass du kein Hetero bist.« Er klang nervös.

»Oh«, sagte Nate. »Das ist gut. Danke. Ich weiß zwar nicht mal, wofür ich mich bedanke, trotzdem ... danke. Jetzt bedanke ich mich schon *wieder* bei dir.«

»Nate.«

Er klappte den Mund zu.

»Es ist in Ordnung, okay?«

»Gut. Das ist gut.«

Alex sah aus, als würde er sich innerlich auf irgendetwas vorbereiten: Er schaute weg, sah wieder Nate an, dann wieder weg. Öffnete den Mund, schloss ihn wieder. Dann: »Ich bin ... auch ein bisschen so. Ähm, beides, meine ich.«

Nate blinzelte. »Bisexuell? Das ist ... cool. Ja, echt ... cool.«

»Bist du jetzt traumatisiert, weil du so stotterst?«

»Halt den Mund.«

Alex' Nase zuckte amüsiert. »Ja, ich glaube, das bist du.«

»Ich bin *nicht* traumatisiert, nur überrascht.«

»Warum?«

Nate zuckte die Achseln. »Keine Ahnung. Du bist nur so ... du weißt schon, so ...«

»Erstaunlich klare Antwort.«

»Ich weiß nicht, wie ich es sagen soll!«

»Pst. Du weckst Art noch auf.«

»Ich glaube kaum, dass sie außer ihrem Schnarchen irgendwas hören kann.«

Alex lachte leise. »Sie war schon immer so. Wie ein kleines Sägewerk.«

»Wenn es nicht so nervig wäre, würde ich es hinreißend finden.«

»Man gewöhnt sich dran.«

Alex musste es wissen, er sprach schließlich aus Erfahrung. »Sie ist glücklich.«

Alex' Lächeln verblasste ein wenig. »Glaubst du?«

»Absolut. War sie jemals davor glücklich? Im Berg, meine ich.«

Alex' Blick wurde hart, doch Nate glaubte nicht, dass es etwas mit ihm zu tun hatte. »Manchmal. Wenn ich bei ihr war. Es gab Zeiten, da haben sie uns voneinander getrennt. Sie wollten wissen, wie tief die Verbindung zwischen uns ist, wie belastbar. Die längste Phase hat fast sieben Monate gedauert, und am Ende ging es uns beiden nicht besonders gut.«

Nate wollte ihn fragen, was aus der Verbindung werden würde, wenn sie nach Hause zurückkehrte. Ob sie dann abreißen würde. Aber er brachte es nicht über sich. Stattdessen fragte er: »Art war ihnen egal, oder? Den Leuten im Berg.«

Alex schüttelte den Kopf. »Nicht allen. Es gab ein paar, die sie anständig behandelt haben. Aber selbst die haben in ihr nur einen Parasiten im Körper eines kleinen Mädchens gesehen. Ein Tier in einem Käfig. Nicht das, was sie in Wirklichkeit ist. Nicht so wie ich.«

»Was haben sie zu dir gesagt? Haben sie dir Art vorher irgendwie beschrieben?«

Art schniefte und drehte Alex das Gesicht zu. Ihre Hände zuckten. Nate fragte sich, ob sie träumte. Und wenn ja, wovon.

»Sie haben mich hingefahren. Zum Berg. Mir wurde erklärt, ich wäre Mitglied eines Sonderprojekts und dass ich an etwas Außergewöhnlichem teilhaben würde. Dass sie mir nicht mehr sagen könnten und es, falls ich zustimme, kein Zurück mehr gibt. Ich hatte alles verloren, also habe ich Ja gesagt.«

Während Alex redete und Art zwischen ihnen schlief, wurden Nates Augen langsam glasig. Die Sterne über ihm zogen Leuchtspuren hinter sich her, als würden sie vom Himmel fallen. Bilder stiegen auf wie aus einem Nebel, wurden schärfer und ...

Geheim. *Okay,* sagt er sich, *von mir aus*. Es ist nicht das erste Mal. Er *weiß*, was ihn erwartet. Und *sie* wissen, dass er den Mund halten kann. Er ist Berufssoldat, lebenslang verpflichtet. Mit achtzehn ist er zur Army gegangen und hat es nie bereut. Seine Mutter war Alkoholikerin, und sein Vater war im Gefängnis, um fünfundzwanzig Jahre für einen bewaffneten Raubüberfall abzusitzen, bei dem ein Schuss gefallen war. *Das* war es, was seinem Alten schließlich das Genick gebrochen hatte: das Abfeuern einer Schusswaffe, während er eine Straftat beging.

Der kleine, dürre Alex Weir wusste damals schon, dass er diesen Teufelskreis durchbrechen musste, wenn er nicht genauso enden wollte wie seine Eltern. Die Tinte auf seinem Highschool-Zeugnis war noch nicht trocken, da ging er schon ins Rekrutierungsbüro und wusste, dass er die richtige Entscheidung getroffen hatte.

Elf Jahre später sagt man ihm, dass er an etwas noch nie Dagewesenem teilhaben könne. Alex ist wie betäubt, sein Herz liegt in Trümmern, aber er hört zu. Er ist nicht von der neugierigen Sorte. Er ist ein guter Marine, der nicht nachfragt und weiß, wie man gehorcht. Und genau deshalb wird er beinahe stutzig, als sie ihm keine Befehle erteilen, sondern eine Frage nach der anderen stellen.

Ein Mann sitzt ihm gegenüber. Alex hat keine Ahnung, wer er ist. Er trägt keine Uniform, sondern eine zerknitterte Hose und ein Polohemd. Sein Name sei Greer, sagt der Mann. Auf seinem Schreibtisch liegt eine dicke Akte mit einem Foto von Alex, die er nur flüchtig durchgeblättert hat. Alex will wissen, worum es hier geht, was in seiner Akte steht. Einen Moment lang glaubt er, er würde entlassen, und das macht ihm Angst, bis Greer sagt: »Das ist eine richtig große Sache, Alex. Größer als alles, was Sie je gesehen haben. Sie müssen sich absolut sicher sein, denn danach gibt es kein Zurück mehr.«

Alex war noch nie von der neugierigen Sorte gewesen.

Aber bei Gott, jetzt ist er neugierig. Der Wunsch zu erfahren, worum es hier geht, ist so stark, dass er ihn sogar durch seinen Schmerz hindurch spürt.

Alex hat nichts zu verlieren, also sagt er zu.

Greer lächelt, aber sein Lächeln ist seltsam kalt.

Sie machen Tests mit ihm. Die Ärzte kommen mit Nadeln und Kathetern. Dann EKG, EEG und MRT. Er wird geröntgt. Sie schließen ihn von Kopf bis Fuß an Drähte an und nennen es 3D-Mapping. Sie nehmen ihm Blut ab. Untersuchen sein Plasma. Sein Sperma. Sie machen eine Lumbalpunktion. Sie testen sein Sehvermögen, seine Reflexe. Stellen ihn auf ein Laufband, bis Alex glaubt, er würde zusammenbrechen.

Sechs Monate lang geht das so.

Dann kommt Greer zurück.

Er sagt: »Es ist Zeit.«

Im Frühjahr 1985 wird Alex von seinem Stützpunkt in Phoenix zum Berg geflogen. Er ist dreißig Jahre alt und hat alles verloren.

Er glaubt, dass es um experimentelle Waffen geht oder um Körperpanzer. Vielleicht sogar um Roboter. Seine Fantasie ist nicht besonders ausgeprägt (seine Mutter sagte immer, dafür sei er ein viel zu ernstes Kind gewesen), aber er hat Filme gesehen. Er weiß, dass Science-Fiction nicht immer Zukunftsmusik ist. Die Kriegstechnik wird beständig weiterentwickelt, und Alex ist gut in dem, was er tut. Er hat Orden. Die Menschen folgen ihm. Er ist klug, entschlossen und schnell. Sein Körper wurde geschliffen. Er ist bereit.

Genau deshalb gerät er ins Straucheln, als sie ihn immer tiefer in den Berg hineinführen bis zu einem Raum mit Glaswänden, die vom Boden bis zur Decke reichen. Zwischen diesen Wänden – in diesem *Käfig* – sitzt ein kleines Mädchen.

Sie trägt eine pinkfarbene Jogginghose und ein blaues Tank-Top. Sie sitzt im Schneidersitz in der Mitte des Käfigs, den Kopf zur Seite geneigt, und beobachtet ihn mit leuchtenden Augen.

Er sieht ein Bett. Ein Regal voller Bücher. Eine Trennwand mit einer Toilette und einer Dusche dahinter. Eine Grünpflanze, deren Blätter aussehen, als würden sie bald den ganzen Käfig zuwuchern.

Und *sie*, natürlich.

Er denkt: *Ihr Schweine, ihr wusstet ganz genau, warum ihr ausgerechnet mir diesen Einsatz angeboten habt.*

Er sagt: »Was ist das?«

»Das«, antwortet Greer, »ist B-7.«

Das kleine Mädchen verdreht die Augen.

»Ich verstehe nicht.«

»Ich weiß«, erwidert Greer. »Aber das werden Sie noch.«

Sie führen ihn zurück nach draußen. Weg von ihrem Käfig. Bevor er durch die Tür geht, wirft er einen Blick über die Schulter.

Das Mädchen winkt ihm zu.

Er winkt nicht zurück.

Und als sie ihm sagen, was sie ist, woher sie kommt, wie lange sie schon im Berg ist, sagt er: »Blödsinn.«

Greer lacht. »Das habe ich auch gesagt, Alex. Aber ich kann Ihnen versichern, es ist wahr. Jedes einzelne Wort.«

(Nate konnte es spüren – diesen Moment, furchtbar und

einzigartig, in dem alles, was Alex je zu wissen geglaubt hatte, einfach zerschmettert wurde. Er zitterte.)

Sie geben Alex ein paar Tage Zeit, um alles zu verarbeiten. Er trifft sich mit Leuten, die mit ihm über Biologie und Erbgut sprechen. Sie sagen Dinge wie *keine nachweisbare DNA* und *Ophiocordyceps unilateralis.* Er versteht kein Wort. Er ist Soldat. Gibt man ihm eine Waffe und sagt ihm, worauf er schießen soll, drückt er ab. Gibt man ihm eine Karte und zeigt ihm, wo der Feind ist, findet er einen Weg, ihm in die Flanke zu fallen. Aber wenn man ihm sagt, dass ein kleines Mädchen eine Außerirdische ist, weiß er nicht, was er damit anfangen soll. Er kann es schlicht nicht mit dem, was er kennt, in Einklang bringen.

Sie bringen ihn zurück in den Raum.

Das Mädchen sagt: »So sehen wir uns wieder«, und Alex' Knie geben nach.

Niemand hilft ihm auf.

Das Mädchen sagt: »Das passiert vielen Leuten, wenn sie mich sehen. Bizarr, oder?«

Sie haben ihr keinen Namen gegeben. Keinen richtigen jedenfalls. Sie nennen das Mädchen *B-7* oder das *Ding aus einer anderen Welt.* Alex braucht sieben Monate, um mit ihr sprechen zu können, ohne wütend zu werden.

Mit dem Ding aus einer anderen Welt.

Mit *ihr.*

Die Blätter der Bäume, die auf dem Berg wachsen, wechseln bereits die Farbe, als er sagt: »Hey.«

Sie blinzelt einmal und erwidert: »Hi, Alex.«

Er öffnet sich ihr. Gott steh ihm bei.

Sie ist anders, als er gedacht hatte. Sie liest gerne. Sie lacht, wenn er ihr von dem Hund erzählt, den er als Kind hatte, einem dummen Köter, der ständig über seine eigenen Pfoten stolperte. Sie fragt ihn aus, über alles und jeden. Was seine

Lieblingsfarbe ist. Ob er schon mal am Meer war. Auf einem Pferd geritten ist. Einen Pinguin gestreichelt hat. (Ja. Einen blauen? Nein. Schade.)

(Nate lachte. Oder glaubte es zumindest.)

Anfangs ist immer jemand dabei. Mehrere sogar. Sie halten sich im Hintergrund, tippen auf ihren Computern herum, machen sich Notizen und studieren aufmerksam die Zeilen, die der niemals stillstehende Drucker ausspuckt. Sie flüstern in seinem Rücken und unterbrechen immer erst dann, wenn es Zeit für Alex ist zu gehen.

Sie macht Alex Angst.

Er grollt ihr.

Er weiß nicht, was er tun soll, denn es zerreißt ihn. Das erste Jahr ist das schlimmste, weil er immer noch trauert. Um alles, was er verloren hat. Und da ist sie, dieses Ding aus einer anderen Welt, das ihn jedes Mal anlächelt, wenn er sie besucht. Sie sagt ihm, dass sie es nicht mag, wenn er weggeht. Sie fragt, ob sie sich einen Film ansehen können. Es gibt einen Fernseher, er steht auf einem großen schwarzen Videorekorder. Sie legen Kassetten ein. Komödien, Zeichentrickfilme, Western. Die Western mag sie am liebsten. Sie sitzt auf dem Boden, lehnt sich mit dem Rücken gegen die Glasscheibe, die sie voneinander trennt, die Ellbogen auf den Knien, das Kinn in die Hand gestützt, und ist hin und weg vom Anblick der Cowboys und Indianer und Banditen, die einen Zug überfallen.

Auch Alex setzt sich. Ihm wird ein Stuhl angeboten, und er benutzt ihn. Anfangs. Aber schließlich sitzt auch er auf dem Boden, nur durch fünf Zentimeter Panzerglas von ihr getrennt.

Manchmal flackert der Bildschirm und der Strom fällt aus. Aber nie lange.

»Die Kabel«, sagt Greer zu ihm. »Es ist schrecklich hier. Ich glaube, wir hätten nicht so weit ins Innere des Berges graben sollen.«

Im zweiten Jahr darf er den Käfig betreten.

Sie sagen ihm, er soll einen Schutzanzug tragen.

Er sagt, sie können ihn mal.

Sie zappelt herum, hüpft von einem Fuß auf den anderen.

Es sind viele Männer dabei, sie halten sich zurück und sehen zu. Warten ab.

Vor dem Käfig ist eine Schleuse. Er stellt sich vor die erste Tür und wartet, bis die Anzeige von Rot auf Grün wechselt. Die Tür gleitet langsam zur Seite. Er geht hindurch. Sie schließt sich hinter ihm. Über ihm surren Ventilatoren, und ein feiner Nebel, der nach Desinfektionsmittel riecht, breitet sich über ihn. Die Ventilatoren werden langsamer und kommen zum Stillstand. Die zweite Tür öffnet sich.

Er betritt den Käfig.

Noch bevor er reagieren kann, schließt sie ihn in eine innige Umarmung. Ihre dünnen Arme sind um seine Taille geschlungen, ihr Kopf ist gegen seinen Bauch gepresst, und er *hasst* sie, hasst alles, wofür sie steht.

Aber er legt ihr eine Hand auf den Kopf und sagt: »Hallo.«

Im fünften Jahr verbindet sie sich mit ihm.

Es geschieht einfach so.

In einem Moment liest sie ihm aus dem Buch vor, das er ihr mitgebracht hat (*Mrs. Brisby und das Geheimnis von NIMH*), und im nächsten hört er sie in seinem Kopf. Zuerst versteht er nicht, was los ist, warum sich ihre Lippen nicht mehr bewegen und er sie dennoch hören kann. Aber es sind nicht nur Worte. Er kann Mrs. Brisby und Nicodemus und Justin und Jeremy und Dragon *sehen*. Nicht wie in einem Film, sondern so wie das kleine Mädchen, das sie B-7 nennen, sie sieht, während sie ihm ihre Geschichte erzählt. Es ist überwältigend.

Es ist zu viel.

Er wird ohnmächtig.

Sie lassen ihn eine Woche lang nicht zu ihr.

Sie fragen ihn, was passiert sei.

Sie wollen es *verstehen.*

Er überlegt, ob er lügen soll. Es für sich behalten, zwischen ihm und dem Mädchen.

Aber er hat eine Pflicht zu erfüllen.

Er erzählt es ihnen.

Als sie Alex wieder in den Käfig lassen, kann er ihre Erleichterung regelrecht *spüren.* »Es tut mir leid«, sagt sie aufrichtig. »Das wollte ich nicht.«

»Schon gut«, sagt er schroff.

Sie blickt auf ihre Hände. »Ich war traurig, als du weg warst.«

(Nate brach das Herz. Er wollte die Hand ausstrecken und ihr Gesicht streicheln, aber er konnte sich nicht bewegen. Er war nicht einmal sicher, ob er überhaupt noch wach war.)

Und oh, *das* bringt die Männer aus der Fassung. Während all der Jahre - als sie noch in Oren war, genauso wie in der Zeit danach - hat sie nie so etwas gesagt. Sicher, sie haben ihre Mimik gesehen, haben gesehen, wie sie lächelte, die Stirn runzelte oder wütend wurde, auch wenn das selten vorkam. Aber sie hat ihre Gefühle *nie* laut geäußert.

Jetzt schon. Sie war *traurig,* als Alex ihr weggenommen wurde.

Und zum ersten Mal in fünf Jahren denkt Alex, dass sie nicht hierhergehört.

Es ist ein gefährlicher Gedanke.

Verdammt gefährlich.

So gefährlich, dass er ihn sich lange Zeit verbietet.

Bis zum neunten Jahr.

Im neunten Jahr kommt eine Frau. Sie heißt Laura und sie verändert alles. Alex erfährt, dass sie nicht die gewünschten Ergebnisse erzielen, dass sie auf der Stelle treten und die höheren Instanzen Fortschritte sehen wollen. Greer, den Alex während all der Jahre nur ein paarmal gesehen hat, grinst ihn wehmütig an. »Sie ist ein harter Brocken«, sagt er. »Ich hoffe, Sie sind bereit, Alex.«

Laura ist knallhart. Sie ist schon etwas älter, vielleicht Anfang fünfzig. Tagein, tagaus trägt sie dieselbe beige Bluse, denselben Laborkittel und dieselbe Hornbrille. Sie lächelt nicht, als sie B-7 zum ersten Mal sieht. Sie wirkt nicht einmal schockiert. Alex fragt sich, was sie denkt, als sie mit berechnendem Blick langsam um den Käfig herumgeht. Das Mädchen (*Artemis*, wie sie ihm im sechsten Jahr telepathisch mitgeteilt hat, *du kannst mich Artemis nennen*) bleibt ungerührt. Sie folgt Lauras Bewegung, dreht sich im Kreis und beobachtet sie.

Als Laura den Käfig vollständig umrundet hat, sieht sie Alex das erste Mal an. »Sie sind derjenige, mit dem sie sich verbunden hat.«

»Ja, Ma'am«, erwidert er.

»Gut.« Sie blickt über seine Schulter zu den Wachen an der Tür. »Schafft ihn hier raus. Ich will ihn erst wieder in ihrer Nähe sehen, wenn ich es sage.«

»Wie bitte?«, fragt das Mädchen – Artemis, Art – erschrocken. »Nein, warten Sie, was haben Sie ...«

Alex überlegt, sich zu wehren. Sich eine Waffe von einem der Wachposten zu schnappen und dieser Frau, dieser Laura, zu sagen, dass sie ihm Art nicht wegnehmen kann, dass sie die beiden nicht voneinander trennen kann.

Er tut es nicht.

Und Laura trennt die beiden voneinander.

Geschlagene *sieben Monate* lang.

Es ist entsetzlich. Es gibt Momente, wenn auch nur kurze, in denen er sie immer noch spürt, Bilder, die in seinem Kopf aufflackern. Alex weiß nicht, ob es lediglich an der Entfernung liegt, ob der Abstand die Verbindung zwischen ihnen so sehr schwächt, oder ob der Grund dafür etwas Schlimmeres ist.

Und *wenn* er sie spürt, dann sind es jedes Mal Schmerzensblitze. Als würden sie ihr wehtun.

Alex isst nicht mehr. Es gibt Tage, an denen er nicht einmal aufsteht. Monatelang geht das so. Er ist krank. Hat Fieber. Er weiß, dass sie ihn genauso überwachen wie Art, aber er kann nichts gegen seinen Zustand tun.

Nach vier Monaten verlangt er ein Treffen mit Laura.

Es dauert drei Wochen, bis es so weit ist.

Man bringt ihn in das Büro, das einmal Greer gehört hat. »Er ist im Ruhestand«, sagt Laura auf seine Nachfrage hin. »Geht angeln und spielt Golf. Was auch immer man tut, wenn man nicht mehr gebraucht wird.«

Alex glaubt ihr nicht.

»Sie verstehen, warum wir sie brechen müssen?«, fragt Laura.

Alex' Miene bleibt ungerührt. Er verliert nicht die Fassung. Nicht vor dieser Frau. Den Gefallen tut er ihr nicht.

»Nein«, sagt er.

Laura nickt langsam. »Das dachte ich mir. Verraten Sie mir, Mr. Weir, was werden diese Aliens tun, falls sie zurückkommen, um sie zu holen, weil sie vielleicht jemand von Bedeutung ist? Was, wenn sie das, was wir tun, als Kriegserklärung auffassen?«

Alex antwortet nicht.

Laura lässt sich seufzend gegen die Lehne ihres Ledersessels sinken. »Wir müssen auf eine Invasion vorbereitet sein. Diese Wesen sind anders als alles, was wir je gesehen haben. Wie sollen wir sie aufhalten, wenn wir sie nicht verstehen? Das hier ist nicht Roswell, Mr. Weir. Sie sind keine Geschöpfe aus Fleisch und Blut, sondern nichts weniger als biologische Waffen. Sie werden uns nicht von außen angreifen, sondern von *innen*. Wir schweben in der akuten Gefahr, zu Wirten einer unglaublich hoch entwickelten außerirdischen Spezies degradiert zu werden. Glauben Sie wirklich, wir sollten tatenlos dabei zusehen? Oder sollten wir auf jede Eventualität vorbereitet sein?«

Sie hat nicht unrecht. Das weiß er. Aber insgeheim, in seinem Herzen, jenem Ort, den er gerade erst wiederentdeckt hat, glaubt er ihr kein Wort.

»Warum?«

Laura zieht eine Augenbraue hoch. »Warum *was,* Mr. Weir?«

»Warum sollten sie uns angreifen? Wenn sie so hoch entwickelt sind, wie Sie zu glauben scheinen, müssten sie solche Triebe dann nicht längst hinter sich gelassen haben?«

»Spekulationen helfen uns nicht weiter, wenn wir es mit dem Unbekannten zu tun haben. Wenn jemand ungebeten auf Ihr Grundstück kommt, heißen Sie ihn nicht mit offenen Armen willkommen. Sie holen Ihr Gewehr und zeigen ihm, was Sache ist.«

»Zuerst schießen, dann fragen«, erwidert er verbittert. »Art würde niemals ...«

»Art?«, wiederholt sie.

Alex schließt die Augen.

»Ah«, sagt Laura. »Verstehe.«

Sie lässt ihn weitere drei Monate nicht zu ihr.

(Nate hatte noch nie jemanden gehasst, den er gar nicht kannte. Laura hasste er.)

Er kommt nie dahinter, warum er wieder zu ihr darf. Vielleicht hat Art danach verlangt und im Gegenzug versprochen, ihnen alles zu sagen, was sie wissen wollen. Er weiß es nicht, und es ist ihm auch egal. Denn die Erleichterung, die er verspürt, als er sie wiedersieht, ist überwältigend. Art geht es genauso. Das Band zwischen ihnen flammt auf, und Art bestürmt ihn mit Bildern, als würde nach langer Zeit zum ersten Mal wieder die Sonne aufgehen. Sie ist *glücklich.* Verletzt und wütend und verängstigt, aber vor allem glücklich.

(Nate merkte, dass er kaum noch atmete.)

Hallo, sagt Artemis in Alex' Kopf.

Hallo, erwidert er.

Und sie *lächelt.*

Tief in seinem Innern, dort, wo selbst Artemis nicht hinsehen kann, beschließt Alex, dass er etwas ändern muss.

Die Dinge kehren zur »Normalität« zurück, auch wenn nichts von alledem normal ist. Laura lässt sich nicht blicken, aber Alex weiß, dass sie da ist. Sie machen weiter ihre Tests, aber nicht mehr so viele wie während der Monate, in denen sie voneinander getrennt waren. Art verrät ihm nicht viel über diese Zeit, ganz egal, wie oft er nachfragt. Alex weiß nicht, ob er ihr dafür dankbar sein soll oder nicht.

Einmal fragt sie ihn, wie lange sie schon in diesem Käfig ist.

Alex sagt, dass es fast dreißig Jahre sind. Er zuckt zusammen, als sie erwidert: »Hm, gar nicht so lang also.«

Zeit hat keine Bedeutung für sie. Art versucht, es ihm zu erklären, aber ohne Erfolg. Für einen Menschen sind dreißig Jahre beinahe eine halbe Lebensspanne. In dreißig Jahren wird eine Person geboren, sie lernt sprechen, laufen und denken. Sie wächst und wird erwachsen. Ihr Geist festigt sich. Sie wird die Person, die sie ist.

Bei Artemis ist das anders. Für sie ist die Zeit flüssig, und dreißig Jahre sind nichts.

Irgendwann fragt er sie, wie alt sie ist.

Als Antwort schickt sie ihm komplexe Bilder, die Alex an Jahrhunderte denken lassen, trotzdem gilt sie dort, wo sie herkommt, noch als Kind. Ein Wort taucht auf, das mehr oder weniger dem irdischen *Frischling* entspricht.

Am Ende des neunten Jahres schickt sie Alex ein Bild und eine Nachricht.

Er sieht die Sterne.

Er hört die Worte *Ich glaube, sie kommen mich holen.*

Danach steht er jeden Morgen vor Sonnenaufgang auf und

geht zum Stützpunkt am Fuß des Bergs. Er läuft die Umzäunung ab. Er zählt die Soldaten und die Schritte, die er vom Ausgang des Tunnels zum hinteren Tor braucht. Zum vorderen Tor.

Er sagt sich, dass es seine Pflicht ist, seinem Land zu dienen. Dass er damit aufhören muss.

Er kann es nicht.

Er kann es nicht.

Er kann es nicht.

(*Oh mein Gott,* dachte Nate. *Oh mein Gott.*)

Sein Verstand ist scharf. Das war er schon immer. Er kann sich in kürzester Zeit enorm viel einprägen. Er macht alle infrage kommenden Fluchtwege ausfindig. Findet heraus, wie oft die Wachen ihre Schichten wechseln. Wo und wie viele es sind. Er findet die Schwachstellen. Es gibt drei Schichten: von vier Uhr morgens bis mittags, von mittags bis acht Uhr abends und von acht bis vier Uhr morgens. Der Wechsel um vier Uhr morgens ist am besten geeignet. Die Männer, die gehen, sind müde. Die Männer, die kommen, sind kaum wach. Der Himmel ist dunkel.

Und die Kabel, die zu dem Raum führen, in dem Art festgehalten wird, sind in der Zwischenzeit nicht besser geworden. Der Strom fällt oft aus, besonders wenn es stürmt. Natürlich gibt es Reservegeneratoren, aber es dauert immer ein paar Minuten, bis sie anspringen. Es gibt Sicherheitsvorkehrungen. Arts Käfig geht nur auf, wenn Strom da ist. Fällt er aus, verlöschen die kleinen Lämpchen an den Überwachungskameras, und das einzige Licht kommt von der Notbeleuchtung am Boden, die den Weg zum Ausgang weist. Alex glaubt, dass Art den Käfig öffnen könnte, wenn sie wollte. Aber sie hat es nie getan, und er traut sich nicht, sie nach dem Warum zu fragen. Alex weiß nicht, ob er es kann. Er weiß nicht, ob es richtig ist.

Die Entscheidung wird ihm abgenommen, als er eines Nachmittags Laura begegnet, fast auf den Tag genau zehn Jahre, nachdem er den Berg das erste Mal betreten hat. Er hat seit Monaten nichts mehr von ihr gehört und ist entsprechend überrascht, sie vor Arts Käfig stehen zu sehen. Sie hat ihm den Rücken zugedreht und bemerkt ihn nicht.

»Bald. Ich denke, es wird bald so weit sein«, sagt sie zu Artemis, dreht sich um und geht an Alex vorbei, ohne ihm auch nur zuzunicken.

Er weiß nicht, was mit *bald* gemeint ist.

Er weiß nur, dass es sich nicht gut anhört.

In den folgenden Tagen hört er die Leute im Berg tuscheln. Sie sind so sehr an seine Anwesenheit gewöhnt, dass sie ihn kaum zur Kenntnis nehmen. Vielleicht ahnen sie auch nicht, dass Alex mithört. Die Wissenschaftler im Raum sprechen von Plänen, sie wollen etwas tun, was bisher nur einmal bei Oren Schraeder gemacht wurde. Sie wollen Art gewaltsam aus dem Körper des Mädchens entfernen. Nur dass sie ihr dieses Mal keinen anderen Wirt zur Verfügung stellen werden. Wenn sie gasförmig ist, flüstern sie, könnten sie Art bis in ihre Moleküle zerlegen. Warum also nicht gleich zur Quelle gehen, anstatt sich mit dem Umweg über den Wirt abzumühen? Dort gäbe es sicherlich das ein oder andere Geheimnis zu lüften. Denn bisher konnten sie nichts Neues herausfinden, und sie wollen nicht ersetzt werden, wie es Greer passiert ist. Manche von ihnen sind schon seit *Jahrzehnten* dabei.

Sie müssen die Sache endlich zu einem Abschluss bringen.

Ja, das müssen sie.

Art sieht ihn neugierig an. »Was ist los?«

»Vertraust du mir?«, fragt Alex.

Das Bild, das sie ihm sendet, ist so voller Liebe und Licht, dass es ihm den Atem raubt. Sie vertraut ihm. Sie vertraut ihm vollkommen.

Okay, antwortet er. *Das ist gut.*

Nein, es ist dumm. Es wird nicht funktionieren. Es *kann* nicht funktionieren. So viel Glück ist ihm nicht vergönnt. Er weiß nur zu gut, dass selbst der beste Plan von einer Sekunde auf die andere nach hinten losgehen kann. Sein ganzes Leben ist ein Paradebeispiel dafür.

Aber er muss es versuchen.

Und vielleicht plant er es schon länger, als ihm bewusst ist. Schließlich hat er nicht zum Spaß jede Woche Geld abgehoben und unter seine Matratze gestopft, oder? Warum, wenn nicht aus dem einen Grund, dass er es schon immer vorhatte?

Und dann fügt sich alles zusammen.

Er wartet, bis er weiß, dass Laura nicht da ist. Sie ist jeden Monat für eine Woche weg. Wohin sie geht, weiß er nicht. Manchmal fragt er sich, ob sie eine Familie hat, und wenn ja, was ihre Angehörigen glauben, wie Lauras Arbeitsalltag aussieht. Wahrscheinlich wären sie überrascht, wenn sie wüssten, dass Mom angeordnet hat, eine Außerirdische im Körper eines kleinen Mädchens zu töten.

Der Zufall will es, dass während ihrer Abwesenheit ein starker Frühlingssturm angekündigt wird.

Jetzt, denkt er. *Jetzt. Jetzt. Jetzt.*

In dieser Nacht schläft er nicht.

Er weiß, er sollte, aber er kann nicht.

Stattdessen schaut er auf die Ziffern seines Weckers, bis sie drei Uhr dreißig zeigen.

Donner kracht und hallt leise im Inneren des Bergs wider.

Er nimmt nichts mit, denn er hat schon Tage zuvor einen Jeep im Fuhrpark der Basis mit allem Nötigen beladen. Niemand hat sich dafür interessiert, als er die Kleidung aus Arts Käfig mitgenommen hat. Es wäre nicht das erste Mal gewesen, dass er ihre Wäsche macht.

Es sind ein paar Leute unterwegs, aber es ist schon spät

(oder früh, je nachdem), und ihre Augen sind leer. Sie nicken ihm zu, sagen aber nichts. Er geht in den Überwachungsraum neben Arts Käfig. Ein Mann, den Alex kaum kennt, sitzt darin. Er ist von Monitoren umgeben und sieht verschlafen aus. Aus einer kleinen Box tönt Rockmusik.

»Hi«, sagt Alex, als die Monitore bei einem weiteren Donnergrollen flackern.

»Hi«, erwidert der Mann mit einem Blick über die Schulter. »Früh dran heute.«

Alex zuckt die Achseln. »Konnte nicht schlafen. Wie geht's unserer Kleinen?«

»Hat sich seit Stunden nicht bewegt«, antwortet der Mann und nickt in Richtung der Monitore. Ein schmaler, pixeliger Streifen rollt über das Bild. Alex kann den fahlen Umriss des Bettes erkennen. Art liegt auf der Seite, die Decke bis zum Kinn hochgezogen.

Der Mann gähnt, sein Kiefer knackt.

»Ich kann übernehmen«, bietet Alex an. »Sind sowieso nur noch fünfzehn Minuten bis zum Schichtwechsel.«

Der Mann sieht ihn dankbar an. Alex hat das während der letzten zwölf Monate öfter gemacht. Als Vorbereitung für genau diesen Moment. »Echt? Alter, das wär *der Hammer.* Ich hab morgen ein Date in der Stadt.« Er runzelt die Stirn. »Besser gesagt, heute, schätze ich. Eine Kellnerin, Alter, und so was von heiß. Sie hat Titten, das glaubst du nicht.«

Alex wedelt mit der Hand. »Dann nichts wie raus mit dir. Hol dir 'ne Mütze Schlaf, damit du später auf deiner Traumfrau nicht einpennst.«

»Keine Sorge«, erwidert der Mann und wackelt mit den Augenbrauen. Er steht auf, streckt die Hände über den Kopf und drückt den Rücken durch. Im Gehen klopft er Alex auf die Schulter. »Danke, Kumpel. Das ist echt cool von dir.«

»Kein Problem. Hey, haben Reyes und Jones heute Wachdienst?« Er kennt die Antwort bereits, aber besser noch einmal nachfragen.

»Jepp. Haben ihren Tisch vor dem Käfig aufgebaut und bescheißen sich gegenseitig beim Kartenspielen.«

Alex lacht. »Die Penner.«

»Das kannst du laut sagen. Danke noch mal, Weir. Bis morgen.«

Er geht, ohne sich noch einmal umzudrehen.

Alex wartet, bis seine Schritte verhallt sind.

Die Monitore flackern immer öfter. Der Sturm wird stärker.

Sein Blick wandert zu dem Bildschirm, der Arts Bett zeigt.

Sie schläft nicht.

Sie steht unter der Kamera in ihrem Käfig und schaut direkt in die Linse.

Er macht kurzen Prozess mit der Überwachungsanlage, reißt Drähte heraus, kippt alten Kaffee über die Elektronik.

Die Bildschirme zeigen weißes Flimmern.

Zur Tür hinaus und den Flur entlang. An einer T-Kreuzung bleibt er stehen, das Metallgitter unter seinen Füßen ächzt leise. Er nimmt einen tiefen Atemzug. Er tut das Richtige. Er tut es für *sie*.

Alex wendet sich nach rechts. Neben dem Eingang zu Arts Käfig lümmeln Reyes und Jones auf ihren Stühlen, dazwischen steht der Klapptisch, ihre Gewehre lehnen an der Wand. Jones hat eine brennende Zigarette im Mund, um seinen Kopf kräuselt sich der Rauch. Neben seiner rechten Hand ist ein voller Aschenbecher. Die Karten liegen auf dem Tisch ausgebreitet.

Sie hören, dass er näher kommt, und blicken auf.

»Weir«, sagt Reyes. »So früh schon auf den Beinen?«

»Ich konnte nicht schlafen.«

Jones lacht. »Wirst du etwa alt, Kumpel?«

»Wird wohl so sein«, sagt er und hat bereits einen Plan, wie er sie mit möglichst wenig Lärm erledigen wird. »Ich muss zu ihr.«

Jones' Lächeln verblasst ein wenig. »Das geht nicht. Du kennst die Regeln. Keiner darf vor sechs Uhr rein. Zur Sicherheit, verstehst du? Wir wollen nicht, dass jemand zu Schaden kommt.«

Alex schnaubt. »Glaubt ihr wirklich, dass sie mir was antun würde?«

Jones und Reyes tauschen einen besorgten Blick aus. *Oh*, er weiß, was das bedeutet. Wie die meisten, die unter seiner Gehaltsstufe stehen (und vielleicht sogar manche darüber), wissen sie nicht, was sie von ihm halten sollen, ob er überhaupt noch ein *Mensch* ist. Er hat das Getuschel gehört: dass er einer Gehirnwäsche unterzogen worden sei, dass es auch in *seinen* Kopf eingedrungen sei, dass es ihn *infiziert* habe und er jetzt nach seiner Pfeife tanze. Sie trauen ihm nicht, haben sogar *Angst* vor ihm. Angst vor dem, was sie nicht verstehen.

Und das ist gut so. Denn sie haben allen Grund dazu.

»Nein«, sagt Reyes langsam. »Wir glauben nicht, dass es dir was tun wird, aber Befehl ist Befehl.«

»Ich bin ranghöher als ihr.«

Keiner der beiden hat bisher nach seinem Gewehr gegriffen. Ein Fehler. »Stimmt«, sagt Jones. »Aber der Befehl kommt von *noch* weiter oben, wie du weißt.«

»Das weiß ich.« Alex lächelt. »War nur Spaß, Leute. Ich hab euch ein bisschen auf den Arm genommen.«

Beide entspannen sich.

Zuerst nimmt er sich Jones vor, er ist der Schnellere der beiden. Alex hat zwanzig Jahre Erfahrung, und obwohl er schon seit einem Jahrzehnt mit diesem Projekt betraut ist, hat er darauf geachtet, stets in Form zu bleiben. Er ist so stark wie eh und je und kann sich immer noch flinker bewegen als die meisten, die nur halb so alt sind wie er.

Er packt Jones' Kopf und schlägt ihn gegen die Wand. Jones stöhnt und sinkt in seinem Stuhl zusammen.

Reyes reagiert schneller, als Alex erwartet hatte. Er reißt bereits sein Gewehr hoch, als Alex sich auf ihn zubewegt. Er packt den Lauf, spürt, wie sich das Korn in seine Handfläche gräbt, reißt das Gewehr zur Seite und bricht Reyes' Abzugsfinger. Es löst sich kein Schuss. Reyes öffnet den Mund zu einem Schrei, aber es kommt nur ein heiseres Krächzen heraus, weil Alex ihm den Handballen gegen den Kehlkopf schlägt. Seine Augen treten hervor, während Alex seinen Hinterkopf umklammert und ihn mit dem Gesicht voraus auf den Tisch knallt. Der bricht unter der Wucht des Aufpralls zusammen, und Reyes geht mit einem leisen Stöhnen zu Boden. Sein Blick flackert, als er sich auf die Seite rollt, Blut quillt aus seiner Nase und läuft ihm über die Wange. Er starrt Alex mit leeren Augen an und öffnet den Mund, da trifft ihn Alex' Stiefel im Gesicht, und er verliert das Bewusstsein.

Es ist weniger als eine Minute vergangen.

Alex schleift den bewusstlosen Reyes zu Arts Käfig und presst dessen Hand auf den Scanner vor der Zugangstür. Einen Moment lang passiert nichts. Dann fährt ein dünner blauer Lichtstreifen über die Hand.

Die Tür gleitet auf.

Er lässt Reyes zu Boden fallen.

Art beobachtet, wie er hereinkommt.

Die heruntergedimmte Deckenbeleuchtung flackert. Er muss schnell handeln, muss zum Computer, bevor der Strom ganz ...

Das Licht geht aus.

Einen Moment lang stehen sie im Dunkeln, dann geht die weiße Notbeleuchtung auf dem Boden an.

»Nein«, flüstert er. Der Käfig ist jetzt verriegelt.

Art kommt an die kugelsichere Trennwand.

Sie legt ihre Hand auf das Glas.

Er spürt es in seinem Kopf. Ein Flüstern. Er sieht Bilder. Art denkt an weit, weit entfernte Sterne.

Um ihre Handfläche herum bilden sich feine Risse.

Alex tritt einen Schritt zurück.

Das Glas zerspringt.

Aber die Bruchstücke fallen nicht.

Art lässt ihre Hand sinken, schiebt die schwebenden Scherben aus dem Weg und betritt den Vorraum. Sie bleibt mit einem kleinen Lächeln auf den Lippen vor Alex stehen und fragt: »Gehen wir auf ein Abenteuer?«

Er antwortet: »Zeit loszureiten.«

(Nate schwebte davon, davon, davon.)

Alex nimmt Arts Hand. Sie verschwindet in seiner.

Dann gehen sie los.

Art gibt keinen Kommentar zu den beiden Männern ab, über die sie hinwegsteigen müssen.

Er bewegt sich den Flur entlang, ihren Fluchtweg bereits vor Augen, und wirft einen Blick auf seine Uhr. Der Schichtwechsel findet in zehn Minuten statt. Die Generatoren sind noch nicht angesprungen, alles ist dunkel.

Sie meiden die großen Flure. Auf den kleinen ist es einfacher. Weniger Menschen. Aber irgendwann werden sie den bewachten Ausgang erreichen: zwei Posten und zwei weitere als Ablösung auf dem Weg.

Und genau darauf zählt er.

Sie erreichen den nächstgelegenen Ausgang in weniger als fünf Minuten.

Er späht um die Ecke.

Zwei Männer stehen davor.

Es muss schnell gehen.

Er lässt Arts Hand los und denkt: *Bleib.*

Er geht los.

Der Mann rechts der Tür sieht ihn zuerst. Er will schon sein Gewehr heben und hält inne, als er Alex erkennt. »Sir«, sagt er.

»Was steht ihr noch hier rum?«, knurrt Alex. »Die Generatoren sind noch nicht hochgefahren. Für diesen Fall gibt es *Protokolle.* Warum habt ihr noch nicht nachgesehen?«

Rechts wirft Links einen Blick zu. »Es ist gleich Schichtwechsel. Wir dachten, wir warten, bis …«

»Falsch gedacht«, schnauzt Alex. »Setzt eure Ärsche in Bewegung!«

Da hört er hinter sich: »Heilige Scheiße, wieso ist es nicht in seinem Käfig?«

Er dreht sich um. Die Wachablösung ist zu früh dran. Zwei Männer stehen auf dem Flur, ihre Waffen auf Art gerichtet.

Verdammt.

»Hallo«, sagt Artemis Darth Vader. »Schön, euch zu sehen.«

Sie ruckt mit dem Kopf nach rechts.

Alle vier Männer knallen gegen die Wand, die Gewehre entgleiten ihrem Griff und fallen zu Boden.

»Huch«, sagt Art. »Sie waren viel leichter, als ich dachte. Möglicherweise habe ich es übertrieben. Die Armen. Sie werden Schmerzen haben, wenn sie aufwachen.«

Alex schnappt sich die Schlüsselkarte von einem der Bewusstlosen und zieht sie durch den Schlitz.

Nichts.

Der Strom ist immer noch abgeschaltet.

Er gerät langsam in Panik. »Komm schon, komm schon …«

Die Deckenbeleuchtung geht an. Er weiß nicht, ob die Stromleitung wieder funktioniert, oder ob es die Generatoren sind, aber das ist auch egal.

Er versucht es noch einmal.

Das Schloss piept.

Die Tür gleitet auf.

»Los«, sagt er. »Wir müssen uns beeilen.«

Sie rennen einen Flur entlang. Sie sind nah dran. *So nah.*

Sie erreichen die letzte Tür. Sie ist nicht elektronisch verriegelt.

Er stößt sie auf.

Der Regen prasselt gegen sein Gesicht. Alex saugt die kalte Luft ein und ist augenblicklich klatschnass. Art keucht, als sie das Wasser auf der Haut spürt. Wie ihm später klar wird, ist es das erste Mal seit über drei Jahrzehnten, dass sie den Berg verlässt. Die Erkenntnis trifft ihn hart. Sehr hart.

Über ihren Köpfen zucken Blitze.

Donner grollt.

Er packt Artemis an der Hand und zieht sie hinaus in den Sturm. Der Schotter knirscht unter ihren Füßen. Alex blinzelt gegen den Regen an und sieht die Scheinwerfer am Eingang zur Basis. Sie schwenken langsam hin und her, gleiten über das gesamte Gelände, während die Wachen auf den Türmen auf und ab gehen.

Sie laufen weiter, weg vom Haupteingang. Alex hält sich an die Bäume. Als zwei Soldaten vorbeikommen, bleiben sie kurz stehen und warten, bis die beiden um eine Ecke verschwunden sind.

Der Fuhrpark ist so früh am Morgen noch leer. Die Mechaniker beginnen ihre Schicht erst in ein paar Stunden. Die Halle, in der die Fahrzeuge dieser streng geheimen Einrichtung der Regierung der Vereinigten Staaten von Amerika untergebracht sind, ist groß, aber Alex weiß genau, wo sie hinmüssen.

Sie treten durch eine Seitentür ein und schließen sie hinter sich. Art zittert, aber daran kann er jetzt nichts ändern. Alex erinnert sich, wie schockiert er war, als er merkte, dass sie tatsächlich frieren kann. Dass sie hungrig und glücklich sein und Schmerzen empfinden kann. Er fragt sich, wie sie damit zurechtkommt. Nach allem, was sie ihm erzählt hat, ist das alles vollkommen neu für sie. Ihre Spezies kennt keine Emotionen oder körperlichen Empfindungen, wie Menschen sie kennen. Zumindest nicht in dem Ausmaß.

Es gibt Tage, an denen er sich genau das wünscht. Tage, an denen er wünscht, er könnte alles einfach wegschieben.

Er weiß nicht, ob es ihr genauso geht.

Er weiß nicht, wie er sie fragen soll.

Sie laufen an Humvees, Jeeps und gepanzerten Fahrzeugen mit Maschinengewehren auf dem Dach vorbei. Er hatte kurz überlegt, eines davon für ihre Flucht zu benutzen, sich aber dagegen entschieden. Er kann sich nicht vorstellen, eine Straße entlangzufahren, ohne früher oder später wegen der großkalibrigen Waffe auf dem Dach angehalten zu werden.

Der Jeep ist grau. Wie die meisten Fahrzeuge in dieser mit Steuergeldern finanzierten geheimen Forschungseinrichtung ist er ein neueres Modell und vollgetankt. Alex hat ihn mit dem Nötigsten beladen, so gut es eben ging, ohne Aufmerksamkeit zu erregen. Sein Seesack ist bereits drinnen, gefüllt mit Kleidung und Bargeld. Eine zweite Tasche für Art ebenfalls. Ein paar Lebensmittel und Wasser. Mehr ging nicht.

Und jetzt, da sie hier sind, er die Beifahrertür öffnet und Art in den Jeep klettert, wird ihm bewusst, wie durchgeknallt das alles ist. Was für eine unfassbar schlechte Idee. Klar, er hat schon früher daran gedacht, dass sein Plan vollkommen verrückt ist. Aber da war alles noch abstrakt gewesen und Alex mit anderen Dingen beschäftigt als der Tatsache, dass ihre Erfolgschancen äußerst gering sind.

Er muss es versuchen.

Er legt ihr den Sicherheitsgurt an.

Sie berührt seine Hand. »Es wird alles gut.«

Alex nickt knapp.

Er tritt zurück und schließt die Tür. Als er um die Vorderseite des Jeeps herum ist, sagt eine Stimme: »Ich habe immer gedacht, so blöd *kann* er nicht sein. Und ich hasse es, wenn ich mit einer Einschätzung falschliege.«

Laura steht ein paar Wagenreihen weiter, flankiert von zwei Männern. Alex kennt die beiden nicht, aber er kann sich denken, wer sie sind. Oder besser gesagt, zu welcher Abteilung sie gehören.

Vollstrecker.

Eine Elitetruppe, deren Hauptaufgabe Momente wie *dieser* sind.

Sie sind Fährtenleser. Und Jäger.

Wenn es irgendwo ein Problem gibt, werden sie ausgeschickt, um es wieder in Ordnung zu bringen. Im Lauf der Jahre hat er ab und zu welche von ihnen im Berg gesehen. Viele fragten sich, für wen genau sie arbeiteten. Nach allem, was Alex herausfinden konnte, handelt es sich um eine Privatfirma. Das gibt der Regierung die Möglichkeit, falls nötig jede Verantwortung abzustreiten.

Sie sind bewaffnet, aber das ist Laura auch. Sie hält eine Pistole in der Hand, ihr Gesicht ist ausdruckslos.

»Sie müssen doch wissen, dass das nicht gut ausgehen wird«, sagt sie nicht unhöflich.

Alex erwidert nichts. Er plant bereits.

Laura nickt, als hätte sie mit seinem Schweigen gerechnet. »Ich weiß nicht, wozu es fähig ist, Mr. Weir. Ich glaube, das wissen nicht einmal Sie. Es hat Sie infiziert.«

Das Zufahrtstor ist immer noch geschlossen. Aber der Jeep ist gepanzert, also haben sie zumindest eine Chance. Sie können es immer noch schaffen.

Da hebt Laura ihre Waffe und feuert.

(Nate wollte schreien, aber es kam kein Ton aus seinem Mund.)

Es geht so schnell, dass Alex keine Zeit hat zu reagieren.

Er ist schon einmal angeschossen worden, 1982 im Gouvernement Al-Asimah in Kuwait. In einer Hafenstadt, ein glatter Durchschuss im rechten Arm. Es hat wehgetan, aber er hat die Zähne zusammengebissen und sich durchgekämpft.

Das hier ist etwas anderes.

Zuerst ist er nicht sicher, was überhaupt passiert ist. In einem Moment steht er noch mit geballten Fäusten vor dem Jeep, im nächsten taumelt er rückwärts gegen die Motorhaube, und in seiner Seite brennt ein Feuer. Er hört Art hinter sich schreien und atmet scharf ein. Es tut weh, *verdammte Scheiße, tut das weh.* Seine Sicht wird trüb, aber Alex versucht, dagegen anzukämpfen.

Einer der Vollstrecker reicht Laura ein Metallgeschirr.

Alex weiß, was das ist.

Das Ding in dem kleinen Mädchen hinter ihm bewohnte einst den Körper eines jungen Soldaten namens Oren Schraeder. Nach einer Weile wollten sie sehen, ob sie ihm wehtun konnten. Sie probierten vieles aus. Chemikalien. Gas. Injektionen. Aber erst als sie Orens Kopf unter Strom setzten, erzielten sie die Wirkung, die sie wollten.

Der Vollstrecker hat Laura ein Stirnband übergeben, das den Träger unter mehrere Tausend Volt setzt.

Sie haben es Art noch nie angelegt.

Aber immer damit gedroht.

Alex glaubt nicht, dass es sich diesmal nur um eine Drohung handelt.

Art offensichtlich auch nicht.

Denn Alex spürt, wie sie sich auflädt. Es ist wie ein Sturm in seinem Kopf.

Artemis *rast* vor Wut.

Steig in den Wagen, hört er in seinem Kopf. *Jetzt.* Ihre Stimme hat noch nie so kalt geklungen.

Die Fahrzeuge in der Halle beginnen zu vibrieren.

Die Vollstrecker treten einen Schritt zurück.

Lauras Augen verengen sich.

Sie hebt erneut ihre Waffe.

Der Boden unter Alex' Füßen bekommt Risse, während er zur Fahrertür humpelt. Er hört, wie einer der Vollstrecker einen Warnruf ausstößt, dann kracht ein Schuss. Alex schwört, dass er spüren kann, wie die Kugel an seinem Kopf vorbeizischt. Er hält eine Hand auf seine Seite gepresst und weiß, dass er blutet. Es ist schlimm, aber Art hat ihm gesagt, dass er einsteigen soll, also steigt er ein.

Er ist an der Tür und reißt sie auf. Er beißt die Zähne zusammen gegen den Schmerz und klettert hinein. Er tastet nach den Schlüsseln, die er hinter der Sonnenblende versteckt hat, und zieht die Tür hinter sich zu.

Art sieht ihn nicht an.

Sie starrt mit großen, leeren Augen geradeaus.

Alex folgt ihrem Blick.

»Scheiße«, keucht er.

Dutzende von Fahrzeugen haben sich in die Luft erhoben. Sie schweben mindestens drei Meter über dem Boden. Die Vollstrecker haben ihre Waffen auf sie gerichtet – als könnten Kugeln verhindern, was gleich passieren wird.

Und Laura. In der einen Hand die erhobene Waffe, in der anderen das Stirnband.

»Fahr los«, sagt Art leise.

Er lässt den Motor an.

Er sieht genau den Moment, in dem Laura beschließt, ein weiteres Mal abzudrücken.

Sie strafft die Schultern und atmet aus.

Alex schaltet die Automatik auf FAHREN und drückt das Gaspedal durch.

Die Fahrzeuge regnen herab. Metall kreischt, Glas zerspringt, Motorhauben werden in die Luft geschleudert. Ein

Stück rechts von ihnen explodiert ein Humvee in einem grellen Feuerball, Splitter bohren sich in die Wände.

Die Vollstrecker rennen los und versuchen, sich in Sicherheit zu bringen. Einer ist schon fast bei einem der Seiteneingänge, als ihn ein Jeep unter sich begräbt. Alex sieht nicht, was mit seinem Kollegen passiert.

Laura rennt nicht. Sie geht langsam auf das ihr entgegenkommende Fahrzeug zu und feuert. Die Kugel prallt nur wenige Zentimeter vor Alex' Gesicht von der gepanzerten Windschutzscheibe ab.

Er bremst nicht.

Und Laura springt nicht aus dem Weg, wie er es erwartet hat. Der Jeep erfasst sie mit beinahe dreißig Meilen pro Stunde. Sie wird auf die Motorhaube geschleudert und kracht gegen die Windschutzscheibe. Blut spritzt auf das Glas, dann ist sie weg.

»Das Tor«, sagt Alex. »Art, das *Tor.*«

Artemis summt leise vor sich hin. Die Schiebetüren zittern in ihrem Rahmen, und einen Moment lang glaubt Alex, dass sie frontal dagegenkrachen werden. Dass ihre Flucht zu Ende ist, bevor sie das Lagerhaus überhaupt verlassen haben.

Doch dann werden die Türen aus ihren Schienen gerissen und die gesamte Vorderwand der Halle bricht weg. Dann sind sie draußen in der Dunkelheit, der Regen prasselt gegen die Windschutzscheibe, Blitze zucken. Alex steuert mit einer Hand, die andere hält er auf seine Wunde gepresst.

Von da an ist alles wie in einem Traum.

Er hört den Alarm und weiß, dass auf sie geschossen wird, aber alle Kugeln verfehlen sie. Er schwebt, aber nur ein bisschen, hört ein Flüstern in seinem Kopf, das ihm sagt, dass alles gut gehen wird. Alles in Ordnung. Es wird nichts geschehen.

Er glaubt dem Geflüster.

Irgendwann leuchtet ein Scheinwerfer auf sie herab, Alex

hört das Donnern der Rotoren, dann einen lauten Knall wie von einer Explosion ganz in der Nähe.

Sie brechen durch das hintere Tor und jagen hinaus auf eine alte Forststraße. Die Straße ist verschlammt und glitschig, um sie herum fließt das Wasser in Sturzbächen den Berg hinunter. Er konzentriert sich darauf, die Augen offen zu halten. Er hat eine wertvolle Fracht. Ihr darf nichts zustoßen.

Art wird ihm später sagen, dass das Krachen, das er als Nächstes gehört hat, von einer Steinlawine kam, die sich hinter ihnen gelöst und die Straße blockiert hat. »Wir hatten Glück«, wird sie sagen. »Das muss der Sturm gewesen sein.«

Er wird ihr nicht glauben, aber er widerspricht auch nicht.

Sie sagt ihm, dass er seine Hand wegziehen soll. Alex stöhnt und tut es. Art legt ihre Finger auf die Wunde. Sie fühlen sich heiß an, als würde sie ihn verbrennen. Alex schafft es, nicht zu schreien.

Drei Tage später sehen sie ein Schild mit der Aufschrift HERSCHEL LAKE.

Art sagt: »Da. Hier sollten wir abbiegen.«

Alex sagt: »Wir müssen weiter, so weit weg, wie wir nur können.«

Artemis Darth Vader schüttelt den Kopf. »Nein, Alex. Wir müssen zu diesem See. Ich weiß es. Du musst mir vertrauen.«

Das tut er. Sie ist das Einzige, was er noch hat.

Also biegt er ab.

Nate blinzelte langsam. Er fühlte sich, als wäre er gerade aus einem wilden Traum erwacht.

Artemis schnarchte, den Kopf auf Alex' Schulter gebettet.

Alex musterte ihn, aber sie sprachen nicht. Es fühlte sich an wie Stunden.

Dann fragte Nate: »Was ... Wie hat sie ...«

»Keine Ahnung«, erwiderte Alex. »Sie hat es einfach getan.

Ich vermute, das Band zwischen uns, diese Verbindung mit mir ... und dir ...«

»Wir müssen sie nach Hause bringen«, sagte Nate. Er war sich noch nie im Leben einer Sache so sicher gewesen. »Wir müssen einen Weg finden, sie nach Hause zu bringen.«

Er hatte nicht damit gerechnet, dass Alex den Arm nach ihm ausstrecken würde. Nicht mit der Hand, die sich seinem Gesicht näherte. Den Fingern, die seine Wange berührten, seinen Kiefer. Dem Daumen, der über seine Lippen strich.

Er schmiegte sich dagegen, denn es war das Einzige, was er tun konnte. Dann drehte er den Kopf ein Stück und drückte Alex einen trockenen Kuss auf die Handfläche.

Alex' Augen weiteten sich, aber er zuckte nicht zurück.

Nate rutschte noch ein bisschen näher heran und drückte Alex' Hand an seine Brust. Sie war warm.

Alex seufzte leise und schloss die Augen. Nate sah zu, wie er einen Moment später einschlief, den Arm über Art gelegt. Kurz darauf schlief er ebenfalls. Hier, unter einem Meer von Sternen und einem Kometen, der immer heller wurde.

Am nächsten Morgen, sie aßen gerade Trockenei, das zum Kotzen schmeckte, sagte Art: »Du weißt, wo wir hinmüssen.«

Alex fuhr sich mit einer Hand übers Gesicht. »Bist du sicher?«

Sie nickte. »Es ist das Richtige, jetzt. Glaube ich.«

Nate blickte zwischen den beiden hin und her. »Das verheißt nichts Gutes, oder?«

»Sattel dein Pferd, Cowboy«, erwiderte Art. »Vor uns liegen harte Tage.«

VIERZEHN

Sie waren seit fünf Tagen nonstop unterwegs. Nate starrte aus dem Fenster und sah ein schwarzes Fuhrwerk. Darauf saßen zwei Männer in dunkler Kleidung mit breitkrempigen Hüten. Beide trugen dicke Bärte. Sie winkten, als der Chevy an ihnen vorbeifuhr. Art winkte fröhlich zurück.

»Das kann nicht euer Ernst sein«, sagte er, als sie an einem Schild vorbeikamen, das sie in Bird-in-Hand, Pennsylvania, willkommen hieß.

Alex schnaubte. »Ich fürchte, doch.«

»Ist er unter die Amish gegangen?«

»Nein. Aber hier draußen gibt es ziemlich viele von denen. Und Mennoniten. Anscheinend fühlt er sich hier wohl. Irgendwie logisch, schließlich meiden sie jede Art von Technologie.«

»Nichts von alldem ist logisch«, brummte Nate. »Absolut gar nichts.«

»Mach dir keinen Kopf.«

Nate schaute ihn fassungslos an.

»Ist ja gut«, sagte Alex mit einem kleinen Lächeln. Seit der Nacht in den Badlands war dieses Lächeln immer häufiger zu sehen. Nate mochte die Falten, die sich dabei um Alex' Augen bildeten, also beschwerte er sich nicht.

»Glaubst du, dass ich hier mal reiten kann?«, fragte Art zum gefühlt hundertsten Mal. »Wenn er Pferde hat, meine ich. Und wenn er auf einer Farm lebt, muss er doch welche haben. Das ist sozusagen ein Naturgesetz.«

»Ich glaube, das stimmt nicht ganz«, wandte Nate ein.

Art verdrehte die Augen. »Woher willst du das wissen? Außerdem ...« Sie schnappte nach Luft. »Oh mein Gott, vielleicht hat er Schweine! Vielleicht gibt es Speck!«

»Du hast erst gestern raue Mengen davon verdrückt, schon vergessen? *Immer her damit, Schätzchen,* hast du zur Kellnerin gesagt.«

»Danach hat sie mich komisch angeschaut.«

»Möglicherweise, weil du sie *Schätzchen* genannt hast.«

»Das habe ich in einem Film gesehen. Ich wollte es ausprobieren und testen, was passiert. Im Nachhinein betrachtet, sind meine Koteletts für so einen Spruch wahrscheinlich zu klein.« Sie seufzte. »*Koteletten,* wollte ich natürlich sagen.«

»Du bist so was von seltsam«, kommentierte Nate mit mehr Überzeugung denn je.

»Hättest du dich jahrhundertelang nur von der Energie um dich herum ernähren müssen und dich dann plötzlich in einem Körper mit Geschmacksnerven wiedergefunden, würde es dir genauso gehen.«

»Großer Gott«, murmelte Nate.

»Über den denke ich auch oft nach«, sagte Art mit einem Stirnrunzeln. »Warum sagen so viele Menschen ständig seinen Namen, ohne an ihn zu glauben?«

»Auf dieses Gespräch lass ich mich gar nicht erst ein«, erklärte Nate. »Es führt zu nichts.«

»Nate.«

»Nein. Auf keinen Fall.«

»Später«, knurrte Alex. »Wir sind gleich da.«

Nate sah ihn an. »Bist du dir sicher, dass wir das Richtige tun? Ich meine, er weiß nicht mal, dass wir kommen. Weil er kein Telefon hat, wie du behauptest.«

»Hat er auch nicht, aber ...«

»Er weiß es«, warf Art ein. »Er wusste es die ganze Zeit.«

»Woher?«, hakte Nate nach, unsicher, ob er die Antwort wirklich hören wollte.

Art zwinkerte ihm zu.

»Das ist keine Antwort.«

»Ich weiß. Ich versuche, geheimnisvoll zu sein. Funktioniert es?«

»Du bist ein Alien von einem anderen Planeten. Wie viel geheimnisvoller kann man noch sein?«

»Oh, wow. So habe ich das noch nie betrachtet. Das eröffnet völlig neue Perspektiven.«

Nate seufzte und starrte wieder aus dem Fenster.

Bird-in-Hand war keine Stadt, ja nicht mal ein Städtchen, und so klein, dass sie es binnen weniger Minuten von einem Ende bis zum anderen durchquert hatten. Alex hatte die Landkarte auf seinem Schoß ausgebreitet. Ab und zu warf er einen Blick darauf und spähte dann wieder auf ihre Umgebung. Art saß zwischen ihnen und summte leise vor sich hin.

Als Bird-in-Hand bereits zehn Minuten hinter ihnen lag, sagte Alex: »Ich weiß nicht, wo es ist. Vielleicht sind wir schon dran vorbeigefahren. Ich glaube, wir sollten wenden und ...«

»Sind wir nicht«, widersprach Art. »Es ist da vorn.«

Alex schnaubte und fegte die Landkarte von seinem Schoß. »Hättest du mir das nicht gleich sagen können?«

»Du hast gewirkt, als hättest du alles im Griff. Ist nicht meine Schuld, wenn du keine Karten lesen kannst. Schließlich bist du ein Mann.«

Er funkelte sie an. »Will ich wissen, wo du diesen Spruch herhast?«

»Wahrscheinlich nicht. Schau, da sind wir schon.«

Nate folgte ihrer Blickrichtung. Am rechten Straßenrand befand sich ein Briefkasten. Er sah schon recht alt aus und hatte die Form einer Miniaturscheune. Gleich daneben zweigte ein Feldweg ab, der von brachliegenden Äckern umgeben war. In der Ferne konnte Nate eine große Gruppe hoher Bäume sehen, über denen ein blässlich-schwarzes Wölkchen schwebte. Rauch.

Alex verlangsamte das Tempo und hielt kurz vor der Abzweigung an. Seit sie durch Bird-in-Hand gefahren waren, hatten sie kein anderes Auto mehr gesehen.

»Und du bist dir nach wie vor sicher?« Alex beugte sich nach vorn und beäugte den Feldweg.

Nate sah, wie er während der Bewegung leicht zusammenzuckte. Wahrscheinlich machte ihm sein Rücken zu schaffen wegen der endlosen Fahrerei.

»Ich glaube, schon«, antwortete Art mit gerunzelter Stirn. »Es fühlt sich richtig an.«

»Sonst nichts?«

Sie schüttelte den Kopf.

»Sonst nichts« bedeutete in diesem Fall: *Noch keine Nachricht von deinen Leuten, dass sie hier sind oder auf dem Weg oder etwas in der Art?*

»Noch nicht. Aber es gibt ein paar Dinge, die ich noch erledigen muss, und das ist eines davon.«

Art klang unsicher und das gefiel Nate nicht.

»In Ordnung«, sagte Alex. »Aber du bleibst immer in meiner Nähe, verstanden? So, dass ich dich sehen kann.« Er schaute Nate an. »Das gilt für euch beide.«

Art lachte. »Was soll *hier* denn schon passieren?«

Alex und Nate tauschten einen vielsagenden Blick aus.

»Was? Gibt es etwas, dass ich wissen muss?«

Alex bog auf den Feldweg ab.

Zwischen den Bäumen stand ein weitläufiges Farmhaus. Es wirkte gut in Schuss, und auf dem schrägen Dach glänzte etwas, das sehr nach Solarpanelen aussah. Die Mauern waren weiß, an den Fenstern waren blaue Läden angebracht, links und rechts ragte je ein Schornstein aus dem Dach. Gleich neben dem Haus stand eine große Scheune, die offensichtlich das Vorbild für den Briefkasten war, den sie zuvor gesehen hatten. Sie war rostrot mit weiß abgesetzten Fenstern. Das große Schiebetor stand offen.

Nach allem, was sie in den letzten Wochen durchgemacht hatten, kam Nate sich beinahe vor wie in einer Oase. Es war inzwischen Ende April und ungewöhnlich warm. Das Haus im Schatten der Bäume sah einladend aus. Das Gras leuchtete grün, und die Äcker ringsum waren frisch gepflügt. Nate überlegte, was darauf angebaut wurde. Nach allem, was er über diese Gegend wusste, wahrscheinlich Mais.

Vor dem Farmhaus sah er ein Blumenbeet, Tomatenstauden und andere Gewächse, die er nicht kannte. Nate hatte ausschließlich in der Stadt gelebt und nie einen Garten gehabt. Nur einmal eine Zimmerpflanze, die ihm jemand für sein Apartment geschenkt hatte, aber die war innerhalb eines Monats vertrocknet. Was Nate nicht überraschte, denn er hatte sie höchstens zweimal gegossen.

Neben der Scheune standen ein paar Pick-ups und zwei ältere Limousinen.

Und es gab Menschen.

Einige arbeiteten auf den Feldern.

Eine Handvoll im Garten.

Andere holten Heu aus der Scheune.

Zwei saßen in alten Schaukelstühlen auf der Veranda.

Sie trugen Jeans und Arbeitsstiefel. Die Männer weiße Hemden, manche einen Hut dazu. Nate sah eine Frau in einem Tanktop. Ansonsten sahen alle gleich aus.

Und sie alle beobachteten ihren Chevy.

Nate lief ein eisiger Schauer über den Rücken.

Eine der beiden Gestalten auf der Veranda erhob sich aus

ihrem Schaukelstuhl und ging ins Haus. Die Fliegengittertür schlug klappernd hinter der Frau zu.

»Wer sind all diese Leute?«, fragte Nate. »Ihr hattet doch gesagt, er würde allein hier leben.«

Alex legte die Stirn in Falten. »Das dachte ich auch.«

»Sie sind wegen *ihm* hier«, antwortete Art, während Alex in einigem Abstand zum Haus anhielt. »Sie kennen seine Geschichte und glauben ihm.«

Nate fand, dass sie umdrehen sollten. Wegfahren und von hier verschwinden. Er hatte kein gutes Gefühl bei der Sache. Und wenn es etwas gab, auf das er im Lauf der Jahre zu vertrauen gelernt hatte, dann war es sein Bauchgefühl. Mochte sein, dass es ihn manchmal in die Irre führte (oder er es ignorierte, weil er lieber vor einem verheirateten Senator kniete und dessen dicken Schwanz lutschte, während der die Finger in Nates Haaren verkrallte), aber normalerweise lag er goldrichtig.

Sie sollten zusehen, dass sie von hier wegkamen.

Er wollte gerade genau das sagen, da trat die Frau zurück auf die Veranda.

Und mit ihr ein weiterer Mann.

Obwohl er anders aussah, als Nate erwartet hatte, wusste er sofort, dass er der Mann war, den Art hier treffen wollte. Er war vierundzwanzig gewesen, als er 1964 in der Nähe des Campingplatzes in Cisco Grove durch den dunklen Wald stolperte. Danach war er zwanzig Jahre lang in einem Berg gefangen gehalten worden. Wenn das, was Alex und Art ihm erzählt hatten, stimmte, musste Oren Schraeder 1940 geboren und jetzt fünfundfünfzig Jahre alt sein.

Aber er sah jünger aus als Alex.

Seine Haut war gebräunt, als würde er viel Zeit an der Sonne verbringen. Sein ausgebleichtes Haar war zu einem Pferdeschwanz gebunden. Er sah schlank und fit aus, seine

Jeans waren staubig, und er trug das gleiche weiße Hemd wie die anderen Männer. Sein Lächeln war breit und strahlend.

Er hob eine Hand und winkte ihnen mit wackelnden Fingern zu.

Sein körperlicher Zustand blieb unverändert, hatte Alex gesagt. *Er hörte auf zu altern. Er war damals vierundzwanzig, und für die nächsten zwanzig Jahre blieb er das auch.*

Als wäre die Zeit für ihn stehen geblieben und hätte erst wieder angefangen zu vergehen, als sie Art mit Stromstößen aus seinem Körper vertrieben.

Die Frau, die ihn geholt hatte, flüsterte Oren etwas ins Ohr. Er winkte ab und beobachtete weiter den Chevy.

Nate drehte Alex den Kopf zu, um ihm mitzuteilen, dass er kein gutes Gefühl bei der Sache hatte. Aber der Marine war bereits ausgestiegen, und Art rutschte über die Sitzbank auf die offene Fahrertür zu. Als Nate Anstalten machte, ihr beim Aussteigen zu helfen, sagte sie, sie käme schon allein zurecht, also ließ er es bleiben.

Er wollte den beiden nicht folgen.

Er tat es trotzdem.

Alex schob Art hinter sich, dann gingen die beiden langsam auf das Farmhaus zu.

Nate sah den Umriss der Pistole, die Alex sich hinten in den Bund seiner Jeans gesteckt hatte. Früher hatte ihn der Anblick erschreckt, jetzt fand er ihn beruhigend. Seltsam, wie sich Dinge manchmal änderten.

Alle – im Garten, auf den Feldern und vor der Scheune – hielten inne und sahen zu. Als warteten sie auf etwas.

Nate beeilte sich, Art und Alex einzuholen. Art nahm seine Hand und drückte sie fest.

Dann blieben sie stehen.

Nate wusste nicht, wer als Erster sprechen würde, ob es eine Art Protokoll oder einen festen Ablauf für Begegnungen wie diese gab. Er war völlig überfordert mit der Situation. Trotzdem dachte er bereits daran, was für eine großartige Geschichte die Ereignisse der letzten Wochen abgeben würden. Eine, die ihm wahrscheinlich einen Job bei jeder Zeitung, die er wollte, einbringen würde. Oder, besser noch, einen Buchvertrag. Nach der Veröffentlichung würde er zwar erst mal ordentlich Gegenwind bekommen, aber er hatte *Beweise:* all die Dinge, die er gesehen hatte. Die Leute, die hinter ihnen her waren. Der Berg. Das konnten sie unmöglich alles vertuschen. Und die Menschen verdienten es, die Wahrheit zu erfahren, oder? Sie hatten ein Recht zu wissen, dass das Universum nicht kalt und leer war, sondern bewohnt, von wohlwollenden Wesen wie Art, vor denen man keine Angst zu haben brauchte.

Das war zwar nur ein Teil seiner Gedanken, aber er war da. Und er wurde immer größer, je mehr er die neue Realität akzeptierte.

»Oren?«, fragte Alex. »Oren Schraeder?«

Der Mann auf der Veranda nickte. »Diesen Namen habe ich schon seit sehr langer Zeit nicht mehr gehört.«

Seine Stimme war höher, als Nate erwartet hatte. Und leiser. Aber er hatte eine Präsenz, die es schwer machte, woanders hinzusehen. Etwas an ihm zog den Blick unweigerlich auf sich. Er strahlte Kraft aus und so etwas wie Frieden. Es war das einzige Wort in Nates umfangreichem Vokabular, das ihm zu diesem Mann einfiel. Seine Gegenwart *beruhigte* ihn.

»Was zum Teil daran liegt, dass wir ihn hier nicht laut aussprechen«, ergänzte der Mann.

Nate gefiel nicht, wie sich das anhörte.

»Ich bin Alex Weir.«

»Ich weiß«, sagte Oren. »Ich habe euch erwartet.«

Alex' Haltung versteifte sich ein winziges bisschen. Hätte Nate nicht genau gewusst, worauf er achten musste, wäre es ihm glatt entgangen. Aber er hatte diesen Mann während der letzten Wochen genauer beobachtet, als er sich selbst eingestehen wollte, und wusste, wo er hinsehen musste.

»Das ist gut«, erwiderte Alex.

Oren sah kurz Nate an, dann wieder Alex. »Wie ich sehe, haben Sie einen Gast mitgebracht.«

»Das ist Nate. Er ist uns begegnet.«

Nate schnaubte. So konnte man es auch ausdrücken.

»Ist er das?«, fragte Oren. »Welch erstaunliche Fügung. Sagen Sie mir, weiß er, in wessen Begleitung er sich befindet?«

»Er ...«

»Ich kann für mich selbst sprechen«, mischte Nate sich ein. »Ihr braucht euch nicht zu unterhalten, als wäre ich nicht da.«

Alex warf ihm einen verärgerten Blick zu.

Oren hingegen schien amüsiert. »Richtig«, sagte er und neigte demütig das Haupt. »Ich bitte um Verzeihung, es war nicht böse gemeint.«

»Schon gut.« Nate ließ Arts Hand los und stellte sich Schulter an Schulter neben Alex. »Und, ja, das weiß ich.«

»Interessant«, erwiderte Oren. Er durchbohrte Nate mit seinem Blick. Nate hätte am liebsten weggesehen. Er tat es nicht. »Eigenartig, dass wir manchen Menschen genau dann begegnen, wenn wir sie am meisten brauchen. Es ist, als würde eine höhere Macht unsere Geschicke lenken und uns zu jenen führen, auf die wir uns in der dunkelsten Stunde stützen können.«

Die anderen Leute neigten nun ebenfalls die Köpfe und murmelten etwas, als sprächen sie einen Segen. Es waren nur wenige Worte, dann war es auch schon wieder vorbei.

»Sagen Sie mir, Alex«, fuhr Oren fort, »ist Ihnen jemand gefolgt?«

Alex schüttelte den Kopf. »Nein.«

»Sind Sie sich absolut sicher?«

»Ja.«

»Auch nicht dieser lästige Vollstrecker?«

»Woher wissen Sie von ihm?«, fragte Alex mit plötzlich harter Stimme.

Orens Lächeln wurde noch breiter. »Ich habe meine Methoden. Wenn man eine so tiefgreifende Erfahrung hinter sich hat wie ich, hält man Augen und Ohren offen. Als ich im Berg war, gab es dort noch niemanden wie diesen ... Randy. Er soll sehr hartnäckig sein, habe ich gehört.«

»Weshalb er uns auch *bestimmt* nicht hierherfolgen wird«, platzte Nate heraus, bevor er es verhindern konnte. »Falls Sie der sind, für den meine Begleiter Sie halten, fresse ich einen Besen, wenn Randy diesen Ort nicht schon längst kennt.«

Das Gleiche hatte er in den Badlands zu Alex gesagt, doch der hatte nur erwidert, er solle ihm vertrauen. Das war natürlich keine zufriedenstellende Antwort gewesen, aber Nate vertraute Alex tatsächlich. Genauso wie Art. Und wenn die beiden glaubten, hierherfahren zu müssen, dann kam er eben mit. Er vertraute *ihnen*, und sie vertrauten *ihm*. Sie wollten nicht, dass Nate etwas zustieß, und er wollte das Gleiche für sie.

Oren lachte. Einige der Umstehenden lächelten bei dem Geräusch und sahen ihn beinahe ehrfürchtig an. »Oren Schrader hat vor vier Jahren Selbstmord begangen. Er hat sich in einem Motelzimmer außerhalb von Olympia eine Schrotflinte in den Mund gesteckt. Eine schreckliche Tragödie. Vom Kopf war nichts mehr übrig. Sie mussten ihn anhand des Führerscheins identifizieren, den er bei sich trug.«

Nate war wie betäubt. »Und was war mit den Fingerabdrücken?«

Der Mann, der bis vor ein paar Sekunden noch Oren Schrader gewesen war, kam von der Veranda herunter, blieb ein paar Schritte vor ihnen stehen und hielt seine Hände hoch.

Nate fiel sofort auf, wie unnatürlich sie aussahen. Es war nicht so, dass einer von den bemerkenswert langen und dünnen Fingern fehlte oder so. Trotzdem stimmte etwas nicht.

Nate sah, dass die Handflächen leicht schmutzig waren.

Er konnte die Äderchen unter der Haut sehen.

Und ein paar Blasen.

Aber ansonsten waren sie vollkommen glatt. Keine einzige Falte oder Furche.

Die Fingerkuppen waren ebenfalls spiegelglatt.

»Können Sie sich vorstellen, wie schwierig es ist, jemanden zu finden, der an Adermatoglyphie leidet und auch noch die gleiche Blutgruppe hat?«, fragte Nicht-Oren. »Ich hielt es für nahezu unmöglich, doch dann wurde mir genau so eine Person zugeführt. Sie war traurig und allein. Sie empfand ihr Leben nicht mehr als lebenswert, und am Ende gab sie sich einer höheren Macht hin.« Er blickte kurz zu Boden und sah dann wieder Nate an. »Sie gab sich *mir* hin, damit ich mich aus den Fesseln jener befreien konnte, die mich für den Rest meines Lebens gefangen halten wollten. Es war ein Geschenk.« Er lächelte wieder. »Oren Schraeder ist tot. Mein Name ist Peter Williams, und das hier ist mein Zuhause. Hier sind Sie in Sicherheit, Nate. Wir leben von der Natur, so wie die Menschen es in dieser Gegend schon seit Jahrhunderten tun. Wir erzeugen unseren eigenen Strom, und in der Küche verwenden wir Gaskartuschen. Wir sind an kein einziges öffentliches Netz angeschlossen. Nichts und niemand kann Sie hier finden.«

Oren trat einen Schritt zurück.

Nate wünschte, das würde ihn beruhigen.

Tat es aber nicht.

Oren – *Peter* – legte den Kopf zur Seite, als wollte er um den hünenhaften Alex herumspähen. »Hallo«, sagte er leise.

Nate wusste, dass der Marine Art nicht loslassen, dass er sie weiterhin mit seinem Körper abschirmen würde, und das war auch gut so.

Art riss sich los und trat vor.

Nate fragte sich, welcher Teufel sie jetzt schon wieder reiten mochte.

»Hallo«, erwiderte Art und blickte zu Peter auf.

Peter verneigte sich. »Es ist schön, dich in deiner jetzigen Gestalt zu sehen. Das letzte Mal war etwas ... kurz.«

Sie machte noch einen Schritt auf Peter zu. »Das war es. Hast du verstanden, was passiert ist, als sie uns voneinander getrennt haben?«

»Damals noch nicht«, antwortete Peter. Seine Stimme war kaum mehr als ein Flüstern. »Ich erinnere mich daran, dass es entsetzlich wehgetan hat und wie still es danach war. Wie allein ich mich gefühlt habe. Und dann habe ich *dich* gesehen ... das Mädchen ... deine jetzige Gestalt. Es hat mich zu dir gezogen, aber ich konnte nicht. Ganz egal, wie sehr ich es versucht habe, ich konnte nicht zu dir.«

Nate sah, wie die Umstehenden mit geschlossenen Augen und gesenkten Köpfen vor sich hin murmelten. Es erschreckte ihn zutiefst.

»Ich hatte keine Ahnung, was sie taten«, sprach Artemis weiter. »Was passieren würde. Glaubst du mir?«

»Ja«, antwortete Peter. »Das tue ich.« Er hob die Hände und wackelte mit seinen glatten Fingern. »Vielleicht nicht von Anfang an. Als sie dich aus mir herausgerissen haben, hast du einen Teil von mir mitgenommen. Ich war nackt. Ein unbeschriebenes Blatt. Ich war Oren und war es auch nicht. Ich hatte seine Erinnerungen, ich wusste, was passiert war, aber die Trennung von dir hat so viel von mir genommen, dass ich mich erst wiederfinden musste. Ich wurde sozusagen neu geboren. Zu etwas Größerem, und das war nötig, glaube ich.«

Art neigte fragend den Kopf. »Bist du glücklich?«

Etwas huschte über Peters Gesicht und verschwand, noch bevor Nate es benennen konnte. Zurück blieben nur ein zittriges Lächeln und feuchte Augen.

»Ich glaube, das bin ich«, sagte er schließlich, holte tief Luft und blies sie durch die Nase wieder aus. »All die Jahre habe ich auf diesen Tag gewartet.«

»Ich weiß«, erwiderte Art. »Es war an der Zeit, dich wiederzusehen.«

Peter sank vor ihr auf die Knie.

Art nahm sein Gesicht zwischen ihre kleinen Hände.

Peter schloss die Augen und schmiegte sich seufzend in ihre Handflächen.

»Ich wollte dich nicht aus deinem Leben reißen«, sagte Art leise. »Ich hatte Angst und gehörte nicht dorthin, wo ich war. Ich habe dich in der Zeit eingefroren und dich zwei Jahrzehnte deines Lebens gekostet.«

Peter schüttelte den Kopf, ohne sich von Arts Händen zu lösen. »Du hast mir dafür etwas weit Größeres geschenkt. Durch dich wurde ich der, der ich schon immer sein sollte. Hier und jetzt bin ich der, der zu sein ich schon immer bestimmt war. Wegen dir. Dies sind verheißungsvolle Tage, und deine Anwesenheit macht sie noch strahlender.«

Art hauchte ihm einen Kuss auf die Stirn.

Er seufzte.

Art ließ ihre Hände sinken und ging rückwärts von Peter weg, bis sie gegen Alex stieß.

Alex legte ihr eine Hand auf die Schulter und drückte sanft.

Peter Williams erhob sich langsam. Seine Augen waren wieder trocken. Das Lächeln war wieder da.

Seine Gefolgsleute lächelten ebenfalls.

Nate hatte noch nie etwas so Gruseliges gesehen.

»Wie nennst du dich jetzt?«, fragte Peter.

Art grinste. »Artemis Darth Vader.«

Peters Gefolge lachte, und auch er selbst stimmte mit ein. »Hier seid ihr in Sicherheit«, sagte er noch einmal. »Niemand kann euch hier finden. Ihr braucht euch um nichts Sorgen zu machen und könnt eure müden Leiber erholen. Komm, Artemis, und sieh, was ich aus dem Erdbeben erschaffen habe, das du in mir ausgelöst hast.«

Die Frau, die Peter Williams auf die Veranda geholt hatte, hieß Dolores. Sie war etwas über sechzig, von kleinem Wuchs und schlank. Sie hatte ein gütiges Lächeln und dunkle Augen. Ihr schwarzes Haar wurde allmählich grau, und Nate fiel auf, dass ihre Fingernägel bis aufs Fleisch abgekaut waren. Sie führte die drei zum Haus, während alle anderen sich wieder an die Arbeit machten.

Nate folgte als Letzter und sah, wie die restlichen Farmbewohner ihren Weg zum Haus aufmerksam verfolgten. Erst kurz bevor die Fliegengittertür sich hinter ihnen schloss, sahen sie weg.

Das Haus war großzügig geschnitten, die alten Holzdielen knarrten unter Nates Schritten. Zu seiner Linken sah er einen großen Raum mit zwei breiten Sofas darin. Eine Wand wurde komplett von einem bis zur Decke reichenden Bücherregal eingenommen. Als Art es entdeckte, stieß sie einen Freudenschrei aus und wollte schon hinlaufen, doch Alex hielt sie zurück. Art warf ihm einen bitterbösen Blick zu, und Nate konnte nicht fassen, wie ähnlich sie Alex in diesem Moment sah. Er versuchte, nicht an die Zukunft zu denken.

Vor ihnen lag eine Treppe, die hinauf ins obere Stockwerk führte. Zu ihrer Rechten sah Nate ein Esszimmer mit einem alten Eichentisch, der so lang war, dass wahrscheinlich alle Bewohner der Farm daran Platz fanden.

Dolores führte sie direkt weiter in die Küche. Peter war verschwunden, um etwas zu erledigen. Sie seien in guten Händen, hatte er noch gesagt. Nate hatte nicht genau gesehen, wohin er gegangen war.

In der Küche tönte eine wohlbekannte Stimme leise aus

dem batteriebetriebenen Radio. »... und er kommt immer näher, Freunde«, sagte Steven Cooper. »*Spürt* ihr es nicht genauso bis in die Knochen wie ich? Er kommt immer näher, und bald werden wir *Kontakt* haben. Wir werden endlich die Wunder des Universums erblicken, und unser Verstand wird sich auf eine Weise erweitern, die wir uns nicht einmal erträumen können. Sie *kommen*, Freunde. Merkt euch meine Worte. Bald wird alles ans Licht kommen, und das Bild, das uns so lange verborgen geblieben ist, wird uns blenden mit seiner Strahlkraft. *Endlich* werden wir all die Dinge sehen, die wir uns bisher nur vorgestellt haben. Sie sollen ruhig versuchen, es vor uns zu verbergen, uns einreden, es sei nicht real, aber wir haben *Beweise!* Ich will erst gar nicht damit anfangen, wozu unsere Regierung fähig ist. Sie arbeitet mit den *Russen* zusammen und den Saudis. Sie lässt AIDS auf die Bevölkerung los, um die Unliebsamen auszusortieren. Sie sagt, wir *müssen* uns impfen lassen, dabei will sie uns nur kontrollieren. Sie sagt, wir *müssen* ihr Wasser trinken, aber *wir* wissen es besser. In zwei Tagen wird der Komet so nah sein wie nie zuvor, und wir wissen, was dann passiert. Hallo, werter Anrufer, Sie sind auf Sendung. Wie denken *Sie* über ...«

Dolores stellte das Radio ab. »Ich könnte ihm den ganzen Tag zuhören«, sagte sie beinahe entschuldigend. »Ich weiß, er ist ein bisschen verrückt, aber ...« Sie sah Art an. »Allzu weit daneben kann er ja nicht liegen.«

Nate wusste nicht, was er darauf erwidern sollte. Er hätte nicht gedacht, dass Dolores zu den Menschen gehörte, die sich so einen Mist anhörten. Zugegeben, er kannte sie nicht. Aber sie sah nun mal aus wie der Inbegriff der gütigen Großmutter.

»Keine Ahnung«, sagte er schließlich.

Dolores würdigte ihn kaum eines Blickes. Ihre gesamte Aufmerksamkeit war auf Artemis gerichtet, die sich mit großen Augen in der sonnendurchfluteten Küche umsah. Das Fenster über der Spüle war offen, von draußen drangen Lachen und Gesprächsfetzen herein.

»Du hast einen sehr weiten Weg hinter dir und wirst bestimmt großen Hunger haben«, sagte Dolores.

»Ja, Ma'am«, bestätigte Art. »Ich könnte ein ganzes Schwein verdrücken.«

Dolores gluckste. »Ich fürchte, hier gibt es keine Schweine oder anderes Fleisch. Peter sagt, der Verzehr von Fleisch schwächt den Geist. Wir ernähren uns rein vegan. In diesem Haus ist nichts erlaubt, was von einem Tier stammt.«

»Hm«, machte Art. »Hört sich schrecklich an.«

»Artemis«, knurrte Alex.

Art zuckte zusammen. »Tut mir leid. Es war nicht so gemeint. Ich wollte nur sagen, dass wir, solange wir hier wohnen, die Traditionen dieses Hauses selbstverständlich ehren werden. Wenn wir wieder unterwegs sind, treibe ich schon irgendwo eine Kellnerin auf, die mir all den Speck bringt, nach dem mein Körper verlangt.«

Alex stöhnte, doch Dolores ließ sich nicht aus dem Konzept bringen. »Tu das, Liebes. Um sieben Uhr kommen wir alle zum Abendessen zusammen. Es gibt Linseneintopf mit Winterkürbis. Aber davor habe ich ein paar frisch zubereitete Kichererbsenpuffer für dich. Sie werden dir schmecken, du wirst sehen.«

Art schaute sie fragend an. »Aber ja, das klingt ... fantastisch.«

Nate fand sie hinreißend.

Dolores lächelte. »Das sind sie. Ich weiß es, denn ich habe sie selbst zubereitet. Bitte, setzt euch.« Ihr Blick wanderte zu Alex und Nate. Ihr Lächeln wurde ein wenig blasser. »Sie auch, meine Herren. Peter kommt gleich wieder und zeigt Ihnen Ihre Zimmer.«

In einer Ecke der Küche stand ein kleiner runder Tisch mit

vier Stühlen. Art zog einen davon heraus, kletterte hinauf und setzte sich auf die Knie. Die Hände legte sie auf den Tisch, in dessen Mitte eine Vase mit Wildblumen stand. Art streckte den Arm und strich über die samtigen Blütenblätter. »Ich mag Blumen. Sie sind so bunt. Wo ich herkomme, gibt es so was nicht.«

Dolores war gerade mit den Tellern beschäftigt. Einer davon entglitt ihrem Griff und fiel mit einem lauten Klappern auf den Tresen.

»Entschuldigung«, sagte sie hastig und wurde rot. »Wie ungeschickt von mir.« Dann drehte sie sich zum Ofen um und spähte hinein.

Nate starrte ihren Rücken an.

»Kein Problem«, erwiderte Alex.

Nate war sich da nicht so sicher. Und Alex anscheinend auch nicht, denn er schob seinen Stuhl so nahe an den von Art heran, wie es ging, bevor er sich setzte. Dann nahm er einen dritten, zog ihn direkt neben seinen und bedeutete Nate mit einem Nicken, ebenfalls Platz zu nehmen.

Sie saßen viel zu dicht nebeneinander. Ihre Ellbogen berührten sich. Die Oberschenkel auch. Eigentlich war genug Platz am Tisch, aber so fühlte es sich besser an.

Dolores war immer noch leicht rot im Gesicht, als sie mit einem dampfenden Teller an den Tisch trat. Wahrscheinlich die Gemüsepuffer, überlegte Nate, auch wenn er nicht genau wusste, wie Kichererbsen überhaupt aussahen. Sie schob die Vase zur Seite und stellte den Teller vorsichtig auf dem Tisch ab. Die Puffer waren lang, braun und knusprig. Vier Stück lagen sternförmig um eine Schale mit einer weißen Paste darin herum aufgefächert.

Alles war makellos angerichtet.

»Das ist eine Knoblauch-Dill-Sauce«, erläuterte Dolores. »Mein eigenes Rezept.«

»Das sieht toll aus«, sagte Nate in dem Versuch, sie zu beruhigen. Dolores wirkte noch nervöser als zuvor. Er fragte sich, ob es mit Arts Kommentar über die Blumen zu tun hatte und wenn ja, ob das eher ein gutes oder ein schlechtes Zeichen war.

Dolores benahm sich, als hätte sie ihn nicht gehört. Sie war wieder vollkommen auf Art konzentriert.

»Mhm«, stimmte Art zu. »Ich kann es kaum erwarten, davon zu probieren. Haben Sie auch Saft?«

»Aber ja«, erwiderte Dolores. »Apfelsaft.« Sie eilte zum Kühlschrank.

Art beugte sich an Alex' Ohr. »Was ist Knoblauch-Dill-Sauce? Klingt irgendwie eklig. Und diese Puffer riechen komisch.«

Nate musste lachen, konnte es aber gerade noch hinter einem Husten verbergen, als Dolores fragend zum Tisch schaute.

Alex nahm einen Puffer, brach ihn in der Mitte auseinander, tunkte ihn in die Sauce und biss hinein. Art beobachtete genau, wie er kaute. Nate sah den Moment, in dem Alex feststellte, dass es entsetzlich schmeckte, aber gleichzeitig beschloss, sich wegen Art nichts anmerken zu lassen.

»Ist gut«, grunzte er.

»Ich glaube dir nicht«, erwiderte Art.

»Ich auch nicht«, ergänzte Nate.

Alex' Blick verfinsterte sich. »Esst einfach. Wir wollen ihre Gefühle nicht verletzen.«

Art musterte ihn. »Warum sollte sie verletzt sein? Wäre es nicht höflicher, ihr zu sagen, dass das Zeug ungenießbar ist, damit sie es nicht noch anderen Leuten vorsetzt?«

Alex sah Nate hilfesuchend an.

Nate ignorierte ihn und nahm die andere Hälfte des Puffers. Er überlegte kurz, die Sauce wegzulassen, entschied sich dann aber dafür, die Erfahrung, in Gegenwart eines Aliens irgendwo in Pennsylvania vegane Puffer zu probieren, in vollen Zügen auszukosten.

Es schmeckte unerträglich. Nate war nicht ohne Grund kein Veganer. Das Knoblaucharoma war viel zu intensiv, außerdem beschloss er augenblicklich, nie wieder Kichererbsen anzurühren.

»Mmm«, sagte er schmatzend. »Lecker.«

Art musterte ihn misstrauisch. »Im Lügen bist du besser als Alex. Ich weiß nicht, ob ich dir glauben soll oder nicht.«

Dann nahm Art sich ebenfalls einen. Sie führte den Puffer an die Nase, schnupperte daran und verzog das Gesicht, verbarg es aber sofort, als Dolores mit einem Glas Apfelsaft in der Hand zurückkam. Nate wünschte, sie wäre etwas aufmerksamer und hätte ihm und Alex auch etwas zu trinken mitgebracht, sagte aber nichts.

»Die Sauce ist wirklich sehr gut«, erklärte Dolores, als Art gerade in ihren trockenen Kichererbsenpuffer beißen wollte.

Arts Schultern sackten ein kleines Stück herab. »Ja, das haben Alex und Nate auch gesagt.«

Dolores wartete.

Seufzend tauchte Art ihren Puffer in die Sauce. Sie kniff die Augen zusammen und nahm einen winzigen Bissen. Kaute. Schluckte. Dann legte sie den Puffer zurück auf den Teller, nahm das Saftglas und trank es in einem Zug aus. »Wow«, sagte sie. »So was von gut. Und jetzt bin ich satt.«

Dolores runzelte die Stirn. »Aber ...«

»Wir haben ausgiebig gefrühstückt«, erläuterte Nate. »Sie wissen ja, wie es ist.«

»Außerdem brauchen wir noch Platz für den Linseneintopf mit Winterkürbis«, fügte Art missmutig hinzu.

»Danke trotzdem«, erklärte Alex. »Das war sehr gut.«

Dolores nahm den Teller vom Tisch. »Gerne. Aber ich hätte vorher fragen sollen. Peter meint, ich würde immer versuchen, die Leute zu mästen. Als ich noch Enkel hatte, habe ich ...« Sie erbleichte und lächelte zittrig. »Wie dem auch sei. Ich koche eben sehr gern.«

Nate gefiel der Ausdruck auf ihrem Gesicht nicht. »Kein Problem«, erwiderte er. »Sie können die Puffer ja für später aufheben. Wir bekommen sicher bald wieder Hunger. Sie haben Enkelkinder? Was machen ...«

»Dolores.«

Peter stand in der Küchentür.

Dolores erschrak.

»Danke, Dolores«, sagte Peter. »Du gibst unseren Gästen stets das Gefühl, willkommen zu sein. Ich weiß das sehr zu schätzen. Das wäre alles für den Moment.«

Dolores nickte und wandte sich ab.

»Ihr müsst ihr verzeihen«, flüsterte Peter. »Sie hatte ein hartes Leben.«

»Inwiefern?«, fragte Art mit einem Blick in Dolores' Richtung.

Peter schüttelte den Kopf. »Die Dinge sind nicht überall so, wie sie im Berg waren. Ja, wir waren eingesperrt. Ja, sie haben uns herumgeschubst und mit ihren Nadeln traktiert. Aber wir hatten etwas zu essen und Kleidung, wir hatten es warm und waren in Sicherheit. Doch das war eine Illusion. Wir haben wie unter einer Glaskuppel gelebt. Die Welt hier draußen kann rau und unbarmherzig sein. Die Menschen verlieren allzu leicht den rechten Weg aus den Augen. Und dann brauchen sie ein Licht, das sie aus dem Dunkel zurück nach Hause führt.«

»Du hast dich verändert«, sagte Art.

Peter lächelte. »Durch dich, meine Liebe. Komm mit. Ich zeige dir, wo du wohnen wirst.«

Peter probierte es mit allen Mitteln. Dass er den Mut hatte zu versuchen, sie voneinander zu trennen, obwohl Alex umso vieles größer und kräftiger war als er, beeindruckte Nate aufrichtig.

Sie gingen zurück nach draußen. Peters Leute arbeiteten weiter im Garten, auf dem Hof und auf den Feldern. Soweit Nate es beurteilen konnte, waren sie ein recht bunt gemischter Haufen. Einige sahen jünger aus als er, ein paar mussten etwa so alt sein wie Dolores, und die anderen lagen irgendwo dazwischen. Es waren Weiße dabei und Schwarze, einer schien aus dem Nahen Osten zu stammen. Eine hübsche Asiatin winkte ihnen vom Tomatenbeet aus zu.

Sie folgten Peter zur Scheune, wo sie von einem großen Mann mit Hängebauch und Glatze begrüßt wurden. »Der Raum ist fertig«, sagte er zu Peter.

»Danke, Adam«, erwiderte der und legte ihm eine Hand auf die Schulter. »Das hast du gut gemacht.«

Adam erstrahlte ob des Lobs und musterte Art neugierig. Dann verschwand er in Richtung der Felder, ohne Alex und Nate auch nur eines Blickes zu würdigen.

Die Scheune war größer, als sie von außen ausgesehen hatte. Sie hatte zwei Stockwerke. Im unteren war ein kleiner Mähdrescher geparkt. An der gegenüberliegenden Wand erstreckte sich eine lange Werkbank, über der an Wandhaken allerlei landwirtschaftliche Werkzeuge aufgehängt waren. Viele Haken waren frei, was wahrscheinlich daran lag, dass die Werkzeuge gerade benutzt wurden, vermutete Nate. Hier und da lagen Heuballen herum.

An der Rückseite führte eine steile Holztreppe ins obere Stockwerk. Die Stufen knarrten unter ihren Füßen, als sie Peter nach oben folgten, und der Handlauf wackelte leicht. Alex ging direkt hinter Peter, hinter ihm folgte Art, und Nate bildete das Schlusslicht – wahrscheinlich genau, wie Alex es beabsichtigt hatte. Nate war froh, dass Alex so wachsam war, denn hier stimmte etwas nicht. Vielleicht lag es aber auch daran, dass seine Fantasie nach all den Erlebnissen im letzten Monat mit ihm durchging. Peter mochte ein wenig seltsam sein, doch wenn man sich zwanzig Jahre lang einen Körper mit einer Außerirdischen geteilt hatte, war das nicht weiter verwunderlich, überlegte er.

Im oberen Stockwerk gab es noch mehr Heu, sowohl lose als auch zu Ballen gepresst. Rechts von ihnen war der Holzboden sauber gefegt. Nate sah zwei Luftmatratzen, einen Stapel zusammengefalteter Wolldecken und eine batteriebetriebene Laterne. Gleich darüber befand sich ein Fenster, dessen geöffnete Läden den Blick auf die weiten, einsamen Felder freigaben.

»Nicht sehr luxuriös«, kommentierte Peter, »aber die Zimmer im Haus sind alle belegt. Trotzdem werden Sie sich hier wohlfühlen. Ich selbst habe viele Nächte hier geschlafen und durch das Fenster hinauf zu den Sternen geschaut. Es könnte ein wenig kühl werden, aber die Decken sollten warm genug sein. Artemis bekommt natürlich ihr eigenes Zimmer im Haus und …«

»Art bleibt bei uns«, knurrte Alex.

Peter schien nicht zu begreifen, in welche Gefahr er sich gerade begab. »Ausgeschlossen. Im Haus steht ein Bett für Artemis bereit. Es gibt keinen Grund, warum ausgerechnet *sie* in der Scheune schlafen sollte.«

»Ich dachte, Sie haben auch schon oft hier übernachtet?«, fragte Nate. »Und sich sehr wohl dabei gefühlt.«

Peter lächelte so gelassen, dass Nate ihm am liebsten die Fresse eingeschlagen hätte. »Selbstverständlich habe ich das. Aber ich bin nicht sie. Sie ist anders.«

»So anders auch wieder nicht«, widersprach Art ein wenig nervös.

»Vergessen Sie es«, sagte Alex. »Art bleibt bei uns. Ich lasse sie nicht eine Sekunde aus den Augen.«

»Außer ich muss aufs Klo«, ergänzte Art. »Oder unter die Dusche.«

»Deine Kommentare sind nicht hilfreich«, wandte Nate ein.

»Was denn? Ich lasse ihn doch nicht mit auf die Toilette, wenn ich pupsen muss, Nate. Das wäre eklig!«

»Was soll ihr denn zustoßen?«, fragte Peter, an Alex gewandt. »Wir sind hier in Sicherheit. Meine Leute wissen, wer sie ist. *Was* sie ist. Sie wissen, wie besonders dieser Moment für uns alle ist. Es ist ein monumentales Ereignis, doch ich habe den Eindruck, dass Sie mir nicht vertrauen.«

Es war seltsam. Peter machte seine Sache so gut, dass Nate fast ein schlechtes Gewissen bekam. Entweder war der Kerl ein aufrichtiger und herzensguter Mensch, oder er war ein verdammter Soziopath.

»Ich kenne Sie nicht«, erwiderte Alex. »Und ich kenne Ihre Leute nicht. Aber ich kenne Art. Und Nate. Wir bleiben zusammen, oder wir bleiben gar nicht.«

Nate dachte, Peter würde versuchen dagegenzuhalten.

Wieder wurde er überrascht.

»Natürlich«, sagte Peter mit leicht gesenktem Kopf. »Sie sind unsere Gäste. Ich wollte B – ich meine: *Artemis* – nur eine Gefälligkeit erweisen. Schließlich kenne ich sie schon länger, als Sie es tun. Sie war ein Teil von mir.«

»Falls jemand sich für meine Meinung in dieser Angelegenheit interessieren sollte, teile ich sie gerne mit.«

Alle sahen Art an.

»Aber ja doch«, sagte Peter. »Ich entschuldige mich. Ich sollte nicht so reden, als könntest du nicht für dich selbst sprechen. Manchmal vergesse ich, dass wir wieder voneinander getrennt sind. Es passiert zwar nicht mehr so häufig wie früher, aber ... Nun ja. Ich glaube, ich bin einfach froh, dich gesund und munter zu sehen.«

Art streckte den Arm und berührte Peters Hand. »Das verstehe ich. Aber Alex wird unruhig, wenn ich nicht in seiner Nähe bin. Wir sind hier in Sicherheit, aber manchmal gerät er in Schwierigkeiten, und dann muss ich ihn retten. Ich will ihn stets im Auge behalten. Dann fühle ich mich besser.«

»Stimmt«, sagte Nate.

»Stimmt *nicht*«, knurrte Alex und funkelte Art an.

»Interessant«, kommentierte Peter.

»Was ist interessant?«, fragte Art.

»Die Leute, mit denen wir uns umgeben. Ich und du. Es scheint, als hätten wir einen unterschiedlichen Geschmack, was das betrifft, aber vielleicht täusche ich mich auch.«

Nate glaubte, dass das als Beleidigung gemeint war, war aber nicht sicher.

»Wie dem auch sei«, fuhr Peter fort und trat einen Schritt zurück. »Wenn du bei diesen Männern bleiben willst, respektiere ich deine Entscheidung. Es steht euch frei, alle Räume im Haupthaus zu benutzen. Ihr könnt kommen und gehen, wann ihr wollt. Das Abendessen wird um sieben Uhr im Garten serviert. Ihr seid herzlich eingeladen.« Er warf einen Blick die Treppe hinunter. »Ah, und es sieht so aus, als wäre euer Gepäck gerade angekommen.«

Tatsächlich lagen ihre Seesäcke neben dem Mähdrescher aufgestapelt. Nate hatte gar nicht gehört, wie sie hergebracht wurden.

»Es ist mir wie immer eine Ehre«, sagte Peter zu Art. »Ich verstehe zwar nicht, mit wem du dich da verbunden hast, aber ich vertraue darauf, dass du mir beizeiten die Augen öffnen wirst, wie du es schon einmal getan hast.«

Damit drehte er sich um und ging die Treppe hinunter.

Zu dritt beobachteten sie, wie er die Scheune verließ.

»Ich habe immer noch Kichererbsengeschmack im Mund«, murrte Art. »Vegane Ernährung ist das Schlimmste überhaupt.«

FÜNFZEHN

Der Himmel färbte sich rosa und orange, und das Blau verblasste zu Schwarz, als sie um kurz vor sieben die Scheune verließen. Die ersten Sterne flackerten auf, im Norden strahlte Markham-Tripp. Steven Cooper hatte gesagt, in zwei Tagen wäre der Komet der Erde so nahe wie nie zuvor.

Art stand zwischen ihnen. Sie hielt Alex' Hand und bestaunte den Anblick, der sich ihnen bot: Der Garten war komplett umgestaltet worden. Zwei Holztische waren zu einer langen, mit einem weißen Tuch abgedeckten Tafel zusammengeschoben. Darauf standen Körbe voller Blumen in allen nur erdenklichen Farben. Im Boden steckten Tiki-Fackeln, an den Bäumen hingen Chinesische Laternen, deren hauchdünnes Papier rot und grün flackerte. Um die Baumstämme waren weiße Lichterketten gewickelt.

Es sah wunderbar aus.

Und irgendwie seltsam.

Die Leute tummelten sich an der Tafel und flüsterten miteinander. Einige hatten Gläser mit Limonade in der Hand, andere deckten den Tisch mit Tellern, Silberbesteck und Stoffservietten. Der glatzköpfige Mann, dem sie vor der Scheune begegnet waren, schleppte stöhnend einen alten Plattenspieler die Verandatreppe hinunter und stellte ihn neben der Tafel ab. Als Antrieb schien eine Handkurbel zu dienen. Nate hatte so ein Gerät noch nie zuvor in natura gesehen.

Dolores tätschelte den Arm des Mannes, dann bückte sie

sich, öffnete ein Türchen an der Vorderseite des Geräts und blätterte durch die zahlreichen Platten, die in dem Fach verstaut waren. Schließlich zog sie eine heraus, legte sie auf den Plattenteller und begann, langsam die Kurbel zu drehen.

Einen Moment später tönte die Stimme von Billie Holiday durch den Garten, knisternd und voller süßem Schmerz.

Es war einer der surrealsten Momente in Nathaniel Cartwrights Leben.

»Wie schön«, sagte Art mit leuchtenden Augen. Sie zog an Alex' Hand. »Ist das nicht schön?«

»Ist es«, brummte Alex mürrisch.

Nate prägte sich den Moment ein, um Alex später damit aufzuziehen.

Art zog Alex weiter, und die Gespräche im Garten verstummten augenblicklich. Alle drehten sich um und sahen die drei an.

Sahen *Art* an.

»Hallo«, sagte sie. »Das habt ihr wirklich schön hinbekommen. Gute Arbeit. Ich bin superbeeindruckt.«

Die Angesprochenen seufzten wie aus einem Munde.

»Danke«, sagte Peter, der auf die Veranda getreten war. »Wir wollten zeigen, wie sehr wir uns freuen. Über alles, was du bist. Bitte, setzt euch. Wir werden gleich beginnen.«

Dolores und der Mann von der Scheune gingen an Peter vorbei ins Haus.

Unterdessen kam ein älterer schwarzer Herr auf sie zu. Sein Gang war steif, und seine Finger zitterten. Sein Blick sprang von Art zu Alex und dann wieder zurück. Er blieb vor den beiden stehen und räusperte sich.

»Es wäre mir eine Ehre, wenn ich dich zu deinem Platz führen dürfte«, sagte er, an Art gewandt.

»Wie eine Kellnerin?«, fragte Art freundlich. »Ich mag Kellnerinnen.«

Nate machte sich nicht die Mühe, sie zu korrigieren.

Der Mann tat es auch nicht. Ihre Worte schienen ihn sogar zu entspannen. Er sah aus, als wollte er Art anfassen, aber ein Blick von Alex genügte, um ihn umzustimmen. Er machte auf dem Absatz kehrt, dann folgten sie ihm zu dritt ans Ende der Tafel. Dort war ein Stuhl mit einem dicken Kissen darauf vorbereitet. Der Mann zog den Stuhl heraus, Art hielt sich an den Armlehnen fest und kletterte hinauf, dann hob er sie samt Stuhl ein Stück näher an den Tisch.

Alex nahm links von ihr auf der Bank Platz und bedeutete Nate mit einem Nicken, sich ihm gegenüberzusetzen.

Der Mann sagte: »Verzeihung, Sir, aber eigentlich sind diese Plätze für ...«

Alex sah ihn an und er verstummte.

Art beugte sich an Nates Ohr. »Glaubst du, sie sind jetzt keine Veganer mehr, damit wir alle Speck essen können?«, flüsterte sie.

»Ich glaube nicht, dass das mit dem Veganersein so funktioniert«, flüsterte er zurück.

Sie sah ihn enttäuscht an.

Nate tätschelte ihre Hand.

Dann spürte er, wie Alex ihn unter der Tischplatte mit dem Fuß anstupste, und wurde prompt rot. Noch war nichts zwischen ihnen passiert, nicht wirklich, aber diese Berührung war eindeutig Absicht gewesen. Besagte Absicht weiterzuverfolgen war allerdings nicht gerade leicht, wenn man sich auf der Flucht vor einer geheimen Spezialeinheit der Regierung befand. Seit der Nacht, in der er ihren Ausbruch aus dem Labor im Berg gesehen (geträumt?) und danach Alex' schwielige Hand geküsst hatte, achtete Nate streng darauf, den Marine nicht zu drängen. Das war nervenaufreibend, vor allem in Momenten wie diesem, wenn sich ihre Beine unter dem Tisch berührten.

Doch es gab so viele Dinge, die Nate nicht wusste: zum Beispiel über die Frau, die er in Alex' Gedanken gesehen hatte. Und den kleinen Jungen. Nun ja, Nate konnte sich denken, wer das war. Nein, er *wusste* es. Aber er wusste auch, wie Trauer funktionierte, wie allumfassend sie sein konnte, und er wollte Alex nicht zu etwas drängen, zu dem er noch nicht bereit war. Er war sich nicht einmal sicher, ob er *selbst* bereit war. Dass jetzt kaum der ideale Zeitpunkt war, um darüber nachzudenken, half ihm erst recht nicht weiter. Er musste sich auf Art konzentrieren, nicht auf dieses ... was auch immer das zwischen ihm und Alex war.

Aber bei Gott, er *wollte* es.

Vielleicht konnten sie später ...

Nate hatte keine Ahnung, was später passieren würde. Ob Alex dann noch bei Sinnen wäre. Er hatte schon einmal alles verloren, und bald würde es wieder passieren. Er würde Artemis verlieren, und Nate würde die Scherben aufsammeln müssen.

Aber er war bereit dazu. Natürlich war er das. Er würde diese Sache bis zum Ende durchziehen.

Peter war inzwischen ebenfalls ins Haus gegangen und tauchte nun mit Dolores und dem Glatzkopf an seiner Seite wieder auf. Alle drei schleppten je einen großen Schmortopf. Wahrscheinlich befanden sich darin die Linsen mit Winterkürbis. Die asiatisch-stämmige Frau, die ihnen vom Tomatenbeet aus zugewunken hatte, kam mit zwei großen Körben voller dicker Brotscheiben hintendrein.

Dolores stellte ihren Topf vor Art ab und lächelte schüchtern. Der Mann von der Scheune platzierte seinen in der Mitte, wo sich die beiden Tische trafen. Peter trug seinen ans andere Ende der Tafel, wo ein weiterer Stuhl aufgestellt worden war.

Billie Holiday sang, ihr Mann solle aufhören, sich zu rechtfertigen.

Peters Leute nahmen an der Tafel Platz. Ein junger Mann mit Aknenarben im Gesicht setzte sich neben Nate und musterte ihn aus den Augenwinkeln. Eine Frau lächelte still in sich hinein, während sie Alex' Schulter als Stütze benutzte, um sich an ihren Platz zu quetschen. Ihre Finger fuhren seinen Bizeps entlang.

Nate gefiel das nicht.

Alex drückte sanft gegen seinen Fußknöchel.

Nate verstand.

Peter nahm einen Löffel und klopfte gegen sein Glas. Alle verstummten und schauten zu ihm. Er lächelte und nahm sich einen Moment Zeit, jeden einzelnen Blick zu erwidern. Bei Art dauerte es am längsten.

»Ich habe schon oft über meine Erlebnisse im Berg gesprochen«, begann er. »Über die Dinge, die ich dort gesehen und gelernt habe. Wenn ein intelligentes Wesen dich erwählt, wie ich erwählt wurde, ist das eine tiefgreifende Erfahrung. Und wenn du danach wieder allein bist, fühlst du dich wie ausgehöhlt, weil alles, was du zuvor für die Realität gehalten hast, plötzlich belanglos erscheint. Die Dinge, die uns wichtig sind, unsere tagtäglichen Gedanken, sind nichts im Vergleich zu der kosmischen Kraft, die um uns herum wirkt.«

Billie Holiday sang, es sei töricht, dich zu wollen, und dass sie ohne dich nicht zurechtkäme.

Peter sagte: »Es war ein Wendepunkt. Ich wurde in meine Einzelteile zerlegt und von Grund auf neu wieder zusammengesetzt. Danach wusste ich, dass ich die Welt zu einem besseren Ort machen musste. Oder zumindest eine kleine Ecke davon.« Er lächelte und ließ seinen Blick über den Hof schweifen. »Ich glaube, das ist mir gelungen.«

Nicken und zustimmendes Gemurmel reihum.

»Wir alle mussten Opfer bringen«, sprach Peter weiter. »Jeder von uns. In diesem Moment hier zu sein, bedeutet, dass wir etwas anderes dafür aufgegeben haben.« Sein Blick wanderte zu Nate. »Und vielleicht verstehen wir unsere Aufgabe noch nicht ganz. Aber jetzt, da *sie* bei uns ist, weiß ich, dass wir die Dinge bald in aller Klarheit vor uns sehen werden.« Er hob sein Glas. »Auf Artemis, die mir den Weg gezeigt hat.«

Alle erhoben ihre Gläser in Arts Richtung. »Auf Artemis.«

Art neigte den Kopf.

Alle tranken.

Peter stellte sein Glas wieder ab. »Und nun«, sagte er fröhlich, »lasst uns das Mahl genießen, das Dolores so liebevoll für uns zubereitet hat. Dies ist eine Feier, und es ist an der Zeit, damit zu beginnen.«

Er setzte sich und Dolores lächelte ihn an.

Der Eintopf wurde verteilt und das Brot herumgereicht. In kleinen Schälchen wurde etwas serviert, das wie Butter aussah, aber da es aller Wahrscheinlichkeit nach vegan war, verzichtete Nate lieber. Woraus es gemacht war, wollte er gar nicht erst wissen.

Art beäugte ihren Teller. Sie rührte zögerlich in dem Eintopf herum und wartete, bis Alex den ersten Löffel voll genommen hatte, dann tat sie es ihm gleich. »Wow«, sagte sie strahlend. »Das ist *wirklich gut.* Ich bin *so froh,* dass ich davon probieren darf.«

Nate musste wegsehen, um nicht in schallendes Gelächter auszubrechen. Er schaffte es, ein paar Löffel von den Linsen zu essen und beschloss dann, lieber an seinem Brot zu knabbern.

Er überlegte, später vielleicht zum Chevy zu schleichen und nachzusehen, ob noch Suppe da war. Die Vorstellung, wie sie im Schutz der Nacht in der Scheune saßen und heimlich Suppe aus der Dose löffelten, ließ ihn schmunzeln. Da spürte er Alex' Stiefel an seinem Knöchel und blickte auf.

Alex sah ihn fragend an, doch Nate schüttelte den Kopf.

Es war in Ordnung.

Alles war in Ordnung.

Ja, diese Leute mochten ein bisschen seltsam sein. Nate verstand sie nicht, aber er hatte auch nicht durchgemacht, was Peter durchgemacht hatte. Er kannte weder ihn noch seine Leute. Er wusste nicht, was sie dazu veranlasst hatte, auf diese Farm zu kommen. Oder das fremde Mädchen und ihre zwei Begleiter so bedingungslos in ihrer Mitte willkommen zu heißen.

Wahrscheinlich machte er sich viel zu viele Gedanken. Diese Leute brauchten einfach jemanden wie Peter.

Nate konnte verstehen, warum. Peter hatte etwas. Er schien kaum zu blinzeln und lächelte fast immer. Und er strahlte Ruhe aus. Eine fast schon *gespenstische* Ruhe.

Es war gut.

Alles war gut.

Das Abendessen war vorüber. Die Leute standen von der Tafel auf, räumten ihr Geschirr ab und stellten es in eine große, mit Seifenwasser gefüllte Plastikwanne neben der Veranda. Niemand schien zu bemerken, wie wenig die drei Gäste gegessen hatten. Ihre Teller waren immer noch halb voll, das Brot lag in kleine Fetzen gerissen darauf verteilt. Als Nate anbot, beim Abwasch zu helfen, wurde ihm gesagt, das sei nicht nötig. Er sei ihr Gast und außerdem Artemis' Begleiter und müsse keinen Finger rühren.

Billie Holiday gurrte, es gehe ihr immer nur um dich und dass sie ihre Tage in Sehnsucht verbringe, immer nach dir.

Nate beobachtete erstaunt, wie Peter sich tief vor Dolores verbeugte und ihr eine Hand hinhielt. Dolores wurde rot und kicherte wie ein kleines Mädchen. Ihre Brust hob und senkte sich. Schließlich nahm sie Peters Hand und ließ sich von ihm zu einem freien Rasenstück in der Nähe des Plattenspielers führen. Dort zog er sie an sich, und sie begannen ganz langsam zu tanzen, immer hin und her, hin und her.

Sogleich gesellten sich andere dazu. Ein Mann und eine Frau. Zwei Frauen. Eine Dreiergruppe fasste sich an den Händen und bewegte sich in gemächlichen Kreisen über den Rasen.

»Was ist das?«, flüsterte Art. »Alex, was machen die da? Ist das Tanzen?«

»Ja«, antwortete Alex leise. »Das ist Tanzen.«

»Wie in diesem Film«, sagte Art verträumt und die Lichter ringsum spiegelten sich in ihren Augen. »Der mit den Frauen in den hübschen Kleidern. Wie hieß er noch?«

»Hello, Dolly!«

»Ja, genau der.« Art schaute Alex kurz an und blickte auf ihre Hände hinunter. Sie sah nervös aus. Ein Zustand, den Nate noch nie bei ihr erlebt hatte. Dann sah sie wieder Alex an und begann, am Tischtuch herumzunesteln.

Nate verstand.

Und Alex ebenfalls. Noch bevor Nate etwas sagen konnte, fragte er: »Möchtest du tanzen?«

Art zuckte die Achseln.

»Art?«

»Vielleicht ein bisschen«, nuschelte sie.

»Willst du mit *mir* tanzen?«

Sie zuckte wieder die Achseln.

Oh ja. Nate wusste, dass Herzen brechen konnten. Er hatte es aus nächster Nähe miterlebt und auch selbst gespürt, in seiner Brust, genau in der Mitte. Und in diesem Moment begriff er, was Peter mit *ausgehöhlt* gemeint hatte. Da war dieses Mädchen, dieses wunderbare kleine Mädchen, das gar kein Mädchen war. Und sie wollte tanzen.

Alex stemmte sich vom Tisch hoch und hielt ihr eine Hand hin.

Art errötete.

Nate fragte sich, seit wann er die beiden liebte. Wann er sich erlaubt hatte, etwas zu fühlen, von dem er nicht geglaubt hatte, dass er dazu fähig war.

Anscheinend war er es *doch*.

Er hatte schon einmal geliebt.

Und da wusste er es.

Irgendwoher.

Art zögerte, aber nur kurz, dann nahm sie Alex' Hand.

Billie fing an, von einem Wunschbrunnen zu singen, dass sie dich sehen und immer an dich denken werde, an jedem schönen Sommertag.

Alex führte Art in die Mitte der Rasenfläche, und die Tanzenden machten ehrfürchtig den Weg für sie frei. Bis auf Dolores. Sie hatte die Augen geschlossen und ihre Wange an Peters Brust gepresst und sah nicht so aus, als wollte sie in naher Zukunft etwas an diesem Zustand ändern. Peter hingegen beobachtete Alex und Art aus den Augenwinkeln.

Nate schlug das Herz bis zum Hals, als der Marine Art aufforderte, sich auf seine Füße zu stellen. Ihr Gesicht erstrahlte so hell, dass Nates Hände zu zittern begannen. Art trat vorsichtig auf die Spitzen von Alex' Stiefeln, als fürchtete sie, sie könnte ihn verletzen. Alex hielt sie an den Händen fest, und als sie einen festen Stand hatte, begann er, sich langsam mit ihr durchs Gras zu bewegen. Ihr Tanz war ungelenk und steif, aber als Billie von der Morgensonne sang, sah Art aus, als wäre sie noch nie so glücklich gewesen. Sie lächelte zu Alex hinauf, und Nate fand, dass Billie recht hatte: Es war die Morgensonne.

Keiner von uns konnte euch verstehen und ich auch nicht, hatte Art zu ihm gesagt. *Erst als ich ein Herz in meiner Brust pochen spürte und Knochen unter meiner Haut, konnte ich es. Wir sind anders als ihr, der Raum und die Zeit trennen uns voneinander, und doch bestehen wir alle nur aus Sternen und Staub.*

Damals hatte er nicht begriffen, was sie meinte. Und davor erst recht nicht. Aber jetzt.

Und vielleicht begriff er in diesem Moment auch zum ersten Mal wirklich, wie sehr Alex Weir Artemis Darth Vader liebte.

Er fragte sich, wie viel von Alex übrig bleiben würde, wenn sie nicht mehr da war.

Sie tanzten.

Als das Lied zu Ende war, stieg Artemis von Alex' Stiefeln herunter und bedeutete ihm, sich zu ihr hinunterzubeugen. Er tat es, sie küsste ihn auf die Wange und flüsterte ihm etwas ins Ohr. Ihr Blick war dabei auf Nate gerichtet.

Alex' Schultern versteiften sich.

Das konnte nichts Gutes bedeuten.

Art trat einen Schritt zurück.

Alex richtete sich wieder auf.

Billie wählte ausgerechnet diesen Moment, um davon zu singen, wie verrückt sie sei, verrückt vor Liebe.

Alex drehte sich in Nates Richtung.

Billie sang gerade, sie würde auch durchs Feuer gehen.

Alex hielt ihm eine Hand hin, die Handfläche nach oben zu den Sternen und dem immer heller werdenden Kometen gedreht.

Nate starrte ihn an.

Alex' entschlossener Blick geriet ins Wanken.

»*Nate*«, zischte Art. »Er will mit dir *tanzen*. Du musst aufstehen.«

Nate sprang so schnell auf die Beine, dass er über seinen Stuhl stolperte und fast gestürzt wäre, doch starke Arme fingen ihn auf.

»Scheiße«, murmelte er, da wurde sein Gesicht gegen ein stoppeliges Kinn gepresst und Nate roch Haut, Schweiß und etwas, das er nicht genau benennen konnte. Er spürte Alex' Lachen mehr, als dass er es hörte.

»Ich weiß nicht …«, begann der Marine.

»Halt die Klappe.«

»Nein, im Ernst. Ich weiß nicht, ob ich jemals gesehen habe, dass du dich so schnell bewegt hast.«

»Ich finde es trotzdem nicht lustig.«

Die Arme schlossen sich ein wenig enger um ihn.

Nate versuchte, das Atmen nicht zu vergessen.

Und dann tanzten sie.

Nate hielt sich an Alex fest, als ginge es um sein Leben, während sie sich mehr oder weniger im Takt zur Musik bewegten. Ihre Knie stießen aneinander, und Alex trat ihm mehr als einmal auf die Füße. Wenn sie es richtig machen wollten, mussten sie etwas mehr Abstand zueinander lassen, aber Nate fühlte sich wohl, wo er war, und Alex schien nicht gewillt, ihn wegzuschieben. Es war nicht der eleganteste Tanz der Welt, aber es war *ihrer*, und das genügte.

Billie sang.

Sie tanzten.

Ja, er wusste, zu was Herzen zerbrachen: zu Sternen und Staub.

Nate erwachte im Dunkeln und wusste im ersten Moment nicht, wo er war. Das Geräusch eines schnarchenden Aliens an seiner Seite beruhigte ihn. Er drehte vorsichtig den Kopf. Sie hatten die Luftmatratzen zusammengeschoben, Art schlief zwischen ihnen, genau wie auf der Ladefläche des Chevy. Etwas anderes kam nicht infrage.

Er war schnell eingeschlafen, die Ereignisse des Tages lasteten schwer auf ihm. Nate wusste nicht, was er von Peters Farm halten sollte, und seine Gedanken drehten sich um Alex, Alex, Alex.

Apropos: Alex war nicht da.

Er richtete sich auf und blinzelte sich den Schlaf aus den

Augen. Fuhr sich mit der Hand übers Gesicht und spürte, wie sich die Luftmatratze unter ihm bewegte. Art grummelte leise im Schlaf und drehte sich auf die andere Seite.

Nate sah sich in der Scheune um. Das Fenster in der Decke war immer noch offen, kühle Nachtluft sickerte herein. Er stand auf und rieb seine Hände. Alex hatte ihm eines seiner Flanellhemden zum Schlafen gegeben. Es war ein bisschen groß, aber Nate beschwerte sich nicht. Soweit er sehen konnte, war Alex nicht hier oben. Es sei denn, er hatte sich hinter einem Heuballen versteckt.

Wahrscheinlich war er zum Pinkeln rausgegangen. Das war das Plausibelste.

Ja, bestimmt war es so.

Oder hatte sich Peter hereingeschlichen und ...? Nein. Allein die Vorstellung war lächerlich.

Trotzdem waren Nates Gedanken jetzt bei Peter und der Frage, wozu der Kerl fähig war.

Er blickte nach unten. Art schlief laut schnarchend weiter. Nate ging zur Treppe und hielt sich bei jeder Stufe am Geländer fest. Das Holz knarrte bedrohlich, aber bald hatte er wieder festen Boden unter den Füßen und atmete erleichtert auf.

Das Scheunentor war geschlossen. Also hatte Alex wahrscheinlich einen anderen Ausgang genommen.

»Was hast du hier zu suchen?«

Nate stand im Dunkeln auf einer Farm irgendwo in Pennsylvania, weit weg von allem Bekanntem, und stieß einen erstickten Schrei aus. Da hörte er ein gurgelndes Geräusch hinter sich und drehte sich um.

Alex stand vor einem geöffneten Fenster und tat sein Bestes, nicht laut loszulachen.

»Du Arsch«, zischte Nate. »Was zum Teufel sollte das?«

»Heilige Scheiße«, prustete Alex. »Ich glaube, ich habe noch nie einen Menschen einen solchen Laut von sich geben hören.«

»Ja, ja. Wart nur, welche Geräusche du *noch* von mir zu hören bekommen wirst, du blöder Wichser.« Nate wurde sofort knallrot. »Ich wollte nicht ... Das sollte nicht heißen ... Gott im Himmel.«

Alex hatte sich inzwischen wieder gefangen. »Ich werde dich zu gegebener Zeit daran erinnern«, erwiderte er.

Nate wusste nicht, was er mit dieser Ankündigung anfangen sollte. Also lenkte er ab. »Was machst du hier?«

»Die gleiche Frage könnte ich dir stellen.«

»Ich bin aufgewacht und du warst nicht da.«

»Ich war nicht weit weg. Das würde ich nicht riskieren. Nicht hier.«

Nate glaubte ihm, und nach kurzem Zögern stellte er sich neben Alex ans Fenster. Ihre Ellbogen berührten sich.

Nate fror.

»Du zitterst ja«, sagte Alex leise.

»Halb so wild.«

Alex seufzte. »Komm her.«

Nate wusste nicht, wie er das Angebot zu verstehen hatte, da legte Alex ihm einen Arm um die Schulter und zog ihn sanft an sich. Der Druck seiner Finger war warm und angenehm. Nate wurde sofort nervös.

»Entspann dich«, sagte Alex.

»Du hast leicht reden«, murmelte Nate.

»Mag sein.«

Einen Moment lang herrschte Schweigen. Schließlich fragte Nate: »Warum bist du hier unten?«

»Ich konnte nicht schlafen.«

Er schnaubte. »*Du?* Ich dachte, du kannst überall schlafen.«

»Ja, meistens. Aber es gibt zu viel, worüber ich nachdenken muss.«

Nate wartete. Er wusste nicht, ob Alex noch mehr sagen würde, und fand, dass es ihm nicht zustand, Fragen zu stellen.

Er brauchte nicht lange zu warten. »Dieser Ort ist seltsam.«

Nate war tatsächlich ein bisschen erleichtert, Alex das sagen zu hören. »Und *wie,* oder? Ich meine, die Leute hier sind nett und so, aber alles ist ein bisschen *zu* sehr wie in einer Utopie. Es kommt mir vor wie diese Zeltrevivals, und Peter ist der Wanderprediger, der ihnen erzählt, was sie hören wollen.«

»Und was wollen sie hören?«

»Ich weiß es nicht. Vielleicht wollen sie nur ein bisschen Hoffnung. Es ist leicht, sich zu verirren. Und noch leichter ist es, sich an jemanden zu klammern, von dem man glaubt, er könnte einem den Weg weisen.«

Alex grunzte. »Möglich. Ich kann es nicht genau sagen.«

»Art scheint ihm zu vertrauen.«

»Ich weiß. Das ist es ja, was mich beunruhigt.«

Nate legte den Kopf vorsichtig auf Alex' Schulter.

Alex krampfte, aber nur kurz. Dann drückte er Nates Oberarm als stille Begrüßung. »Da ist immer noch was«, sagte der Marine.

»Wie meinst du das?«

»Zwischen ihr und Peter. Oder Oren. Sie war ... wie lange in ihm? Zwanzig Jahre? Und dann wurde sie aus ihm *herausgerissen.* Beide haben es so beschrieben. Was, wenn immer noch etwas davon da ist? Ich meine, wie hat sie diese Farm gefunden?« Alex schüttelte den Kopf. »Ich habe keine Ahnung. Selbst nach all der Zeit verstehe ich manches an ihr nicht.«

»Glaubst du, sie verheimlicht dir was?«

»Nein. Zumindest nicht absichtlich. Das würde sie nicht tun.«

Nate wusste nicht, ob er das glauben sollte, aber er behielt den Gedanken für sich. »Wie lange bleiben wir noch?«

»Ich weiß es nicht. So lange, wie Art denkt, dass wir müssen. Oder so lange, wie es dauert, um in den Chevy zu springen und davonzufahren. Je nachdem, was passiert.«

Nate schaute in den Nachthimmel und entdeckte Cassiopeia fast sofort. Sein Blick wanderte weiter zu Markham-Tripp, der noch heller war als in der Nacht zuvor. Sogar der Schweif kam Nate länger vor. Und dann stellte er die lächerlichste Frage seines Lebens. »Wie groß ist die Wahrscheinlichkeit, dass sich hinter dem Ding tatsächlich ein Ufo versteckt?«

Alex lachte leise. »Nicht sehr groß, glaube ich.«

»Auf dem Heuboden schläft ein kleines Mädchen, das in Wirklichkeit ein Alien ist und mit Gedankenkraft Gegenstände bewegen kann.«

»Richtig. Trotzdem glaube ich nicht, dass sich im Schweif von Markham-Tripp ein Ufo befindet. Das ist was für durchgeknallte Verschwörungstheoretiker.«

»Du meinst die Leute, die behaupten, dass die Erde schon öfter besucht wurde? Immerhin haben wir dort oben so eine Besucherin.«

»Aber nicht so, wie sie denken.«

Nate trat einen Schritt von Alex weg. Der Arm des Marines rutschte von seiner Schulter. »Das wissen wir doch gar nicht. Wie viele andere Berge gibt es noch?«

»Wie meinst du das? Was willst du damit sagen?«

»Alex«, begann Nate genervt. »Du glaubst doch nicht im Ernst, dass dieses Labor das einzige ist. Was, wenn es noch mehr davon gibt? Was, wenn ...«

»Die anderen sind mir egal«, fiel Alex ihm ins Wort, und der vertraute finstere Blick kehrte zurück. »Es geht nicht um sie. Sondern um Art.«

»Das weiß ich. Aber was ist, wenn es noch andere kleine Mädchen gibt, die ...«

»Lass das.«

Nate schüttelte den Kopf. »Ich will dir nichts einreden, sondern nur sagen ...«

»Ich *weiß*, was du sagen willst. Aber das hier ist keine Story,

Nate. Das ist keine verdammte Spur, der du nachjagen kannst, um dir deinen Job zurückzuholen. Du kannst durch sie nicht dein altes Leben zurückbekommen.«

»Das will ich doch gar nicht.«

»Aber du hast daran gedacht.«

Ja, hatte er. »Vielleicht. Aber inzwischen nicht mehr. Außerdem kannst du es mir kaum verübeln. Ich meine, was wird von alldem bleiben, Alex? Danach? Was passiert dann mit uns? Du glaubst doch nicht, dass alles wieder so wird wie …«

»Ich habe sie gehasst.«

Nate verstummte.

Alex sah ihn nicht an. Er fuhr sich mit der Hand über den Kopf und massierte seinen Nacken. »Am Anfang, gleich nachdem sie mich zu ihr gebracht hatten, habe ich sie gehasst. Ich wusste, was sie vorhatten. Oder hatte zumindest eine vage Ahnung davon. Ja, ich hatte ein wenig Angst vor ihr und war schockiert, dass so etwas wie sie tatsächlich existiert. Dass wir nicht allein im Universum sind. Es war das größte Geheimnis der Menschheitsgeschichte, und ich war einer der wenigen, denen es verraten wurde.«

Alex wandte sich dem Fenster zu und starrte in die Nacht hinaus. Das Farmhaus war dunkel, das einzige Licht kam von einer flackernden Glühbirne auf der Veranda. Nate stellte sich neben ihn und achtete darauf, einen gewissen Abstand einzuhalten. Alex' Körperhaltung sagte *Nicht anfassen*, und Nate wollte unbedingt hören, was er zu sagen hatte.

»Und sie war neugierig auf mich. Sie hat geredet und geredet und mir Fragen über Fragen gestellt. Ob ich Pferde mag. Ob ich schon mal einen Wasserfall hinuntergesprungen oder schon mal Schlitten gefahren bin. Sie erzählte mir von den Büchern, die sie gelesen hatte, über Cowboys und Banditen und von Drachen entführte Prinzessinnen. Sie wollte, dass ich Brettspiele mit ihr spiele und mit ihr singe. Sie hat mich gefragt, warum ich nie lächle. Warum ich die ganze Zeit wütend aussehe. Warum ich gemein zu ihr bin. Was es bedeutet, traurig zu sein. *Warum bist du traurig, Alex? Was ist passiert, dass du so bist, wie du bist?*« Er lachte verbittert. »Und ich habe sie *gehasst.* Weil sie keine Rücksicht auf meine Gefühle genommen hat. Ich glaube, sie *kann* es nicht. Es gibt Nuancen, verbale und körperliche Signale, die sie nicht versteht. Sie sagt alles, was ihr gerade durch den Kopf geht. Selbst als ich sie angeschrien habe, ihr gesagt habe, sie solle verdammt noch mal die Klappe halten, dass sie mich in Ruhe lassen solle ... Sie hat es einfach nicht getan.«

Nate hatte nichts von alldem gesehen, als er mit Alex' Gedanken verbunden war. Aber er hatte die Frau gesehen. Und den Jungen. Und das bedeutete ... Er wusste nicht, was das bedeutete.

»Trauer«, sagte er langsam. »Der Wassertyp hat gesagt, dass du ein Teil des Ganzen bist. Ein Teil des Experiments. Um zu sehen, wie Art im Angesicht von Trauer reagieren würde.«

»Ja«, bestätigte Alex heiser. »Das hat er. Mag sein, dass ich die Komplexität ihres Plans nicht durchschaut habe, aber ich wusste etwas. Ich glaube nicht, dass das Experiment so weit gehen sollte. Ich glaube, sie dachten, ich würde es nicht zulassen. Dass ich Art nicht in meinen Kopf lassen würde. In mein Herz. Ich wollte es auch nicht. Es ist einfach passiert.«

»Aber du hast dich auch nicht dagegen gewehrt.«

»Nein, habe ich nicht. Denn ich habe gemerkt, dass sie nicht nur ein *Ding* ist. Dass sie mehr ist als nur ein Experiment und eine Gefangene, die es zu untersuchen gilt, sondern ein atmendes Lebewesen mit eigenen Gefühlen und Gedanken. Diesen dummen, wunderbaren Gedanken, die sie menschlicher machen als jeden, den ich kenne.«

Nate stellte die Frage. Er musste. »Wer waren die beiden?«

Alex versteifte sich, und Nate war sicher, dass er eine Grenze überschritten hatte. Doch dann sagte Alex: »Wir waren jung. Vor meinem zweiten Einsatz wurde sie schwanger. Als ich zurückkam, haben ihre Eltern darauf bestanden, dass wir heiraten, und ich habe Ja gesagt. Weil es das Richtige war. Wir waren zusammen, seit wir siebzehn waren. Es war gut. Wir haben uns geliebt. Sehr. Vielleicht nicht so sehr, wie man sollte, wenn man heiratet, aber es war gut. Meistens jedenfalls.« Er wischte sich über die Augen. »Dann kam unser Sohn zur Welt. Ich wusste nicht, dass man jemanden vom ersten Moment an so sehr lieben kann. Er kam zu früh, und wir hatten Angst um ihn. Ich bekam Sonderurlaub, weil es eine ganze Zeit lang auf Messers Schneide stand. Er war so winzig, dass er wochenlang im Krankenhaus bleiben musste. Die Ärzte sagten, wir sollten uns vorbereiten, nur für den Fall. Aber ich habe mich neben seinen Inkubator gesetzt und ihm zugeflüstert, dass er *kämpfen* muss. Kämpfen und allen beweisen, dass sie falschliegen. Und das tat er. Er hat es geschafft. Zwei Monate nach seiner Geburt durften wir ihn mit nach Hause nehmen. Ich habe sie geliebt. Und ihn. Wenn ich weg war, schickte sie mir Bilder von ihm, und ich habe sie jedem gezeigt, ob er sie sehen wollte oder nicht. Ich redete mir ein, das wäre genug. Dass wir es schaffen würden, dass ich mehr hatte als die meisten meiner Kameraden und dass alles gut war. Alles würde gut werden. Und das war es auch. Sieben Jahre lang.«

Nate schloss die Augen.

»Irgendwie ist es fast albern. Ich lag mitten in der Nacht in einer Wüste Tausende Kilometer von zu Hause entfernt unter Feindfeuer und war mir absolut sicher, dass ich die beiden nie wiedersehen würde. Ich habe erlebt, wie Freunde in ihrem Humvee von einer Sprengfalle in die Luft gejagt wurden. Ich habe Ehefrauen und Mütter im Arm gehalten, während ihre Liebsten in die Erde hinabgelassen wurden. Ich habe eine Außerirdische aus einem geheimen Regierungslabor befreit, wurde angeschossen und mit Hubschraubern gejagt. Aber ich konnte nicht verhindern, dass sie ging.«

Alex seufzte. »Es war ihr gegenüber nicht fair. Dieses halbe Leben. Ich war die meiste Zeit weg, und sie hat von mir nicht das bekommen, was sie gebraucht hätte. Damals habe ich nicht gesehen, wie unfair das war. Ich habe mich nur auf mich konzentriert, auf das, was sie mir wegnahm. Sie ist gegangen und hat unseren Sohn mitgenommen. Eine Zeit lang war es schlimm. Wir haben uns angeschrien und gegenseitig beschuldigt. Wir haben uns gegenseitig das Leben zur Hölle gemacht. Und dann kam der Tag, an dem ich nichts mehr zu sagen hatte und stattdessen zugehört habe. Wirklich *zugehört.* Zum ersten Mal seit Jahren. Wir wurden Freunde. Ich glaube, ich habe sie damals mehr geliebt als je zuvor. Er war neun. Und es war etwas ganz Simples. Ein Autounfall. Regen, eine glatte Straße und eine zu schnell genommene Kurve. Ihr kleines Auto prallte gegen einen Baum. Es hieß, sie seien beide sofort tot gewesen, aber ich glaubte nicht daran. Ich stellte mir vor, wie die beiden auf der anderen Seite der Erdkugel eingeklemmt im Wrack lagen und mich anflehten, sie zu retten, so wie ich ständig Menschen rettete, deren Namen ich nicht einmal kannte. Aber ich war nicht da. Ich war nicht für sie da. Und sie sind gestorben.«

Nate öffnete die Augen wieder. Alex starrte in den Himmel. Nate fasste ihn an der Hand und drückte. Alex erwiderte den Druck. Fest. »Wie lange hat es danach gedauert, bis sie dich in den Berg gebracht haben?«

»Sechs Monate. Sie wussten, was sie taten. Denn diese Art von Trauer geht nie wirklich weg. Sie heilt nicht, sondern schwelt.«

»Und deshalb hast du Art gehasst.«

»Ja«, sagte Alex. »Das habe ich. Sie waren sich überhaupt nicht ähnlich, sie und er. Er war ruhig, hat immer alles beobachtet. Sie hörte nie auf zu reden. Sein Lachen war leise, ein schnelles Ausatmen durch die Nase. Sie war laut, wenn sie fröhlich war. Sie war nicht er. Er war nicht sie.«

»Was hat sich geändert?«, fragte Nate.

Alex zuckte die Achseln. »Ich weiß es nicht. Eines Tages habe ich einfach aufgehört, wütend zu sein. Ihr die Schuld zu geben. Oder mir. Aus der offenen Wunde wurde eine Narbe, und es hat nicht mehr so wehgetan wie früher. Art hat es gemerkt. Als sie mir das erste Mal ein Lachen entlockt hat, sagte sie, es wäre das Schönste, was sie je vollbracht hätte.«

Nate stieß ihn spielerisch mit der Schulter an. »Da kann ich ihr nicht widersprechen. Mir ging es genauso, als ich es zum ersten Mal geschafft habe.«

Alex lächelte kaum merklich. »Dann solltet ihr eure Messlatte vielleicht ein bisschen höher legen.«

»Ha-Ha. Humor ist echt nicht deine Stärke.«

»Ein bisschen schon.«

»Vielleicht.« Dann: »Danke.«

Alex zog eine Augenbraue hoch. »Wofür?«

»Dass du mir das erzählt hast.«

»Du wusstest es schon vorher.«

»Ich habe es *vermutet*. Ich habe sie gesehen, als wir an der Tankstelle waren.«

»Ich weiß.«

»Du wolltest, dass ich sie sehe.«

»Vielleicht. Unterbewusst. Ehrlich gesagt, bin ich mir immer noch nicht sicher, wie das Band zwischen uns funktioniert. Ich glaube, niemand weiß das.«

»Warum?«

»Warum was?«

»Warum wolltest du, dass ich sie sehe?«

Alex seufzte. »Ist das dein Ernst? Weißt du, für einen Reporter bist du manchmal ganz schön begriffsstutzig.«

»Journalist«, korrigierte Nate automatisch. Er hörte seine eigene Stimme kaum, so schnell schlug sein Herz. »Vielleicht möchte ich nur keine falschen Spekulationen anstellen. Du weißt ja, was man meiner Zunft nachsagt.«

Alex küsste ihn.

Es war nichts Weltbewegendes, kein Feuerwerk oder Sonnenaufgang oder dergleichen. Der Kuss war fest und trocken, und Alex' Bartstoppeln kratzten an seinem Kinn. Einen Moment lang war Nate sich nicht einmal sicher, was gerade passierte. Doch dann öffnete er den Mund und spürte, wie eine Zunge über seine strich, was ihm ein leises Stöhnen entlockte. Alex atmete durch die Nase, ihre Hände waren immer noch umschlungen, jetzt allerdings in einem völlig unnatürlichen und unangenehmen Winkel. Trotzdem war es mehr als alles, was Nate je zuvor in seinem Leben gespürt hatte. Er blinzelte langsam, als Alex sich zurückzog und ihn misstrauisch musterte. Wahrscheinlich wartete er darauf, dass Nate ihn anfuhr, was zum Teufel das gerade sollte.

Nate konnte diesen Gesichtsausdruck nicht ertragen, also beugte er sich vor und küsste ihn.

Alex stieß ein überraschtes Grunzen aus.

Es war kurz und süß. Dann standen sie keuchend da, mit der Stirn aneinandergepresst, und atmeten sich gegenseitig ein.

»Ehrlich gesagt, wünsche ich mir das schon eine ganze Weile«, gestand Nate leise.

»Ach ja?« Alex' Lächeln kehrte zurück. »Hab ich mir gedacht.«

»Idiot.«

»Ehrlich gesagt, wollte ich das auch schon eine ganze Weile tun«, fügte Alex hinzu.

»Ja? Hab ich mir gedacht.«

Alex lachte und küsste Nate auf die Stirn. Nate schlang einen Arm um Alex' Taille und legte den Kopf an seinen Hals.

So standen sie in einer Scheune unter einem herannahenden Kometen namens Markham-Tripp und hielten einander fest.

Nate dachte daran, mehr zu verlangen, ihn zu fragen, was das bedeutete, wohin das führen sollte, wie es danach weitergehen würde. Aber er konnte sich beim besten Willen nicht dazu durchringen. Stattdessen drückte er Alex noch fester an sich und atmete einfach weiter.

Das war genug.

SECHZEHN

Nate war allein. Alex und Art waren mit ein paar von Peters Leuten auf den Feldern unterwegs. Art hatte verlangt, sofort die Pferde sehen zu dürfen, nachdem sie erfahren hatte, dass es auf der Farm tatsächlich welche gab. Und das war gut so, denn als sie am Morgen zwischen ihnen aufgewacht war, hatte sie Nate und Alex misstrauisch gemustert.

»Warum ist dein Kinn so rot?«, hatte sie Nate mit zusammengekniffenen Augen gefragt.

Aufgeschürft von Alex' Bartstoppeln. Doch Nate fand nicht, dass das eine neugierige Außerirdische etwas anging.

»Muss wohl komisch drauf geschlafen haben«, antwortete er mit einem Blick in Alex' Richtung, der sein Lachen nur mit Mühe unterdrücken konnte.

»Du hast also komisch auf deinem Kinn geschlafen«, wiederholte Art.

Nate zuckte die Achseln. »Scheint so.«

»Hmm«, machte sie.

Oh, wie dankbar er war, als Peter beim Frühstück die Pferde erwähnte, auch wenn er genau wusste, dass es nur eine vorübergehende Ablenkung war. Art würde es früher oder später herausfinden. Sie konnte ihre Gedanken zwar nicht lesen, aber sie waren schließlich irgendwie miteinander verbunden. Und Art war sehr scharfsinnig. Nate ahnte, wie sie reagieren würde, wusste aber nicht, ob er schon bereit dafür war.

Alex war nicht erfreut, als Nate sagte, er würde nicht mitkommen.

»Ich will unsere Sachen waschen«, erklärte er. »Uns gehen die Klamotten aus.«

Alex nickte langsam. Dann warf er einen Blick über die Schulter, um sich zu vergewissern, dass sie nicht belauscht wurden. »Die Pistole ist unter meinem Schlafsack«, flüsterte er.

Nate verdrehte die Augen. »Ich habe nicht vor, Dolores zu erschießen.«

»Nate.«

»Alex.«

»Sei nicht so zickig.«

»Ich ...«

Alex schob ihn in die Scheune und küsste ihn leidenschaftlich. Nate war so geschockt, dass er kaum dazu kam, den Kuss zu erwidern, bevor Alex wieder von ihm abließ. »Nur für den Fall.«

»Ja«, erwiderte Nate leicht benommen. »Nur für den Fall.«

Als sie wieder aus der Scheune traten, sagte Art: »Hmm, wie es scheint, hast du gerade schon wieder auf deinem Kinn geschlafen. Wie eigenartig.«

Ein Glück, dass es diese verdammten Pferde gab.

Danach ging Nate auf den Heuboden und durchwühlte ihre Seesäcke nach allem, was gewaschen werden musste, packte es in eine Tasche und machte sich damit auf den Weg zum Haupthaus.

Im Garten waren Peters Leute dabei, das Unkraut zu jäten und den Boden aufzulockern. Als er an ihnen vorbeiging, hielten sie inne und grüßten ihn mit einem breiten Lächeln im Gesicht. Es schien, als wären sie ... glücklicher als noch am Vortag. Vielleicht weil Art hier war. Vielleicht lag es auch an etwas anderem. Aber alle lächelten und hatten ein paar freundliche

Worte für ihn. Es machte Nate nervös. Trotzdem reagierte er höflich.

Dolores räumte in der Küche die Reste des Frühstücks auf. Es hatte große Schüsseln mit Haferflocken und gezuckertem Obst gegeben. Art hatte sich über das fehlende Fleisch beklagt.

Natürlich lief im Hintergrund das Radio. Steven Cooper war mal wieder auf Sendung. Nate fragte sich, ob der Kerl jemals Pause machte.

»Hallo, meine Freunde«, sagte Steven gerade. »Morgen ist es so weit. Schon jetzt, bei Tageslicht, könnt ihr Markham-Tripp sehen. Und ihr alle wisst, welche Heidenangst wir ihnen eingejagt haben. Habt ihr die offiziellen Mitteilungen gehört? *Kein Grund zur Sorge,* sagen sie. *Alles nur ein Haufen Blödsinn,* sagen sie. *Ein Spaß für die ganze Familie.* Als ob sie es nicht *genau* wüssten. Als ob sie sich nicht schon seit Jahren auf genau diesen Moment vorbereiten würden. Wollt ihr mir wirklich erzählen, dass dieser Komet erst letztes Jahr entdeckt wurde? Eine der *größten* und *hellsten* astronomischen Erscheinungen unseres Zeitalters wurde *erst vor einem Jahr entdeckt?* Papperlapapp, Freunde, absoluter Unsinn. Sie wissen schon seit *Jahren* davon. Bestimmte Quellen sagen mir, sogar seit einem *Jahrzehnt.* Der Komet ist nur eine Fassade. Lasst euch von niemandem was anderes erzählen. Ihr werdet es selbst sehen. Morgen um diese Zeit werden wir alle Zeugen des größten Ereignisses in der Geschichte der Menschheit, oder ich fresse einen Besen. Hallo lieber Anrufer, Sie sind auf Sendung. Was denken Sie über die Ereignisse, die uns morgen bevorstehen?«

Der Anrufer gab mit schriller Stimme Bibelverse zum Besten, und Dolores nickte beständig. Als Nate sich räusperte, fuhr sie herum und presste sich erschrocken das feuchte Geschirrtuch an die Brust.

»Entschuldigung«, sagte Nate. »Ich wollte Sie nicht erschrecken.«

Dolores' Lachen klang wie ein Wiehern. »Oh, Nate. Das ist schon in Ordnung. Ich habe nur niemanden erwartet.«

»Ja.« Er deutete auf das Radio. »Sie haben mich nicht kommen hören.«

Dolores nickte eifrig und drehte Steven Cooper etwas leiser. »Uns stehen große Tage bevor, wissen Sie. Ich wollte hören, was Mr. Cooper dazu zu sagen hat.«

»Große Tage?«

Sie errötete. »Der Komet und all das. So etwas erlebt man nur einmal.«

»Cooper scheint jedenfalls dieser Meinung zu sein.«

Sie wrang nervös das Geschirrtuch aus. »Ich weiß, Sie denken, dass er Unfug redet und ich wohl sehr dumm sein muss, wenn ich mir seine Sendung anhöre.«

Nate zuckte die Achseln. »Aber nein, tue ich gar nicht. Ich meine, bei allem, was ich in den letzten Wochen erlebt habe, bin ich der Letzte, der behaupten würde, dass da nicht vielleicht doch was dran sein könnte.«

Dolores' Augen weiteten sich. »Genauso ist es, nicht wahr?«, keuchte sie. »Ich will mir gar nicht vorstellen, was ...« Sie spähte kurz über Nates Schulter und trat einen Schritt auf ihn zu. »Kann ich Sie etwas fragen?«

»Sicher«, sagte er langsam. »Aber ich behalte mir das Recht vor, nicht zu antworten.«

»Ja, das verstehe ich. Ich habe nicht geglaubt. Nicht so, wie ich sollte. Wie er es von mir wollte. Eine sehr lange Zeit nicht.«

»Nicht so, wie *wer* es wollte? Peter?«

Sie nickte. »Sie müssen verstehen, die Dinge, die er behauptet hat, es klang alles so unwahrscheinlich. Ich meine, etwas im Radio zu hören, ist eine Sache. Aber es von jemandem zu hören, der es selbst erlebt hat, ist etwas ganz anderes.«

In Nates Kopf läutete eine Alarmglocke. »*So* haben Sie Peter kennengelernt?«

Dolores führte ihren Daumennagel an den Mund und begann daran zu kauen. »Ja. Er hat *Dinge* gesagt. Ich *wollte* ihm ja glauben, aber es fiel mir schwer. Meine Tochter sagte, dass alles nur ein Haufen Unsinn ist. Sie sagte, ich würde mich aufführen, als hätte ich sie nicht mehr alle.« Sie lachte ein wenig zu laut. »Ich sagte ihr, dass wir doch alle an irgendetwas glauben.«

»Sie haben gestern etwas von Enkelkindern gesagt. Dass Sie gerne für sie kochen.«

Ihr Lächeln erzitterte. »Ja. Oh, ja. Das habe ich. Und ich war eine wirklich gute Köchin. Ich habe ihnen Kuchen gebacken, mit Apfel und Kirsche. Und Hackbraten. Den mit Ketchup in der Mitte. Den mochten sie am liebsten. Sie haben ihn immer schnell aufgegessen.«

»Sie waren also nicht immer Veganerin?«

»Oh Gott, nein. Das hat erst hier angefangen. Auf der Farm. Peter sagt, dass es besser so ist. Dass es den Körper gesünder macht. Reiner. Dass wir uns von den Zwängen unseres früheren Lebens befreien müssen.«

Dolores wurde plötzlich blass im Gesicht. »Ach, was quassele ich denn da schon wieder? Ich muss mich entschuldigen. Sie wollen das bestimmt gar nicht hören. Peter sagt, dass ich immer rede und rede, und wenn mich niemand aufhält, würde ich mich eines Tages noch zu Tode quatschen.«

»Schon okay«, beschwichtigte Nate. »Ich glaube, ich bin genauso.«

Sie musterte ihn begeistert. »Ja, das sind Sie, nicht wahr? Genauso. Peter hat dasselbe gesagt. Dass Sie *glauben*.«

»Nun, ich habe Dinge gesehen, die es mir verbieten, es *nicht* zu glauben, wenn Sie das meinen.«

»Wunder«, flüsterte Dolores ehrfürchtig. »Sie haben das *Wunder* gesehen.«

Nate runzelte die Stirn. »Na ja, ich würde nicht unbedingt

von einem Wunder sprechen. Aber die letzten Wochen waren zugegebenermaßen ziemlich seltsam.«

Dolores' große Augen wurden feucht. »Ist sie so, wie Sie sie sich vorgestellt haben?«

»Ich habe nie darüber nachgedacht, bevor ich Art getroffen habe. Ich wusste ja nicht einmal, dass sie existiert.« Er blies den Atem aus. »Anfangs haben die beiden behauptet, Art sei entführt worden und dass er sie zurückbringen will.«

Dolores nickte. »Ja, ja, zurück. Damit sie heimkehren kann.« Ihr Blick fiel auf die Tasche, die über Nates Schulter hing. »Stimmt etwas nicht?«

»Was? Äh, Sie meinen das hier? Aber ja, alles in Ordnung. Ich hatte nur gehofft, die Waschküche benutzen zu dürfen. Uns gehen die sauberen Kleider aus, und ich weiß nicht, wann wir die nächste Gelegenheit zum Waschen haben werden, wenn wir wieder weg sind.«

»Das verstehe ich nicht«, erwiderte Dolores. »Wieder weg?«

»Wenn wir weitermüssen«, sagte Nate. »Wir müssen Art schließlich irgendwo hinbringen, damit sie von hier fortkann.«

»Richtig«, meinte Dolores. »Ja, natürlich. Ich glaube, ich habe nicht nachgedacht.« Sie machte einen weiteren Schritt auf Nate zu. »Ich kann das gerne für Sie übernehmen. Das gehört zu meinen Aufgaben hier. Ich sorge dafür, dass alles im Haus schön ordentlich ist.«

Nate zwang sich zu einem Lächeln. »Nein, nein, schon gut. Sie haben genug für uns getan. Ich schaffe das schon. Wenn Sie mir sagen könnten, wo die Waschküche ist, wäre ich Ihnen dankbar. Außerdem sind es hauptsächlich Alex' Sachen, und er schwitzt wie ein Bär.«

»Oh je«, sagte Dolores. »Er ist wirklich ein Bär von einem Mann, da haben Sie ganz recht.«

»Ja, Ma'am. Und die Waschküche?«

»Den Flur entlang, die letzte Tür auf der rechten Seite. Das Waschmittel steht im Regal.«

Nate schenkte ihr ein letztes Lächeln und machte sich auf den Weg. Er hörte, wie Steven Cooper wieder lauter wurde und allen verkündete, welch strahlende, glorreiche Zukunft sie, seine Freunde, erwartete.

Neben der Treppe blieb er stehen, schaute nach oben und fragte sich, wie viele Räume es dort wohl geben mochte. Das Haus war groß, aber nicht so groß, dass alle ihr eigenes Zimmer haben konnten. Er überlegte, ob sie zu zweit wohnten, ob vielleicht nur Peter seine eigenen Räume hatte.

Auf dem Flur vor ihm sah er mehrere Türen.

Die erste war auf der linken Seite. Sie stand offen. Dahinter sah Nate ein Badezimmer mit einem geöffneten Fenster. Er hörte die Vögel in den Bäumen zwitschern. Die Kacheln waren krankenhausweiß. Neben dem Waschbecken stand eine Schale mit einem Stück Seife darin. Alles war tadellos sauber.

Eine weitere Tür gleich gegenüber.

Die dahinter musste die Waschküche sein.

Aber es war die ganz am Ende, die Nates besondere Aufmerksamkeit erregte. Sie war nicht wie die anderen. Soweit er gesehen hatte, waren alle Türen im Haus aus Holz.

Diese hier war aus Metall.

Und sie hatte ein Vorhängeschloss.

Die Tür gegenüber der Waschküche war nicht ganz zu. Dahinter drang eine Stimme hervor. Nate verstand die Worte nicht, aber es waren leise, liebliche Töne. Ein Fernseher vielleicht. Oder ein Radio.

Er ging den Flur entlang.

An den Wänden hingen gerahmte Fotos. Zuerst verstand Nate nicht, was sie zeigten.

Die meisten waren Schwarz-Weiß-Aufnahmen, körnig und leicht unscharf. Auf einigen waren Zahlenfolgen in das Fotopapier geätzt, die allerdings zu lang waren, als dass es sich um ein Datum handeln konnte. Eher Koordinaten.

Auf jeder der Aufnahmen waren verschwommene graue Flecken zu sehen.

Wolken.

Die Fotos zeigten den Himmel.

Und Objekte darin.

Lichter, Formen.

Nate hatte solche Aufnahmen schon öfter gesehen. Natürlich hatte er, jeder hatte das. Es waren Fotos von sogenannten unbekannten Flugobjekten.

Und es waren mindestens ein Dutzend.

Was ihm nur passend erschien, wenn er darüber nachdachte.

Er fragte sich, ob Peter – *Oren*, besser gesagt – die Trennung von Art gewollt hatte, damals. Und wie bewusst er sich der zwei Jahrzehnte andauernden Verschmelzung überhaupt gewesen war. Artemis hatte behauptet, es sei ein traumähnlicher Zustand für ihn gewesen. Aber Nate wusste, wie real sich Träume anfühlen konnten.

Die Dielen knarrten unter seinen Füßen.

Die Stimme hinter der nicht ganz geschlossenen Tür wurde deutlicher.

Sie gehörte Peter.

»... es besteht die Möglichkeit, dass es wiedergeboren wird. Das kommt vor. Die Zeit ist ein Kreis. Wir waren schon einmal an diesem Punkt. Vielleicht nicht genauso wie jetzt. Es könnte eine ganz andere Zivilisation gegeben haben als die, die wir heute kennen. Es ist eine *Läuterung*, und wir alle stehen an der Schwelle.«

Nate machte einen weiteren Schritt. Durch den Türspalt konnte er Bücherregale sehen. Ein Fernrohr. Die Ecke eines Schreibtisches mit einem blauen Bildschirm dahinter. Er glaubte, die Umrisse eines Arms zu erkennen, die sich in dem Monitor spiegelten, als säße Peter davor.

»Viele mögen meinen Worten keinen Glauben schenken«, sprach Peter weiter. »Ich kann es nicht erzwingen. Jeder Mensch ist anders. Ich habe *Dinge* gesehen. Dinge, die jenseits unserer Vorstellungskraft zu liegen scheinen. Ich kann von niemandem, der nicht genauso erleuchtet wurde wie ich, erwarten, das zu verstehen. Trotzdem gibt es Zeiten, in denen selbst ich beinahe die Geduld verliere, in denen ich wünschte, ich könnte sie an den Schultern packen und schütteln, damit sie die Augen öffnen und endlich erkennen, was direkt vor ihnen liegt. Ich ... Wir sind mehr als das, was die Welt uns glauben machen will. Es gibt mehr als nur die Sterne, die wir sehen. Mehr, als die meisten Leute sich jemals vorstellen können. Und wenn ich von einer wundergleichen Veränderung spreche, dann meine ich damit jene, die uns vor uns selbst erretten werden. Jene, die uns zeigen wollen, dass es noch *mehr* gibt. Das ist der Zweck des Lichts der Eva und ...«

Peter verstummte.

Nate trat einen Schritt zurück.

Er hörte, wie ein Stuhl über den Boden kratzte, als würde Peter aufstehen.

Nate wirbelte herum und riss die Tür zur Waschküche auf. Er suchte nach dem Schalter an der Maschine, da trat Peter aus seinem Büro.

»Nate?«

Er warf einen Blick über die Schulter. »Hey, Peter«, sagte er mit gespielter Überraschung. »Wie geht's?«

Peter musterte ihn neugierig. »Mir geht's gut. Was tun Sie da?«

Nate deutete auf seine Tasche. »Wäsche machen, falls das in Ordnung ist. Ich habe Dolores gefragt, und sie hat mir gesagt, wo ich hinmuss.«

Peter verschränkte die Arme vor der Brust. »Das ist in Ordnung, natürlich. Solange Sie hier sind, gehört alles, was ich habe, auch Ihnen.«

»Das ist sehr großzügig. Wir wissen das zu schätzen. Art auch.«

»Ja«, sagte Peter verächtlich. »*Art.* Ohne Spitznamen geht es heutzutage anscheinend nicht. Alles wird abgekürzt.«

»Sie mag den Namen.«

»Das ist mir aufgefallen. Sie hat sich angepasst. Stärker, als ich erwartet hätte. Nach zehn Jahren ist sie mehr Mensch, als sie es mit mir je war.«

»Das war nicht ganz das Gleiche, oder?«

Peter neigte den Kopf. »Inwiefern?«

»Sie war …« Nate suchte nach dem richtigen Wort. »Ihre Mitbewohnerin. Oder so.«

»Mitbewohnerin«, wiederholte Peter langsam.

»Bei Ihnen. In Ihrem Körper.«

»Richtig.«

»Und jetzt ist sie wieder allein.«

»Ich bin mir nicht sicher, ob das wirklich stimmt«, entgegnete Peter. »Sie hat diesen Marine.« Sein Blick wanderte hinunter zu Nates Füßen, dann wieder zurück. »Und Sie.«

»Ich meine innerlich. Das Mädchen war ja schon vorher nicht mehr da.«

»Ihr Bewusstsein hatte den Körper verlassen.«

»Ja.«

Peter nickte. »Wir sind mehr als unser Körper, Nate. Ist Ihnen das klar?«

»Es scheint mir sogar sehr wichtig.«

»Das denke ich mir. Der Körper ist nur eine Hülle. Die Seele ist das, was uns zu Menschen macht, nicht das Fleisch.«

»Ich weiß nicht, ob ich wirklich an eine Seele glaube«, erwiderte Nate aufrichtig, auch wenn er sich nicht sicher war, wohin dieses Gespräch führen sollte. Die Art, wie Peter ihn ansah, gefiel ihm nicht.

»Woran glauben Sie denn?«

Er zuckte die Achseln. »Ich weiß es nicht.«

»An eine höhere Macht, etwas, das größer ist als wir?«

»Wenn es eine gibt, dann haben wir es anscheinend ziemlich schlecht erwischt.«

Peter runzelte die Stirn. »Wie das?«

»Wir leiden. Praktisch die ganze Zeit.«

»Schmerz lehrt die Seele die Lektionen, die sie braucht, um den höchsten Bewusstseinszustand zu erreichen.«

»Wenn ich ehrlich bin, reicht es mir schon, wenn ich nur überlebe.«

»Wenn Sie *was* überleben?«

Nate schnaubte. »In den letzten Wochen wurde öfter auf mich geschossen als in meinem gesamten bisherigen Leben. Ich meine, der Typ, der das Wasser angedreht hat, war der Agent einer Regierungsbehörde, von deren Existenz ich nicht mal wissen dürfte.«

»Der Vollstrecker.«

»Ja. So heißen sie. Er war ziemlich neugierig, aber ich dachte mir, so ist das auf dem Land nun mal. Woher sollte ich wissen, dass der Kerl uns beschattet?«

Peter blinzelte praktisch nicht. Es war beunruhigend. »Sie sind sehr seltsam.«

»Sagt der Mann, der zwanzig Jahre lang von einer Außerirdischen besessen war und trotzdem kaum älter aussieht als ich.« Nate zuckte zusammen. »Entschuldigung. Das kam wahrscheinlich nicht so rüber, wie es gemeint war.«

»Ich glaube, es kam genauso rüber, wie Sie es wollten«, erwiderte Peter gemessen. »Aber ich nehme es Ihnen nicht übel. Ich verstehe, worauf Sie hinauswollen. Sie sind sehr direkt.«

»Gut«, meinte Nate und ignorierte das Rinnsal Schweiß, das ihm den Nacken hinunterlief. »Ich möchte es Ihnen nicht schwer machen. Sie waren sehr freundlich zu uns, seit wir angekommen sind.«

»Darf ich Ihnen eine Frage stellen, Nate?«

»Ich denke schon.«

»Wen haben Sie verloren?«

Nate blinzelte. »Wie bitte?«

»Sie sind sehr zynisch für Ihr Alter. Das deutet darauf hin, dass Sie bereits sehr jung einen Verlust erlebt haben.«

»Ich weiß nicht. Was hat das mit Art zu tun?«

Peter lehnte sich gegen den Türrahmen vor seinem Büro. Über seine Schulter hinweg konnte Nate eine Videokamera sehen. Sie war auf einem Stativ in der Mitte des Raumes befestigt und auf den Schreibtisch gerichtet, an dem Peter zuvor gesessen hatte. Die ganze Installation schien ihm auf einer Farm, die angeblich an kein einziges öffentliches Netz angeschlossen war, fehl am Platz.

»Ich versuche nur herauszufinden, mit wem sich Artemis verbündet hat.«

»Verbündet«, wiederholte Nate. »Wie meinen Sie das?«

»Art mag Sie.«

»Ich mag sie auch, sehr sogar.«

»Und den Marine. Diesen Alex.«

Peters abfälliger Tonfall ärgerte Nate. »Er hat ihr geholfen, als sie ganz allein war. Er hat ihr das Leben gerettet.«

»Hat er? Und wie hat er das angestellt?«

»Sie ist schließlich hier, oder? Nicht mehr im Berg, sondern in Sicherheit.«

»Das ist sie. Hier mehr als irgendwo sonst auf der Welt. Ich bin froh, dass Sie das genauso sehen.«

Das hatte Nate nicht gemeint. »Und das nur wegen Alex.«

»Ist das so?«

»Ja«, knurrte Nate. »Er hat sie gerettet. Er hat sein Leben für sie riskiert. Verdammt, er wäre fast für sie *gestorben*. Sie bedeutet ihm alles.«

»Natürlich tut sie das«, beschwichtigte Peter. »Es ist fast so, als wäre sie eine Art Ersatz für ihn, nicht wahr?«

Nate öffnete den Mund und schloss ihn dann wieder. Denn Peters Worte lagen wahrscheinlich gar nicht so weit von der Wahrheit entfernt. Wie nannten die Seelenklempner das noch gleich? Übertragung. Ja, genau. Die Übertragung von Gefühlen, die man für eine bestimmte Person hatte, auf eine andere. Keine Überraschung, eigentlich. Die Leute, die im Berg das Sagen hatten, hatten Alex geschickt ausgewählt. Und grausam.

»Ah«, machte Peter. »Ich sehe es an Ihrem Gesicht. Genauso ist es, nicht wahr? Sie ist ein Ersatz.« Er seufzte. »Wie bedauerlich. Ich meine, wie rücksichtslos von den Verantwortlichen. Ich frage mich, ob sie es weiß. Das könnte ihr das Herz brechen. Das heißt, falls das überhaupt möglich ist. Sie haben keine Gefühle wie wir. Nicht in dem Ausmaß.«

Das war eindeutig falsch. Nate hatte es mit eigenen Augen gesehen. Entweder log Peter, oder er hatte keine Ahnung, wer Art wirklich war. »Darum geht es hier nicht«, schnauzte Nate. »Sie wissen gar nichts über sie.«

»Tue ich nicht? Wer von uns beiden kennt sie Ihrer Meinung nach besser. Sie oder ich? Denn ich weiß, wie es ist, wenn man von ihr verschlungen wird. Von *ihm*. Sie sehen ein kleines Mädchen. Sie sehen ihre großen Augen und ihr kindliches Lächeln, wenn Alex mit ihr tanzt. Und das ist genau das, was sie Ihnen zeigen will. Sie sind offensichtlich intelligent. Ist Ihnen nie in den Sinn gekommen, dass sie Ihnen genau das zeigt, was sie glaubt, dass Sie sehen wollen?«

Nun ... nein. Daran hatte Nate noch nie gedacht. Sie war einfach Artemis Darth Vader. Sie war wissbegierig und freundlich, und sie liebte Alex. Sie las gerne, mochte Kellnerinnen und Filme über Weltraumprinzessinnen. Genauso war sie. Oder? Allerdings – falls sie tatsächlich zu so etwas fähig sein sollte – war das genau der richtige Weg, um ihn und Alex hinters Licht zu führen. Das strahlende kleine Mädchen mimen und mit ihren Gefühlen spielen, um sich dann irgendwann gegen sie zu wenden.

Nein. Er kannte Art. So war sie nicht.

»Nein«, sagte Nate. »Niemals.«

Peter lächelte, als hätte er genau diese Antwort erwartet. »Wollen Sie wissen, was *ich* in ihr sehe?«

»Ich wüsste nicht …«

»Ich sehe eine Gottheit. Ich sehe ein Wesen, das Wissen vermitteln kann, das weit über das hinausgeht, wozu der menschliche Verstand fähig ist. Ich sehe in ihr einen Teil unserer Erlösung.«

Nate sah ihn mit zusammengekniffenen Augen an. »Sie gehört Ihnen nicht.«

Peter hob beschwichtigend die Hände. »Ich weiß. Sie gehört niemandem. Wenn überhaupt, dann gehört sie den Sternen. Denn da kommt sie her. Und dorthin muss sie auch zurückkehren.«

Als er das hörte, fühlte Nate sich schon besser. Dass Peter der Meinung war, Art müsse dorthin zurückkehren, wo sie herkam, beruhigte ihn.

Oder auch nicht. *Nichts* an diesem Ort war beruhigend. Doch solange Peter akzeptierte, worum es Alex und Nate am Ende ging, spielte alles andere keine Rolle. Sie würden vielleicht noch ein oder zwei Tage hierbleiben. Artemis würde sich holen, was sie brauchte – von der Farm, von Peter oder eben Oren –, und dann würden sie wieder abreisen. Irgendwie war es komisch. Anfangs war er so erleichtert gewesen, dass sie endlich einen Ort gefunden hatten, an dem sie sich ein paar

Tage ausruhen konnten. Doch jetzt wollte er möglichst schnell zurück auf die Straße, bloß weg von hier.

»Ich bin ganz Ihrer Meinung«, sagte Nate. »Aber Sie wissen nicht, was Alex durchgemacht hat. Was Art durchgemacht hat. Zum Teufel, auch wenn das nichts ist im Vergleich zu den beiden: Sie wissen nicht mal, was *ich* durchgemacht habe.«

»Das ist richtig«, stimmte Peter zu. »Aber Sie wissen genauso viel über Verlust wie Artemis und dieser Alex. Genauso viel wie alle anderen auf dieser Farm. Sagen Sie mir, Nate, wissen Sie, was alle, die hier leben, gemeinsam haben? Weshalb sie hier sind?«

Nate schüttelte den Kopf. Er konnte es sich nicht mal ansatzweise vorstellen.

»Ts-ts-ts«, machte Peter ein wenig enttäuscht. »Es läuft auf Folgendes hinaus: *l'appel du vide*. Das ist eine französische Redewendung, wörtlich übersetzt bedeutet sie: der Ruf der Leere.« Er straffte die Schultern und richtete sich ein Stück auf. »Es ist der Drang nach Zerstörung. Sind Sie jemals eine Straße entlanggefahren und haben überlegt, was passieren würde, wenn sie in den Gegenverkehr lenken? Oder haben Sie schon einmal ganz oben auf einer Klippe gestanden, in den Abgrund geschaut und gedacht: Was, wenn ich jetzt einen Schritt mache? Das hat nichts mit Depressionen zu tun. Es ist ein Trieb. Ein Bedürfnis, das offensichtlich in unseren Genen verankert ist. Die meisten handeln nicht danach, denn wir sind zu rationalem Denken fähig. Aber unser Reptilienhirn fragt sich ständig: *Was wäre, wenn?* So auch, wenn Ihnen ein Sattelschlepper entgegenkommt oder die Spitzen Ihrer Schuhe ins Nichts ragen. Es ist aufregend. Und belastend.«

»Ich fürchte, ich verstehe nicht ganz«, sagte Nate leicht benommen.

»Ich weiß«, erwiderte Peter. »Und das ist in Ordnung so. Vielleicht müssen Sie diese Erfahrung tatsächlich erst noch machen. Sie sind schließlich noch jung. Aber die Leute auf dieser Farm, sie wissen, wovon ich spreche. Sie alle haben den Ruf der Leere schon einmal vernommen. Sie alle kennen das Verlangen nach mehr. Nach etwas *hinter* allem anderen.«

»Und Sie glauben, dass Sie es ihnen geben können?«

Peter lachte. »Wie mir scheint, sind Sie entschieden anderer Meinung.«

»Sie klingen wie Jim Jones.«

Jetzt lachte Peter nicht mehr. »Tue ich das?«

»Haben Sie ihn jemals sprechen gehört?« Nate warf einen Blick über Peters Schulter auf das Stativ mit der Kamera darauf. »Oder seine Videos gesehen? Ich schon.«

»Wir sind hier nicht in Jonestown«, entgegnete Peter. »Ich bin kein Demagoge.«

»Nein?«, fragte Nate, plötzlich neugierig geworden. »Denn Sie können gut reden, Oren. Entschuldigung, ich meine Peter. Ich muss zugeben, es gibt Momente, in denen sogar *ich* Ihnen beinahe glaube.«

»Glauben«, wiederholte Peter. »Der Glaube ist eine lustige Sache, wenn man darüber nachdenkt. Er kann so wankelmütig sein, bis er sich verfestigt hat. Und selbst dann gibt es Zeiten, die so extrem sind, dass er förmlich zerbröselt. Ich hatte einen Glauben, wenn auch einen sehr schwachen. Ich dachte, ich hätte die Ordnung des Universums verstanden. Aber das war, bevor ein Wesen von den Sternen meinen Körper übernommen hat. So etwas verändert einen, Nate. Wer es nicht selbst erlebt hat, kann das nicht verstehen. Es hat mir Dinge gezeigt und meinen Geist auf eine Weise erweitert, die ich nie für möglich gehalten hätte. Und als es mir genommen wurde, als man mir B-7 aus dem Körper gerissen hat, war ich am Boden zerstört. Ich fühlte mich verlassen. Ich habe Verlust verspürt, Nate. Wie Sie. Wie Alex. Sie können von mir halten, was Sie wollen, aber ich bin wie Sie. Ich kenne Schmerz und Trauer. Ich habe mich vollkommen allein gefühlt, und mit jedem Schlag ist mein Herz ein Stückchen weiter zerbrochen. Unsere Lebenswege mögen unterschiedlich sein, aber wir alle wurden hierhergeführt. Zu diesem Augenblick. All diese Menschen haben den Ruf der Leere gespürt. Sie sind aus freien Stücken hier, weil sie sich nicht mehr allein fühlen wollen. Geht es Ihnen nicht genauso?«

Nate wollte es. Er wollte es wirklich: Er wollte Peter sagen, dass er vollkommen durchgeknallt war. Dass dieses Gespräch für ihn beendet war. Wenn die anderen Peter glauben wollten, gut. Das war ihre Entscheidung. Aber Nates bestimmt nicht.

Das Problem dabei war, dass es ihm *tatsächlich* genauso ging. Erst nachdem er Alex und Art gefunden hatte, wurde ihm klar, wie einsam er gewesen war. Was hatte er denn noch? Er hatte seinen Job verloren. Und seine Freunde, als die Nachricht von seinem kleinen Skandal die Runde machte. Seine Eltern waren tot. Sein Bruder redete nicht mehr mit ihm. Alles, was er noch hatte, war eine Hütte mitten in den Bergen von Oregon (und Gott allein wusste, ob sie überhaupt noch stand).

Und wenn er wirklich darüber nachdachte, wenn er Peters Worte auf sich wirken ließ, hatte nicht auch er den Ruf der Leere verspürt? *L'appel du vide*. Hatte er. Da war dieser Moment vor einigen Monaten. Nach dem Anruf seines Bruders, dass ihre Eltern tot waren, aber vor dem kurzen Telefonat wegen der Hütte und des Pick-ups. Nate war wie betäubt gewesen. Sein Verstand war leer, als er seine kleine Wohnung verließ. Er konnte sich nicht einmal daran erinnern, wie er nach Chinatown gekommen war. Eben noch hatte er auf seiner Couch gesessen und die Wand angestarrt, und im nächsten Moment stand er unter diesem verschnörkelten Freundschaftsbogen, während sich rings um ihn die Leute tummelten. Nate blinzelte, als wäre er gerade aus einem Traum erwacht, an den er sich nicht erinnern konnte.

Es war Nachmittag, normalerweise war er um diese Zeit bei der *Post*. Aber das war vorbei. Nate konnte weder denken noch etwas fühlen. Er drehte sich um und machte sich auf den Heimweg.

Und als er auf dem U-Bahnsteig auf den Zug wartete, dachte er: *Was wäre, wenn?* Es war nicht mehr als ein Flüstern in seinem Hinterkopf. Die Lichter des herannahenden Zuges wurden größer und heller, und Nate fragte sich ...

Was, *wenn?*

Was, wenn er jetzt einen Schritt vom Bahnsteig auf das Gleis machte? Es würde doch schnell gehen, oder? Ein Atemzug, ein Schritt, und dann wäre alles vorbei.

Und, heilige Scheiße, wie laut das Flüstern plötzlich wurde. Es schwoll zu einem gottverdammten Schrei in seinem Kopf an, rau und ohrenbetäubend. Er hob einen Fuß, spürte, wie die Muskulatur des anderen Beins sich bereits spannte und ...

Der Zug rauschte wenige Zentimeter vor seiner Nase vorbei.

Nate taumelte zurück, seine Augen fühlten sich an, als wollten sie platzen, sein Puls war wie rasender Donner. Er schnappte nach Luft, als er mit einer Frau hinter ihm zusammenstieß, und entschuldigte sich mit heiserer Stimme.

Die Frau sah ihn bange an und fragte, ob alles in Ordnung sei. Er nickte: *Ja, ja, mir fehlt nichts. Ich habe nur ... der Zug hat mich erschreckt. Ich muss wohl gerade ein bisschen geträumt haben, wissen Sie.*

Sie lächelte unsicher.

Danach saß er fast eine Stunde lang auf einer Bank, den Kopf in die Hände gestützt.

Schließlich ging er nach Hause.

Ein paar Wochen später rief sein Bruder an. Die Hütte am Herschel Lake. Dads alter Ford. *Das war's, Nate. Das ist alles, was sie dir hinterlassen haben. Und mehr bekommst du auch nicht.*

Ja, Ricky. Ja. Okay.

»Nate?«

Nates Kopf ruckte hoch.

Peter musterte ihn besorgt. »Stimmt etwas nicht?«

»Äh, nein«, antwortete er. »Alles bestens. Hören Sie, Peter. Ich weiß es sehr zu schätzen, was Sie für uns getan haben. Für *Art*. Und, ja, Sie haben recht. Ich habe keine Ahnung, was Sie durchgemacht haben, als Art noch Sie war. Aber sie ist nicht mehr dieselbe. Sie hat sich verändert. Wegen Alex.«

»Und wegen Ihnen, sollte ich meinen.«

Nate schüttelte den Kopf. »Nein. Das glaube ich nicht.«

»Sie sehen es nicht, oder?«

»Was?«

»Die Art, wie das Mädchen Sie ansieht. Wie die *beiden* Sie ansehen. Sie drei sind miteinander verbunden, wie es scheint. Auf die eine oder andere Weise.«

Nate wurde rot. Er konnte es nicht verhindern. »Wir haben viel zusammen erlebt«, murmelte er.

Peter lächelte. »Ich weiß. Ich denke, das gilt für alle hier. Sie mögen nicht damit einverstanden sein, aber ich hoffe, dass Sie unsere Lebensweise zumindest respektieren können. Wir sind schließlich alle Reisende, die versuchen, ihren Weg zu finden.«

Das konnte Nate verstehen. »Ich weiß. Und es tut mir leid, wenn ich ... ich weiß nicht ... unhöflich rübergekommen bin oder so ähnlich. Sie waren sehr nett zu uns, und mir fällt nichts Besseres ein, als Sie zu beschuldigen.«

»Jim Jones?«

Nate schnitt eine Grimasse. »Ja.«

Peter winkte ab. »Ich kann mir gut vorstellen, wie Sie zu dieser Schlussfolgerung gekommen sind, so weit hergeholt sie auch sein mag.«

»Warum haben Sie dieses Video aufgenommen?«

Peter lachte. »Selbstverliebtheit, ob Sie es glauben oder nicht. Seit ich aus den Klauen des Bergs befreit wurde, führe ich eine Art Videotagebuch. Um meine Erlebnisse zu dokumentieren. Damit die Menschen eines Tages, wenn alles ans Licht kommt, die Wahrheit erfahren. Wie viele Menschen auf dieser Welt können von sich behaupten, das Gleiche erlebt zu haben wie ich?«

»Nicht viele«, antwortete Nate. »Wenigstens hoffe ich das.«

»Ganz genau. Ich denke, es ist wichtig, dass die ganze Welt erfährt, was geschehen ist. Mit mir. Mit uns. Sie wissen so gut wie ich, dass die Verantwortlichen alles tun werden, um die Wahrheit zu vertuschen.«

Das glaubte Nate in der Tat. »Das werden wir auf keinen Fall zulassen.«

»Nein«, stimmte Peter zu, und sein Lächeln wurde so breit, wie Nate es noch nie gesehen hatte. »Nein, das werden wir nicht.« Er trat einen Schritt zurück. »Ich lasse Sie jetzt mit Ihrer Wäsche allein. Ich danke Ihnen, Nate. Dieses Gespräch war äußerst erhellend. Sie sind ein außergewöhnlicher Mensch.«

Nate wusste nicht, was er darauf erwidern sollte.

Dann: »Peter?«

Peter Williams blieb in der Tür zu seinem Büro stehen und blickte über die Schulter. »Ja?«

Nate nickte in Richtung der Metalltür mit dem Vorhängeschloss. »Was ist da drin?«

Peter lachte. »Der Keller. Dort unten lagern wir unseren Dünger und die Chemikalien für die Felder. Früher bewahrten wir sie in der Scheune auf, aber sie wurden immer wieder gestohlen. Man kann Methamphetamine daraus herstellen, falls Sie das nicht bereits wussten, und ich werde mich nicht an der Zerstörung des menschlichen Körpers beteiligen. Schon gar nicht für finanziellen Profit. Es ist besser, alles gut unter Verschluss zu halten. Gibt es sonst noch etwas?«

Nate schüttelte den Kopf.

Peter schloss die Tür hinter sich.

Wenige Augenblicke später begann er wieder zu sprechen, aber seine Worte waren jetzt noch undeutlicher als vorher.

Nate drehte sich um und kümmerte sich endlich um die Wäsche.

Er wartete bis nach dem Mittagessen, dann nahm er Art und Alex beiseite. Sie gingen in die Scheune. Art erzählte von den Pferden. Es waren drei gewesen, und eines davon hatte ihr einen Apfel aus der Hand gefressen, ob Nate sich das vorstellen könne?

Konnte er.

Alex hatte ein wenig besorgt gewirkt, als Nate sie verstohlen in die Scheune führte. Peter war bereits wieder im Haus und die anderen gingen träge ihrer Nachmittagsarbeit nach. Niemand auf der Farm schien es besonders eilig zu haben.

Der Komet strahlte weiß am blauen Himmel.

»Alles okay?«, fragte Alex, als sie wieder auf dem Heuboden waren. »Du warst sehr still beim Mittagessen.«

Nate schüttelte den Kopf. »Ich weiß nicht. Wahrscheinlich hat es nichts zu bedeuten. Ich meine ...« Er suchte nach den richtigen Worten. »Ich habe mich mit Peter unterhalten.«

»Worüber?«, fragte Art. Sie saß auf einem Heuballen und ließ die Füße über die Kante baumeln.

»Wie gut kennst du ihn?«

»Es sind über zehn Jahre vergangen«, sagte sie nur.

»Art«, warnte Alex.

Sie verdrehte die Augen. »Für seine Verhältnisse sind wir nun mal schon sehr lange voneinander getrennt.«

»Aber nicht für deine«, wandte Nate ein.

»Stimmt. Für mich vergeht die Zeit anders. Es ist schwer zu erklären.«

»Das sagst du jedes Mal.«

Sie schnaubte. »Stimmt, aber dein menschliches Gehirn ist nun mal nicht in der Lage, die Komplexität meines Wesens zu erfassen. Das kannst du mir glauben.«

»Sei nett«, sagte Alex.

»Das bin ich doch. Und ehrlich. Sein Kopf könnte wortwörtlich explodieren, wenn ich ihm zu viel zeige.«

»O…kay«, meinte Nate. »Trotzdem hast du meine Frage nicht beantwortet.«

Sie zuckte die Achseln. »Er hat sich verändert.«

»Zum Besseren?«

»Möglich. Er war so wütend damals. Zuerst auf mich, dann auf die Leute im Berg. Ich glaube, dass seine eigenen Leute ihn eingesperrt haben, hat ihn hart getroffen. Mit der Zeit hat seine Wut nachgelassen. Wir haben viel geredet. Es war wie in einem Traum.«

»Hast du dich mit ihm verbunden? So tief wie mit Alex?«, fragte Nate.

»Und mit dir«, rief Art ihm ins Gedächtnis. »Du gehörst jetzt genauso dazu. Und, nein, es war nicht dasselbe. Wir haben uns einen Körper geteilt. Mit euch teile ich alles andere.«

Das war vage wie immer. »Warum sind wir hier?«

Sie sah frustriert aus. »Ich weiß es noch nicht. Ich weiß nur, dass wir hier sein müssen.«

»Woher?«, fragte Alex.

»Wir sind nicht mehr verbunden. Das Band zwischen uns ist zerrissen, als sie mich aus ihm verjagt haben. Aber ich glaube, ein Teil von mir ist in ihm geblieben, oder ein Teil von ihm in mir. Vielleicht ist es auch eine Art Prägung, ich weiß es nicht.« Ihre Schultern sackten herab. »Eigentlich sollten wir nur beobachten, aber ich habe es vermasselt. Kein Wunder, dass sie mich zurückgelassen haben.«

Nate seufzte. »Ich will dir kein schlechtes Gewissen machen,

Art. Ich versuche nur herauszufinden, warum wir ausgerechnet hierhergekommen sind.«

Er gab ihnen eine kurze Zusammenfassung des Gesprächs, das er mit Peter geführt hatte. Den Ruf der Leere ließ er weg. Seine Gedanken, als er in D.C. am U-Bahngleis gestanden hatte, auch. Nate konnte sich nicht dazu durchringen, ihnen davon zu erzählen. Aber er merkte, wie verrückt seine Worte selbst ohne diese beiden Details klangen. Es war unverkennbar, dieses Bauchgefühl, aber er hatte keine Beweise. Peter war etwas seltsam, na und? Er war zwanzig Jahre lang von einem verdammten Alien besessen gewesen. Natürlich war er seltsam.

Als Nate geendet hatte, sah Alex ihn nachdenklich an. »Du hältst Peter also für so eine Art Sektenführer?«

Er schüttelte den Kopf. »Nein, kein Sektenführer. Ich habe nur das Gefühl ... Vielleicht mache ich mir auch zu viele Gedanken.« Er funkelte Art und Alex an. »Wenn ich wie ein Verrückter klinge, dann seid ihr beide daran schuld.«

»Wie bitte?«, fragte Art empört. »Warum?«

»Alles, was ich wollte, war, in Ruhe vor mich hin zu grübeln! Aber nein, ihr beide musstet ja ausgerechnet in *meine* Hütte einbrechen und mich mit einer Waffe bedrohen. Zehnmal, wenn nicht sogar öfter.«

»Dramaqueen«, murmelte Alex.

»Alex hätte dich nicht erschossen«, beruhigte Art ihn. »Er fand dich damals schon süß.«

Alex schaute sie mit offenem Mund an.

Art zwinkerte.

»Darum geht es nicht«, brummte Nate, auch wenn er Alex totknutschen würde, sobald Art nicht mehr jede ihrer Bewegungen neugierig beobachtete. »Diese Farm ist mir unheimlich, okay? Vielleicht bin ich übervorsichtig und es ist alles in Ordnung. Aber es kann nicht schaden, die Augen ein bisschen offen zu halten, solange wir noch hier sind.«

Alex nickte langsam. »Das ist keine schlechte Idee. Ich glaube zwar, dass wir hier in Sicherheit sind, aber falls nicht, ist es besser, vorbereitet zu sein. Ab jetzt nehme ich meine Pistole wieder mit, als Vorsichtsmaßnahme. Wir vertrauen dir, Nate.«

Nate erstrahlte.

»Warum wirst du plötzlich so rot?«, fragte Art.

»Halt die Klappe«, brummte er.

»Interessant«, sagte sie und schaute mit wissendem Blick zwischen ihm und Alex hin und her.

Das Abendessen fand wieder draußen statt. An den Bäumen waren die gleichen Lichterketten aufgehängt, im Garten brannten die gleichen Fackeln, das Essen wurde auf den gleichen Tellern serviert, und die Tafel war mit den gleichen Tischtüchern gedeckt. Es gab Eintopf, wenn auch mit anderen Zutaten.

Verdammt, sogar Billie Holiday streichelte wieder ihre Ohren.

Trotzdem fühlte es sich anders an.

Die Luft war irgendwie aufgeladen. Als würde ein Gewitter heraufziehen.

Der Himmel über ihnen war klar und die Sterne begannen zu leuchten.

Der Komet war riesig und fast genauso hell wie der Mond.

Die Farmleute waren still. Peter hatte vor dem Essen ein paar Worte gesprochen, aber nicht mehr so bedeutungsschwangere wie am Abend zuvor. Er wirkte abgelenkt. Seine Augen waren übergroß, und Nate sah ihn kein einziges Mal blinzeln.

Nate aß nichts.

Danach standen alle auf, um zu tanzen.

Sie sprachen nicht und hielten sich gegenseitig fest, während sie sich mit langsamen Schritten durchs Gras bewegten.

Peter blieb nur für einen einzigen Tanz und verschwand dann im Haus.

»Er hat viel nachzudenken heute Abend«, sagte Dolores zu Nate, während sie beobachtete, wie die Fliegengittertür hinter Peter zufiel.

»Worüber?«

Sie schaute in den Himmel. »Weil wir bald vor eine Wahl gestellt werden und er eine Entscheidung treffen muss.«

Nate war kaum eingedöst, da spürte er, wie jemand ihn an der Schulter rüttelte.

Er öffnete die Augen.

Art lag schnarchend neben ihm.

Vor ihm ragte Alex auf.

Er fuhr hoch. »Was ...«

Alex presste sich einen Finger auf die Lippen.

Nate verstummte.

Alex wies mit dem Kinn Richtung Treppe.

Nate nickte und stand langsam auf, sorgsam darauf bedacht, dass die Luftmatratze unter ihm nicht wackelte.

Art schnarchte schmatzend weiter.

Er folgte Alex die Treppe hinunter. Im schwachen Licht sah er, wie sich Alex' Rückenmuskeln unter dem Hemd spannten. Nates Haut fühlte sich heiß an. Seine Lider waren schwer.

Als sie unten ankamen, nahm Alex Nate an der Hand und zog ihn in den hinteren Teil der Scheune. Sie gingen um die Heuballen herum, bis sie eine dunkle Ecke erreichten, außer Sichtweite von allen, die die Scheune betreten könnten. Nate konnte zwischen all den Schatten kaum etwas erkennen, als Alex sich zu ihm umdrehte.

»Was ist denn los?«, fragte Nate.

Alex stieß ihn sanft gegen die Scheunenwand. Nate spürte, wie sich ein dicker Oberschenkel zwischen seine Beine schob.

Ein Fuß drückte sie noch weiter auseinander, dann keuchte er leise, als Alex leichten Druck auf seinen Damm ausübte.

Hitze stieg in seinem Bauch auf. Er lehnte den Kopf gegen die Scheunenwand, während Lippen und Zähne seinen Hals entlangwanderten. Alex hatte sich schon seit ein paar Tagen nicht mehr rasiert, was bedeutete, dass Art spätestens morgen Bescheid wissen würde. Nates Haut fühlte sich an, als würde sie mit Schmirgelpapier bearbeitet.

»Du musst leise sein«, flüsterte Alex ihm ins Ohr. »Schaffst du das?«

»Warum?«, fragte Nate. »Was hast du denn vor?«

Er spürte Alex' Lächeln an seiner Wange. »Was denkst du?«

»Art ...«

»Sie schläft. Und das wird auch so bleiben, solange du still bist.«

»Du scheinst dir deiner Sache ja verdammt sicher zu sein«, flüsterte Nate und unterdrückte ein Stöhnen, als Alex' Schenkel noch fester gegen seinen Schwanz und seine Eier drückte. »Ganz der siegesgewisse Elitesoldat, hm?«

Alex küsste ihn, und der Kuss war ganz anders als in der Nacht zuvor. Am Fenster, unter den Sternen, war er zaghaft gewesen und unsicher, beinahe schüchtern. Jetzt nicht mehr.

Jetzt waren da Zähne und eine Zunge und eine große Hand, die sich sanft um Nates Hals legte und seinen Kopf festhielt, während Alex seine Lippen bearbeitete. Nate kam sich klein und zerbrechlich vor in den Händen dieses Hünen, der ihn mit Leichtigkeit in der Luft zerreißen konnte, wenn er wollte. Trotzdem wehrte er sich nicht, als Alex den Kuss unterbrach und Nates Kopf zur Seite drehte, um mit seinen Zähnen die Muskeln und Sehnen an Nates Hals entlangzufahren.

Er konnte nicht glauben, was gerade passierte. Ausgerechnet hier. Auf der Farm der seltsamsten Menschen, die er je getroffen hatte. Er hatte keine Ahnung, was plötzlich in Alex gefahren war.

Aber er beschwerte sich auch nicht, vor allem nicht, als Alex etwas Druck wegnahm, seine freie Hand zwischen ihre Bäuche schob und begann, Nates Schwanz unter dem Stoff seiner Jeans zu reiben. Nate war kurz vorm Platzen, er stöhnte erneut, und Alex zischte ihm ins Ohr, *leise* zu sein. Nate wollte ihm gerade sagen, dass er den Mund halten und verdammt noch mal weitermachen sollte, aber da waren zwei Finger in seinem Mund und eine Stimme, die ihm sagte, er solle saugen.

Er tat es. Alex' Haut schmeckte leicht salzig, als er ihm die Finger fast bis in den Rachen schob.

Dann öffnete Alex den Knopf an Nates Jeans, eine warme Hand wanderte seinen Bauch hinunter und packte ihn grob.

Nate versuchte, um Alex' Finger herum zu sprechen, wollte ihm sagen, dass es okay war, gut so, dass er gerne noch fester zupacken konnte, aber es ging nicht. Ihm lief nur der Sabber übers Kinn.

Alex schob Nates Jeans nach unten, sodass seine Beine praktisch gefesselt waren. Dann presste er sich wieder gegen Nate, immer noch vollständig bekleidet, und begann mit der Hüfte zu rollen.

Nate spürte den Jeansstoff auf seiner nackten Haut und glaubte beinahe zu verbrennen. Er biss sanft zu, seine Zähne gruben sich in Alex' Haut.

Alex stöhnte. »Ich habe nichts dabei«, murmelte er. »Nichts, was funktionieren würde, ohne dir wehzutun. Aber ich kenne da was. Vertraust du mir?«

Nate nickte und brabbelte unzusammenhängendes Zeug um Alex' Finger herum.

»Gut«, sagte er. »Ich nehme jetzt meine Finger aus deinem Mund und möchte, dass du meine Hand so nass wie möglich machst. Wenn du das für mich tust, wirst du es nicht bereuen, das verspreche ich dir. Klingt das gut?«

Ja, sagten Nates große, glänzende Augen. *Ja. Ja. Ja.*

Alex zog seine Finger mit einem feuchten Schmatzen aus Nates Mund und hielt ihm die Hand vors Gesicht. »Dann tu es.«

Nate sammelte Speichel in seinem Mund, spuckte ihn auf Alex' Finger und verteilte ihn mit der Zunge auf seiner Handfläche.

Alex stöhnte leise und kniff Nate mit der anderen Hand durch den Stoff seines Hemds in die Brustwarze. Nates Hüften zuckten, als ihn der Lustschmerz durchfuhr, hell und scharf.

»Das gefällt dir, was?«, flüsterte Alex. Er tat es wieder, und Nate stöhnte gegen Alex' Hand an. »Ja, es gefällt dir wirklich. Ich bin noch nicht nass genug. Mehr.«

Nate gehorchte.

Schließlich zog Alex seine Hand weg und trat einen Schritt zurück. Die Luft auf Nates erhitzter Haut fühlte sich stechend kalt an. Er beobachtete, wie Alex seine eigene Jeans aufknöpfte, herunterschob und mit seiner trockenen Hand seinen Schwanz herauszog. Nate konnte in der Dunkelheit kaum etwas erkennen, aber er sah die Eichel aus Alex' Faust herausragen. Dann schob Alex sein Hemd hoch, sodass sein behaarter Oberkörper zum Vorschein kam, und spuckte. Der Speichel landete auf seinem Schwanz, den er der ganzen Länge nach damit einrieb.

»Dreh dich um«, grunzte er.

Nate tat es. Er drehte den Kopf und drückte seine Wange gegen die raue Scheunenwand.

»Streck deinen Hintern raus.«

Nate fühlte ein Aufflammen von Scham. Er fühlte sich entblößt, so entblößt wie noch nie zuvor in seinem Leben. Er tat, was Alex ihm sagte, spürte, wie Alex' Finger seine Pofalte entlangfuhren, über seinen Anus strichen, und streckte den Hintern noch weiter heraus. Die Finger wanderten weiter zu seinen Eiern. Alex umfasste sie und zog zuerst am linken, dann am rechten. Mindestens eine Minute lang zog und knetete er. Nate schwitzte am ganzen Körper, und sein Schwanz war so hart wie noch nie zuvor.

»Zieh deine Eier nach vorne«, wies Alex ihn an.

Nate tat es.

»Jetzt press deine Oberschenkel zusammen und halt sie fest.«

Da begriff er. Nate war einverstanden, und *wie!* Er presste seine Schenkel zusammen, sein Sack wurde nach vorn gequetscht, und sein Schwanz wippte gegen die Wand. Nate schob seine Hüfte noch ein Stückchen weiter nach hinten, um sich nicht ausgerechnet an dieser Stelle einen Schiefer einzuziehen.

Er spürte, wie Alex' Schwanz gegen die Rückseite seiner Oberschenkel drückte. Es gab einen kurzen Widerstand, dann glitt er zwischen seine Beine. Die Eichel stieß gegen Nates Eier, und beide stöhnten auf. Alex machte einen vorsichtigen Stoß, dann noch einen. Die Haare an Nates Beinen stellten sich auf, es kribbelte wie hundert kleine Nadelstiche, und Nates Augen rollten zurück. Er spürte, wie Alex seinen Penis fast ganz herauszog und hörte, wie er noch einmal spuckte. Der Speichel floss seine Arschritze hinunter, machte die Innenseiten seiner Oberschenkel noch feuchter.

»So, genau so«, flüsterte Alex. Er drückte seine Hüfte gegen Nates Hintern und stieß erneut zu.

Alex' Schwanz rieb an Nates Damm. Er presste seine Oberschenkel noch fester zusammen und hörte Alex hinter sich stöhnen. Nate krallte sich mit den Händen an der Wand vor ihm fest, während Alex ihn an der Hüfte packte und Haut auf Haut klatschte.

Dann spürte er eine Hand auf seinem Bauch und wie er gegen Alex' Brust gezogen wurde. Nate stellte sich auf die Zehenspitzen, um den Winkel nicht zu verändern, dann legte er den Kopf auf Alex' Schulter, während der an seinem Hals saugte. Als Alex' Hand seinen Schwanz umschloss und begann, ihm im Takt seiner Stöße einen runterzuholen, schloss Nate die Augen. Er umfasste Alex' Nacken mit einer Hand und beugte den Kopf noch ein Stück weiter zurück, ließ ihn sein volles Gewicht tragen.

Alex biss zu, als er kam, und Nate spürte eine warme Fontäne an seinem Sack. Alex' Bewegungen wurden langsamer, während er sich keuchend an Nates Hals schmiegte und am ganzen Körper unter seinem Orgasmus erzitterte.

»Bitte«, brachte Nate heraus. »Bitte.«

Alex kicherte und streichelte mit dem Daumen über Nates Eichel. Dann drückte er zu und begann ihn wieder zu wichsen. Nate fickte Alex' Faust, bis seine Oberschenkel zitterten und er keuchend gegen die Scheunenwand spritzte.

So standen sie da, als Nate den Kopf drehte und nach Alex' Lippen suchte. Der Winkel war ungünstig, aber Alex kam ihm auf halbem Weg entgegen.

»Zum Teufel«, stammelte Nate schließlich. »Wo hast du das gelernt?«

»Der Mensch kann erfinderisch sein, wenn er muss«, antwortete Alex mit einem Lächeln. »Und ich musste.«

»Ja, das glaube ich gern.« Nate küsste ihn noch einmal.

Vor der Scheune stand eine Tonne mit Regenwasser. Damit beseitigten sie die Spuren, so gut es ging. Es war nicht ideal, aber bis zum Morgen würde es reichen. Der Wasserdruck im Haupthaus war überraschend gut. Trotzdem hatte Nate am Morgen nur kurz geduscht, um als vorbildlicher Gast kein heißes Wasser zu verschwenden, wenn noch so viele andere hier waren.

Er wollte gerade zurück in die Scheune gehen, doch Alex hielt ihn fest.

Er sah ihn an.

Alex sagte: »Danke.«

Nate zog eine Augenbraue nach oben. »Ich habe eher das Gefühl, dass ich mich bei *dir* bedanken sollte.«

Alex schüttelte den Kopf. »Nicht dafür. Na ja, dafür wahrscheinlich auch. Ich meine ... für alles. Ich wüsste nicht, was wir ohne dich getan hätten.«

Nate lächelte und streichelte Alex' Nacken. »Ihr hättet es auch so geschafft.«

Alex presste seine Stirn gegen Nates. »Mag sein. Aber so ist es besser. Mit dir.«

»Ja?«

»Ja.«

»Gut. Denn ich bin mir ziemlich sicher, dass wir noch eine Weile aufeinander angewiesen sein werden.«

Ein komplizierter Ausdruck huschte über Alex' Gesicht, als er sich zurückzog. Aber Nate konnte seine Mimik immer besser deuten. Es war Unglaube, vermischt mit Hoffnung. »Es wird schwierig werden.«

Nate wusste, was er meinte. Sie näherten sich dem Ende. Oder zumindest *einem* Ende. Was danach kam, war ungewiss, aber sie würden damit klarkommen müssen. »Wir finden schon einen Weg.«

Alex nickte. »Es gibt Leute, die uns aufnehmen könnten, während wir uns überlegen, wie es weitergeht.«

»Leute?«

Alex schaute weg. »Freunde. Kontakte. Ich denke, die Geschichte muss erzählt werden. Arts Geschichte. Die Wahrheit über den Berg. Die Menschen müssen davon erfahren, und ich glaube, du wärst der Beste für diese Aufgabe.«

Nate erschrak. »Bist du sicher?«

»Ja. Es könnte unsere einzige Chance sein. Kennst du jemanden, der dir zuhören würde?«

Er dachte an Ruth, immer mit einer Zigarette im Mundwinkel. »Vielleicht.«

»Gut. Darum kümmern wir uns, wenn es so weit ist. Es wird einige Zeit dauern, bis wir damit an die Öffentlichkeit gehen können. Vielleicht eine *sehr* lange Zeit, aber ich kenne Wege, wie wir für eine Weile verschwinden können, falls nötig.« Er seufzte und schaute in den Himmel. Dann sagte er: »Sieh dir das an.«

Nate sah nach oben.

Über ihm leuchtete der Komet. Er war jetzt heller als alle anderen Himmelskörper.

»Wow«, flüsterte Nate ergriffen. »Das ist ... Dieser Verrückte, Steven Cooper, hat gesagt, dass der Komet morgen so hell sein wird wie noch nie zuvor.«

»Sieht ganz so aus, als hätte er recht.«

»Da kommt man glatt ins Überlegen, ob dieser Steven vielleicht noch andere Dinge weiß, von denen wir nichts ahnen.«

Alex schnaubte. »Vielleicht. Wir sollten schlafen gehen. Morgen müssen wir uns überlegen, wohin wir als Nächstes fahren.«

»Okay.«

Sie gingen Hand in Hand zurück nach oben.

Art hatte sich nicht bewegt, ihre Haare lagen auf Alex' zusammengerollter Jacke, ausgebreitet wie ein Stern. Alex kauerte sich neben sie und strich ihr mit einer Hand über die Stirn. Sie schmiegte sich gegen seine Finger, schnarchte aber weiter.

Es war so klar wie der helllichte Tag.

Wie sehr er sie liebte.

Nate begriff nicht, warum Peter das nicht sah.

Es mochte sein, dass es vor all den Jahren als Übertragung begonnen hatte, aber jetzt war es weit mehr als das.

Ein gebrochenes Herz aus nächster Nähe. Ja. Was auch immer passieren würde, würde passieren.

Nate legte sich auf die Luftmatratze. Alex tat dasselbe auf der anderen Seite. Art seufzte im Schlaf und drehte sich zu Nate. Er und Alex sahen sich über ihren Kopf hinweg an.

»Gute Nacht«, flüsterte Nate.

Alex lächelte.

Dann schliefen sie ein.

Nate wurde wach, als jemand ihm den Mund zuhielt.

Er riss die Augen auf.

Es war immer noch dunkel.

Leute standen um ihn herum.

Er versuchte zu schreien, aber es war zwecklos.

In seinem Kopf flammte etwas auf, ein Band, das ihn mit den beiden Menschen verband, die neben ihm lagen. Bilder schwirrten durch seinen Kopf, durchtränkt von Angst und Wut. Er hörte das Knistern von Elektrizität, Art schrie und ...

Ein Nadelstich in seinem rechten Arm.

Augenblicklich begann die Welt um ihn herum zu zerfließen.

Er konnte seine Arme nicht mehr bewegen.

Seine Beine.

»Pssst«, flüsterte Oren Schraeder/Peter Williams über ihm. »Es ist so weit, Nate. Es ist an der Zeit, dass wir diese Welt verlassen und unseren Platz zwischen den Sternen einnehmen.«

Nate versuchte, die Augen offen zu halten, während Alex irgendwo links von ihm leise rief.

Aber es war sinnlos.

Alles verschwamm, dann war er fort, fort, fort.

SIEBZEHN

Nate.

Er stand auf einer Straße in einem hübschen kleinen Vorort. Die Rasen waren gemäht und die Hecken frisch gestutzt. Blumen blühten, auf den Gehwegen gingen Leute spazieren und winkten einander zu, während ihre Hunde an der Leine zerrten und Kinder auf ihren Fahrrädern riefen.

Ein Haus stach ihm besonders ins Auge.

Es hatte Ziegelmauern und eine große Veranda mit zwei Schaukelstühlen darauf. Der Briefkasten war grün mit aufgemalten Marienkäfern.

Er kannte dieses Haus.

Er war hier aufgewachsen.

Es war sein Zuhause, bevor ...

Nate.

Er schaute nach oben.

Dort, neben der Sonne, leuchtete ein Komet.

Er blickte zurück zum Haus.

Vorbei war der Sommertag. Der Himmel war jetzt bewölkt und grau. Die Hecken waren vertrocknet, die Blumen verschwunden. Die Luft war kalt. Auf den Gehwegen lag schmutziger Schnee. Das Gras war braun. Die Straße war leer.

»Moment«, sagte er und trat einen Schritt auf das Haus zu.

Er hörte ein leises Rumpeln von rechts und drehte den Kopf.

Ein alter Pick-up kam die Straße herunter. Die Scheinwerfer waren eingeschaltet, aber schummrig. Der Wagen kam ihm bekannt vor. Ja. Das letzte Mal, als er ihn gesehen hatte, hatte er auf dem Grund einer Schlucht gestanden.

Der Pick-up fuhr rechts ran.

Sein Vater saß darin.

Er sah älter aus. Viel älter als bei ihrer letzten Begegnung in der Hütte, als er Nate angebrüllt hatte, er wolle keine Schwuchtel als Sohn, dass er sich verpissen und nie wiederkommen solle. Die Zeit hatte es nicht gut mit ihm gemeint. Sein Gesicht war zerklüftet, die Tränensäcke unter seinen Augen waren so dunkel wie Blutergüsse. Nate beobachtete, wie sein Vater zum Haus schaute und die Finger um das Lenkrad krallte.

Und dann stieg er aus.

Da wusste Nate, was das war. Er versuchte, sich zu bewegen, aber es war, als wäre er unter Wasser. Seine Glieder waren schwer, und das Atmen tat weh.

»Nein«, stammelte er. »Nein, tu das nicht, Dad!«

»Er kann dich nicht hören.«

Ein kleines Mädchen stand neben ihm und sah ihn traurig an.

Artemis Darth Vader.

»Er kann dich nicht hören«, wiederholte sie. »Weil das hier nicht real ist.«

»Nein«, sagte Nate noch einmal. »Wir sind doch *hier. Er* ist hier.«

Das war er. Sein Vater ging gerade die kurze Einfahrt zum Haus hinauf. Drinnen brannte ein Licht, das Nate zuvor übersehen hatte. Sein Vater schlug den Kragen seiner Jacke hoch, als er die Veranda erreichte.

Seine Schritte waren langsam.

Nate schrie ihn an, er solle umkehren.

Er tat es nicht.

Er versuchte, die Klinke der Haustür herunterzudrücken.

Sie war verschlossen.

Er klopfte.

Wartete.

Die Tür ging auf.

Sein Vater versperrte ihm die Sicht, aber Nate wusste, dass seine Mutter in der Tür stand.

Sein Vater begann wild zu gestikulieren.

Er schrie, aber Nate verstand nicht, was er sagte.

Seine Mutter versuchte, die Tür wieder zu schließen.

Sein Vater drückte mit der Hand dagegen.

»Wir müssen gehen«, sagte Artemis und zog an seiner Hand. »Wir müssen zu Alex. Nate, wir müssen ihn finden, bevor es zu spät ist.«

Nate riss sich los und trat einen Schritt auf das Haus zu, doch der Boden unter seinen Füßen gab nach wie Treibsand. Er kämpfte dagegen an, aber das machte es nur noch schlimmer.

Seine Mutter hatte es unterdessen geschafft, die Tür zu schließen.

Sein Vater war auf dem Weg zurück zum Pick-up.

Nate wusste, was als Nächstes passieren würde.

Er schrie seinen Vater an, flehte und bettelte. *Tu das nicht, Dad, bitte tu das nicht, es ist noch nicht zu spät, Dad, bitte!*

Sein Vater ignorierte ihn.

Nate sank immer tiefer ein. Der Asphalt reichte ihm jetzt bis zu den Knien.

Artemis sagte: »Wir müssen uns beeilen.«

Sein Vater öffnete die Fahrertür.

Holte seine Schrotflinte heraus.

Und einen kurzen strahlenden Moment lang zögerte er. Nate konnte es *sehen.* Den Ausdruck auf seinem Gesicht, den Augenblick des Verstehens, des Entsetzens. Als würde er einen Sekundenbruchteil lang begreifen, was er da vorhatte. Wozu er fähig war. Und Nate hatte Hoffnung. Er hatte die Hoffnung, dass die Dinge anders laufen könnten.

Nate, kannst du mich hören?

Die Stimme kam von dem Kometen. Nate ignorierte sie. Er konnte nicht anders.

»*Ja!*«, schrie er. »So ist es richtig, Dad! Du darfst das nicht tun. Du *darfst* nicht.«

Der Ausdruck auf dem Gesicht seines Vaters verschwand. Sein Kiefer erschlaffte, der Mund öffnete sich leicht.

Er wandte sich wieder dem Haus zu.

Die Tür des Pick-ups ließ er offen.

In einer Hand hatte er die Schrotflinte.

Nate sah, wie einer der Vorhänge im Haus ein Stück zur Seite gezogen wurde. Seine Mutter stand am Fenster. Sie weinte. Sie hatte ein Telefon ans Ohr gepresst. Sie verschwand, und der Vorhang glitt wieder zurück.

Die Haustür war wieder verschlossen, als Mitchell Cartwright die Veranda erreichte. Seine Ex-Frau, jetzt Linda Cook, hatte sie abgesperrt und dann die Polizei gerufen. Sein Bruder Ricky hatte ihm das erzählt.

Danach.

Sein Vater zog Patronen aus seiner Tasche.

Er lud die Waffe.

Er zielte auf die Tür.

Es gab einen erschütternden Knall, einen Feuerschweif.

Die Tür schwang auf.

Sein Vater ging nach drinnen.

Nate war inzwischen bis zur Hüfte in die Straße eingesunken. Art stand neben ihm und starrte den Kometen an, der durch die Wolkendecke brach. Sie sagte zu Nate, dass sie ihm nicht helfen könne. Nicht in dieser Sache. Die Zeit bewege sich nicht rückwärts, sagte sie. Nach vorne, ja, sogar seitwärts. Aber niemals rückwärts.

Im oberen Stockwerk des Hauses ertönte ein weiterer Schuss und hallte zwischen den Häusern wider. Nate wusste, dass dies der Moment war, in dem sein Vater seine Mutter ermordet hatte.

Er heulte in den grauen Himmel hinauf.

Der Komet kam direkt auf ihn und Art zu.

Im Haus ertönte ein dritter Schuss.

Sein Vater hatte sich selbst den Kopf weggeblasen.

Er hat es getan, hatte Ricky ihm mit fester Stimme gesagt. *Niemand weiß, warum. Er hat keine Nachricht hinterlassen. Er hat sie einfach umgebracht. Und dann sich selbst.*

Nate, du musst dich auf den Klang meiner Stimme konzentrieren, sagte der Komet.

»Nein«, sagte Art. Ihre Stimme klang dringlich. »Nate, ich brauche dich jetzt. Bitte! Du musst mir helfen. Wir müssen *Alex* helfen. Er braucht uns. Er braucht *dich*. Er liebt dich, verstehst du das nicht? Er liebt dich, und ich brauche dich auch.«

»Ja«, keuchte Nate. »Ja, ja, ja.«

»Gut«, sagte Artemis Darth Vader, und um sie herum schwebte eine große Wolke auf. Sie pulsierte in einem Kaleidoskop aus Farben, bei denen Nate nicht sicher war, ob es diese Farben in seiner Welt überhaupt gab. Sein Verstand war nicht in der Lage zu begreifen, was er vor sich sah, und als Art eine Hand nach ihm ausstreckte, umhüllt von diesem wunderschönen Leuchten, das sie ganz und gar verschlang, verstand er, dass dies ihre *wirkliche* Erscheinung war. So sah sie in *Wahrheit* aus. Und sie war mehr, als er erwartet hatte, mehr, als er je für möglich gehalten hatte. Als sich ihre Hände berührten, war es, als wäre eine Miniatursonne in seiner Brust zur Supernova geworden. Er wurde davon verschlungen.

Sie standen auf einer regennassen Straße.

Vor ihnen ein Baum, um dessen Stamm sich ein Metallknäuel gewickelt hatte. Es dauerte einen Moment, bis Nate begriff, dass das, was er da sah, einmal ein Auto gewesen war. Es war kaum noch als solches zu erkennen, bis auf einen Reifen, der aus dem zerfetzten Blech ragte und sich langsam drehte.

Vor ihnen kniete Alex Weir und schlug mit den Fäusten auf den Asphalt ein. Er schrie.

Art zog an Nates Hand.

Er sah sie an.

»Weißt du noch, was ich zu dir gesagt habe?«, fragte sie. »Dass er dich brauchen wird, wenn ich weg bin?«

»Warum musst du überhaupt gehen?«, fuhr Nate auf. »Warum kannst du nicht einfach ...«

Der Baum knackte und stürzte um.

Es gab ein dumpfes *Fwump,* und das Fahrzeugwrack ging in Flammen auf.

Alex versuchte, darauf zuzukriechen.

Seine Hände sanken in die Straße ein.

Nate machte einen Schritt und ...

»Da bist du ja«, sagte Peter mit einem Lächeln im Gesicht. »Hallo, Nate. Ich bin froh, dass du ...«

Regen prasselte herab, während Alex knurrend versuchte, zu dem Auto zu gelangen.

Der Asphalt unter Nates Füßen gab nach und begann, ihn einzusaugen.

Nate. Nate. Öffne deine Augen. Du musst deine Augen öffnen.

»Alex«, sagte Nate.

Alex blickte über die Schulter, und Nate brach es das Herz, als er den Schmerz sah, der in seinem Gesicht geschrieben stand. »Nate?«

Nate nickte. »Hör mir zu, Alex, das hier ist nicht real. Nichts davon, okay? Ich weiß, es tut weh, und ich weiß, wie hilflos du dir vorkommst, aber wir *können* nicht zurück. Wir können nicht ändern, was bereits geschehen ist. Das darfst du nicht vergessen. Das hier ist nicht real, aber *ich* bin es. Und Artemis auch.«

In Alex' Augen flackerte Erkenntnis auf. »Artemis ...«

»Ja, Artemis. Art. Sie braucht dich, okay? *Ich* brauche dich. Etwas stimmt nicht. Etwas stimmt nicht und wir müssen ...«

Nates Kopf ruckte zur Seite, als hätte ihn jemand geohrfeigt. Er machte die Augen einen Spaltbreit auf, nur einen Sekundenbruchteil lang.

Peter Williams stand vor ihm. Er lächelte nicht. »Du wirst mir jetzt zuhören«, sagte er mit harter Stimme. »Wach auf. Wach. Auf.« Er hob die Hand und schlug Nate erneut ins Gesicht.

Alex versuchte, zu Nate zu gelangen. Es regnete. Das Auto hinter ihm brannte.

Nate blickte nach unten. Er wollte Art anbrüllen, ihnen zu helfen, aber sie war nicht mehr da. »Scheiße«, flüsterte er.

Nate. Nate. *NateNateNateNate*NATENATENATE...

Alex riss seine Hände mit einem wütenden Knurren von der Straße los und stand auf. Der Asphalt unter ihm war wieder fest. Er rannte auf Nate zu.

Nate legte den Kopf in den Nacken und spürte, wie ihm der Regen übers Gesicht strömte.

»Ich bin da«, hörte er Alex sagen. »Ich bin da, und wir kommen hier wieder raus. Das verspreche ...«

Alles explodierte in grellem Weiß.

Nathaniel Cartwright öffnete die Augen.

Seine Gedanken waren verworren und ohne jeden Zusammenhang. Sein Kopf fühlte sich an, als wäre er mit Watte vollgestopft. Er blinzelte und versuchte, seinen Blick zu fokussieren. Es funktionierte beinahe. Er sah wie durch einen Schleier, die Ränder seines Gesichtsfelds waren verschwommen.

Vor ihm stand ein Metalltisch.

Auf der anderen Seite des Tisches saß Alex.

»Alex«, sagte er. Oder versuchte es wenigstens. Doch es kam nur ein verstümmeltes Geräusch heraus, das sich kein bisschen wie *Alex* anhörte.

Alex war wach, aber sein Blick war leer.

Nate versuchte, die Arme zu heben.

Es gelang ihm nicht.

Er schaute nach unten.

Er saß auf einem Stuhl. Seine Arme lagen auf den Lehnen. Er war nicht gefesselt und trug auch keine Handschellen, auch seine Beine waren frei. Er konnte sich bewegen, wenn er wollte.

Er versuchte aufzustehen.

Nate wusste, wie das ging. Er befahl seinem Körper, sich zu bewegen. Die Synapsen feuerten. Seine Arme zuckten. Seine Zehen bewegten sich in den Stiefeln.

Aber das war alles.

»Bist du bei uns?«, fragte eine Stimme

Er blickte langsam auf.

Neben dem Tisch stand Peter. Seine Stirn war gerunzelt. Das gefiel Nate nicht. Er sagte: *»Was zum Teufel haben Sie mit mir gemacht?«*

Was tatsächlich aus seinem Mund kam, war nur ein leises Stöhnen.

Spucke tropfte auf sein Kinn.

»Ja, es ist schwierig«, sagte Peter mit einem langsamen Nicken. »Habe ich zumindest gehört. Scopolamin. Es wird aus einer Blume gewonnen, der Engelstrompete. Sie wächst an einem Strauch. Eine wirklich seltsame kleine Pflanze, die nur in Kolumbien vorkommt. Die Eingeborenen haben sie jahrhundertelang für ihre Rituale verwendet. Man nennt es auch Burundanga-Vergiftung. Man kann den Wirkstoff zu einem Pulver verarbeiten, das man dem Opfer ins Gesicht pustet. Oder man macht eine Flüssigkeit daraus und injiziert sie.«

Nate verstand nicht, wovon Peter redete. Er versuchte erneut aufzustehen. Er versuchte, seine Arme zu heben, seine Hände um Peters Hals zu legen und ihn so lange zu würgen, bis das Licht in seinen Augen verlosch. Aber der Gedanke, Peter anzugreifen, schien ihm so unwichtig, so weit weg, dass es einfacher war, es sein zu lassen.

»Es verursacht Halluzinationen«, fuhr Peter fort. »Und dafür entschuldige ich mich. Ich weiß, dass sie sehr ... lebensecht sein können. Man sieht Dinge, die man nicht sehen will. Ich kann mir lediglich vage vorstellen, wie es für dich gewesen sein muss. Ich mag Leid nicht, wenn ich es vermeiden kann. Aber das hier war unvermeidlich, glaube ich.«

Peter trug etwas, das wie ein weißes Kleid aussah. Vielleicht war es auch nur ein Laken. Nate wusste nicht, warum das so wichtig war, warum er sich ausgerechnet darauf konzentrierte. Vielleicht, weil er Peter immer nur in Jeans und einem weißen Hemd gesehen hatte. So wie alle auf der Farm. Aber jetzt trug er diesen wallenden weißen Stofffetzen.

Er sah merkwürdig darin aus.

Er versuchte, Peter zu fragen, warum er sich so lächerlich angezogen hatte, schaffte es aber nur, die Lippen ein bisschen zu verziehen. Seine Zunge bewegte sich kaum.

»Es ist fast so weit«, sagte Peter. »Ich erwarte nicht, dass du das verstehst. Wie solltest du auch? Du hast nicht gesehen, was *ich* gesehen habe. Du hast es nicht *in* dir gehabt. Am Anfang habe ich mich gewehrt. Ich habe dagegen angekämpft. Es dauerte lange, bis ich gemerkt habe, dass ich nicht träume. Und als ich es merkte, stemmte ich mich gegen dieses *Ding* in mir. Oh, es sagte, es käme in Frieden. Es sagte, es würde mir nicht wehtun. Es sei nur von den anderen getrennt worden und hätte es mit der Angst bekommen. Es war beinahe kindlich, dieses Gespenst. Dieser Geist. Und dann hat er von mir Besitz ergriffen und mir keine Wahl mehr gelassen.«

Er lächelte wehmütig. »Irgendwann habe ich innegehalten und begonnen zuzuhören. Erst da habe ich verstanden, dass ich *auserwählt* worden war. Unter den Milliarden Menschen auf der Welt hatte es *mich* zu seinem Gefäß erwählt, um uns die Erleuchtung zu bringen. Ich fühlte mich *mächtig*. Ich fühlte mich geliebt. Ich fühlte Freude. Und ich versprach mir selbst, die Lektion, die ich gelernt hatte, nie wieder zu vergessen. Dass ich alles tun würde, um das Evangelium von B-7 zu verbreiten. Und als es mir entrissen wurde, als sie es mir nahmen und mich wegwarfen, als wäre ich ein Nichts, wusste ich, was ich zu tun hatte. Ich *wusste,* was es von mir verlangte. Deshalb habe ich diesen Ort erschaffen, deshalb habe ich diese Menschen um mich und das Licht der Eva geschart. Dies ist meine Art, das Evangelium von B-7 zu verbreiten und der Menschheit klarzumachen, dass wir nicht allein sind. Dass man uns *belogen* hat und dass die Götter *mitten unter uns* sind.«

»Alex«, versuchte Nate zu sagen. »Alex. Alex. Alex.«

Alex blinzelte langsam. Sein Mund war schlaff. Auch er schien nicht gefesselt zu sein.

»Nate«, sagte Peter. »Dreh deinen Kopf nach links.«

Nate sagte: »Leck mich.«

Was in Wirklichkeit aus seinem Mund kam, war: »Mhmm.«

Dann drehte er brav den Kopf nach links, genau wie Peter gesagt hatte. Tatsächlich schien es ihm das Beste zu sein zu tun, was Peter verlangte. Es fühlte sich *gut* an, ihm zu gehorchen. Es fühlte sich *gut* an, wenn Peter ihm sagte, was er tun sollte. So sehr Nate es auch versuchte, er konnte diesem Gefühl nichts entgegensetzen.

Zu seiner Linken, neben dem Tisch, stand eine Videokamera auf einem Stativ. Es schien die gleiche zu sein, die er am Tag zuvor in Peters Büro gesehen hatte. Ein rotes Licht an der Oberseite blinkte an und aus, an und aus.

Die Kamera zeichnete Peters Predigt auf.

Dann begriff Nate, wo er war, was die Wände ringsum säumte, und vergaß die Kamera. Der Boden war aus nacktem Beton. An der Decke flackerten Leuchtstoffröhren. Die Wände waren mit Holz verschalt. Davor standen weiße Metallgestelle, die Nate als Etagenbetten erkannte. In jedem davon lagen zwei Personen. Sie waren ähnlich gekleidet wie Peter, ganz in Weiß, und ihre Füße waren nackt.

Einen Unterschied gab es jedoch.

Die Gesichter der Menschen in den Betten waren mit schwarzen Samttüchern abgedeckt.

Und sie rührten sich nicht.

»Sie haben sich entschieden«, sagte Peter leise. »Sie haben mir ihr Vertrauen geschenkt und mir die Ehre erwiesen, sie von den Fesseln ihres irdischen Daseins befreien zu dürfen. Ihre Seelen werden sich aus dieser Existenzebene erheben und B-7 zum Schweif von Markham-Tripp folgen. Die Götter kommen uns holen, und wir werden uns ihnen hingeben. Wir werden Freude empfinden. Wir werden *verehrt* werden. Du darfst mich jetzt wieder ansehen. Nate, *sieh mich an.*«

Nate drehte den Kopf. Seine Nackenmuskeln hielten dagegen, als hätte er einen Krampf, aber es war zwecklos. »Was ... Sie ... *getan?*«, brachte er heraus.

»Die Leere, Nate«, antwortete Peter. »*L'appel du vide,* der Ruf der Leere. Sie haben ihn gespürt. Sie waren verlorene Seelen. Sie hatten nichts mehr, sie waren Drogenabhängige, Huren und Degenerierte. Sie waren die Ausgestoßenen, die Vergessenen, die am Rand der Klippe standen und überlegten zu springen. Aber wozu? Was für einen Sinn hätte das gehabt? Ihr ganzes Leben wäre umsonst gewesen.«

Peter ging um den Tisch herum. Nate verfolgte jeden seiner Schritte. Er blieb neben einem der Betten stehen. Die Person darin war kleiner als die anderen. Es war eine Frau, und sie atmete noch, wenn auch schnell und flach. Peter lächelte liebevoll auf sie hinab und kniete sich neben das Bett. Seine Fußsohlen waren schmutzig. »Ich habe sie aufgenommen und ihnen einen Lebensinhalt gegeben. Ich habe ihnen gezeigt, dass es mehr auf dieser Welt gibt, als sie von selbst je begreifen könnten. Ich sagte ihnen, dass ich sie zur Erlösung führen würde und im Gegenzug dafür nur verlange, dass sie mir vertrauen. Nur dieses eine, Nate. Ich habe ihnen versprochen, dass ich sie niemals verletzen würde und niemals beschimpfen. Dass ich sie lieben würde wie meine eigenen Kinder. Denn im Licht der Eva sind sie das. Meine Kinder, mein Volk. Und bald werden sie ihre Belohnung bekommen.« Er griff unter das Bett.

Und zog eine Waffe hervor.

Es war ein alter, sechsschüssiger Revolver wie aus einem der Western, die Nate als Kind gesehen hatte. Art wäre begeistert gewesen. *Sattel dein Pferd, Cowboy.*

Dolores atmete tief ein. Ihre Finger zitterten.

»Schhhh«, sagte Peter. »Alles ist gut. Du wirst deine Belohnung schon sehr bald bekommen. Schhhh.« Er legte ihr eine Hand auf die Stirn. »Ein Cocktail aus Ketamin und Fentanyl. Sie haben ihn freiwillig getrunken, dann sind sie eingeschlafen und haben von den Sternen geträumt, weil sie wussten, dass ich ihnen Frieden schenken werde. Das darfst du nicht vergessen, Nate. Ich habe sie nicht gezwungen. Es war ihre *freie* Entscheidung.«

Nate konnte nichts tun, als Peter die Waffe hob und sie an Dolores' Schläfe hielt. Er drückte ab. Es gab einen dumpfen Knall, ihr Kopf ruckte zur Seite. Sie nahm keinen weiteren Atemzug. Es war kaum Blut zu sehen.

»So«, sagte Peter leise und ließ die Waffe sinken. »Fast geschafft. Sie war eine der Ersten, die sich mir angeschlossen haben. In ihrem früheren Leben war sie pensionierte Lehrerin und Großmutter. Und natürlich wurde sie ausgenutzt. Ihre Kinder haben sie nur besucht, wenn sie etwas brauchten. Ihre Enkelkinder haben ihr nur gesagt, dass sie sie lieben, wenn sie ihnen Geschenke machte. Sie war einsam, Nate. Sie war sehr einsam und sie hörte den Ruf der Leere. Ich weiß nicht, wie lange sie noch gelebt hätte, wenn ich sie nicht gefunden hätte. Aber ich fand sie und gab ihr den Lebenssinn zurück. Ich erzählte ihr von den Dingen, die ich erlebt hatte. Von der *Gottheit,* die in mir gewesen war. Dass ich das mit ihr teilen würde und dafür lediglich verlangte, dass sie mit mir käme. Dass sie ihre sinnlose Existenz aufgäbe und mich begleite.« Er beugte sich vor und küsste den höchsten Punkt des schwarzen Tuchs, unter dem sich vermutlich die Nasenspitze befand. »Weißt du, was sie zu mir gesagt hat, Nate? Sie sagte: *Danke*. Das werde ich nie vergessen.«

Peter stand auf. Sein Blick wanderte über die Etagenbetten. Keiner darin atmete mehr.

Er musste sie getötet haben, während Nate in seinem Traum gefangen war. Nate spürte, wie ihm eine Träne über die Wange lief, aber er konnte seine Hände nicht heben, um sie wegzuwischen.

»Es ist fast so weit«, erklärte Peter. »Es ist an der Zeit, dass ich mein Versprechen an mein Volk einlöse. Wir werden zu dem Raumschiff in Markham-Tripp aufsteigen und diesen Ort verlassen. Nur eine letzte Sache bleibt noch zu tun, damit es gelingt.« Er kam an den Tisch zurück, klappte die Trommel des Revolvers heraus und drehte sie. Ein metallisches Rattern hallte durch den Raum.

Das hier war der Keller. Sie mussten im Keller sein. Hinter der Metalltür mit dem Vorhängeschloss daran.

Peter zeigte Nate die Trommel. Fünf Kammern waren leer. Nur in einer befand sich noch eine Patrone. Alex, dessen Blick immer noch unfokussiert war, zeigte er sie ebenfalls. Dann drehte er die Trommel noch einmal und klappte sie wieder zu. Er legte die Waffe zwischen Nate und Alex auf den Tisch.

»Fasst das nicht an«, sagte er und ging zu einer Tür an der rechten Seite des Raums.

Nimm den Revolver.

Nimm den Revolver.

Nimm den Revolver, nimm den Revolver, nimm den Revolver, NIMM DEN REVOLVER, NIMM DEN REVOLVER, NIMM DEN REVOLVER.

Nate bewegte sich nicht.

Er starrte die Waffe an.

Er wollte sie haben, mehr als alles andere.

Aber er bewegte sich nicht.

»Nate«, sagte Peter. »Alex. Würdet ihr mich bitte ansehen?«

Beide drehten den Kopf.

In der offenen Tür, neben Peter, stand Artemis Darth Vader.

Ihre Augen waren weit aufgerissen. Ihr Gesicht war nass. Und sie sah *wütend* aus.

Gut, dachte Nate. *Gut, gut, gut.*

Aber auf ihrem Kopf saß eine Art Ring. Er war schwarz und aus Metall, und es waren Drähte daran befestigt, die an ihren Armen entlangführten und an deren Enden sich weiße Elektroden befanden, die auf Arts Haut geklebt waren. Sie zitterte. Ihre Finger waren zu Klauen verkrümmt.

Peter setzte Arts Körper unter Strom.

Nate wusste es, denn er hatte so ein Gerät schon einmal gesehen – in Alex' Erinnerungen an den Berg.

»Ein Trick«, sagte Peter mit einem leichten Nuscheln. »Grob, aber effektiv. Er hält sie unter Kontrolle. Ihre Telekinese. Sie ist im wahrsten Sinne des Wortes eingesperrt. Aber bald wird sie frei sein und uns nach Hause führen.«

Er zwang Art, einen Schritt nach vorne zu treten.

Ihr Mund verzog sich, ihre dünnen Beine zitterten, ihre Augen rollten nach oben, und sie stieß einen so schmerzerfüllten Schrei aus, dass Nate den Revolver packte und Peter mit einem Schuss genau zwischen die Augen traf.

Die Waffe lag unberührt auf dem Tisch, wo sie die ganze Zeit gelegen hatte.

Peter kam mit Art heran. Die Kamera war auf sie alle gerichtet.

»Ich möchte heimkehren«, sagte er leise. »Das ist alles, was ich je wollte. Nach Hause. Nimm uns mit, Artemis. Bring uns weg von hier.«

»Ich kann nicht«, sagte Art durch zusammengebissene Zähne. »Ich *kann* nicht.«

Peter seufzte. »Es könnte so einfach sein. Wirklich. Bitte zwing mich nicht, etwas zu tun, das ich gar nicht will, aber dennoch tun werde, wenn ich es muss.«

»Es gibt kein Schiff!«, fauchte sie ihn an.

»Du *lügst*«, knurrte Peter. »Ich habe es *gesehen*. Ich habe gesehen, was in deinem Kopf ist, als du in *meinem* warst. Markham-Tripp ist eine *Botschaft*. Er ist ein Zeichen. Ich *weiß*, dass es an der Zeit ist. Ich weiß, dass sie gekommen sind, um dich zu holen. Warum wärst du sonst hier? Warum wärst du sonst zu *mir* gekommen, wenn nicht, um uns alle nach Hause zu bringen?«

Die Muskeln in Arts Nacken traten hervor, ihr Kopf ruckte nach hinten, die an dem Ring befestigten Drähte spannten sich. »Ich bin hergekommen«, sagte sie mit zuckenden Händen, »weil es das Richtige war. Weil ich dir so vieles weggenommen habe. Ich bin hergekommen, um dir zu sagen, dass es mir leidtut. Um dir zu sagen, dass du mir nicht gleichgültig bist. Dass deine Welt hart und unversöhnlich ist, aber dass es genauso viel Schönheit in ihr gibt, wenn man nur weiß, wo man hinsehen muss. Ich habe es gespürt, deinen Schmerz, deine Verunsicherung, und das noch lange, nachdem du weg warst. Ich bin nicht gekommen, um dich nach Hause zu bringen. Ich bin gekommen, um dir zu zeigen, dass du bereits zu Hause *bist*.«

»Nein«, sagte Peter und schüttelte wütend den Kopf. »Nein, nein, nein. Das ist nicht wahr. Ich weiß, was das hier ist. Es ist ein *Test*. Ein weiterer Test, um meinen Glauben zu prüfen. Um dich zu vergewissern, wie weit ich gehen würde. Ich akzeptiere und werde dir beweisen, was zu tun ich bereit bin.« Er schaute in die Kamera. »Euch allen.«

Dann: »Alex. Bitte sieh mich an.«

Alex tat es. Seine Augen waren trüb.

»Vor dir liegt eine Waffe. Nicke, wenn du mich verstanden hast.«

Alex nickte.

»Sie ist mit einer einzigen Patrone geladen. Wir werden ein Spiel spielen. Alex, ich möchte, dass du die Waffe nimmst und sie auf Nates Kopf richtest. Tu es jetzt.«

»Alex!«, schrie Art. »Tu es *nicht.* Bitte tu das nicht!«

Nate spürte kleine Erschütterungen in seinem Kopf, als würde etwas versuchen, den Nebel darin zu zerreißen. Er glaubte, Art tief in seinem Innern rufen zu hören. Aber das war nicht wichtig. Es war vollkommen uninteressant für ihn.

Alex legte eine Hand auf die Tischplatte.

Er schob sie nach vorn, bis seine Finger gegen den Revolver stießen.

Er hob ihn hoch.

Er richtete ihn auf Nate. Genau auf seinen Kopf.

»Bring uns zu deinem Schiff«, sagte Peter zu Art.

»Es gibt kein Schiff! Es *gibt* kein Schiff!«

Peter seufzte. »Alex, drück den Abzug.«

Alex tat es.

Es klickte.

Nate zuckte nicht einmal.

»Nummer eins«, sagte Peter. »Bleiben noch fünf. Alex. Gib Nate die Waffe. Nate, nimm die Waffe von Alex entgegen.«

Alex' Hand zitterte, als er Nate den Revolver entgegenstreckte. Seine Lippen waren aufeinandergepresst, die Augen zusammengekniffen.

Nate nahm den Revolver.

»Nate, richte die Waffe auf Alex.«

»Nein«, schaffte Nate zu sagen, trotzdem konnte er nicht verhindern, dass sich sein Arm hob. Er konnte nicht verhindern, dass sich sein Finger um den Abzug krümmte.

»Engelstrompete«, kommentierte Peter. »Wirklich faszinierend. Sie nimmt dir jede Wahlmöglichkeit. Den freien Willen. Solange der Wirkstoff in deinem Körper ist, tust du, was immer man dir sagt. Nate, erschieß Alex.«

Alex starrte ihn an.

Nates Finger krümmte sich fester um den Abzug.

Art sagte seinen Namen, aber er ging in dem Knistern des Stromschlags unter, den Peter ihr durch den Körper jagte.

Nate drückte ab.

Der Hammer fiel.

Klick.

»Wirklich unglaublich«, sagte Peter. »Nate, leg die Waffe auf den Tisch.«

Nate tat es.

»Siehst du es jetzt?«, fragte Peter, an Art gewandt, eine Hand in ihr Haar gekrallt. »Was ich bereit bin, für dich zu tun? Wozu ich fähig bin? Bitte, bring uns nach Hause.«

»Dort oben gibt es nichts«, sagte Art mit zitternder Stimme. »Peter ... Oren ... ich belüge dich nicht. Ich würde euch mitnehmen, wenn ich könnte, aber dort oben *ist* nichts.«

Er schlug ihr mit dem Handrücken ins Gesicht.

Arts Kopf schnappte nach hinten.

»Du *lügst*«, krächzte er. »Ich habe es *gesehen*. Ich habe die Lichter am Himmel gesehen in der Nacht, in der du zu mir kamst. In der Nacht, in der du mich erwählt hast. Ich habe sie gesehen, und du hast gesagt, dass sie wiederkommen und dich holen würden, und ich weiß, dass es fast so weit ist. Ich kann es *spüren*.«

»Es *gibt* kein Schiff!«, schrie sie ihn an. »So funktioniert das nicht. Diese Lichter *waren* kein verdammtes Schiff.«

»Alex«, sagte Peter kalt. »Nimm die Waffe und erschieß Nate.«

Alex tat, wie ihm geheißen. Der Revolver war schneller auf Nates Kopf gerichtet, als er blinzeln konnte, dann drückte Alex ab.

Klick.

»Höchstens noch dreimal«, erklärte Peter. »Dann wird einer der beiden sterben, wenn du es nicht tust. Ist es das, was du willst? Willst du, dass einer der beiden eine Kugel in den Kopf bekommt? Wie kannst du nur? Wie kannst du das *zulassen?*«

»Alex«, flehte Art. »Kämpfe. Bitte kämpf dagegen an und ...«

Arts Kopf zuckte erneut, als Peter einen Knopf an der Oberseite des Rings drückte. Ihre Augen rollten nach oben und Speichel troff aus ihrem Mund.

»Leg die Waffe auf den Tisch, Alex.«

Die Waffe landete auf dem Tisch.

»Nate, nimm die Waffe.«

Nate nahm die Waffe.

Das Bild von einer Blumenwiese schimmerte durch den Nebel in seinem Kopf. Von Steinen, die über einen See hüpfen. Von einer Nacht auf der Ladefläche eines Pick-ups unter einem Meer von Sternen.

Von Alex. Seinen großen Händen. Wie er hinter Art steht und ihr die Haare flicht.

Der Nebelschleier bekam Risse.

»Erschieß Alex«, sagte Peter.

Nates Finger krümmte sich, und er dachte, *was, wenn ich nicht will?*

Was mache ich hier überhaupt?

Warum bin ich ...

Nate saß am Tisch in der Hütte, Art neben ihm. Auf ihrem Teller türmte sich der Speck. Alex stellte Nate eine Tasse Kaffee hin, genauso, wie er ihn am liebsten mochte. Er spürte, wie Alex sich zu ihm herunterbeugte und ihm einen Kuss auf die Schläfe drückte.

»Es ist okay«, flüsterte Alex in seinem Kopf. »Ich verspreche es. Es ist in Ordnung. Ich verzeihe dir.«

Er drückte ab.

Klick.

Alex setzte sich ihm gegenüber an den Küchentisch.

Art fragte: »Was machen wir heute?« und biss in ihren Speck.

Alex zuckte die Achseln und nahm einen Schluck Kaffee. »Was immer wir wollen.«

»Wirklich?«, fragte Art mit großen Augen. »Was immer wir wollen?«

»Klar. Ist das okay für dich, Nate?«

Nate nickte. Er weinte, aber das spielte keine Rolle. »Das ist okay für mich.«

Alex streckte einen Arm über den Tisch und nahm Nates Hand. »Nur für den Fall, ich bin nicht sehr gut in diesen Dingen ... mit dir. Aber du sollst wissen, dass ich ...«

Peter sagte: »Alex, nimm die Waffe.«

Alex tat es.

»Richte sie auf Nates Kopf.«

Alex tat es.

»Gehen wir auf ein Abenteuer?«, fragte Art und betrachtete freudig die auf dem Küchentisch ineinander verschränkten Finger der beiden.

»Ja«, sagte Alex mit einem sanften Lächeln. »Ja, ich glaube, das sollten wir tun.«

»Und wir gehen zusammen, richtig?«

»Zusammen«, wiederholte Nate.

»Alex«, sagte Peter. »Betätige den Abzug.«

»Warte.«

Nate saß im Keller des Farmhauses und blinzelte langsam.

»Was ist los?«, fragte Peter, den Blick auf Art gerichtet.

»Ich mache es«, erwiderte sie. »Ich nehme dich mit. Nur, bitte, tu ihnen nicht weh. Bitte tu ihnen nicht weh.«

Der Nebel lichtete sich zusehends.

Nate sah, wie rot seine Haut wurde, wenn Alex' Bartstoppeln daran rieben.

Er sah, wie sie in einem Diner mitten im Nirgendwo saßen und Art die Kellnerin breit angrinste.

Er sah Bisons auf einer Wiese. Sie waren viel größer, als sie gedacht hatten.

Und sie waren zusammen. Alle zusammen. Nate, Art und Alex. Sie sangen ein Lied im Radio mit, sie waren auf dem Steg am See, sie rannten um ihr Leben, aber sie waren zusammen, immer zusammen, alle drei.

»Deshalb habe ich euch beide ausgewählt«, sagte Art über die wechselnden Bilder hinweg. »Weil ihr aus dem Nichts ein Zuhause für mich erschaffen habt. An einem Ort, an dem es eigentlich keines geben kann. Ihr habt euch gegenseitig getragen, bis ihr nicht mehr konntet und zusammengebrochen seid. Am Anfang habe ich das nicht verstanden. Ich glaube, keiner von uns hätte es verstanden. Das kann man erst, wenn man begreift, was es bedeutet, ein Mensch zu sein. Wir sind nicht gleich. Wir sind durch Zeit und Raum voneinander getrennt und doch sind wir alle aus Sternen und Staub gemacht. Daran werde ich immer denken. Ihr werdet nie allein sein, denn ich werde immer bei euch sein.«

»Ich bringe dich zu dem Schiff«, sagte Art zu Peter. »Ich bringe euch alle zu dem Schiff im Schweif des Kometen.«

»Wirklich?«, fragte Peter mit leuchtenden Augen. »Ich wusste, dass du es schließlich einsehen würdest.«

»Ich weiß«, sagte Art und nahm seine Hand. »Und es tut mir leid, dass ich es so weit habe kommen lassen. Bitte, Peter, nimm mir dieses Ding ab, dann bringe ich euch alle nach Hause.«

Er nickte und zupfte die Elektroden von Arts Armen. Sie baumelten lose über ihre Schultern. Er löste den Verschluss an dem Ring auf ihrem Kopf. Das Metall lockerte sich knarrend, dann hob er es hoch und ließ den Ring auf den Boden fallen.

»Alles, was ich je wollte«, sagte er und sank vor Art auf die Knie, »war, diesen Ort zu verlassen.«

»Das wirst du«, erwiderte Art und legte ihm eine Hand auf die Wange. »Es tut mir leid, dass ich so lange gebraucht habe. Ich wusste nicht, wozu ich fähig bin. Aber jetzt weiß ich es.«

Peter schmiegte sich in ihre Handfläche. »Das macht nichts.«

Der Nebel in Nates Kopf verdampfte wie unter den Strahlen der aufgehenden Sonne.

Nate sah Alex' Augen. Sie waren klar.

Der Lauf des Revolvers in seiner Hand zitterte.

Von oben kam ein Geräusch, das Nate nicht einordnen konnte.

Ein Summen, wie von elektrischem Strom.

Die Wände des Kellers begannen zu zittern.

»Als wir miteinander verbunden waren, konnte ich dich hören«, sagte Art leise. »Und du konntest mich hören. Erinnerst du dich?«

Peter nickte.

»Und ich kannte deine Gedanken. Als ich aus deinem Körper gerissen wurde, konnte ich sie nicht mehr hören. Es war lange Zeit sehr still. Aber ich kenne dich, Oren. Immer noch. Selbst jetzt weiß ich, was du denkst.«

Er atmete erleichtert auf. »Sag es mir. Sag mir, was ich denke.«

»Nichts«, knurrte Alex, presste den Revolver gegen Peters Schläfe und drückte ab.

Ein Knall. Peters Kopf ruckte zur Seite. Er zog eine kleine Blutspur hinter sich her.

Peter fiel zu Boden und starrte mit leerem Blick an die Decke.

»Es tut mir leid, dass es so weit kommen musste«, sagte Art leise zu ihm. »Aber ich würde niemals zulassen, dass du ihnen wehtust.«

Alex stand auf. »Nate«, sagte er scharf. Er schwankte leicht. »Nate.«

Nate sah ihn an.

»Bist du dabei?«

»Ja.«

»Gut. Wir müssen jetzt los.«

Die Wände bebten.

»Was passiert hier?«, fragte Nate mit trockener Kehle. »Bist du das?«

Art schüttelte langsam den Kopf. »Nein. Bin ich nicht.«

Über ihnen ertönte eine gedämpfte Explosion.

»Scheiße«, murmelte Alex. Er ging neben Peter in die Hocke und legte ihm den Revolver in die Hand. Dann eilte er an die Treppe, die hinauf zu der Metalltür führte.

Die Gestelle der Etagenbetten begannen zu klappern. Dolores' Hand glitt von ihrer Brust und baumelte schlaff an der Seite herunter.

»Sie haben uns gefunden«, flüsterte Art.

»Wer?«, fragte Nate.

»Der Wassertyp. Die ...«

Arts Kopf kippte nach hinten.

Ihr Kiefer zuckte.

Ihre Augen wurden trüb.

Ihr ganzer Körper war wie erstarrt, als stünde sie wieder unter Strom.

»Art?«, flüsterte Nate.

Er streckte den Arm aus und nahm ihre Hand. Er spürte die kleinen Knochen unter ihrer Haut und ...

ACHTZEHN

Es war weiß.

Alles war weiß.

Seine Augen waren (nicht) geöffnet.

Er war (k)ein Mensch.

Er verstand überhaupt nichts.

Es waren Stimmen in seinem Kopf, die ihm Zahlen und Buchstaben, Linien und Farben zuflüsterten. Sie pulsierten und es waren so viele, Tausende, Hunderttausende. Es war *zu* viel. Es fühlte sich an, als würde er innerlich zerrissen. Er konnte alles sehen. Er konnte alles *fühlen.* Nate öffnete den Mund zu einem Schrei, aber was herauskam, war eine geometrische Form, ein Dreieck, das sich drehte und aussah, als würden Wurzeln daraus sprießen.

Nate konnte nicht einordnen, was er sah. Hörte. Fühlte. Nichts ergab Sinn.

Da hörte er noch eine andere Stimme irgendwo in seinem Innern. Sie sagte: »Nate« und »Nate« und »Du musst loslassen, du musst loslassen.«

Nate riss die Augen auf.

Er fand sich an Alex' Brust gepresst wieder, starke Arme hielten ihn fest. Art stand neben den beiden. Das *Fumpfumpfump* des Hubschraubers über ihnen war leiser geworden, aber die Wände zitterten immer noch. Aus den Stockwerken über ihnen waren Schritte zu hören, Stiefel hämmerten gegen die Holzdielen. Es mussten Dutzende von Soldaten im Haus sein.

»Was zum Teufel war das?«, flüsterte Nate.

»Zuhause«, antwortete Art mit verkniffenem Gesicht. »Sie rufen mich nach Hause. Es ist gleich so weit.« Sie schüttelte den Kopf. »Du hättest sterben können.«

»Ich wollte nicht …«

»Ich weiß. Aber es war viel. Sogar für mich.« Art sah an die Decke. »Sie kommen.«

»Was sollen wir tun?« Nate schloss die Augen und atmete Alex ein. Er war erschöpft.

»Die Tür ist aus Stahl und von innen verriegelt«, murmelte Alex. »Die Leute vom Berg werden lange brauchen, um da durchzukommen.«

»Trotzdem wird die Tür sie nicht ewig aufhalten«, entgegnete Art. Sie seufzte. »Es gibt keinen anderen Weg nach draußen, oder? Keine andere Tür?«

»Das spielt keine Rolle«, erwiderte Alex und drückte Nate noch fester an sich. »Solange deine Leute dich hier rausholen, ist der Rest egal.«

Nate öffnete die Augen.

Art starrte Alex an, als hätte er sie gerade geohrfeigt. »Was redest du da?«

Alex drückte Nate noch einmal und ließ ihn dann los.

Nate machte mit zitternden Händen einen Schritt zurück.

Alex ging vor Art in die Hocke. Sie funkelte ihn an. »Warum sind wir hier?«, fragte er.

Jemand hämmerte gegen die Metalltür.

»Nein«, knurrte Art. »Lass das. Du hörst sofort damit auf, hast du mich verstanden?«

»Art.«

Sie schüttelte den Kopf und trat einen Schritt zurück, gerade außerhalb seiner Reichweite.

»Du musst mir jetzt gut zuhören«, sagte Alex. »Der Grund, warum wir all das getan haben, warum wir hier sind, ist, einen

Weg nach Hause für dich zu finden. Das ist das Einzige, was zählt.«

Sie rieb sich mit einer Hand über die Augen. »Nein. Hör auf. Alex, bitte hör auf.«

»*Und* ich habe dir gesagt, wenn mir etwas passiert, musst du einfach weitermachen. Erinnerst du dich? Du hast es mir versprochen.«

»So habe ich das nicht gemeint!«, schrie sie. »Ich lasse euch nicht zurück. Nie, nie, nie!«

»Du musst nach Hause«, erwiderte Alex barsch. »Nate und ich kommen schon zurecht, okay?«

»Halt die Klappe, Alex. Halt sofort die Klappe!«

»Art ...«

»Nein! Außerdem hast du mich angelogen.«

»Ich habe dich nicht ...«

»Doch, das hast du. Du hast gelogen. Du hast gesagt, wir machen das nur, um mich nach Hause zu bringen. Dass das das Einzige ist, was zählt. Und das ist nicht wahr.«

»Ich ...«

»Du hast mich gerettet, weil du mich *liebst*«, schrie Art ihn mit bebender Stimme an. »Du liebst mich, so wie ich dich liebe. Wie ich Nate liebe, und wie du Nate liebst. Du liebst mich, weil wir zusammengehören. Du bist mein Freund, und Freunde lassen sich nicht gegenseitig im Stich. Schon gar nicht jetzt!« Unsicherheit flackerte über ihr Gesicht. »Du liebst mich doch, oder?«

Alex ließ den Kopf hängen. »Du dummes, dummes kleines Mädchen. Natürlich liebe ich dich. Und wie. Euch beide. Wie könnte ich anders?«

Nate legte ihm eine Hand auf die Schulter und drückte sanft. »Sie hat recht. In allem. Wir stecken da drin, alle zusammen.«

»Bis zum Ende«, fügte Art mit fester Stimme hinzu. Ihre Augen funkelten. »Ein letzter Ritt, Boss, okay?«

Einen Moment lang glaubte Nate, Alex würde sich wehren.

Dass er sie anbrüllen würde, dass sie verschwinden solle. Dass sie ihm verdammt noch mal aus den Augen gehen und nie wieder auf diesen gottverdammten Planeten kommen solle.

Stattdessen stand er langsam auf. Er sah Nate an, dann wieder Art, und wischte sich mit einer Hand übers Gesicht. Er straffte die Schultern.

»Ein letzter gemeinsamer Ritt«, sagte Alex.

Art grinste breit. »Dann sattelt eure Pferde, Cowboys. Es ist Zeit, unser Tal zurückzuerobern.«

Die Sache war die:

Nathaniel Cartwright war siebenundzwanzig Jahre alt.

Seine Eltern waren tot.

Der einzige Verwandte, den er noch hatte, wollte nichts mehr mit ihm zu tun haben.

Er war in eine Hütte mitten im Wald gegangen, um den Verlust von allem, was er je gekannt hatte, zu betrauern.

Stattdessen hatte man ihm eine Waffe an den Hinterkopf gedrückt.

Stattdessen war er einem Mann begegnet und einem kleinen Mädchen, das die seltsamste Person war, die er je gesehen hatte.

Er hatte sich vor ihnen gefürchtet.

Davor, wer sie waren.

Und dann davor, *was* sie waren.

Aber Angst ist etwas Seltsames. Manchmal fürchtet man, was man nicht versteht, aber am Ende kann man trotzdem mutig sein und für das eintreten, was richtig ist.

Nate hatte das nicht gewusst.

Jetzt schon.

»Bleibt hinter mir«, sagte Artemis Darth Vader. »Egal was passiert, ihr bleibt immer hinter mir. Ich zeige euch den Weg, versprochen.«

Sie folgten ihr die Treppe hinauf, wobei Alex Nates Hand so fest umklammerte, dass der glaubte, seine Knöchel würden zu Staub zermalmt.

Um die Tür herum sprühten Funken auf. Eine glühende rote Linie fraß sich durch das Metall.

Die Soldaten brannten sich einen Weg hinein.

Art blieb vor der Tür stehen und neigte den Kopf.

Sie streckte den Arm und klopfte gegen das Metall.

Der Funkenregen hörte auf.

Einen Moment lang herrschte Stille. Schließlich kam eine Stimme von der anderen Seite. »Hallo?«

»Hallo«, erwiderte Art. »Ist da der Wassertyp?«

»Was? Welcher Wassertyp?«

»Randy.«

Eine Pause. Dann: »Nein.«

»Ist er hier?«

»Wer ist da?«

»Ist. Er. Hier?«

»Nicht im Haus«, kam die Antwort.

»Hmm«, machte Art. »Ich danke Ihnen. Wenn ich Sie bitten würde zu gehen, würden Sie es tun?«

»Kleine, wir haben unsere Befehle. Öffne die Tür, oder wir brechen sie auf.«

»Sie haben meine Frage nicht beantwortet.«

»Nein. Wir werden nicht gehen. Hör mal, wohnst du hier? Wir sind auf der Suche nach ...«

Art lachte. Das Geräusch jagte Nate einen eiskalten Schauer über den Rücken. »Oh, ich weiß, wen Sie suchen.«

Gedämpfte Stimmen von der anderen Seite. »Wirklich?«

»Ja. B-7, richtig?«

»Ja, wir ...«

»Sie haben sie gefunden.«

Schweigen. Es fühlte sich an wie Stunden.

Dann: »Heilige Scheiße, lauft, lauft, *lauft!*«

Die Luft um Art herum schien sich zu krümmen, die Wände und die Tür verzogen sich. Nate spürte einen Druck in den Ohren, dann wurde die Metalltür mit einem lauten Ächzen aus der Wand gerissen und schwebte vor ihnen her hinaus auf den Flur, wo sie den Putz von den Wänden schrammte.

Nate hörte Männer schreien, das Geräusch fliehender Schritte.

Art gab einen letzten Impuls, den Nate bis in die Knochen spürte. Die Metalltür jagte den Flur entlang, riss die Wände ringsum auf und warf alle um, die es nicht rechtzeitig aus dem Weg geschafft hatten.

»Es ist Zeit, von hier zu verschwinden«, sagte sie über die Schulter. Ihr Haar flatterte wie in einem Sturm.

Art ging den Flur entlang.

Nate und Alex folgten ihr.

Ein Mann in voller Kampfmontur kam aus der Tür zu Peters Büro gestürmt. Er zielte mit seinem Sturmgewehr in ihre Richtung, die Augen weit aufgerissen hinter der Maske, die seinen Mund und die Nase bedeckte.

Art rührte kaum einen Finger, da knallte der Angreifer mit einem lauten Krachen gegen die Decke. Er fiel zu Boden und stand nicht wieder auf.

Alex bückte sich und hob das Sturmgewehr auf.

Nate schnappte sich den heruntergefallenen Schlagstock.

»Weißt du, wie man so was benutzt?«, fragte Alex.

»Es ist ein Stock«, antwortete Nate. »Man schlägt Leute damit.«

Alex schnaubte, sagte aber nichts weiter.

Sie folgten Art den Flur entlang.

Die Soldaten lagen ausgestreckt auf dem Boden, wo die Kellertür sie niedergemäht hatte. Die Eingangstür zum Haus war aufgesprengt worden, der hölzerne Rahmen war verkohlt und schwelte an einigen Stellen noch. Zwei Soldaten kamen die Treppe vom oberen Stockwerk heruntergerannt, aber noch bevor Alex das Gewehr in ihre Richtung schwingen konnte, stieß Nate den Schlagstock zwischen den Pfosten des Geländers hindurch und brachte den vorderen der beiden zu Fall. Der nachfolgende Kollege stolperte über ihn, dann schlitterten sie den Rest des Weges bäuchlings nach unten und versuchten sofort, wieder aufzuspringen. Art schaute sie nur kurz an, da flogen sie in die Küche, krachten gegen den Ofen und blieben liegen.

»Möchtest du tauschen?«, fragte Nate, an Alex gewandt.

Nate war seltsam aufgedreht. Höchstwahrscheinlich würde er sehr bald sterben, aber er konnte sich nicht erinnern, sich jemals so lebendig gefühlt zu haben.

»Bastard«, sagte Alex. Sein Grinsen war verrückt und wunderschön. Dann bückte er sich und nahm einem der reglosen Soldaten das Funkgerät ab.

Sie gingen auf die herausgesprengte Eingangstür zu.

Der Vorgarten war voller Soldaten. Schwarze Gewehrläufe zeigten auf sie, sobald sie auf die Veranda traten. Sie sahen gepanzerte Fahrzeuge und einen Hubschrauber. Er war so nahe, dass Nate den Piloten erkennen konnte, dessen Mund sich lautlos bewegte. Der Rotorwind drückte das Gras flach auf den Boden.

Art neigte den Kopf.

Nate sollte sich fürchten. Er wusste, dass er Angst um sein Leben haben sollte. Die Chancen standen gut, dass er hier und jetzt, auf der Veranda eines Farmhauses, das einem toten Sektenführer gehörte, sterben würde. Dabei hatte er nicht einmal die Hälfte der Dinge getan, die er gerne noch erlebt hätte: Er hatte nie den Machu Picchu bestiegen. Er war nicht im kristallklaren Wasser der Malediven geschwommen. Er war noch nie Achterbahn gefahren. Er hätte so gerne Swing tanzen gelernt.

Er hatte noch nie Tintenfisch probiert, auch wenn der wahrscheinlich eklig schmeckte.

Und seltsamerweise war das in Ordnung so.

Nate hatte kein Problem damit.

Er war einsam gewesen. Und traurig.

Doch nun hatte er ein Ziel.

Er hatte einen Lebenssinn gefunden. Sogar zwei.

Wenn er hier und jetzt starb, bestand die sehr reale Chance, dass er etwas Gutes getan hatte. Dass sein Leben nicht umsonst gewesen war. Dass er geliebt hatte und seine Liebe erwidert worden war.

Natürlich hatte er Angst vor den auf ihn gerichteten Waffen. Sein Menschenhirn fragte sich, ob es wohl wehtun würde. Aber das war vernachlässigbar. Es war nicht *wichtig*.

Nate wusste, was letzte Gefechte waren. Er hatte davon gelesen: von Menschen, die in Unterzahl, von der Bewaffnung her hoffnungslos unterlegen, geschunden und am Ende ihrer Kräfte einer erdrückenden Übermacht entgegentraten.

Er wusste, worauf er sich einließ.

Er umklammerte seinen Schlagstock fester. Er würde nicht viel damit ausrichten.

Ein Mann mit einem Megafon bahnte sich durch die Soldaten einen Weg nach vorn.

Sein Auftreten hatte sich verändert, seit er sich als Mitarbeiter der Wasserwerke ausgegeben hatte. Der Mann von damals, der Wassertyp, war ein bisschen *zu* aufgeschlossen gewesen, zu sehr *Wie geht's, Kumpel?* Selbst als Nate ihm zufällig beim Einkaufen begegnet war (was für ein *Zufall*, dachte er), hatte er seltsam aufdringlich gewirkt. Doch Nate hatte sich nicht viel daraus gemacht.

Jetzt schon.

Randy trug eine schwarze Hose und ein Beinholster am Oberschenkel. Darin steckte eine schwarze Pistole mit silbernem Griff. Darüber leuchteten ein weißes Hemd sowie eine schwarze Lederjacke. Auf seiner Nase saß eine verspiegelte Sonnenbrille, in der sich das Morgenlicht spiegelte.

Nate schaute in den Himmel.

Dort, zwischen den Wolken und den verblassenden Sternen, leuchtete Markham-Tripp und brannte sich in das tiefe, tiefe Blau.

Es war ein guter Tag zum Sterben.

Nates Blick wanderte zum Vorgarten des Farmhauses zurück.

Randy setzte das Megafon an die Lippen. »Es ist vorbei. Ich denke, das wirst du einsehen«, schallte seine Stimme durch den Garten und übertönte sogar das *Fumpfumpfump* des Black Hawk über ihnen.

Art drehte sich zu Alex um und streckte die Hand aus. Einen Moment lang dachte Nate, sie wolle das Gewehr haben, doch Alex reichte ihr stattdessen das Walkie-Talkie.

Art betrachtete es stirnrunzelnd und fummelte eine Weile an den Knöpfen herum. Als sie alle in die gewünschte Position gedreht hatte, winkte sie dem Wassertypen und hielt zwei Finger hoch.

Die Soldaten verfolgten jede ihrer Bewegungen.

Einen Moment lang rührte Randy sich nicht.

Dann schaute er über die Schulter und bellte einen Befehl.

Ein Soldat trat vor und reichte ihm sein Funkgerät.

Randy drehte an einem Knopf, nickte Art zu und hielt sich das Walkie-Talkie ans Ohr.

»Können Sie mich hören?«, fragte Art.

»Ja«, sagte Randy durch das Megafon.

»Gut. In dem Haus sind Leute, die hier gelebt haben. Sie sind tot.«

»Hast du sie getötet?«

»Nein.«

»Was ist mit Oren Schraeder?«

»Tot.«

Randy sagte etwas zu dem Soldaten neben ihm. Der Soldat reagierte nicht. Dann sprach er wieder ins Megafon. »Das ist bedauerlich. Er war einzigartig.«

»Er hat gesagt, Sie würden ihn hier niemals finden.«

Randy lächelte beinahe wehmütig. »Ja, ich wette, das hat er. Und er hatte recht, so leid es mir auch tut, das zugeben zu müssen. Wir hatten keine Ahnung, wohin er verschwunden war, nachdem er den Berg verlassen hatte. Er sollte unter Beobachtung bleiben, aber es ist ihm tatsächlich gelungen, uns zu entwischen. Ich habe die Geschichte von seinem Selbstmord nie geglaubt, aber ich konnte auch nichts beweisen. Er war gut. Besser, als er es hätte sein dürfen. Ich frage mich, ob du etwas damit zu tun hattest.«

»Hatte ich nicht.«

»Und das soll ich dir glauben? Ich habe gesehen, wozu du fähig bist. Was du mit einem menschlichen Bewusstsein anstellen kannst. Wir hatten Glück, dass jemand euren Wagen gesehen hat, als ihr durch die letzte Stadt gekommen seid. Und stell dir unsere Überraschung vor, als wir herausgefunden haben, wen du hier besuchst.«

»Sie werden uns gehen lassen.«

Randy lachte geräuschlos. »Du weißt, dass das nicht möglich ist. Sieh mal, es hat Spaß gemacht. Du hast viel länger durchgehalten, als man erwarten konnte. In der Hütte hätten wir dich jederzeit schnappen können, aber wir haben es nicht getan. Wir ließen dich und Alex in Ruhe, weil wir fanden, dass es Zeit für eine Veränderung war. Die Parameter des Experiments mussten erweitert werden. Wir haben die Variablen verändert, wenn man so will, um zu sehen, was passiert.« Er sah Nate an. »Und dann haben sich die Variablen durch das Auftauchen von Mr. Cartwright sogar noch stärker verändert. Das war nicht vorherzusehen gewesen. Aber wir waren neugierig, was du tun würdest, was ihr *beide* tun würdet, und das Ergebnis überraschte uns.«

»Er gehört zu mir.«

»Mr. Cartwright, Sie verstehen doch, was es ist?«, fragte Randy. »Wozu es fähig ist. Es hat Ihren Verstand infiziert. Es hat von Ihnen Besitz ergriffen und kontrolliert Sie. So machen sie es immer. So arbeiten sie. Sie infizieren jemanden, bis er nichts anderes mehr tun kann, als zu gehorchen. Wir sind hier, um das zu verhindern. Wir versuchen, die Welt vor diesen *Dingern* zu beschützen. Denn sie werden wiederkommen und dann müssen wir bereit sein. Sehen Sie sich an, was mit Oren passiert ist. Wir haben einen Weg gefunden, es aus ihm zu entfernen, aber selbst nach all den Jahren hat es ihn wiedergefunden. Wir können nicht zulassen, dass das noch einmal geschieht. Das *ist* kein Mädchen. Es ist ein *Ding* und gehört in einen Käfig gesperrt, damit wir einen Weg finden, es aufzuhalten, bevor es zu spät ist.«

»Wow«, meinte Nate. »Der Mann ist wirklich überzeugt von dem, was er tut, oder?«

»Das sind alle Vollstrecker«, murmelte Alex.

Nate nahm Art das Walkie-Talkie aus der Hand und drückte auf den Sprechknopf. Ein lautes Quietschen ertönte, als er es an den Mund führte. »Ich fühle mich ganz wohl da, wo ich bin. Danke.«

»Was ist mit Ihrem Bruder?«, fragte Randy. »Nate, was ist mit Rick? Glauben Sie nicht, er würde wollen, dass Sie nach Hause kommen? Glauben Sie nicht, dass er Sie wiedersehen will? Sie nennen ihn Ricky, richtig? Nate, ich weiß, dass er Sie sehen will. Er hat es mir gesagt. Ich habe mit ihm gesprochen, Nate. Persönlich. Er ist ein netter Kerl. Er versteht nicht, warum Sie nicht nach Hause kommen.«

Damit hatte Nate nicht gerechnet. Das war richtig *gut*. »Rick?«, fragte er.

Randy nickte. »Ja, Nate. Rick. Er wartet auf Sie. Alles, was

Sie tun müssen, ist, zu mir zu kommen. Kämpfen Sie dagegen an, Nate. Bekämpfen Sie, was auch immer in Ihrem Kopf vorgeht, was auch immer *es* Sie tun lässt. Ich weiß, dass Sie es können. Für Alex ist es wahrscheinlich schon zu spät. Aber für Sie? Nate, denken Sie an Rick. Denken Sie an Ihren Bruder.«

Art sah ihn an. »Ich würde es verstehen«, sagte sie mit einem traurigen Lächeln auf dem Gesicht. »Vielleicht nicht, als ich noch neu hier war, aber jetzt verstehe ich es. Familie ist wichtig. Sie ist alles, Nate.«

Art hatte natürlich recht. Familie *war* alles. Deshalb sagte er: »Meine Familie ist genau hier, bei mir.«

Alex' Augen wurden groß.

Nate reichte Art das Walkie-Talkie zurück. Sie nahm es und küsste seine Fingerspitzen, und da konnte Nate sie in seinem Innern *spüren*. Er sah Bilder von blühenden Wiesen. Art war glücklich.

»Nate lässt Sie grüßen«, sagte Art ins Walkie-Talkie. »Sie können immer noch gehen. Sie alle.«

»Du weißt, das kommt nicht infrage«, entgegnete Randy, seine Stimme schon etwas härter als zuvor. »Wie, glaubst du, wird das hier enden? Du wirst uns kaum alle aufhalten können. Ich weiß, wozu du imstande bist, aber du kannst nicht überall gleichzeitig sein. Ich werde Alex Weir töten. Ich werde ihn dir wegnehmen, wenn du dich nicht stellst. Ich werde sie dir *beide* wegnehmen.«

Noch bevor Randy zu Ende gesprochen hatte, wurde Nate für einen Sekundenbruchteil von einem hellen Licht geblendet, dann war es wieder weg. Er blinzelte gegen das Nachbild an und blickte an sich hinunter. Auf seiner Brust waren mehrere rote Leuchtpunkte. Sie wackelten leicht.

Er schluckte schwer und sah zu Alex hinüber. Auf seiner Brust tanzten die gleichen roten Punkte.

Nate folgte Alex' Blickrichtung und sah mehrere Männer im

Dachstuhl der Scheune. Sie standen an den geöffneten Fenstern und hielten ihre Scharfschützengewehre auf sie gerichtet, die Zielmarkierung direkt über ihren Herzen.

»Warum?«, fragte Art.

»Weil ich es kann«, antwortete Randy schlicht. »Weil ich alles tun werde, was notwendig ist, um dieses Land zu beschützen. Diesen Planeten. Es gibt nichts, was ich nicht zur Rettung meiner Landsleute zu tun bereit wäre.«

»Wir wollen nichts Böses. Das wollten wir nie.«

»Das glaube ich dir nicht. Blindes Vertrauen ist der erste Schritt ins Grab.«

»Erst schießen, dann fragen.«

»Exakt.«

»Sie merken, dass Sie nicht allein sind, dass es in diesem Universum mehr gibt als nur Sie selbst«, begann Art. Ihre Stimme klang beinahe flehend und die Bilder in Nates Kopf wurden intensiver. »Aber Ihre erste Reaktion ist nicht, es mit offenen Armen zu empfangen, sondern es einzusperren, es zu studieren und zu verletzen. Und wenn es nicht tut, was Sie ihm sagen, drohen Sie ihm mit Vernichtung. Sie drohen, ihm das zu nehmen, was es liebt.«

»Du *kannst* gar nicht lieben«, erwiderte Randy kalt. Er nahm seine Sonnenbrille ab und ließ sie ins Gras fallen. »Das ist ein ausschließlich menschliches Gefühl und du bist kein Mensch. Du bist nicht zu Gefühlen fähig.«

»Nach all der Zeit, nach allem, was Sie mir angetan haben, nach allem, was Sie gesehen haben, wissen Sie immer noch so wenig über mich und das, was ich kann, und was nicht. Sie haben recht: Ich bin kein Mensch. Ich bin nicht wie Sie. Aber ich weiß, was es heißt, geliebt zu werden. Freunde zu haben, Menschen, für die ich alles tun würde. Und ich weiß, was ich *fühle*, wenn diese Menschen bedroht werden.«

Sie sah zu den Soldaten in der Scheune hinüber, dann zu

dem Hubschrauber hinauf und wieder zu Randy. »Sie sollten uns gehen lassen.«

»Das kann ich nicht.«

Art nickte. »So sei es.«

Nate sah den Moment, in dem Randy die Bedeutung ihrer Worte begriff. Seine Augen verengten sich. Sein Mund wurde zu einem schmalen Strich. Er ließ das Megafon sinken. Die Körperhaltung der Soldaten um ihn herum veränderte sich.

Und als Randy rief: »Trefft nicht das Mädchen!«, wusste Nate, dass er etwas bewirkt hatte.

Am Ende hatte er etwas bewirkt.

Er schloss die Augen und hörte die Schüsse krachen. In seinem Kopf blitzten Bilder auf: seine Mutter, die in der Küche hin und her lief, als sie einen Kuchen für seinen zwölften Geburtstag backte. Sein Vater, wie er ihm bei der Diplomverleihung eine Hand auf die Schulter legte und sie sanft drückte. Er und Ricky in einer Burg aus Kissen und Decken, wo sie mit Taschenlampen bis tief in die Nacht hinein Comics lasen.

Doch da waren auch andere Bilder. Erinnerungen, die nicht seine waren.

Er sah Alex Hand in Hand mit einem kleinen Jungen mit einem stillen Lachen.

Alex, der nervös vor einem Mann im Anzug und einer Frau mit einem teuflischen Lächeln im Gesicht steht.

Alex vor einem Mädchen in einem Käfig, das er zum allerersten Mal sieht.

Alex mit einem brennenden Schmerz in der Seite, als er durchs Fenster beobachtet, wie ein junger Mann in einem alten Ford vor der Hütte parkt.

Dann verschmolzen die Bilder, und es begann: Der erste Kuss, unbeholfen und süß und absolut verheerend. Er spürte Alex' Nervosität und sein tiefes *Verlangen.* Am Anfang war er irritiert gewesen und davon überzeugt, dass Nate zum Berg gehörte und ihm Art wegnehmen wollte. Doch dann merkte er langsam, aber sicher, dass so viel mehr in Nate steckte. So viel mehr in ihnen *beiden.*

Und dann war da noch Art. Nate sah Dinge, die er nicht verstehen konnte. Gebilde unter einer Dreifachsonne. Sie brannten rosa und kamen ihm beinahe bekannt vor, waren aber doch so anders, dass er sie nicht erfassen, nicht wiedererkennen konnte. Und dann diese Wesen aus schillerndem weißen Licht, sie wirbelten und sprachen auf eine Weise, die Nate vollkommen fremd war. Es handelte sich nicht einmal um Worte, und doch stand eine Bedeutung dahinter. Und eines dieser Lichter, eines dieser hellen, gasförmigen Gebilde fühlte sich *vertraut* an. Es bewegte sich auf einer Bahn, die aus einer Art glänzendem Metall zu bestehen schien. Es war *jung,* und es war *traurig,* obwohl es nicht genau wusste, was Traurigkeit überhaupt ist. Doch es ging ein so durchdringendes Gefühl der Einsamkeit von ihm aus, dass Nate glaubte, darin zu ertrinken.

Es war nicht wie die anderen.

Es war wie Nate. Es war wie Alex.

Und es war hier. In einem Wald. Vor ihm stand ein Mann und es dachte: *Kannst du mir helfen? Kannst du mir bitte helfen?,* auch wenn es nicht genau diese Worte benutzte. Dann sah Nate den Moment, in dem der junge Oren Schraeder begriff, was mit ihm geschah und was er da vor sich sah.

Das Gewehrfeuer verstummte.

Nate spürte keinen Schmerz.

Er öffnete die Augen.

Um sie herum schwebten Hunderte von Kugeln in der Luft.

Arts Augen waren groß und voller Wut.

Es gab einen kurzen, schrecklichen Moment, in dem Nate das volle Ausmaß ihrer Wut fühlen konnte und spürte, was sie in diesem Augenblick am liebsten tun würde: Sie wünschte sich nichts sehnlicher, als diese Kugeln dorthin zurückzuschicken, wo sie hergekommen waren, in die Köpfe und Herzen der Männer, die dachten, sie könnten ihr Alex und Nate wegnehmen. Bevor Art hierherkam, kannte sie das Konzept von Gewalt nicht einmal. Von Rache. Randy hatte gar nicht so weit danebengelegen, als er sagte, dass sie kein Mensch sei, dass sie so etwas wie Liebe nicht empfinden könne. Aber das war *früher* gewesen. Vor Cisco Grove. Vor dem Berg.

Art wusste, was Liebe war. Sie wusste, was Wut war. Sie kannte Gewalt.

Und sie wollte *Rache*.

Alex sagte: »Art. Nicht.«

Und sie ließ es.

Die Kugeln fielen klappernd auf die Veranda, hüpften die Stufen hinunter und kullerten ins Gras.

Das einzige Geräusch war das *Fumpfumpfump* des Black Hawk über ihnen.

Dann machte Artemis Darth Vader den ersten Schritt die Verandastufen hinunter.

Die Soldaten begannen zu schreien.

Einige feuerten.

Die Kugeln prallten an einer unsichtbaren Barriere vor ihnen ab.

Art schaute zu dem Hubschrauber hinauf.

Er wackelte.

Sie ruckte mit dem Kopf in Richtung der Scheune.

Der Black Hawk raste auf die Scharfschützen zu, die schreiend die Flucht ergriffen, weg von den Fenstern.

Der Hubschrauber krachte in die Scheune, die Rotorblätter zerhackten den Dachstuhl und die Balken zu Kleinholz. Splitter flogen durch die Luft, dann stürzte die gesamte Vorderseite des Gebäudes unter dem Gewicht des Helikopters in sich zusammen. Nate wartete darauf, dass er explodierte, aber es passierte nicht. Der Black Hawk brach mit einem Geräusch von kreischendem Metall bis zum Erdboden durch und landete in einer großen Staubwolke. Die abgebrochenen Rotorblätter kamen zum Stillstand.

Die Soldaten im Vorgarten standen wie benommen da.

Randy nicht.

Er griff nach der Pistole in seinem Oberschenkelholster.

Nate rannte los, noch bevor er wusste, was er tat.

Er erreichte den Rasen genau in dem Moment, als Randy die Waffe zog.

Er war schon fast bei Art, als Randy ihren Kopf ins Visier nahm. Sein Blick war beinahe reumütig.

Nate erreichte Art und schlang seinen Körper um sie. »Danke«, flüsterte er ihr zu. »Danke für alles.«

Ein Schuss.

Und dann passierte ...

... nichts.

Nate öffnete die Augen.

Alex stand auf der Veranda, das Sturmgewehr im Anschlag.

Nate sah gerade noch, wie Randy mit einem Loch in der Mitte seiner Stirn auf die Knie sank. Seine Augen waren leer. Ein Tropfen Blut kroch über seine Nase. Er fiel mit dem Gesicht voraus ins Gras.

Einen Moment lang herrschte Stille.

Dann hoben die Soldaten ihre Gewehre.

Und Artemis Darth Vader sagte: »Nein.«

Später, als mit heulenden Sirenen und piependen Funkgeräten die Polizei eintraf, herrschte heilloses Chaos. Die Beamten fanden in einer Scheune die Überreste eines Hubschraubers vor, darum herum benommene Soldaten, die nur sehr langsam wieder hochkamen, nachdem irgendetwas sie von den Beinen gerissen hatte, sowie mehrere kopfstehende Fahrzeuge. Erst als die Sonne bereits hoch am Himmel stand und die Leichen im Keller des halb abgebrannten Farmhauses entdeckt wurden, unter denen sich auch ein Mann mit einer Kugel im Kopf und einer Pistole in der Hand befand, wurde das Bild allmählich klarer.

In den darauffolgenden Tagen wurde überall davon berichtet, wie sich Mitglieder einer Sekte eine Schießerei mit dem Militär geliefert und sich dann in ein Farmhaus zurückgezogen hatten, um dort durch die Hand ihres Anführers zu sterben. Die Kommentatoren meinten, es sei genau wie damals bei David Koresh und der Erstürmung seines Hauptquartiers in Waco. Sogenannte Experten meldeten sich zu Wort und erklärten, *Sekten*mitglieder (in verächtlichem Tonfall ausgesprochen) seien zumeist leichtgläubig und ließen sich allzu oft von Männern mit Charisma und dem Bedürfnis, Schwächere auszunutzen, in deren unselige Pläne mit hineinziehen. Williams sei höchstwahrscheinlich ein Soziopath gewesen, sagten sie, der sich für einen Propheten gehalten habe.

Und dann waren da noch die Tonbänder, auf denen Peter Williams seine Vision der Welt predigte, von einer Veränderung, die über die Erde kommen würde. Er erzählte von seiner Zeit auf einem Stützpunkt namens »Der Berg«, was alle, die sich damit auskannten, mit einem entschiedenen Das-ist-natürlich-alles-frei-erfunden kommentierten. Man räumte zwar ein, dass Peter Williams in der Army gedient habe, es sei aber eindeutig dokumentiert, dass er schon vor Jahren wegen psychischer Probleme ehrenhaft entlassen worden war. Dass er sich außerdem als Oren Schraeder ausgab – ein 1940 geborener und im Kampf gefallener Soldat –, untermauerte die allgemeine Einschätzung, Peter Williams könne nicht mehr ganz bei Verstand gewesen sein. Und dann noch die Behauptung, er sei von einer Außerirdischen besessen gewesen.

Ein verrückter Sektenführer eben.

Ein weiterer Spinner.

Einige Berichte über die Ereignisse drehten sich um das Schicksal der Sektenmitglieder und die öffentliche Empörung über eine militärische Intervention, ohne die es möglicherweise gar nicht erst zu diesem traurigen Ende gekommen wäre. Familienmitglieder meldeten sich zu Wort und erzählten tragische Geschichten über geliebte Menschen, die eines Tages alles stehen und liegen gelassen hatten und spurlos verschwunden waren. Eine Frau namens Rachel erzählte weinend von ihrer Mutter Dolores, sie hätten sich sehr nahegestanden und dass ihre Kinder, die ebenfalls anwesend waren, ihre Großmutter sehr geliebt hatten. Keiner von ihnen habe verstehen können, warum sie damals weggegangen sei. »Wie soll ich das nur meinen Kindern erklären?«, fragte Rachel unter Tränen. »Ich meine, wie soll ein so junger Mensch das begreifen?«

Andere Betroffene stimmten mit ein und sagten, ihre Angehörigen seien nicht verrückt gewesen, sie seien nie so gewesen und all das sähe ihnen überhaupt nicht ähnlich, und überhaupt, warum sollte jemand so was tun?

Er musste schuld sein.

Peter Williams.

Einige Familien ließen ihre Angehörigen beerdigen.

Andere, wie Dolores, wurden eingeäschert.

Rachel sagte, sie würde die Asche verstreuen, wollte aber nicht preisgeben, wo.

Auf die Frage, was aus Peter Williams geworden sei, wurde den Reportern gesagt, seine Familie habe die Leiche abgeholt und um Wahrung ihrer Privatsphäre gebeten, weshalb keine weiteren Einzelheiten bekannt gegeben werden könnten.

Es gab eine offizielle Mitteilung zu dem Hubschrauberabsturz. Es handelte sich um eine tragische Panne, ähnlich wie bei dem Vorfall im März, als ein Black Hawk in der Nähe des Marine Corps Mountain Warfare Training Centers abgestürzt sei. Die gesamte Flotte würde überprüft, um auszuschließen, dass so etwas noch einmal passieren könne.

Außer den Toten im Keller gab es bei der Erstürmung der Williams-Farm, wie sie später genannt wurde, nur ein weiteres Opfer.

Ein Soldat namens Randy Forks.

Peter Williams hatte ihn erschossen, bevor er sich im Haus verschanzte und sich dort das Leben nahm.

Forks wurde mit allen militärischen Ehren beigesetzt.

Seinem Bruder wurde eine gefaltete Flagge überreicht.

Bei einer späteren Befragung erklärte der Bruder, er habe vor Randys Tod fast zehn Jahre lang nichts mehr von ihm gehört. »Traurig«, sagte er. »Wirklich traurig. Randy und ich haben uns nie gut verstanden. Aber er gehörte zur Familie, verstehen Sie? Traurig, dass es so enden musste ... ermordet von einem Verrückten, der an Außerirdische geglaubt hat. Was zum Teufel ist bloß los mit den Menschen?«

In dem Keller, in dem die Leichen der Mitglieder des Lichts der Eva lagen, wurde außerdem eine Videokamera entdeckt.

Doch Peter Williams schien vergessen zu haben, ein Band einzulegen, denn die Kamera war leer.

Natürlich versteckte sich kein Raumschiff im Schweif von Markham-Tripp. Der Komet verblasste und verschwand schließlich ganz vom Himmel, um der Erde erst im fantastischen Jahr 4380 den nächsten Besuch abzustatten.

Es herrschte eine eigenartige Stimmung der Betroffenheit. Wie hatten sich so viele Menschen zu dem Glauben verleiten lassen können, dass so etwas möglich sei, und sich dann deshalb das Leben nehmen können?

»Eine Tragödie«, kommentierte ein gewisser Steven Cooper

in seiner täglichen landesweit ausgestrahlten Radiosendung. »Eine verdammte Tragödie. Es war noch nicht an der Zeit. Sie waren *hier*. Ich weiß, dass sie hier waren. Aber es war wohl noch nicht an der Zeit für uns. Wahrscheinlich haben sie uns für noch nicht bereit befunden. Aber das werden sie, Freunde. Merkt euch meine Worte. Eines Tages kommen sie zurück, und dann wisst ihr, dass ich die ganz Zeit über recht hatte. Die Mitglieder des Lichts der Eva, diese armen Tropfe, sie waren fehlgeleitet und sind die Sache vollkommen falsch angegangen. Ich weiß nicht, warum sie sich in den Kopf gesetzt haben, sich selbst das Licht auspusten zu müssen, um zu sehen, was uns anderen die ganze Zeit sonnenklar war. Dieser Peter Williams muss ihnen die Gedanken verdreht haben. Kommt schon, Freunde. Habt ihr seine *Tiraden* gehört? Dass er von einer Außerirdischen besessen war? *Besessen*. Wir alle wissen, dass das so nicht funktioniert. Die Grauen ergreifen von *niemandem* Besitz. Dazu sind sie gar nicht fähig. Und genau das ist der Grund, warum die Ufologie so belächelt wird! Weil Verrückte wie Peter Williams unsere Wissenschaft in Verruf bringen! Der Kerl war nichts weiter als ein Scharlatan. Ein falscher Prophet. Ich zweifle nicht am Einfluss der Schattenregierung, Freunde. *Ich* weiß es. *Ihr* wisst es. Und ich frage euch: Warum haben sie die Williams-Farm überhaupt belagert? Wollten sie ein zweites Waco verhindern? Warum haben sie die Sache nicht der Polizei überlassen? Ich habe meine Theorien, wie ihr wisst. Peter Williams litt unter PTBS. Er hat gedient und dabei eine Gehirnerschütterung zu viel erlitten. Das kommt vor. Gott sei seiner Seele gnädig, der Mann hat seine Pflicht getan. Aber danach war er verloren und hat sich eingeredet, er wäre mehr als das, was er war. Er hat unser Mitleid verdient, Freunde, wie all die anderen auch, und ich glaube, genau deshalb waren sie hinter ihm her: weil er einer von ihnen war und sie gehofft haben, die Sache vertuschen zu können. Aber täuscht euch nicht, Freunde: Sie werden wiederkommen. Dass diese Leute sich das Leben genommen haben, hat uns zwar möglicherweise um bis zu fünfzig Jahre zurückgeworfen, aber sie *werden* wiederkommen, das garantiere ich euch. Vielleicht nicht heute, vielleicht nicht morgen, aber sie werden kommen. Anrufer, Sie sind auf Sendung. Was denken Sie über diesen ganzen Wahnsinn ...«

Schließlich ließen sie auch Rick Cartwright und seine Familie in Ruhe.

Die unauffälligen schwarzen Autos folgten ihm zwar noch monatelang, aber es standen keine Männer in Uniform mehr vor seiner Haustür. Sie hatten ihm nicht viel erzählt, nur dass sein Bruder ein Verräter sei, was ihn seinen Job bei der *Post* gekostet habe, und dass er in eine Angelegenheit verwickelt war, deren Einzelheiten Rick nie erfahren würde.

Er war neugierig, klar, aber er war nicht wie Nate. Er hatte nicht dieses Bedürfnis, alles zu hinterfragen.

Also ließ er es.

Es gab Tage, an denen er nicht einmal an seinen Bruder dachte. Er war ein vielbeschäftigter Mann und hatte eine Familie zu versorgen.

Aber hin und wieder hielt er inne und erinnerte sich an Steine, die über einen See hüpften, während die Stimme seines kleinen Bruders in seinen Ohren klang. Er erinnerte sich an Nates Stimme während jenes Telefonanrufs in den frühen Morgenstunden und wie er ihn *Ricky* genannt hatte.

Mit einer Zigarette im Mundwinkel verfolgte eine Frau namens Ruth, wohnhaft in Washington, D.C., die Nachrichten aus Pennsylvania. Sie verbrachte gerade ein längeres Sabbatical, zu dem sie sich entschieden hatte, nachdem die Männer von der »NSA« kaum verhüllte Drohungen gegen sie ausgesprochen hatten. Sie wusste weder, was passiert war, noch, wo Nate steckte. Aber irgendwoher wusste sie, dass es eine Verbindung zur Williams-Farm gab. Zu Nate. Zu dem Marine und dem Mädchen.

»Renn schön weiter, Kleiner«, murmelte sie, während sich um sie herum der Rauch ausbreitete. »Renn und bleib nie wieder stehen.«

Sieben Jahre später starb Ruth an einem Herzinfarkt, ohne je wieder etwas von Nathaniel Cartwright gehört zu haben.

Nirgendwo wurden zwei Männer und ein kleines Mädchen erwähnt, die sich am Ort des Geschehens befunden hatten. Es war zwar eine Fahndung mit Fotos herausgegeben worden, aber das war *vor* der Erstürmung der Williams-Farm durch das Militär gewesen. Nach einem kleinen Mädchen, verschwunden im Frühjahr 1995, und zwei Männern, ihren mutmaßlichen Entführern. Schließlich wurde die Fahndung zurückgezogen. Über eine Verbindung zu den Ereignissen auf der Williams-Farm wurde nie etwas bekannt.

Es war, als hätten die drei nie existiert.

NEUNZEHN

Aber sie existierten.

Sie *waren* auf der Farm gewesen.

»Wartet hier«, knurrte Alex, kletterte über das Hubschrauberwrack und verschwand in der Scheune.

Die Veranda des Farmhauses stand in Flammen.

Nate fragte sich, wie lange es dauern würde, bis es ganz abgebrannt war.

Ringsum ein Bild der Verwüstung. Umgestürzte gepanzerte Fahrzeuge. Bewusstlos auf dem Boden liegende Soldaten. Zumindest glaubte er, dass die meisten nur bewusstlos waren. Artemis Darth Vader hatte sie mit einer unsichtbaren Explosion, deren Wucht den Boden rund um das Farmhaus aufgerissen hatte, von den Beinen gefegt. Das gesamte Grundstück sah aus, als wäre es von einem Tornado heimgesucht worden, der nur sie drei verschont hatte.

Art starrte auf das, was sie angerichtet hatte.

Ihre Hände zitterten.

Ihre Haut war blass.

Sie sagte: »Du wärst fast gestorben. Wenn Alex nicht gewesen wäre, wärst du jetzt tot. Warum?«

Nate berührte ihre Haare. »Für dich.«

Art sah ihn an. Ihre Unterlippe bebte und ihre Augen waren feucht. Eine Träne lief ihr über die Wange. »Du liebst mich.«

»Ja.«

»Du liebst ihn.«

»Ja.«

»Ich weiß jetzt, was es bedeutet, ein Mensch zu sein.«

Er wischte die Träne auf ihrer Wange weg. »Und zwar?«

»Es bedeutet, ein gebrochenes Herz zu haben. Es gibt nichts Menschlicheres als ein gebrochenes Herz. Wie könnte ich euch beide je verlassen?«

Er nahm Art in den Arm.

Sie weinte an seiner Schulter.

Irgendwann kam Alex aus der Scheune zurück. Er hatte ihre Seesäcke über der Schulter. Als Alex die beiden erblickte, blieb er stehen.

Nate konnte den Ausdruck auf seinem Gesicht nicht einordnen und zuckte nur hilflos die Achseln.

»Wir müssen los«, sagte Alex barsch. »Solange wir noch können.«

Wie durch ein Wunder war der Chevy unbeschädigt geblieben. Alex warf die Seesäcke auf die Ladefläche, während Nate in den Wagen kletterte, Art immer noch auf seinen Armen.

Alex stieg ein und schlug die Fahrertür hinter sich zu. Er atmete erleichtert auf, als der Motor sofort ansprang.

Er legte den Rückwärtsgang ein, drehte den Kopf und streckte seinen Arm quer über die Sitzbank, während er den Wagen langsam durch das Chaos steuerte.

Nate spürte Alex' Finger an seinem Ohr.

Unterwegs kamen ihnen Polizeifahrzeuge und Feuerwehrautos mit heulenden Sirenen entgegen.

Niemand beachtete sie.

Nate warf einen Blick in den Außenspiegel und sah eine Rauchwolke über den Bäumen hinter ihnen aufsteigen.

Sie fuhren weiter.

Später in der Nacht, nachdem sie Pennsylvania verlassen und die Staatsgrenze nach West Virginia überquert hatten, hielten sie vor einem Motel mitten im Nirgendwo an.

Art schlief an Nates Brust.

Alex sagte kein Wort, als er zur Rezeption ging.

Fünf Minuten später kam er mit demselben angespannten Gesichtsausdruck zurück.

Er war wütend, so viel hatte Nate inzwischen herausgefunden. Aber er wusste nicht, auf wen.

Alex stellte den Chevy am Ende des Parkplatzes ab, so weit weg von jeder Lichtquelle wie möglich. Dann stieg er aus und schloss die Tür hinter sich. Nate beobachtete, wie er die Seesäcke von der Ladefläche nahm und in ihrem Zimmer verschwand.

»Er hat Gefühle«, sagte Art leise.

Nate schreckte hoch. »Meinst du?«

»Ja. Aber er ist nicht besonders gut darin.«

»Ich glaube, er ist sauer.«

»Wahrscheinlich.«

Nate seufzte. »Hast du Hunger?«

Sie schüttelte den Kopf. »Ich bin müde. Der Speck kann bis morgen warten. Heute will ich nur noch schlafen.«

»So viel Speck, wie du willst«, sagte Nate.

Er trug sie ins Zimmer und setzte sie ab.

Alex saß mit hängenden Schultern auf einem der Betten, das Gesicht in die Hände gestützt.

Art ging zu ihm. Sie legte ihm eine Hand auf den Arm und flüsterte ihm etwas ins Ohr.

Nate hörte nicht hin. Die Worte waren nicht für ihn bestimmt. Er ging ins Badezimmer und schloss die Tür.

Es war schmuddelig, aber brauchbar.

Nate spritzte sich Wasser ins Gesicht, bevor er es wagte, sich im Spiegel zu betrachten.

Er erkannte die Person, die ihn ansah, nicht wieder. Seine

Haare waren struppig, und er hatte Stoppeln im Gesicht. Seine Augen wirkten härter. Wilder. Er atmete durch die Nase ein und durch den Mund aus, um die Panik zu unterdrücken, die sich in seiner Brust breitmachte.

Als er wieder herauskam, schlief Art. Nur ihr Kopf lugte unter der Bettdecke hervor. Sie schnarchte laut.

Alex war wach und starrte auf den alten Fernseher, der leise lief.

Sie zeigten Luftaufnahmen von der Farm. Der Text am unteren Bildschirmrand lautete: BEWAFFNETE AUSEINANDERSETZUNG MIT ENDZEITSEKTE ENDET TÖDLICH.

Alex stand von der Bettkante auf, schaltete den Fernseher aus und sah Nate an.

Nate setzte den gleichen verkniffenen Gesichtsausdruck auf wie er.

Alex nickte Richtung Tür.

Nate folgte ihm nach draußen, nachdem er noch einmal nach Art gesehen hatte. Sie schlief nach wie vor.

Alex ging an der Seite des Motels entlang, außer Sichtweite des Büros und der Straße. Es war dunkel. Die Sterne funkelten. Der Komet schien weniger hell als am Tag zuvor.

Nate konnte Alex in der Dunkelheit kaum sehen. Grillen zirpten, und in dem Wald hinter dem Motel quakten Frösche.

Nate fragte: »Was ist los?«

»Sei still.«

Nate wartete.

Aber nicht lange. »Was zum Teufel hast du dir dabei gedacht?«

»Bei was?«

»Tu nicht so«, knurrte Alex. »Du weißt, was ich meine.«

Ja, möglicherweise wusste er es. »Ich habe getan, was ich für das Richtige hielt.«

»Du hättest sterben können«, sagte Alex und trat einen Schritt auf ihn zu. Seine Hände waren zu Fäusten geballt, die Schultern steif. »Wenn ich nicht ... wenn Randy ...«

»Ich bin hier«, sagte Nate leise. »Jetzt. Mit dir. Wir sind in Sicherheit.«

»Du verstehst nicht«, sagte Alex mit heiserer Stimme. »Du ... Nate. Was, wenn ...« Er verstummte. Seine Brust hob und senkte sich.

»Danke.« Nate machte langsam einen Schritt auf Alex zu, die Hände beschwichtigend erhoben, als würde er sich einem in die Enge getriebenen Tier nähern. »Dass du mir das Leben gerettet hast. Ich weiß, es war ...«

»Du weißt es *nicht*«, schnauzte Alex. »Du weißt *gar* nichts. Wenn ich ihn nicht gesehen hätte, oder wenn er nur einen Sekundenbruchteil schneller gewesen wäre, wärst du jetzt tot. Kapiert? Du verdammter Idiot. Wie kannst du es wagen? Wie kannst du es wagen zu versuchen ...«

Nate küsste ihn.

Alex reagierte nicht darauf, zumindest nicht gleich. Nate schlang die Arme um Alex' Hals und küsste ihn mit allem, was er zu geben hatte.

Und dann sank Alex gegen ihn, als hätte jemand einer Puppe die Fäden durchgeschnitten. Er stöhnte in Nates Mund, und seine Arme umschlossen Nate, während er den Kuss erwiderte, mehr mit den Zähnen als mit irgendetwas anderem.

»Dumm«, murmelte Alex, als er wieder von ihm abließ. »Das war unendlich dumm von dir. Das kannst du nicht machen. Das kannst du mir nicht antun. Nate, tu mir das nicht an! Ich schaffe das nicht. Nicht ohne dich ...«

»Schhhh«, machte Nate und sagte ihm, dass sie alle wohlauf waren, dass sie es geschafft hatten und dass es bald, sehr bald schon, vorbei sein würde und sie sich dann überlegen konnten, wie es weitergehen sollte.

Alex schmiegte sich zitternd an ihn, und sie hielten sich lange in der Dunkelheit aneinander fest.

Als sie zurück auf ihr Zimmer kamen, saß Artemis aufrecht im Bett.

»Hallo.« Sie lächelte verhalten. »Es ist bald so weit.«

Nate und Alex tauschten einen Blick aus. Alex fragte: »Bist du sicher?«

Art nickte, ohne ihnen in die Augen zu sehen. »Ich kehre nach Hause zurück.«

In dieser Nacht schliefen sie alle im selben Bett. Es war eng, aber sie schafften es. Art rollte sich auf Alex zusammen und schnarchte unter seinem Kinn.

Wenn Nate träumte, dann von Zahlen, Codes und Blumen auf einer Wiese.

Am nächsten Morgen aßen sie eine Menge Speck.

Sie sprachen nicht viel.

Zwei Tage später ging es in Dingess, West Virginia, zu Ende.

Es war ein völlig unbedeutender Ort, kaum mehr als ein Schild am Straßenrand. Sie kamen an einem Postamt vorbei. Einem Stück Blech mit Einschusslöchern, auf dem *Jamies Familienrestaurant* stand.

Es war Abenddämmerung. Der Himmel war orange. Markham-Tripp war am Verblassen. Die Sterne kamen hervor.

Die Bäume schwankten im Wind.

Sie erreichten einen Tunnel. Eine grün-weiße Tafel davor verkündete:

HISTORISCHER DINGESS TUNNEL
ERBAUT 1892

Die Straße verengte sich zu einer einzigen Fahrspur. Der Tunnel schien sehr lang zu sein, das Licht am anderen Ende war kaum zu erkennen. Es waren keine anderen Fahrzeuge auf der Straße. Die Luft, die durch die heruntergekurbelten Fenster hereinströmte, fühlte sich schwer an, stickig. Das Atmen wurde immer schwieriger.

»Hier«, sagte Art. »Ich glaube, es ist hier.«

Alex hielt an.

Nate fiel auf, dass kein einziger Vogel sang.

Sein Kopf war voller Blumen.

Seine Haut vibrierte.

Er spürte sie. Alex und Art. Alle beide.

Der Motor ratterte im Leerlauf, bis Alex die Drähte löste und das Rattern verstummte.

»Bist du sicher?«, fragte Alex und starrte aus dem Fenster. Seine Stimme klang flach. Sein Gesicht war ausdruckslos. Nate wusste, was er vorhatte: Er schützte sich, schottete sich ab. Art merkte es ebenfalls und versuchte, ihren Schmerz darüber zu verbergen.

»Ja«, flüsterte sie. »Ich bin mir ziemlich sicher.«

Alex nickte ruckartig, bewegte sich aber nicht. Seine Hände lagen auf dem Lenkrad, die Knöchel waren weiß.

Ein zerbrechendes Herz aus nächster Nähe. Und wie.

Nate fragte sich, ob genug Trümmer übrig bleiben würden, um sie danach wieder zu etwas zusammenzusetzen, das dem Ursprungszustand wenigstens entfernt ähnelte.

Er öffnete die Beifahrertür.

Alex' Kopf fuhr in seine Richtung.

»Gehen wir auf ein Abenteuer?«, fragte Art mit großen Augen.

Nate nickte. »Genau das, Cowgirl. Hörst du nicht das Heulen der Kojoten?«

Sie schenkte ihm ein zittriges Lächeln.

Nate kletterte aus dem Pick-up. Seine Knie knackten. Er schloss die Augen und holte tief Luft.

Ja, hier war es. Das war der Ort. Er konnte es fühlen. Er wusste nicht, woher. Er wusste nicht, warum. Aber er fühlte es. Dieser Ort war *anders*.

Art kam heran. Sie nahm seine Hand. Er drückte sie fest. Sie gingen vor zur Motorhaube.

Alex hatte sich nicht bewegt.

»Ihr braucht euch gegenseitig«, sagte Art leise. »Das siehst du jetzt ein, oder?«

Nate hörte ein Summen. »Er braucht *dich* noch viel mehr.«

Sie erschrak. »Nate, ich kann nicht. Du verstehst nicht, was ich bin. *Wer* ich bin.«

Er schaute sie an. »Eine Weltraumprinzessin, oder?«

Sie nickte. »Ja, so in etwa. Und ich liebe ihn.«

»Ich weiß. Und er weiß es auch.«

»Wirst du dich für mich um ihn kümmern?«

»Wenn er mich lässt.«

Ihr Gesicht wurde hart. »Er wird versuchen, dich wegzustoßen. Er wird dir sagen, dass er dich nicht mehr braucht. Er wird gemein zu dir sein. Und kalt. Du darfst nicht darauf reinfallen, Nate, okay? Er liebt dich. Du darfst nicht zulassen ...«

»Das werde ich nicht«, fiel Nate ihr ins Wort, bevor sie sich noch weiter reinsteigerte. »Wir werden einen Weg finden. Ich weiß noch nicht, wie, aber wir werden es schaffen.«

»Solange ihr nur zusammenbleibt, richtig?«

»Richtig.«

»Denn zusammen könnt ihr alles schaffen.«

»Ja, Art. Alles.«

Sie zog Nate zu sich hinunter. Die Scheinwerfer des Chevy blendeten ihn kurz, als er sich bückte. Sie nahm sein Gesicht in ihre kleinen Hände und musterte ihn. Er schloss die Augen nicht und schaute auch nicht weg. Er ließ sie sich sattsehen, genau wie er sich sattsah. Alles tat weh.

Sie sagte: »Ich habe mich gefragt, wie ihr wohl seid. Ihr Menschen. Wozu ihr fähig seid und wie euer Verstand funktioniert. Wie eure Herzen schlagen. Ihr seid Tiere, wild und unzähmbar. Ihr seid roh und brutal und wunderschön. Im ganzen Universum gibt es niemanden wie euch. Ihr habt die Kraft zu unfassbarer Zerstörung in euch. Und so viel Freude. Ein so krasser Widerspruch, wie es ihn eigentlich nicht geben kann, und doch ist er da. In dir. In euch allen.« Sie beugte sich vor und küsste Nate auf die Stirn. Jede Wange. Die Nasenspitze. »Ich bin froh, dass wir euch gefunden haben. Ich bin froh, dass er dich hat. Denk daran, wenn du in die Sterne schaust.«

Eine Träne lief über Nates Wange. Er konnte nichts tun, um sie aufzuhalten.

Art ließ seine Hand los.

Er richtete sich auf.

Alex saß auf dem Fahrersitz, die Hände immer noch auf dem Lenkrad.

Art nickte ihm traurig zu. »Es ist okay. Ich verstehe das.«

Und dann kamen sie.

Trotz allem, was ihnen widerfahren war, trotz allem, was Nate gesehen hatte, hatte er nie wirklich an diesen Moment gedacht. An das, was passieren würde. Wie sich das Ende anfühlen würde. Hätte jemand ihn gefragt, hätte er gesagt, dass ein Schiff vom Himmel herabkommen würde, glatt und silbern und mit blinkenden Lichtern. Ein blauer Lichtstrahl würde Artemis in das Schiff holen, und dann würde es wieder davonjagen, hinauf zu den Sternen.

Aber *das* hatte er nicht erwartet.

Wir messen die Zeit nicht so, wie ihr es tut. Sie ist biegsam und verläuft nicht in einer geraden, starren Linie, wie ihr glaubt. Das tut Zeit nie, und für den Raum gilt dasselbe.

Am Tunneleingang zuckte ein elektrischer Lichtbogen über den kahlen Fels. Schotter und Kiesel zu beiden Seiten der Straße erhoben sich langsam in die Luft. Die Haare auf Nates Armen standen zu Berge. Es roch wie nach einem Blitzeinschlag.

Ein leises Grollen ertönte, und die Luft vor dem Tunnel begann zu brodeln. Es war, als würde die Welt vor Nates Augen auseinandergerissen und von einem Loch verschluckt, das sich aus dem Nichts auftat. Das Loch wuchs, bis es fast so groß war wie der Tunneleingang. Nate konnte den Ausgang am anderen Ende nicht mehr sehen. Stattdessen starrte er in einen klaffenden Schlund aus Weiß. Es war, als schaute er direkt in die Sonne.

»Wir haben schon vor langer Zeit gelernt, wie man ohne Schiffe reist«, sagte Artemis. »Es braucht Unmengen Energie und kann sehr gefährlich sein, aber wir können Zeit und Raum durchqueren und Entfernungen überwinden, wie es zuvor nie möglich war. Es ist wie ein Tor.«

Und Nate konnte sie hören, auf der anderen Seite. Sie flüsterten in seinem Kopf, unverständliche, beruhigende Geräusche, die seine Brust zum Beben brachten. Er wusste, was Art war. Er glaubte ihr. Aber hier und jetzt, mit diesem wirbelnden Licht vor sich, wurde ihm zum ersten Mal *wirklich* klar, dass die Menschheit nicht allein war. Dass es noch andere gab. Zugegeben, weit weg, vielleicht sogar so weit, dass er so etwas niemals wieder sehen würde, aber sie waren nicht allein.

»Niemals«, bestätigte Art mit Nachdruck.

»Ich dachte, du kannst keine Gedanken lesen«, stotterte er.

»Kann ich auch nicht. Aber du sendest, und wir sind miteinander verbunden, du und ich.«

»Ich liebe dich«, sagte Nate und riss den Blick von dem Wunder vor seinen Augen los.

Art lächelte ihn mit feuchten Augen an. »Ich weiß«, sagte sie, und ihr Lächeln wurde breiter.

Nate lachte. Natürlich. Er *konnte* gar nichts anderes tun.

Art machte einen Schritt auf das Licht zu.

Nate schaute zurück zum Wagen.

Alex Weir saß immer noch hinter dem Lenkrad. Er war bleich wie ein Laken.

Nate sendete.

Große, raue Hände, die Arts Zöpfe flechten.

Steine, die über die Oberfläche eines Sees hüpfen.

Münder voller Speck.

Schätze, du solltest es einfach tun, Cowboy.

Und Liebe. So viel Liebe, dass Nate das Gefühl hatte, darin zu ertrinken.

Er sah, wie Alex' Maske in sich zusammenfiel.

Ein gebrochenes Herz. Aus nächster Nähe.

Und dann riss Alex die Fahrertür auf und schrie: »Warte! Art, *warte!*«

Alex rannte los.

Art kam ihm auf halbem Weg entgegen und sprang in seine Arme.

Alex fing sie auf und drückte sie an sich. Art schlang die Beine um seine Taille und legte die Arme um seinen Hals. Er legte eine Hand auf ihren Hinterkopf und hielt sie fest, während sie weinte, ihm sagte, dass sie nicht gehen wolle, dass sie ihn nicht verlassen wolle, dass es ihr wehtue. »Alex, alles tut weh, ich hätte nie gedacht, dass es so kommen könnte, dass ich so fühlen könnte, ich hätte nie gedacht, dass *du* so sein könntest, aber du bist es. Du *bist* es.«

Und Alex sagte: »Still, sei still, kleines Mädchen, hörst du? Es ist alles gut. Alles ist gut. Ich möchte, dass du mir jetzt zuhörst. Kannst du das? So ist es gut.«

Er sagte: »Egal, wohin du gehst. Egal, wie weit weg du bist, ich werde immer bei dir sein. Ich liebe dich. Ich liebe dich. Ich liebe dich.«

Er wiegte sie hin und her.
Art schluchzte an seinem Hals.
Alex sah Nate hilflos an, sein Gesicht war nass.
Und es gab nichts, was Nate tun konnte.
Schließlich beruhigte Art sich wieder.
Schließlich stellte Alex sie wieder auf die Füße.
Er wischte ihr über die Wangen.
Sie sah schniefend zu ihm auf.
»Jetzt geh schon«, sagte er. »Du musst jetzt gehen.«
Sie nickte langsam. »Auf ein Abenteuer, richtig?«
»Ja, Mädchen. Ein Abenteuer.«
Sie machte einen Schritt zurück.
Und noch einen.
Und noch einen.
Sie sah Nate an. Dann wieder Alex.
Sie drehte sich um.
Artemis Darth Vader nahm einen tiefen Atemzug.
Sie straffte die Schultern.
Sie ging auf das Tor zu, das vor ihr leuchtete.
Und ...
... blieb stehen.
Sie neigte den Kopf.

Das Geflüster wurde lauter. Nate verstand die Bilder in seinem Kopf nicht. Was er fühlte. Es war, als tasteten spindeldürre Finger über seinen Geist und würden an seinen Erinnerungen zerren. Sie schienen sich nicht für ganz früher zu interessieren. Sie gingen nur bis zu dem Zeitpunkt zurück, als Nate vor dem Generator im Schuppen stand und den Lauf einer Waffe an seinem Hinterkopf spürte. Als sie das Bild gefunden hatten, wurde das Flüstern schärfer. Die Finger schlossen sich darum und *zogen*. Nate fühlte sich, als stünde er unter Strom, sein Kopf kippte nach hinten, seine Finger waren weit gespreizt, seine Zehen krümmten sich. Es war, als hätte er einen Krampfanfall, aber er hatte keine Schmerzen, und er konnte immer noch alles fühlen, alles hören.

Die Finger zogen weiter. Sie strichen über Blumen auf einer Wiese. Sie stupsten einen vom Himmel fallenden Hubschrauber an. Sie krümmten sich vor Wut über Männer mit Gewehren im Anschlag. Und sie waren weich, so unglaublich weich, als Artemis und Alex ihm gegenübersaßen und lachten und Arts Mund voller Speck war.

Sie forschten.

Sie tasteten.

Doch als sie zu Alex kamen – wie er hinter Nate stand, die Zähne an seinem Hals, sein Fleisch voller Hitze und sein Körper hart –, dachte Nate: *Nein, das gehört euch nicht, das dürft ihr nicht sehen,* gehorchten sie und zogen sich zurück.

Und währenddessen hörte er Art sagen: »Ja. Beide. Sie gehören zu mir. Und ich gehöre zu ihnen. Warum?«

Es kam eine Antwort, doch Nate verstand sie nicht.

»Ja, sie machen Fehler, aber sie lieben mich. Und ich liebe *sie.*«

Das Geflüster wurde lauter. Härter, wie summende Wespen.

»Das kann sein, aber ich würde es wieder tun. Immer und immer wieder. Ihr kennt sie nicht, ihr versteht ihre Absichten nicht, aber ich habe ihre Herzen gesehen. Ich habe ihre Seelen gesehen. Sie sind Sterne. Sie sind Staub. Und ich werde sie nie vergessen.«

Eine einzelne Stimme antwortete. Sie klang wie Glockengeläut.

Artemis sagte: »Würde das gehen? Aber was ist mit …«

Die Glocken läuteten lauter.

Art schaute zurück zu Nate und Alex, mit einem seltsamen Ausdruck auf dem Gesicht. Sie wandte sich wieder dem Licht zu. »Ja«, sagte sie. »Oh ja. Mehr als alles auf allen Welten.«

Das Licht explodierte und Nate wurde von den Füßen gerissen.

Er war bewusstlos, noch bevor er auf dem Boden aufschlug.

Als sie erwachten, war es dunkel.

Die Sterne blinkten.

Der Komet schien am Himmel festzustecken.

Der Tunnel war wieder nur ein Tunnel.

Sie stemmten sich langsam hoch.

Sie waren allein.

Alex nahm Nates Hand, dann gingen sie zum Chevy.

Hinter ihnen bewegte sich etwas. Sie wirbelten herum.

EPILOG

Er sang die Melodie im Radio mit.

Irgendwas über einen Typen und ein trauriges Lied, mit dem alles besser wird.

Danach lachte er, bis er kaum noch Luft bekam.

Was für ein *Zufall!* War es doch, oder?

Nur dass er nicht an Zufälle glaubte.

Nicht mehr.

Er fragte sich, ob es heute so weit war.

Er war schon auf halbem Weg nach Hause, als sein alter Freund Steven Cooper im Radio kam. Seine Stimme klang rauer, und er war noch ein bisschen geschwätziger geworden als früher, aber sonst hatte sich nicht viel geändert.

Er sagte: »... und wie kommen die darauf, dass wir ihnen das einfach abkaufen? Leute, ihr wart dabei, als wir die Sache mit den Chemtrails aufgedeckt haben. Ihr wart dabei, als die Regierung uns einreden wollte, das Jahr 2000 würde das Ende der Zivilisation bedeuten. Und ja, meine Freunde, wir alle haben die Türme in New York einstürzen sehen. Und wir wissen, was es damit auf sich hat, nicht wahr? Das waren keine verdammten Flugzeuge, nein. Das war eine kontrollierte Sprengung, Freunde. Es war *Absicht!* Und der Grund dafür ist so klar wie der helllichte Tag. Sie haben es auf die Araber geschoben, die Muslime, die Iraker und Afghanen! Damit hatten sie das Volk hinter sich, als wir in Irak und Afghanistan einmarschiert sind, dabei ging es von Anfang an nur darum, die Ölversorgung zu sichern! Freunde, es gab *Hunderte* solcher Fälle, große und kleine, alles Teile eines Puzzles, die, wenn man sie zusammensetzt, das große Bild davon zeigen, wohin sich unsere Welt entwickelt. Seht euch Katrina an. Den Tsunami in Indonesien. Den Amoklauf an der Virginia Tech. Und dann wäre da noch diese Kleinstadt in Oregon: Roseland. Sie soll von einem *Sturm* zerstört worden sein, der nur diese eine kleine Region heimgesucht hat? Und die erwarten ernsthaft, dass ich das *glaube?* Es war ein *Test,* Freunde. Die Regierung hat mal wieder eines ihrer Experimente durchgeführt. Langjährige Zuhörerinnen und Zuhörer wissen, dass ich immer wieder bewiesen habe, dass wir alle nichts anderes als Versuchskaninchen sind, und zwar schon seit den Fünfzigerjahren. Seit wir *Kontakt* hatten. Truman hat einen Deal gemacht, damals, wie ihr wisst. Wie sonst lässt sich die technologische Revolution erklären, die auf seine Präsidentschaft gefolgt ist? In den letzten sechzig Jahren haben wir mehr Fortschritte gemacht als in der gesamten Menschheitsgeschichte. Und wir sollen glauben, das wäre alles ohne Hilfe von außen passiert? Ich frage euch, Freunde, was schulden wir denen, wenn der Zahltag kommt? In sechs Monaten geht das Jahr zu Ende, und die Mayas wussten es. Sie *wussten* es. Genau deshalb endet ihr Kalender *genau in diesem Jahr.* Denn sie wussten, dass danach *nichts mehr kommt.* Freunde, ich glaube, in diesem Jahr, 2012, wird sich alles erfüllen, was ich euch gesagt habe. 1995 haben sie sich entschieden – aus welchem Grund auch immer –, *doch* nicht mit dem Kometen zurückzukommen. Oder sie *waren* hier, und Peter Williams und seine Anhänger sind jetzt weit, weit weg von hier …«

Nolan schaltete das Satellitenradio aus.

Manchmal war Stille besser.

Es war Mitte Juni, und der Schnee war größtenteils verschwunden, als er Nain in Neufundland hinter sich ließ. Es war ein guter Winter gewesen, aber Nolan war froh, endlich das Grün des Frühlings zu sehen. Als es im April zu tauen begonnen hatte, hatte er sich gefühlt, als würde er aus dem Winterschlaf erwachen. Es war nicht ihr härtester Winter gewesen, seit sie vor zehn Jahren die Hütte bezogen hatten. Sondern der Winter 2007. Damals war er beinahe sicher gewesen, dass sie es nicht schaffen würden.

Natürlich hatten sie darüber nachgedacht, ihre Sachen zu packen, wegzugehen und sich ein anderes Fleckchen zu suchen. Aber dann kamen der Frühling und der Sommer, Aaron konnte auf einem Fischerkutter in Nain anheuern, und sie waren glücklich. Sie blieben. Die Leute in Nain kannten sie inzwischen und waren nett zu ihnen. Im Sommer, wenn die Kreuzfahrtschiffe mit ihren Hunderten von Touristen kamen, die für ein paar Stunden das malerische Küstendorf bestaunten und dann wieder verschwanden, half Nolan in den Geschäften aus.

Sie hatten sich hier ein Zuhause erschaffen.

Durch das heruntergekurbelte Fenster hörte Nolan die Möwen rufen. Die Luft war immer noch kühl, aber daran hatte er sich inzwischen gewöhnt. Es hatte einige Zeit gedauert, aber dann hatte er herausgefunden, dass es das Beste war, möglichst viele Schichten übereinander zu tragen. Im Schneeschuhlaufen war er sogar besser geworden als Aaron – sehr zu dessen Verdruss.

Er betrachtete den verkratzten goldenen Ring an seinem Finger und lächelte. Nolan und Aaron Callahan waren jetzt schon siebzehn Jahre zusammen und immer noch so gut bei Kräften wie eh und je.

Nolan pfiff ein Liedchen vor sich hin und bog auf den Feldweg ab, der zu ihrer Hütte führte. Er war froh, die Einkäufe hinter sich zu haben. Aaron hatte angeboten, ihn zu begleiten, aber Nolan hatte abgewunken. Aaron war fast einen Monat lang mit dem Fischkutter unterwegs gewesen und erst seit ein paar Tagen wieder zurück. Er hatte sich eine Pause redlich verdient.

Die Hütte war nichts Besonderes. Einstöckig, drei Zimmer, Bad, Toilette. Auf der Rückseite gab es eine Terrasse, auf der man das Meer riechen konnte, obwohl die Küste fast zehn Meilen entfernt war. Das Dach war solide und das Fundament auch. Es war ihr Zuhause, und das schon seit langer Zeit. Aber vielleicht nicht für immer. Nolan hatte das Gefühl, dass sie sich einem Ende näherten, dass sie an der Schwelle zu einem Neuanfang standen.

Aber das spielte keine Rolle.

Zuhause war nicht nur ein Ort.

Ein Zuhause konnte auch eine Person sein.

Als Sadie den Wagen hörte, kam sie bellend aus dem Haus gerast und wäre auf den Verandastufen fast über ihre eigenen Pfoten gestolpert. Aaron hatte sie ihm vor ein paar Jahren geschenkt. Damals war sie noch ein ausgelassener schwarz-weißer Alaskan-Malamute-Welpe mit leuchtenden Augen gewesen. Heute war sie ein Monster von einem Hund.

Besagtes Monster stützte sich mit den Vorderpfoten an der Fahrertür ab und versuchte mit einem verzweifelten Winseln, Nolan übers Gesicht zu lecken.

»Hey«, sagte Nolan lachend. »Ich war doch nur ein paar Stunden weg. Beruhige dich.«

»Seit du weg bist, sitzt sie vor der Tür und jault«, sagte eine tiefe Stimme. »Als ob sie Angst hätte, du würdest nicht zurückkommen.«

Selbst jetzt, nach all dieser Zeit, begann Nolans Herz wie wild zu flattern.

Aaron Callahan stand auf der Veranda, seine Physis war

so beeindruckend wie eh und je. Aaron war jetzt siebenundfünfzig Jahre alt, Nolan erst vierundvierzig, und er hoffte, mit knapp sechzig wenigstens halb so gut auszusehen wie sein Mann. Aaron war schlanker als damals mit vierzig, aber immer noch stark. Sein Haar war weiß, genauso wie der Vollbart, den er sich sehr zu Nolans Freude schon vor Jahren hatte wachsen lassen.

Nolan war auch nicht gerade hässlich, zumindest laut Aaron. Sie waren älter, vielleicht ein bisschen weiser, aber das Wichtigste war, dass sie schon lange nicht mehr um ihr Leben hatten rennen müssen.

»Wir müssen ihr das abgewöhnen«, sagte Nolan und stieg aus. Sadie leckte ihm die Hände ab und lief bellend im Kreis um ihn herum. »Verlustängste sind schlimm. Ich sitze auch jedes Mal jaulend vor der Tür, bis du endlich wieder nach Hause kommst.«

Aaron kam lachend die Treppe herunter und schloss ihn genauso fest in die Arme wie vor ein paar Tagen, als Nolan ihn am Hafen abgeholt hatte. Dabei war er nur ein paar Stunden weg gewesen.

»Ich bin so froh, dass du wieder zu Hause bist«, murmelte er an Aarons Schulter.

»Ich auch«, erwiderte Aaron. Nolan lehnte sich zurück und Aaron küsste ihn. Sein Bart war kratzig und seine Lippen waren leicht aufgesprungen, trotzdem war es das beste Gefühl der Welt.

Nolan schmolz unter dem Kuss. »Die Einkäufe können doch warten, oder?«, murmelte er an Aarons Lippen. »Was hältst du davon, wenn wir reingehen, die Schlafzimmertür hinter uns abschließen und sehen, was passiert?«

»Wie geht's deinem Rücken?«, fragte Aaron mit kritischem Blick.

Nolan verdrehte die Augen. »Dem geht's bestens.«

»Bist du sicher? Du hast gestern ziemlich gejammert.«

»Ich kann mich nicht mehr so gut bücken wie früher, das ist alles«, brummte Nolan. »Außerdem redet da genau der Richtige. Weißt du noch, was passiert ist, als du mich das letzte Mal vor der Wand vögeln wolltest?«

Aarons Augenbrauen zogen sich zu einem dunklen Balken zusammen. »Ich hatte einen schlechten Tag.«

Nolan schnaubte. »Klar, red dir das nur ein, Kumpel.«

Aaron küsste ihn noch einmal, schnell und sanft. »Ein andermal, okay?«

Da wusste Nolan es. Er hörte es an seiner Stimme. Er sah es an der Art, wie Aaron sich bewegte. Und wenn er darüber nachdachte, hatte er wahrscheinlich schon seit Wochen geahnt, dass dieser Tag kommen würde. Er hätte nicht vorhersagen können, dass es genau *jetzt* passieren würde, aber er war auch nicht überrascht.

»Es ist so weit, oder?«, fragte er leise.

Aaron nickte. »Ich glaube, ja.«

Nolan war nicht sicher, was er davon halten sollte. Sie hatten dieses Zuhause für sich erschaffen. Diesen Ort, verborgen vor dem Rest der Welt. Und das hier könnte alles ändern. Nein. Es *würde* alles ändern. Früher oder später. Und wenn die Entscheidung einmal gefallen war, gab es kein Zurück mehr.

Nolan nickte knapp. »Okay.«

Aaron sah ihn besorgt an. »Hey, was geht da gerade in deinem hübschen kleinen Köpfchen vor?«

Nolan zuckte die Achseln. »Ich denke zu viel nach, glaube ich. Es ist nur ... Alles wird sich ändern.«

Aaron streckte den Arm und streichelte seine Wange. »Das wird es.«

»So etwas wie hier werden wir vielleicht nie wieder haben. Diesen Moment. Diese Ruhe. Diesen Ort.«

»Vielleicht«, bestätigte Aaron. »Aber du wirst immer *mich*

haben. Egal, was passiert. Egal, wo wir sind, ich werde immer an deiner Seite sein.«

Nolan lächelte. »Du Schleimer.«

»Selber Schleimer.«

»Stimmt. Ich habe nur Angst.«

»Ich will dich nicht belügen«, fuhr Aaron fort. »Es könnte hart werden. Es wird viele Menschen geben, die es nicht verstehen. Menschen, die uns nicht glauben. Menschen, die nur Angst kennen. Und unsere Aufgabe wird es sein, ihnen zu helfen. Ihnen den Weg zu zeigen. Sie wissen zu lassen, dass es nichts *gibt,* wovor sie Angst haben müssten. Es ist nur der nächste Schritt. Für uns alle.«

»Bist du dir da sicher?«

Aaron zögerte. Dann fragte er: »Vertraust du mir?«

»Natürlich.«

»Bereust du es? Irgendwas von alldem?«

»Nein«, antwortete Nolan aufrichtig. »Das habe ich nie.«

Es war die Wahrheit. Lange Zeit hatte Aaron sich schuldig gefühlt. Ihrem alten Leben gegenüber, das sie hinter sich gelassen hatten. Dass sie alle Verbindungen abgebrochen hatten. Dass er Nolan mit hineingezogen hatte. Es hatte eine Weile gedauert, bis Nolan ihn beruhigen konnte, aber ab und zu flackerte Aarons Verunsicherung immer noch auf.

»Nicht eine Sekunde.« Nolan hielt inne und überlegte. »Na ja, das nehme ich zurück. Das mit der Farm hätte nicht sein müssen.«

Ein Ausdruck liebevoller Verärgerung trat auf Aarons Gesicht. »Ich glaube, das gilt für uns alle.«

»Und dann waren da noch deine sogenannten Freunde.«

Aaron zuckte zusammen. »Ja, das geht wohl auf meine Kappe.«

»Hippies, Aaron. Deine Freunde waren *Hippies!* Und wir mussten bei ihnen bleiben. *Monatelang.*«

»Wirst du mir jemals verzeihen?«

Nolan schniefte hochmütig. »Wahrscheinlich nicht.«

Sie lachten und küssten sich wieder. Nolan mochte diese Art von Küssen sehr.

»Wir schließen die Schlafzimmertür später ab«, versprach Aaron mit leiser Stimme und kniff Nolan in den Hintern.

»Darauf nagle ich dich fest, alter Mann. Hilfst du mir mit den Einkäufen?«

Die Hippies hatten ihm gesagt, dass es hart werden würde, aber er müsse aufhören, an Nathaniel Cartwright zu denken. »Selbst wenn du es nicht merkst«, hatte ihm eine Frau mit Dreadlocks und glasigen Augen erklärt, »siehst du dich vor deinem inneren Auge als Nate. Das ist alles, was du je gekannt hast. Es passiert vollkommen unbewusst. Aber du musst damit aufhören. Du musst zu deinem neuen Namen *werden*, du musst ihn *leben*. Nathaniel Cartwright gibt es nicht mehr. Du bist jetzt Nolan Callahan.«

»Und was ist mit *ihm?*«, fragte Nate/Nolan. Er deutete mit dem Kinn auf Alex, der mit tief gerunzelter Stirn vor einem Blue Screen saß, während sie ein Foto von ihm machten. »Wie wird er heißen?«

Die Frau grinste. »Aaron.«

»Oh.«

»Aaron Callahan.«

Nate hustete. »Wir sind *Brüder?*«

»Ich glaube, er hatte was anderes im Sinn, als er den Vorschlag gemacht hat. Nein, ihr seid *keine* Brüder.«

Danach hatte Alex sich eine ganze Zeit lang geweigert, ihn anzusehen.

Es war schwierig gewesen. Er hätte sich niemals vorstellen können, wie sehr seine Identität mit den zwei Worten Nathaniel Cartwright verknüpft war. Die Frau mit den Dreadlocks hatte recht gehabt: Auch wenn er nicht an die beiden Worte dachte, war er Nate. Schließlich war er das schon seit fast dreißig Jahren.

Es ging also nicht über Nacht.

Zum Teufel, es dauerte *Jahre.*

Es gab mehrere unangenehme Situationen, wenn er neue Leute kennenlernte. Er stolperte über seinen Namen und zog das N und das A in die Länge, bis er es endlich zu *Nolan* korrigierte, was sich dann wie *Nnnnaaaa-olan* anhörte. *Mein Name ist Nolan.*

Im Lauf der Jahre hatte er den ein oder anderen komischen Blick dafür geerntet.

Aber eines Tages wurde ihm klar, dass er nicht mehr Nate war. Nathaniel Cartwright war ein guter Mensch gewesen. Meistens zumindest. Er hatte Fehler gemacht, sicher, aber er hatte immer versucht, das Richtige zu tun. Er war einsam und verloren gewesen. Orientierungslos. Erst am Ende seines Lebens als Nate Cartwright war ihm das bewusst geworden.

Es war nicht leicht gewesen, Nolan Callahan zu werden.

Aber es war leicht gewesen, sich dafür zu entscheiden.

Dazu hatte er nur Alex Weir anzusehen brauchen.

Er ging mit Aaron in die Hütte, die Arme voller Lebensmitteltüten. Sadie blieb ihrem Lieblings-Homosapiens dicht auf den Fersen – nicht, dass er noch einmal auf die Idee kam, sie zu verlassen.

Sie stellten die Tüten in der Küche ab. Nolan neigte den Kopf und lauschte. Durch die offenen Fenster drangen die Geräusche des Waldes herein und die Hütte knarrte, aber sonst war nichts zu hören.

Keiner der beiden machte Anstalten, die Einkäufe auszupacken. Nolan wusste, Aaron wartete nur darauf, dass er ihn fragte. Sie hatten keine telepathische Verbindung zueinander.

Sie konnten die Gedanken des anderen nicht lesen. Aber die Intuition hatte sie seit ihrer Zeit mit Artemis Darth Vader nie verlassen. Selbst nach dem Dingess-Tunnel waren sie auf eine Weise miteinander verbunden geblieben, die andere nicht kannten.

Nolan überlegte, was ihm am wichtigsten war. Welche Frage als Erstes gestellt werden musste. »Warum jetzt? Nach all den Jahren, die inzwischen vergangen sind?«

Aaron schaute aus dem Fenster. Sein Gesicht war faltig. Er sah immer noch müde aus, weil er seit seiner Rückkehr noch nicht genug Schlaf nachgeholt hatte. Trotzdem war er noch genauso attraktiv wie an dem Tag, an dem sie sich kennengelernt hatten. »Wir haben versprochen, ihre Geschichte zu erzählen. Dass die Welt eines Tages erfahren würde, was passiert ist.«

»Das verstehe ich«, erwiderte Nolan. »Wirklich. Aber es ist jetzt siebzehn Jahre her. Es gab so viele Momente, in denen es *passender* gewesen wäre, findest du nicht? Nach allem, was auf der Welt passiert ist. All der Tod und die Zerstörung. Krankheiten und Hungersnöte. Wir können gütig sein, aber wir zerstören alles, was wir anfassen. Wie kommt es, dass es ausgerechnet jetzt so weit ist?«

Aaron sah ihn mit zusammengezogenen Augenbrauen an. »Ich bin nicht allwissend.«

Nolan seufzte. »Ich weiß. Ich habe nur Angst, glaube ich. Um uns.«

»Komm her«, sagte Aaron und hob einen Arm.

Nolan tat es. Natürlich tat er es.

Er passte perfekt unter Aarons Arm, genau wie damals. Er war nicht so hoffnungslos romantisch, dass er glaubte, sie seien füreinander geschaffen oder gar bestimmt. Aber er erinnerte sich noch genau an den Blick, mit dem sie ihn damals am Herschel Lake angesehen hatte. Hinter ihr stand ein Marine und flocht ihr die Haare, und sie fragte einen Mann namens Nate Cartwright, ob er an Schicksal glaube. An Bestimmung.

Damals hatte er nicht daran geglaubt.

Inzwischen hatte er Zweifel. Manchmal zumindest.

Er schaute aus dem Fenster.

Auf der kleinen Wiese hinter dem Haus saß eine junge Frau im Schneidersitz. Ihr Haar war zu einem lockeren Pferdeschwanz gebunden. Sie trug schwarze Leggings und ein viel zu großes Flanellhemd. Es sah aus wie eines von Aaron. Ihre Füße waren nackt, die Hände hatte sie auf die Knie gelegt, und auf ihrem Kopf thronte eine violette Sonnenbrille. Ihre Schultern hoben und senkten sich, während sie tief ein- und langsam wieder ausatmete.

Um sie herum, zwischen unzähligen Grashalmen, begannen die Blumen zu blühen.

Nolan Callahan *spürte* es genauso, wie er es sah. Ein Strahlen und Erblühen von Farben. Er spürte es bis in seine Knochen.

Damals, am Eingang zum Dingess-Tunnel, hatte Artemis immer noch auf der Straße gestanden, nachdem das Licht wieder verblasst war. Ihr Blick hatte unsicher gewirkt.

Alex Weir hatte einen undefinierbaren Laut ausgestoßen, dann war er auf die Knie gesunken und hatte die Arme ausgebreitet.

Art war zu ihm gerannt.

Später erzählte sie ihnen, dass sie vor die Wahl gestellt worden war.

Und sie hatte sich für sie entschieden – dafür, ein Mensch zu sein.

Damals verstanden sie noch nicht, was das bedeutete.

Erst drei Tage später, als Art ihren ersten Zahn verlor.

Ihr Alterungsprozess war langsamer. Sie sah aus, als ginge sie noch zur Highschool. Aber sie war groß, kräftig und unfassbar intelligent.

Artemis Darth Vader.

Oder Ellie Callahan, wie sie dieser Tage genannt wurde.

Tage, die sich offensichtlich dem Ende zuneigten.

Die Blumen standen in voller Blüte.

Ellie legte eine Hand auf den Boden und stand langsam auf.

Das Lächeln, als sie sich zum Haus umdrehte und die beiden Männer am Küchenfenster sah, strahlte wie die Sonne.

An diesem Abend aßen sie auf der hinteren Terrasse. Die kalte Luft war noch etwas beißend. Der Eintopf war warm und der Kaffee heiß. Aaron hatte ihn genauso zubereitet, wie Nolan ihn am liebsten mochte.

»Du bist so still«, sagte Nolan zu Ellie.

Ellie zuckte die Achseln. Sie hatte ihr Essen kaum angerührt. »Ich denke nur nach.«

Er kannte die Antwort, aber er fragte trotzdem: »Worüber?«

»Über morgen.« Sie betrachtete die Blumen auf der Wiese. Sadie lag neben ihnen und nagte an einem Knochen. »Ich bin nervös. Damit hatte ich nicht gerechnet.«

Aaron streckte den Arm und nahm Nolans Hand. »Warum bist du nervös?«

»Ich weiß es nicht. Ich bin es einfach. Wegen dem, was es bedeutet, denke ich. Was als Nächstes passieren wird.«

Manchmal fand Nolan, dass sie die menschlichste von ihnen allen war. Ihr süßes, stürmisches Mädchen. »Wir werden bei dir sein.«

Sie lächelte still. »Ich weiß.«

»Und du bist dir absolut sicher?«

Sie nickte. »Es ist so weit. Ich kann sie hören.«

Nolan und Aaron tauschten einen erschrockenen Blick aus. »*Sie*«, wiederholte Aaron langsam. »Du meinst …«

»Ja, *sie*.«

Nolans Herz begann zu pochen. »Wann hat es angefangen?«

Ellie summte ein wenig vor sich hin. »Vor ein paar Wochen.«

Der altbekannte finstere Blick trat auf Aarons Gesicht. »Warum hast du nichts gesagt?«

»Ich habe Zeit gebraucht, um herauszufinden, was es genau bedeutet. Seit dem Tunnel war ich von ihnen abgeschnitten. Das war Teil der Abmachung. Seit ich sie wieder hören kann, vergeht die Zeit für mich langsamer. Ich war überrumpelt, aber jetzt verstehe ich es besser.« Ellie schob ihren Teller weg. »Sie kommen. Es gibt so vieles, was sie dieser Welt beibringen können, den Menschen zeigen.«

Eine Gänsehaut breitete sich über Nolans Nacken aus. »Die Menschen werden es nicht verstehen. Viele von ihnen. Und das für eine lange Zeit.«

Ellie lachte. Er liebte dieses Geräusch. »Ich weiß. Aber meine Geschichte muss erzählt werden. *Unsere* Geschichte.« Sie schaute in den Himmel. Aaron und Nolan folgten ihrem Blick. Die Sterne kamen heraus. »Ich glaube, diese Welt steht am Beginn von etwas. Von etwas Neuem. Etwas Besserem. Aber es ist ein schmaler Grat. Die Waagschale könnte leicht in die andere Richtung ausschlagen, und es ist unsere Aufgabe, dafür zu sorgen, dass das nicht passiert. Wir müssen dafür sorgen, dass die Menschen nicht dem Ruf der Leere folgen.« Sie schloss die Augen. »Es wird klein anfangen, aber dann wird sich die Botschaft verbreiten. Eines Tages, und zwar bald, werden die Menschen bereit sein. Und wir werden ihnen den Weg zeigen.«

Bevor Ellie ins Bett ging, umarmte sie beide, wie sie es immer tat. Sie hatte ein Buch in der Hand, einen Louis L'Amour voller Eselsohren. Sie liebte die Bücher immer noch, selbst nach all der Zeit.

Später, nachdem der Abwasch erledigt war und sie Sadie zum letzten Mal rausgelassen hatten, führte Aaron seinen

Mann an der Hand ins Schlafzimmer. Er zog Nolan langsam aus und liebkoste jeden Zentimeter nackter Haut, den er freilegte. Sie atmeten einander ein, schweißnass, und als sie kamen, explodierten die Farben in ihren Köpfen wieder und wieder und wieder.

Danach lagen sie eng aneinandergekuschelt im Dunkeln. Aaron legte Nolan von hinten einen Arm um die Hüfte.

»Morgen«, flüsterte Nolan.

»Ich liebe dich.«

»Ich weiß.«

»Ich hätte ihr diesen Film nie zeigen sollen«, seufzte Aaron.

Sie lachten.

Und dann schliefen sie.

Es geschah an einem nebligen Junimorgen irgendwo in der kanadischen Wildnis.

Eine Kamera war auf einen Schreibtisch gerichtet, hinter dem drei Stühle standen. Es war ein Livestream in die ganze Welt. Nur eine Handvoll Menschen war tatsächlich live dabei, und selbst die waren rein zufällig darauf gestoßen. Doch innerhalb von zehn Monaten sollte sich die Botschaft um den gesamten Globus verbreiten und von Millionen von Menschen geteilt werden.

Einige glaubten sie.

Die meisten nicht.

Aber das änderte sich.

Später.

Noch waren sie im Jetzt:

Drei Menschen kamen ins Blickfeld. Zwei Männer. Eine junge Frau. Sie saß zwischen ihnen, und jeder, der zusah, merkte sofort, wie sehr die beiden sie anbeteten. Wie sehr sie alle einander liebten. Sie saßen dicht beieinander und bewegten sich wie eins. Die Männer wirkten nervös. Die Frau war ruhig. Fast heiter-gelassen.

Einer der Männer, der ältere und mürrischere der beiden, räusperte sich und fragte: »Bist du bereit?«

Die Frau schaute ihn mit leicht geneigtem Kopf an. »Gehen wir auf ein Abenteuer?«

Sein Lächeln war strahlend. »Ja, meine Kleine. Und ob.«

Der andere Mann ergriff ihrer beider Hände. Er sagte: »Alles gut?«

Die Frau nickte. »Alles gut.« Sie schaute in die Kamera. »Ihr werdet es nicht verstehen, zumindest nicht gleich, und das ist okay. Vielleicht haltet ihr mich sogar für eine Lügnerin, aber auch das ist okay. Alles, worum ich bitte, ist, dass ihr bis zum Ende zuhört, bevor ihr euch ein Urteil bildet. Ich habe euch eine Geschichte zu erzählen. Von einer Einrichtung in einem Berg. Von den Gedanken der Menschen. Was es bedeutet, ein Mensch zu sein und ein Zuhause an einem Ort zu erschaffen, wo es eigentlich keines geben kann. Und von der Zukunft. Von eurer, meiner und unser aller.« Sie lächelte, ihre Augen funkelten. »Ich werde geliebt und ich erwidere diese Liebe. Mein Name ist Artemis Darth Vader, und ich komme in Frieden.«

NACHWORT

Ich hoffe, die Reise hat euch gefallen und mit Hoffnung für die Zukunft erfüllt.

Nachdem ich euch ein paar Stunden Ablenkung verschafft habe, solltet ihr wissen, dass dieses Buch einen gänzlich anderen Weg genommen hat als alle vorigen.

Ich habe dieses Buch zunächst selbst verlegt.

(Natürlich unter Mithilfe von anderen – mehr dazu weiter unten.)

Warum?

Weil ich es konnte. Seit 2011 habe ich das Glück, genau das als Vollzeitjob zu tun, was ich am meisten liebe: Schreiben. Als ich anfing, habe ich mich immer gefragt, wie mein Leben wohl aussehen würde, falls ich es tatsächlich bis zu diesem Punkt schaffen sollte. Das ist der Traum vieler Autorinnen und Autoren, und ich weiß, dass die meisten nie so weit kommen. Euer Vertrauen und eure Unterstützung ehren mich sehr.

Aus Sternen und Staub wurde Ende 2016/Anfang 2017 geschrieben und Ende 2018 veröffentlicht. Das ist eine lange Zeit zwischen Fertigstellung und Veröffentlichung, und das war meine Schuld.

Blut, Schweiß und Tränen sind in dieses Buch geflossen und ich habe eine Menge dabei gelernt.

Obwohl das Buch ursprünglich im Selbstverlag erschienen ist, hatte ich ein großartiges Team im Rücken, das mir bei jedem Schritt geholfen hat:

Erika, Brian, Jenn und Corrine haben dafür gesorgt, dass die Geschichte einen Sinn ergibt und nicht in meiner Vorliebe für Kommas, Kursivierungen und Auslassungspunkte ertrinkt. Ein großes Lob an sie.

Apropos Erika: Sie ist der Grund dafür, dass dieses Buch überhaupt existiert. Sie hat die ganze Hintergrundarbeit und die Formatierung übernommen und mich bei Verstand gehalten, wenn ich alles hinschmeißen und zu etwas anderem übergehen wollte. Danke, Erika.

Und an die Klunatics, diese großartige Gruppe von Leuten, die mich ziemlich okay findet: Danke, dass ihr mir den Rücken stärkt. Ihr rockt.

Aus Sternen und Staub ist ein Werk der Liebe. Es geht darum, zu den Sternen hinaufzublicken und von dem Unmöglichen zu träumen. Es geht darum, sich gegen Unterdrückung zu wehren und eine Heimat zu erschaffen, wo es keine gibt. Es geht um die kleinen Dinge: Steine, die über einen See hüpfen, oder die unzähligen Arten, auf die wir Schweinefleisch essen.

Danke, liebe Leser und Leserinnen, dass ihr mir so lange zugehört habt.

Und wenn ihr zufällig auf einen dieser Außerirdischen trefft, die mit Körpersonden herumhantieren, dann haut ihm eins in die Fresse. Im Ernst. Ich meine, was zum Teufel soll das?

T. J. Klune

Tauchen Sie ein
in die
magischen Welten von

T. J. KLUNE

Die Mr.-Parnassus-Saga

Eine magische Insel mitten im azurblauen Ozean. Ein Waisenhaus voll besonderer Bewohner. Eine Liebe, die alles verändert …

Mr. Parnassus' Heim für magisch Begabte

Linus Baker ist ein vorbildlicher Beamter der Sonderabteilung des Jugendamtes, die für das Wohlergehen magisch begabter Kinder und Jugendlicher zuständig ist. Eines Tages soll er das Waisenhaus eines gewissen Mr. Parnassus, das sich auf einer abgelegenen Insel befindet, genauer unter die Lupe nehmen. Dessen Schützlinge sind etwas speziell – einer von ihnen ist möglicherweise sogar der Sohn des Teufels! Hier kommt Linus mit seinem Regelwerk und seiner Vorliebe für Vorschriften nicht weit, das merkt er schnell. Widerwillig lässt er sich auf das magische Abenteuer ein, das ihn auf der Insel erwartet, und erfährt dabei die größte Überraschung seines Lebens …

Jenseits des Ozeans

Auf der wunderbaren Insel Marsyas inmitten des azurblauen Ozeans bietet Arthur Parnassus magisch begabten Kindern, die zu Waisen geworden sind, ein Zuhause. Und hier hat Arthur seine große Liebe Linus Baker kennengelernt. Die Kinder und Linus sind Arthurs kostbarster Schatz. Doch sein Leben war nicht immer leicht, und als ein neuer Bewohner auf die Insel zieht und Arthurs dunkle Vergangenheit an die Öffentlichkeit kommt, droht sein Traum von einem glücklichen, freien Leben für alle magisch Begabten zu zerplatzen …

Die Extraordinaries-Reihe

Nick Bell ist der größte Superhelden-Fan, den es gibt. Als er seinem Idol leibhaftig begegnet, wird sein Leben vollkommen auf den Kopf gestellt.

Die Außergewöhnlichen

Nick Bell ist ein gewöhnlicher Teenager. Wobei das in einer Stadt voller Superhelden schon wieder außergewöhnlich ist. Und der beste Autor von Superhelden-Fanfiction zu sein, ist ja eigentlich auch eine Superkraft, oder? Als Nick eines Tages Shadow Star, dem berühmtesten Helden der Stadt – und sein heimlicher Schwarm – begegnet, beschließt er, selbst ein Held zu werden. Widerwillige Hilfe bekommt er dabei von seinem besten Freund Seth. Wird Nick Shadow Stars Herz erobern oder erkennt er, dass seine wahre große Liebe eigentlich schon die ganze Zeit an seiner Seite ist?

Neue Helden

Mit Mut, Charme und Enthusiasmus hat Nick es geschafft: Er ist endlich mit seinem ersten Freund zusammen. Und zwar nicht mit irgendeinem Jungen, sondern mit einem waschechten Superhelden. Doch dann taucht eine Gruppe neuer Extraordinaries in Nova City auf – mit Kräften, von denen bisher noch nie jemand etwas gehört hat. Die Stadt droht ins Chaos zu stürzen, und Nick und seine Freunde müssen erst einmal herausfinden, wer bei alldem eigentlich gut und wer böse ist …

Alte Geheimnisse

Es ist kurz vor den Sommerferien, und eine Hitzewelle hat Nova City fest im Griff. Dennoch ist Nick Bell guter Dinge: Mit seinem sexy Freund Seth und seinen Freundinnen Jazz und Gibby hat er ein Superhelden-Team gegründet, um die Bürger von Nova City zu schützen. Keine Sekunde zu früh, wie sich herausstellt: Simon Burke kandidiert für das Amt des Oberbürgermeisters. Sollte er gewinnen, würde das das Ende der Extraordinaries bedeuten. Doch damit nicht genug: Gerüchten zufolge ist Superschurke Shadow Star aus dem Gefängnis geflohen. Nick und seine Freunde müssen über sich selbst hinauswachsen, um Nova City vor dem Schlimmsten zu bewahren ...

Die Green-Creek-Saga

In dem idyllischen, von Wäldern umgebenen Örtchen Green Creek lebt die Familie Bennett. Und mit ihr die Magie, denn die Bennetts sind Werwölfe. Doch dann findet das Böse seinen Weg nach Green Creek, und plötzlich steht für die Mitglieder des Rudels nicht nur das eigene Leben auf dem Spiel, sondern auch das derer, die sie lieben ...

Das Lied des Wolfes

Oxnard Matheson ist zwölf als sein Vater die Familie verlässt. Ox fühlt sich ungeliebt und wertlos – und irgendwie anders als andere Jungs in seinem Alter. Ox ist sechzehn, als die Familie Bennett ins Nachbarhaus einzieht. Die Bennetts sind lebensfroh und charismatisch – und Werwölfe. Ox fühlt sich unwiderstehlich angezogen von dieser aufregenden neuen Welt voll Magie, Freundschaft und Abenteuer. Doch als Ox dreiundzwanzig ist, geschieht ein Mord und nichts ist mehr wie zuvor ...

Das Lied des Raben

Nachdem die Hexe Gordo Livingstone von seinem alten Rudel verraten wurde, genießt er die Ruhe und Einsamkeit in seiner kleinen Autowerkstatt in Green Creek. Von Werwölfen hat er erst mal genug. Doch dann kommt das Bennett-Rudel in die Stadt und mit ihm der attraktive Mark. Als Green Creek von einem schrecklichen Verbrechen heimgesucht, bitten die Bennetts Gordo um Hilfe. Und mit dem Erwachen seiner Magie, kann er auch das Seelenband zwischen sich und Mark nicht länger ignorieren …

Das Lied des Herzens

Nach Jahren des Umherstreifens hat Werwolf Robbie Fontaine im Rudel von Michelle Hughes endlich ein Zuhause gefunden und genießt als ihr Beta hohes Ansehen. Als in Maine Gerüchte über ein abtrünniges Rudel und den Einsatz wilder Magie laut werden, beauftragt Michelle Robbie, die Verräter zur Strecke zu bringen. Doch bei einem der Verdächtigen, Kelly Bennett, hat Robbie mehr als nur ein paar Schmetterlinge im Bauch. Und schon bald steht Robbies sorgsam aufgebautes Leben Kopf …

Das Lied des Bruders

Um sich auf die Suche nach dem Mann zu machen, der ein großes Loch in seinem Herzen hinterlassen hat, verlässt Werwolf Carter Bennett die Geborgenheit seines Rudels. Doch die Einsamkeit setzt Carter stärker zu als er jemals gedacht hätte und mehr als einmal ist er kurz davor, den Verstand zu verlieren. Je näher er seinem Ziel Gavin Livingstone kommt, desto tiefer dringt er in die geheimnisvolle Geschichte seines Rudels vor. Eine Geschichte, die eng mit der der Familie Livingstone verbunden ist. Hat Carters und Gavins Liebe eine Chance oder müssen die beiden für die Vergehen ihrer Väter bezahlen?

Einzelromane

Das unglaubliche Leben des Wallace Price

Der erfolgsverwöhnte Anwalt Wallace Price kennt nur drei Dinge: Arbeit, Arbeit und noch mal Arbeit. Es kommt ihm daher äußerst ungelegen, als er eines Tages tot umfällt und in der Zwischenwelt landet. Dort erwartet ihn der Wächter Hugo, der Wallace auf seine Reise ins Jenseits vorbereiten soll. Doch Wallace ist noch nicht bereit, und so wird ihm Zeit gewährt, um seine Angelegenheiten zu ordnen. Zeit, in der Wallace den wahren Sinn des Lebens entdeckt. Und die Liebe findet …

Die unerhörte Reise der Familie Lawson

In einem Baumhaus hoch oben in den Wipfeln eines idyllischen Hains lebt Familie Lawson: Vater Giovanni ist ein Roboter, sein Sohn Victor ein Mensch. Mit ihnen wohnen dort noch ein Pflegeroboter mit einem Hang zum Sadismus und ein schüchterner kleiner Staubsauger. Als Giovanni eines Tages von seiner Vergangenheit eingeholt und in die Stadt der elektrischen Träume verschleppt wird, begibt sich Victor zusammen mit seiner Patchworkfamilie auf eine gefährliche Reise, um Giovanni zu retten.

Aus Sternen und Staub

Nach dem Tod seiner Eltern will der Journalist Nate Cartwright in der Abgeschiedenheit der Berge Oregons wieder zu sich selbst finden. Pläne schmieden. Vielleicht endlich einen Roman schreiben. Zu seiner großen Überraschung trifft er in der alten Berghütte seiner Eltern auf einen Mann namens Alex. Bei ihm ist ein kleines Mädchen, das auf den obskuren Namen Artemis Darth Vader hört. Und die Geschichte, die Alex und Artemis erzählen, ist so unglaublich, dass sie eigentlich nur wahr sein kann …